教育部人文社会科学研究青年基金"清代前期中朝诗歌交流编年史(1636—1736)——以《燕行录》为中心"(编号:18YJC751015)

中国书籍学术之光文库

康熙时期中朝诗歌交流系年
（1682-1702）

谷小溪　刘海玲 | 著

中国书籍出版社
China Book Press

图书在版编目（CIP）数据

康熙时期中朝诗歌交流系年：1682－1702/谷小溪，刘海玲著.—北京：中国书籍出版社，2020.3

（中国书籍学术之光文库）

ISBN 978－7－5068－7682－7

Ⅰ.①康… Ⅱ.①谷…②刘… Ⅲ.①古典诗歌—文化交流—研究—中国、朝鲜—1682－1702 Ⅳ.①I207.22 ②I312.072

中国版本图书馆 CIP 数据核字（2019）第 289987 号

康熙时期中朝诗歌交流系年：1682－1702

谷小溪　刘海玲　著

责任编辑	毕　磊
责任印制	孙马飞　马　芝
封面设计	中联华文
出版发行	中国书籍出版社
地　　址	北京市丰台区三路居路 97 号（邮编：100073）
电　　话	（010）52257143（总编室）　（010）52257140（发行部）
电子邮箱	eo@chinabp.com.cn
经　　销	全国新华书店
印　　刷	三河市华东印刷有限公司
开　　本	710 毫米×1000 毫米　1/16
字　　数	330 千字
印　　张	18.5
版　　次	2020 年 3 月第 1 版　2020 年 3 月第 1 次印刷
书　　号	ISBN 978－7－5068－7682－7
定　　价	99.00 元

版权所有　翻印必究

序　言

明清时期，中国与朝鲜王朝保持着典型的宗藩关系。作为藩邦外交的直接参与者，两国使臣的纪行作品构成中朝文化交流的主体。特别是朝鲜使臣创作的大量《燕行录》，以诗歌、日记、杂录、状启等形式记载使行途中的见闻随感，从自然景观、人文古迹、民俗风貌、思想文化等方面翔实地再现了明清中国的社会图景，堪称域外汉文学的经典文本。本书时间范围以清康熙二十一年（1682）为上限，康熙四十一年（1702）为下限，结合史料、文集、年谱、碑传、书牍、诗话等文献对康熙时期中朝使行诗歌及作品本事进行整理、考证与系年，以期通过对以使臣为媒介的中朝诗歌交流情况的系统考察，透视清代中朝文化交流风貌，为相关领域的研究提供文献支持和资料线索。

康熙帝即位初期，国内局势未稳，以朝鲜孝宗李淏为首的北伐派积极扩军备战，试图联络反清势力以图光复。随着南明、三藩的平定和台湾的收复，清政权获得长治久安的基础，清朝"抚藩字小""厚往薄来"政策的推行也进一步缓和了两国矛盾，中朝宗藩关系进入新的发展阶段。然而，综观康熙一朝，朝鲜士人的对华心态依然复杂微妙。一方面，清朝优容的宗藩政策无法全面扭转朝鲜士人对清政权的负面印象，这既根植于两国的民族文化差异和"丁卯""丙子"战争等历史纠葛，也源于朝鲜士人群体所笃守的春秋义理观和根深蒂固的"小中华"意识。另一方面，清朝社会经济文化的繁荣发展令燕行使臣感受到"胡无百年之运"等旧有观念的片面性，康熙后期门禁的放宽也赋予朝鲜使臣更多结交中国文士的机会，极大地促进了两国的文化交流与发展。同时，朝鲜使臣亦无法回避清代社会文明对传统华夷观的冲击，一些有识之士通过诗文作品记录清代政治、经济、农业、科技、思想文化等领域的先进方法与理念，孕育了朝鲜的"北学派"。这一时期的燕行诗有南龙翼《燕行录》、闵鼎重《老峰燕行诗》、金昌业《燕行壎麓录》等，深刻揭示了朝鲜士人的复杂心态。清朝大臣阿克敦三次出使朝鲜的诗集《东游集》则是清初稀见的使朝纪行作品，是清代中朝诗歌交流史的真实印证。

附录包括四部分内容："洪大容《湛轩燕记·路程》"选取具有代表性的使清路程记并详列全文，供驿站里程之参考；"康熙时期朝鲜燕行使臣年表（1682—1702）"以《使行录》为基础，结合《朝鲜王朝实录》《承政院日记》等史料文献，对1682—1702年朝鲜燕行使团的使行时间、名目、任务、人员等进行梳理与考证；"康熙时期《燕行录》一览表（1682—1702）"依据《燕行录全集》《燕行录丛刊》《韩国文集丛刊》等对清代前期朝鲜使清人员的燕行作品进行整理与勘正；"征引书目"罗列作者考证、系年过程中引用的主要参考文献。

凡　例

一、本书时间范围以清康熙二十一年（1682）为上限，康熙四十一年（1702）为下限，历时21年，收录《燕行录》作品39种，以康熙时期中朝诗歌交流本事及创作时间为重点考察内容，通过对以使臣为媒介的中朝诗歌交流实况的系统考察，透视清代中朝文化交流风貌。

二、本书所言"朝鲜"，指朝鲜半岛自1392年由太祖李成桂建立，至1896年高宗李熙宣布独立这一段历史时期，史称朝鲜王朝，与古朝鲜、整个朝鲜时期及当今朝鲜国家相区别。

三、本书所录朝鲜文士的诗歌、日记等皆为汉诗、汉文作品，非汉语创作（如以朝鲜谚文撰写的歌辞、时调等）的作品不在本书收录范围。

四、本书诗歌作者，以朝鲜燕行使团核心成员——"三使"（即由朝鲜官方派遣，赴沈阳、北京实施外交活动的正使、副使、书状官）为主，亦包含部分朝鲜燕行使团随行人员和中国文人的诗作。

五、本书所录诗人，皆附其小传，概述生卒、字号、籍贯、科第、仕履、亲友、师承、封谥之情形。

六、本书著录诗歌，以朝鲜"三使"及部分随行人员的燕行诗（即由汉城至沈阳或北京往返途中所撰诗篇）为主。燕行使团成员亲友的赆行、笺寄之诗，以及中国文士馈赠朝鲜使臣的酬酢诗篇亦录入，以资线索。

七、本书著录诗歌，以林基中主编《燕行录全集》《燕行录丛刊》及韩国民族文化推进会编《影印标点韩国文集丛刊》为基本依据，兼及《朝鲜王朝实录》《承政院日记》等文献中的少量篇目。

八、本书对诗歌创作时间的考证，遵循"以诗系日，以日系月，以月系年，以年系代"之原则，以外围文献为辅证，包括：（一）诗歌作者或同行人员撰写的燕行日记、见闻录、别单等；（二）与朝鲜使清活动直接或间接相关的中朝史料记载；（三）诗歌作者的碑志、行状、年谱、传记等；（四）记载使行路线、驿站里程的地志文献。

九、本书内容依次为：目录、序言、凡例、正文、附录。

十、正文以年为基本单位，首列中国纪年，后附小括号，以阿拉伯数字和汉字标注时间及干支，用"/"间隔，如"康熙二十一年（1682年/壬戌）"；次列月份；次列日期，其后括注干支，如"初一日（己酉）"；后列诗文、出处、小传、考证。

十一、本书著录诗歌，依次为作者、诗题、诗文、文献来源。引自诗人别集者，于集后标明卷次，如"李世白《雾沙集》卷三"；引自独立成篇者，仅依原文录其出处，如"宋相琦《星槎录》"。

十二、首次提及诗歌作者，于诗后以中括号括注小传，如【按李光庭《故通训大夫司谏院司谏芦洲金公墓碣铭》：金兑一（1637—1702），字秋伯，号芦洲，礼安人……】，再次提及则不赘述。

十三、有燕行日记相印证者，于日期下列日记、出处，次列诗歌。如有中朝史料亦相证者，则首列史料及出处、次列日记、诗歌。史料、日记等以提供时地线索为旨归，限于篇幅，仅取可资考证之内容，间以"……"略之。史料、日记需注释处，以中括号标注，如"【按：据《使行录》，三节年贡正使赵师锡、副使尹举、书状官郑济先于康熙二十二年十一月初一日辞朝。】"；史料、日记含燕行诗者，则尽录诗文；无史料、日记相印证者，但录其诗，以诗中线索、碑传、地志等为证。

十四、涉及宗藩关系发展重要事件及历届朝鲜使清人员、时间、任务的史料亦录入，以还原历史背景，增益考证之严整。

十五、考证诗歌创作时间，则于诗后以中括号注之，如【考证：依例，燕行使臣于辞朝当晚宿高阳碧蹄馆，诗题曰"将赴燕行，到高阳寄持卿"，当作于闰三月二十九日。】限于篇幅，诗歌有日记相印证，且二者有明确时地线索相匹配者，仅于日记关键词处以下划线标注，不另行考证。

十六、底本脱字或漫漶不清、难以辨识者，以"□"标识。

十七、本书附录四种：（一）洪大容《湛轩燕记·路程》；（二）康熙时期朝鲜燕行使臣年表（1682—1702）；（三）康熙时期《燕行录》一览表（1682—1702）；（四）征引书目。

目　录
CONTENTS

康熙时期中朝诗歌交流系年（1682—1702） ················· 1
 康熙二十一年（1682 年/壬戌） ························· 1
 康熙二十二年（1683 年/癸亥） ························· 32
 康熙二十三年（1684 年/甲子） ························· 62
 康熙二十四年（1685 年/乙丑） ························· 67
 康熙二十五年（1686 年/丙寅） ························· 71
 康熙二十六年（1687 年/丁卯） ························· 102
 康熙二十七年（1688 年/戊辰） ························· 112
 康熙二十八年（1689 年/己巳） ························· 123
 康熙二十九年（1690 年/庚午） ························· 137
 康熙三十年（1691 年/辛未） ··························· 142
 康熙三十一年（1692 年/壬申） ························· 144
 康熙三十二年（1693 年/癸酉） ························· 145
 康熙三十三年（1694 年/甲戌） ························· 154
 康熙三十四年（1695 年/乙亥） ························· 168
 康熙三十五年（1696 年/丙子） ························· 189
 康熙三十六年（1697 年/丁丑） ························· 209
 康熙三十七年（1698 年/戊寅） ························· 233
 康熙三十八年（1699 年/己卯） ························· 240

康熙三十九年（1700年/庚辰）············· 247
　　康熙四十年（1701年/辛巳）··············· 256
　　康熙四十一年（1702年/壬午）············· 263

附录一　洪大容《湛轩燕记·路程》················ 270
附录二　康熙时期朝鲜燕行使臣年表（1682—1702）······ 274
附录三　康熙时期《燕行录》一览表（1682—1702）······ 280
附录四　征引书目···························· 284

康熙时期中朝诗歌交流系年（1682—1702）

康熙二十一年（1682年/壬戌）

正月

初一日（己酉）。

朝鲜国王李焞遣陪臣李濩等表贺冬至、元旦、万寿节，及进岁贡礼物。宴赍如例【按：据《使行录》，奏请兼冬至正使李濩、副使南二星、书状官申琓于康熙二十年十月三十日辞朝】。《清圣祖实录》卷一〇〇

二十四日（壬申）。

谢恩正使昌城君伾、副使尹阶、书状官李三锡归自清国【按：据《使行录》，谢恩正使昌城君李伾、副使尹阶、书状官李三锡于康熙二十年九月初三日辞朝】。上引见，问彼中消息，阶曰："其国多变异，地震特甚，城郭宫室至于倾圮，五龙斗于海中。"上问皇帝容貌，伾曰："皇帝容貌硕大而美，所服黑狐裘矣。"阶曰："今年朝贺，吐鲁蕃、琉球国皆遣使来。琉球贡千里马，其人状如倭人，而但不落发，头戴如箕者。即今天下无阻，但郑经尚保海岛。清人素惮马辅、耿精忠、王辅臣三人，马辅见执，死而不屈。耿精忠纳赂，乞命于索额图，得不死，囚系以待，既平，吴世璠亦见杀，王辅臣反复无常，见诸叛渐平，饮药自尽。"又曰："即今蒙古太极鞑子最强盛难制，虽云臣服于清，其实清人反事鞑子，言欲拜陵、欲会猎，则清人恐惧，多赍金帛诱止之云矣。"《朝鲜肃宗实录》卷一三

二月

十二日（庚寅）。

以清帝将出来沈阳，命该曹预备礼单，问安使亦命早出，往候于龙湾，从

闵鼎重之言也。○以李之翼为问安使,李三锡为正言。后李师命启言之翼有身病,命改差,南龙翼代之。《朝鲜肃宗实录》卷一三

十七日（乙未）。

领议政金寿恒、左议政闵鼎重请对言："沈阳问安使事体有别,请以大臣差遣。"上许之,以鼎重差送。都承旨李师命言："辛亥年问安使无书状官。今大臣奉命出疆,事体自别,宜差送书状官。"上是之,以尹世纪为书状官。《朝鲜肃宗实录》卷一三

二十一日（己亥）。

清使一等侍卫加二级仪图额真篆你达、武备院堂官罗二等侍卫品级布岱达莫出来。上郊迎,还宫接见。其所赍诏书略曰："逆贼吴三桂负国深恩,倡为变乱,窃居疆土,滇、黔、闽、浙、楚、蜀、关陇、两粤、豫章所在绎骚。三桂僭称伪号,逆焰弥滋。朕恭行天讨,三桂既膺神殛,逆孙世璠犹复鸱张。朕策励将士,进逼城下,凶渠授首,边境晏如,悉剪孟贼,永消隐忧。用是荡涤烦苛,维新庶政。"《朝鲜肃宗实录》卷一三

三月

初四日（壬子）。

上谒福陵、昭陵,驻跸盛京。《清史稿卷七·本纪七·圣祖二》

十七日（乙丑）。

沈阳问安使左议政闵鼎重还到凤凰城【按：据《使行录》,问安正使闵鼎重、书状官尹世纪于是年二月二十日辞朝】,状闻清国事情曰："皇帝本月初四日来到沈阳,从行者幸姬三人,侍妾百余人,亲王八人,虾六百人虾即清官名,如我国宣传官,大臣索额图、明珠以下杂色从官共二十余万,八固山各出兵三千,或云将相之妻七八百,亦从幸姬而来。皇帝出关以后,日行百余里,或晓或晚,不定行期,故扈从诸人必于三更整待,不得休息,马驼道毙者多至累千匹。又将迤向兀喇地方,遵海而东,转入山海关。沈阳留镇将军安湖珠素廉洁公平,得关外民心,因进见力谏兀喇之行,皇帝大怒,幸姬又激之,湖珠方待罪,关外之民恐其获罪去职。且闻比年以来,谄谀成风,贿赂公行,索额图、明珠等逢迎贪纵,形势相埒,互相倾轧,北京为之谣曰：'天要平,杀老索；天要安,杀老明。'且闻陕西总督张勇乃吴三桂之义子,而勇之子为西鞑之婿,姑为羁縻,而叛形已具,云贵间亦有未尽归顺者云。"《朝鲜肃宗实录》卷一三

二十日（戊辰）。

冬至兼谢恩使东原君潗、南二星、申琓等还【按：参见康熙二十年十月三十日

条】。《朝鲜肃宗实录》卷一三

四月

初一日（戊寅）。

问安使左议政闵鼎重、书状官掌令尹世纪还自沈阳【按：参见是年三月十七日条】。《朝鲜肃宗实录》卷一三

五月

初十日（丁巳）。

遣内阁学士阿兰泰册封朝鲜国王李焞继室闵氏为妃。《清圣祖实录》卷一〇二

六月

十二日（戊子）。

清使二敕出来，以册封王妃事也【按：参见是年五月初十日条】。命以吏曹参判南二星加阶，差远接使。《朝鲜肃宗实录》卷一三

七月

初一日（丙午）。

瀛昌君沉、尹以济、韩泰东奉使如燕【按：进贺谢恩兼陈奏行】。《朝鲜肃宗实录》卷一三

南龙翼《送韩太仆鲁詹泰东燕京书状之行》："天厩飞龙白玉珂，朝游紫陌暮关河。秋声定到辽山得，树色应从蓟野多。八月汉槎犹故路，千年燕市尚悲歌。门阑一会诚非偶，病起樽前奈别何。"南龙翼《壶谷集》卷三【考证：此诗当作于七月初一日或其后。】

韩泰东《未到义州十许里，逾数岘望见鸭水拖白，江外群峰历历可识，知为我界尽处，是日始有去国意》："长江一练抱重关，鞯鞴诸山指点间。家国别来能几日，忽惊身已到龙湾。"韩泰东《是窝遗稿》卷一【按《纪年便考》卷二十八：韩泰东（1646—1687），字鲁瞻，号是窝。仁祖丙戌生，显宗己酉，魁庭试，历奉教三司，官止执义。以清白世其家，与赵持谦俱有时望。庚申狱后，宋时烈曰清城光南不无卫社之切，尹拯大惊，遂叛时烈。于是诸名士贰于时烈者皆附于尹拯，遂为老少党论之分歧。宋时烈、金寿恒以老成人主宋者为老论，韩泰东、赵持谦以少年论议援附尹拯主尹者为少论。肃宗丁卯卒，年四十二。己巳，特赠吏参。】

韩泰东《到义州见儿子书喜而有诗》："驿骑何时发，书来问乃翁。别离能

几日，文字匪阿蒙。失母怜渠稚，无家念我穷。关河杳不极，魂梦定难通。"韩泰东《是窝遗稿》卷一

韩泰东《夜骤雨感怀》："七月龙湾馆，淹留见客情。秋阴连朔野，夜雨挂边城。未有封侯相，空衔贯日诚。自嗟容发换，书剑竟无成。"韩泰东《是窝遗稿》卷一【考证：诗云"七月龙湾馆，淹留见客情"，当为使团滞留义州时作。据《两世燕行录》可知七月二十四日使团自义州离发渡鸭绿江，故以上诸诗作于七月初一日至二十四日间。】

二十四日（己巳）。

晴。与义州府尹李纶，平安都事李犨先到江上搜检。一行讫登船别觞相酬，<u>既醉解缆，困睡中已失三江界矣</u>。过九连城旧址。宿野次。是日行五十里。韩泰东《两世燕行录》

韩泰东《醉渡鸭绿江，口呼一绝寄从弟济东》："一渡鸭江水，便为异域人。来时无戚色，今日浪沾巾。"韩泰东《两世燕行录》

韩泰东《记梦》："死别常恻恻，梦回如有亲。生时无欢颜，逝日家转贫。荒宅带流水，旧袍留残絮。苍茫燕山道，我行何日已。凄凉鹿门计，错莫身后事。悲结不能寐，独坐拥寒被。"韩泰东《是窝遗稿》卷一【考证：据《两世燕行录》可知下诗《宝胜寺》作于八月初七日使团途经沈阳时，此诗当作于七月二十四日至八月初七日间。】

八月

初七日（壬午）。

晴，午后雨。是日，使臣修状启，付义州团练使申义益之行，仍为发行。凤城伏兵将以下到此交递，沈阳千总一人，麻贝一人，甫十古三人，甲军二十名及凤凰牙译一人护行。出自西门，历见宝胜寺。寺在城外五里许平地间阎间，崇德三年戊寅所创也。殿宇崇敞，覆以青黄瓦，金碧炫耀，殿中塑置老酋、崇德两像。所住皆蒙古僧，可五六十人，着黄衣，乘马食肉，无异平人。皇帝崇奉此寺，优待缁徒，国家岁币之入沈者多为寺费云。有一僧称以悟道，深居一室，居处危用逞其华奢。卓上安小佛子数十躯，皆琢玉为之。前置沉香山如手掌大，曲成峰峦，插珊瑚小树，奇丽无比。案铺佛经皆胡书，不可辨。吾辈入见，则劝以酪茶，遂以腊剂等物酬之。而发行数里，遥见旷野中垄阜隐隐，层阁数三竦出林表，皆覆黄瓦，其上盖有崇德父子冢云。朝饭永安桥，过大房身到边城，宿阎家。是日行六十里。韩泰东《两世燕行录》

韩泰东《宝胜寺》："媚佛应胡俗，还思结构初。寺从平地有，僧杂野人居。畜骑供行脚，滄羊当食蔬。诸般俱外相，真性自如如。"韩泰东《是窝遗稿》卷一

二十四日（己亥）。

晴。晓发，过八里堡、彩亭桥、枯树店、蜂山店，朝饭螺山店。店之数里许有城，小而完，明末富家姓宋人筑而居之，及清人入关，则缮危械，拥大炮以待。虏惧伤其众，不攻而去。后降于虏，岁贡白金云。过鳖山店，<u>到蓟州，宿卧佛寺</u>。寺之创不知年代，有辽干统中供佛记镌于石门。悬金字榜曰"独乐寺"者，相传李太白笔，未知其果也。殿特巍邃，下立一佛，形躯伟岩，高与殿齐，顶上安小佛累十，其长拯五丈六尺云。殿有楼正值佛脑，缘梯以上，突兀辽廓，眩慴不能俯视。卓置卧佛一躯，衾覆而枕藉之，双睛微露，若偃寝将觉，逼之甚愕。殿之上下环以众像，色相巨细，种种备具，真是诡特宏侈之观也。是日行七十二里。○蓟州本北戎无修子国也，秦置渔阳郡，唐以为蓟州或为渔阳。神龙中，刺史姜师度开平虏渠，傍海穿漕，以避海难，又其北涨水为沟，以拒契丹，今其遗迹俱无可考矣。州自顷年地震以后，城壁桥梁太半颓毁，人户则颇盛。辽东人王彦宾为知州云矣。○<u>近蓟门地，烟云草树，终日相荡，其状甚类于海，风摇目瞩，演漾沧涟，垄阜隐见，巧况洲岛材间间，置错认浦居。余坐车中，误问仆夫者累矣，迫而察之，则苍然树色而已。此乃北京八景之一也</u>。韩泰东《两世燕行录》

韩泰东《蓟州立佛州有卧佛寺，寺之创不知年代，有辽干统中供佛记。殿特高，下立一佛，形躯伟巍，顶与殿齐，五丈六尺长云》："老佛何巍巨，经营不记年。寿应齐万劫，高欲出诸天。色荡榆关月，形蒸蓟野烟。谁知人代速，沧海变桑田。"韩泰东《是窝遗稿》卷一

韩泰东《蓟门烟树近蓟门地，烟云草树终日相荡，远而望之，其状甚类于海。余坐车中错问仆夫者屡矣，迫而察之，则苍然树色而已。此乃北京八景之一也》："茫茫元气绕云烟，极目天波接杳然。初日照来成荡漾，晚风卷处状沧涟。行人错起乘桴想，词客虚吟望海篇。忽讶回看空树色，便知俄尔变桑田。"韩泰东《是窝遗稿》卷一

二十六日（辛丑）。

晴。晓发，过白浮图、新店，朝饭夏店，过燕郊铺。舟渡通州江即古之潞河也，时南方漕泊来到，上下四五里帆樯辏簇，甚是壮观。船体极伟，上设板屋，饰以彩绘，妇子产业皆在云。到<u>通州宿察院</u>。是日行六十里。○通州本汉唐潞县，金天德中改通州，取漕运道济之义，置仓以供京师，最为水陆冲会，井肆骈列，邑屋殷侈，车马群行，磨戛有声，可谓盛矣。内外城周殆与北京相埒，只崩圮处多耳。山东人霍炳以按察副使驻札城内，整勒通蓟永等处屯田海防粮饷。辽阳人傅泽洪为知州。又有同知州、州判各一人云。韩泰东《两世燕行录》

韩泰东《晓发通州州去北京四十里，最为水陆冲会，市肆骈列，室屋盛丽，殆与京都相埒》：

"古府繁华擅，雄城邑屋连。地寒邻朔野，江远受吴船。举目市朝变，伤心年代迁。苍茫独立处，初日照征鞭。"韩泰东《是窝遗稿》卷一

九月

初五日（己酉）。

上御太和门视朝，文武升转各官谢恩，次朝鲜国使臣等行礼。《清圣祖实录》卷一〇四

初八日（壬子）。

朝鲜国王李焞遣陪臣李怭表贺荡平，加上两宫徽号，谢颁诏恩进贡。宴赉如例【按：参见是年七月初一日条】。《清圣祖实录》卷一〇四

十月

十二日（乙酉）。

晴。晓发过公乐店、白涧店，朝饭邦均店。到蓟州宿卧佛寺。是日行七十里。韩泰东《两世燕行录》

韩泰东《发蓟州》："驻马古渔阳，燕山道路长。野烟笼树白，边日照沙黄。天地怜骄子，山河惯战场。一元归尽后，知复几沧桑。"韩泰东《是窝遗稿》卷一

十三日（丙戌）。

晴。晓发过鳖山店，朝饭螺山店，过蜂山店、枯树店、彩亭桥，到玉田县宿间家。是日行七十里。韩泰东《两世燕行录》

韩泰东《宿玉田县，感阳雍伯种石得玉事有作《搜神记》："阳雍伯，洛阳人，性孝。父母没，葬无终山，山高八十里。上无水，雍伯置饮。人有就饮者，与石一斗。种生玉，因名玉田。"》："行到无终野，江山亦起余。异传征县号，潜德验神书。地忆捐浆处，田应种玉余。独存殊代感，怅望费踌躇。"韩泰东《是窝遗稿》卷一

十六日（己丑）。

晴。晓发，过刘家庄、王家岭，到夷齐庙，即孤竹城也。环以小城，城门镌"孤竹城"三字，又曰"贤人旧里"。由门口入至庙，植碑甚众。庙安二塑像，为悬旒王者之仪，左右翼□院缁流居之。背有清风台，极壮敞。滦水流其下层壁峙之中□。洲屿上立一祠，置塑像一，亦曰"孤竹庙"，由庙以后皆危壁不可凭。自清风台攀援步下挐舟，至其洲，又步而至崖顶，席草踞坐。遥望岸上间阎错置，桑柘互排，甚济楚可目。上流诸山攒环回合，呈奇效秀。崖下设捲置薪，有渔户数人方来取鱼。俄见小艇十数沿流暼下中江施网，齐棹击手以驱鱼，须臾举网，跃玉跳金。甚奇观也。此役往返数千里，绝漠荒垄，风沙眯

目,未尝有快意登览之乐。及到此地,非但遗风旧迹令人低徊感慨而不能自已,江山秀伟,风日妍美,沈吟微步,澹然忌归,不知日之将夕也。命驾以还,步步回顾,默语于心曰:"使我居此而无剃头者,其必乐而忘故土也。"为之一笑。桥渡滦河,到永平府,宿房星耀家。是日行六十里。韩泰东《两世燕行录》

韩泰东《夷齐庙庙在永平府之西北二十里滦水上流,即孤竹旧国也》:"彝伦种二子,清节乃相俱。让王逃仍并,辞粟饿不孤。遗像俨千秋,芬苾滦水隅。风能廉百世,力难存独夫。忧来讽大诰,顽民犹义徒。"韩泰东《是窝遗稿》卷一

二十日(癸巳)。

晴。晓发山海关。麻贝以下到此还去问之,则以赴猎落后云。道遇甲骑成群络属数十里。车载刍粮危仗,群犬随后,问之,则乃关外军兵赴猎喜峰口者也。其兵太半幼齿,盖南方之役丁壮多死,其孤未长而然云。过沟儿河,朝饭沙河站,过中后所,到东关驿宿阎家。是日行六十五里。韩泰东《两世燕行录》

韩泰东《出山海关有感》:"藩篱防暴客,城府控边陲。纽海排关壮,跻崖置堞危。只知扃镝固,未觉壑舟移。保寇终如此,山溪徒尔为。"韩泰东《是窝遗稿》卷一

韩泰东《道遇山海城将猎处,以一绝记所见》:"红旗一一树平沙,毳服千群静不哗。猎骑归来鞍挂鹿,帐中传炙劝酥茶。"韩泰东《是窝遗稿》卷一

二十二日(乙未)。

晴。晓发过双石桥,朝饭连山驿,过塔山所、高桥堡,到杏山宿阎家。是日行八十里。韩泰东《两世燕行录》

韩泰东《晓发杏山望月有感作关山月一律》:"圆魄临关陇,蟾华透弊裘。孤轮千古辗,徧照几人愁。塞静寒光彻,沙虚皓晕流。故园今夜月,谁复上帘钩。"韩泰东《是窝遗稿》卷一

二十四日(丁酉)。

韩泰东《今日吾生日也,孤露以后,每成伤感。前岁重以悼亡,仍佐幕湖西驱驰原隰之役,今年又作关塞之游,丧祸羁旅之际,再遇劬劳之日,默坐车中,抚躬伤悴。且念不肖无状,半世颠冥,其无以饬躬保业,贻令名于父母者,而乃有僇辱遗体之忧,因循放失。年发日徂,若不及今勇有惩厉,则惧迁革之无日也。兹发誓愿,从今以前三十七年,如吾未生之前,旧愆宿习,一付前身光景,不必过自悔尤,蓄在肚里,自此所得多少岁月,庶为己分所有。真心勤刻,勿少退转,下流卑污,一跃跃出,则其所以息黥补劓者,倘少瘳乎。遂成二律,既以自悲,且言其志云》:"四十行将满,浮生觉已衰。二年为客路,初度降吾期。薄命遭根殒,无家任腹悲。桑蓬四方志,当日祝男儿。""从今比赤

子，拟报免怀恩。新洁俸初浴，前悠付宿冤。覆杯休剧饮，缄口忏狂言。毁誉从他闹，心源贵自存。"韩泰东《是窝遗稿》卷一【考证：李宗城《赠吏曹参判是窝韩公神道碑铭》言"妣赠淑夫人广州李氏，县令斗望女，以仁祖丙戌十月二十四日生公"，可知韩泰东生辰为十月二十四日。诗题曰"今日吾生日也""遂成二律，既以自悲，且言其志云"，当作于十月二十四日。】

二十九日（壬寅）。

金锡胄《高阳留别内外诸从，用先祖文贞公丙戌燕行留示孙儿韵》："弱国金缯役，长征车马徒。明岁高阳约，逢迎双玉壶。"金锡胄《捣椒录》【考证：据《使行录》，谢恩冬至正使金锡胄、副使柳尚运、书状官金斗明于十月二十九日辞朝，依例，燕行使臣于辞朝当晚宿高阳碧蹄馆，诗题曰"高阳留别内外诸从"，当作于二十九日。】

三十日（癸卯）。

金锡胄《过坡州途中见双石佛有感》："胡骑如风雨，三朝到碧蹄。堪嗟双丈佛，不及一丸泥。"金锡胄《捣椒录》

金锡胄《韩掌令肯世来见坡山客馆，仍袖五绝叙怀为别，走次以谢》："隽永词坛当擘麟，吴兴脚迹更精神。圣朝阙失知何有，新得台端献纳人。""丈夫行止本恢恢，拟踏辽燕几处台。望海平临齐海阔，角山低看泰山嵬。""西来百里义殊高，况复新诗胜故袍。廊庙雍容真不分，山河跋履莫云劳。""忆曾冠盖接中华，海内车书正一家。皮币即今非宿昔，朔云边雪只堪嗟。""脉脉离怀语未宣，停车道侧只情怜。君归为报阿兄道，明岁春郊待我旋。末篇敬属申兄戴明。"金锡胄《捣椒录》

金锡胄《重谢肯世》："我为万里行，君来百里别。别后两相望，燕山一片月。"金锡胄《捣椒录》

柳尚运《坡山馆用正使韵留别韩肯世》："日暮始停骖，宵分犹话别。何处更忆君，关山见明月。""男儿且壮游，笑作临歧别。行访旧楼台，携登东海月。"柳尚运《燕行录》【考证：高阳至坡州凡四十里约一日程，且诗有"日暮始停骖，宵分犹话别"语，故以上诸诗作于十月三十日。《纪年便考》卷二十八：柳尚运（1636—1707），仁祖丙子生，字悠久，号一退，又约斋，又陋室，又黔岩。游宋浚吉门，为文典雅，诗亦超绝。显宗庚子生员。丙午，登别试，历翰林、南床。肃宗己未，登重试，历提学。甲戌入相至领，入耆社，与南九万力救希载。丁亥卒，年七十二，谥忠简。】

十一月

初一日（甲辰）。

晴。晓发。朝饭烂泥堡，到辽东宿闾家。是日行六十里。韩泰东《两世燕行录》

韩泰东《发辽东》："客窗吟不寐，行李趁天明。路极黄沙迥，桥回白塔呈。

辽东有白塔寺，过桥则见塔影亭亭。近乡饶去梦，度漠念残程。待入沧洲日，渔樵老此生。"韩泰东《是窝遗稿》卷一

韩泰东《胡歌》："日暮边风急，胡儿白雪骎。行行歌一拍，平碛起寒沙。"韩泰东《是窝遗稿》卷一【考证：《两世燕行录》云"（十一月）初八日辛亥，晴。晓发，朝饭马转坂，申时还渡江。是日行八十里。"可知韩泰东等于十一月初八日还渡鸭绿江，此诗当作于十一月初一日至初八间。】

柳尚运《自临津乘舡直下东坡》："雾卷前林射远缸，蹔辞鞍马倚篷窗。早潮欲退长风起，试放轻舟下大江。"柳尚运《燕行录》【考证：坡州至临津四十里约一日程，且诗有"早潮欲退长风起"语，故此诗当作于十一月初一日。】

金锡胄《松都》："冬暖犹能动朔风，长郊漠漠卷寒蓬。沙川一望天磨色，故国河山夕照中。"金锡胄《捣椒录》

柳尚运《松都》："松岳龙摅走势来，国于山下何雄哉。千年事迹随流水，一代衣冠已劫灰。处处圮桥车辙在，家家傍郭市廛开。荒墟衰草斜阳里，最是伤心满站台。"柳尚运《燕行录》

柳尚运《过潘南先生新建祠宇》："圣朝恩典贲高丽，且为名臣建庙仪。自是清芬长不歇，千秋可并首阳祠。"柳尚运《燕行录》

柳尚运《谒花谷书院，次壁间韵》："青山绕屋若相参，流水循除漾碧蓝。怊怅百原人不见，坐来枫叶落寒潭。"柳尚运《燕行录》

金锡胄《谒崧阳书院，即圃隐俎豆之所。顷年，松都儒生以清阴金文正公暨我先祖文贞公同享是祠》："五百年中一圃翁，文山壮节伯夷风。三峰胙土纷封削，争及崧阳数亩宫。"金锡胄《捣椒录》

金锡胄《上大兴山城南门》："廿里笋与上绝区，层隍高与白云俱。群山地底皆平贴，下展峰纹百幅图。"金锡胄《捣椒录》

金锡胄《朴渊时久旱，瀑流甚少。或云自筑城以来，山中人众萃集，汲用颇繁，多斫树木，旧日泉涧亦渐枯干矣》："我记庐山面貌真，瀑流从古挂天绅。奔湍溅沫宁嫌少，洗尽长安几斛尘。"金锡胄《捣椒录》

柳尚运《朴渊口占》："千尺飞流势若摧，巨灵中劈两岩开。奔湍色似吴门练，转壁声如蜀壑雷。潭底水深龙敢宅，石头松老鹤应来。生偏莫叹庐山远，咏瀑惭无一斗才。"柳尚运《燕行录》

柳尚运《朴渊洞口口占，留别松都留后海西伯》："得暇仍乘兴，名区此日探。钟来知隐刹，云去见危岩。列壑喧如雨，微霞晚作岚。亲知兼胜境，临别意难堪。"柳尚运《燕行录》

柳尚运《怀叔弼》："莫恨生苦晚，与君差二齿。莫恨生偏邦，与君为同里。

况吾以外氏，世谊即兄弟。从游自妙龄，岁暮仍托契。显庙当宁日，君为秉笔臣。我时游门下，休论假与真。悠悠十载间，阅尽悲欢境。君从北幕还，我在南海上。非人摈不用，岂天均所履。君佩龙湾符，我为江州吏。相思辄有作，联筒成一帙。我又出西藩，君仍典南臬。三载始合簪，相逢如骨肉。十日三并枕，鸡鸣犹未宿。话罢有余怀，怜我当远鹜。不作沙头别，亦足知世故。吾行曷月敀，相期在林壑。须携李子文，候我桥边石。"柳尚运《燕行录》

金锡胄《道渊自金川途中还京，书扇头与之》："文成客座留私祝，诸葛穷庐有戒辞。今日路岐无别语，好须归下董生帷。"金锡胄《捣椒录》

金锡胄《续得朝报，圣上以冬暖有雷无雪下旨自责，招延耆硕广求直言，小臣职忝辅相，今虽奉使出外，不胜忧畏之忱，兹用副使书示书状韵志感》："如何风击继霜摧，冬暖潜阳又失开。每惧三精恒塞雾，频闻百里有惊雷。骎骎短景方南至，杳杳长途且北来。衔命小臣忧倍切，当朝谁是济时才。"金锡胄《捣椒录》

柳尚运《呈正使案下》："葱秀山前古树林，皇华所憩即棠阴。今行非复朝天路，随遇空为感旧吟。倦后午眠宁着梦，病来风日亦关心。诗情错莫羁怀苦，独对寒灯到夜深。葱秀站口占"关塞前无极，征骖又棘林。忠勤由性得，景物恼诗吟。是以生华发，仍之见赤心。黄冈独去路，回首海云深。"柳尚运《燕行录》

金锡胄《葱秀山次副使柳谏议韵》："古馆凄风夕满林，暖晴冬日陡寒阴。萧疏冷叶辞柯响，滴沥幽泉扣玉吟。征马未容频息足，观鱼聊且一清心。紫阳健笔云冈语，缅忆皇华感慨深。"金锡胄《捣椒录》

柳尚运《过剑水前桥》："春风三月夕阳时，独过溪桥折柳枝。王事不遑前度客，去来赢得鬓如丝。"柳尚运《燕行录》

金锡胄《题所已镇馆在瑞兴》："宿昔劳经画，今朝过戍墙。诸屯万户置，高垒一夫当。地理关西错，山根岭北长。还须新邑宰，毋学彼南阳。"金锡胄《捣椒录》

金锡胄《观蒜山筑堤处用副使柳公韵》："治水非邻壑，修堤合种林。龙惊移窟宅，氓喜杂谣吟。济算须群力，成功在一心。为言操锸者，蚁穴戒宜深。"金锡胄《捣椒录》

柳尚运《黄冈途中》："坡仙壬戌雪堂游，甲子人间问几周。是岁千秋仍十月，此行今日又黄州。休烦杰句留名字，且把清尊散客愁。惆怅羽衣还寂寞，不堪开户思悠悠。"柳尚运《燕行录》

金锡胄《次副使黄冈途中韵》："未赋归来赋远游，行装吾愧异观周。流年紫极今将老，是岁黄冈又此州。遥浦带回宁系闷，远山眉蹙却生愁。严城欲闭

栖鸦定，永夜沈吟思独悠。"金锡胄《捣椒录》

柳尚运《黄州客馆留别汝远》："远来离别更依依，恨不临门拂袖归。一啄从知元有数，且须珍重卧牛衣。"柳尚运《燕行录》

柳尚运《次书状韵》："日来风气尚修修，近塞狞飙吹不休。公馆华茵犹怕冷，小羌村夜可堪愁。"柳尚运《燕行录》

柳尚运《复用前韵演作近体，而起句修字，意复不可迭押，故易之》："同作征人异去留，始知浮世有行休。关心药裹抛诗草，失寐宵分数晓筹。宾主尊前相会地，大同江上最高楼。病夫却有存亡感，池馆依依总是愁。"柳尚运《燕行录》

金锡胄《箕城书示书状求和》："栽松十里接官堤，舣得兰桡落日低。冠盖即今通蓟北，繁华从古说关西。锦筵钗髻双行出，玉帐靴刀百队齐。更有雕栏江上望，定应霞鹜待君题。"时有禁卫别队十哨抄选之事，故第六云。"金锡胄《捣椒录》

金锡胄《西京感古》："今古无端恼杀侬，旧都楼榭溯余风。牡丹峰撑思辽伯，浮碧江空忆李公。云物尚留游赏地，山河不废战争功。烦君且向含球望，井画依然亦没蓬。"金锡胄《捣椒录》

柳尚运《次正使韵》："每过祠门懊恼侬，俨然遗像飒英风。张忠李烈今如昨，石屈丁伸也不公。设教纵攀殷圣化，存亡犹戴汉王功。行旌到此偏多感，自笑浮生任转蓬。"西京有所谓武烈祠者，即石尚书星俎豆之所也，以张世爵、李如松等东征武将配之。藩邦再造，虽出于神宗皇帝字小之恩，所以赞成之者，寔尚书力也。不幸为丁应泰所诬，竟罹文罔，东人至今悲之。今次西京感古韵，单道其事云。"柳尚运《燕行录》

柳尚运《用棘城韵呈正使》："江郊新卜筑，桑梓欲成林。彭泽非吾愿，庄生动苦吟。求全都妄想，安分即良心。会待东旋日，投竿野水深。""论道余闲且远游，孑遗氓俗亦观周。驱车塞北三千里，歇马关西第一州。吊古几多临水感，望辰应复倚楼愁。人心不及无心物，八教微茫旧井留。"柳尚运《燕行录》

金锡胄《次副使韵奉赠关西李方伯世华》："西来快意共巡游，专制真推识虑周。旧拥千夫临萨水，新兼两察领箕州。将藏胸甲资时策，士引臂弧破客愁。闾井况闻氓乐业，雪山今重得君留。"金锡胄《捣椒录》

金锡胄《怀渼阴》："小筑新成压上江，高秋日日倚轩窗。今来塞外三千里，坐想湖中白鸟双。"金锡胄《捣椒录》

柳尚运《安州二首》："安州西北野茫茫，丁卯年间古战场。烈士满城争死敌，行人驻马竞烧香。由来礼义俘中华，运去山河落大荒。慷慨新亭虚洒泪，不堪临发更彷徨。""安西佳丽擅关西，傍郭鱼鳞比屋齐。万景台高沧海阔，百祥楼迥暮云低。使君府里饶歌舞，节度营中卧鼓鼙。最是倦游身已病，不堪遥

夜意凄凄。"柳尚运《燕行录》

金锡胄《安兴感怀八首连环体》:"二十年间再度来,依然关钥旧楼台。书生袖里芙蓉锷,愿决顽云直北开。""愿决顽云直北开,长风挟我上崔嵬。昭昭香岳当天起,历历清川抱郭回。""历历清川抱郭回,海门归路接登莱。如何傧接皇华地,无复仙槎奉诏来。""无复仙槎奉诏来,塞门频见喝书催。金缯此日和戎策,弱国寒妻恨岂裁。""弱国寒妻恨岂裁,征车我亦指燕台。桑蓬宿志今何有,第看山河表里回。""第看山河张里回,慈城百仞白云隈。城名曰母民焉往,庙号称忠世所哀。""庙号称忠世所哀,宜春殉烈更奇哉。当时惨恢经营地,疑有鞭风与驾雷。""疑有鞭风与驾雷,可无兰藉又椒杯。重寻往迹偏多感,二十年间再度来。"金锡胄《捣椒录》

柳尚运《宿新安馆》:"白首长征客,青灯夜色遥。羁怀坐悄悄,京国日迢迢。晓气侵虚馆,边沙满敝貂。关山去无极,前路又明朝。"柳尚运《燕行录》

金锡胄《过新安有感赠柳絮》:"忆昨寻春日,花红柳未丝。今来花落恨,唯有柳偏知。""嫩绿初杨柳,风流邃如许。当时花灼烁,零落今何处。"金锡胄《捣椒录》

金锡胄《有感》:"清池曾映赤栏西,百种娇花出水齐。花落今来时物改,数行衰柳向人低。"金锡胄《捣椒录》

柳尚运《听流堂》:"忆昨西来二月春,小溪清漾柳丝新。如今物态浑非昔,不独当筵换主人。"柳尚运《燕行录》

柳尚运《夜坐口占》:"悠悠离合似浮萍,次第行旌若晓星。好是关山今夜月,也应先上统军亭。"柳尚运《燕行录》

柳尚运《次叔弼韵三首》:"款款若天伦,遥遥在地角。文翁旧化乡,仲宣今作客。相思莫相望,唯见胡山白。""欲折使者车,莫控将军角。燠室犹折绵,况乃燕山客。故来辛苦意,看取镜中白。""共谋筑蜗室,相对欹乌角。半世亡羊子,后身骑牛客。襟期一天月,澹然冰壶白。"柳尚运《燕行录》

柳尚运《登箭门岭,岭在义州治南十里》:"遥遥征旆出边城,戍角呜呜候骑迎。日暮塞垣云惨惨,天寒沙碛雪峥嵘。男儿刚制怀乡泪,犬马那堪恋主诚。莫上箭门回首望,万重关树隔秦京。""底事三年十往还,箭门西望认龙湾。春风尚识桥头柳,朔雪今看霁后山。游子倦怀霜满镜,相公新什玉连环。重来不是无诗料,却为身劳且要闲。"柳尚运《燕行录》

柳尚运《无题》:"投辖曾同饮,开筵此蹔留。如何铁如意,不用酒忘忧。"柳尚运《燕行录》

金锡胄《次太学士李公彝仲敏叙韵》:"自笑平生寡短长,从来心计错修廊。

亦知远使惭枢弼,安得横行效舞阳。多病嫩脏兼近腊,易凋疏鬓转添霜。只应干事东还日,休禄期追汉代良。"金锡胄《捣椒录》

金锡胄《复迭副使周字韵》:"春闱结发旧同游,荣落中间岁几周。今日载书公副价,当年推毂国西州。关心行役常怜病,到眼篇章却散愁。治理更看遗爱在,芳名处处勒珉留。"金锡胄《捣椒录》【考证:以上诸诗约作于十一月初一日至十八日间。】

十八日(辛酉)。

柳尚运《龙湾十咏》:"城头吹角城门闭,城头吹角城门开。门开门闭自朝暮,人去人来日相催。""使君满斟桑落酒,使君有妓秦罗敷。生惯送人无别语,别时醉睡红氍毹。""统军亭下鸭江水,统军亭上东岳诗。斜阳独立一长啸,白鹤不来城郭非。""岳老题诗亭独在,后来继者东溟翁。边儿亦解诗中意,不怕城头猎火红。""边城事业唯弓箭,不主栖皮解射雕。终日何妨鸣胜鼓,金声休使闻天骄。""歌翻入塞出塞曲,日落长亭短亭间。作客莫言边地苦,也应来日忆龙湾。""龙湾留客正堪夸,绣幕云屏整复斜。画梅压雪一枝亚,恰似吾家窗外花。""望远遮莫登高去,眼中云树隔千岑。长江自是东流水,凭寄朝宗万折心。""杀胡林畔狼烟起,马耳山前冰塞河。莫道如今天未雨,夜深人语戍楼多。""分台御史风流客,柱国元臣文武才。最是此身无寸长,龙湾十咏强吟来。"柳尚运《燕行录》

金锡胄《龙湾杂咏十绝和副使》:"廿日驱驰出汉关,箭门岭上望龙湾。黄沙白草麟州戍,落日寒云马耳山。""亭台自古登临地,词客如今吟赏多。青丝赤羽君平语,宇宙山河岳老歌。""延州本是高丽地,年代茫茫古迹存。东国亦曾收钓筑,至今人说乙巴村。""先王远狩龙蛇岁,上国专征熊虎兵。欲识吾人恩肉骨,请将深浅较东瀛。""丁年猎火照天红,锁钥西门付老耸。举朝未有申包节,通判先成卯发忠。""林家小竖生奸诈,曾向龙湾拥节旄。弃命一朝逃海去,邦人错道是雄豪。""九龙渊中九条龙,千岁深藏老鳞甲。定应抱子冰底卧,预教明春行雨法。""壮士初调宛马骑,千金不惜作鞍鞯。连钱背上模糊血,知是胡山射鹿归。""湾州女子十七八,窄袖裲裆兼绣帕。今朝鸭绿试新冰,照烂红妆跨白马。""龙湾大贾计然术,终岁金绮烂作窟。最是江州一条参,换得蚌珠大如栗。"金锡胄《捣椒录》

金锡胄《龙湾次副使韵》:"冠盖纷纷此往还,饮冰吾且涉冰湾。岳家旧誓黄龙府,轩相遗踪白马山。未怕夜中夸剑槊,只愁春后滞刀环。何当归去湖亭上,坐看波鸥灭没闲。"金锡胄《捣椒录》

金锡胄《留龙湾日会武士射帿》:"义顺门前布鹄开,鼓声终日响晴雷。从君愿借连珠手，射取阴山白额来。"金锡胄《捣椒录》【考证：上诗云"廿日驱驰出汉关，箭门岭上望龙湾"，据《使行录》，金锡胄一行于十月二十九日辞朝，故以上诸诗约作于十一月十八日前后。】

金锡胄《得京报，信使之行已还朝矣。惊喜之至，遂占一绝，遥寄李季心学士》："闻道楼船使，蓬莱采药还。吾非筑城者，独自向燕山。"金锡胄《捣椒录》

柳尚运《夜半失寐，效古五更转体》："初更坐看中郎集，议论文章无此伦。脱得南华老仙骨，读书如见卷中人。""二更调服六君子，气自温温味自醇。扶病正须王事重，关心药裹岂谋身。""三更独抱单衾卧，蜡炬烧残夜气寒。历历儿孙俱在眼，却胜来入梦中看。""四更更转青灯灭，帘幎重重锦绣张。昼拥轩车夜华馆，枕边何必梦黄粱。""五更更转不成梦，木柝一声乌夜啼。赖有随身仙子草，拨炉遥夜到晨鸡。"柳尚运《燕行录》

柳尚运《次赠洪太初六言》："珍重黄冈远来，依然安定离别。前期浿水烟花，今夜关山雪月。"柳尚运《燕行录》

柳尚运《过江日留别湾尹》："沙头尊酒去留情，白发还应顶上生。马踏长河冰欲裂，风饕大漠雪初晴。天时苒苒日南至，此路悠悠人北征。今夜行装何处宿，鹘山西畔九连城。"柳尚运《燕行录》

金锡胄《鸭江离别湾尹》："绝塞登临地，携君双玉瓶。乾坤三大水，夷夏一高亭。海接鲸涛白，山连鹘岫青。今朝过此去，吾欲醉无醒。"金锡胄《捣椒录》

柳尚运《次正使留别湾尹韵》："惜别留诗句，宽忧倒酒瓶。分明畴昔梦，先上此江亭。前定由来素，双眸几日青。临歧更携手，抵暮醉还醒。相公曾有梦作'乾坤三大水，夷夏一高亭'句，分明此地物色，故云。"柳尚运《燕行录》

柳尚运《宿九连城》："雪马渡江冰，九连城下宿。严风大漠来，放火胡山赤。榆林出塞平，松岫参天矗。安得笔如椽，勒名其上石。"柳尚运《燕行录》

金锡胄《露宿九连城次书状韵》："三江十里一冰通，藉草餐风马转东。依依却记前宵事，烧烛闲房锦绣红。"金锡胄《捣椒录》

柳尚运《松鹘山》："松鹘岩岩石削成，乱峰高插天峥嵘。西压沧溟万里阔，北临沙漠群山平。林薮中藏豺虎窟，盘纡旁护凤凰城。安得长风驾两腋，直登其上望秦京。"柳尚运《燕行录》

柳尚运《宿龙山穴岩》："白草知辽野，玄冰认黑河。溪炊晨汲雪，林宿夜鸣锣。鴃舌欺方语，蛮讴谑旅歌。官僮前慰我，羌店抵关多。"柳尚运《燕行录》

金锡胄《渡江三日，得抵凤城。旧闻此地虎豹交迹，今行绝无林间咆吼之物，聊占一绝以谢山灵》："朝行绝漠人烟断，暮宿穹林豺虎多。今日山灵勤护我，尘清百里见犵呵。"金锡胄《捣椒录》

柳尚运《安市城》:"废堞在山麓,或言安市城。怀人曾掩卷,抚迹倍伤情。地理无今古,天时有毁成。依然拜绢处,风节凛如生。"柳尚运《燕行录》

柳尚运《次正使谢山灵诗韵》:"射石神弓真小技,渡河前绩较将多。更兼泣鬼诗难和,竟夕频拈冻笔呵。"柳尚运《燕行录》

柳尚运《途中口占呈正使》:"兹行不与夙心违,休道殊方伴侣稀。学笑任它邻女丑,论文时听麈谈霏。故催星驾随台座,每拂尘貂傍绣衣。倘使世人知有此,肯教言面见几微。"柳尚运《燕行录》

金锡胄《次副使韵》:"天时人事奈相违,霜雪今冬又觉稀。缘涧薄澌寒故浅,着林轻雾晚犹霏。未论此役来殊服,长忆吾君尚早衣。惆怅钟鸣行不息,白头羞道宦情微。"金锡胄《捣椒录》

柳尚运《松站示同行诸人》:"山坂仍为道,川渠不设桥。涉冰频蹶骏,逢石辄翻䡄。临井宁容汲,依林却买樵。驱车儓佣者,又复执鞭骄。"柳尚运《燕行录》

金锡胄《次副使途中即事韵》:"古有舆梁政,今无十月桥。店寒还阻突,车骇即冲䡄。且莫求杯水,那能贩束樵。计量仍自笑,无怪尔名骄。"金锡胄《捣椒录》

金锡胄《复迭前韵》:"每诵清诗意不违,当朝标格似君稀。在怀珠玉堪成佩,落纸烟云剩作霏。此日萍蓬殊远迹,他时薜荔有初衣。沈吟欲写心情语,的的寒灯到晓微。""卜筑湖亭在,渼阴第一桥。近山纷入席,缓步亦当䡄。莲屿陂堪钓,王官谷可樵。投闲干事日,吾意贵无骄。"金锡胄《捣椒录》

金锡胄《次书状韵》:"此地如何度此晨,强将欢笑岂情真。别离故国还多日,时节殊方又小春。""侏离隔壁闹昏晨,况复贾嚣认未真。一事尚为邮卒幸,仲冬天气暖如春。《左传》云:'贾而欲赢而恶嚣乎?'"金锡胄《捣椒录》

柳尚运《次正使韵》:"龙门奉袂幸今晨,日夕温温笑语真。更荷神明扶护力,使车归趁故园春。"柳尚运《燕行录》

柳尚运《次书状韵》:"河馆寒灯守旧庚,也应今夜弟思兄。休怜作客经年事,每念离亲万里程。绝塞室庐俱异俗,晓风榆柳总愁声。联翩赖有新知乐,时把佳篇慰不平。"柳尚运《燕行录》

柳尚运《再次正使韵略叙鄙怀》:"自笑疏慵与世违,索居穷巷过从稀。主恩未效涓尘报,臣辱宁嗟雨雪霏。况复壮观男子事,不妨归卧女萝衣。欲将诗句论怀抱,晓气侵人酒力微。""家在巴陵曲,门临小港桥。平生元野性,分外又星䡄。供世怜无策,营生足贩樵。何当随倦鸟,不放白云骄。"柳尚运《燕行录》

柳尚运《复用前韵追述即事》:"联筒相属莫相违,良会殊方古亦稀。灯火伴人寒耿耿，炊烟和雾晚霏霏。""题诗强记曾行店，多病宽披旧窄衣。征盖不须侵早发，羊肠细路绕林微。""射鹿通为路，枯榆卧作桥。乱山多绝磴，十步九停轺。兜肉朝供膳，邮人夜窃樵。西风尘起处，宛马又何骄。"_{柳尚运《燕行录》}

金锡胄《通远堡夜中不寐戏成俚语》："公然不寐到三更，百疾交侵百虑萦。真个贱人还胜贵，榻旁多少鼻雷声。"_{金锡胄《捣椒录》}

柳尚运《次正使韵》："吟诗多事到深更，冷淡非关俗累萦。却羡无心厨下乞，睡来兼作咤波声。"_{柳尚运《燕行录》}

柳尚运《次书状韵》："镜中人易老，关外岁将阑。此地宁论苦，衰年本鲜欢。行装成剥落，厨菜失醶酸。最是难堪处，枭音隔壁欢。"_{柳尚运《燕行录》}

金锡胄《又迭前韵》："长程短店未教违，绝峡人烟百里稀。每遭朔风争树籁，旋催寒景隐林霏。前宵鸭水依毡幕，来日辽阳问羽衣。如此趁期终岁去，几时令节到三微。""郊扉卜筑计真违，旧伴渔樵恐亦稀。湖上烟霞曾媚妩，天涯霜雪即雰霏。驱来燕驷无停辖，着得苏貂有弊衣。归日归休吾熟虑，向时筋力觉全微。"_{金锡胄《捣椒录》}

金锡胄《又迭骄字韵》："陟峻宜循级，架空亦待桥。方行万里远，正赖一车轺。晓发催晨秣，昏投伴夕樵。互乡难责义，徒旅莫相骄。""忆昨辞朝日，群公出济桥。别筵罗酒爵，官路集轩轺。咏驷停行李，唱骊到返樵。殷勤赠策意，慰我聘天骄。"_{金锡胄《捣椒录》}

柳尚运《敬步三迭韵》："征雁南翔大漠违，故乡应自寄书稀。茆斋静处衡门掩，花木栽时小雨霏。梦里儿孙啼夜食，觉来沙砾扑晨衣。春风杖策归来日，柳拂弯堤一径微。"_{柳尚运《燕行录》}

柳尚运《又次前韵》："旅人晨发莫相违，绝塞羌村见亦稀。朔日漏云还暖暖，狼烟无雨亦霏霏。百年愁绪看华发，万里行装有敝衣。此去不须论苦乐，较来轻重一身微。""原隰驰驱地，箕城法水桥。前年叨建节，今日又乘轺。志岂忘斯世，衰堪返旧樵。勉公勤下士，贫贱向人骄。"_{柳尚运《燕行录》}

金锡胄《次书状韵》："昔年宗会记辛庚，南国联翩有弟兄。翅陆已怜腾骥足，抟风还喜阐鹏程。诗书我忝青毡业，词藻君传白雪声。衔命此行同万里，时将羁抱展来平。"_{金锡胄《捣椒录》}

金锡胄《次书状韵》："嘉牒曾知置后车，计存收族未宜虚。滔滔江汉分流远，郁郁枝柯体干余。定有辉光征琬琰，绝胜文藻振琼琚。望君此日诚非浅，正忆张公九世间。"_{金锡胄《捣椒录》}

金锡胄《甜水站》："客子侵晨发，迢迢征路难。方冬行绝塞，前夜宿连山。覆轴从三折，回崖自百盘。胡人重操切，愁愤不容删。"_{金锡胄《捣椒录》}

柳尚运《次正使甜水站韵》："使泥非由我，兹行良亦难。朝炊仍夕站，后岭又前山。玄土寒常拆，青泥曲几盘。周公虽不作，戎狄未宜删。""关河路修阻，行役日艰难。古堠汉时戍，阴云胡地山。旅人频抚槖，厨子强排盘。俚语仍成句，何妨览者删。"柳尚运《燕行录》

金锡胄《途中记闻》："尚家宝树名珊瑚，二尺高枝六六株。坐中莫怪生华月，枝上分明缀夜珠。""阴山漆鼠大如驹，八尺裘毛二寸俱。最是单于归猎夜，拥来消雪等红炉。""宣和天子帝中华，犹逐师师入狭斜。自是单于轻礼法，不妨今夜宿姬家。""闻道蚌池兀喇西，珠光夜夜照红霓。君王此去拟亲采，不乏千娥作宝笄。""黄台遗种日骄匋，恰似建州初发证。岁万黄金犹未厌，又来山外犯东蒙。""吴王死后家兵罢，尽向东屯作店民。可怜关外三千士，不及岛中五百人。"金锡胄《捣椒录》

柳尚运《青石岭》："峻岭危如蜀，长程远走燕。满山皆是石，无树不参天。绝磴猿愁渡，回崖马信鞭。斜阳坐孤店，乡思更茫然。"柳尚运《燕行录》

柳尚运《途中口占龙山》："行车晓发小溪滨，雾卷平林眼目新。倘使幅员为我有，青沙白石总宜人。"柳尚运《燕行录》

柳尚运《狼子山口占》："一朝胡孽满乾坤，五十年间长子孙。大抵语音犹汉译，迩来风俗已羌村。辽阳路近黄尘合，狼子山深白日昏。城郭人民悲举目，驱车不忍向中原。"柳尚运《燕行录》

金锡胄《复迭骄字韵》："客路同巴峡，归心在洛桥。羸骖愁叱驭，倦仆怯扶轺。截壑看横约，缘云认细樵。惯知青石险，胡马亦难骄。""辽野千年塔，渔阳百尺桥。此行常结辙，几日定归轺。苦厌毡为幕，长愁桂作樵。久闻柔亦胜，嗟尔莫骄骄。"金锡胄《捣椒录》

金锡胄《四迭前韵》："旅病心情事事违，他乡物色闻曾稀。簌林浙沥终风噎，隔岫冥蒙似雨霏。当案沙堆恒损食，透帘寒急转添衣。春粮啜药元殊道，参尤随身奈力微。"金锡胄《捣椒录》【考证：以上诸诗当作于十一月十八日至二十九日间。】

二十九日（壬申）。

金锡胄《违离京国已浃月矣，不胜恋阙之怀，复迭前韵记感》："忆昨趋班忝弼违，许升金殿宠恩稀。双开扇影依依闪，直上炉烟细细霏。掌合珥环垂翠袖，分庭鸣玉引朱衣。今来绝国长回首，夜夜清光望紫微。"金锡胄《捣椒录》【考证：诗题云"违离京国已浃月矣"，金锡胄一行于十月二十九日辞朝，故此诗约作于十一月二十九日前后。】

柳尚运《复次正使韵》："算来京国久离违，况复殊方信使稀。羁梦过山还栩栩,晓风吹雾故霏霏。却愁长路时加饭,每怕边霜累试衣。数问相公犹不寐,隔篱闪影一灯微。""鸟道缘岩出,崩崖架木桥。笋舆犹冒险,鞍马却辞轺。白日常逢虎,深林不到樵。松都还有此,胡骑昔曾骄。""独立斜阳里,辽东第几桥。千年余古郭,此日驻征轺。高士曾浮海,俘民或负樵。强吞均弱肉,堪笑尔蛮骄。"柳尚运《燕行录》

柳尚运《书示李秀士李自言江西人,飘泊到此故云》:"山河千里隔,宇宙一身存。萍水相逢处,论怀对酒尊。"柳尚运《燕行录》

柳尚运《次书状韵二首》:"客店连床宿,长程并袂行。题诗时遣闷,吊古或伤情。淡饭朝同饔,归期月几盈。东还吾退后,倘可访柴荆。""为缘征马倦,偏傍绣衣行。以我无修饰,多君不俗情。何妨诗被数,难遣客怀盈。稚少殊关念,今年我哭荆。"柳尚运《燕行录》

金锡胄《昨荷副价暨行台二公俱以删字二篇见示,咳喘方苦,未即和复,今始强疾吟成四首奉呈求教》:"首路燕云日,无如凤栅难。吏言笼失水,人记虎窥山。风飐箱书烛,尘霾荐食盘。羁忧真万斛,颓洞几时删。""数日燕行苦,无如东站难。才经八渡水,尚阻万重山。马足凌兢度,羊肠屈折盘。排愁诗句在,芜拙不须删。""直度连城易,长征辽野难。停车问往事,驻跸有前山。鹤认千年化,雕看百里盘。哦诗稍足料,雅兴未全删。""玄冬行且远,白雪而弥难。陇首思吴守,江南忆子山。遗音陈庙瑟,清响落珠盘。骚律推高手,悬知不敢删。"金锡胄《捣椒录》

柳尚运《次正使删字韵三首》:"相公五言律,平淡和真难。气势潮生海,精华花满山。沈吟忘敲户,会意欲推盘。收拾奚囊去,珍藏不敢删。""若说燕行苦,无非蜀道难。三河皆大水,八站尽阴山。十日半千里,三时恰一盘。题诗且随意,疲颈待人删。""人生适意贵,浮世会心难。肺病须高枕,身劳忆故山。松阴宜夏簟,畦菜上春盘。此事常关念,烦忧倘可删。"柳尚运《燕行录》

金锡胄《望驻跸山有感》:"惭愧长城诘老摩,迷楼结绮尽同科。秦王若更逢隋主,问着东征且奈何。"金锡胄《捣椒录》

柳尚运《次正使驻跸山有感韵》:"底事踣碑更手摩,漫将椒醑酹蓬科。归时驻跸山前过,为将争如后悔何。"柳尚运《燕行录》

金锡胄《辽阳》:"旧识辽东即我东,中间为汉属元封。城边太子曾奔水,塞外天王有驻峰。几愤公孙资跃马,还悲志士悔卢龙。唯看白塔冲霄立,化鹤无因更问踪。"金锡胄《捣椒录》

柳尚运《辽阳感古》:"辽东城郭已全非,白塔斜阳鹤不敢。惆怅即今人事变,千年一返亦沾衣。"柳尚运《燕行录》

金锡胄《次副使辽阳志感韵》:"有客令威是也非,当时谁见鹤来归。千年一返今无益,莫向胡尘染缟衣。"金锡胄《捣椒录》

柳尚运《沙河店》:"家家门巷俯河流,处处青帘是酒楼。大野欲浑天欲雪,行人争典鹔鹴裘。"柳尚运《燕行录》

金锡胄《记梦》:"缥缈林亭倚晚霞,画中光景梦中夸。怪来作客龙荒夜,一霎江山饷已奢。"金锡胄《捣椒录》

柳尚运《沈阳》:"胡姬唤客笑当垆,蹴踘樗蒲总狗屠。十字街头喧日夜,此中还有酒人无。"柳尚运《燕行录》

金锡胄《更迭辽阳封字韵》:"伤心此日访辽东,前代燕都视内封。莱碣坐通西接海,华戎分隔北来峰。千年羽化犹传鹤,乱世名完不愧龙。欲向遗民问往事,荒墟逝水杳无踪。"金锡胄《捣椒录》

柳尚运《次正使辽阳韵》:"鸭水初非限海东,辽阳元自属箕封。秦家延袤犹存界,唐帝登临尚有峰。古塔何年归白鹤,壮心他日饮黄龙。新亭坐客堪流涕,避地无人寄远踪。"柳尚运《燕行录》

柳尚运《有感沈阳即燕质被拘之地,故及之》:"万事伤心可奈何,只今遗恨客偏多。行人莫说西河苦,送者那堪易水歌。"柳尚运《燕行录》

金锡胄《沈阳》:"辽沈中原失,于今岁六旬。渐营新窟穴,犹壮旧城闉。塞日翻成祲,边风易作尘。熊杨死太柱,哀痛尚遗民。是日白虹贯日。熊杨,指熊迋弼、杨镐也。"金锡胄《捣椒录》

柳尚运《次正使沈阳韵》:"岂晋无三版,嗟燕未一旬。缄縢并窃国,操锸浪修闉。天地疮痍日,山河濆洞尘。朝周昔去路,不忍见遗民。"柳尚运《燕行录》

柳尚运《呈正使》:"行行万里此经过,举目殊方感慨多。走马甲军皆带剑,驱车蛮竖亦乘骡。青帘绿榜胡姬店,白日悲风太子河。何处一声堪下泪,至今哀怨是燕歌。"柳尚运《燕行录》

金锡胄《次副使沈阳韵》:"绝界辽阳更北过,黄龙自古战争多。旧时奚部夸千帐,今代夷王笑六骡。校礼岱宗知白岳,投鞭金祖认浑河。千秋痛饮成空誓,泪落羌儿几曲歌。"金锡胄《捣椒录》

柳尚运《次正使再迭多字韵》:"纷纷蛮触几番过,处处遗墟感目多。此路朝周悲白马,当年幸蜀忆青骡。新亭慷慨惟名士,旧馆荒凉尚玉河。四面即今皆已楚,不堪愁杀夜闻歌。"柳尚运《燕行录》

金锡胄《复次》:"呼蛮呼鞑各听过,鸟鼠龟蛙果孰多。嫁汉娶胡都是虏,似驴非马亦成骡。中原尽入完颜界,武力争推曳落河。最是中宵堪堕泪,奚儿齐唱鼓咙歌。"金锡胄《捣椒录》

金锡胄《患寒数日，咳喘甚苦，夜中不寐复次违字韵》："客土殊风与我违，病中心绪得安稀。唯余短发添霜皓，转觉昏眸着雾霏。销恶麝轻还隔幔，辟寒犀乏但兼衣。深更不寐恓惶甚，伴得孤灯午夜微。"金锡胄《捣椒录》

柳尚运《呈正使》："向来时事属多难，障塞先输第一关。会见铜驼愁晋棘，却惊胡马画吴山。讴吟岂少民思汉，毡酪争如俗杂蛮。生长群儿乱离后，拦街还笑旧衣冠。"柳尚运《燕行录》

金锡胄《次副使韵》："三流八渡饱辛艰，塞传来穿万马关。金复数州俱被海，东蒙千部尽依山。伤心膻羯沦诸夏，极目烟尘到百蛮。预想玉河经月苦，幽愁何异絷南冠。"金锡胄《捣椒录》

柳尚运《书叔弼简尾》："辽野有河皆浊漉，阴山无雪亦朝霏。今来惯识长征苦，他日那堪送子时。"柳尚运《燕行录》

柳尚运《再次多字韵》："此路伤心不忍过，愁云偏傍客程多。江山东尽通猪鸭，鞑靼西邻产马骡。从古巨防归窃国，只今遗恨在深河。洛阳已作看花地，旧曲休翻出塞歌。"柳尚运《燕行录》【考证：下诗题曰"腊月初四日"，以上诸诗当作于十一月二十九日至十二月初四日间。】

十二月

初四日（丁丑）。

金锡胄《腊月初四日，湾尹军官林时晔自沈阳告归，修状启，且付家书。问状启到京之期，当在十六七日云》："故国人归且付书，关山新月正如梳。想应书到家乡日，皓色微亏似月初。"金锡胄《捣椒录》【考证：诗题曰"腊月初四日"，当作于十二月初四日。】

柳尚运《再次旬字韵》："前路犹千里，离家已几旬。朝来促征盖，西去出重关。大野长河水，平沙万里尘。边城今夜宿，为我访遗民。"柳尚运《燕行录》

金锡胄《次副使复迭前韵》："离湾已千里，抵沈恰周旬。白塔看新堞，黄龙访古闉。经营大盗积，滚就万胡尘。披发伊川日，为戎愧此民。""英豪历历眼中过，上国兴亡感更多。就使台城来白马，不将栈路试青骡。刺工双虎开山海，驱得千驼暗洛河。从古冠裳文物地，尽供哀怨寄樵歌。"金锡胄《捣椒录》

柳尚运《次纪闻三绝》："沈阳民物尚繁华，风扬青帘整复斜。昨夜单于游幸处，彩桥东畔卷帘家。""胜广居然王至陈，孙心犹作牧羊民。宁知五百死同日，且看八千无一人。""种别居庸日稔凶，北忧方大又西讧。顽金帖木皆愚宋，得不胡尘痛再蒙。"柳尚运《燕行录》

金锡胄《怪杀》："怪杀当门整佛冠，低眸上手鼻瞻端。若果冥心求证道，何须街路要人看。""家家设榻供金像,处处开龛拜夕炉。怪杀刘翁五十子,争夸一半诵南无。狼子山有刘文夏者,其父刘翁娶六妻,生子五十余人。文夏自詑:'吾兄弟分处东站者甚多,而一半诵佛,岂不盛哉!'"金锡胄《捣椒录》

柳尚运《次怪杀二绝韵》:"莫怪胡僧整道冠,敛容长跪在门端。这盘模□还那里,名利前头仔细看。""莫怪西来风俗别,家家金佛佛前炉。熏香念做阿弥佛,溪壑还应到寂无。"柳尚运《燕行录》

金锡胄《宿老边城》:"边城万里地,此夜驻征旄。行役催人老,乡山费梦劳。风来朝野旷,雪罢晓云高。邮枥多寒冻,今忧正尔曹。"金锡胄《捣椒录》

金锡胄《巨流河复迭前韵》:"此地经旬任驻过,故疆新俗亦闻多。商胡或畜弥山马,野店人藏负碾骡。东堡旧民犹识丽,北方流水尽名河。陆沈尽有伤心处,羌舞奚箛敕勒歌。"金锡胄《捣椒录》

柳尚运《巨流河途中复用艰字韵》:"异乡行色备尝艰,征旆迢迢度玉关。今夜更逢辽野雪,接天唯见蓟门山。糁糕列肆能留客,毡毳为裘总是蛮。染尽胡尘衣已弊,几时泉石坐弹冠。""周流河上客停骖,城外萧条屋两三。遥野有岑迷远近,异乡看月卞西南。酒因肺病愁无赖,睡为身劳卧正耽。形役由来双鬓素,故山回首只心惭。"柳尚运《燕行录》

柳尚运《志感》:"千年郭外金冈塔,十字城中茶市衢。缥缈朱甍是佛宇,拦街碧眼皆胡雏。""胡姬唤客笑当垆,不是酒徒是博徒。问着故家多燕赵,悲歌慷慨时击壶。""携剑青萍玉辘轳,报仇白日红模糊。报仇不识报恩重,争及监门一老夫。"柳尚运《燕行录》

柳尚运《息庵相公沿途有作,辄赐示教。昨夕为诵潜谷老先生奉使时咏辽之作,又以所制近体见示,写尽辽野广漠之态,可谓洞庭争雄矣。谨用原韵迭成四首,以资一粲》:"乾坤元气此中间,相彼飞来怒鹘盘。天本盖高平似接,海才杯泻较谁宽。长风不尽将云去,广漠偏宜落日看。壮瞩已教吾眼大,庄生还觉语冰酸。""客路迢迢大野间,自东西走又南盘。坤倪且待停骖见,羁抱何须得酒宽。河水远奔沧海去,故乡遥傍斗杓看。欲将眼界穷辽蓟,万里风饕不耐酸。""骊珠谁许出人间,错落光辉映玉盘。游比子长还更远,门留挥客始知宽。功名绿野优闲计,文字黄苏伯仲看。前席即今迟剑鸟,调羹从古要梅酸。""十载奔忙簿领间,素餐还愧肉从盘。且抛尘界前身累,新占阳山一野宽。药圃雨朝移菜种,草堂晴日展签看。角巾亭上时相访,共说辽河客味酸。"柳尚运《燕行录》

柳尚运《复用前韵》:"广漠之墟夷夏间,医闾山势若龙盘。阴阳自是关消长,疆域何由试窄宽。事去风尘双下泪,却来天地一回看。乘槎旧路无穷恨,

不独长征气味酸。"柳尚运《燕行录》

金锡胄《辽野》:"一旬驱传出辽关,大野茫茫筑路盘。世界每疑藏粒小,尘寰乃有敌瀛宽。天形浑盖凭谁卜,日御升沈独我看。若对庄生论此理,羁愁亦足破辛酸。"金锡胄《捣椒录》

金锡胄《复迭前韵次副使》:"广漠真无似此间,医闾东畔接高盘。乾坤依附端倪合,日月回旋境落宽。种后樗柯栽得荫,怒余鹏翼展来看。拘儒管觑形容处,自愧望洋语转酸。""驱车轧轧莽苍间,何异驴巡只旧盘。几日高平行得尽,直登山海望来宽。蓟门烟树依微见,尚父提封隐约看。物理回环元不爽,亿回甘味谢前酸。""生平慕悦贡王间,况复兹行共赵盘。府吏纵歌吾甚倦,边民损户子为宽。交情且莫形骸累,志业还须鬓发看。他日政归宜自勖,毋将世味坏咸酸。""牛川家在水云间,是处真堪隐者盘。千树梨花岩洞静,一轮秋月渡迷宽。盛年仕宦时能得,晚节江湖世孰看。正欲与公论此着,非缘俗态转辛酸。"金锡胄《捣椒录》

金锡胄《望医无闾山》:"指点医闾缥缈间,青苍一抹露天端。纵然约略非全面,佳气先从眉黛看。"金锡胄《捣椒录》

柳尚运《羊肠河》:"岁暮边风急,燕山客路长。前临有河水,何事又羊肠。"柳尚运《燕行录》

金锡胄《羊肠河》:"曾识羊肠有峻坡,如何此名又此河。于今细揣人间事,直道全稀曲学多。"柳尚运《燕行录》

柳尚运《次正使韵》:"晓车行转黑山坡,且渡羊肠雪塞河。莫以河名愁利涉,浅滩从古覆舟多。"柳尚运《燕行录》

金锡胄《医无闾复迭前韵》:"曾无培塿着辽关,忽有巃屼百里盘。分隔华戎形因壮,平临溟野界全宽。河山不逐兴亡变,堞垒徒凭涕泪看。仍忆灵均骚赋语,远游歌罢倍心酸。"金锡胄《捣椒录》

金锡胄《甲军》:"带羽高头骏,人称是甲军。在途偏掠马,入室动生羣。偷有难医癖,尘成不扫氛。行行长作伴,辛苦莫须云。"金锡胄《捣椒录》

柳尚运《次正使憎甲军韵》:"属骑为麻贝,群驰是甲军。无人不拜佛,其俗又茹荤。入院艰通水,逢沙故作氛。公然驱策去,何以护行云。"柳尚运《燕行录》

柳尚运《复用盘字韵》:"古往今来此两间,秦何虚筑汉铜盘。谁知千里牵车指,全付三章约法宽。陈迹已随流水逝,菌柯留与后人看。相逢乱代休相问,不道心情只道酸。"柳尚运《燕行录》

柳尚运《过大凌河有感》:"大凌河,小凌河,云是行人西走咸阳之古道。

道旁多战场,萧瑟松山杏山堡。荒沙乱碛骨相撑,冤血化为蒺藜草。蒺藜草,蒺藜草,不是祖家卢家是。卢家祖家荣辱际,只在当时或生死。愧杀门前四大字,遗恨辽河半江水。"柳尚运《燕行录》

柳尚运《次书状韵》:"平生袖里剑芙蓉,携入亭隍过几重。已识凶奴长技少,欲将函谷一丸封。征鞭且驻悲歌市,猎火疑传古戍烽。行尽医巫闾下路,直登山海涤烦。"柳尚运《燕行录》

金锡胄《闾阳途中望十三山》:"行尽医闾刮眼看,道旁还有十三山。词人彩笔长留架,少女明妆尚旧鬟。绵络楚疑添四岫,飞来巫峡剩余峦。遐荒绝漠终非地,合置天台雁宕间。"金锡胄《捣椒录》

柳尚运《十三山次正使韵》:"历历群峰指点看,依然巫峡见巫山。巴陵客子愁闻雁,姑射仙人笑整鬟。十岛三神宁缩地,啼猿灵鹫即重峦。襄王不必真知数,暮雨朝云醉梦间。"柳尚运《燕行录》

金锡胄《巨鱼》:"闻道官输北海鱼,强名吾亦见庄书。专车有类防风骨,吞舶曾游浴日墟。未怕秦弧尝浪射,谁言汉网近全疏。悬知借鼎函牛处,厌饫仍看遍九闾。"金锡胄《捣椒录》

柳尚运《次正使咏巨鱼韵》:"堪笑从前海大鱼,却将鬐鬣见于书。庄濠旧乐求枯肆,秦鲍同车过里墟。乌鹊扳巢今不见,庖羲结网未全疏。张鳞自有恢恢地,钓者何曾到尾闾。"柳尚运《燕行录》

金锡胄《广宁》:"欲向医闾访故踪,山河惨憺夕阳中。边功百战推宁远,绝学千秋仰贺翁。寰宇即今殊内服,穷荒何处觅儒风。伤心最恨前朝事,强敌当门尸老熊。万历初,广宁总兵李成梁以战功封宁远伯,为一代名将。其子如松、如柏即有功于东征者也。贺郎中钦闻白沙陈献章之风而悦之,诣邸受学为高弟,早退隐居于此,学者称为医无闾先生,有文集三册。天启初,巡抚王化贞守广宁,闻房兵至,不战自溃。朝廷并逮经略熊廷弼论死,天下惜之。"金锡胄《捣椒录》

柳尚运《次书状望海韵》:"星槎当日望层霄,织女机头夜色遥。沧海即今迷去路,大明何处贺正朝。"柳尚运《燕行录》

金锡胄《大凌河吊古仍迭鱼字韵》:"人方刀俎我方鱼,日日凌河奏急书。万灶销沈同乱碛,千隍划削作荒墟。吕文未救恩终失,邵武先诛计亦疏。不识卢公何处死,定应英爽镇医闾。明朝既失广宁之后,凌河数百里之间,有三十年百战之场。祖大寿、大乐兄弟以世迁将,初从孙阁部承宗,收复凌河,后守锦州。清人掘堑三重,为长围三年,犹不降。粮尽不继,大乐先降,入城劝之,乃降。与宋朝吕文焕、文德兄弟守襄阳事绝类。袁总督崇焕初以邵武令上书言兵,遂见任东事。已庚间,竟以房迫皇考剐死。巡抚卢象升者,亦以治流寇有名,杨嗣昌忌之,改任辽蓟,庚辰年间战死,事略见于《明季遗闻》。盖松、杏、塔三处守将之一也,而塔山死义最烈,计策尤奇,意其将必卢公也。然无可征,是可恨也。"金锡胄《捣椒录》

柳尚运《大凌河再迭鱼字韵》:"凌河忍食水中鱼,读至庚年却废书。朝暮冤氛迷古碛,蒺藜衰草遍遗墟。皇灵渐被知无远,障塞经营计或疏。最恨国殇招不返,楚些谁复续三闾。"柳尚运《燕行录》

金锡胄《途中遇大风》:"滓秽云阴缀晓空,疏荧无路卞宵中。似将欲下天山雪,忽复先驱瀚海风。骤向崩城疑搏石,转来平野怯飘蓬。帽檐侧尽冠缨断,试拂衣尘一寸蒙。"金锡胄《捣椒录》

柳尚运《辽野逢风次正使韵》:"天地东南一半空,大块往往嘘其中。朝来氛翳晚来凄,昨日温暄今日风。尘起宁容王导扇,车行从转帝轩蓬。吹之何不驾双腋,坐我昆仑如发蒙。"柳尚运《燕行录》

金锡胄《杏山》:"宇宙千年变,山河百战迷。停车愁独立,落日杏山西。"金锡胄《捣椒录》

柳尚运《塔山卢总兵象升战死之所,塔山守将诈降诱贼,放火同烧》:"白日男儿死,黄沙战骨埋。芳名传不朽,冤气蔑成霾。北去多蟓蝎,南来足虎豺。魂兮如可托,武烈在东涯。""草没荒墟小,沙翻万圹埋。忠臣死作厉,杀气昼犹霾。彼即秦为帝,良由蜀化豺。潭州自焚地,华闻已天涯。"柳尚运《燕行录》

金锡胄《塔山次副使韵》:"国史今难见,将军姓字埋。为言当日烈,偏觉塞天霾。世已沦膻酪,人方足虤豺。英名谁敢泯,悬揭定无涯。""誓与城同破,何须战骨埋。雷车兼电帜,火烈更风霾。秘略疑神鬼,精忠动虎豺。人亡千古恨,辽海并无涯。"金锡胄《捣椒录》

柳尚运《过宁远卫祖大寿牌楼口占呈正使》:"他山攻石玉参差,斫谢风斤技却倕。枉恨楼台容易毁,岂知门户果难持。堪嗟盛事还今日,睹得行人驻少时。欲问子孙今在否,废园寒雀噪空饥。"柳尚运《燕行录》

金锡胄《宁远述感二十四韵排律》:"往属升平日,三边荷帝灵。山河大布置,关辅壮基扃。凌水连松杏,闾岑接锦宁。旗常悬日月,砧斧肃风霆。拥节曾征戍,推锋亦摧绥。犹堪绥四服,尚冀巩千龄。别部邻山白,争端启海青。中朝嗟不振,末运又斯丁。秦禝方流毒,胡尘遂一腥。渐看隳堞垒,旋复纳门庭。士愧军容幕,人怜督府囹。哥舒生足耻,卢奕死弥馨。晋水城三版,骊陵火一星。三精归震荡,九宇尽迷冥。羌曲通蛮舞,榆林到桂溟。已循陵律发,争易介鳞形。大卤千驼暗,平沙万磷荧。遗隍堆破甓,空堑填枯萍。慷慨心如割,呜呼涕自零。乱亡推往迹,用舍失明廷。实痛温杨蔽,虚调洛蜀停。输金藏阁货,琢玉建楼铭。罪将须常典,佞臣合重刑。题诗续麟钺,拟与髑髅聆。"金锡胄《捣椒录》

柳尚运《呈书状》:"歌台舞观尽欹斜,唯有牌楼映棣华。漫使玉音留指点,

空教金碧斗豪奢。休夸四世元戎宅，古有双成节义家。门巷已随人事变，废园无主噪群鸦。"柳尚运《燕行录》

柳尚运《三迭偨字韵》："成家治国不参差，相道从来比则偨。王事不遑劳跋涉，神明正赖好扶持。猃狁功冠图形日，骐骥词高结发时。修内即今为上策，遄归廊庙活民饥。""由来枘凿两参差，为是规绳舍鲁偨。出岫云归须自在，背岩花落恐难持。衰颜已逐凋芳歇，适意唯思命驾时。且有单瓢随处乐，不妨稚子也啼饥。"柳尚运《燕行录》

金锡胄《次副使韵》："雕珉错璧尚差差，神巧知应役老偨。尽谢梗楠常结构，全亏山岳与撑持。沉碑正待沧桑际，架石还期烂溯时。可恨世臣今负国，谁将盂饭饷敖饥。"金锡胄《捣椒录》

金锡胄《又迭差字韵》："谁能适我意参差，百巧徒然想妙偨。算饭当昏翻斗甬，汲冰终夜响军持。燕山正忆东园日，浪泊还思下泽时。竣事行将穿峡去，满畦艺术足疗饥。东园，用颖滨燕山诗语。军持，梵云汲水器。"金锡胄《捣椒录》

金锡胄《又迭》："祖家双阁对参差，夸伐何须费巧偨。健将当年无若比，残兵几岁与胡持。百途力瘁婴城际，九仞功隳倍国时。最恨千金归日阕，军中半菽泣寒饥。"金锡胄《捣椒录》

金锡胄《过祖大乐牌楼又有祖大寿牌楼，而其奢琢奇巧不及，高亦减数丈矣》："瑶阁铭勋甲第东，层标金碧尚玲珑。勒珉解道雕冰易，架玉真同刻楮工。当日痴心忧石烂，只今衅罪认天通。提兵不读嫖姚传，痛尔还亏四世功。"金锡胄《捣椒录》

柳尚运《次正使咏祖家牌楼韵》："对起飞甍正在东，双垂凤翼色玲珑。燕山勒石寻常绩，汉水沉碑亦未工。宝刻先陈三世德，牌楼故压十家通。行人驻马纷嗤点，应恨当年枉纪功。"柳尚运《燕行录》

柳尚运《次书状过牌楼韵》："零落谁家宅，荒凉旧里间。山河百战后，时节季冬初。奕叶元戎贵，繁华一梦虚。玉音宁在耳，金榜只今余。"柳尚运《燕行录》

金锡胄《次书状望觉华岛有感之什，岛距宁远不满十里，先祖文贞公丙子朝天时，阻敌兵留此踰一朔云》："吾祖朝天岁，于今半百云。世真成异代，书亦失同文。国弱方愁敝，孙孱敢道勤。唯君偕此役，万里慰离群。"金锡胄《捣椒录》

金锡胄《早发向中后所，炬绝失路，次副使晓行韵》："燎残月落断村鸡，半夜多岐却转迷。峻级辂欹知侧阪，薄冰蹄响认前溪。但循斗极方看北，欲候朝暾又向西。未晓襄城曾类此，戒心聊复托诗题。"金锡胄《捣椒录》

金锡胄《副使又迭差字韵见示，韵强词敏，殊可珍也，更步其韵》："文章于道未参差，亦有人工夺巧倕。换骨本来期变化，轻心唯在务存持。典刑鲁礼雍容处，敏妙僚丸脱手时。可笑退之底苦恼，却将论著说寒饥。"金锡胄《捣椒录》

柳尚运《望山海关呈正使》："第一关前北望遥，周遭隐约见危谯。山从鞨鞴南穷海，城起临洮远度辽。固国元来非地利，防胡还自属天骄。逶迤粉堞终无赖，今古危亡祸在萧。"柳尚运《燕行录》

金锡胄《山海关次副使韵》："临洮延袤抵燕遥，几处亭墩几橹谯。嬴氏设防区绝漠，魏公增筑为全辽。溟波激荡群鲸戏，岳势奔腾万马骄。触眼今来无限恨，台城虽固奈亡萧。""饮马秦城下，停车古塞旁。即今关第一，自昔号称长。拔地山仍堞，粘天海作汤。前朝犹不守，何处问兴亡。""魏筑因秦险，崇墉截巨涛。事堪惩晋宋，才亦出萧曹。虎豹当关立，鱼龙出海逃。嗟今人代变，遗恨转滔滔。""次第边城失，当年此亦孤。深仇吴岂戴，大盗地终输。西北崩隍在，东南半壁无。白头还举事，吾且尔何诛。此篇专指吴三桂"金锡胄《捣椒录》

柳尚运《拟赠山海关传学官岩》："老作夷门隐，谁知版筑贤。青牛度关日，玄诀许君传。"柳尚运《燕行录》

金锡胄《赠山海关儒学傅教授》："关门紫气正氤氲，欲访真人倘是君。架上秘书三百轴，此中应有五千文。"金锡胄《捣椒录》

柳尚运《望夫石》："望帝千年恨未删，秪今啼血在空山。何如化作原头石，和雨和风日望还。"柳尚运《燕行录》

金锡胄《望夫石》："一片望夫石，行人指点称。贞心曾莫转，芳质遽先凝。塞雨常沾□，边云为掠鬟。山头屹立处，千古恨难胜。"金锡胄《捣椒录》

金锡胄《入山海关，从者不戒，犀带豹裘并为偷儿所窃，漫成二绝》："扰扰秦关路，纷纭车马尘。貌同心自别，谁是偷狐人。""吟诗戒太瘦，行役贵加餐。纵令腰围减，无从验带宽。"金锡胄《捣椒录》

柳尚运《山海关呈正使》："秦地山河表里回，关防形胜此雄哉。门临海壤鱼盐出，市别苏湖锦绣堆。夹道酒垆多贾客，傍桥村舍亦层台。繁华总是伤心色，何事胡笳又落梅。"柳尚运《燕行录》

金锡胄《留山海关》："万里亘长堞，三重起迭墉。轮蹄晨合沓，歌吹昼于喁。讵有真人气，偏雄塞国容。关讯循故事，滞客正愁侬。"金锡胄《捣椒录》

柳尚运《次正使山海关韵三首》："奏篆挑狂略，飞蒭死道旁。蓟山增峻极，辽野亘天长。栎闻迷云橹，濠看浴日汤。雄关无莱尔，今古阅凡亡。""城上夜闻柝，亭前风拍涛。归时且登眺，暇日属吾曹。水戏三千击，岛看五百逃。那堪东望远，江汉隔滔滔。""何颜归见帝，南面又称孤。河上提军去，门前纳欸输。杯羹那忍说，民牧不曾无。首事乖人望，宁逃鲁钺诛。"柳尚运《燕行录》

金锡胄《发山海关迭萧字韵》："近腊深冬夜苦遥，晓传余漏尚南谯。征装计日将逾蓟，归梦连宵却渡辽。偷手卷包频告警，倦蹄当秣暂生骄。平生刺刺深知戒，鬓发飘骚已化萧。"金锡胄《捣椒录》

金锡胄《过榆关店》："堙堑纡回万里寻，秦城尽处即榆林。齐民已困犹殚力，嬴帝虽愚亦苦心。当日幽都曾汉塞，此时羌笛总华音。停车怅望沈吟地，酿雪寒云故作阴。"金锡胄《捣椒录》

柳尚运《过榆关次正使韵》："汉代榆关且莫寻，老干如戟不成林。何曾此地看春色，到底殊方恼客心。倦后胡沙浑畏道，愁边羌笛总哀音。天无雨雪云犹黑，大抵燕山易放阴。"柳尚运《燕行录》

柳尚运《永平》："山势盘纡水势萦，镇东从古号雄城。燕都接壤为中土，汉代开边是北平。几处谯楼栖旧堞，至今民俗事深耕。衣冠到底还争笑，拍手群儿乱后生。"柳尚运《燕行录》

柳尚运《过白石村》："白石前村是，黄尘此路迷。顽云偏在北，斜日易沉西。猎过看雕落，桥危脱马蹄。芳菲已消歇，行役意凄凄。"柳尚运《燕行录》

柳尚运《抚宁途中》："岁月殊方晏，风霜两鬓凋。塞禽多夜噪，关树少长条。羌女能驰马，蕃儿亦射雕。羁怀日摇落，诗句慰无聊。台隍寻汉塞，疆域觅尧封。邑敝新经燹，风淳旧业农。衰迟仍久病，摇落又严冬。薄暮驱车急，寒鸦噪废墉。"柳尚运《燕行录》

金锡胄《次副使途中口占韵》："抚宁古名邑，风烟今半凋。枣林收晚实，杨柳损长条。近岫名征兔，遥空势没雕。湖翁有旧咏，三复慰无聊。"金锡胄《捣椒录》

金锡胄《途中杂咏》："武昌山下望夫石，乐府人称王建诗。今来我访长城外，千古流传亦可疑。望夫石""曾闻种枣多芳树，亦道仙棋有古台。定应樵子嫌柯烂，却并交梨偷得来。抚宁""秪残万柳庄边柳，尚欲临溪弄嫩丝。今日偶然晴且暖，风烟绝似早春时。万柳庄""十哲盖言从蔡者，三仁亦指近殷亲。细思尼父求仁语，当日成仁更二人。夷齐""城边贯石初疑虎，塞上擒胡即射雕。当日不封君莫恨，后人谁数霍嫖姚。李广""若调飞将为边守，更把芦峰作汉关。纵令骄虏能深入，谁遣沙场匹马还。芦峰口""贯道雄文透窍灵，仪形从古仰亭亭。吾行获近公遗采，擢笔群峰眼倍青。昌黎""孤竹城边一水回，空明不受点尘埃。问渠那得清如许，为近夷齐古庙来。滦河"金锡胄《捣椒录》

金锡胄《沙河驿》："燕关无处不尘沙，况复沙河较更多。匝縠沉沉成雾障，飞窗浙浙透烟纱。风回最怯迷魂阵，水浊堪伤独漉歌。吃苦此行殊未少，晨昏几合和餐加。"金锡胄《捣椒录》

柳尚运《早发沙河驿口占》："三声吹角趁晨鸡，行尽长程曙色迷。林雾乍收还似店，樵苏欲采却无溪。归心和月朝犹晚，望眼迎风路政西。老去尚余诗兴在，楼台须向最高题。"柳尚运《燕行录》

柳尚运《玉田》："蓝田古号弦歌地，乡塾今为鬻菜园。闾井市坊依旧在，诗书礼乐几家存。毡裘已作寻常着，华制还嫌仔细论。年代萧条人事变，不堪愁绝坐黄昏。"柳尚运《燕行录》

柳尚运《次榛子店壁间韵》："谁把新妆泣旧妆，即今鳞介易冠裳。无端子弟从吴起，却使阿娘到沈阳。""忍向胡姬学理妆，别时犹着嫁时裳。红颜莫恨多辛苦，青盖从来入洛阳。"柳尚运《燕行录》

金锡胄《榛子店主人壁上，有江右女子季文兰手书一绝，览之凄然，为步其韵》："绰约云鬟罢旧妆，胡笳几拍泪盈裳。谁能更有曹公力，迎取文姬入洛阳。"金锡胄《捣椒录》

金锡胄《复迭前韵和副使》："已改尖靴女直妆，谁将莲袜掩罗裳。唯应夜月鸣环佩，魂梦依依到吉阳。吉阳即古贵州，今江右地也。"金锡胄《捣椒录》

金锡胄《次副使韵》："辽路仍连蓟路萦，吾行穿过几名城。云南才见驰南牧，塞北空传有北平。蛮子方音犹汉字，丽庄水耨尚东耕。伤心房俗移人甚，怪我衣冠眼见生。清汉杂处混淆难别，而清人指汉人为蛮子，汉人指清人为蓬子云。辽蓟数千里皆旱田，独高丽庄南一坪，下湿且沃饶，宜于秔稻，居民皆以东国水耕之法为农，庄之得名以此云。"金锡胄《捣椒录》

金锡胄《玉田赠王丰坦公濯王即先人乙巳赴燕时主人也，厥后诗笺书幅往来不掇，中间六七年南游不归，今访之则才以五月归家矣》："有客三韩奉节过，寻君岁暮到烟萝。鲤庭已饱芳名久，燕市犹怜侠气多。旧迹不禁今涕泪，素心宁隔此山河。清尊半夜霏琼屑，更胜庆卿和筑歌。"金锡胄《捣椒录》

柳尚运《玉田王秀才公濯客室颇潇洒，喜而赋之》："相逢何必问阿谁，宾主翛然对榻时。映壁图书为静友，满庭花竹托幽期。堂深北巷风埃断，话到南游夕景移。家在蓝田宁抱璞，不须三刖要人知。"柳尚运《燕行录》

柳尚运《咏阶竹拟赠》："傍砌勤栽植，经霜好护持。主翁心里事，唯有此君知。"柳尚运《燕行录》

金锡胄《次副使韵》："戍削官骖减旧肥，修程还喜近幽畿。译持生舌今须熟，贾倩他金且莫挥。辽俗易污人尽变，尧封欲问世都非。苍穹不是全忘汉，早晚重恢有转机。"金锡胄《捣椒录》

金锡胄《次副使韵》："我爱当年方叔语，盛衰东洛占名园。即今黉塾还全废，自昔台隍只半存。蓝玉在田那足采，丰城藏锷又奚论。蓟门独有迷烟树，

尚带风埃尽日昏。"金锡胄《捣椒录》

柳尚运《蓟州》:"晴岚如雨和林霏,晓渍愁云晚不飞。欲向蓟门知近远,故教烟树见依微。题诗未必皆乘兴,促驾元因政忆归。闻道酒泉风味别,不妨今夜典征衣。"柳尚运《燕行录》

金锡胄《次副使蓟门韵》:"蓟门千树晚霏霏,冷霭凄烟极目飞。空里似岚常叆叇,望中如荠转依微。郭图乎远真堪比,海市虚无倘与归。回日登高春更好,且攀僧阁拂尘衣。是日气颇不平,不得历访独乐寺,故末句及之。"金锡胄《捣椒录》

柳尚运《渔阳》:"狂图漫作无穷计,大泽宁知白帝亡。万里长城犹不足,更调闾左戍渔阳。""日晏华清按舞回,渔阳鼙鼓响如雷。马嵬花落堪肠断,不信骄儿是祸胎。"柳尚运《燕行录》

金锡胄《次副使渔阳韵》:"秦政肆然气势张,尽亡人国欲无亡。漠北防胡还浪计,一胡先已在咸阳。""玉环不向马嵬死,天宝应先蜀栈亡。可恨沈香亭上睡,梦中多是恋渔阳。"金锡胄《捣椒录》

金锡胄《到蓟州观戏子口占》:"男子须眉偏气像,女娘涂抹亦□娟。眼看人世皆儿戏,任汝排场一哄然。"金锡胄《捣椒录》

柳尚运《次正使观戏子韵》:"偃月尚能传剑术,蚕眉犹复像容仪。如从赤兔横行去,看作黄龙痛饮归。"蓟州多美酒,故落句及之。"柳尚运《燕行录》

柳尚运《登独乐寺楼口占赠书状寺在蓟州》:"寺楼迢递绝尘沙,远客登临到日斜。穿阁壮观千尺佛,冷烟愁色万人家。分留郭外依微树,聚散城头早晚鸦。最是忘忧唯有酒,为君持去鹡鸰赊。"柳尚运《燕行录》

柳尚运《次书状韵》:"卧佛谁能此理穷,灵诠吾欲证圆通。跏趺偃息皆身外,寂灭虚无即念中。远树微茫宁本相,暮烟浓淡不全空。人间幼境君知否,伪是真非总大同。"柳尚运《燕行录》

金锡胄《滹沱河口占》:"滹沱一带水流溅,正忆萧王急渡时。云台功伐知多少,须让河冰第一奇。"金锡胄《捣椒录》

柳尚运《次正使滹沱河韵》:"还白军前马渡溅,将军功业冠当时。抱薪爇火寻常事,让与云台是数奇。"柳尚运《燕行录》

金锡胄《途中记所见以大车载碑石,马骡五百挽之,或云将立石纪平南之迹,或云将用于黑舍里氏新墓》:"二八轮车五百骖,他山炼得自燕南。未知且勒何功德,骊墓娲陵亦不堪。"金锡胄《捣椒录》

柳尚运《三河年前地震,三河最酷,城郭庐舍,荡然无余》:"古今休说是和非,万事伤心总可悲。女戴华冠存旧制,蛮通汉语杂侏离。风移俗易宁无术,海竭桑沉会有时。地载不胜天厌秽,且看城郭尽陵夷。"柳尚运《燕行录》

金锡胄《烟郊铺遇大风》:"汉虏相逢定不分,冥蒙八表入昏雾。明朝为报飞廉约,戒路燕都但辟氛。"_{金锡胄《捣椒录》}

柳尚运《通州途中遇大风》:"行到燕郊铺,刁刁起大风。初如万马走,旋作一鸿蒙。世界浑天内,行人漫雾中。轩皇今不在,无复辨西东。"_{柳尚运《燕行录》}

金锡胄《佟翰林》:"年少通州佟姓豪,自言官是翰林曹。直来炕上垂靴坐,先向腰间索佩刀。"_{金锡胄《捣椒录》}

金锡胄《通州》:"雄州设险帝都东,海转江漕万里通。从古楼台霄汉上,至今歌吹绮罗中。贾舫夜泛天津月,酒幔春飘碣石风。如此皇王文物会,缘何束手与山戎。""通州坊郭出云霄,乱后繁华不尽凋。万里漕河环作闸,千寻柁轴匝为桥。歌钟侠窟喧喧闹,裘马奢风个个骄。旧日忘轩诗句在,不堪乡思倍迢迢。_{忘轩,李胄号也。}"_{金锡胄《捣椒录》}

柳尚运《通州》:"第一桥头落日时,歌钟四起屋参差。迷津舳集苏湖榜,绕郭江通太液池。瞋目曼缨皆赵客,磨肩击毂是齐淄。沉吟不尽兴亡恨,怊怅无人问所思。"_{柳尚运《燕行录》}

柳尚运《八里庄戏占赠行台_{庄在北京南八里,是日大风}》:"无愁已看吾鬓白,不醉且对君颜红。东岳庙里衣冠去,玉河馆中甘苦同。长亭短亭行万里,昨日今日多天风。风伯却怜悲举目,故教尘土作鸿蒙。"_{柳尚运《燕行录》}

金锡胄《东岳庙》:"曾闻天历始经营,殿宇崇严拥百灵。碑版坛除森显刻,簿书厢庑列阴庭。奔趋士女无冬夏,警卫神兵有甲丁。欲向都城聊暂憩,乍沾茶碗渴喉醒。"_{金锡胄《捣椒录》}

金锡胄《次副使韵》:"今日燕都异昔时,世间何事不参差。明堂敞却千毡帐,太液饮成万马池。亡怪夷风无戴履,谁分酪味有渑淄。五噫六叹无穷恨,欲倩兰成写所思。""三省携衾殊不恨,异乡徂岁却生悲。先庐酒谷曾辞退,半路金川有别离。正忆点盘桃菜日,仍思瀹雪煎茶时。发春窃切归朝祝,道泰年丰更路夷。"_{金锡胄《捣椒录》}

柳尚运《入燕志感呈正使》:"燕都自昔帝王州,沦没胡尘问几秋。正殿已随寒烬灭,金台留照夕阳愁。即今氍幕千人帐,依旧觚棱五凤楼。最是遗民无限痛,八陵抔土总荒丘。""北来风俗异东方,创见令人感叹长。夹路牌楼相对起,秀才衣锦也无妨。村阎到底邻僧舍,冢墓寻常在道旁。大抵都燕较得失,九原何处拜高皇。"_{柳尚运《燕行录》}

金锡胄《次副使韵》:"行行十月向幽州,燕土陆沈今几秋。殊方客子此时恨,亡国河山无限愁。千年易水别离地,三载文山居处楼。呜呼愿取蓟门酒,一酹黄金台故丘。用李白杜陵主人清且廉律法。""都燕岂是厌南方，总为防戎筹策长。高屋建瓴元自壮，重门击柝讵云妨。如何妖祲连关内，终遣愚谋筑路旁。痛哭当年遗诏在，至今氓庶忆前皇。"金锡胄《捣椒录》

柳尚运《次正使韵》："山海关开政向东，人烟从古蓟门通。歌因作客聊三迭，酒用忘忧且一中。异地萧条难遣日，暮天摇落苦多风。百年时节看容易，谁为周王赋小戎。""千年庙宇昼冥冥，列塑森严若有灵。浑为碑文埋宝刻，不教苔色在空庭。烧香丐福勤三叩，奉钺持矛拥六丁。因此劝惩还一道，几多今古唤人醒。东岳庙"长鞭如束策连骖，划却巉岩向蓟南。表墓勒功都不管，着来尘焰政难堪。逢曳石"早晚阴晴也未分，陇云韬日故多雰。更兼万马驰沙碛，半是妖尘半是氛。遇大风"妆束看来是个豪，官名赢得又仙曹。怜渠习气犹燕市，惯向行人借宝刀。嘲佟生"柳尚运《燕行录》

金锡胄《途中记所见》："骑驴男子年半衰，左牵佳人白马羁。马上时闻娇笑骂，如何穿市故迟迟。""路上胡姬十七八，妆车露面无羞涩。亦有云鬟解避人，腰肢袅袅帘间立。"金锡胄《捣椒录》

金锡胄《题画》："谁取蒲桃架，许作鼯鼬巢。已遣甜头尝，又从宽处跑。""一马方翘陆，一马犹系树。驯者固可爱，怒则必能步。""一马方嘶云，一马犹龁草。观其意态雄，灭没千里道。""一寸耳挖子，挖取耳中垢。无乃太聪听，害作家翁否。"金锡胄《捣椒录》

柳尚運《復用南字韻》："五旬余日始停骖，一夜何能梦郭南。魂到边城惊晓柝，觉来怀思政难堪。"柳尚运《燕行录》

金锡胄《咏荔荄》："闻道南州驿使回，玉妃亲劈荔枝开。清平制进犹沾醉，润渴宜先太白才。"金锡胄《捣椒录》

金锡胄《咏蒲桃》："蒲桃初逐博望来，汉帝园林尽意栽。一颗滴来口吻爽，何须仙掌露盈杯。"金锡胄《捣椒录》【考证：下诗题曰"除夕"，故以上诸诗作于十二月初四日至二十九日间。】

二十九日（壬寅）。

金锡胄《除夕》："饯岁宁嫌报漏迟，异乡风物觉依依。争喧傩鼓兼烧爆，共贴茶神且画鸡。去意修鳞谁得御，羁心倦鸟不如归。钟鸣结束趋班地，章甫偏怜异越仪。"金锡胄《捣椒录》【按：是年十二月共二十九日。】

柳尚运《次正使韵》："夜为孤吟故较迟，五更残烛影相依。谁家赛鼓祈何福，故省堂神画是鸡。岁换遣愁人易老，春回政好客东归。欲知礼乐今犹在，阔袖峨冠即旧仪。"柳尚运《燕行录》【考证：柳诗为金诗之次韵，诗云"夜为孤吟故较迟，五更残烛影相依""谁家赛鼓祈何福，故省堂神画是鸡"，亦当作于二十九日。】

康熙二十二年（1683年/癸亥）

正月

初一日（癸卯）。

朝鲜国王李焞遣陪臣金锡胄等表贺冬至、元旦、万寿节，及进岁贡礼物。宴赉如例【按：参见康熙二十一年十月二十九日条】。《清圣祖实录》卷一〇七

金锡胄《癸亥元日》："衰年作客复今宵，忽满灵蓍握里条。北海简书徒感慨，西州诗律转牢骚。人生百岁愁为半，乡国千山梦亦遥。预想鸭江归渡日，汀花故怪鬓毛凋。"金锡胄《捣椒录》【考证：诗题曰"癸亥元日"，此诗当作于正月初一日。】

金锡胄《奉次书状参宴后述感之作》："蓦越魂交度九扃，俨随东弁会明星。千官环佩趋诸殿，百部鞶囊出内庭。梦里正欣亲衮黻，觉来谁识落毡腥。春回返国真非远，隐约华山在眼青。"金锡胄《捣椒录》【考证：诗题曰"奉次书状参宴后述感之作"，诗云"千官环佩趋诸殿，百部鞶囊出内庭"，当为正月初一日朝拜清朝皇帝后作，当系于此。】

金锡胄《留馆》："一入乌蛮节序催，居然阳律动新灰。赎金未许经年纳，封印还从几日开。每怪闭关非岁至，尚求通译趁春回。骄痴公事真难了，愁绪缤纷只举杯。"金锡胄《捣椒录》

柳尚运《次正使韵》："羁愁恼客集元宵，窗外番风拂柳条。算到知非饶一齿，赋因怀旧动离骚。春盘时节偏多感，江浦清明尚觉遥。赖有佳篇时慰我，却教双鬓不全凋。癸亥元日""午门钟动趁晨扃，河汉前头见客星。龙护曲阑开御座，马跑文石局明庭。宫扉乍辟犹传跸，杏酪初分已闻腥。彩胜银幡消息断，几家留得晓烟青。参宴后述感""长夜漫漫午漏催，小炉烟细拨寒灰。身如坏蛰方春动，户为凌兢向晚开。旅日不妨容易过，宾鸿倘可等闲回。排愁只有诗篇在，病肺新停浊酒杯。留馆"柳尚运《燕行录》

柳尚运《次书状韵》："故国屠苏酒，天涯短梗身。钟声夜正午，淑气斗初寅。禁苑栖鸦散，端门舞象驯。浮云堪涕泪，佳节解愁人。"柳尚运《燕行录》

柳尚运《谩吟》："旅馆谁相问，涔涔日抵年。青灯最有分，永夜照孤眠。"柳尚运《燕行录》

柳尚运《次赠书状二首》："一番风动一回头，陡觉流年倏已遒。来日天无大漠雪，去时晴泛九龙舟。从今作息须含哺，归趁清明且种莠。休咎只随人事感，

柳尚运《燕行录》东菑盈尺也应留。""莫言无雪雪浑头，岁月还从镜里遒。貌似禅龛孤坐衲，心如野渡自横舟。几条新长曾栽柳，数顷应芜晚播穄。贺至贺正吾已了，休将行事苦淹留。"柳尚运《燕行录》

柳尚运《壁画杂咏》："叶茂仍繁实，离离满架黄。风霜饱经后，留人羽卮香。葡萄""蓳蓳危如折，萧萧不作林。经霜多病叶，犹保岁寒心。竹""猎胡事骑射，渔子候濠梁。今看翻在此，谁道尔无肠。蟹"柳尚运《燕行录》

柳尚运《次上使韵仍迭三首》："家山迢递鸭江隈，何处登临万里台。春到蜀州诗未就，风从燕地暮多廻。高城北斗今宵转，故国南鸿几日回。虚馆夜深眠不得，赛歌傩鼓响如雷。""尽日涔涔向壁隈，春风不放上高台。汉家陵阙愁残照，燕市歌钟听夜廻。白玉高盘梦里事，梅花羌笛曲中回。土牛行令还今日，社鼓应催起蛰雷。""东天回首海云隈，几处名区几处台。淇水烟花行烂漫，朴渊冰瀑想喧廻。身如越鸟樊笼闭，梦逐燕鸿水国回。永夜青灯愁白发，甲龙时复吼风雷。"柳尚运《燕行录》

柳尚运《复用前韵，又成一律呈书状》："萧条虚馆傍墙隈，坐算长程几障台。冻雀循檐朝未下，羌儿赛节夜还廻。叵堪朔气凌兢在，不放韶光取次回。紫禁烟花知有日，青春重睹夹城雷。""归思刚如促织梭，机头十日不成罗。前门竟日寻常闭，佳节欺人次第过。远客诗情浑漫兴，衰年筋力又沉疴。朝来把镜看双鬓，若个缘愁奈尔何。"柳尚运《燕行录》

柳尚运《买眼镜》："行年四十八年来，阅尽悲欢眼力乖。展卷看书妨细读，临池作字不成楷。欲亲灯火花如缬，却晒晴窗日恐霾。会有金篦能刮目，秋毫还入镜中皆。"柳尚运《燕行录》【考证：下诗题曰"人日"，以上诸诗当作于正月初一日至初七日间。】

初七日（己酉）。

金锡胄《人日》："无端深锁玉河隈，底事拘幽坐夏台。每数鸡声愁夜永，频闻驼叫怯风廻。三春政自明朝始，七日先从此夕回。更怪邻胡何伎俩，六时钟鼓不停雷。橐驼夜叫则必有大风，试之果然。"金锡胄《捣椒录》

金锡胄《复次》："跋履山岨与水隈，提将圅币到燕台。尧封禹服知今变，羌舞奚歌任尔廻。眼为瞻辰长北望，心因随斗自东回。开关预想驱车出，意气真同奋蛰雷。""征车一入蓟门隈，为吊青莲揽涕台。骏骨亡来奇畜盛，华音变处异言廻。但凭楼阁销忧去，谁挽沧波洒耻回。往事荆高尤激感，义声千古尚轰雷。""不分燕蓟是穷隈，一夕春光遍戍台。迟旭暖冰无作噎，轻飔弄柳不须廻。羁骖蹀躞时怀骋，倦睡依微日梦回。此际政宜携伴去，与君东出试车雷。末篇为和书状示韵。"金锡胄《捣椒录》

初八日（庚戌）。

柳尚运《立春日》："祈福消灾各有辞，千门正是立春时。遥知稚子题新帖，只祝爷爷早早归。"柳尚运《燕行录》【考证：诗题曰"立春日"，诗云"千门正是立春时"，此诗当作于是年立春日即正月初八日。】

柳尚运《又步何字再迭韵》："不妨蜗室恰如梭，堪笑谁人恨雀罗。独坐草堂聊自适，全胜俗客也相过。无才享禄非安分，有欲投闲是养疴。存顺没宁君子事，营为计较奈天何。"柳尚运《燕行录》

柳尚运《观水晶灯游鱼，漫赋用前韵》："水晶盏小如梭，响沫晴波起迭罗。也有游鳞看活泼，方知容膝好经过。观从外面安知乐，菀在中心总是疴。巨壑纵来应圉圉，西江邈矣奈鱼何。"柳尚运《燕行录》

柳尚运《次子仰韵》："郁郁行装共适兹，囊中赢得去时资。珍从适口余无用，酒解忘忧病不宜。唯有蠹鱼存业障，好将怀袖弄胡儿。五车满载还嫌少，薏苡明珠任汝疑。近因购书有防，且以载归为嫌。来诗有盈怀之嘲，南海之疑，故及之。"柳尚运《燕行录》

金锡胄《次书状韵》："羁况无因慰在兹，幽忧百疾更交资。昏眸谢视垂偏好，软脚倩扶坐亦宜。虚想春闺占蟢子，实疏金帐酌羔儿。归时衰鬓还成雪，竞挽儿童定共疑。"金锡胄《捣椒录》

金锡胄《买书》："燕市曾闻万轴存，此来签架费闲翻。文章载道斯为盛，贾竖争言岂必论。前代禁书仍十失，今朝着眼奈双昏。只应分许亲朋去，暴富三冬足习温。"金锡胄《捣椒录》

金锡胄《次崔承太韵》："圣祖驱胡孽，神州复一同。衣裳华夏域，南北帝王宫。坛钺威常遍，衢尊酌不穷。蚲蠓偏字小，曾亦覆吾东。""忍说前朝事，流氛杂犬戎。龙渊虚玉几，虎贲撤金宫。南狩钟山远，东游碣石穷。三韩恩入骨，泣涕向苍穹。""只是怀归计，谁能解苦颜。西河辞废馆，东海出雄关。冰细紫辽带，云堆绕蓟鬟。一看松鹘色，应似到家山。""旧俗观灯戏，元宵结彩成。冰悬鲛出水，笼挂月临城。荐酒瑶琴响，行桥宝袜鸣。可知忘冻夜，霜雪不胜清。""羁栖何太久，自觉少情澜。留处真同苦，归时且一欢。燕山春欲遍，邹谷雪还残。郑产曾知策，宾荆不用坛。""卅载羌胡室，中原礼义无。玉多燕石杂，官有魏金模。网密严经史，赀高数畜驹。何当大洗涤，一复旧黄图。"金锡胄《捣椒录》

金锡胄《吟病孤馆，永夜无寐。戏用从军五更转体，作五绝以述羁怀》："一更夜初昏，烛花稍灼灼。一行共团圆，谈笑间六博。""二更月欲上，前窗微映白。人散觉夜深，栖心转淡泊。""三更益无聊，依依就枕宿。家山频梦归，不怪归路熟。""四更梦屡觉，频问夜何许。仆夫正鼾鼾，时作睡中语。""五更苦难曙，披衣辄起坐。副使有新诗，清吟且细和。"金锡胄《捣椒录》【考证：下诗题曰"上元前夕次正使韵"，以上诸诗当作于正月初八日至十四日间。】

十四日（丙辰）。

柳尚运《上元前夕次正使韵》："迩来哇步阻参寻，又废长歌与短吟。自是病人要息虑，还如学问在收心。他乡占月宁知岁，归梦连宵却到林。暄旭渐迟余事少，时将纸笔记晴阴。"柳尚运《燕行录》【考证：诗题曰"上元前夕次正使韵"，当作于正月十四日。】

柳尚运《倒用前韵》："前檐坐觉日移阴，玉露清谈在鹤林。视听欲收时瞑目，诗篇相属细论心。殊方却少春来趣，苦调偏多病后吟。佳节放灯浑不管，且看新月影相寻。"柳尚运《燕行录》

柳尚运《玉河馆夜坐》："无端牵率转相仍，羁绪缤纷不自胜。万里离愁双白发，五更孤影一青灯。归飞却羡寻巢鸟，入定还如退院僧。坐觉支离时独卧，枕边无梦又晨兴。"柳尚运《燕行录》

金锡胄《玉河馆述怀示副使》："春回一疾转侵寻，深馆仍怜共越吟。纵赖诗篇时到眼，还愁药裹正关心。明宵万国看新月，此夕孤城忆故林。算得归期犹费日，浿江花柳定阴阴。"金锡胄《捣椒录》【考证：诗云"明宵万国看新月，此夕孤城忆故林"，故以上诸诗作于正月十四日。】

十五日（丁巳）。

金锡胄《元夜》："盈盈皓月正沧凉，佳节元宵此夜长。八表敛烟兼敛霭，九街疑水复疑霜。谁家珠箔邀清照，几处香车踏素光。多少三韩未归客，一时东望忆吾乡。"金锡胄《捣椒录》

柳尚运《上元日》："不解吴讴与越歈，九枝灯烛放通衢。遥知此日聪明饮，少长团圆忆老夫。"柳尚运《燕行录》

金锡胄《闻皇帝设戏复用遯字韵》："岩崿结绮九天隈，上国元宵设戏台。鲍郭排场真傀儡，鱼龙斗技正纷遯。悬齐华月灯珠满，散作繁星火爆回。虎兕况闻方出柙，吼时崖壑怕成雷。"金锡胄《捣椒录》【考证：以上诸诗题曰"元夜""上元日"，又有"佳节元宵此夜长""知此日聪明饮，少长团圆忆老夫""上国元宵设戏台"语，当作于正月十五日。】

金锡胄《北京诸果如砂果葡萄之属，过时如新，柑橘甚贱，橙子稍贵，戏次东坡惠州食荔芰韵》："葡萄液满好经春，香橘霜橙色色新。三百荔枝虽日啖，岂宜长作蓟南人。"金锡胄《捣椒录》

柳尚运《晓梦》："蘧然一梦落城南，宅外分明水满潭。骑竹好看行两两，

归鞭还喜趁三三。且携弟妹同堂坐,却与朋知对榻谈。寒柝数声惊化蝶,觉来怀思政难堪。"柳尚运《燕行录》

柳尚运《朝起》:"清晨起坐且梳头,为怕春寒索敝裘。诗草政堪成一首,昏花还复缅双眸。对盘却有思乡念,把镜方知去国愁。暖景迟迟难自遣,何人枉恨日如流。"柳尚运《燕行录》

柳尚运《次赠刘译》:"浊酒停杯尔不疏,樊笼铄翮我何如。离家七十还多日,归路三千里有余。"柳尚运《燕行录》

柳尚运《无聊中崔承泰作诗来示,步韵谩成》:"客中时节日相催,春逗轻寒雪欲来。昼喜短檐移午景,夜愁残烛落寒灰。兼旬病胃宜茹尤,一味含酸剧啖梅。睡起忽看诗草至,好浇傀儡当深杯。"柳尚运《燕行录》

柳尚运《赋得怀字漳浦黄公道周亦于柴市就义,故第六云》:"兼旬一疾不全佳,春意阴阴动客怀。诗为韵强吟未稳,意因愁积苦难排。岁时旧俗犹荆楚,今古齐芳有市柴。人事已非身已老,且须归卧故山厓。"柳尚运《燕行录》

柳尚运《雪后偶成呈书状》:"小雪初收不放寒,晚来春意欲阑珊。短檐朝旭晴堪爱,群品昭苏蔼可观。永日闲情抽乱帙,暮年心事结幽兰。疏慵政好颓然卧,时为从君一整冠。"柳尚运《燕行录》

柳尚运《次书状韵》:"黝幔垂堂昼墐扉,官僮裹足絷征骓。休言薛幕还无士,最快秦关去若飞。愁绪尽看饶两鬓,病脾那复较前肥。阴山大猎非吾分,干事江南遄早归。"柳尚运《燕行录》

柳尚运《偶成四首》:"尽日狞飙撼客堂,轻寒料峭透衣裳。居诸倏忽笼中鸟,衰病侵寻镜里霜。闻道量书恒不暇,向来封印一何长。还仍愁寂诗全废,午睡朦胧到夕阳。""逃空一室断人蹝,邻寺沙弥夜夜钟。身外阒然无俗累,此间还合着疏慵。闲看瓶史论清赏,静爱龙眠尽古松。候到黄昏时未烛,不妨高枕睡方浓。""独伴残灯夜可怜,书灰落尽思依然。千秋骏马悬金地,万国梯航执玉年。太液春波犹旧态,八陵乔木又寒烟。算来愁恨纷如雪,赢得明朝白满颠。""五更钟动月如霜,起看妖星在斗旁。终古消残王霸气,只今愁杀战争场。百年世事输棋局,一夜春风忆故乡。羁绪缤纷仍不寐,纸窗生白报晨光。"柳尚运《燕行录》

柳尚运《翌日复用前韵》:"青灯一炷解相怜,夜夜还如伴侣然。天地春风犹朔气,关河行色又衰年。亏盈月缺三生魄,朝暮晴沈万户烟。闻道西山宜落照,几时登眺最高颠。""虚幌凄清逼晓霜,冷裯移蓺小炉旁。讴吟夜发行人馆,筝瑟朝喧结客场。倦梦每回惊促漏,遥岑何处望并乡。病来睡起占差晚,错认晨曦是月光。"柳尚运《燕行录》

金锡胄《次副使韵》:"他乡换岁转堪怜,久客心情倍黯然。近塞风沙春似雪,一窗灯火夜如年。园梅正想留寒蕊,汀柳仍看幂暮烟。此际可能驰辖去,不妨归醉北亭颠。""殊方何特厌风霜,鞁靶回回又在旁。此月还期真错计,几时公事且完场。恒归蝶梦疑非寐,若渡龙湾却是乡。坐想青丘新岁泰,五云宫阙绕祥光。"金锡胄《捣椒录》

金锡胄《灯下阅陆放翁诗,得远游篇二十韵,读之有感,倚韵走笔》:"受命行万里,理装携一剑。日短袜中线,风铦肌上砭。拈香圃老祠,下车牛翁窆。嵚崎大兴路,高闸凭危堑。御暴诚可期,峙粮奈所歉。堤从棘城看,堞到慈母觇。安西忆南帅,壮烈跨赫焰。清川幸未冻,江水绿堪染。涉旬抵龙湾,箱箧重披检。歌奏琴亦清,杯行酒更酽。一别鸭江水,毳腥真可厌。骄悍彼所习,礼容我自敛。牛马践庠序,弓刀代牒椠。呜呼圃中污,盛碗惊玉艳。燕都已过岁,苦心同刺剡。春回玉河渚,春水日滟潋。想我浿阴田,沮泽足荇茨。云何滞此间,归期久未占。岂独故乡思,实系邦国念。愁来和放翁,一偿诗债欠。"金锡胄《捣椒录》

金锡胄《次副使韵》:"幽愁况复值春阴,闷见饥鸦噪晚林。儡技百千真变态,狙公三四太多心。掉来译舌谁长算,枯尽诗肠但涩吟。有梦还家差慰意,茫然觉后更难寻。"金锡胄《捣椒录》

金锡胄《次副使韵》:"蛮馆寥寥断谷跫,乍清声□只晨钟。吟同越国羁人苦,睡似蕲园老卒慵。绝塞春光占弱柳,故山归路指连松。此中未有消愁物,琥珀深杯不让浓。"金锡胄《捣椒录》

金锡胄《又次跫字》:"此中还往亦怜跫,谈谑欣然胜鼓钟。长昼棋枰聊遣寂,闲宵琴响不为慵。行时攀折方烟柳,归日追游有赤松。预想角巾休沐处,绿波如酒一江浓。"金锡胄《捣椒录》

柳尚运《奉次正使再迭跫字韵,庸申荷枉之感》:"荣临非翅喜闻跫,况复陪欢到夕钟。静听谈霏忘午倦,更将诗律策朝慵。幽怀淡淡水投石,逸韵泠泠风入松。稳泛星槎归政好,故山春色待人浓。"柳尚运《燕行录》

金锡胄《三迭跫字韵》:"三旬块蛰断闻跫,阳律居然到夹钟。苏得病骖千里倦,养来疲仆一生慵。政看春至怀园柳,欲报东还忆寺松。几日定离沙塞去,故山云物尽情浓。""喜甚清诗替枉跫,划然深省发疏钟。映来珠玉真惭秽,历尽风尘且病慵。此夜共看蛮馆月,几时同对掖门松。金缯似有输官日,归意如今觉渐浓。""不念殊方便绝跫,归心长忆汉阳钟。已惊塞柳浑堪折,莫遣乡莺更报慵。南寺有花宜片月,西林买屋护孤松。须思物理恒回换,吃破千辛兴定浓。"金锡胄《捣椒录》

柳尚运《迭次正使三迭凳字韵》："虚檐风转乍疑凳，欹枕唯闻到客钟。岁去关心双鬓改，春来多病百骸慵。平台梦断丹丘路，阴洞神游赤甲松。起灭万缘浑不着，世情何似道情浓。""岩居长夏断人凳，僧亦心闲早叩钟。摘黍水中烟苦湿，织蓑林下雨妨慵。鼯偷锦里曾收栗，龙护丘樊旧种松。最是应酬无暇处，露花霜叶满山浓。"柳尚运《燕行录》

柳尚运《迭次正使四迭凳字韵，仍成俳语用博一粲》："蒙庄有语喜闻凳，孤坐那堪听晓钟。怀到病中吟正苦，日高窗外起犹慵。清风只在薇祠竹，翳景偏宜栗里松。行访首阳仍故国，柴门稚柳蘸溪浓。""押来强韵莫如凳，每到安排辄碍钟。永夜占呻聊自遣，连篇酬唱不辞慵。诗须实际方成趣，坐在围中怎见松。差喜枕边圆一梦，仙桃春色醉如浓。"柳尚运《燕行录》

金锡胄《六迭凳字》："深如空谷已稀凳，幽似禅房亦断钟。阅月留成南海息，一春眠得北窗慵。西关嫩绿箕堤柳，故国葱青鹄岭松。行到二京宜取醉，发酣新酿莫辞浓。""通宫辈来到门外，方令译舌探问事情，仍以俳语次前韵博粲。闻汝门前响早凳，须将大小应如钟。若言耕织具均苦，试运驴骡亦并慵。半万本非生土地，一元胡忍责箕松。此间掉舌能回斡，面币从公意内浓。皇帝以驿替烦苦，既灭岁米，而木绵输来之弊，与水无异，故方欲呈文兼陈此意，一元语出《礼记》，关西松都，例于中工，春秋开市，备送耕牛，而上年牛疫，十死八九，无以备送，故今行。移咨礼部请减，而侍郎额星格颇有操捭之意，罚银五千，既未见减，又不即捧，故两联云然。"金锡胄《捣椒录》

柳尚运《复用前韵三首》："空谷无人响断凳，分司不寐夜闻钟。平朝点检殊知悔，旧习缠仍政坐慵。意思且看交翠草，正音偏在自枯松。何当会做余心乐，花柳前川兴亦浓。""传筒聊自替音凳，忽复诗成午夜钟。公馆还嫌参候闹，幽居政忆睡眠慵。亭通远眺宜高柳，户纳凉阴护矮松。归去故山应不负，白云偏绕翠微浓。""夜静风扉似有凳，僧家何事又鸣钟。惊回旅梦心无着，默算归程指不慵。舟傍九龙深窟岸，马过危鹘旧巢松。统军亭上凭阑坐，且把春醪琥珀浓。"柳尚运《燕行录》

金锡胄《凳字支离，又次三篇，都成十首矣，一咏皇帝出游海子，二却述鄙怀而皆即事也，三亦抒感而作，并尘台览》："南陌喧喧咽万凳，平明驾出响华钟。旧时鹑野天曾醉，此日燕墟帝亦慵。铙吹已多闻折柳，泰山应复有封松。六骡控得须回路，莫待雷塘酒兴浓。""空馆谁能作谷凳，闭门清卧数邻钟。干将四事三成错，病得全旬九害慵。无策远来留雪塞，不如归去听风松。春明返命东华日，三月韶光浓复浓。""生平蓬藋怯人凳，梦寐何曾到鼎钟。惟有酒棋堪独乐，且疏诗笔为多慵。先朝当日曾怜轼，后辈今时却畏松。同馆与公输写尽，交情似淡是真浓。"金锡胄《捣椒录》

柳尚运《十迭蹬字》："何妨孤馆少人蹬，怪底都城礼佛钟。药赖君臣苏肺气，诗因斤斫警昏慵。医家纵愧笼中尤，岁暮终期涧底松。不有佳篇慰寂寞，归途春兴为谁浓。"柳尚运《燕行录》【考证：下诗题注曰"正月二十九日"，以上诸诗当作于正月十五日至二十九日间。】

二十九日（辛未）。

金锡胄《今日始纳方物_{正月二十九日}》："万里携金币，三旬闭玉河。今朝始拂拭，终日费输驮。似䡅江山远，难充溪壑多。富公争一字，弩弱益堪嗟。"金锡胄《捣椒录》

柳尚运《输币日次正使韵》："旅泊淹旬日，间关八渡河。毛瘢生一字，皮币动千驮。既罚将何谢，虽蠋实则多。秦求本无厌，嚌蹴等来嗟。"柳尚运《燕行录》

金锡胄《燕偷》："白日大道间，黄金置床左。跛足彼何人，彳亍来近座。自言病在胫，三年积疮破。从医市膏药，付暖觅炉火。火炽膏液融，似欲开疮裹。忽然近主面，贴得双眼妥。仍取床上金，去若风前簸。眼开良已艰，贼遘谁更奈。茫茫影响绝，恍忽烟雾堕。吁嗟肤箧徒，诡计诚亦伙。吾闻此邦人，官高倍黩货。衣冠兼盗贼，古人不欺我。"金锡胄《捣椒录》

柳尚运《次正使燕俗咏输币》："春官古宗伯，侍郎分右左。仪司置员外，庶事裁八座。宁论旧章存，已看宗国破。皇城坏地震，正殿灰天火。缄縢任汝趋，战疮谁复裹。其俗饷亦仇，居民席未妥。卿月自贪狼，郎星且箕簸。金缯古不免，溪壑吾将奈。从它喷言喝，且莫彀中堕。所争又锱铢，诛求亦云伙。知尔本尾闾，看我如奇货。盗贼有礼乐，斯言实欺我。"柳尚运《燕行录》

金锡胄《部胥次前韵_{剌礼部序班吴应鹏}》："昨观行乞人，哀叫在路左。亦有求钱僧，巾衫设草座。兹皆迫饥饿，身危且产破。虽捐我锱铢，亦拯彼水火。云胡部胥徒，乃复索苞裹。彼此窥机事，中间占便妥。有心常反复，有舌常弄簸。神奸不复辨，虚漫实无奈。自夫名分坏，日见典章堕。荆舒纵莫惩，跖跻又何伙。刻章与伪书，太史称奔货。何当锄此辈，此言非为我。"金锡胄《捣椒录》

柳尚运《刺奸》："势屈功难为，慢藏计亦左。老鼠穴太仓，妖狐升御座。群舌却奔波，适资闲眠破。各自丐寒滴，谁能乞邻火。公藏且完璧，分文休解裹。千辛更万苦，百事无一妥。必欲要赂美，不在舐糠簸。有社尔所凭，无术吾争奈。休嗟小吏坏，已见名城堕。伎俩随事变，狙侩日以伙。那堪机械巧，厌言阿堵货。何当过江去，白鸥闲似我。"柳尚运《燕行录》

金锡胄《淫祀次前韵》："胡人喜淫祀，于道实云左。一村一佛宫，二室一神座。群祈虽转盛，七戒都已破。身常秽荤肉，手每拈香火。缁冠间妇女，藩落亦同裹。自谓神所佑,家间事百妥。暗者以眩惑,愚者以扬簸。吁嗟日染污,此俗其无奈。坐令华风殄,终甘鬼国堕。野鬼饱已久,家鬼饥且伙。况闻尼父庙,牛马相侩货。其谁障狂澜,距彼而助我。"金锡胄《捣椒录》

柳尚运《淫祠》:"燕地多丛祠,寻常在道左。无村不梵宫,有室皆灵座。金光佛首现,马局文砖破。朝喧贝咒钟,夜碧莲灯火。锥刀事竞利,舍施甘捐裹。抽签占吉课,烧纸祈灵妥。污俗易渍染,群谣日掀簸。士女且奔波,众生无可奈。为善景星临,作恶火坑堕。此理视窈冥,淫祀日以伙。入门竞赛神,走市还掠货。异言自古陊,兼爱与为我。"柳尚运《燕行录》

金锡胄《不葬次前韵》:"我行入中国,遥遥历辽左。家家设神龛,村村供佛座。独怜彼中野,槥椟半已破。蝇嘬与狐食,岂异投水火。口宜有贝含,体宜有禭裹。云胡不悬封,窆彼深泉妥。碛草日萦蔓,风沙日凌簸。虫蚁怒为谁,乌鸢亲则奈。骸然骨一暴,能无泪双堕。前路亦多有,羌俗盖渐伙。况闻卖骨肉,至亲反相货。吁嗟墨者道,不及杨朱我。"金锡胄《捣椒录》

柳尚运《不葬》:"古有墨翟者,吾道摈以左。其徒怃然归,不容隐几座。蘩稞出秉彝,一说荒唐破。如何燕地俗,无异胡僧火。或用棺以敛,或用簀以裹。寻常路旁委,不向泉涂妥。毁椟穴蚁市,腐草饥鸢簸。华风古岂尔,羌俗今无奈。恬然不颡泚,见此堪泪堕。斯民尽化魅,鬼怪何其伙。徒勤饭斋僧,自言舍钱货。安得能言距,一本同归我。"柳尚运《燕行录》

金锡胄《燕京感怀》:"直北居庸接蓟门,范阳知是古燕分。春风乍到黄榆塞,明月初生青草坟。十八拍为筘曲节,三千骑作健儿群。可怜永乐龙兴地,宫阙当天涨虏氛。""用副使韵英皇往迹足伤怜,欲说崇祯更怆然。社稷无公真一介,乾坤申岁是何年。煤山阁毁唯衰草,天寿陵空只冷烟。堪恨绛衣无继烈,几时由蘖起丛颠。""天王昔岁抚东封,十万珚戈破岛戎。汉将铭勋河带细,周兵设犒海尊浓。三年克蔡由皇断,此日免鱼想禹功。禠小可怜无报地,曲江春泪只沾胸。""曾闻庆历升平日,顺义行封靖虏氛。但饰翠钿调旧艳,更无黄鹄怨新婚。迩来沙塞通茶市,底事河湟报阵云。岁送白金三百万,女真还复畏奇温。""郑经割据今三世,闻道台湾近赣泉。南粤尉佗聊左纛,东征杨仆几楼船。炎洲翡翠中原绝,日域琉球海舶连。蛮土战争终未了,八闽民物日骚然。""玉河深闭困吾曹,散步无缘出衍邀。长袂鸣琴应媚妩,高歌击筑孰雄豪。中华礼让今余律,大国仪章尽佩刀。归日倘乘开馆早,一尊燕市醉春醪。""用副使韵十年晨踏午门霜,每捧红云在殿旁。未有矛铤称武库,何曾猲距擅词场。江山急病真吾分,桑梓归休是我乡。异地怀君无别事,东方曒出挹羲光。""金粟之南广岸东,天教着此角巾翁。有时水月流光处,无限云山变态中。烟柳一江摇浪

碧，晴窗十里射霞红。永言更觉攀依切，隐约牛川入望通。"金锡胄《捣椒录》

柳尚运《次正使燕京感怀韵八首》："长城枉了设重门，翻覆由来一掷分。世乱村墟埋瞽井，天寒鬼火语荒坟。愁看晋棘铜驼在，衔去吴花野鹿群。怅望西湖云气散，可堪胡马动妖氛。""悠悠世事总堪怜，思古伤今却怅然。故国已消王伯气，残编犹记启祯年。长安第宅更新主，江浦清明起冷烟。五凤楼前双玉柱，争如一木任扶颠。""皇家内服视箕封，再造当年动六戎。万折微诚犹日炳，十行隆渥尚春浓。时乎不再徒衔恤，必也酬恩岂望功。人事即今堪涕泪，悲歌一曲气填胸。""人间何世欲无言，万马前头总是氛。纵使黄沙埋战骨，肯教青冢泣新昏。河湟重子宁非裔，土木阴风不散云。龙护帐中多异事，隆寒大漠逗春温。""壮志蹉跎惜暮年，尊前时复抚龙泉。陕张坐享弥山畜，台郑虚夸蔽海船。已见版图收福建，又闻经略在祈连。靴尖太子骄何状，毕竟驱除拉朽然。""八陵衰草几回霜，狐兔纵横象设旁。雨渍石獜埋宝阁，月寒枯骨泣沙场。谁家古墓空烧纸，乱后孤儿未返乡。杀气只今犹黯惨，东风不遣放韶光。""烈士堂堂磔市曹，九原魂魄共谁邀。文山不下三年地，漳浦同归异代豪。变征空悲高渐筑，防身犹佩吕虔刀。英灵欲酹宜茅饭，莫近燕柴典酒醪。漳浦即黄丞相道周号，革代后被执不屈，死柴市。""十年行役走西东，天地今成老秃翁。几处楼台曾海外，四旬羁绊又笼中。霜欺短发缘愁白，云逗荒墟返照红。静坐默观消长理，化机回干有穷通。"柳尚运《燕行录》

金锡胄《燕京杂咏》："直北山万迭，铁关中天起。自古夷夏界，设险分彼此。如何万骑入，倏忽如平砥。依依旧烟岚，苍然杳千里。""太液上林中，沧波满禁籞。风涛若溟渤，日月生两渚。石鲸今不见，龙舟杳何许。唯有堤上柳，春风却到汝。""闻道蓬莱云，五色凝祥霱。红映玉皇座，白绕词臣笔。春风遍仙岛，纷缊媚晴日。今胡变朔气，徒然暗琼室。""昔闻西山雪，岑峦白蒙嵲。初日更照之，鲜妍曜朝采。今冬少润泽，山光黯不改。倘非縢六怠，无乃邦之罪。""一片芦沟月，千秋照行旅。初疑霜雪光，复道星河曙。河桥渐欲晓，南方自兹去。但悲江湖影，沦落今何处。""古树烟云暗，平芜碣石开。燕金昔悬处，落日满故台。昭王邈以远，乐生安在哉。齐仇既未复，驱马且归来。""旧闻玉泉水，千古挂练匹。飞流度石梁，皓色常莹澈。今来歌独㵉，无由映明月。况此古馆井，苦浊不堪啜。独取苏卿雪，煮成琼露洁。""树林有高低，烟光易明昧。烟与树相值，顽洞不可解。蓟门一千里，烟树如云海。或言烟非烟，旷漠生异采。或言树非树，依微作笼盖。或言无烟且有树，古树古树生青霭。或言无树只有烟，野烟似树为光怪。此言谲诡多惑人，明者一辨斯为快。"金锡胄《捣椒录》

柳尚运《次上使燕都八景韵》："朝看翠云生，暮见苍霭起。青葱也可怜，秀色正如此。沧溟漾虚碧，碣石平如砥。风景自不殊，长城空万里。_{居庸迭翠}""西山清浅水，一道通紫籞。在眼昆明池，吞声曲江渚。春风解御沟，轻浪长几许。今成饮马窟，怊怅吾怜汝。_{太液晴波}""瀛洲有仙岛，佳气蒸成霭。来非借蜀贡，开不须韩笔。隐约见洲渚，氤氲宜丽日。可怜风吹去，滓秽太清室。_{琼岛春云}""西山雪霁后，峭壁增巍嵬。还如杨左徒，玉立动晶采。今年雪意邈，无乃天心改。渴死无不宜，苍生竟何罪。_{西山霁雪}""芦沟跨大道，纷纷集商旅。晓起月如霜，不管东方曙。胐魄几亏盈，行人自来去。风尘一晦冥，欲往不知处。_{芦沟晓月}""郭隗何为者，拥篲风云开。黄金亦何物，悬筑招贤台。吁嗟台未废，报书足悲哉。况今金已散，唯有斜阳来。_{金台落照}""玉泉玻璃水，飞流白一匹。不霁秦桥虹，空留汉家月。奔湍爽可观，石淙清堪歇。安得担一担，洗我衣尘洁。_{玉泉垂虹}""春树多青霭，暮烟易暝昧。色相本来空，骚人强分解。何殊蜃为楼，正如云生海。中有楼桑否，谁堪张作盖。_{蓟门烟树}"柳尚运《燕行录》

金锡胄《题仇十洲所画独乐园障子用苏长公韵》："公生百世上，我生百世下。每慕公出处，高风卧绿野。忘世岂荷篑，托兴异持斧。一斥金陵法，廿经伊洛夏。名园号独乐，花竹极幽雅。三径连艺圃，万签蓄书社。从容畎亩间，若公真儒者。而我嗟苦晚，所知惭亦寡。微才惧朴樕，重任当钧冶。方将求一退，勿复驰驷马。此间得此图，玩阅不忍舍。有田未归去，益觉颜生赭。感叹遂题诗，拙语同呕哑。"金锡胄《捣椒录》

金锡胄《有感》："嶙岣金玉沈东门，更说夷陵在蓟分。旧史曾闻留帝腊，此邦还复起皇坟。他山凿得车连毂，塞畜牵来马几群。世事即今多感慨，几时东塞静烟氛。"金锡胄《捣椒录》

金锡胄《叹息》："叹息幽州事可悲，太平今失是谁为。石郎赂敌辽称父，唐主蛊戎禄作儿。虚索燕山空垒日，实经元祖定都时。地归中国才三百，塞垺依然涨四陲。"金锡胄《捣椒录》

金锡胄《清人欲以白绵纸代贡米，而仍索赂金，多定卷数，迄不完决，盖礼部左侍郎额星格以满堂贪婪用事故也》："二月燕山费越吟，思乡日日只归心。包来书轴还频解，罄尽瓶罍却屡斟。知白审能轻一字，陶朱堪复弃千金。今朝告示须催挂，倦骑行当熟路寻_{知白一作自也，陶生一作朱公}。"金锡胄《捣椒录》

金锡胄《留滞次前韵》："昔我初辞国，发轫自海左。严命受宸阙，胜饯罗宾座。北来欻改岁，月已四回破。绝漠非我土，边烽断通火。上林无雁归，塞信谁传裹。拘幽饶百艰，履险稀一妥。托身风蘀间，终日任摇簸。譬如笼中鸟，欲出知无奈。梦寐忽奋飞，时得乡园堕。正想湖上亭，时物日应夥。吾归一高

卧，风月不用货。春水碧于天，白鸥闲似我。"金锡胄《捣椒录》

金锡胄《复次前韵》："征骖滞蓟南，归路指辽左。主客始蠲日，饯我设燕座。牢户今一启，锢钥行当破。泥中似跃云，冻余如就火。仆夫整衾裯，商旅理包裹。逝将出关去，熟路轻车妥。唯喜边月皎，不惧胡沙簸。额额虽阻艰，奋飞其吾奈。靷弨幸遂脱，樊笼宁更堕。巫间雪初消，浿江春已伙。花柳匝城市，若张罗绮货。行矣观览富，淹速当由我。"金锡胄《捣椒录》

金锡胄《归期只隔三日，一行喜可知也，以"青春作伴好还乡"为韵作七绝，每篇三韵，皆以一字连押》："归鞭东指海山青，园柳湖波想倍青。牢锁五旬头尽雪，可能今日亦重青。""销半乌蛮二月春，风光不似故园春。吾行明发催归去，倘趁湖山烂漫春。""奚囊底里几篇作，太半殊方遣愁作。但愿归时便入峡，咏歌长向田园作。""一路春风作我伴，绝胜空馆影为伴。东归结识还多在，无数江湖白鸟伴。""人言行乐春为好，何似远游归更好。归日吾亭倍奇绝，西湖宜雨又晴好。""十月征人三月还，故乡遥待来年还。江南此役吾多愧，不及曹公干事还。""晓脂征车指旧乡，出门便似已归乡。朝阳郭外东曛近，望里红云是我乡。"金锡胄《捣椒录》

金锡胄《旧患脚疾复作，达夜苦痛漫占》："故国归期只隔晨，风淫何事转侵身。谁怜曳足征蛮将，争笑伛躬使鲁人。扶杖政堪寻社席，乘车那得入宫闱。东阳闻有华清水，倘待秋风一洗尘。"金锡胄《捣椒录》

柳尚运《漫成石公即表中郎号》："逢劫余空橐，羁穷到十分。春风衰鬓雪，落日陇头云。冷壁寻常对，街钟每夜闻。看看终不厌，唯有石公文。"柳尚运《燕行录》

柳尚运《先领赏后下马宴》："依旧端门在，于今万事非。居然坐老髦，犹复号仪司。厩马跑将踠，林乌冻不飞。已看冠屦倒，迎送任差池。"柳尚运《燕行录》

柳尚运《临发呈上使》："来时行色且经过，归日春风兴亦多。望海亭高朝见旭，觉山寺迥暮攀萝。墨胎庙里须看竹，蕉叶台边欲烂柯。到处停车寻古迹，好将羁抱付吟哦。"柳尚运《燕行录》

金锡胄《次副使韵》："回日还从来路过，春风何似旅情多。吕望台下留矶石，姜女祠前长带萝。千古圣清曾避粟，至今臣节此为柯。悬知历历吾行处，兴到时时不废哦。"金锡胄《捣椒录》

金锡胄《复次》："辛苦灾星已阅过，出门前路兴偏多。明妃旧冢思青草，贺老遗居想碧萝。车渡黄沙云满碛，径攀苍石树交柯。何时到岸行津筏。鸭绿江头记旧哦。"金锡胄《捣椒录》

柳尚运《戏成三绝》："室因御腊毡为幕，窗为观天纸作扉。留馆支离五十日，快看明日马如飞。""香橙霜橘黑葡萄，沙果林禽与枣桃。醒喝疗饥无不足，不如归采故山蒿。""商胡市积苏湖锦，贾客囊藏江界蔘。日中不售朝又至，尔虽莫言知尔心。"柳尚运《燕行录》

金锡胄《又次副使三绝以咏三事，皆即日事也》："闻道明珠留大内，为论东赆会黄扉。如得金轻仍币减，何须粟挽更蒭飞。贡米事""上殽公燕列葡萄，西种多胜禁苑桃。开尊纵有杯传席，闭馆其如径没蒿。上马宴""北贾饶财偏积锦，东人无宝只携参。果知廉江为良策，不必朝三有怒心。开市"金锡胄《捣椒录》【考证：以上诸诗当作于正月二十九日至二月十三日间。】

二月

十三日（乙酉）。

金锡胄《十三日贡米事犹未结末，胡商且有抑卖之计，贾译俱不得发市，姑留此夕，将以明晓作行》："屈指征车待十三，今朝何事又停骖。流年已觉灵耆满，留日还将衍策参。行处辽山消积雪，到时华岳蔼晴岚。东归试觅安身地，棋局唯应逐李憨。"金锡胄《捣椒录》【考证：诗题曰"十三日贡米事犹未结末""姑留此夕"，诗云"屈指征车待十三，今朝何事又停骖"，可知此诗作于二月十三日因事滞留北京时。】

柳尚运《因事留一日》："刚恨春宵故故迟，错将微月认晨曦。无端此夜添羁绪，赢得奚囊一首诗。"柳尚运《燕行录》【考证：诗云"错将微月认晨曦""无端此夜添羁绪"，约作于十三日夜间。】

十四日（丙戌）。

金锡胄《苦待复用前韵》："苦待十三三亦过，此行牵滞一何多。既无于国增抄忽，悔不将身退薜萝。怀远驲蹄当熟路，唤归鹃舌在高柯。谁怜此夜羁留地，寥落吟成越客哦。"金锡胄《捣椒录》【考证：诗云"苦待十三三亦过，此行牵滞一何多"，可知使团于十三日后又滞留一日，故此诗作于十四日。】

柳尚运《次正使再迭多字韵》："三春强半此中过，事与时移感叹多。自是难充秦壑欲，只堪归卧楚山萝。千茎坐觉青凋鬓，万柳行看翠着柯。差喜东风犹作伴，不妨长路且长哦。"柳尚运《燕行录》

金锡胄《尘》："燕山无日不风尘，孰是嘘吹巧污人。蔽得重霄成混沌，眯来一目失嶙峋。室中不扫谋知拙，甑里常生吏却循。安得超身清净界，俯看区内息氤氲。"金锡胄《捣椒录》

金锡胄《次副使韵》："滞北曾无似我迟，五旬蛮馆送春曦。羁愁日日难消着,试学文山集杜诗。"金锡胄《捣椒录》【考证:据下诗可知使团于二月十五日自北京离发,诗云"滞北曾无似我迟""羁愁日日难消着",故以上诸诗亦作于十四日滞留北京时。】

十五日(丁亥)。

金锡胄《朝发北京二月十五日》:"政得三春半,今回万里初。角知生倦马,膏亦润行车。东岳辞灵庙,南山想敝庐。辛勤戒徒旅,长路莫虚徐。""宵旰今安稳,黔黎亦奠休。方从大臣后,弥切小民忧。岁月违乡国,山河属蓟幽。朝骖才发轫,归意日青丘。""三月拘幽久,今朝始脱然。乍离阿鼻地,真蹑兜玄天。缥缈辽山翠,徘徊蓟月圆。飞腾归路快,几日到龙宣。"金锡胄《捣椒录》

柳尚运《次正使发北京韵》:"虚馆经年后,春风二月初。题诗饶好绪,屈指税征车。北阙瞻宸陛,西湖返旧庐。行人须早发,昨日为谁徐。"柳尚运《燕行录》

柳尚运《渡玉河桥》:"支离不遣到今朝,归兴何能这个饶。好放轻骖遵熟路,且看春意长柔条。功存节食脾犹健,诗破烦忧鬓未凋。若道平生一快事,着鞭飞渡玉河桥。"柳尚运《燕行录》

金锡胄《次副使韵》:"才经玄律又花朝,岁月何曾与我饶。来日冻阴冰片片,归时春色柳条条。西湖旧有驴堪策,北海今看节未凋。预想还朝佳景象,共修樗子上金桥。"金锡胄《捣椒录》【考证:以上诸诗皆述自北京离发事,当作于二月十五日。】

十六日(戊子)。

柳尚运《朝发通州》:"平明驱马出通州,郭外长江万里流。南去舳舻迷渡口,北来车骑匝街头。当垆压酒家家市,傍岸搴帘曲曲楼。怊怅春风回首地,仲宣何处可销忧。"柳尚运《燕行录》【考证:依例,使团自北京离发当晚宿于通州。诗云"平明驱马出通州",当为二月十六日自通州离发时作。】

金锡胄《次副使早发通州韵》:"古称佳丽此雄州,清潞萦回抱郭流。巨贾千金频脱手,妖姬一曲费缠头。通漕置廪堆红粟,跨海连樯起翠楼。欲向东门望乡国,归途日踔不须忧。"金锡胄《捣椒录》

柳尚运《玄元皇帝小像》:"凄凉南内销魂日,惆怅华清按舞时。莫恨梨园烟雾散,秖今犹作教坊师。"柳尚运《燕行录》

柳尚运《次忘轩通州韵》:"潞水西通海,街楼上出霄。商车暮归市,蛮舶早乘潮。烟树平看蓟,官程远度辽。兹游亦汗漫,万里不辞遥。"柳尚运《燕行录》

金锡胄《通州次忘轩李公韵》:"名州称宝窟,气色上干霄。越货常通海,胡儿亦弄潮。冶妆工学赵,突骑健于辽。控扼雄都地,由旬不道遥。"金锡胄《捣

椒录》

柳尚运《潞河》:"行旌分次第,文墨共周旋。白鹤忘轩句,黄龙滕阁船。篷窗晴亦湿,江树晚犹烟。即事还非古,临风意渺然。"柳尚运《燕行录》

金锡胄《次书状咏夜韵》:"万里逾冬客,羁留曷月旋。通州今得返,春色正堪怜。宝肆罗吴货,晴波引越船。旅中此夜胜,桂魄十分圆。"金锡胄《捣椒录》

金锡胄《次书状浴鸥韵》:"江平鸥浪阔,桥稳驷车驰。到此聊成憩,观渠亦一奇。高人犹可狎,俗物莫相羁。满路风埃色,吾甘受汝嗤。"金锡胄《捣椒录》

金锡胄《通州次前韵》:"近都都会盛前朝,凑毂珍藏亦擅饶。闽海万重樯百丈,潞河一曲柳千条。舞筵歌管声长咽,翠合红樱彩不凋。最是风烟堪画处,水村初日上津桥。"金锡胄《捣椒录》【考证:以上诸诗皆述自通州离发时景致,当作于二月十六日。】

柳尚运《暮宿三河》:"征车抵暮宿三河,尚识城南处士家。榜子剩看春后祝,梅胎新结腊前花。园多树木饶生意,榻近窗棂当月华。更有主人能好客,却忘今夜在天涯。"柳尚运《燕行录》【考证:通州至三河县七十里约一日程,诗题曰"暮宿三河",诗云"征车抵暮宿三河",当作于二月十六日。】

十七日(己丑)。

金锡胄《晓发三河是日黄雾四塞,或言土雨》:"晓发三河县,氛霾不辨方。乾坤浑异色,日月并韬光。似雾还疑雨,无玄只有黄。灾祥那足问,远客倍嗟伤。"金锡胄《捣椒录》【考证:此诗当作于二月十七日自三河县离发时。】

柳尚运《邦均店途中逢土雨》:"满地皆妖祲,今天又雨尘。已看迷瘴雾,况复匝蹄轮。近店闻腥秽,停骖劫怒嗔。容颜休照镜,双鬓总成银。"柳尚运《燕行录》

金锡胄《次副使途逢土雨韵》:"大地谁非土,全燕却是尘。如何霾日轴,兼复动风轮。世眼浑成眯,天心果孰嗔。看人须鬓色,笑杀白涂银。"金锡胄《捣椒录》【考证:《晓发三河》题注曰"是日黄雾四塞,或言土雨",以上二诗题曰"逢土雨",当作于十七日。】

柳尚运《闻雁》:"春风二月早鸿归,蓟北征人未授衣。倘寄乡园书一字,来时应傍汉阳飞。"柳尚运《燕行录》

柳尚运《渔阳桥》:"潜行春日曲江头,客子归程又蓟州。千载渔阳桥下水,至今犹带未湔羞。"柳尚运《燕行录》

柳尚运《蓟门烟树》:"朝日照来烟似树,晚风吹去树如烟。烟光树色自朝暮,风日阴晴俱可怜。""蓟门烟树夕阳天,婀娜春风色态妍。不及八公山上草,曾传鹤唳却秦鞭。"柳尚运《燕行录》

金锡胄《蓟州》:"千古渔阳壮北陲,可怜楼堞尽崩隳。功轻白豕驰朱札,

驾困青骡泣蜀岐。鼙鼓几曾惊往代,腥膻空复污今时。生憎丈六金身佛,覆败相随莫救为。"金锡胄《捣椒录》

柳尚运《次正使蓟州韵》:"幽封从古镇边陲,雉堞如今半已隳。化鹤千年悲白塔,行人落日泣朱歧。绛衣帝子曾巡地,锦襁骄儿窃弄时。士马本来称北郡,不知兴废果谁为。"柳尚运《燕行录》

柳尚运《又次闻雁韵》:"贪程客子戴星归,二月犹穿御腊衣。何事拨忙时矫首,一行书雁自南飞。"柳尚运《燕行录》

柳尚运《又用前韵》:"蓟北山川领略归,日昏沙砾扑征衣。路旁多少关心处,鬼火天阴傍碛飞。"柳尚运《燕行录》

金锡胄《胡人有以猢狲作戏者》:"竖儒比项生曾辱,戏子扮关死亦羞。可恨千秋英烈者,尽输摆弄一狲猴。"金锡胄《捣椒录》

金锡胄《烧香》:"代北名山号五台,峰头九十寺崔嵬。已知有佛无天子,今日烧香帝自来。"金锡胄《捣椒录》

金锡胄《过彩亭桥》:"午饭螺山店,归途向彩桥。石隥无行辙,溪浅不渐韶。未见红亭胜,空余绿柳摇。春寒兼朔气,尽日却调刀。"金锡胄《捣椒录》

金锡胄《玉田县怀田畴》:"季汉多奇士,徐无为吊田。成都留故迹,辞爵感当年。壮节同栾布,高情似鲁连。孔明曾并世,惜不与周旋。"金锡胄《捣椒录》

金锡胄《玉田赠别王公濯,仍次扇头韵》:"万里燕途着倦鞭,今朝复路政经年。世无晋盼留吴客,子似严平认蜀贤。酬得篇章宁偶尔,感来风树益凄然。音徽别后须相寄,犹是东西共一天。"金锡胄《捣椒录》

柳尚运《赠玉田王秀才识别》:"销魂不必歌三迭,言志还宜诗一章。家在蓝田应抱璞,邑近丰狱且埋光。庭前偏爱琅玕色,笔下仍看锦绣肠。末路分携何所赠,北窗风日梦羲皇。"柳尚运《燕行录》

金锡胄《王生备言西湖今作饮马池,六桥花柳尽供樵苏云》:"闻说西湖阅劫灰,江南何处不堪哀。销金锅里洗兵去,放鹤屿边饮马回。花柳六桥无旧树,烟霞三竺有空台。施家昔日倾城色,争及无盐刻画来。"金锡胄《捣椒录》

柳尚运《次上使韵》:"遮莫风灯易作灰,江南消息有余哀。阊庐城外山空在,伍胥祠前潮打回。艮岳啼禽愁古木,暖桥初柳锁虚台。西施死后多亡国,谁唤如今铁马来。"柳尚运《燕行录》

柳尚运《宿丰润》:"丰城落日客登楼,却向天文看斗牛。古狱千年埋剑气,丈夫犹卸月支头。"柳尚运《燕行录》

金锡胄《次丰润主人韵》:"知有仙居不远人,渔郎无路认芳津。却来数片桃花色,漏泄深深洞里春。"金锡胄《捣椒录》【考证:下诗题注曰"二月二十日",以上

诸诗当作于二月十七日至二十日间。】

二十日（壬辰）。

金锡胄《王母忌日二月二十日》："王母如亲母，年年哭仲春。殊方今值讳，此日倍伤神。儿已能兴俯，妻常供藻苹。想应将事夜，万里更怀人。"金锡胄《捣椒录》

金锡胄《夷齐庙》："为寻孤竹指滦津，春到空江水雾暄。扶去君臣终揭义，让来兄弟各求仁。洒兰清籁泠泠集，泻玉哀湍决决奔。欲和遗歌歌一曲，乾坤几日扫烟尘。"金锡胄《捣椒录》

柳尚运《道中无聊，用申公献七绝韵》："戏鹤辽阳塔，观鹏望海亭。东行几日后，方见马山青。马山在龙湾""虚馆曾愁客，修程又恼人。东风余一半，犹及故园春。""气候少晴日，山川非故国。客中衣带宽，为是居闲作。""正好一身闲，何妨双鬓换。江山烂熳春，又作归来伴。""西过兔耳山，东出羊肠道。去日短还长，归程艰亦好。兔耳山在永平，羊肠河在辽野。""此路一何长，兹行良已艰。征骖税驾日，倦鸟且知还。""朔气春犹冻，狞风晚欲狂。阴晴归较量，天日亦他乡。"柳尚运《燕行录》

柳尚运《沙河驿途中》："阳坡蔼蔼欲抽青，春意先从细草生。散地游丝撩客恨，隔溪疏落恼幽情。高云翳日来无定，独鸟投林绕且鸣。马踏石桥车不稳，睡眠初破句还成。""沙河东畔数峰青，何事浮云薄暮生。乱后题诗浑志感，春来揽物总关情。行人暮向长亭宿，野兔时来废堞鸣。怆古伤今怀绪乱，故乡归梦亦难成。"柳尚运《燕行录》

金锡胄《清风台》："清节祠留万古声，清风台下复松庭。挹来孤竹无边翠，俯得冰滦彻底明。远客衣冠勤礼谒，故山薇蕨荐芳馨。何当并乞倾河雨，洗扫氛尘靖八瀛。"金锡胄《捣椒录》

柳尚运《清风台》："峭壁还丘垤，澄江一碧苔。清风最觉爽，佳扁在高台。"柳尚运《燕行录》

柳尚运《清节祠》："欲渡滦河水，先登孤竹城。孤竹伯夷节，滦河伯夷清。清节冠终古，祠庙犹至今。清风万古台，松桧何萧森。耿耿让国心，凛凛叩马谏。臣纲日月悬，正气宇宙间。珍重北海归，等闲西山饥。求仁又何怨，逸诗良亦悲。夷夏匀秉彝，犹闻荐芬苾。我来拜庙前，采采首阳蕨。恐是周露滋，不敢要远者。永夕且长歌，幽怀聊以泻。"柳尚运《燕行录》

柳尚运《登清风台》："子城东北有高台，散步登临亦快哉。万古清风来爽垲，一江流水绝纤埃。君臣大义中天揭，父子遗祠对岸开。途远人间偏有感，首阳殷日独俳佪。"柳尚运《燕行录》

柳尚运《滦河》:"首阳东畔一江回,小洞烟霞玉镜开。断岸柳舒晴媚妩,净湖云蘸影俳徊。山空白日双遗庙,水阔清风独上台。八渡三流浑众浊,滦河偏爱碧于苔。"柳尚运《燕行录》

柳尚运《永平》:"函谷今东辟,归程古北平。人民非宿昔,楼堞半颓倾。地即卢龙塞,天连化鹤城。千年射虎石,犹识陇西名。"柳尚运《燕行录》

金锡胄《永平府晓发次副使韵》:"东望云山簇晓青,归心自觉与春生。朝看出日倾微悃,夜识回杓感远情。细草丰茸随岸茁,小溪幽咽入河鸣。明晨关路催车去,佳句还应兴到成日生于东,斗则建卯亦东也,皆足以助乡思,故颔联云耳。"金锡胄《捣椒录》

金锡胄《又和副使清风台七律》:"双节祠边万古台,披襟飒爽亦佳哉。松声谡谡如调瑟,滦水泠泠不染埃。义凛已昭星日揭,风清须辟浸氛开。山中薇蕨真堪采,欲嗅遗香未忍回。"金锡胄《捣椒录》

柳尚运《万柳庄》:"二月东风傍水村,几条垂柳护柴门。乱来人户知多少,苜蓿寻常长毁垣。"柳尚运《燕行录》

柳尚运《抚宁途中次上使韵》:"渔舟晚入落花津,峡里春深风日暄。一夕斧柯看已烂,千年火枣结成仁。方耽局上文椒语,不觉人间岁月奔。乐志安身为上界,古来谁见海扬尘。烂柯台""佩玉长裾大雅声,九苞毛羽振王庭。牢骚竟作南州谪,摈斥争瞻北斗明。山色政看饶秀气,地灵应自钟宁馨。至今祠庙尊遗像,肯数唐家十八瀛。昌黎庙"柳尚运《燕行录》

柳尚运《宿榆关》:"萧瑟榆关古障台,只今云物总悲哉。秦家延袤辽东至,汉帝旌旗直北来。一代雄豪浑寂寞,长城楼堞漫崔嵬。行人驻马肠堪断,弄笛胡儿又落梅。"柳尚运《燕行录》

柳尚运《次书状韵》:"陇水春犹冻,关榆老却疏。莽沙埋古碛,鬼火语荒墟。慷慨思江左,驱驰忆草庐。天时已无奈,人事重唏嘘。"柳尚运《燕行录》

柳尚运《书赠金裨先来之行》:"念尔贤劳独,那堪此别离。临歧怊怅意,不待赠言知。身劳心却逸,日赋纪行篇。万里吾消息,凭君仔细传。"柳尚运《燕行录》

柳尚运《书舍弟简尾》:"东风三月暮,政是吾归时。不识临津渡,相逢各展眉。"柳尚运《燕行录》

柳尚运《寄子文》:"每有思时还有梦,欲无言处岂无情。吾行不负桃花节,倘佩春醪郭外迎。"柳尚运《燕行录》

柳尚运《书叔弼简尾》:"驿使先归国,凭传问起居。怀思均彼此,进退近何如。谷雨才过后,桃花欲动初。回时且携手,同钓一江鱼。"柳尚运《燕行录》

金锡胄《到山海关，修启付湾裨金挺镒等先还》："乡园远属千山外，消息全稀四朔余。今日始封归国状，一时兼付问家书。敞裘缊缊当初暖，华发萧萧觉益疏。税我行装元有地，湖亭春色近何如。"金锡胄《捣椒录》

金锡胄《欲观望海亭，余适有寒疾，且遇大风不果》："飞亭高压海山层，准拟今朝快一登。平步阶梯虹缥缈，迥临溟渤镜澄疑。何来大壑歷狂象，却闭幽房缩冻蝇。莫使南华闻此语，定嗤鸠莺抢榆能。"金锡胄《捣椒录》

柳尚运《拟登望海觉山，有病未果，次上使韵》："压海亭高矗几层，壮观仍欲觉山登。东看独塔丁令语，南柝穷溟蜃气凝。任尔抟鹏嘲抢莺，嗟吾附骥恰如蝇。今行领略乾坤内，到此何须恨未能。""迢遥故国三千里，倏忽东风一半余。仔细凭传先去使，平安聊寄数行书。殊方作别怀愈恶，旅馆逢寒鬓觉疏。坐想明朝辽野阔，吾无双翮且焉如。送裨先还"柳尚运《燕行录》

柳尚运《山海关》："万里城头第一关，重门击柝此中间。鲸鹏海作前濠水，羊马墙看上谷山。从古经营区脱在，第今征战几人还。秦皇汉武无消息，唯见长天独鸟闲。"柳尚运《燕行录》

金锡胄《晚出山海关》："故国人东返，雄关塞北驰。来曾询法禁，出岂犯征讥。却恨听鸡晚，还忧数马迟。驱车到凉水，落日澹辉辉。""驰出长城第一关，三千乡路日东还。春生凉水青萦带，雪罢胡岑绿拥鬟。败壁基存怜杏垒，故园名似忆松山。行行默计归途远，新月箕城定更弯。"金锡胄《捣椒录》

金锡胄《早发口占 中夜无睡，每令张荣弼出外卜方视星，以察昏晓》："客睡元难着，修程复夙装。疲骖时劝秣，雇役许分粮。半夜占星舍，将晨候月光。知时政赖汝，还惧易沾霜。"金锡胄《捣椒录》

柳尚运《次上使韵》："羁人得脱野鸡关，遥指东天日出还。沙碛夜多闻鬼语，女冠时或见云鬟。长程减却三千里，列岫添来十二山。坐想城南池畔路，柳丝青漾小堤弯。"柳尚运《燕行录》

柳尚运《晓行》："恻恻春寒逼，微微曙色分。晨行各趁早，徒旅不成群。碧雾连天海，红霞捧日云。烟生河畔店，人道叶家坟。"柳尚运《燕行录》

金锡胄《次副使韵》："骎骎四牡出燕关，曾识华戎界此间。辽野西南皆渤海，幽州东北尽胡山。故园时物春当遍，绝塞风烟我亦还。动静相嬗元至理，愿从归日丐长闲。""昔来当日至，今返已春分。留滞怜人众，尪隤惜马群。南园应绿草，北塞正黄云。冷节看将近，荛儿亦上坟。"金锡胄《捣椒录》

金锡胄《曲尺河途中口占》："凉水朝骖早，东关夕驲催。阪欹车转滞，流曲路仍回。野火烧萏遍，溪风倦冻开。前途犹尚远，愁思晚悠哉。"金锡胄《捣椒录》

柳尚运《次上使曲尺河韵仍成二首》："百里兼程远，晨骖抵暮催。生憎河屈曲，偏教路盘回。句易愁中得，怀难病里开。一酬还一唱，此会亦佳哉。""一首诗才就，三声角已催。驱车过水去，征盖度山回。日为长亭暮，风妨望眼开。惮劳吾不敢，图报竟何哉。"柳尚运《燕行录》

柳尚运《戏题句用地名》："前有羊肠河名险，边城堡名行路难。天连山驿名北极，民失域中安。堡名壮镇堡名楼全废，高桥堡名石已残。将身宁远卫名去，不复度平盘。二站名"柳尚运《燕行录》

金锡胄《今日之行几四由旬，若非余先着鞭，殆未易及此，复次来韵戏为行旅问》："忙错曾知畏，愁中路却催。思驱一传去，经渡八流回。落日中原晚，春风故国开。行行戒徒旅，曷月余归哉。""归意虽相急，长程未易催。车常迟似退，驴亦倦疑回。风拍胡沙暗，天低辽野开。驱驰谁得慢，行李自悠哉。"金锡胄《捣椒录》

柳尚运《又次三迭催字韵》："客意春方动，征骖晓又催。螺鬟山掠去，巴字水将回。日喜东归近，风宜海色开。纪行焉已矣，其敢曰诗哉。"柳尚运《燕行录》

金锡胄《又和记里鼓体》："迢递间阳驿名野，羊肠河名畏路寻。龙城虽壮镇堡名，狼子山名总殊心。二道站名愁岐失，巨流河名怯水深。何时通远堡名去，直到凤凰城名岑。""迢迢宁远卫名接无闾山名，此去松山堡名百里余。欲访贺翁广宁镇名隐，正如工部永安桥名居。双旗堡名道井站名愁新店店名，百战凌河河名怆旧墟。多少边城站名行历尽，凤凰城名还似到吾庐。"金锡胄《捣椒录》

柳尚运《又次上使用里皷体韵》："东关前驿名去少村间，萧瑟边城堡名世乱余。一板门店名今知汉屋，十三山店名亦作狼居。谁将曲尺河名裁河水，又把双旗堡名号里墟。行尽羊肠河名何处宿，道旁新店店名揔穹庐。汉人最怕甲军驰突，多以窄板作门，董通一人，故额联云。双旗堡固山新册，故颈联云。"柳尚运《燕行录》

金锡胄《连山驿途中》："玄貂白马赤缨鬃，人道头胡是达官。长程队队流星去，千里乌江几日还。""转输白镣三千锭，陆续红炮四百车。闻道北方治战舰，乌龙还复似长沙。""一帕黄封搭背文，胡儿跃马自成群。平沙瞥瞥如风骤，知是乌江报阵云。"金锡胄《捣椒录》

金锡胄《效昆体》："少小垂鬌女，丰茸十二三。玉柔膏欲滴，桃嫩露初含。映户如常畏，开帘乍作憨。忽闻娇语笑，高栋燕呢喃。"金锡胄《捣椒录》

金锡胄《还宿杏山》："料峭春风作晚寒，杏山西畔夕阳残。英雄百战终遗恨，败壁崩隍不忍看。"金锡胄《捣椒录》

柳尚运《杏山》："贾客商胡故故喧，杏山萧瑟数家村。诛来腓草编为屋，

毁却崩城缭作垣。关塞春风吹朔气，沙场鬼火语黄昏。况兼时节清明近，那得行人不断魂。"柳尚运《燕行录》

金锡胄《次副使韵》："肃肃万马寂无喧，塞堵真同渭上村。渐欲经营收旧域，何曾反复效新垣。逸成明月齐疆失，翳彼浮云汉日昏。黯黮青编今洗否，九边应有未销魂。""凌河战血日成殷，相国专征驻此间。每惜浮云迷魏阙，空留明月照秦关。田园耆旧倾葵切，幕府英雄种菜闲。每诵钱生人物论，高阳终古仰高山。"金锡胄《捣椒录》

柳尚运《大凌河》："凌河残日半天殷，客路荒沙毁磧间。细草多情生汉冢，暮云何事度秦关。怀因怆古空撩乱，雁为随阳却等闲。马首试看青一抹，醒心唯有十三山。"柳尚运《燕行录》

金锡胄《大凌河》："劈面东风似剪刀，春寒塞日正萧萧。终年咽咽凌河水，疑有英雄愤未销。"金锡胄《捣椒录》

金锡胄《大凌河途中复次前韵》："东风何太剧，暮势转南催。栊柳应千遍，搅花定几回。唯看沙砾合，那得雾烟开。入夜调刀歇，行人且慰哉。""晓雾迷人眠，吾行且莫催。下方车待指，失路马争回。转见弥充斥，谁将便扫开。仍思襄野困，七圣亦劳哉。""故国逢春好，归心镇日催。乡江巴曲折，闺字锦交回。尽室行当去，维舟愿即开。疏慵那供世，廊庙可休哉。"金锡胄《捣椒录》

柳尚运《次正使韵三首》："高头骏马绦绦鋬，领下繁缨认武官。北伐如今又何事，南征将士犹未还。""赤县烟沉白日寒，可堪王气已销残。乾坤万里浑愁色，唯有青山不压看。""星文错错手中刀，提出关门问是萧。直决浮云临瀚海，男儿悲愤可全销。"柳尚运《燕行录》

柳尚运《又次杂咏三首韵》："马为长程倦，休将枉策催。归心政烂漫，窘步却迟回。人物嗟何异，怀思苦未开。徐行终税驾，随处且游哉。""苒苒青春晚，萧萧白发催。优闲真极乐，超度果轮回。每苦尘缘缚，难将业障开。从今归计决，归日且归哉。""国有疑难事，君王旰食催。弥纶能事毕，待漏早朝回。皓白赤心在，丹青生面开。成功宠利际，先哲岂欺哉。"柳尚运《燕行录》

柳尚运《又次前韵四首》："辽野兼天阔，乡心併日催。盘山本屈曲，新店又迂回。客减供诗料，花无赏节开。不乘东去兴，劳苦可言哉。""陇水鸣犹咽，征骖倦却催。逢人知世乱，闻雁识春回。月为危桥在，花应故国开。经年乡信断，东望且怀哉。""每见风初定，长如雨欲催。乍阴旋日出，从腊抵春回。气候寒仍暖，愁怀拨不开。佳篇添得句，吟咏意悠哉。""酬唱宁辞拙，推敲不待催。只凭诗遣兴，非敢赐方回。晚节林泉在，前言悃幅开。行藏见末路，绰绰有余哉。"柳尚运《燕行录》

金锡胄《复迭催字》:"终夜风声闹,知将雨意催。忽看初日上,争觇早霞回。客路虽妨湿,春田且易开。吾乡恒病旱,忧念亦劳哉。"金锡胄《捣椒录》

金锡胄《复次前韵》:"羁愁诗辄遣,征役句频催。已慰多时住,便忘此路回。风烟沙塞远,节物故乡开。赖得公酬唱,朋游亦幸哉。""宠溢忧方切,官高病与催。林泉非必好,疲荣自当回。野色牛川阔,湖光斗峡开。公诗真得我,一咏意佳哉。"金锡胄《捣椒录》

柳尚运《过黑山高桥,地名,在黑山西》:"事去乱离后,悲来长短吟。天涵青海阔,云合黑山阴。落日高桥感,春风故国心。欲知为客久,徒旅亦华音。"柳尚运《燕行录》

金锡胄《咏王翠翘翠翘事见潘之恒亘史本传,明史亦云投江而死,乃实录》:"鹿门铙曲似西京,少保功名沸海瀛。平生一着欺心事,错配佳人与老兵。""万折千磨薄命身,何须辛苦事和亲。江潮毕竟随西子,悔作当年误主。"金锡胄《捣椒录》

柳尚运《和咏王翠翘二绝》:"悲歌一曲断肠桥,弹罢胡琴骨欲销。飘泊香魂竟无托,至今哀怨浙江潮。""玉帐新声变征歌,红颜薄命奈虞何。无端嫁作沙胡妇,乐府千秋怨绮罗。翘,良家女也,流落为娼,及徐海败胡,太保嫁与老卒,遂投江死,茅鹿门作铙歌咏其事云。"柳尚运《燕行录》

金锡胄《闻书状坐车致伤,久坐路上,作诗慰之》:"昔曾忧荦确,今卒困坡陁。老矶虽甘失,中伤更苦多。知存前辙戒,其奈远途何。火伴皆相慰,新诗为子哦。"金锡胄《捣椒录》

金锡胄《一行颇以朝站稍远为苦,以诗解之》:"晓发虽云远,行行自可堪。长程九半百,早迈四胜三。朝锐时无失,先难理亦参。一旬稍得耐,吾到鸭江南。"金锡胄《捣椒录》

柳尚运《晓发新店,寒事猝紧,闻移炊朝站口号二首》:"野店鸡鸣曙色微。折绵风力陡寒威。行人欲发还停驾。换着来时御腊衣。""敝裘风薄觉全疏。二月春寒腊不如。为问今朝多少路。短亭还喜有穹庐。"柳尚运《燕行录》

金锡胄《次副使苦寒韵》:"雪落风掀塞日微,青春忽复酿玄威。蒙茸蔽体吾何恨,多少征人尽薄衣。""野旷风铦败絮疏,不须行色问何如。山中榾柮曾偏暖,正忆龙门旧敞庐。"金锡胄《捣椒录》【考证:下诗题曰"三月初一日",以上诸诗当作于二月二十日至三月初一日间。】

三月

初一日(癸卯)。

柳尚运《三月初一日》:"顽云韬景学流离,况复阴风剥面吹。三月暮春今

日是，一寒还似季冬时。"柳尚运《燕行录》

金锡胄《孤家子途中》："顶上高悬只个圆，平垂穹幕际长阡。曾无块垒嵬三尺，却有飙风动四壖。千里荒墟皆白草，数家孤店但寒烟。何当涉尽辽河去，着眼乡山翠插天。"金锡胄《捣椒录》

柳尚运《次上使韵，孤家子途中》："四际平沈一样圆，莽苍无复见秦阡。东西去识星为纪，日月生知海作壖。春不曾来多宿草，店为孤住少人烟。客中政属清明节，遥忆青溪小洞天。"柳尚运《燕行录》

金锡胄《次书状韵新易车轮，胜于前辙云，殊可喜也》："胡马曾高价，燕车想重酬。涂知方轨稳，工亦斫轮优。前路余千里，吾行费几邮。从今应趣驾，不滞暮亭投。"金锡胄《捣椒录》

柳尚运《呈上使》："偏憎遥野渺无涯，却笑愁边还有诗。此去辽阳多少路，从今坐数渡湾期。"柳尚运《燕行录》

金锡胄《次副使韵》："黄龙才返尚天涯，逆旅空吟郑浦诗。待到鸭江东渡日，此行方道是归期。高丽郑誧有《沈阳杂诗》。""别筵前岁鸭江涯，瑶瑟清歌为赋诗。想得东人临水望，计程春日说归期。""词源倒峡浩无涯，俊逸青莲百首诗。东国近来文彩尽，请公努力古人期。""吾家亭子广津涯，合着骚人几首诗。且待春江浓似酒，西风一棹与公期。"金锡胄《捣椒录》

金锡胄《又用前韵》："凛寒时节蓟南涯，长咏坡翁玉宇诗。且待两旬归故国，九重春色早朝期。""寻春春不到天涯，乐府虚传折柳诗。试看野草初萌日，却是园花欲落期。""茸茸细草发溪涯，春意还催旅客诗。仍忆去年艾羹节，南坡曾与故人期。""量来才分已逾涯，惧甚鹈梁有古诗。紫闼黄扉非处所，江风湖月是襟期。""春风小艇着湖涯，满目江山画里诗。今日殊方尤系恋，白鸥吾不负前期。""江阁那能问水涯，须公先惠寄题诗。他时幸逐鸥夷去，访我烟波是好期。"金锡胄《捣椒录》

金锡胄《忆道渊》："天涯作别思无涯，湾上书仍川上诗。世间至情唯父子，可能无负我相期。"金锡胄《捣椒录》【考证：以上诸诗作于三月初一日至初二日间。】

初二日（甲辰）。

金锡胄《沈阳途中》："三月风犹甚，连旬日亦微。天时方冷节，塞雪遽寒威。的皪非花发，沾濡杂雨飞。阳和今不见，何处觅春晖。"金锡胄《捣椒录》

柳尚运《次上使沈阳途中咏雪韵》："顽云乍翻员，密雪转霏微。白草无边色，玄冥冻杀威。纷纷和雨下，故故掠人飞。朔气期时节，春阳亦闷辉。"柳尚运《燕行录》

金锡胄《沈阳城南有一高陇，即所谓野坂者也。孝宗大王筑馆旧基亦在焉，过而有感，恭述一律》："昔年先后驻黄龙，指点遗宫野坂东。久仰康王惊虏帅，惯闻英主眷蒲公。周旋未遂中原约，寤寐还虚九世功。箕域免戎今已矣，小臣于此涕沾胸。"金锡胄《捣椒录》

初三日（乙巳）。

金锡胄《三月三日辽阳途中_{是日又是上巳日也}》："每值佳晨忆故邦，三三上巳复兼双。燕山本自无花草，辽水争能似曲江。何处踏游罗作袜，此中销与玉为缸。唯惭拙句多荒类，不敌村讴唱一腔。""终古辽阳接蓟门，依然旧郭认长存。千年鹤已留仙语，经岁吾方返使辕。河咽似曾悲太子，草腓那解怨王孙。今非吾土聊归去，花柳拟看溟水繁。"金锡胄《捣椒录》

金锡胄《早向辽阳》："朝向辽阳郭，归程喜日添。冲霄看白塔，沽店认青帘。树树迷烟暗，山山露黛尖。东君稍用事，还复戢飞廉。"金锡胄《捣椒录》

柳尚运《次上使涯字三绝韵》："龙湾每道亦天涯，却近辽阳喜赋诗。不是故乡能便到，只因前路易为期。""文澜如海未窥涯，最爱汪洋杂咏诗。俚唱每惭酬白雪，赏音何幸遇钟期。""亭榭偏宜傍水涯，少风波处好吟诗。巴江沂峡无多路，雪夜山阴是后期。"柳尚运《燕行录》

柳尚运《又次正使涯字六绝韵》："晓渡辽河未辨涯，纪行随处总成诗。黄昏税驾催晨秣，故国东风恐负期。""江南消息阻云涯，怊怅骚人咏昔诗。试问辽阳华表柱，千年倘有鹤来期。""过腊层冰阁陡涯，行人犹赋苦寒诗。东风未暖衔泥土，海燕安知社日期。_{是日适三三，故云。}""牡丹东畔浿江涯，黄鹤应须崔颢诗。题罢夕阳移棹去，政看三五月如期。_{到浿似在望，故云。}""青丘一域海东涯，习礼家家且学诗。今日不须生大国，河清千载杳难期。""数椽茅屋港南涯，前岁投闲又废诗。最是松风与萝月，时时来访叶幽期。"柳尚运《燕行录》

柳尚运《次上使宿辽阳韵》："为我辽阳宿，晴晖几线添。关东稀过客，门外少搴帘。白塔亭亭矗，青山个个尖。贪程竟日夕，归意不妨廉。"柳尚运《燕行录》

柳尚运《次上使过沈阳野坂之韵》："淹恤当年蚖肆龙，至今遗耻尚吾东。殊方忍性宁论苦，后世论心也自公。蹈海未能为隐痛，在天难必是成功。悠悠太子河边路，空使行人泪湿胸。"柳尚运《燕行录》

柳尚运《次正使踏青日宿辽东韵_{二首}》："家住天东近海邦，燕知春社落泥双。鹃因啼血花千树，鱼为磨腮雨一江。几处芳园开胜集，不妨孤馆倒深缸。踏青时节还萧索，故故胡笳咽满腔。""辽阳闻说属吾邦，安市将军世罕双。尚记亭隍留古堞，莫言南北限长江。千年化鹤云空塔，万事亡羊酒一缸。行旅岂知兴废感，自然歌曲不成腔。"柳尚运《燕行录》

金锡胄《迭双字韵》:"经年莫道滞殊邦,喜甚同行国士双。况伴春风归鸭水,但愁烽火起乌江。千金貂敝方垂橐,百口粮空且倒缸。幸有吟酬诗律在,不妨编玩当歌腔。"金锡胄《捣椒录》

金锡胄《再迭双字韵》:"晋驼曾说泣危邦,燕阙今怜玉柱双。那得孱王全半壁,空怀烈祖定三江。吟伤琼树诗盈橐,酹怆金台酒费缸。从此行装归去早,不须河馆恋羊腔。使行留馆,及设宴时,清人以羊肉为上馔。"金锡胄《捣椒录》

柳尚运《冷井》:"玉河三月滞行旌,最是难堪饮浊泾。今到冷泉还一啜,醒心如解夜来醒。"柳尚运《燕行录》

金锡胄《冷井次副使韵》:"玉河那用玉为名,厌见污泥漆似泾。一勺冰泉今吸尽,沁人肌骨解人醒。"金锡胄《捣椒录》

柳尚运《石门》:"今朝行尽辽野,三月重寻石门。一径穿林渡水,依然路入桃源。"柳尚运《燕行录》

金锡胄《石门次副使韵》:"地邻令威华表,山似刘阮洞门。正是桃花三月,客程怅望桃源。"金锡胄《捣椒录》

柳尚运《食芹》:"久厌荤腥臭,今看菜叶新。登盘苏胃气,方识献芹人。"柳尚运《燕行录》

柳尚运《望狼子山》:"斜阳行转小桥湾,天际群峰翠几鬟。忙把征鞭遥指点,旁人还道是狼山。"柳尚运《燕行录》

金锡胄《次副使韵》:"十三曾别大凌湾,情系依依惜翠鬟。今到辽山如旧识,辽山日复近乡山。"金锡胄《捣椒录》

金锡胄《狼子山》:"合沓群峰缭似城,中开旷野一川横。依然去岁恒阳路,山寺清秋匹马行。"金锡胄《捣椒录》

金锡胄《青石岭》:"乡近迟乡信,欢多惧亦添。度崖笋作笮,沾峡树为帘。决决冰泉滑,棱棱翠石尖。何当还此界,雄搉用孙廉。"金锡胄《捣椒录》

金锡胄《有感》:"去岁燕都絷玉河,今朝辽路鬓全皤。乡山渐近差欢慰,节序频移足感嗟。泽国春畦其雨切,仓空汉粟奈民何。归来愿得投簪去,随意烟波着钓蓑。"金锡胄《捣椒录》

金锡胄《青石岭途中口占》:"狼山多峻极,危岭昔曾闻。此路皆青石,中峰出白云。岩台千砌迭,涧壑百流分。定费神工斫,真成大劈纹。崖悬栖鹘属,藤挂走鼯群。望蚁秦封记,通牛蜀道云。雾斑疑伏叶,渊怪或游溃。峡积当春雪,时清几日氛。涉艰凭杖力,度险策篮勋。三复垂堂语,题诗慰苦勤。尽家有大斧劈纹之语。"金锡胄《捣椒录》

柳尚运《踰青石岭》:"连天梯栈石相钩,不放归云过岭头。此路朝周曾白

马，畏途通蜀是金牛。千林乱树偏妨盖，万壑悬冰更折辀。仍想向来留馆苦，攀崖踏阁等闲愁。"柳尚运《燕行录》

金锡胄《次副使韵》："岭路缭回几曲钩，陟来梯栈最高头。通天箭筈看飞鸟，特地车箱有服牛。古洞泄云怀镜寺，春崖留雪想冰辀。归程只费三宵梦，渡彼湾碕破客愁。""西河恂闷似衔钩，东路唯思一出头。且慰故城寻化鹤，不须前径忆庄牛。冰消稳渡三流水，日暖徐驱二岭辀。椒桂自然回蔗境，悟来真悔旧时愁。"金锡胄《捣椒录》

金锡胄《会宁岭迭钩字韵》："防身岭路一纯钩，不怕玄熊坐树头。岳势横奔疑万马，栋材虚掷想千牛。巴丁运凿曾开径，燕贾输金自挟辀。终日二峼行历尽，回思绝磴尚怀愁。""终日窗帘不上钩，毂尘如雾涨车头。雪消荒碛时驱马，烧遍春田好放牛。村僻镇东便税驾，水深瓮北惧沾辀。此行最苦诸川壮，八渡渡来始豁愁。"金锡胄《捣椒录》

金锡胄《四迭钩字》："不道尘缘枉见钩，偶因推转到高头。靰羁违性庄生马，爵禄非心百里牛。此日边荒驱辚矢，他时墟落拥柴辀。角巾亭上清宵月，散尽留燕几斛愁。"金锡胄《捣椒录》

金锡胄《五迭》："几牺蜿丝与月钩，蓬壶瘰瘵忆鳌头。江湖自在闲鸥鹭，靰络何烦絷马牛。漠漠黄沙今返节，纷纷紫陌孰安辀。鸥夷往躅吾师表，只管烟波不管愁。"金锡胄《捣椒录》

金锡胄《六迭》："昔我龙门把钓钩，清秋日日坐矶头。闲门种树偏多柳，故渚燃犀也号牛。无事田园行款段，有时云木听句辀。风尘一出还增感，浪泊居然万里愁。"金锡胄《捣椒录》

金锡胄《七迭》："归来宝锷敛吴钩，远使无能愧虎头。麻札徒闻曾制马，葛侯谁得更流牛。山溪宿昔无方轨，商旅于今尽试辀。漠北氛昏连近塞，暮云斜日不胜愁。"金锡胄《捣椒录》

柳尚运《次上使再迭钩字韵，又呈一首，仍用原韵》："今宵微月细如钩，才喜当檐已海头。会到江城看玉兔，肯教良夜喘吴牛。阳关客舍新晴柳，邮吏飞骖稳驾辀。京国不知千里远，一尊销尽十分愁。""闲爱游鱼上钓钩，一竿长在小溪头。渔歌起处飞孤鹜，牧笛横时饷晚牛。无客好成清昼睡，对人还说季冬辀。题诗且当归来赋，消遣他乡不尽愁。"柳尚运《燕行录》

柳尚运《又次正使双字韵》："燕邸龙飞此建邦，百年人事涕堪双。王孙草绿煤山阁，织女机虚濯锦江。玉垒浮云今古色，金台残照浅深缸。伤心曾过荆高市，和筑悲歌总怨腔。"柳尚运《燕行录》

柳尚运《次正使青石岭长律韵》："青石朝天路，曾从歌曲闻。驱车今度岭，有道上盘云。树色千章合，溪流万壑分。梯危连绝磴，苔古织斑纹。叶落藏鼯穴，人喧走鹿群。崎岖前又却，艰苦更难云。日夕穿林下，寒澌满水濆。山河劳跋涉，天地政妖氛。对酒空看剑，登颠未勒勋。平生报国意，不敢说辛勤。"柳尚运《燕行录》

柳尚运《又次正使头字韵二首》："莫叹巉岩曲曲钩，鸭江归路即前头。今登蜀道扪参井，曾向丰城看斗牛。异地山川劳跋履，故乡花柳护行辀。关西楼观知多少，处处还宜散客愁。""芳香为饵曲为钩，今古浮沉？海头。林外倦飞知宿鸟，画中闲放是眠牛。家贫术酒酾宜葛，境僻蓝舆稳似辀。堪羡白云高卧客，不知荣辱岂知愁。"柳尚运《燕行录》

柳尚运《迭次上使头字韵》："囷囷归来若中钩，二旬驱传到边头。萧条文物悲刍狗，匡复神机想木牛。夜宿羌村催早秣，时闻华语驻征辀。东还渐觉多春意，暖日韶华总是愁。""芦作窗帘竹作钩，少林南畔水西头。杨花远浦浮眠鹭，丰草阳坡见卧牛。春晚山中堪采药，天寒塞外莫停辀。本来疏懒兼多病，潦倒风尘不耐愁。"柳尚运《燕行录》

金锡胄《连山途中》："绝塞三冬去，连山此日回。谁言春夜短，自觉暮程催。句已忧星孛，之玄闷水回。行将渡鸭绿，不上望乡台。"金锡胄《捣椒录》

柳尚运《逾高岭》："高岭高高上插天，登临四顾意茫然。千章杂木围深壑，百步盘泥绕绝颠。山自北来犹黯惨，日因东去较晴妍。休辞一夕逾双险，归路三千减二千。"柳尚运《燕行录》

柳尚运《瓮北河》："清川何以亦名河，大抵其源自兀罗。欲试浅深人语乱，不妨先后马行过。沙融岸路如经雨，水暖凫雏故掠波。八渡三流幸无事，却将诗句当渔歌。"柳尚运《燕行录》

金锡胄《八渡河》："权桠老树乱相钩，小坻临流似让头。幽涧水深多饮鹿，平坡日夕有归牛。依依景物怀东峡，历历行人尽北辀。形胜即今非我土，西民那得解边愁。"金锡胄《捣椒录》

柳尚运《松站途中》："日暖沙融谷鸟鸣，游丝故故媚新晴。云归洞壑长林静，露浥汀洲细草生。稚柳摇烟青却暗，小溪多石浅还清。今来塞土论山水，总为幽闲是雅情。"柳尚运《燕行录》

金锡胄《次副使韵 行尽东站峡里溪山，多有与关东僻邑佳境相似者，辄用副使韵记感》："峡里飞泉□□鸣，渐舒春日晚偏晴。谷中款款禽相语，河畔青青草又生。崖雪微留前岁白，水风轻漾一时清。此来关塞浑忘远，为是云烟媚客情。""紫折长川又一河，剧怜晴浪似轻罗。空山百里人谁渡，绝塞三春我独过。正好持纶垂白石，奈无游艇弄清波。沈吟日夕空归去，且唱沧浪一曲歌。"金锡胄《捣椒录》

柳尚运《望见凤凰山》："凤凰山在白云间，山外青山是马山。不是马山看不厌，绝怜东畔有龙湾。"柳尚运《燕行录》

柳尚运《又次头字韵三首》："万里防身剑一钩，联翩游骑若遨头。行台云色凝骢马，相国风猷问喘牛。长路诗成携满袖，故乡春晚引归辀。浮生此会诚非偶，异域还忘作客愁。""禁条如网摘如钩，设栅凤凰山尽头。阍人细数出门马，礼部持难开市牛。多行苞裹是长策，且把牙签藏小辀。明朝快走过江去，任汝咆哮吾岂愁。""今古纷纷罪窃钩，却来骄子拥高头。只因躔野连箕尾，且泛星槎傍斗牛。许国一身须叱驭，危途九折敢回辀。归时欲识吾行色，实际宜看落韵愁。"柳尚运《燕行录》【考证：柳尚运下诗题曰"凤凰山途中遇寒食"，以上诸诗当作于三月初三日至初八日间。】

初七日（己酉）。

谢恩使金锡胄等自清国以彼中事情启闻，有曰："清主自从南方平定以来，骄淫日甚，以游戏为事。称以天下已平，腊月许臣民宴乐，各衙门预为封印，新年废事尤多。既游猎五台山，又将出畋居庸关外矣。大鼻鞑子所居之地，山高而且多泥坑，不种五谷，惟食生畜，并习用炮枪云。去秋遣大臣招抚而不受皇旨，出言强暴，今将发兵讨之。郑锦居台湾，病不能任事，使其弟铉代领其众，改名明舍，以示不忘明朝之意。或云锦已死，其长子被用事者缢杀，立其次子云。又有朱国栋、朱世英者，皆称明朝后裔，据海岛出没，而兵势皆不及于锦云。"《朝鲜肃宗实录》卷一四

初八日（庚戌）。

柳尚运《凤凰山途中遇寒食》："林霏和洒陇头云，塞日阴晴午未分。羌俗亦知寒食节，竞将红纸挂荒坟。"柳尚运《燕行录》【考证：诗题曰"凤凰山途中遇寒食"，当作于是年寒食日即三月初八日。】

金锡胄《复次副使咏凤城搜验之什》："闻说关讥似距钩，从来是事重边头。前朝每戒茶为马，此日翻嫌书汗牛。檀策未施先出栅，范谋唯在急藏辀。收看数箧宁无路，纵费裹苞莫费愁。"金锡胄《捣椒录》

金锡胄《凤凰山》："雄镇百里凤城，秀出几点螺髻。依俙蛾眉雪中，缥缈太华天际。""万里远辞鲽域，今日才还凤岫。天涯望见数峰，客里如逢故友。""或云今之凤城，盖乃丽代安市。小国敢婴王师，孤城独拜天子。""谁割东地五百，今入中原几年。试观山河物色，尚有檀箕风烟。东地五百语出《战国策》。"金锡胄《捣椒录》

金锡胄《九连城途中》："霏微小雨乍收晴，晚撤关讥出凤城。乡信欲开添感泪，家山渐近破愁情。望来黛色千峰出，涉尽河流八渡平。行到九连便刮眼，

统军亭北暮云横。"金锡胄《捣椒录》

金锡胄《听流堂》:"脚踏辽阳冰雪来,眼看龙朔已春回。听流堂下溪池水,贮碧涵青一鉴开。"金锡胄《捣椒录》

金锡胄《纳清亭》:"渐暖春阳闷午程,忽看林樾耸轩楹。两行高柳垂垂绿,一道平川泯泯清。正好披襟邀飒爽,还思把钓弄空明。徘徊为觅涪翁句,丹碧沦来字亦更。崔承太言黄聘君于丙子九月,还自椵岛,题诗壁间,其诗曰:'世已忧无奈,身应死始安。秋风离别意,叶落万重山。'今访之,则已亡矣。"金锡胄《捣椒录》

柳尚运《纳清亭口占示定川使君》:"清流潭贮碧玻璃,岸上仍看柳幕齐。满地树阴晴昼静,上楼山色湿云低。还怜胜境人皆到,不比仙源路却迷。三月春光犹未烂,莺花留与使君题。"柳尚运《燕行录》

柳尚运《闻书状与都事登百祥楼口占》:"安西形胜擅西关,几度春风此往还。十里晴川通上下,百祥高阁在中间。窗临博望乘槎海,帘卷檀君降迹山。却羡行台犹健在,相将莲幕破愁颜。"柳尚运《燕行录》

柳尚运《复用前韵赠书状》:"始识班公愿入关,今行犹复喜生还。征鞭暮住清江上,人语时闻戍堞间。纵酒偏宜风满阁,贪程却怕雨浑山。垆头不管如花貌,东笑嫣然当玉颜。"柳尚运《燕行录》

金锡胄《闻书状与本道都事节度、大同督邮同登百祥,次副使韵》:"绝塞楼谯压汉关,远紫河岳势回还。萧森朔气千峰外,约略韶光二水间。坐拥春潮侵粉郭,平看明月满香山。行台绮席今华敞,丝肉悬知慰客颜。"金锡胄《捣椒录》

柳尚运《安州途中逢雨雪,口占书示都事》:"经年去国客催归,每怕阴阴雪欲飞。晓起有风闻滴滴,晚来为雨转霏霏。春深剩逼墙花绽,水长应添锦鲫肥。政好新菑滋百穀,不妨行路拥蓑衣。"柳尚运《燕行录》

金锡胄《安兴遇雪》:"急雪随风落晚途,前峰皓色正模糊。恰如小李舟翁笔,写出银泥万壑图。"金锡胄《捣椒录》

柳尚运《次上使雪后寄示韵》:"晓来残雪洒征途,透入轩窗破纸糊。多病浩然巾戴去,就中还似灞桥头。"柳尚运《燕行录》

柳尚运《到箕城复用还字韵》:"曾携明月度秦关,好伴春风故国还。人事堪悲离乱后,浮生易老去来间。经年客过襜帷地,三月花开锦绣山。今夕始忘羁恨苦,吏民相对总欢颜。"柳尚运《燕行录》

柳尚运《书赠李都事》:"书记翩翩西出关,问君南徼几时还。浮荣不管形骸外,行役偏怜道路间。春日寻僧永明寺,秋风杖策妙香山。仍知老子饶清兴,宾馆何须作苦颜。"柳尚运《燕行录》

柳尚运《渡浿迭用前韵》:"秦京千里隔西关,前度行人去又还。猕马无踪云水外,楼台犹在画图间。千年井落含球路,一抹苍光背郭山。多谢士民勤问讯,异乡霜雪已凋颜。""谬恩前岁镇边关,奉使今从此地还。为国驱驰元分内,催科抚字是非间。行期适会春三月,舍馆偏占宅后山。最喜桐乡多竹马,栏街犹复认衰颜。"柳尚运《燕行录》

金锡胄《洞仙岭》:"谽谺洞口树交权,栈路岩峣百转斜。春日渐暄家渐近,岭头初见杜鹃花。"金锡胄《捣椒录》

柳尚运《洞仙馆》:"迢迢缭岭轧云孤,笑杀征车又辘轳。三入洞仙华馆宿,此中还似岳阳无。"柳尚运《燕行录》

金锡胄《闻上山岭岩洞奇胜,自凤山迁入,失路而还,怅然有作》:"曾闻仙洞此中开,行尽山溪失路回。疑有秦人深目秘,溪流不放片花来。"金锡胄《捣椒录》

金锡胄《上山洞府》:"为寻幽境入,仍度石门行。山学糁糕重,泉疑佩玦鸣。知烦大匠斲,孰与化工争。耽赏孤吟地,浑忘负夕程。"金锡胄《捣椒录》

金锡胄《黄凤之间,髫白相携,百千为群,皆言圣上以特命罢本道五斗别税之米,西民庶有更生之乐,愿达此谢意于九重云,闻来不胜感叹,诗以记之》:"天涯使节归来日,恩旨喧传动八方。连岁旱干灾几岁,十行哀痛泪双行。正看衢路民情耸,争祝华嵩帝祉长。况有诸儒时并进,赞襄何以报吾王。"金锡胄《捣椒录》

柳尚运《朝发瑞兴》:"朝来宿雾罢前川,为近村居晚收烟。岸柳丝丝挠客意,汀花故故媚春妍。算来身计无长策,老去闲情乐少年。莫道兹乡风土恶,背山临水总堪怜。"柳尚运《燕行录》

柳尚运《玉溜泉口占》:"春风归路又名区,葱秀溪山最绝殊。潭杀激湍开宝鉴,石喷寒露泻冰壶。沧浪渔子缨堪濯,原隰行人蕨不须。今古留连吟赏地,却教征马少踟蹰。"柳尚运《燕行录》

金锡胄《次副使葱秀山韵》:"葱葱秀色擅东区,胜地溪山也自殊。潭底鳞鳞鱼动镜,岩间决决玉鸣壶。数行丹字真仙远,一霎清娱妙句须。抚迹不堪怀旧切,石林斜日独踟蹰。"金锡胄《捣椒录》

柳尚运《次上使韵》:"疏林交影短长权,缘涧盘陀正复斜。最是客来能解惜,北厓三月始开花。"柳尚运《燕行录》

柳尚运《悠远与瑞儿来迓平山,喜而有赋》:"季方来日长儿随,正是行旌返国时。彼此相看肥与瘦,中间人事喜兼悲。殊方苦乐君休问,尽室平安我欲知。闻道巴陵新葺屋,从今长结白云期。"柳尚运《燕行录》

柳尚运《青石岭》:"此路多青石,仍之作洞名。还同胡地岭,却近旧王城。

61

岩径千盘曲，溪流一道横。汀花娇日影，谷鸟语春晴。客子思归恨，幽人览物情。韶华成晼晚，行役感平生。柳季身宜黜，王官谷可耕。休嗟身世拙，归计十分成。"柳尚运《燕行录》

柳尚运《花石亭》："赤壁巉岩石，东坡烂熳花。先生旧居地，之子世为家。小筑仍遗础，疏林尚古查。依然看气象，吟啸日西斜。"柳尚运《燕行录》

柳尚运《望见三角山》："弥勒堂前落日时，白云三角影参差。喜欲题诗诗未就，是知愁寂本宜诗。"柳尚运《燕行录》【考证：《肃宗实录》卷一四言三月二十四日"谢恩使金锡胄、柳尚运等回来"，以上诸诗当作于三月初八日至二十四日间。】

二十四日（丙寅）。

谢恩使金锡胄、柳尚运等回来【按：参见康熙二十一年十月二十九日条】，上引见。锡胄陈沿路民瘼，请荡减关西义州等五邑庚申条，龙冈等六邑丙辰条，海西各邑戊子条，管饷谷之逋欠者，并许之。《朝鲜肃宗实录》卷一四

八月

二十九日（戊辰）。

施琅疏报师入台湾，郑克塽率其属刘国轩等迎降，台湾平。诏锡克塽、国轩封爵，封施琅靖海侯，将士擢赉有差。《清史稿卷七·本纪七·圣祖二》

十二月

初五日（壬寅）。

王大妃金氏薨于储承殿。《朝鲜肃宗实录》卷一四

十四日（辛亥）。

以李濡为告讣使，李蓍晚为书状官。《朝鲜肃宗实录》卷一四

康熙二十三年（1684年/甲子）

正月

初一日（丁卯）。

朝鲜国王李焞遣陪臣赵师锡等表贺冬至、元旦、万寿节，及进岁贡礼物。宴赉如例。《清圣祖实录》卷一一四【按：据《使行录》，三节年贡正使赵师锡、副使尹挐、书状官郑济先于康熙二十二年十一月初一日辞朝。】

三月

十四日（庚辰）。

冬至正使赵师锡、副使尹攀等归自清国【按：参见是年正月初一日条】。上引见，问彼中事情。师锡曰："郑克爽受抚时，愿住南方，不欲北迁，故将军施琅禀命而许之。年少诸议皆以为南人狡黠，若置南方，必为后患，不如移之北方，绝其祸根。科道交章，而上下皆以失信为虑，留兵三千，以守其岛。又遣礼部侍郎苏拜往审岛中形势云。克爽归顺，诚非虚传也【按：参见康熙二十二年八月二十九日条】。岁初行太平宴，而诸王大臣及臣等坐楹外，蒙古使臣及八高山之属皆在庭下。三人共一盘，而光禄寺不能办，分命诸王使备酒食，而所谓御供，则出自宫中。且八高山所属，顺治以前，号令严明，人无怨言，而今则减其稍食，出猎之时自备粮糇，故人心渐离，怨声颇腾云，可想其虚耗之甚矣。清主破吴三桂，取美女三百，贮之离宫，日事荒淫，徒尚文辞，政令多舛。太子年十三，刚愎喜杀人，皆谓必亡其国矣。"《朝鲜肃宗实录》卷一五

四月

初三日（戊戌）。

寅时行遣奠，大行王大妃发靷【按：参见康熙二十二年十二月初五日条】。将启殡，读哀册文，其文曰："维岁次癸亥十二月五日壬寅，显烈贞献文德明圣王后薨于昌庆宫储承殿之西别堂，越明年四月三日戊戌，迁座于祖，五日庚子，祔葬于崇陵，礼也。玄堂启扉，素卫移扇，龙𬘘晓绋，凤戒晨辀。长御雨泣而卷褕，工祝雷哭而撤奠。哀子主上殿下攀号忉怛，瞻望涟洏。寄永慕于寒泉，结长悲于春晖。命彤管而撰德，载玉牒而扬徽。"其词曰："《书》始《虞嫔》，《诗》首《关雎》。圣王有作，内治是资。于赫圣母，眂古有光。堕玉表灵，启繇告祥。载毓相门，作配贰极。礼法有素，贞顺合则。三殿胥悦，六宫咸庆。离明继照，壸位嗣正。婉嫕端庄，温恭淑慎。箴规《唐鉴》，被服汉练。岁在摄提，痛缠天崩。主少国疑，祸乱将兴。密赞君道，潜扶国祚。太任隆姬，宣仁佑赵。光享备物，尊膺显号。猗欤圣孝，至矣慈教。云胡一夕，害气震剥。彩晦轩宫，精沦桂魄。飙轮倏其上升，星算促其长终。谅仁寿之无征，果神理之难穷。呜呼哀哉！客岁冬孟，丕子遘疾。斋沐祈天，厉虐如脱。喜气溢于宫闱，欢声匝于区域。指明春而差日，将献爵于长乐。何吉凶之互错，乐未远而哀近。辍谣歌而号咷，停管弦而箫挽。呜呼哀哉！一札遗教，丁宁后事。念切民隐，忧深国计。内具衿冒，外省馈食。无扰有司，不伤经费。以宁俭而作范，虽预

凶而合礼。嗟仁声兮入人深,咏德音兮终百世。呜呼哀哉!灵辰既届,厥仪将发。一人孺慕,千官洒血。背紫闼而徐转,出青门而眷顾。珠丘蠲于寿原,银海深于隧路。白日黯以凄惨,朱明飒以萧瑟。去复去兮乘云车,悲莫悲兮遗仙袂。呜呼哀哉!瞻彼维扬,圣人所藏。合祔从周,卜云其臧。及帝舜于苍梧,随颛顼于大荒。并荐献于一寝,兼象设于同岗。知幽明之无间,岂精爽之有隔。想玉栏之看花,俨平生之和乐。呜呼哀哉!流年若箭,大运如马。一气屈伸,万类代谢。同归尽于百年,较修短其几何。唯圣善之未沫,与博厚而无涯。纵灵质之永潜,尚芳尘之可赞。托哀辞于琬琰,期永久于烂衎。呜呼哀哉!右议政南九万制进。"《朝鲜肃宗实录》卷一五【按《国朝人物志》卷三:南九万(1629—1711),字云路,号药泉,宜宁人。孝宗辛卯进士。丙申文科,为咸镜观察使。图上边塞形,便请设茂山府上,临筵展图示,宰执曰:"才识实难及也。"戊午为刑曹判书。劾尹鑴、许坚,反以言不实坐贬南海,寻宥还。甲戌中宫复位,始金春泽、韩重赫等通官禁,谋复位,闵黯等方鞫治,而会上黜黯等召用旧臣,或言此辈黯等所欲杀,何必为世充建德报仇。九万曰:"金清城庚申事虽曰有功,本非所宜,为私径一开,覆辙相寻,不痛防之,国必亡。"上疏言鞫其虚实,夬正王诛,然后举措明正,私径可杜。久之重赫远配。九万又言:"请治重赫辈,为圣主解中外之疑惑,为坤宫明复位之正大,为士大夫洗千古之羞辱,罪止窜配,不足以释疑。"中官逊于私第,张希载以书通禧嫔,语涉中宫,至是希载就鞫。上以其书语大臣罪当诛,九万曰:"希载诛则恐春官不安,请屈法傅生议。"上纳之。群议哗然,攻之九万议。已已诸臣之罪勉,上以躬自厚薄责人之义。应教金镇圭谓九万归谷圣躬,九万出郊,固免。已而还拜。时重赫辈犹不正法,九万又曰:"臣于狱案得其情状,所聚之货尽归酒肉裘马之费,其非为复位行赂昭昭也。"重赫竟栲死。官至大提学。肃宗甲子拜右相至领议政。谥"文忠",配食肃宗庙廷】。

五月

二十七日(壬辰)。

清国遣阿达哈哈番一等侍卫索柱、内阁侍读学士丹代致吊祭。《朝鲜肃宗实录》卷一五

六月

十八日(壬子)。

告讣使李濡等归自燕。上引见问事情,濡曰:"臣等始至燕,翌日晓引一行入阙中,阁老明珠立阶上问曰:'尔等来时国有何事?'对称:'小邦不幸遭国恤,国王经痘之余,因大丧添疾,举国忧遑,此外无他事。'又问:'日本有文书来到事否?'对称:'小邦之于日本素为邻交,文书往来固非一再矣。'又问:

'国恤在何月？国王病患始于何时，差于何间而止？'日本事更不提问。臣等恐或模糊见疑，复言曰：'倭情本诈，或有求索，辄多恐动之言，因此愚民不无骚屑云'，则明珠又问：'倭之恐动求索者何事？今其听许否？'仍曰：'尔国有修治军器事否？'臣等对称：'差倭往来时，船只有定数，船各有所给。倭必欲加其数，每来强请。小邦据例终不许，则倭或托他事以恐动之。小邦与倭国只隔一海，留意海防，修治军器，固何可已也。'明珠听讫点头，备奏于清帝云。此必由间里间绎骚孔极，流入异国，致此盘诘之举矣。盖闻宁固塔守将有所驰闻，朝议甚多，独清皇以为甲寅年间天下骚扰，惟朝鲜如故，到今宁谧之后，必无背我之理。及臣等奏对无差，群疑始释云矣。宁固塔所报文书在内阁，令译舌贿馆大约以追后觅送，前头敕行，似必欲详知虚实，自上接见之际，致谢其屡问病患之意似好。郑克爽已尽归顺，台湾地方置一府三县，礼部侍郎苏拜前秋下去安顿云。在前彼人畏法，不敢言国事，今则全不顾忌，至曰皇帝盘游无度，如是而未或不亡。性且贪货，有功吝不肯赏云。"《朝鲜肃宗实录》卷一五【按：据《使行录》，告讣正使李濡、书状官李著晚于是年二月十九日辞朝。】

十月

二十七日（己未）。

冬至使右议政南九万，副使李世华，书状官李宏出去。《承政院日记》

李世华《赠别》："昔年奉使萨磨州，今又双旌指白头。男子不辞鞍马苦，国恩须以险夷酬。西藩惠化棠阴遍，北塞星霜岭路修。自去长江天作界，好从南畔返行辀。""度内区寰可静观，何烦图地与查山。圣朝傧接资新算，藩臬巡宣辍旧班。薛罕岭危人迹断，厚州城废鸟飞难。白头到底头应白，鞚掌何曾一日闲。"李世华《双柏堂集》卷一【考证：据《使行录》，谢恩冬至正使南九万、副使李世华、书状官李宏于十月二十七日辞朝，此诗当作于二十七日或其后。按《纪年便考》卷二十八：李世华（1630—1701），富平人，仁祖庚午生，字君实，号双柏堂，又七井，又聋岩。孝宗壬辰进士。丁酉，登明经科。肃宗己巳，与吴斗寅、朴泰辅联号谏废坤官，受刑谪业青，后宥还。选清白吏，入耆社。辛巳卒，年七十二，赠领相，谥忠肃，旌闾。仁显后薨数日，世华卒，判书尹世纪挽诗曰："己巳能生辛巳死，公生公死异于人。天以三臣嫌少一，故教同侍玉栏春。"】

李世华《江上送别》："泛颖千秋忆子由，吾曹漫兴水云悠。江山重待逢梅涧，风雪何堪送柳州。独对残樽谁共赏，强磨枯砚若为酬。休文才小新添瘦，竹馆明朝又别愁。"李世华《双柏堂集》卷一

南九万《凤凰山并序》："凤凰城栅门外有凤凰山，石峰开张，东西对立，如凤两翼然。有古石

城包络两山，中可容十余万人。象胥辈指之曰："此乃古安市城。"余疑其城太阔难于防守，且唐宗行师，应从海边前道，而此地前后川岭险塞，恐有不然者。取考《大明一统志》，云金州卫东及辽东都司城东三百六十里，有两凤凰山，而皆唐太宗驻跸处。又云安市废城在盖州卫东北七十里，唐太攻之不下，薛仁贵白衣登城即此。又云鸭绿江流至安市城下入海，唐太宗耀兵于鸭绿水即此。以此推之，栅门外凤凰山，乃是都司城东三百六十里，而非盖州卫东北七十里。距鸭绿江几至三日程，而非其入海处，则指此谓安市城者，果何所据耶？盖唐宗之征高丽，循海而东，金州、盖州皆其行军之路也，驻跸于金州之凤凰山则固然矣。至于栅门外凤凰山，似因山名之偶同，《一统志》有此两认之说，而我国之人传闻太宗之所驻跸，又指为安市城，独不知一统志所载安市城自有其处。转辗欺诳，至于如此，可哂也已。闻义州人言，鸭江入海处西岸有废山城，名高牟云。未知此或是《一统志》所谓安市废城耶？聊赋一律，以谂后人。凤凰城外凤凰山，残堞依俙迭巘间。漫说贞观曾驻跸，仍传安市旧防关。玄花岂向此中落，黄屋定从何处还。往迹微茫无可问，碧天唯有月如弯。"南九万《药泉集》卷二

李世华《过通远堡》："堡名通远肇何年，东北之交道里千。辽塞地形连靺鞨，阴山朔气亘幽燕。荒城雪压迷前路，古院人投起暮烟。休道此行多苦状，一心靡醓亦恬然。"李世华《双柏堂集》卷一

李世华《过冷泉宿辽东站》："朝来秣驷冷泉边，路出辽阳意杳绵。地势平连燕塞外，天文直照蓟门前。千秋独鹤归何处，一片荒城废几年。远客中宵多感慨，孤灯虚幌耿无眠。"李世华《双柏堂集》卷一

李世华《次书状韵》："珍重琼琚愧未酬，不才何以记兹游。山河处处皆虚度，堡店时时亦慢留。药关心难寓兴，沙场极目易生愁。路经辽沈偏多感，一夜行人尽白头。"李世华《双柏堂集》卷一

李世华《又次书状韵》："十里村庄接烂泥，中宵秣马又晨鸡。天连鹤野看牛斗，路指燕云信马蹄。片梦不辞乡国远，残杯难慰旅怀凄。何时更访西湖路，闲把钓矶九节藜。"李世华《双柏堂集》卷一

李世华《过烂泥堡宿十里堡》："烂泥堡在大道旁，一舍连通十里庄。鹤野新廛车马匝，牛家旧道草茅荒。佣钱不腆门牢闭，行橐无储物慢藏。此路从来多苦状，但将夷险任穹苍。"李世华《双柏堂集》卷一

李世华《到沈阳与药泉联枕吟》："沙河路上客鞭忙，日暮羸骖到沈阳。往事关心增感慨，归程入望转微茫。最嫌古月惊孤梦，惟喜台星耀一床。玉粒花笺输府库，又将余币戒行装。"李世华《双柏堂集》卷一

李世华《次正使韵》："离离彼黍忆宗周，羞见藩城旧石楼。屹立半空宏制作，浮夸四世巧雕镂。殇魂尚哭阴山雨，虏骑长腾大漠秋。余事侈靡何足道，贰心夷夏正堪刘。"李世华《双柏堂集》卷一

南九万《榛子店壁上次季文兰韵并序》："滦州榛子店壁上尘暗中，有题诗曰：'椎髻空怜昔日妆，征裙换尽越罗裳。爷娘生死知何处，痛杀春风上沈阳。'其下书曰：'奴，江州虞尚卿妻也。夫被

戮,奴被虏,今为王章京章京,胡人将兵之任,若我国哨官云所买。戊午正月廿一日,洒涕拂壁书此,惟望天下有心人见此怜而见拯,奴亦不自惭其鄙谚也。吁嗟伤哉,吁嗟伤哉。奴年廿有一,季下二字浼秀才女也,母陈氏,兄名国库,府学秀才,季文兰。下字浼余见而伤之,次其韵。剩教清泪洗红妆,不禁腥尘污锦裳。北漠茫茫南国远,归心空羡雁随阳。""文姬词翰息妫妆,饮泣题诗血染裳。只恨江州虞氏宅,楼高不及古河阳。"南九万《药泉集》卷二

南九万《路中又次韵》:"雪花盈面不成妆,风色惊心欲裂裳。马上忽闻鼙鼓动,此行知过旧渔阳。""眉愁岂是学啼妆,腰细还非为舞裳。安得托身华表鹤,沈阳知复近辽阳。"南九万《药泉集》卷二

南九万《副使李参判世华到玉河馆,手自酿酒一瓮,裹以衣被,置卧炕,朝夕待熟,而过数十日犹未成。余问副使:"曾言解酿法,而此酒久不熟,何也?"副使曰:"来时觅曲于义州,而品不佳,不能发酵,非酿者之咎也。"书状李仆正宏曰:"非但曲品不佳,安板亦不好。"安板不好者,笑拙熟手之俗谚也。余为成一律,奉助一噱》:"旅馆营春酿,三旬未发酵。耳劳频听瓮,口欠一衔杯。纵有宣尼量,还无傅说才。不如归去早,更学合中裁。"南九万《药泉集》卷二

李世华《又次正使韵》:"征马玄黄也促归,胡天凉雨暗林霏。千里岭峤愁危境,一橐资粮慰苦饥。地记去时犹历历,梦寻前路亦依依。三冬已过三春尽,每戒星轺到夕晖。"李世华《双柏堂集》卷一【考证:《肃宗实录》卷一六言翌年四月初二日"谢恩使南九万等回自燕",故以上诸诗作于十月二十七日至翌年四月初二日间。】

十二月

十二日(癸卯)。

清使内大臣加一级靳某等入城,以历逢甲子世际升平颁赦天下也。时上候犹未复常,除郊迎礼接见于泰和堂。是日朝,百官至慕华馆,具黑团领分班序立,迎敕书如仪。《朝鲜肃宗实录》卷一五

康熙二十四年(1685年/乙丑)

正月

初一日(辛酉)。

朝鲜国王李焞遣陪臣南九万等表贺冬至、元旦、万寿节及进岁贡礼物。宴赉如例【按:参见康熙二十三年十月二十七日条】。《清圣祖实录》卷一一九

三月

初六日（丙寅）。

谢恩使南九万还到沈阳启言："清主好畋猎，摈斥谏臣，使北监征鞑军。郑锦已死，其子克塽已降，而尚有弘光帝子孙深据海岛，出没剽掠。大鼻鞑势甚鸱张，清人方添兵戍沈阳，期以今春大举以伐。北京地震，黑气漫空，有声若炮，掀撼天地。"《朝鲜肃宗实录》卷一六

二十五日（乙酉）。

先是，朝鲜国民人聂那密以疯病毁坏边墙，私行入境，边吏执送以闻，上命付贡使携之归国。仍谕国王："善为收养，是人因病越界，毋得杀害。"至是，朝鲜国王李焞上表谢恩。报闻。《清圣祖实录》卷一二〇

朴泰辅《燕使士弘朴弼成_{锦平}都尉将行求诗，书此奉赠，兼呈亚使参判尹公_{趾善}、书状李君季泉_{善溥〇乙丑}》："吾家都尉锦衣鲜，云自东韩赴北燕。辽泽新泥迷辙迹，滦河古渡惨风烟。少年贵族夷人敬，右衽裹头汉俗怜。亚使望尊书记妙，各怀珍重信归鞭。"朴泰辅《定斋集》卷一

申晸《送锦平尉朴公弼成赴燕》："先朝禁脔几人存，衔命公今出塞垣。望入白云悬远念，梦回丹陛恼归魂。卢龙古碛尘沙涨，骏马高台草树繁。莫向春风怀往事，山河举目自声吞。"申晸《桑榆录》

申晸《送尹参判_{趾善}赴燕》："侍郎衔命下瑶墀，扶病都门饯一卮。每惜中年频作别，可堪今日又临岐。行经鸭水书难到，路尽燕山梦亦迟。好保千金完使事，莫将征旆滞归期。"申晸《桑榆录》

朴世采《族孙锦平_{弼成}北行日，迂路来见于助浦，书赠二首》："翩翩轩盖向燕山，弱国仪宾义亦安。只为冠裳终莫易，紫溪春色不胜寒。""殷勤西浦屈严程，愈见天涯骨肉情。千载圣门忠信戒，赠君今日较分明。"朴世采《南溪集》卷四【按《国朝人物志》卷三：朴世采（1631—1695），字和叔，号玄石，罗州人，掌令渼子。少受业于清阴金尚宪门，道学行义为世儒宗，以逸进。肃宗甲戌，相升左议政。被召入都时，首相方营护国贼，举朝靡然。自玄石赴朝，争来怂恿，而门人如李敬庵行泰诸人力主正议，玄石之论遂定。首举宋光渊升资拜吏曹参判，一队少流如申鉒、俞得一从而化者若而人。谥文纯。英祖朝从祀文宣王庙。】

李畲《送锦平尉朴_{弼成}奉使入燕》："都尉承纶出凤城，春风杨柳拂行旌。花浓蓟树千重远，草长辽河一带平。使事即知殊简在，边尘暗觉壮心惊。田居迹阻西郊饯，相送关山有月明。"李畲《睡谷集》卷一

李畲《赠书状官季泉_{善溥}宗弟二首》："蓟门千里古皇畿，三月东风芳草悲。

金币衣冠还此路，人民城郭异当时。山河在眼英椎尽，天地无心节序移。试问荆卿旧游处，如今屠狗复伊谁。""容祖朝燕弱冠龄，东翁复诒继家声。千秋篇什传遗韵，几处楼亭记旧名。今日中原堪洒涕，吾宗此役更关情。应须努力青毡业，物色分留属子行。《东岳集·朝天录》有'倘识家声庶不隳'之句，故第二云。"李畲《睡谷集》卷一【考证：据《使行录》，谢恩正使朴弼成、副使尹趾善、书状官李善溥于三月二十五日辞朝，以上诸诗作于二十五日或其后。《纪年便考》卷二十八：李畲（1645—1718），仁祖乙酉生，字治甫，初字子三，号睡谷，又睡村，又浦阴。五岁始受书，文理骤开，读至《麦秀歌》，伏册饮泣。季父端夏时授学，特奇之。显宗壬寅生员，荐授斋郎，不就。肃宗庚申，登庭试，历翰林、南床、舍人、铨郎，选湖堂，以吏议乞，郡历圻伯，再典文衡。癸未，入相至领，入耆社。以君德世道为已任，其言根据义理，文章赡敏。戊戌卒，前一日大雷雨，年七十四，谥"文敬"。】

四月

初二日（辛卯）。

谢恩使南九万等回自燕【按：参见康熙二十三年十月二十七日条】，上引见，问燕中情形。九万曰："闻大鼻鞑子谋反，其势甚盛。清人方欲兴师往征，悉发山西、山东、广西、广东兵数十余万，勒取战马于民间，以是大起民怨。且闻有鱼皮鞑子者，介在大鼻鞑子之间，皮物之贡皆从此出，而自大鼻鞑鸥张，路梗不复贡，清主愤之，必欲尽灭乃已云矣。"上曰："曾闻太极鞑子亦颇崛强，今果何如？"九万曰："上年春，西鞑率数万骑诿以入贡，驰到关外，清人只许以数千骑入朝。且欲夸示军威，大张兵于城外，西鞑大笑曰：'此不足多，吾何畏哉云矣。'"《朝鲜肃宗实录》卷一六

五月

二十九日（戊子）。

朝鲜国王李焞遣使谢东巡颁诏恩，下部知之【按：参见是年三月二十五日条】。《清圣祖实录》卷一二一

六月

二十五日（甲寅）。

礼部题："朝鲜国王李焞奏言：'国内牛多疫死，民失耕种，请暂停互市。'李焞托言妄奏，不合，应令回奏，到日再议。"上问扈从兵部侍郎佛伦等曰："尔等云何？"佛伦等奏曰："康熙十一年，朝鲜贡物与例不合，曾令其国王回奏，奉上旨宽免。臣等思前此进贡违例事大，今请停互市事小，应如部议，俟

回奏到日，皇上再行宽免。"上曰："抚驭外国之道，不可太严，亦不可太宽。朝鲜之人职性狡诈，若遂如所请，此后未必不玩忽，其命礼部另议。"寻部议："李焞应罚银一万两。"得旨："此事本当如议，但系外藩小国，姑宥此一次，仍令照常贸易。"《清圣祖实录》卷一二一

八月

十五日（癸卯）。

谢恩使朴弼成等请停牛只事被辱于清国，礼部不为回咨【按：参见六月二十五日条】。盖彼人多所邀索，而既不能充其壑欲，又不能善为周旋，以致贻辱国家，使臣之行未免为所迫逐。及其还到黄州也，清人始为传送回咨于义州，其略曰："案今朝鲜国王某屡蒙皇上轸恤隆恩，理宜益加恭谨，勉图报称，一应事务，悉遵成例，乃称牛只疫毙，推诿具题，殊属不合。为此将朝鲜国王某罚银一万两可也。"左议政南九万以此上札引咎请罪。上复慰谕答之。《朝鲜肃宗实录》卷一六

十一月

初二日（戊午）。

柳尚运《朗原君燕京别》："弱国难专对，王孙有此行。星槎前去路，冰雪又严程。已绝归云恋，唯存望日诚。几微宁见面，身为丈夫轻。"柳尚运《南汉录》【考证：据《使行录》，谢恩冬至正使朗原君李偘、副使李选、书状官金澕于十一月初二日辞朝，故此诗作于十一月初二日或其后。】

李选《宣川有吟》："皎皎寒梅树，开花近玉栏。临风三嗅去，留与后人看。"李选《芝湖集》卷一【按宋秉璇《芝湖先生李公行状》：李选（1631—1692），字择之，号芝湖居士，又号小白山人，全州人。仁祖辛未生，历大司宪、都承旨、吏曹参判、工曹参判。肃宗壬申卒，年六十二。严于持体，非公事，迹不到权贵之家。娴于典故，国朝以后人物臧否、事之是非了然若目击者。朝家如有疑事阙文，必质问然后为定，一时人以行秘书称之。钦慕忠义，于诸葛武侯之仗义讨贼，岳武穆之誓雪国耻，考其事，读其文，为之三复击节焉。其博古通今，炼达事务，绰有金黄冈之余法。其好善疾恶，忠清耿介，得闻郑松江之遗风。所著有《家戒》《大臣年表》《胜国新书》。】

李选《渡江后有吟乙丑燕行》："邈邈天山雪，萧萧驷马鸣。平生报主意，万里一身轻。"李选《芝湖集》卷一

李选《途中漫吟》："志士元多感，天心亦不仁。如何寰宇内，战伐尚风尘。"李选《芝湖集》卷一

李选《沈阳次桂娘文兰榛子店韵》："窀幕宁论少日妆，天涯空自泪沾裳。

琵琶一曲人休奏，此地从来号沈阳。""天山积雪带斜晖，故国茫茫信息稀。惆怅世无拯济手，剩教哀泪浪沾衣。"李选《芝湖集》卷一

　　李选《宁远卫赠人》："白发三韩使，青春万里归。相逢还作别，临路重依依。"李选《芝湖集》卷一

　　李选《山海关》："秦皇空筑怨，魏国漫增郭。无赖兴亡事，分人但长吁。""天地风尘暗，山河道路难。伤心吴季氏，空入穆陵关。"李选《芝湖集》卷一

　　李选《榛子店》："胡笳几拍唤新声，千古堪怜哀怨情。行到永平增感慨，壁间今有桂娘名。"李选《芝湖集》卷一

　　李选《北京》："烟锁黄金台，风寒易水波。英雄多少恨，惟有泪倾河。"李选《芝湖集》卷一【考证：以上诸诗皆述发往北京途中事，当作于十一月初二日至十二月末。】

十二月

初五日（辛卯）。

　　内阁、礼部遵旨议覆："赏赉外国例，朝鲜、西洋、荷兰赐物素厚，不必复增。及暹罗王妃赏赐，亦仍如常遵行。嗣后琉球国王应增缎三十匹，安南国王增缎二十匹，暹罗国王增缎十六匹，凡表里各五十匹，吐鲁番亦增缎六匹。"从之。《清圣祖实录》卷一二三

康熙二十五年（1686年/丙寅）

正月

初一日（丙辰）。

　　朝鲜国王李焞遣陪臣李偘等表贺冬至、元旦、万寿节，及进岁贡礼物。宴赉如例【按：参见康熙二十四年十一月初二日条】。《清圣祖实录》卷一二四

二十八日（癸未）。

　　谢恩兼陈奏正使右议政郑载嵩，副使崔锡鼎，书状官李墅出去。《承政院日记》

　　尹揗《送崔汝和锡鼎令公赴燕二首丙寅》："春王正月旧周时，玉帛行人尚汉仪。地覆天翻悲往昔，主忧臣辱痛今斯。长城万里空留堞，孤竹千秋独有祠。欲待河清定何日，遗民遥赋黍离诗。""章甫元非适越资，词臣胡夺凤凰池。纵然夷险须殚节，彦国忘家是吾师。"尹揗《德浦遗稿》【按崔奎瑞《弘文馆副提学德浦尹

公墓志铭》：尹揗（1631—1698），字子敬，号德浦，坡平人。仁祖辛未生，擢丙午魁科，历大司宪、成均典籍、侍讲院司书、承政院同副承旨。肃宗戊寅卒，年六十八。有《德浦遗稿》。】

李世华《赠崔汝和赴燕之行》："君今赴燕索我诗，我说年前赴燕事。三江地迥杳际涯，八站路险多颠踬。茫茫辽野接幽燕，马首风威正员员。羸骖暮投沈阳馆，感旧空怀志士泪。双辟门楼宁远卫，四世元戎亦可愧。周流河上遇朝瑞，胜败兴亡历历记。长城易水驻马处，万古遗踪兴叹喟。壁上题诗榛子店，愁杀江州爽节义。行寻首阳拜古庙，叩马当年心不二。依依烟树蓟门路，日暮催鞭寻古寺。金身丈六俨双成，立者何为卧何睡。芳村幸有杜康酒，倾尽行装赌一醉。通州地势何壮哉，万舸迷江连浙泗。重重曲曲东岳庙，岳渎群形罗万类。日晚驱马到京都，皇居嵬赫仪容备。重门牢锁玉河馆，守直森严事机秘。留连异地累经旬，永夜虚幌愁无寐。从来其俗好货财，门外使役皆由利。囊中苟费一金资，水陆珍奇能坐致。长安白日走犀象，大道青楼调孔翠。归期忽隔数三宵，挂榜门前开市肆。纷纷主客竞锥刀，废食忘寝亦何意。平明拂袖出院门，鸟脱樊笼那足比。行行重踏去时路，向来羸马皆轻骑。九连城边朝秣驷，龙湾酒食来相馈。轻舟催渡鸭江水，满汀红妆各争媚。百祥楼前畅远怀，练光亭中扬大觯。归来拜谒八彩眉，满袖天香欣昵侍。亲朋杂沓来相慰，谓余容颜不甚悴。男儿坠地志气大，肯随闺闱踪迹闷。殷勤此语付君行，往往来来同一视。"李世华《双柏堂集》卷一

崔锡恒《敬送仲氏存窝赴燕之行丙寅》："王事年来转觉危，饮冰行李属吹篪。山连靺鞨春寒重，地尽沧溟客路迟。雅量祗应专对试，孤忠犹许独贤知。汉家城阙浑依旧，几处停车赋黍离。""西郊落日雪花翻，此去长程绕蓟门。主辱何心伤远别，时艰努力答殊恩。悲歌水咽寒风急，骏马台空杀气昏。回首汉关增感慨，醉凭长刀欲无言。"崔锡恒《损窝遗稿》卷二【按《纪年便考》卷三十：崔锡恒（1654—1724），孝宗甲午生，字汝久，号损窝，又巽斋。肃宗戊午进士。庚申登别试，历提学、吏判、衡圈。景宗辛丑入相至领，入耆社。状貌奇怪，为岭伯时，一妓笑之，裨将欲罪之，锡恒曰："吾亦对镜不觉自笑，勿罪之。"北使曰："吾来东国有二壮观，一练光亭，一崔公。"承旨金始焕上疏论劾，领相金昌集被窜，锡恒以判义禁力救，赵圣复疏。后以左参赞夜半请对，标信即出，开门入侍，请圣复施以屏裔之典。壬寅，以左相请金昌集孥籍。癸卯，承旨持公事入侍，时上曰："左相崔锡恒所为无据，拿鞫严断。"又教曰："国家亡则亡矣，不亡则臣之待君父岂容若是！"崔锡恒极边远窜，都承旨李真俭伸救，即蒙削黜之命，真俭仍进出右相。李光佐四五次奏达，乃还，收锡恒远窜之命。甲辰卒，年七十一。】

崔锡恒《赠别书状李中丞进吾名墅》："九重宵旰轸西壃，奉璧抡材辍御床。

越橐定知清似水，秦关行见凛如霜。中原霸气全消歇，燕市悲歌尚激昂。借问临歧何所赠，青萍匣里淬寒铓。"崔锡恒《损窝遗稿》卷二【考证：据《使行录》，陈奏谢恩正使郑载嵩、副使崔锡鼎、书状官李墩于正月二十八日辞朝，以上诸诗当作于正月二十八日或其后。】

崔锡鼎《高阳客舍次家弟汝久韵》："受命龙墀侧，行程鸭水西。期完赵白璧，肯畏蜀青泥。官烛烘修焰，邮骖踥骏蹄。人生有离别，那用意含凄。"崔锡鼎《椒余录》【考证：依例，燕行使臣于辞朝当晚宿高阳碧蹄馆，诗题曰"高阳客舍次家弟汝久韵"，当作于正月二十八日。《纪年便考》卷二十八：崔锡鼎（1646—1715），仁祖丙戌生，字汝和，初名锡万，号存窝，改明谷。九岁博通经史，十二岁通易象卦爻，受业南九万。显宗丙午，生状俱中。辛亥登庭试，历南床、翰林、铨郎、春坊、副学。肃宗戊午，以校理疏陈宋时烈、金寿恒无罪之状，请全释。戊辰以铨长因事补安东，典文衡。丁丑入相至领，入耆社，十登相府，五拜元辅。辛巳禧嫔赐死也，以领相连上三札，请还收被镇川中途付处之命，以甲戌后讨逆不严，为顾瞻祸福之计。金昌协、昌翕兄弟移书绝之。所著有《礼疑类编》。乙未卒，年七十，谥文贞，配享肃宗庙庭，有黜享之议。】

崔锡鼎《同游花石亭次壁上韵亭即栗谷先生旧宅》："小筑曾临水，征车此戴星。偶然成胜集，何处访遗经。柳色春催岸，潮声夜落汀。归当歌杕杜，重约上兹亭。"崔锡鼎《椒余录》

崔锡鼎《早发松京示经历洪成仲万遂》："万古神崧只么青，周遭一带见荒城。分司玉署演纶手，过客金河持节行。天寿门前新柳色，酒泉桥畔旧钟声。匆匆又打晨装发，马上哦诗句未成。"崔锡鼎《椒余录》【考证：以上诸诗当作于正月二十八日至二月初。】

二月

初三日（丁亥）。

礼部议覆："差往朝鲜国审事护军统领佟宝疏言：'朝鲜国王李焞前屡次获罪，俱荷皇上洪恩宽宥，理应益加恪慎。乃平日不将人民禁饬，以致韩得完等二十八人违禁越江采参，复擅放鸟枪，将钦差绘画舆图官役打伤，殊干法纪。请将该国王罚银二万两，以警疏纵。'应如所请。"从之。《清圣祖实录》卷一二四

初八日（壬辰）。

李选《玉河关梦拜白沙丙寅二月八日，在玉河关。晓梦拜白沙相公，相公谓我曰"君性品最直方云"，而李承旨世翊令公应制七言长篇，亦及沙相此说。觉来历历在眼，殊感贤相评语，乃以直方为堂号，仍吟一绝以记之》："分明梦里拜沙相，谓我天资最直方。深荷昔贤勤奖许，恭将二字揭书堂。"李选《芝湖集》卷一【考证：题注曰"丙寅二月八日，在玉河关。晓梦拜白沙相公""觉来历历在眼，殊感贤相评语，乃以直方为堂号，仍吟一绝以记之"，故此诗作

于二月初八日。】

　　崔锡鼎《龙泉途中》:"龙泉二月雪初消,官柳如丝已拂桥。渐觉亲知关外少,离愁不待与攀条。"崔锡鼎《椒余录》【考证:诗云"龙泉二月雪初消",当作于二月初。】

　　崔锡鼎《濠上亭》:"濠上名亭发兴新。晴波漾绿见游鳞。忽思去岁磻江上。细雨矶头把钓纶。"崔锡鼎《椒余录》

　　崔锡鼎《和进吾乘坐车韵李公敦字》:"镇日晨装怕据鞍,辽阳归路又修艰。辎轩驾处平如屋,绣毂驰来迅似湍。政好合眸消膜翳,兼宜团思吮毫端。烦君莫苦风雷簸,惯到乘时体自安。"崔锡鼎《椒余录》

　　崔锡鼎《洞仙岭属书状》:"仙岭归云拥使轺,羊肠九折看非遥。地疑阮子寻台岳,人似相如过蜀桥。眼为雪飘花共乱,酒因风掠晕全消。黄冈客夜丹心切,梦逐鹓班蹑早朝。"崔锡鼎《椒余录》

　　崔锡鼎《黄冈途中》:"春云泱漭被前冈,公馆凭风晚更凉。炊罢野村烟抹白,雾收山驿树浮苍。孤槎幸得随星使,虚牝频蒙掷夜光。多病久疏游宴趣,任他年少斗千场。"崔锡鼎《椒余录》

　　崔锡鼎《中和衙轩夜话》:"殊庭衔命忝乘轺,梦里君亲日下遥。柳色春回残雪岸,马声晴度夕阳桥。笙歌暂解愁肠结,樽酒知苏病肺消。邂逅倘孤良夜话,浿江离恨奈明朝。"崔锡鼎《椒余录》

　　崔锡鼎《西都用〈湖阴集〉中韵》:"三韩书里识箕城,万里星槎此缓程。禆海山河余王气,半空楼观倚春晴。衙骖候客多时闹,官烛留人尽意明。恨不共携阳馆宰,一场觞咏慰离情。"崔锡鼎《椒余录》

　　崔锡鼎《箕子庙次董天使韵》:"八条流化浃民深,班固书称俗不淫。恳恻同归仁者事,艰贞直契圣人心。遗祠尚有瞻依地,玉座如聆謦欬音。晚代鲰臣持节过,瓣香椒酒为陈斟。"崔锡鼎《椒余录》

　　崔锡鼎《井田》:"彷佛沟塍间屋庐,方田七十尚殷余。先王旧制无人会,千古纷纷郑白渠。"崔锡鼎《椒余录》

　　崔锡鼎《登练光亭,按使李仲庚携酒来会李公世白字》:"客路上名亭,飞甍可摘星。山河围故国,红粉媚新晴。兴易逢场剧,诗难遇境清。观风多好意,不觉缓王程。"崔锡鼎《椒余录》

　　崔锡鼎《敬次家大人韵》:"昨夜庭闱尺素书,缄封千里到关西。书中但问诗多少,苦语曾无一字题。"崔锡鼎《椒余录》

　　崔锡鼎《寄内》:"大同门外水增波,西国繁华艳绮罗。总为身当王事重,醒时较似醉时多。"崔锡鼎《椒余录》

崔锡鼎《练光亭用前韵青字》："飞亭迢递焕丹青，佳丽西关说此城。润色都巡开府地，淹留学士泛槎行。明妆倒写澄江色，舞袖催翻铁拨声。醉后凭栏宽我抱，更呼宾从促诗成。"崔锡鼎《椒余录》

崔锡鼎《将发箕城用〈湖阴集〉中韵》："铙歌镗鞳起城鸦，羁客残更梦到家。是处愁岑分恨水，他时风柳送烟花。青娥款劝开春酌，红帙喧趋趁早衙。万里含纶王事急，兰陔无路采芳芽。"崔锡鼎《椒余录》

崔锡鼎《安兴馆赠金节度城》："隋帝战何日，丽王游几时。威名新节度，形胜旧城池。萨水千波壮，祥楼百尺奇。辽槎犹暇豫，吾得赋新诗。"崔锡鼎《椒余录》

崔锡鼎《纳清亭歇马偶题》："新安官路几长亭，晓日凄清酒半醒。春色全偷溪柳绿，云阴微放野峦青。襜帷揽景晴仍卷，候馆留宾夜不扃。强欲赋诗酬岁月，他时赖此记曾经。"崔锡鼎《椒余录》

崔锡鼎《新安馆同行台夜饮迭前韵》："红妓新妆衬髻鸦，暂留征袂慰离家。愁消别馆三杯酒，寒勒边城二月花。锦瑟乍低知度曲，铙歌初散报休衙。偏怜桂魄流华影，照得琼潭绿草芽。"崔锡鼎《椒余录》

崔锡鼎《林畔途中》："西关风日少妍和，此去燕京路几何。宿债频于诗上了，劳生半是客中过。边城柳色春犹浅，沙塞云阴暮更多。总为羁愁宽不得，夜深留听雪儿歌。"崔锡鼎《椒余录》

崔锡鼎《林畔次〈湖阴集〉韵》："前林瑟飘暝鸦飞，城角吹残半壁晖。儿女音书看渐少，庭闱信息觉尤稀。杨条风暖初低巷，燕子春寒不到扉。一笑灯前官酒绿，暂宽幽抱客如归。"崔锡鼎《椒余录》

崔锡鼎《所串站》："客路登登二月中，轻寒几阵战条风。融泥去去和春雪，征旆看看逐塞鸿。世事悲吟堪发白，官杯浅酌亦颜红。今宵拟抵龙湾馆，竣事何时马首东。"崔锡鼎《椒余录》

崔锡鼎《登箭门岭有感》："西来抵湾府，北望尽胡山。塞水朝沧海，春风到玉关。佳人弹别曲，征客解愁颜。努力男儿事，何须涕泪潸。"崔锡鼎《椒余录》

崔锡鼎《统军亭次板上韵》："春日凝香阁，相携倒玉瓶。三韩一介使，万里几长亭。关柳可怜碧，胡山无数青。别愁如中酒，非醉也难醒。"崔锡鼎《椒余录》

崔锡鼎《九连城》："晡时秣马九连城，衰草寒云四野平。想得孝宗诗句在，一杯相属泪先倾。"崔锡鼎《椒余录》

崔锡鼎《晓发九连城》："日日晨装动，行行马首西。春寒犹刻轹，云物转凄迷。谷暝闻熊吼，峰危见鹘栖。携来湾馆酒，肯怕朔风凄。"崔锡鼎《椒余录》

崔锡鼎《金石山途中》:"关外联翩动使车,凤城归路望中睬。边愁乍向含杯失,尘色难容举扇遮。朔气悲风嘶倦马,天机落日噪寒鸦。怀哉曷月余旋斾,还渡湾江当到家。"崔锡鼎《椒余录》

崔锡鼎《凤凰城》:"长川如带抱城流,穿岫前环井落稠。渤碣中间一都会,高句境界此咽喉。夷音半是兼蕃汉,北俗终须重马牛。暂借寒炕休远脚,一杯芦酒慰羁愁。"崔锡鼎《椒余录》

崔锡鼎《凤城途中》:"毡帐春宵阁夜寒,枕边鸣轧晓筯残。奚奴挈榼开芦酒,厨吏篝灯进粝飧。行迈有程伤旅琐,文章无用笑儒酸。凤凰山下童童树,归日应将熟面看。"崔锡鼎《椒余录》

崔锡鼎《松站途中》:"晓发凤城下,春寒霜露繁。千车同辙迹,杂种异方言。塞日穿山赤,川流渡马浑。乘槎当日意,无路问河源。"崔锡鼎《椒余录》

崔锡鼎《八度河途中》:"绝塞山重迭,长河水屈蟠。春曦烘更薄,晓雾裹犹寒。忠信平生力,艰危一寸丹。前头镇夷堡,一榻可求安。"崔锡鼎《椒余录》

崔锡鼎《路中始见黄蝶》:"雪尽辽河路,春风吹客衣。应知花事近,已见蝶儿飞。"崔锡鼎《椒余录》

崔锡鼎《连山关逢江南人冯兆麟》:"怜渠南士谪辽城,店舍辛勤课学生。却恐旁人言语泄,不要相对说分明。"崔锡鼎《椒余录》

崔锡鼎《连山关途中》:"重重岭峡苦多风,塞外人烟仅可通。阴涧雪冰春满壑,乱山云日昼霾空。夷音惯听偏骚耳,世事悲吟独抚躬。丁鹤旧墟何处是,此城知近古辽东。"崔锡鼎《椒余录》

崔锡鼎《甜水站》:"重岭嵯峨势接天,羸骖十步九回巅。已悲远目饶春望,聊借胡床着午眠。淡日孤烟千嶂外,来牛去马一村前。谁将活水烹新茗,共涤羁愁为醒然。"崔锡鼎《椒余录》

崔锡鼎《甜水站途中》:"塞日多阴晦,胡山动接连。春分看已过,寒事故依然。古郭平无堞,荒村近有烟。干愁难拨置,赖付酒如泉。"崔锡鼎《椒余录》

崔锡鼎《过青石岭》:"天险登兹岭,危高契凤闻。客程愁远涉,春序感平分。马踏崚嶒石,衣穿窈窕云。句当王事急,征役不遑云。"崔锡鼎《椒余录》

崔锡鼎《青石岭》:"霞标孤绝可扪星,肺腑千重石尽青。危栈萦回虹倒影,乱岩嶙崒虎呈形。童儿欲老同泥坂,车轨难方剧井陉。最是全辽要害处,昔人于此固边扃。"崔锡鼎《椒余录》

崔锡鼎《观戏子及女胡驰马漫述》:"承蜩痀偻漆园称,戏子千场见未曾。双手掷来球电激,纤腰翻处马云腾。倡优莫道荆人拙,驰突从知此俗能。剩把诡观消客日,不妨搜句笔呵冰。"崔锡鼎《椒余录》

崔锡鼎《辽东》："群山断处忽平郊，沃野重关似二崤。兴废几回余白塔，川原一望尽黄茅。长城远势从秦拓，蕃落方音与汉交。绣祫通欢多岁月，定辽边备亦全抛。"崔锡鼎《椒余录》

崔锡鼎《华表柱》："卷野冲飙薮薮威，连云灌莽动因依。桥头古柱人何去，海上浮槎客自归。畴昔皇华凡几过，旧时城郭已全非。寒鸦落日无情绪，惟解群鸣绕树飞。"崔锡鼎《椒余录》

崔锡鼎《迭前韵归字》："春日边风尚稔威，客游羁思转依依。愁中觅句真成恼，梦里寻家不当归。远岫晴眉看欲扫，平郊匹练近还非。何时脱却冲泥苦，花暖芳堤马似飞。"崔锡鼎《椒余录》

崔锡鼎《迭前韵鸦字寒字》："边柳苍唐带晓鸦，五更残梦罢还家。深杯有力冲愁阵，漫兴无心动笔花。辽野别开新壁垒，沈城仍拓旧官衙。频惊湩酪妨喉吻，赖得盘中晚菜芽。""三月辽阳朔吹寒，塞河冰雪未全残。枕边爱听中华语，案上愁逢北客餐。旋去碾机长耳捷，擘来筐实侧生酸。腰间紫气时冲斗，殊俗无人也解看。"崔锡鼎《椒余录》

崔锡鼎《迭前韵星字》："仙槎幸接泰阶星，霜气仍钟晚柏青。疆外驱驰齐奉命，客中输写各忘形。孤忠自拟完荆璧，绝险宁愁度赵陉。举目新亭多感慨，山河终古壮皇扃。"崔锡鼎《椒余录》【考证：崔锡鼎下诗题曰"沈阳途中值三月三日"，以上诸诗当作于二月初至三月初三日间。】

三月

初三日（丁巳）。

崔锡鼎《沈阳途中值三月三日》："长路骍骍月涉三，望云羁思正难堪。偶逢佳节添愁恨，赖有良朋共笑谈。花被开迟春未煮，酒因沽远晚方酣。遥知乡国欢游处，细马香车汉水南。"崔锡鼎《椒余录》

崔锡鼎《沈阳卫谨次先祖〈北扉录〉韵》："华表何年报鹤还，挹娄犹是旧辽关。重城隐隐开通邑，大野茫茫接远山。雪窖遗篇今尚在，鸿泥陈迹杳难攀。春生耶律前江水，细学愁肠几曲弯。"崔锡鼎《椒余录》【按：《北扉录》当指崔鸣吉《北扉酬唱录》。】

崔锡鼎《在沈阳逢回还节使，走草呈芝湖李侍郎选》："万里星槎滞沈城，偶逢回旆自燕京。春鸿社燕将迎地，雪柳风花往返程。了却句当看足羡，说来辛苦听堪惊。今朝又是三三节，岐路东西倍有情。"崔锡鼎《椒余录》

崔锡鼎《沈卫偶题》："城堑无如沈卫全，千人蚁附绝夤缘。金汤险阻天开设，陆海珍藏地接连。辽塞玄冰犹惨裂，汉时明月自高悬。难容宋鹊窥三窟，鹖首方同锡策年。"崔锡鼎《椒余录》【考证：以上诸诗皆述使团途经沈阳时事，又有"沈阳途中值三月三日""今朝又是三三节"语，当作于三月初三日。】

崔锡鼎《边城道中见车载男妇者陆续不绝，问是平西部下配遣边地者，有感偶题》："麟史书中义甚明，狐鸣张楚亦虚名。白头堪笑平西事，大计当年负郭生。"崔锡鼎《椒余录》

崔锡鼎《偶吟》："寸心将命许驱驰，专对才惭诵古诗。辽野云消天远大，蓟门寒尽日舒迟。至今汉使乘槎路，从古风人陟岵悲。王事竣来归始决，旧盟惟有白鸥知。"崔锡鼎《椒余录》

崔锡鼎《二道井 本名一堵墙，北边有山连延，是医巫闾山，其北是蒙古地方，北人谓蒙为东稛》："旗亭西去指长途，晓雾消迟日已晡。旷野微茫连北漠，群峰匼匝界东胡。塞天断雁鸣嗷轧，城柳翻鸦尾毕逋。此地有泉清可歃，拟和新茗沃肠枯。"崔锡鼎《椒余录》

崔锡鼎《用前韵》："筋力愁冲万里途，俶装鸡晓抵西晡。妆山隐约谁家店，织路喧呼几种胡。酒到青州征旧令，诗从御史怯新逋。中华礼乐无由睹，回首风尘眼欲枯。"崔锡鼎《椒余录》

崔锡鼎《早发二道井歇马新庄》："春气暄妍野色澄，故园回望日东升。山眉半埽浮空黛，泽腹全消满壑冰。客路看看时物改，征骖去去晓装腾。嬴秦锡策天应醉，国耻何由洒见陵。"崔锡鼎《椒余录》

崔锡鼎《小黑山》："春晚辽寒势不牢，大夫无意赋贤劳。绵绵废堞村依岸，往往崩城水满壕。何日汉仪看整肃，迩来蕃落剧雄豪。君诗衮衮无停缀，定秃中山几兔毫。"崔锡鼎《椒余录》

崔锡鼎《敬次正使相公韵》："沙塞叨将咫尺书，客中三见月如梳。飞蝇幸附追风骥，煦沫还同涸辙鱼。雅量款承杯酒地，高怀时露笑谈余。明珠磊落投虚牝，燕石区区但色沮。"崔锡鼎《椒余录》

崔锡鼎《观祖大寿牌楼》："元帅偷生岁几周，石门犹有旧时楼。云根定是何山劖，鬼斧应从特地镂。四世恩纶如日月，千年贬钺在阳秋。区区豢养终安补，痛杀皇家失远猷。"崔锡鼎《椒余录》

崔锡鼎《志感 先祖曾滞沈狱，妇翁华谷相奉使赴燕》："吾祖精忠滞北扉，岳翁文彩赴燕畿。密伸大义今犹赖，专对奇才古亦稀。雪窖飧毡时复邈，星槎上汉路依俙。那堪使节经过地，感绪萦肠涕暗挥。"崔锡鼎《椒余录》

崔锡鼎《两水河途中晓发》："落月苍山曙，归鸿紫塞春。那堪鬓毛改，又见柳丝新。沙碛书来少，庭闱梦到频。欲观周礼乐，殊异旧行人。"崔锡鼎《椒余录》

崔锡鼎《山海关客馆偶吟》："关海城雄峙，风沙客远游。不堪闻楚奏，那复饫秦求。落月低山馆，晨钟殷市楼。华音讹已久，骚耳苦喧啾。"_{崔锡鼎《椒余录》}

崔锡鼎《永平府次湖阴韵》："沃野天开府，方城水作池。兹焉关辅脊，旧是冀都支。市列重重隧，城环曲曲陴。胡儿骑骏马，羌女倚罗帷。官舍旌幢簇，门牌玉石差。腥尘看满眼，往事入攒眉。薇蕨遗祠在，于菟古石危。王庭将厚币，客路困调饥。已任长征役，还愁苦絷维。回看光禄宅，残柳映荒基。"_{崔锡鼎《椒余录》}

崔锡鼎《题清节祠用〈简易集〉韵》："风节千秋凛若生，至今祠屋耸亭亭。当时独抱求仁志，后世兼扬逊国名。不惠方知清者圣，非汤自合道之经。停车为洒殷墟泪，一带滦河照眼明。"_{崔锡鼎《椒余录》}

崔锡鼎《沙河驿宿所》："朝骖每趁鸣鸡发，夕路常依倦鸟投。古驿有村烟乍起，荒城无堞水空流。神州久已输狼望，传舍何须问狗偷。胸次迩来增磊魂，一杯谁与泻烦忧。"_{崔锡鼎《椒余录》}

崔锡鼎《榛子店次季文兰壁上韵》："纤眉宝髻为谁妆，泪染潇湘六幅裳。却羡春鸿归塞远，秋来犹得更随阳。"_{崔锡鼎《椒余录》}

崔锡鼎《丰润迭投字》："畿东保障前朝设，辽左行人此日投。几处市铺联彩榜，两重城闸带清流。当垆女或妆明媚，衽革民今俗惰偷。万轴牙签堆眼里，手忙披处可忘忧。"_{崔锡鼎《椒余录》}

崔锡鼎《过高丽堡》："兹铺种落本吾鲜，抚迹伤时一戚然。关内旧为华夏土，周余今带犬戎膻。家家折柳樊蔬圃，岸岸疏渠灌稻田。重是店名存故俗，东槎此日意还牵。"_{崔锡鼎《椒余录》}

崔锡鼎《玉田县迭前韵》："日照通衢彩榜鲜，兹城都会亦哀然。殊邦习俗牛风马，列肆喧嚣蚁聚膻。台废悬金思郭隗，山传种玉即蓝田。看花最是登楼好，偶逐骚翁逸兴牵。"_{崔锡鼎《椒余录》}

崔锡鼎《迭前韵记玉田》："晓日妆楼翠袖鲜，帘间噀水故依然。酒传蓟酿沽来美，羊作南烹饫不膻。唐代诗人名是岛，汉时奇士姓为田。耕岩隐谷今无处，吊古悲吟恨绪牵。_{湖阴《玉田诗》曰：'谁言倚市无倾国，试觅帘间噀水仙。'玉田有贾岛峪，汉末田畴尝居于徐无山。}"_{崔锡鼎《椒余录》}

崔锡鼎《迭前韵》："烟笼远树野花鲜，着色龙眠对宛然。怪石尚传飞将勇，锦□犹说禄儿膻。春回邹子来时谷，麦秀张堪去后田。独乐祇园容借榻，暂时尘累脱拘牵。"_{崔锡鼎《椒余录》}

崔锡鼎《三河县用湖阴韵_{河即□沱，近地有崆峒山}》："三条河带抱残谯，长路冲来马不骄。地即兴刘曾渡水，人非喻蜀旧题桥。南禽此日空思越，海鹤何时却返辽。闻说帝轩求道处，至今霞气建层标。"崔锡鼎《椒余录》

崔锡鼎《通州次湖阴韵》："金汤沈卫方斯蔑，雄富秦关较莫加。帝里皇居看日近，吴樯楚柁满江多。红尘昼暗新丰市，垂柳春藏赵女家。远客此来翻起感，阿奴举目异山河。"崔锡鼎《椒余录》【考证：崔锡鼎下诗题为"三月二十五日始入北京"，以上诸诗述发往北京途中事，当作于三月初三日至二十五日间。】

初七日（辛酉）。

冬至兼陈奏使朗原君偘等自燕回【按：参见康熙二十四年十一月初二日条】，先送译官驰奏礼部回咨，其咨有曰："该国王任意放纵下人违禁越江采参，将钦差官役放枪伤人，殊干法纪。为此将朝鲜国王姓讳罚银二万两云。"《朝鲜肃宗实录》卷一七

二十五日（己卯）。

崔锡鼎《三月二十五日始入北京》："风力扬沙划地吹，更衣岳庙不多时。黄知殿瓦凌霄出，腥见胡儿夹路驰。万岁山前花影乱，朝阳门外漏声迟。星槎远客无惊绪，强被旁人索赋诗。"崔锡鼎《椒余录》

崔锡鼎《东岳庙》："帝城东畔岳神祠，春日花深碧柳垂。谁代塑成千座佛，何山石作满庭碑。香车宝马纷无数，荐福祈灵自有时。也识北方崇异教，丛林往往杂街途。"崔锡鼎《椒余录》

崔锡鼎《呈咨礼部用〈湖阴集〉中韵》："春管飞残季月灰，晓衙排处众胥催。充庭贡篚堂前列，呈部书函袖里开。河水可容双手挽，野心难着一言回。无愁却羡偏裨客，帐下甘眠鼻似雷。"崔锡鼎《椒余录》

崔锡鼎《次李同知翊臣韵》："久识颜筋妙，龙蛇笔下惊。诗兼有佳句，吾得慰长程。将老惜春意，异乡为客情。一杯桑落酒，与尔破愁城。"崔锡鼎《椒余录》【考证：崔锡鼎下诗题曰"朝参后漫题示书状"，以上诸诗作于三月二十五日至四月初五日间。】

四月

初五日（己丑）。

上御太和门视朝，文武升转各官谢恩，次朝鲜国使臣行礼。朝鲜国王李焞疏言："臣忝守外藩，奉职无状。从前边民，屡越疆界，触犯宪典，辄蒙恩宥，恒怀感惧，时加严饬。不意边地奸民见利忘生，冒禁采参，其罪已不容诛，况将绘画舆图官役，放枪伤害，致烦遣官降敕，严加警责。臣惶恐震越，无地自容。谨遵旨会同敕使，将各犯韩得完等二十八名严行鞫讯，并按律拟罪，恭候

圣裁。"得旨："三法司核拟具奏。"《清圣祖实录》卷一二五

崔锡鼎《朝参后漫题示书状》："鶃鶃真眩鲁门钟，依旧皇居壮九重。晓漏催班庭引象，春旗簇仗砌蟠龙。云韶尚奏跄跄乐，黼座殊非穆穆容。大汉威仪难再见，空余流水自朝宗。"崔锡鼎《椒余录》【考证：《清圣祖实录》卷一二五言四月初五日"上御太和门视朝，文武升转各官谢恩，次朝鲜国使臣行礼"，诗题曰"朝参后漫题示书状"，诗云"晓漏催班庭引象，春旗簇仗砌蟠龙"，当作于四月初五日或其后。】

李墪《次韵书状》："晓班催趁九街钟，紫闼深深翠霭重。对峙琼楼飞五凤，高擎玉柱耸双龙。衣冠却厌新朝制，卤簿犹传旧国容。孤馆归来羁绪恶，可堪挥泪说神宗。"崔锡鼎《椒余录》

崔锡鼎《再迭三迭奉正使》："晴开阊阖奏悬钟，万岁山高积翠重。贝勒总骑金腰裹，虾军尽着绣蛟龙。朝仪草草从新制，殿阁依依带旧容。终古殷墟悲麦秀，至今遗泽想三宗。""羁魂不散五更钟，去踏辽阳路几重。节序今辰当浴佛，山河此地旧盘龙。蠡瓢岂测沧溟阔，萤火还蒙廨宇容。槎上唱酬真胜事，绣衣文彩亦词宗。"崔锡鼎《椒余录》

郑载嵩《次韵正使》："更漏初残动晓钟，九街银烛影重重。春云覆苑花成锦，高柱擎天玉刻龙。触目悲伤唯有泪，趁班趋走强为容。凭君莫说前朝事，化沐东渐自神宗。"崔锡鼎《椒余录》【按：郑载嵩（1632—1692），字子高，号松窝，东莱人。仁祖壬申生，历大司谏、吏曹判书、右议政、领中枢府事。肃宗壬申卒，年六十一。】

崔锡鼎《钟字四迭五迭》："晨趋漏院几闻钟，钉案常祛肉味重。汉节此来将玉帛，舜裳当日补山龙。杨家世德元无敌，谢传襟怀绰有容。尽把朝廷隆鼎吕，会看青史纪功宗。"属正使"天街共趁景阳钟，禁直犹思绣被重。旧荐正平才似鹗，曾歌东野愿为龙。焦桐纵有知音赏，丑女难为悦己容。槎路赓酬无好句，凡毛愧杀谢超宗。"属书状"崔锡鼎《椒余录》

崔锡鼎《始见樱桃次杜律韵》："初看错落火齐红，香雾霏霏满野笼。览物共惊时候改，尝新还许我曹同。衔来黄鸟疑秦苑，赐出金盘想汉宫。远客西河增滞闷，杜陵何独叹飘蓬。"崔锡鼎《椒余录》

崔锡鼎《见礼部咨后忧愤不堪，久没诗思，行到山海关漫述求和》："万绪沈忧若茧丝，孤臣华发为伤时。邮童未解心中事，怪我经旬不赋诗。""青丘使者发燕京，赤炜炎云拥海城。吟国忘身今日事，渡江无面此时行。征途冉冉冲寒暑，塞岫重重管送迎。遥想练光亭畔路，树阴浓处可新莺。"崔锡鼎《椒余录》【考证：崔锡鼎下诗云"五月辽西只有寒"，故以上诸诗当作于四月初五日至五月间。】

十六日（庚子）。

执义徐宗泰疏论使行事，略曰："今此赴燕之行，当以大臣差遣。当初圣明之差送宗班，已是失宜。大臣自请又不许者，圣意何居？国家遭此无前耻辱，谢恩之行，宜有陈辨之举。专对之责，宜委庙堂。边禁不严，变衅遽生，论其咎责，皆在于下，毕竟辱罚专归于上躬。噫！其痛矣。"上优答，以左议政南九万为正使。《朝鲜肃宗实录》卷一七

五月

崔锡鼎《连山驿用前韵寒字》："五月辽西只有寒，头边壮发恋貂冠。近村邑犬逢人吠，走路胡儿讶客看。山际日升消淡霭，海门潮退卷层湍。戴星来往成何事，遥想龙楼寝不安。"崔锡鼎《椒余录》【考证：诗云"五月辽西只有寒"，故此诗作于五月间。】

崔锡鼎《广宁途中用前韵多字》："夏至未来芒种过，轻寒嫩暑气相和。残星伴月晨光逈，芳草连天野色多。乡思此时劳远目，边声何处动悲笳。迩来诗句缘愁废，今为排愁费一哦。"崔锡鼎《椒余录》

崔锡鼎《白旗堡途中》："旗村小雨浥尘清，晓起云阴不放晴。胡虏难分生熟种，山川半杂古今名。舟横野渡行人少，兔走郊原猎骑轻。客路多逢南士语，一杯相属眼偏明。"崔锡鼎《椒余录》

崔锡鼎《周流河途中》："夜宿周流河上家，村边塞水亦渐车。草深原野从奔鹿，雨暗池塘有乱蛙。未纾主忧宁爱死，欲言时事只成嗟。请看镜里青丝鬓，归日缘愁一半华。"崔锡鼎《椒余录》

崔锡鼎《过辽阳》："瞳瞳赤日拥行旌，历历青郊识去程。晓雾冲残衣袖重，危滩涉尽马蹄轻。张骞奉使槎初返，贾谊伤时涕自横。仙鹤何年寻古柱，不堪重过旧辽城。"崔锡鼎《椒余录》

崔锡鼎《风俗通联句五十韵》："文物中华地，何年夷狄之。进【按：李墪，字进吾】拊心记往事，触目增我悲。和【按：崔锡鼎，字汝和】剃发头尽秃，无领衣全缁。进男子皆剃头，只存脑后一束辫发。男女皆着无领衣，衣袴皆黑。土屋平如篷，黍饭半成糜。和屋形上平无梁，以土涂，不盖茨。饭多唐黍，而炊必多水。首帽戴时样，顶饰辫朝仪。进男子头上所着谓时样，顶饰即帽上青红顶子。缠足识汉女，卷发看胡姬。和胡女卷发如我国。俗好宰羊烹，儿能骑马驰。进华音久舛讹，虏语本侏离。和拳土为坟墓，素巾表斩衰。进墓无莎草，只以土块成坟，在丧者无制服，着素巾，丧期亦无定数。坐每踞床高，揖必摇手为。和酒帘题绝品，门牓祝进赀。进卖酒家必有旗，家家皆帖红纸榜。皆书财源日盛等语。团团旋磨驴，扰扰卖水儿。和凡磨谷，以驴驾石磨，鞭之终日旋转。骆茶啜不停，马通拾

无遗。进肩担不负背，箸食那用匙。和元无房室制，必塞西北垂。进炕突去壁障，蜀秸当新炊。和牛耕马分劳，女任男代尸。进家家设神牌，处处开丛祠。和公卿乘妇轿，市井大门楣。进千车同轨辙，众马无衔羁。和豪家粉甓墙，下户唐黍篱。进甫田方其亩，崇墉浚其池。和饼杂白雪糖，果多夏月梨。进屋禁鸳鸯瓦，衣多羔羊皮。和宫阙公廨外，皆用女瓦。全稀水耕田，太半火葬尸。进送丧用声乐，决罚谢棍笞。和街市旗重重，村墟冢累累。进面食抵饔飱，褐布代绤絺。和暑月亦着黑三277衣。仪章混上下，裳服无尊卑。进长幼食同卓，宾主饮各卮。和项珠夸高品，面纱藏明眉。进官尊者挂珠子项，如僧之念珠。杂肉饭汩菫，去带衣昌披。和菜畦只韭菘，柳器多篡箧。进荷锄或备盗，养鸡不防狸。和锄竿如长枪，遇盗则防之。鸡猫同居而不相害，猫一名狸奴。家畜重鹅鸭，土产称骥𩥇。进学问止语孟，习尚善射骑。和船必以索引，矢皆用木治。进兔毫擅中山，松煤出隃麋。和地名皆用松墨。声难别歌哭，领可分僧尼。进僧衣独有领。耳珰累累穿，带环双双施。和女耳必穿，珰四五。男带谓一双环，以挂巾拂。牛不穿鼻驯，驼能闻语知。进膻荠替膏油，鸡豕同蘿藜。和羊膏曰膻，牛膏曰荠，凡烹饪皆用此。田亩约赋税，城郭任颓隳。进田赋至少，盖貊道也。儿呱与女笑，普天同一规。和礼义视刍狗，财利析毫厘。进满汉半相杂，人兽无等差。和腥尘镇日涨，盲风有时吹。进实值运茫茫，何论泯蚩蚩。和人心犹思汉，天意或变夷。进辎轩五百字，可比观风诗。和"崔锡鼎《椒余录》【考证：《肃宗实录》卷一七言五月十四日"陈奏使右议政郑载嵩等来到城外，陈疏引咎"，则以上诸诗当作于五月初一日至十四日间】。

十四日（丁酉）。

陈奏使右议政郑载嵩等来到城外，陈疏引咎【按：参见是年正月二十八日条】。上曰："大臣尽心国事，而事终不幸，以彼人议罪之故，不得已依行，是犹不安，卿勿更言。"《朝鲜肃宗实录》卷一七

六月

二十二日（甲戌）。

吴道一《将发燕行，同鲁詹韩公泰东字、远卿对酒联句》："百年晷短寸心长，鲁詹【按：韩泰东，字鲁詹】世事都忘此酒场。远卿【按：郑道征，字远卿】吴道一《西坡集》有《月出同郑远卿道征及田生天锡联句二十韵》《醉吟赠远卿》等，皆指郑道征】且可寻诗催把笔，不须临别懒飞觞。三秋大漠饶边气，贯之【按：吴道一，字贯之】万迭阴山欲夕阳。今日送君须尽醉，詹王程难挽使车忙。远"吴道一《燕槎录》【考证：《使行录》言谢恩陈奏正使南九万、副使李奎龄、书状官吴道一于六月二十二日辞朝，诗题曰"将发燕行"，故系于此。《纪年便考》卷二十八：吴道一（1645—1703），仁祖乙酉生，字贯之，号西坡。六岁，其兄呼韵三字，试令赋之。应口对

曰:"规矩任圆方,日月分阴阳。国治在民安,君明系臣良。"受业于妻父。显宗癸丑,登庭试。肃宗朝,选湖堂,历铨郎、副学,以嘉善典文衡,官止兵判。性豪逸不拘,能文章,与赵持谦、韩泰东为少党中峻,论而痛斥金益勋贪恣不法、窃位将任之罪。燕使要见本国文士,以道一及林泳诸人命往焉。以玉堂请议定恭靖大王庙号。以排摈宋时烈补蔚珍。戊寅,右相崔锡鼎因台启罢相,李世白中批拜相。道一以不能优待大臣陈疏,斥补襄阳。壬午,以年前科场事台启,追发付处林川,移长城。癸未卒于谪所,年五十九。丙戌复官,以子遂采从功,赠左赞成。】

吴道一《西郊别席,与赵子直、朴士元、申公献、崔文叔、沈龙卿、赵祥甫、崔汝久联句文叔,崔公奎瑞字》:"折花珍重送行人,子直【按:赵相愚,字子直】临别无言意自真。士元【按:朴光一,字士元】征旆渐随西日远,公献【按:申琓,字公献】信书难寄北风频。龙卿【按:沈寿亮,字龙卿】一樽酒尽河桥畔,祥甫【按:赵仪征,字龙卿】千里春生浿水滨。汝久【按:崔锡恒,字汝久】今夕离愁还异域,文叔可堪时事涕沾巾。贯之"吴道一《燕槎录》。

南龙翼《送药泉南左相再赴燕京》:"风雪炎尘万里程,相公连岁向燕京。难其任重婴初聘,愿以身当弼再行。专对定回强国怒,独贤犹轸圣君情。应知竣事还朝日,夹路都民手额迎。"南龙翼《壶谷集》卷三

南龙翼《送书状吴学士道一》:"三年饱食海东鱼,万里催驱蓟北车。王事即今惟有泪,使臣从古不遑居。通才必藉周旋际,秀句应多感慨余。季札观周嗟已晚,只宜加饭好归欤。"南龙翼《壶谷集》卷三

洪受畴《奉赠药泉南相国九万赴燕铁原中途付处时》:"绝塞辽河北,长程易水边。连年有征役,曷月是言旋。赠语羞行者,销魂觉黯然。歌无骊唱送,诗有驿筒传。清淑山河气,挺生廊庙贤。神童杨亿后,大器魏公前。圭复言无玷,鹏飞意在天。儒家尝泛滥,学海早涧沿。志笃程门立,工专管榻穿。年方星四七,礼对字三千。蜀士数扬甲,汉庭推广川。词臣应华盖,学士步花砖。排荡登台省,从容上讲筵。应知厌草诏,将欲试蒲鞭。郡绂恩荣借,官厨奉养便。生祠荐丹荔,画像倩黄荃。历试才方展,超升渥更专。心清如水郑,望叶佩刀虔。国子严师席,天曹贰注铨。北门烦卧护,南国被承宣。锁钥莱公壮,襜帷郭贺褰。训兵如组练,成俗在陶甄。到底声名大,平生景仰偏。云泥分已隔,瓜葛托无缘。念我曾敦匠,为郎幸备员。谁能书刻玉,公独笔如椽。鸾凤疑腾骞,蛟螭恍蜿蜒。韦梯想勤苦,张草笑狂颠。玉匣昭陵帖,金绳石鼓镌。周旋宽礼数,出入共联翩。每惜论交晚,不须同调先。伊山才佩竹,结浦已归田。云与人俱散,天教地又联。忽惊郡斋梦,遥忆草堂眠。预具邀陶酒,将回忆戴船。簿书停闹扰,山郭出蹁跹。脱略还超俗,行装淡若禅。孤村依水石,小筑

带林泉。题凤亦无矣,登龙盖有焉。门开几日掩,榻解旧时悬。倦客悠然入,幽人莞尔延。端居安素履,破屋是青毡。园可贫收栗,池宜静爱莲。提携承謦咳,登览畅幽悁。野径人相送,柴扉月已圆。微官惭斗米,仙境负风烟。邦运归屯否,权奸恣擅颛。谁知偃月秘,终致履霜坚。老范忧何歇,袁安涕自涟。主恩方起废,吾力不量绵。谏诤违三溜,封缄吁九干。言皆由愤激,文不暇精妍。世觏鸣朝凤,人惊逐雀鹯。免遭时宰杀,去作夜郎迁。瘴疠偏生毒,炎蒸易崇癫。林乌夜半泪,野鹏日斜篇。芦岭往来日,萱堂喜惧年。舞衣戏才撤,含索痛仍缠。养志师曾子,居哀法大连。凶徒资斧钺,圣化改琴弦。银信光驰泽,瑶班咏耀蝉。文衡华国手,司马掌兵权。推毂英豪进,临围险怪捐。风沙感辕梦,剑履上台躔。牢确由心地,沉凝本量渊。不阿怀棘棘,无党任平平。士倚调和静,民归赋敛蠲。堪嗟彼羯虏,常侮我朝鲜。水草负驰马,毡裘恃控弦。羁縻事獯鬻,倔强畏先零。去岁出疆外,穷冬向塞埂。山凝丈雪白,海冻积冰玄。万里当寒节,千金幸勉旃。心因远游壮,诗为纪行编。化鹤寻华表,良驹问古涓。穷怜图上剑,死惜筑中铅。王命将之肃,皇华返式遄。边氓媒祸衅,朝野有忧煎。冠盖江山续,金缯溪壑填。移书堪痛哭,专对合精拴。杖节谁辞汉,衔纶又赴燕。请行同晋国,奉使待张骞。六月饮冰出,万邦如火燃。蒸霖没去马,毒雾堕飞鸢。身岂险夷惮,志惟忠信全。行同携檄手,到处想吟肩。今日幕中客,昔年槎上仙。知应獮凤瑞,惊却犬羊膻。正辩能争抗,深羞可涤湔。辽人气亦折,金房恶堪悛。休愿空埋骨,谁讥不直钱。兴亡首回矫,慷慨泪潺湲。气数相衰旺,天时互转还。浧滩太岁远,草昧几人诠。自愧剀肝疏,空追泣血愆。百年如可待,万死不须怜。天地恩犹大,风霜病未痊。歌悲感时激,情觉别人牵。虚负绕朝策,空传逸少笺。临风频抚剑,落日独吟筌。"

洪承畴《北谪录》【按《纪年便考》卷二十八:洪承畴(1642—1704),字九言,号壶谷。显宗己酉进士。肃宗壬戌登增广,历三司、知申、畿伯,官止吏参。乙丑以掌令疏救尹拯。能诗,尝到高山驿邮不遇人,题诗曰:"客到高山驿,谁弹流水琴。怀人不能去,明月上进岑。"李景颜击节叹赏。】

姜锡圭《送谢恩副使李参判文瑞奎龄令公赴燕》:"齐归何党矣,梁得晏然乎。珠玉不可免,金缯反自愚。古今俱涕泪,天地一鸣呼。威武焉能屈,君看舌在无。""渐离狗屠者,荆轲酒人乎。徒死虽伤勇,轻生亦岂愚。泉台不可作,精魄倘能呼。燕市幸相问,此流今有无。""诸夏亡君也,今公奚使乎。观风事虽异,奉璧计非愚。去日蝉初嘒,来时雁正呼。平生慷慨意,临别不能无。"姜锡圭《聱齖斋集》卷二。

崔锡恒《送吴贯之书状赴燕之行》:"行迈骎骎赴蓟城,赫曦霪雨趣严程。

85

畏人未敢伸长语,许国宁须惮远征。西喷即今逢主辱,北望中夜独心惊。书生不是全无胆,完璧归来答圣明。"崔锡恒《损窝遗稿》卷二

金寿兴《别南左相九万再赴燕山之行》:"事有难言处,公今又此行。堪伤千里役,还觉一身轻。呜咽辽河水,依俙安市城。平生绕朝策,临别不胜情。"金寿兴《退忧堂集》卷二

柳尚运《别副使李文瑞奎龄》:"蓟门燕塞我曾过,君去今朝意若何。世事更堪双下泪,离怀唯有一长歌。昭王客散知音少,太子河寒感古多。试看胡都荆棘里,尚怜明月照铜驼。"柳尚运《巴陵录》

柳尚运《别南相国九万赴燕之行》:"人众胜天天亦胜,天时人事不堪论。金缯本为羁縻计,喜怒何须善恶言。易水悲歌从古恨,会稽遗耻至今存。山河万里重游后,仔细归来报至尊。"柳尚运《巴陵录》

柳尚运《别书状吴贯之道一》:"七月乘槎客,三年佩玦臣。知君多慷慨,临事少逡巡。苏节能张汉,燕图岂弱秦。行登孤竹国,应不到炎尘。"柳尚运《巴陵录》【考证:以上诸诗作于六月二十二日或其后。】

吴道一《花石亭次文谷金相国寿恒韵亭在临津,即栗谷李先生旧筑》:"名区第一此林泉,尚有先生旧业传。恨不同时承謦欬,烟波古木思无边。"吴道一《燕槎录》

吴道一《松亭有感》:"忆随松老此来游,转眄居然二十秋。伊昔少年容跌宕,即今王事负淹留。崧阳祠古烟芜合,满站台空夕照愁。兴废更兼存没感,短篇吟就白浑头。"吴道一《燕槎录》

吴道一《瑞兴濠上亭》:"高阁登临霁色初,客游怀绪倍茫如。天浮大野迷归鸟,水满前川看跃鱼。岳势巧当檐近远,地形偏拓槛东西。排愁强欲呼杯酒,主辱关心奈湿裾。"吴道一《燕槎录》

吴道一《生阳馆中和示府伯李子文东郁》:"三年泣玦海东头,又向幽燕赋远游。台省近来无旧面,关河随处有青眸。宾筵笑晤从残烛,妓席杯觞散急筹。明发可堪分袂后,浿江烟树绾离愁。"吴道一《燕槎录》

到大同江,登官船,望清流壁、乙密台,欲泝流上浮碧楼,译官辈以为回还时可登览,去时则浮碧之游有俗忌,前后使行并阙焉。余笑曰:"俗忌何足为拘。"仍分付舟子促棹向浮碧。副使李公奎龄以为万里之行俗忌不可不拘,力止之,余计不得售,仍下船登练光亭,江山之明丽,面势之阔远,城隍亭榭之壮,不但甲于吾东,真天下胜观也。方伯李仲庚亦来会。俄进酒馔,酒半,与副使暨方伯并赋诗,箕城少尹郑悏及大同察访朴奎世并有能诗声。方住在伺候厅,江西守李公权亦在外次,并要入,使步其韵。咸曰:"当出外步进。"方伯许之。少顷,送官妓催诗,若场屋样。差晚,官妓将三人所制来呈,文酒风流,居然

天涯一胜事，异乡羁惊，甚觉慰豁。吴道一《丙寅燕行日乘》

吴道一《平壤练光亭酬别按使李仲庚世白》："升沉浮世鬓俱星，一别光阴四变黉。梦里追趋青琐闼，天涯邂逅练光亭。衰迟忉病杯频诉，牵强寻诗笔屡停。默算归轺重过日，浿江官树叶全零。"吴道一《燕槎录》

吴道一《安定馆顺安示知县朴晦仲世熵》："丹凤门前忆送行，至今风雨梦犹惊。三年佩玦淹关邑，万里乘轺出塞城。弱国艰虞空有泪，异乡逢别更关情。从他粉黛嘲迂拙，百感撩人鬓雪盈。"吴道一《燕槎录》

吴道一《安州百祥楼》："经旬行迈到安州，主将开筵拥碧油。形胜西关一都会，繁华千古百祥楼。山蟠大陆周遭在，江抱层城屈曲流。登眺更堪饶朔气，戍笳饶柝总乡愁。"吴道一《燕槎录》

吴道一《过纳清亭，定州守据法不出站，不得登览》："垂柳成行拥碧滩，小亭潇洒惬幽观。新安太守还多事，不借行台半日闲。"吴道一《燕槎录》

吴道一《林畔馆独坐》："两日宣川使节留，塞关霆雨未全收。天时苒苒凉生后，客路骎骎地尽头。旁海峰峦饶朔气，绕城刁斗动边愁。诗情酒兴浑萧索，默数归鸦倚小楼。"吴道一《燕槎录》

吴道一《龙川听流、清心两堂绝潇洒，可游憩，而以上副使所居，不敢入接。余之所居湫隘难堪，戏吟一律呈副使李公奎龄》："踏遍关河地欲穷，始逢佳处爽心胸。劈开临水千寻壁，分占依山半亩宫。风外急湍来侵簟，月边空翠满帘栊。功名枉道疏仙分，却坐官微让二公。"吴道一《燕槎录》

吴道一《湾馆独卧》："一旬湾馆耐孤羁，鬓发萧萧太半丝。天外塞山秋憭栗，月边城角夜唔咿。长途抱病嫌杯凸，冷枕无眠怯漏迟。明日过江还异域，可堪罗绮挽征辒。"吴道一《燕槎录》

与副使及府伯俞令命一直向统军亭。曾闻此亭在边塞旷漠之野，故粗壮有余而欠明丽气象，今见之，山川面势十分清秀雍容，兼以阔大雄远，可与练光亭相甲乙，而眼界殆过之。副使怯风，即还下，余与府伯凭栏促坐，把杯眺望，平原大野莽苍于穷荒之外，淡妆浓抹隐映于明镜之中。属日暮风作，江流有声，落景微茫，与府伯饮至四五巡，飘飘然有羽化登仙之想。曛黑罢还。吴道一《丙寅燕行日乘》

吴道一《统军亭》："孤亭登眺思茫茫，缥缈危栏枕大荒。终古战争余堞垒，秪今衣带限封疆。三秋朔夜饶边气，一曲胡笳怨夕阳。明日九连城外宿，鸭江回首便吾乡。"吴道一《燕槎录》

南九万《鸭江舟中别湾尹》："龙湾大尹送燕行，江上楼船箫鼓鸣。百战封疆余感慨，三秋云日正虚明。旧名尚识马訾水，往迹谁知安市城。万里路长王

事急，玉壶清酒不须倾。"南九万《药泉集》卷二

吴道一《鸭江舟中次正使药泉南公九万号韵别湾尹》："浮世惊心有此行，诗成还是不平鸣。一樽离恨江山暮，万里羁愁鬓发明。客帆已经三大水，征轺渐近九连城。从来作恶偏中岁，唤取官醪更细倾。"吴道一《燕槎录》

吴道一《下船坐江边》："人间此别元饶泪，今日临岐况属秋。一曲燕歌千古恨，鹘山愁碧鸭江流。""骊歌唱破鸭江云，别恨撩人鬓雪纷。罗绮满前吾已醉，不妨吟墨溅红裙。"吴道一《燕槎录》

吴道一《过九连城有感》："一篇宸翰炳天东，千古英雄恨不穷。痛哭苍梧当日泪，九连城外洒秋风。"吴道一《燕槎录》

过凤凰山，层峰撑立若剑戟形，一面废城残堞芜没于荒林丰草之间，前面差平夷，距大路才二里许，与正使南公九万、副使偕往，从前面平夷处舍轿跨马以入，登稍南断麓，周览移时，一城周回不满二十里。稍北山底颇平衍，且石状类旧时柱础样，似是营置室宇之所，而不可的知。盖此城世称安市城，而但念《大明一统志》有云，安市城即鸭绿江入海处，以此观之，此城之非安市的然矣。且《舆地胜览》有云，高句丽未都平壤时，都义州，国内城殆四百有余年，而义州一境今无都邑遗址。或疑此城是丽氏所都，而但形局狭隘，面势崎岖，决非国都模样。曾见去癸丑年朝天书状官日记，以为此城非安市，而即青石山云。盖此城必非国都，似是前代设镇置将，扼险防守之处。而安市城则与《大明一统志》所记相左，所谓青石城之说近之，而文献无征，不可以臆见测知。吴道一《丙寅燕行日乘》

吴道一《凤凰山废城》："天畔层峰剑戟围，古城倾倒但荒基。人传安市还真赝，或讶丽都傥是非。舆志有讹难考信，史书无证最堪疑。凭谁细问千年事，唯见山云旁马飞。"吴道一《燕槎录》

自三江至金石山、汤站、凤凰山，则荒榛枯荻，荟蔚葱蒨，绝无人家。自栅门始有村落田园，但无水田，此则法禁甚严垦水田者，罪抵死故也。大抵山川壤土与我国不甚相远。盖辽左本系我国疆域，风气之不并沈阳以北，理势然也。察院近处，一居人张文进称名者，六兄弟同居一室，此盖识义理君子之所难，而蛮貊之人乃能之，天赋彝性不以夷夏而丰歉可知矣。大鼻鞑子从前不率，年前清国有兴师致讨之举云。故试使译辈探问近来事情，则渠辈答以大鼻鞑子近无大段作梗之举，而边境防守等事姑未停止云，其间情伪有不可的知者。吴道一《丙寅燕行日乘》

吴道一《龙山露宿》："金石戒辕朝日暾，龙山逗旆已斜曛。荒郊莽苍人烟绝，废垒联绵草树昏。夹路持兵行警虎，旁林披幄卧愁蚊。燕城鹤野三千里，

默算前程更断魂。"吴道一《燕槎录》

吴道一《松站途中》："风餐露宿剧辛酸,髀肉全消鬓发残。陇草秋连狼子店,塞云晴拥凤城山。荒坡有石妨车辙,古渡无梁没马鞍。病恼衔杯诗亦废,客边何术破愁颜。"吴道一《燕槎录》

吴道一《分水岭途中》："触目山河异,其如感慨何。邮人能汉语,厨子亦胡家。拥塞云阴重,漫空雨气多。经行半百里,苇荻没荒坡。"吴道一《燕槎录》

曾闻狼子山村居颇盛,到今见之,间落凋残,民人稀疏,与前所闻有异。问其委折,盖彼国患,东边虚疏,才移连山关及此处,民人等于艾阳地以实之,故如此云。吴道一《丙寅燕行日乘》

吴道一《狼子山》："孤村半日逗征轮,寥落城壕枕水滨。依岸石田稀种稻,隔林茅店少居人。初秋塞土犹愁暍,穷峡夷风亦近淳。月黑狼山残角怨,旅情添兴鬓丝新。"吴道一《燕槎录》

吴道一《冷井望辽阳》："殊方行役等萍蓬,马首迢迢眼欲穷。山尽石门天接塞,云低辽野树浮空。河流隐映层城畔,塔劫荒凉返照中。丁鹤不来仙影远,更堪羌笛怨秋风。"吴道一《燕槎录》

到辽东新城外,少憩于河边,眺望良久,山川明丽,面势宏阔,真天府之地也。新城即戊午年间老刺赤攻辽时所筑,距新城五里许有旧城,隔河相望,即皇明所筑也。城内有古塔,城之雉堞凋敝,居民鲜少,而官府及衙门皆在旧城,知府一人留此,凡事皆总管云。初欲历入旧城搜访古迹,为护行清人等所阻挢,未果焉。察院在新城近处,间阎稠密,市肆接连,即一巨镇也。盖云南平定后,南方俘虏人多移置于此以实之云。新城城内别无人居,只有八角小亭巍然独存于丘陵之上,此即老刺赤攻辽时候望之处云。有一清人自称我国人被虏来此,仍问其在我国时所居,答曰:"本以宣陵守卒居在砧桥吴相山所近处云。"所谓砧桥山所,即吾家先茔,而吾童子时所游也。异邦羁离之中闻此言,欢然如旧识,相与酬酢移时,仍给药果、南草、刀子等物。盖自辽以左至镇江凡八站,而俗称东八站者,指此也。所经居人待我国人颇有款厚之意,不但与我国相距接近,颜情惯熟之致,每于使行往来时得雇车之价,生理专靠于此,故如此云。辽东以前,清人辈待我国人颇款,所宿房钱外无他糜费。自烂泥堡以后,虽水火无价,则不相资。盖辽东以前,不但以雇车专靠生理于我国,所居荒僻,接应常罕。辽东以后则间阎接连,货财委输,风气自相悬绝,民俗之不同亦其势然也。吴道一《丙寅燕行日乘》

吴道一《十里堡途中》："一望平芜眼力穷,店烟村树远连空。百年天地腥膻窟,万里山河涕泪中。槎路尚由曾泝汉,土城犹记旧防戎。燕南定遇悲歌士,

匣里吴钩已吐虹。"吴道一《燕槎录》

到沈阳城外,三使臣并舍轿乘马以入。盖沈阳即彼国行都,而称以盛京,一名即应天府。兵、刑、工、户、礼五部并皆设置,主将亦胡皇堂叔,不许乘轿,故也。盖此镇本是明朝所设,以为遮截贼路之关防,终为奴贼所陷。奴贼之窃据神器实基于此,而以此为根本之地,故城郭之壮固,第宅之宏侈,人物之殷盛,盖关外一大都会也。城有八门,城之中央有十字阁,城外又筑土城。城之八门皆有楼,楼凡三层,渠渠对峙,翼翼相望。城内大道,殆五里许,间阎栉比,车马喧阗,市廛接连,货贽委积,左右设各司衙门,制颇宏杰。城外二里许有崇德愿堂,覆以黄瓦,自顺治设置,罗磨僧为守直之地云。吴道一《丙寅燕行日乘》

吴道一《将到沈阳》:"从古艰虞少似今,此行何事不伤心。塞关长路三千里,社稷深羞二万金。鼓柁浑河秋浪涨,叱骖辽碛朔云阴。那堪旅枕无眠夜,落月吟筇搅客襟。"吴道一《燕槎录》

吴道一《沈阳感怀》:"周遭城郭带山河,画阁连空粉堞峨。关外富商争绾縠,云南名士半移家。横风玉勒花骢闹,夹路银幡锦肆夸。此地经过偏有感,野梨江上泪添波。"吴道一《燕槎录》

吴道一《边城途中》:"驱驰长路信征鞍,断送光阴逆旅间。辽塞地偏多近海,鹤城秋早已惊寒。眼中莽阔穷荒界,天畔苍茫直北山。猎骑初回沙碛外,店村筇动夕晖残。"吴道一《燕槎录》

再渡周流河。河以东即辽之左界,以西即辽之右界,辽左右盖以此水分界云。河边有一小城,即奴酋攻沈后所筑也。城内无居民,置一仓舍储粮饷,使沈阳城将主管云。午后到城外间家,有一居人郭垣称名者,其父即吴三桂在云南时职至通政司者,而兵败后被虏来此云。即招见,以文字酬酢。问异地流泊何以资生云,则答以教学子若干人,且以买卖资生,故朝夕之费甚艰,文字工夫全然抛却云。仍问曾前所业文字,答以业八股文矣。又问八股文体样何如,答云:"有曾前所制。""可得尘览否?即使持来。"渠即使其家人持一册子以来示之,盖我国疑义之类,而所作亦颇有步骤矣。又问:"方居沈阳刘君德称名人,曾居云南,职是翰苑,文学甚优长云,然否?"答以果是翰苑,而文学亦优矣。又问:"云南如刘君比几人,而其中独步擅名者为谁?"答云:"有长子起者,出类拔萃之才也,久居文苑,声望藉甚,而吴藩事败后逃窜,方流泊于江浙间耳。"又问:"吴藩败时有杀身取义者否?"答云:"吏部郎中穆廷选,城陷之日,夫妻俱从容就死。吏部尚书方光琛为虏所擒,愤骂不屈而死。其余殉节者亦颇有之,今难一一备陈。"又问自南来时道途艰楚之状,答云:"间关万里,十生九死，而路过潇湘洞庭诸胜处，差可幸也。"又问："行色必忙迫，其能登眺游赏否？"答云："来时有留滞岳州待粮之事，故得尽意游览。"又问："游览之际有所吟咏否？"答云："前人述作已模写尽矣，不敢更赘云。"盖其酬酢文字，颇能畅达，为人亦雅秀可尚。试使赋诗，即刻书呈一绝句，虽欠精熟，亦能成样矣。吴道一《丙寅燕行日乘》

吴道一《周流河途中》："节物已摇落，村墟政寂寥。孤城连大漠，一水限全辽。晚碛笳初动，危桥马不骄。客游何事业，鬓色太萧萧。"吴道一《燕槎录》

过一板门，到二道井朝饭，仍启行，自石门岭至此殆四百余里，而四边皆穷荒大野，眼底不见一点冈麓。自此，医巫间山一枝远远隐映于遥空淡霭之间，心开眼明，顿觉稣豁。夕抵小黑山，始有残山断陇逦迤于村落之间，水泉亦稍觉清冽，盖距绝漠稍远，渐近中土，故风气差别而然也。吴道一《丙寅燕行日乘》

吴道一《一板门》："夜宿黄旗堡，朝经一板门。天连边草白，秋入碛阴繁。冷店依荒戍，崩壕旁塞垣。山河深耻在，触目暗伤魂。"吴道一《燕槎录》

吴道一《新店途中》："王事驱驰损客颜，计程犹复杳燕关。荒谯日落吟笳动，古陇秋晴猎马还。行处四边皆绝漠，望中何郡忽青山。牵他漫兴寻诗句，强半芜辞不用删。"吴道一《燕槎录》

渡羊肠河，河源出于蒙古地方，西流入海云。到中安堡朝饭，仍启行。午过旧广宁，即明朝设镇处也。明朝旧制，广宁亦属辽东，故总兵衙门常驻此镇，盖关外巨镇云，至今城郭宛然，而距大路才十里许。夕到新广宁，即年前胡皇展谒沈阳时新设之站，而村洛颇稠密，亦巨站也。《大明一统志》云山海关以外即冀、青二州之地，舜分十二州，冀之东北为幽州，青之东北为营州，以此推之，广宁盖古称幽营之间也。西北十里许有医巫间山，横截陆海之界，雄盘夷夏之交，磅礴透迤，横亘百余里，《周礼》所称东北为幽州，其镇山为医巫间者，盖此山也。吴道一《丙寅燕行日乘》

吴道一《过医巫间山》："云头几点耸成鬟，矗矗浑如剑戟攒。禹凿青州元此域，虞封北岳盖兹山。半天横截华夷界，千古雄蟠陆海间。刚恨金汤空设险，任教胡马蹴重关。"吴道一《燕槎录》

路中望十三山，眉黛浅淡，云烟妩媚，盖辽沈以后，皆旷漠之野，自抵小黑山，始有残山断陇，而亦皆些少丘垤，绝无佳处。医巫间山亦甚磅礴粗壮，而欠明丽气象。始见此山轻浓淡抹，酷似我国山形，褰帷一望，恍逢天涯旧面，甚觉稣慰。山以十三名者，峰凡十有三故也。日气亦甚暄暖，盖比辽沈则颇近南故也。由内城十字街西边过祖大寿故宅，门前有三石楼，盖所谓牌楼也，明制官高人家舍，则门前例有牌楼云。楼皆以甓石筑成，制极精致，高可四五丈余,并缥缈连空。石楼前面刻"四世元戎"四大字,且以细字刻其祖子孙四世官职名氏。门内第宅尽为墟,而尚有数处楼阁,柱础之巧妙,制度之宏杰,丹艧之焕烨,真第一甲第也。楼旁有一大池,今皆填塞芜没。林薮之间,即大寿所尝彩舟游宴之所也。盖大寿受国家之重恩,席累世之殊勋,当强虏陆梁之日,拥众兵镇关外,极土木之役,侈大其门闾若此,况且流连歌舞,日以娱乐为事。至于刻石路旁,夸衒其门阃勋伐之盛,其无经远之猷可知。毕竟兵败身擒,终为偷生之鄙夫,固也,无足怪也。仍启行,过曹庄驿,到中右所,即宁远之属卫,城郭尚尔宛然,明朝之致力此镇可知也。吴道一《丙寅燕行日乘》

吴道一《望十三山》:"浓如眉黛耸如鬟,淡抹孤撑夕霭间。划地参差今古色,行人传道十三山。移将巫峡何峰剩,分得天台几点删。云物依俙东土似,一回吟望一开颜。"吴道一《燕槎录》

盖自凤凰城至山海关一千数百余里,每站虽各置千总一人,而沈阳一处外,别无养兵储粮城池防守之所。所谓设站置千总处,不过一大店落也,边疆之疏虞极矣。盖清人不但专意南方,不以我国为虑,以弓马驰突为能事,至于关防城守等事不甚致力,盖其习俗然也。海边诸站颇有储置兵粮之处云,非直路,故不得目见,其制置规画则不可详知,而盖以海贼为虑云。明朝则自镇江至边城、周流河、白旗堡八百余里之间,镇堡连续,荒城废堞,至今尚存。自小黑山以后,连设烟台,以砖石筑之,用灰填其罅隙,台之周可四五十步,高可四五丈,其上可容四五十人,而十里五里,相望不绝,连亘五六百里之间,关东民力殆尽于此,仍致人心怨叛,卒启倾覆之祸,古称固国不在金汤,诚确论也。清人之初入燕京也,议者欲修筑关外坡池,九王以为明朝之浚民膏血,大肆力于城池,盖备我也,卒乃见夺于我,我则当休养生灵,何用更烦民力,作无益之举乎。其议遂寝不行云。九王是戎酋中稍出头角者,见识乃能如此,甚可韪也。然阴雨之备,亦有国之不可阙,而边圉之亏疏至此,亦未见其为万全长计也。诚得精兵数万,一渡辽河,则关以外千余里,庶有长驱破竹之势,而一任其据有神器,肆然称帝,直欲发一恸也。吴道一《丙寅燕行日乘》

吴道一《夜过松山堡战场》:"战败荒墟在,行人夜半经。殇魂应诉恨,冤血尚缠腥。月旁崩城黑,磷依古垒青。夷歌何更唱,凄切不堪听。"吴道一《燕槎录》

将至山海关,路左有巨石峙于高陇,而石头刻"望夫石"三字。前有祠设秦时孟姜塑像,又建石碑记其事,进士程观颐所撰,篆额,举人崔联芳所书,楷字,庠生刘允元所书也。夕到山海关,层峰迭嶂,簇簇巉巉,若万马奔驰状。层城粉堞,罗络横亘于山之腰脊,真天府金汤也。世称此乃秦始皇所筑万里长城，而皇明徐达增筑之云。但古称秦时长城蒸土而筑之，赫连勃勃亦蒸土而筑城。筑城后用锥刺城，锥末穿入，则杀筑城人。以此观之，土筑之坚可知。古之城制多用土，不用石，而此城则专用砖石筑之，秦时长城云者，讹传也。到关，城凡三重，外城外有方城，方城外又有瓮城，城皆有门，门皆有楼，楼皆三层，结构甚宏丽。外城门额用泥金书"天下第一关"五字。城内间阎扑地，市廛簇路，飞楼复阁，对峙东西，碧帘朱幡，映带左右，沈阳、宁远诸巨镇，比此风斯下矣。城中年少荡子辈皆着锦段，蹑彩鞋，拥街成群，见使臣之行，指点嘻笑，略无顾忌。关内风俗豪悍恣肆，与关外村人绝异焉。吴道一《丙寅燕行日乘》

吴道一《望山海关》："碣石风涛眼底春，墩台列障拥重重。撑空岳势群驱马，控海城形倒走龙。秦塞千年余古成，汉家当日候边烽。金汤本为防胡计，谁遣腥尘混四封。"吴道一《燕槎录》

南九万《望海亭》："镕金注海压鳌头，驱石梁津起画楼。计远千年防虏骑，临高万里望仙洲。秦城纵自穷人力，曹社其如有鬼谋。倚柱沈吟寒日落，欲将溟渤较深愁。"南九万《药泉集》卷二

到城外河边，仍登舟眺望，江山之秀丽，面势之宏豁，盖天府之地也。此皆汉时右北平郡，而自明朝设为永平府，李广射虎石在府城五里许云。仍渡河，行数里许又有河，即滦河也。舟渡到夷齐庙，庙中设两塑像，冠裳俨然，颜范如生，望之自觉有肃敬之心。与副使并行瞻拜礼，周览良久。庙前有廊庑，庑前又有石楼，庙后五六步许有高阁，制甚妙丽，额号则清风阁也，遂登览移时。长河一派，绕阁横流，盘回屈曲，映带左右，中间苍岩曲阜，综错萦纡若岛屿状，万点遥峦，隐隐环朝于平原大野之外，真绝境也。庙前后立石碑，凡十有余，或有褒扬节义之辞，或记先圣赞美之语，且明朝诸人所吟咏，或刻之碑，或刊之砖，几数十许首，而语多生涩，绝无圆畅练熟者，可见明末文弊也。至于立庙时事迹碑文若诗律，俱阙然不录，故其岁代年月无凭可考也。且庙后一里许有孤竹城，立孤竹君庙，以《大明一统志》所记考之，孤竹国在辽西医巫闾山外，以此为孤竹城，涉于爽实。盖医巫闾山距此六七日程，或者以此，亦孤竹国境内，故因以取名，为揭妥之所，而有不可的知者。俄令邮人张网得鱼，设脍把杯吟玩，尽是客游一番光景。到丰润县，此县本以土沃民淳著称关内，到今虽为左衽之俗，尚有全盛遗风，无论市肆之丰侈，邑里之殷盛，间有弦诵之声，盖其土俗然也。所寓主人即以儒称名者，而姓名曹子余。书问："读几卷书，业何文字？"则答云："读四书二经，做八股文。"盖制举之用八股自明朝已然云。其为人和顺，酬酢文字亦能畅达，此亦邑俗尚文教之致也。吴道一《丙寅燕行

日乘》【考证：吴道一下诗云"八月卢龙塞"，以上诸诗作于六月二十二日至八月间。】

八月

吴道一《榆关店舍》："八月卢龙塞，关榆叶未凋。看看夷俗惯，去去客程遥。锦退江郎笔，霜侵季子貂。百年孤愤激，雄剑夜鸣鞘。"吴道一《燕槎录》【考证：诗云"八月卢龙塞，关榆叶未凋"，当作于八月间。】

吴道一《望昌黎县》："宇宙高名北斗悬，毓精元得此山川。雄文八代颓波激，邃学千年正脉传。晚出遐荒翘慕久，即攀遗躅怆伤偏。当时里巷无人问，指点寒芜但暮烟。"吴道一《燕槎录》

吴道一《永平府途中》："千嶂周遭二水横，天成襟带控燕京。大明新府一都会，西汉当时右北平。兵后衣冠混左衽，马前营垒半荒城。秪今射虎遗踪在，片石寒原野葛萦。"吴道一《燕槎录》

南九万《丰润次谷文张赠诗韵》："燕市悲歌不可寻，荒台埋没旧黄金。深惭奉使观周乐，幸遇知音辨蔡琴。疆域纵分元一统，语言虽异即同心。客愁多少知何有，秋夜高堂闻快吟。"南九万《药泉集》卷二

吴道一《高丽堡》："望里烟村朝日红，停车指点问邮童。初闻地号差堪喜，更察民风讶许同。匝岸田畴多灌水，旁林篱落半编蓬。心开眼惯非生客，不觉吾乡在海东。"吴道一《燕槎录》

过彩亭桥，西南一面大野无际，望中霭霭浮空，若烟云明灭状者，即所谓蓟门烟树也。盖蓟野旧多榆柳杂树，荟蔚参天，故以奇观著称。近来树木多凋残，比前颇异云。夕度渔阳桥，到蓟州，闾阎市肆之盛，与永平府相甲乙，而城郭颇废坏不治，盖缘年前地震，多致崩颓云。盖蓟州即安禄山起兵称乱之地，而其僭窃名号时定都处，则今无基址，不可的知为某所也。城中有卧佛寺，上寺楼，楼凡二层，其高不知其几丈，凭栏眺望，令人心摇目眩，不能自定。楼上中央，去其板而空其中，立大金佛，腰以下插在楼下，而腰以上耸出楼上者几数丈，合而计之，则殆十丈有奇，其广亦至丈余。其狞壮诡怪，骇心怵魄，有不可名状。楼上稍东置一巨卓子，卧一大金佛，其长大颇逊于立佛，而覆以锦衾，半露身体，所见亦甚诡怪，苏长公所记大悲阁千手目菩萨未知比此果何如。而盖自有佛像以来，必未有此等宏杰诡特底形样，明俗之痼于崇佛，穷极侈靡，据此可知。曾闻蓟州曲味甚佳，沽得饮一盏，颇觉熏烈，而比我国旨酒则不及远矣。吴道一《丙寅燕行日乘》

吴道一《蓟门烟树》："如幻如真巧变形，非云非霭看冥冥。横驱巨浪纷披白，点缀新图隐映青。不夜明河垂碧落，方晴飞雨暗长亭。拙诗强欲工摸写，

尽日吟鞭故故停。"吴道一《燕槎录》

吴道一《渔阳桥》："渔阳桥畔夕阳低，忆昔胡儿动鼓鼙。天地即今无李郭，有谁重豁朔氛迷。"吴道一《燕槎录》

吴道一《登卧佛寺观音楼》："暮入观音寺，居然办壮游。百年方丈佛，天下最高楼。野阔山疑尽，云低树欲浮。故园何处在，吟望雪浑头。"吴道一《燕槎录》

历入白涧店古寺，寺庭有二松，白甲嫩皮，偃蹇孤高，与凡松自别，盖自江南移植于此，而不但我国之所未见，北地亦无此种云。夕渡滹沱河，到三河县。村中有一秀才称各人来见，以文字酬酢，则答云本居浙江绍兴矣，为见其姊夫，来此才七朔，以书史为业。仍问余杭之胜，答云两浙间素号山水窟，触处皆佳，惟杭州涌金门外风烟尤绝胜，仍亹亹谈江南胜致不已。试使赋诗，辞以不能。盖其为人甚恭谨，文理亦粗通。吴道一《丙寅燕行日乘》

吴道一《滹沱河》："往事云空无处问，渡头秋色满寒芜。河清几日真人作，重见坚冰应赤符。"吴道一《燕槎录》

南九万《滹沱河》："一带长河向塞门，苍茫年代共谁论。仓黄麦饭空遗事，断续冰澌尚旧痕。浪浊讵能涵日月，流涓无计洗乾坤。还悲不亿朱宗子，终愧刘家有一孙。滹沱河在真定府南深州衡水县西北，距北京几七百里。译人乃以北京之东二百余里蓟州之水指为滹沱，余以使臣未及深考，为其所欺而作此诗，良可笑也。"南九万《药泉集》卷二

将到潞江，望见帆樯森立如簇，横亘数里，隐映林木之间。盖陕西、山东、江浙之间，富商大贾，浮家泛宅，争辐辏于此，故如此云。仍舟渡江到通州，自城外数里许，市廛扑地，车马簇路，殆至肩相磨，毂相击，盖此府之雄盛，殆与皇城相埒云。仍入城到一阃家，有二三真鞑来见，自称官至七品。见其举止，似是知文者，欲试之令赋诗，渠请呼韵，遂书示韵字。令赋七言四韵，两人并即刻制呈，虽不精熟，无违律处，颇有生气，甚可讶也。渠又要余和之，余辞以不能，仍督迫之，颇有怒色，不得已使译舌传言："此书状本以武人，不晓诗律。"渠问："然则方带何官？"又使译舌传言："方带训炼院正。"渠即释然曰："然则果是武人也。"到八里堡朝饭。村中有六岁儿能弯弓左右射，射法甚骁健圆熟，胡儿之长于弓马，盖天赋然也。仍启行，到北京城门外半里许入东岳庙，盖以岱岳神灵，能主张人生死，故自皇明时已立庙云。庙宇体构宏大，中设诸神塑像殆无数，东西廊庑连亘数十步许，各设诸神塑像。门左右又各设诸神塑像。前后上下，森罗环拥，心眩目慢，有不可胜计。仍更着朝衣，舍轿跨马，由朝阳门入。城隍之巩固壮盛，楼阁之宏侈巨丽，间阎市肆之稠密殷富，真天下壮观也。入门时车马簇沓，男女骈阗，厪厪容身而入。城内通衢大道，

人肩相磨，风埃涨空。行数里，望见有一门楼，即海岱门，而宏固巨丽与朝阳门等，方之我国都城东南门，则高广皆可倍蓰。将至海岱门一里许，径由间道到玉河馆。吴道一《丙寅燕行日乘》

吴道一《通州》："一面云山背郭遥，飞楼复阁耸层霄。百年地控卢龙塞，万里江通浙水潮。簇匜瓯蛮帆樯壮，委输吴越货财饶。胡儿大醉垆头酒，暮入娼家白马骄。"吴道一《燕槎录》

盖自凤凰城至山海关一千数百余里，自山海关至北京六百余里。而民户则关外甚稀疏，而关内顿盛，年事则关内颇失稔，而关外甚丰登。生产则勿论关内外皆造车，百物皆用车输运，或受雇，或行商，皆靠于车。大抵赋税甚薄，故生理不至太艰，所过二千余里无一鹑衣菜色者。风俗则关外朴陋近淳，关内颇似儇秀，而亦甚恣肆骄悍。要之勿论关内外，清人少而汉人多，十人之会，则汉人居十之七八，称汉人则为蛮子，称清人则为满洲。所谓满洲者，奴酋中，古有名满住者，雄长于沙漠间，故仍传袭称号云。清人之入中国已四十余年，汉人与清人自相交嫁生产，殆无彼此之别。而然清人奴虏汉人，汉人虽畏缩不敢抗，而其心则自相楚越。故汉人之幼儿有啼哭者，则必称鞑子而惧之，其视为异类，不相亲爱，据此可知。村村立东岳庙、关帝庙，家家皆设佛像，或以塑，或以画，非甚疲残之家皆有之，用为祈灵要福之地，朝夕必焚香作礼佛。寺多在村间，僧俗相杂，殆无区别，关内外数千里，在在皆然。好鬼神，尚佛法，自明朝已染习金元之风，其来已久，而至于今日而极矣。清人本无姓氏，自四五年间皆有姓氏。其母汉女，则仍袭母姓，否则别作姓氏。且无论清汉，家家村村，虽隶僮下贱，稍伶俐儿子，则无不挟书诵读。清人中至有比律作诗者，问其故，则渠辈以为邦内乂安日久，皇帝颇留意文事，故如此云。盖胡性耐寒耐饥，习于弓马，勇于战斗，此其所以难御也。苏轼有曰："夷狄尚礼乐则必亡。"盖以礼乐不可遽然能之，而并与其所长而失之故也。今者清人入中国四十余年，狃于温饱，习于安逸，专以射利营生为事，间有以诵读吟讽为业者，其鸷悍勇刚之气，固已减其十之七八矣。且云南俘虏人等，全数移置于关外，关外居民中，南人殆过半，其中能文辞达事理者亦往往有之。此辈今虽怖威投顺，其心则仇敌也。一朝有事，则难保其必为纯民，此皆清国丰侈豫大，恬憘玩愒，全不以外惧为念之致。即今清国讦谟者中，其无长虑远识如洪太始九王之类，可知矣。吴道一《丙寅燕行日乘》

吴道一《燕京感吟》："天地荒寒劫火残，秋风客泪洒燕山。城隍不改沧桑后，宫观犹存豺虎间。何处更寻周礼乐，几时重睹汉衣冠。平生古剑回霜色，中夜悲歌漫自弹。"吴道一《燕槎录》

南九万《北京》："太宗皇帝建燕京，三百年来享太平。表里山河增气势，周遭城郭极经营。舟成只道深藏壑，盗至那知并窃衡。天实为之人可奈，不胜如醉黍离情。"南九万《药泉集》卷二【考证：《清圣祖实录》言九月初五日朝鲜使臣朝拜清朝皇帝，故以上诸诗作于八月初一日至九月初五日间。】

九月

初五日（丙戌）。

上御太和门视朝，文武升转各官谢恩，次朝鲜国使臣等行礼。《清圣祖实录》卷一二七

偕正副使诣阙，盖伊日即朝参也。由长安门入，门之结构皆用石筑成，制甚巩固宏广。行百余步有桥，桥凡五间，每间斫石为栏。桥之两畔设石狮子四个，又立石柱，高可六七丈，皆作雕龙形，称以擎天柱云。由桥而行数十步，入天安门，门上有楼，楼凡二层，结构甚宏丽。又行百余步，入端门，由端门至午门，其间亦百数十步有奇。有四生象并置于中庭，鼻可五六尺，牙可二三尺，状甚狞怪。午门中央即御路，又设左右掖门，门皆有楼，即五凤楼也。由左掖门入，即太和门外庭也。太和门内故有皇极殿，岁庚申火，未及改建云。大抵自天安门至太和门，凡五门，皆设二层门楼，制甚宏杰，左右设长廊，墙垣皆用石筑之如城样，御沟可容船，宫墙及都城皆有水门，直通于通州江。阙内皆用砖石贴地，无片土可踏。而清俗，虽阙内，职高者皆容走马，故致破缺焉。盖阙中殿宇门闼，墙垣阶级，制度之雄丽，工役之巧致，不可名状。平明，清皇出坐太和门阶上，阶高可数丈，阶左右皆设石梯，梯皆数十余层。阶前石台周可百余步，左右卫卒持仪仗拥立者数百余人。石台下大庭，百官分班列立，别无参拜礼，只新付职者行肃谢礼。俄通官引我国使臣诣大庭，呼唱行三拜礼讫，又引上石台，以清皇令各馈以骆茶一椀。俄，清皇即还入，盖清皇仪仗警跸，一遵明朝旧样，故制度甚盛。百官班行，亦颇整齐，无喧哗杂乱之事。此则清俗习于战阵，故进退坐作自无失节而然也。吴道一《丙寅燕行日乘》

吴道一《晓头以朝参赴阙，愤惋口占》："城阙微茫晓色笼，九街灯烛泪痕中。大明文物成蔓草，天子端门坐犬戎。宇宙遭罹何运气，尘埃埋没几英雄。筑铅图剑犹难试，燕市今无侠士风。""明宫法殿总依然，触目沧桑万事迁。毳幕高张九级陛，霜蹄乱蹴八花砖。人心从古眷真主，胡运元来无百年。此理本明何久爽，吾将抆泪问高天。"吴道一《燕槎录》

初九日（庚寅）。

往副使寓处，副使得易州酒劝饮。易州，即大江之南也。酒味甚佳云，而

比我国之酒则不及矣。饮四五杯而辄醉睡，盖废酒已久故也。吴道一《丙寅燕行日乘》

南九万《九日玉河馆与吴书状道一对菊》："异域同为客，重阳共见花。愁怀惊节物，衰鬓耐年华。主辱方甘死，身羁岂足嗟。泛香犹有酒，一醉当还家。"南九万《药泉集》卷二

吴道一《九日次正使韵》："客里逢重九，霜前菊已花。压肠香泛绿，萦鬓雪添华。小醉无佳绪，深羞入暗嗟。诗篇牵率和，气索大方家。"吴道一《燕槎录》

吴道一《寄呈正使》："燕山为客二经旬，节序居然九九辰。却喜对床台宿近，更怜浮斝菊花新。清狂习气从吹帽，敦厚风流贷吐茵。兹会百年真忝窃，不嫌羁绊饱艰辛。""沧桑万事入波旬，恨杀观风已后辰。城阙尚余泰地旧，冠裳那复汉仪新。逢人却自猜长语，赏节无心敞好茵。最是金缯趋走处，午门霜月助悲辛。"吴道一《燕槎录》

南九万《次书状韵》："长夜漫漫失朔旬，有怀明发在何辰。山河城郭犹如旧，物色风声总变新。微仲已知沧左衽，继泰无复赋文茵。金台古迹凭谁问，惭愧当年毅与辛。"南九万《药泉集》卷二【考证：以上诸诗以"九日"为题，又有"重阳共见花""客里逢重九""节序居然九九辰"语，当作于九月初九日。】

十七日（戊戌）。

吴道一《九月十七日夜独坐见月》："检罢残书烛欲微，多情还有月相随。中天尚带前朝色，隔海遥分故国辉。已觉杪秋强半过，却怜圆魄一分亏。窗棂送影凉如水，解使羁人苦忆归。"吴道一《燕槎录》

吴道一《晓头苦未假寐》："怪我北来何所营，兀然无寐彻深更。心关恋主难容着，眼为耽书不暇成。烛跋屡烧征夜永，漏筹潜算候天明。仆夫邮卒卧相错，鼾息汹汹雷鼓鸣。"吴道一《燕槎录》

吴道一《雨中独坐》："九月燕山雨，崇朝响屋檐。鞭寒仍瑟飘，酿雪却廉纤。坐觉催霜鬓，生憎搅黑甜。支颐算归日，羁抱不禁添。"吴道一《燕槎录》

吴道一《微雪后悄坐无聊，得乡书口占》："客边秋事已阑珊，霜后黄花太半残。晚雨萧疏仍酿雪，小窗寥落不胜寒。闲搜乱帙还饶睡，强把深杯却少欢。差慰一封乡信到，童孩课读室家安。"吴道一《燕槎录》

<u>发行，自朝阳门出，少憩东岳庙，到通州，日已夕矣</u>。登十字街楼，楼盖三层，眼界甚豁，望中间落若棋铺鳞错，壮观也。有顷，下楼入间舍。日者兀罗斯国人到北京，举止颇不逊云，故欲探其情状，使译辈行赂于礼部，笔帖式求见其文书，而其人迁就，不即觅示，故不克等待而发行矣。到通州后，追送人觅付其书云。兀罗斯国王查汉汗上奏皇帝："盛世熙朝，江山一统。各处地方，俱各归服。君正臣良，太平天下。亘古以来，未有胜于今日者也。向年曾

遣头目往京请安进贡,邀蒙浩荡洪仁,恩深礼厚,敝国之人,中心感佩。近来敝国地土荒凉,连年又遭霜雪,牲畜倒毙,土产不收,困苦情形不能亲身陈诉,特着头目米奇法尔等前来请安,上达天听。傥蒙皇帝格外施恩,许头目等面奏,即如亲身得见天颜。一切事情俱凭头目口奏,伏乞皇帝睿鉴,不胜待命之至。"盖兀罗与大鼻邻近,为清国所忌惮,似有凭借求索之举,而未可的知。<u>偕上副使往角山寺,缘石路上六七里,路甚崎岖,仅容行马。未及最高峰百步许,地势乍平衍,即寺在焉</u>。有法堂及左右廊庑,诸佛像皆用塑成,主壁大佛则铸以金制度,大抵多瑰诡,不类我国寺刹中佛像。与正使少憩法堂前厅事,有老僧进松罗茶一器,味颇淡。僧言寺后最高顶,即所谓角山台也,登兹方是壮观,但路愈峭险,难以容马云。故得寺僧所坐交椅及长木二条,以大绳络结,作篮舆样乘之。俾邮卒肩而上,与正使凭崖而坐,一望燕齐之交,渺无障碍,但见上下,天容海色,渊然苍然而已。后面层峦簇簇,若剑立屏围,长川横注于两山之间,盘回屈曲,蛇蛇蜒蜒,若龙蛇赴海状,盖天下瑰奇绝特之观也。少焉,肩舆而下,遇副使上来。盖副使到寺后,怕风寒不欲上山,向晚风定,故追后上来也。余及正使还到僧寺,休憩良久,副使还下来鼎坐。正使问副使曰:"登眺之胜果如何?"副使云:"上山则左边峻岭横遮,所见稍欠快豁。"盖副使所到处即中层非上头,故如此。余戏曰:"令监不能登尽最高处而穷探之,故所见不快豁。若穷尽上头,则岂有不快豁之理。盖天下壮观,亦必关数,恐非人人所可辨也。"正使大噱曰:"令监必不能穷吾辈所到处耳。"副使亦笑。吴道一《丙寅燕行日乘》

吴道一《燕京离发马上口占》:"朝阳门外马如飞,燕地行人竣事归。纵换沧桑犹旧物,不堪回首便依依。"吴道一《燕槎录》

吴道一《沙河驿》:"马首侵寻觉渐东,乡园归意日匆匆。千年往迹燕歌阕,万里行装越橐空。稗史阅凭排闷力,薄醪斟仗阁寒功。客窗无寐头堪白,残店清笳响月中。"吴道一《燕槎录》

吴道一《登角山寺》:"寺门初动夕阳钟,手挽藤梢上碧峰。脚底广寒笙鹤下,眼前碣石风涛春。城形半破临关月,水势斜蟠入海龙。睡足平生今白鬓,天教使节当吟筇。"吴道一《燕槎录》

到永安桥朝饭。日晡,到沈阳,与正副使偕入察院鼎坐。有顷,有纳名帖者,即去时所逢刘君德也,即延入上坐,馈以酒馔。正使仍以文字略叙寒暄后,余与副使携刘君偕来寓所,又属一杯。余仍书示:"日者电奉,胜读十年书,大拟于归日稳承清诲,蒙此不鄙辱临,感荷感荷。"刘君又书答:"声气逾于骨肉,前者一面,真倾盖如故,无刻不拳拳胸次,今幸荣旌再会,快甚快甚,漫言万户侯哉。然从今一别,后晤之期茫茫黯然,未免伤怀耳。"余又书示:"一作弦矢,后会难期,惟诗篇可替面目,为俺等各惠一律,幸甚。"刘君又书答:"班门不敢弄斧,此自然之理势也。况仆遭难累年,沦胥犬豕,所谓年丰啼饥,冬暖号寒,求延朝夕残喘,已竭心力无余。至于音律一道,久属隔世,前次妄谈,旋即追悔无及,适辱大教,汗津津浃背矣。若必欲赐观芻荛,上国往来不绝,容仆徐办养生之计,得以澄心静虑,重理旧业,以博先生一笑,亦大快事,断不肯护短掩丑,自外于知己也,谅之宥之。"余又书示:"何执谦太过,诗不在多,言志而已,愿毋吝金玉,亟惠一绝。"刘君又书答:"诗不在多四字,仆敬服先生深于诗学,老于诗学者也。然不能烦者,亦何能简老先生以为知言否?"余又书示:"今此愿得琼章,非饰例之言,出于中心,先生何不谅至此,还切赧颜。"刘君又书答:"先生之爱我如此,真独嗜昌歜羊枣者,仆必不能奉教呈丑,聊效春秋列国大夫赋诗言志之义,谨以唐人绝句'燕赵悲歌士,相逢剧孟家。寸心言不尽,前路日将斜'之句代之。"余又书示:"用古人语模写,即事亲切,此尤诗家之所难也,敬服敬服,但终不如自出机杼。今虽忙迫,不得见惠,后日节使往返时,远寄一律,则何啻隋珠拱璧,深企深企。"刘君又书答:"既蒙不弃刍荛,自当倾吐肝胆以献。"余又书示:"在燕京时,闻清朝皇帝酷好文辞云,先生亦有所闻否? 此等事非所敢问,而妄恃见许,敢此烦问。"刘君又书答:"酷好文辞,喜奖文士,信然信然。但仆等局外之人,故闻之亦等秦越耳。"余又书示:"且闻清皇蠲除民赋,慰悦四方云,然否?"刘君又书答:"上之美意,则或有之,但臣下奉行不力,恐徒成空文云云。"刘君盖聪明博雅,深于文学者,所欲问辨者甚多。日已昏黑,城中夜禁甚严,且渠以俘虏罪谪之踪,嫌与外国人夜话,遂辞去。刘君德又来见暂话,仍强请赆章。刘君书示五言一绝,出扇一把,使刘君手书之。吴道一《丙寅燕行日乘》

  吴道一《东关驿夜吟》:"北风吹雪打虚帏,荒店灯残不寐时。万里思家心已折,十年忧国鬓全衰。前程渡鸭愁犹远,长夜闻鸡耐苦迟。百感在中难拨遣,强呼童仆酌深卮。"吴道一《燕槎录》

  吴道一《松山堡途中》:"闻说松山昔战场,客怀于此转堪伤。冻云寒日孤城晚,白骨黄沙古戍荒。雪摆林梢翻鸟雀,烟生墟落散牛羊。夷歌断续村春急,忽觉颠毛种种霜。"吴道一《燕槎录》

  吴道一《边城途中》:"当夏行旌冬始旋,路岐鞍马送流年。寒天塞峤崚嶒雪,暮色村墟黯淡烟。差喜好诗寻有债,却愁清酒贳无钱。燕山渐远乡山近,十日方乘鸭水船。"吴道一《燕槎录》【考证:《肃宗实录》卷一七言十月十三日"左议政南九万自清国回还",以上诸诗当作于九月十七日至十月十三日间。】

十八日（己亥）。

礼部题："朝鲜国王李焞遣使谢罪，进贡方物，应交内务府收贮。"上曰："朝鲜国因谢罪进贡，理宜不收，但恐发还，不惟赍送人役劳苦，亦且驿递骚扰。可将此项准作年贡，嗣后谢罪贡物，着停止。"《清圣祖实录》卷一二七

十九日（庚子）。

礼部等衙门议覆："朝鲜国王李焞疏言：'陪臣郑载嵩等具呈礼部，饰词巧辨，蒙恩宽免严拏，令臣自行处分。今已将郑载嵩等褫其官职，依律定罪。应如所议。"得旨："郑载嵩等本当依议处分，但念系愚昧无知，姑从宽免其革职发配，着各降四级调用。"《清圣祖实录》卷一二七

十月

十三日（甲子）。

左议政南九万自清国回还【按：参见是年六月二十二日条】，先送带去裨将，其别单曰："臣等得见黑龙江将军萨布素题本：'守职五六年，与贼对敌不过数次，土地遥阔，天气严寒，人马受冻，鼠贼狡猾，鬼志多端。我兵列营，彼贼窥视。我兵进征，彼贼塞穴。虽有炮火，一时不能进取，不能展施兵威，何以为敌。招抚贼众，并无来降，利物引贼，亦不能皷动，心力已尽，不能报国，令选才能，代臣职任。'俄罗斯北海趁边大国，大鼻近处之地，大鼻所畏服者。礼部侍郎接伴，兵部侍郎出迎，趁北海下陆，蒙古五王替马入送，似是强大之国。而如是接待，似是大鼻胜负关系之致。郑克爽方在北京受卿爵，其子弟各授五品官。台湾、澎湖诸岛，设立府县，兵将住箚。臣在玉河，成、傅二人入来，使韩、郑两译问之曰：'我国得罪大朝，顷日咨文中致责之言，实多冤枉，威怒之下，不敢辨明。大朝见其无辞服罪，若以为实有其罪，则尤涉冤枉。'两人皆曰：'今番奏文，若或费辞自明，必致反生事端，其害有甚于前日之呈文，引罪摧谢之外，不为自明之言，极是得宜。今番表文，善为措辞，不为致啧，诚极多幸。'"《朝鲜肃宗实录》卷一七

康熙二十六年（1687 年/丁卯）

正月

初一日（庚辰）。

朝鲜国王李焞遣陪臣李俣等表贺冬至、元旦、万寿节及进岁贡礼物。宴赉如例。《清圣祖实录》卷一二九【按：据《使行录》，谢恩兼三节年贡正是李俣、副使金德远、书状官李宜昌于康熙二十五年十一月初四日辞朝。】

三月

初三日（辛巳）。

谢恩使朗善君俣等回自清国【按：参见是年正月初一日条】，中路先为状闻，其别单略言大鼻鞑子之事曰："购见大鼻鞑子抵清国书，则有'各立界址，永远修好'之语，有均敌之礼，无臣服之事，归顺之言似出夸张。吴三桂部曲黄进为名者，窃据海岛，仍称永历年号，据险不服，清国方议剿抚云云。"见此文书，则果如所闻云。《朝鲜肃宗实录》卷一八

二十二日（庚子）。

引见回还谢恩使朗善君俣、金德远等。德远曰："汉人郭朝瑞以吴三桂之臣配周流河，臣问太极鞑子消息，答以此来使者，以为陕西、山西元是我地。若不给，当以干戈从事云。皇帝怒且惧，诸处屯田甲兵，既皆彻还各镇，添兵八千，姑留不送，不肯割地以与，只增裘马币帛以和，恐因此遂成衅端云矣。"《朝鲜肃宗实录》卷一八

十一月

初二日（丁丑）。

冬至使东平君杭等陛辞，上引见，宣酝慰谕而遣之。前此，大臣宗班之往皆无此举，独于杭有此异数也。《朝鲜肃宗实录》卷一八【按：正使东平君杭、副使任相元、书状官朴晦仲世熽。】

任相元《丁卯五月，差谢恩副使。十一月初二日，辞朝，祗受貂帽腊剂之赐》："岁阑凭轼事西征，拜向丹墀瑞旭明。已许披云承密旨，敢辞冲雪趁长程。轻貂暖额联翩锡，香蚁濡唇次第擎。却出合门仍拜命，一包珍剂亦殊荣。"任相元

《燕行诗》【按任希圣《曾王考恬轩府君行状》：任相元（1638—1697），字公辅，号恬轩，仁祖戊寅生。天显宗庚子生员。乙巳，魁别试，拜成均典籍，转郎仪兵曹，兼春秋馆记注官。肃宗己未，以清风府使登重试，仍升通政。丁卯，以谢恩副使赴燕，还拜都承旨，递补长湍府使。乙亥，擢拜工曹判书，兼知义禁，弘文提学，官止左参赞。丁丑卒，年六十，赠左赞成，谥孝文。平生不喜矜饰，一任真率。而资本端悫，寡言笑，简于应接。历官内外三十余年，家甚窭，菲衣蔬食，萧然若寒士。记性绝人，经史之外，国朝典故、氏族谱系俱能谙悉，无少脱漏。】

　　柳尚运《朴晦仲世爀书状别》："辽阳此路旧朝天，珠玉无端五十年。白日寻常多鬼火，黄茆萧瑟少人烟。民逢乱代犹思汉，客过长城为吊燕。酒肆悲歌应有感，试从丰狱望星躔。"柳尚运《约斋集》卷三

　　任相元《夕次高阳》："初从济院暂停轺，已觉严城背后遥。驿马并嘶催落景，台峰如送际寒宵。溪声隔板行犹怯，松籁沿途酒易消。坐听前驱吹角去，高阳候火正迢迢。"任相元《燕行诗》【考证：依例，燕行使臣于辞朝当晚宿高阳碧蹄馆。诗题曰"夕次高阳"，当作于十一月初二日。】

　　初三日（戊寅）。

　　任相元《翊弟干儿追送高阳同宿，至晓还入京，余向坡州》："人与骨肉别，辞复色依依。吾今适万里，一宿却催归。素情非固淡，王事不敢违。晨风送两骖，山路自熹微。矫首望角岫，孤鸟犹南飞。"任相元《燕行诗》【考证：高阳至坡州四十里约一日程，由诗题可知此诗为初三日晓，自高阳发往坡州时作。】

　　任相元《早发坡州》："客里知宵永，灯前念道长。惊风鸣户牖，回雪洒衣裳。驿馆吹螺急，山村唤炬忙。驱车临古渡，晓色渐微茫。""浓雾霏微篩不翻，鸣筇遥过野桥昏。油鞯着雨车难进，珠沫生霞马亦烦。泽里尚看冰腹浅，云端却失岳形尊。停鞭试记经行处，望极高原树拥村。"任相元《燕行诗》【考证：诗题曰"早发坡州"，亦作于初三日。】

　　任相元《夕入松京》："日漏云黄雪欲成，断碑欹塔是芜城。半空岳色松犹秀，九级台形月已倾。间井未移时问迹，沧桑易变只伤情。明朝又向金川驿，愁听群驼戒道声。"任相元《燕行诗》

　　任相元《次平山》："蟠冈复岭去无穷，笑倚轊轩逐塞鸿。土似紫脂开古道，岩如黝玉插高穹。江滩水落难通艇，林栎霜干易响风。却望东阳还策马，官庐遥出暮烟中。"任相元《燕行诗》

　　任相元《次方伯申季晦㫌韵》："银台当日易相离，岁暮临岐各有思。纳节已催宣室召，乘轺又赋使臣诗。官斋跋烛怀人处，野帐捻柴出塞期。欲对紫衣裁一札，海山西望却凄其。"任相元《燕行诗》

　　任相元《瑞兴早行》："簇簇峰相聚，回回路更微。涧边留宿雪，林表散朝

晖。马识邮亭近，鸦惊候炬归。軿中坐无语，犹作梦依依。""坡陁不尽送征轮，风动空林似有人。坐阅松牌知路熟，闲登邮馆记行频。遥村日出烟光薄，古壁霜磨镜面新。料得渡江时序晚，冻云寒碛恐伤神。"任相元《燕行诗》

任相元《凤山》："朝晖初上海霞红，石岫粼峋面面同。倦梦屡惊冰雪里，衰颜易变道途中。岩松龙夵能成盖，社栎支离自作丛。却忆春坊衔命日，夜深驰驲着蒙戎。""石苍泥赤也宜禾，枯柞荒芦睡里过。地主每言凋瘵甚，邮胥只苦往来多。军门令恶常征铁，海户征烦为贩醝。安得咨询均惠泽，坐令耕凿乐年和。"任相元《燕行诗》

任相元《洞仙岭》："陟岭初看日，回车已入云。峰危石欲坠，谷邃树难分。海曲形相接，城孤势与群。开山忆旧迹，定遣五丁勤。""征途惨怆日无辉，极目同云已合围。削壁倚空能住雪，飞霙接海自成霏。身衰懒觅侵晨驾，路永愁更度腊衣。原树乍迎仍送客，凤冈亭馆见依依。"任相元《燕行诗》

任相元《次平壤》："荒城催发鼓妭妭，和睡登车渐不堪。旆影受风飘旖旎，铃声侵晓送骖驔。临边每见云生北，望国惟怜日在南。却眺浿丘游衍处，少年呼酒纵清谈。""尘干日软倦驰驱，路转榆林境自殊。地坼冰声连海尽，城回栋影入云孤。乡心渐觉关河远，宦迹偏惊岁月徂。白首偶过行乐地，华堂休遣妓筵铺。"任相元《燕行诗》

任相元《练光亭走次书状朴仲晦世燨韵》："乍听灵鼍警早朝，江亭清赏物华饶。少年入幕浑如梦，今日乘轺亦不料。远浦烟消初见月，前滩冰合暗通潮。莫辞举白礨腾醉，回首龙湾路正迢。"任相元《燕行诗》

任相元《顺安遇雪》："旷野雪如筵，长程任马迟。冻深愁下坂，风恶怯垂帷。村寂茅茨迥，林昏鸟雀饥。傍驺喧暂息，更觅灞桥诗。"任相元《燕行诗》

任相元《肃川道中》："飞雪乱飘絮，四野向沉沉。长程无所觌，飒飒风动林。下马入古馆，觞酒试独寻。忽见窗扉明，西日衔遥岑。出望六合豁，顷刻殊晴阴。饥鸦下庭际，冻鹤守溪浔。而我久行役，感怀自难禁。渐涉苦寒地，山高水更深。丘原阒无人，杂树空萧森。狂飙卷车帷，残月马头临。可怜露宿处，征夫寝无衾。平明向北去，驷马逝骎骎。""夜雪积盈尺，朝霞包白日。冥冥塞六合，征夫行相失。草木巧妆缀，丹黄变素质。茎柯尽成穗，悬垂象结实。有时被风簸，飘花声飒瑟。寒氛渐欲消，原陆疑银溢。皓曜目光夺，远近色如一。车中下帷坐，冷气偏侵膝。群驺行且呼，冻马亦不疾。试为苦寒行，开匣拈秃笔。苟有四方志，岂遑身安逸。"任相元《燕行诗》

任相元《宿肃川》："日照华榱霁雪明，清觞聊慰远游情。孤灯每作还家梦，残角常吹出塞声。浿水冻深宜晓涉，辽山风劲更宵征。尊前客散仍欹枕，卧见

台心烛泪倾。"任相元《燕行诗》

任相元《安州感旧》："朝日照行裾,平逵绕高原。危桥跨浚壑,独树表孤村。喜看里堠过,厌听仆夫喧。今朝寒稍解,骋目倚行辕。广隰亘长空,雄镇壮西门。壤沃民自少,所苦征徭烦。伊昔强邻初,戎马日驰奔。涵养五十年,烟火犹不繁。含凄述往事,悲风起塞垣。""遥瞻粉堞耸崔嵬,马踏平冈晓雪堆。客馆厌教罗绮闹,离觞强被管弦催。天低绝塞山从尽,城拥高楼水自回。甲子一周征战事,至今追忆不胜哀。"任相元《燕行诗》

任相元《次书状韵》："促驾犹愁暮,开尊暂得闲。自惭弦管地,银烛照苍颜。""雪拥长途暝,云连古阁寒。只愁关塞尽,仍遣客行难。"任相元《燕行诗》

任相元《留安州》："名城繁富冠西边,浪迹今经二十年。酒暖蜡花催绮馔,歌残金钿落华筵。冰坚古渡征车响,月照通阛戍鼓传。胜地再来还自笑,蝉貂惟得雪盈颠。"任相元《燕行诗》

任相元《次嘉山》："雪融长坂便成泥,坐拓车窗日已西。近海厌看云惨淡,环山愁踏路高低。层冰夜结江潮咽,轻霭朝褰石岫齐。试向北风还叱驭,晓星危栈极天倪。""微雪初收海日黄,县门群岫拥苍苍。城池旧跨三江险,云月空临百战场。逾岭已愁南雁尽,出关尤觉北辕忙。貂裘欲敝年将换,只忆吾庐腊酿香。"任相元《燕行诗》

任相元《晓星岭》："晓醉密城酒,暮宿嘉山馆。清川与定水,冻缩冰横岸。崇山迤北鹜,寒雾结不散。冈阜错如绣,征马溅白汗。村疏古墙塌,路曲危桥断。回头记里标,游目褰车幔。遥瞻晓星岭,线道盘云汉。有险足自恃,谁能试长算。吾今疲征迈,临风发暗叹。"任相元《燕行诗》

任相元《次书状韵》："山蒸宿雾藏千嶂,潮蛰寒冰塞两江。晓星北去封疆尽,谁倚云堆筑受降。"任相元《燕行诗》

任相元《定州琴啸堂醉赠地主李季泉》："城边华构架岩峣,客里开筵幸见招。若遣弹琴新化理,何妨舒啸听风谣。歌成彩拍紫罗带,舞罢乌云袅翠翘。莫怪酒阑仍促坐,明朝关塞动征轺。"任相元《燕行诗》【考证:下诗题曰"至日发定州",以上诸诗当作于十一月初三日至十七日间。】

十七日(壬辰)。

任相元《至日发定州》："县门山雪白崚嶒,过节羁愁一倍增。少日壮心轻远宦,衰年净行慕高僧。长程已缺西关月,孤馆将餐北陆冰。醪嫩豆香谁共乐,故园佳会忆腾腾。"任相元《燕行诗》【考证:诗题曰"至日发定州",诗云"过节羁愁一倍增",当作于是年冬至日即十一月十七日。】

任相元《早发宣川》："晨云掩残月,山色不肯晓。把炬仆夫催,临发进清醲。萦纡寻暗径,前驱已杳杳。喷石溪流驶,盘崖石状小。怕寒欲暂憩,公事恐未了。瞻彼谷中村,茅檐出树表。烟火自往来,垣篱互缭绕。谁令奠汝居,得免差科扰。吾今事修聘,北首观燕赵。行役觉易厌,筋力惜非少。已同服辕驹,敢效恋巢鸟。沈吟念物理,霜叶响鞭杪。"任相元《燕行诗》

任相元《次书状韵复赠李季泉》:"二年为政少全牛,更敲犀飞寄胜游。见我试开文举酒,要君同上仲宣楼。山平水远能娱眼,城转檐高足解愁。只惜夜阑行意促,便教红脸奏清讴。"任相元《燕行诗》

任相元《宿龙川清心堂》:"清川欲折石骈头,堂对奇岩境自幽。坐卧纵宽怀土恨,驱驰奈有出关愁。城池近塞常多雪,榆柳沿途亦易秋。明日向湾思少住,可堪无梦数更筹。"任相元《燕行诗》

任相元《入义州》:"箭门飞盖记曾临,便觉人烟异古今。汉武劳师吞海远,唐皇略地限江深。山光黯淡云常聚,朔气荒凉日易阴。旧迹思量空有感,虚窗不寐揽寒衾。"任相元《燕行诗》

任相元《留义州》:"少年沿檄驻征舆,屈指星霜二纪余。客礼只随官序进,衰容自兴妓筵疏。梦中寒柝传宵警,愁里香醪近岁除。布幔纸屏频展转,更烧高烛照残书。""孤馆人稀塞日斜,客怀岑寂忆京华。欲乘残月行冰渡,可耐征裘点雪花。境尽荒城临水起,山穷平碛亘云赊。官醪易醒炉烟断,坐想情书已抵家。""睡阑香烬月移阶,层迭辽山雪正埋。宾馆每呼鹦鹉杓,宴筵犹傍凤凰钗。少时读史劳长算,今日临边惜壮怀。王事有期难久滞,明朝驱传向天涯。""鸭水萦回地势高,蟠冈残堞旧周遭。辽山积雪连荒戍,碣石长风送怒涛。夕燧只应惊猎骑,秋屯谁复试戎韬。如今幸见干戈息,莫道冰程四牡劳。"任相元《燕行诗》

任相元《次板上韵》:"乍迓婵娟月,还倾潋滟瓶。城池曾古戍,弦管是离亭。旅鬓霜争白,征衫草共青。清游忆前度,烂醉不须醒。"任相元《燕行诗》

任相元《夜风》:"月暗门催闭,边风入夜号。惊沙走庭际,飘雪聚江皋。屋震栖禽乱,林鸣骇兽逃。明朝入辽峡,冰栈马头高。"任相元《燕行诗》

任相元《次书状韵寓戏》:"香衾卷却锦帷春,又见离筵鸭水滨。至月辽山三丈雪,可怜无柳系征轮。"任相元《燕行诗》【考证:下诗题曰"二十四日渡鸭江宿川边",以上诸诗当作于十一月十七日至二十四日间。】

二十四日(己亥)。

任相元《二十四日渡鸭江宿川边》:"鸭水乘冰已抵辽,荒芦古柳莽萧萧。山开路转绵川势,野迥洲平接海潮。马首渐看随落日,车声常觉响回飙。那堪绝域宵眠处,刁斗丁丁野帐遥。"任相元《燕行诗》

任相元《过镇江古城》:"渡江日已夕,马行蒲苇中。逶迤过古城,杂树交蒙笼。游麇自成群,见我窜深丛。连山从北来,洞壑邃以穹。恍疑藏人家,烟火遥相通。川边燃柴宿,人马饥倦同。寒威更砭骨,幄上冰霜蒙。幽寂不闻鸡,兀坐到宵终。兹惟高氏地,倔强昔兴戎。唐皇一亲驾,画江限西东。非惟贪土壤,只欲夸武功。遂令百代后,竟为豺虎宫。念古独不瘳,山木响悲风。"任相元《燕行诗》【考证:诗云"渡江日已夕,马行蒲苇中",可知此诗作于使团渡鸭绿江当晚,即十一月二十四日。】

任相元《金石山》:"午过金山下,林柯碍行盖。野迥丛芦深,壑走清川会。无人赏胜境,寂寥荒徼外。弃地惜沃衍,佳树从芜秽。豺虎白日横,行旅恐遭害。莫道险且远,只隔一衣带。兹惟我东吭,强弱实有赖。幸无筑邓谋,弛防久玩愒。苟焉思启封,谁能静骑垒。茫茫百里地,允为形要最。驱车首长途,朗咏忧则大。"任相元《燕行诗》

任相元《汤站古城》:"句骊封域接辽东,至月征车遡北风。匝野荒茅行不尽,攒云削壁看无穷。遗畦近道颓墙在,老木笼城古戍空。兴废至今成一梦,可怜当日费边功。"任相元《燕行诗》

任相元《川边早发》:"吹螺灭烛命巾车,车上飞霜冻作花。征马放蹄时见火,行人开口便成霞。不论峭壁如三峡,更有奇峰似九华。莫笑卷帷耽纵目,兹游堪入画中夸。"任相元《燕行诗》

任相元《安市城》:"有城不知名,或云安市城。北倚凤岫障,南按龙山横。削壁连云起,猿猱不敢轻。恍疑造化翁,曲随人意成。城门扼窄径,车马不并行。流传恐未真,险绝令人惊。唐皇好大君,何故劳亲征。当时席卷志,阻此久顿兵。岂问搗穴谋,追悔忆文贞。史称去平壤,里计七日程。记事然疑间,舆地谁能明。"任相元《燕行诗》

任相元《入凤凰城》:"衡宇沉沉什器陈,南隅惟合设帷茵。初看皂服能迎客,却笑红兜解恼人。车响驴嘶常载路,鸭栏牛皁每成邻。推衾忽觉乡关梦,雪满前山月半轮。"任相元《燕行诗》

任相元《次通远堡》:"连峰樗柞远冥冥,百折长川绕石屏。民俗也曾分汉羯,山河惟欲按图经。车行窄路才容轨,马入深林只响铃。犹有客中差慰处,日暄风静送轻轺。"任相元《燕行诗》

任相元《雪后踰高岭》:"雪后行人冻欲颠,遥瞻岭路若登天。初穿杂树冥蒙里,渐出奇岩宛转边。宿酒已冰仍失味,兼衣如铁枉添绵。车中坐想防秋客,叵耐寒宵抱剑眠。""群山南走界全辽,磴道萦回送使轺。雪压枯槎犹卧壑,云开怪石欲撑霄。空看窄袖夸新制,宁有遗黎忆旧朝。驻马却瞻投宿处,荒茅萧

瑟古城遥。"任相元《燕行诗》

任相元《分水岭》:"杂树交柯侧送辕,两川南北各分源。天边一路紫辽界,雪里群峰拥塞门。却笑衣冠惊异俗,仍知行旅解方言。偶寻旧日屯兵地,烟火萧条只数村。"任相元《燕行诗》

任相元《青石岭》:"古城寥落雪晴初,小市残民只草庐。山水既分夷夏界,荆榛未辟战争余。门前只自夸悬特,垄上何曾学荷锄。堪笑礼禅成土俗,一龛香火似僧居。""襄帷终日见嵯峨,又傍荒城纵辔过。川口马愁桥脚断,岭头车败石棱磨。殊方买水人情别,穷塞寻烟猎户多。畏途未央冬景晚,还吟北上太行歌。"任相元《燕行诗》

任相元《次辽东城城北有新城,清初所筑也》:"冈穷峡断始平畴,烟树微茫白塔浮。旧堞未平知战迹,新陴更壮想兵谋。河边落照舍孤寺,碛上归云傍戍楼。入夜不眠空抚剑,悲笳一曲起边愁。""辽阳自古壮边关,两岸华谯俯碧湾。纵有高人逃海外,何缘仙鹤恋尘间。民家远近惟分树,云气东南只见山。纵目凭轩无与语,薄醪那得解愁颜。"任相元《燕行诗》

任相元《入沈阳》:"辽郊北接沈阳寒,极目仍知六合宽。店舍每从天际辨,牛羊频向草中看。簪花少女夸云髻,挟矢游人斗锦鞍。莫怪拦街喧笑语,塞童何自识衣冠。""百雉名城压大荒,江流遥接混同长。谁令大漠开南亩,不意留京在北乡。银榜列亭诸国货,金鞍鸣镝少年场。中宵蓺烛思前古,兴替谁能问彼苍。""严城霜白晓鸡催,更觉西辕又北回。谁复按图寻旧境,枉令燔燧起孤台。牛羊自认村烟去,驼马长随朔气来。晚向路边看片碣,禅宫犹傍旷原开。"任相元《燕行诗》

任相元《宿边城》:"野店双扉迥,寒天一宿愁。人烟依古戍,猎火入平畴。水浊宜晨汲,禾登亦早收。经过询异俗,不觉岁星流。"任相元《燕行诗》

任相元《白旗堡望医巫闾山》:"车前间岳走萦纡,今日亲看胜按图。尾压全辽成内服,根蟠广陆护中区。宁将地险绵王祚,空遣英雄费远谟。欲说明朝还太息,烽台无语立平芜。""丛树荒城晚自迷,孤烟起处见遗黎。车中每苦飞尘暗,马首常愁落日低。大陆已分关内外,连峰不断塞东西。茅庐独宿思前路,更遣驺徒候晓鸡。""十月辽郊遡北风,惊沙衰草莽难穷。天长渤海云常黑,雾尽闾山日正红。稑亩尚容横滞穗,土垣犹见隐编蓬。向来战伐无人问,鸦噪牛归古戍空。"任相元《燕行诗》

任相元《过广宁古城,闻万历庚申,清人筑白旗,明朝掘堑以防之,然广宁自溃,终不守也》:"马度空壕倦欲休,崇坤已塌古砖稠。兵兴已失三叉险,城溃犹传万历秋。荒店独眠边雪静,败场频吊阵云愁。前朝用法终多憾,不遣熊袁展壮猷。""广宁即古伊州，明朝总兵李成梁之所镇也。闾岳崚嶒石欲流，行人说是古伊州。边云惨憺长征恨，关月荒凉苦战愁。废邑民烟那似昔，平郊畜牧更宜秋。若令飞将魂犹在，应向羌城泪不收。""汉朝屯戍只荒丘，谣俗犹凭卷里收。小市雪晴分兔鹿，平原日落放骍𬴊。园中必置藏粮窖，塞上惟开种稷畴。莫恨未观文物盛，兴亡衮衮水东流。"任相元《燕行诗》

任相元《十三山》："峭碧临平野，连峰高复低。遥看初似剑，侧视更如圭。雾里才寻髻，云中不可梯。如逢谪仙赏，名与九华齐。"任相元《燕行诗》

任相元《过松山》："三城瓦砾亦堪伤，处处烽台尚可望。旧迹只应垂简牒，残墟今已变沧桑。愁从薄俗询时事，欲向荒原酹国殇。却问锦州才一舍，红罗山色自苍苍。"任相元《燕行诗》

任相元《锦州城》："山头遥望锦州城，墟里萧条塞日倾。却笑洪君初锁脚，忍能剃发向燕京。"洪承畴与清人战，锁两脚不走。及败，为清所俘，遂降之。"任相元《燕行诗》

任相元《次宁远》："已见靴尖趯倒辽，松山自溃锦州烧。关前尚怪孤城在，独树黄旗为本朝。"宁远守将能坚守，明亡而降。"任相元《燕行诗》

任相元《发宁远》："路转山根断，郊平海色高。只能开酒店，那得见渔舠。岛雾寒如黛，盐烟晓似涛。凭轺倦赏览，渐觉道途劳。"任相元《燕行诗》

任相元《早发东关》："边月晓未落，辎轩发古城。店寒初见火，河冻已无声。望日便怀国，看台每算程。周旋非厚俗，须雪自添茎。""路并沧溟曲，山围紫塞寒。纵知方语惯，难遣客愁宽。彩壁藏金像，青帘引绣鞍。犹怜马头月，相逐又团团。"任相元《燕行诗》【考证：下诗题曰"十二月十六日入山海关"，以上诸诗当作于十一月二十四日至十二月十六日间。】

十二月

十六日（庚申）。

任相元《十二月十六日入山海关》："惊尘眯眼日冥冥，却望群峰失远青。犹想走沙昏战碛，已看吹堞蔽烽亭。云归脾睨参差见，风便笳箫断续听。孤馆梦回人语定，更怜新月满疏棂。""呼僮暖酒更催装，独向残宵过战场。睡里灯光疑我室，醒来人语是他乡。霜明野店鸡声远，月满河梁马影长。却望浿丘才隔水，谁教南雁更东翔。"任相元《燕行诗》

任相元《角山寺》："严城一宿鬓添斑，乍访真源扣石关。始见玉泉生殿腋，旋瞻金像对屋颜。天低渤澥城边水，地接卢龙塞外山。羞向高僧烦象译，且须长啸俯尘寰。"任相元《燕行诗》【考证：角山寺位于山海关境内，此诗亦作于十二月十六日。】

任相元《过红花庄》："平郊日出散牛羊，栉栉民庐接堵墙。田畇只应宜种黍，地寒那得有栽桑。孤城送客朝烟碧，小店留人晓饼香。异域岁阑愁跋涉，马蹄今复踏渔阳。""榆关改辖岁将穷，每觉经过俗自同。路上必开关帝庙，村中争筑梵王宫。街童辫发皆新样，闺女弓鞋尚旧风。千里咨询空吊古，肯将成败问高穹。"任相元《燕行诗》

任相元《晓发抚宁抚宁诸山石峰奇峭，冈阜蟠错，民居掩映林厨间，绝似我国，甚可喜也》："凤驾荒城月色残，溪山犹喜似三韩。原头树黑茅庐隐，塞上霞红石岫寒。曲路自随冈势转，飞尘已共雪痕干。殊方酒薄难成醉，何日羁怀得暂宽。"任相元《燕行诗》

任相元《次永平永平即古右北平，有夷齐里》："旷原遥接塞云阴，汉日荒屯未易寻。猎骑归时明远火，村庐密处隔平林。山河壮势连夷夏，征戍悲歌自古今。不必更观飞将石，千秋孤竹起人钦。""滦河漾绿绕城隅，雄镇从来制北胡。雪里迭山环远碧，烟中衰柳际平芜。防秋旧迹台空在，让国遗风庙自孤。堪叹召公开社地，竟无巾帻饰头颅。"任相元《燕行诗》

任相元《史称燕枣栗之利，今观人家田边栽植成行，乃知旧俗今尚尔也》："燕中枣栗载前编，处处成行匝甫田。绕屋繁阴能蔽日，满笼寒色可终年。风谣已觉时随变，栽种惟看俗自传。立马路边仍感古，故园东望更茫然。"任相元《燕行诗》

任相元《宿丰润》："孤城烟树欲栖鸦，又向荒亭驻使车。道远老驴能识店，行慵羸马易飞沙。旧知障戍皆防塞，今见衣裘已变华。纵得壮游无兴绪，归期倘及小桃花。""市肆南头屋数椽，明窗仍得曲肱眠。城临蓟野超云表，路傍间山向日边。囊罄不忧沽酒费，令严能断爱书缘。终知薄俗难深语，只忆燕丹待士年。""不知时运竟何如，周哔虞裳一扫除。自识上天方厌祸，却疑前圣漫留书。鸣弦走马犹遵俗，燎肉披毡已变初。一入蓟门寻旧迹，烟螺无恙是巫闾。"任相元《燕行诗》

任相元《高丽堡前多稽田，自凤城至此而始见，传云我人居作一村而所开也》："杂树连原屋宇深，回蹊斜绕棘篱阴。田开稻亩惊初觏，里带邦名喜欲寻。胡俗也知夸锦绮，汉仪难得见冠簪。车中兀坐醒残梦，已见朝晖吐远岑。"任相元《燕行诗》

任相元《玉田》："车中纵目倚晨醺，雪尽河桥野日熏。路上酒浆真易贾，村边庙寺竟难分。烟横远树初疑水，山隔平芜正似云。共说此中曾种玉，奇方只恨世无闻。"任相元《燕行诗》

任相元《赠玉田主人江象干，号猗园》："凭轼初寻种玉乡，喜君烹茗许同尝。庭前苦竹生凉韵，合里寒梅送暗香。好客已知燕俗旧，怀贤愈觉卫风长。

疏房幸得容羁旅，佳树他年定不忘。"任相元《燕行诗》

任相元《发玉田》："惊尘暗长坂，喧日漾荒郊。远树平如薦，连峰陷作坳。古祠丹已脱，阳岸绿方苞。腊尽仍为客，佳辰惜浪抛。""万古燕都辅，风沙走传过。地连东海尽，山向北边多。秃首看应惯，殊音听易讹。英雄几留迹，今日一荒坡。"任相元《燕行诗》

任相元《渔阳桥》："长桥宛宛马蹄轻，尚说渔阳旧郡名。塞上千峰来骁骁，村边一水去纵横。闲寻古寺看辽碣，更倚荒陴认汉城。终把雄藩资反羯，至今遗恨在唐明。"任相元《燕行诗》

任相元《发蓟城》："路傍河堤直，山临野岸穷。树浓初似雾，烟近却成空。瓮拨葡萄绿，䦆开锦绣红。银鞍竞驰逐，游侠自燕风。""桑枣村村别，房廊处处同。衣裳今异制，生养古遗风。水合三流碧，尘惊十丈红。滹沱日又晚，骅节忆冯公。"任相元《燕行诗》【考证：以上诸诗当作于十二月十六日至二十五日间。】

二十五日（己巳）。

任相元《次通州》："睡阑残烛耿寒帏，更理征装进一卮。燕域路经通漕处，浿丘云隔望乡初。熙朝典制今难睹，侠窟风声久已衰。只是客怀偏感景，旷原烟树迥参差。""飞谯忽见耸层霄，却访通街过石桥。控引地容诸漕聚，繁华城拥四民饶。洪河北贯皇都近，巨野南回碣石遥。可恨神州今易主，只缘群宦误前朝。""叹息中区丧乱频，居民不识有冠巾。幽燕岂乏英豪辈，无奈邦家用满人。"任相元《燕行诗》【考证：下诗题为"二十六日发通州入北京"，此诗为"次通州"有"睡阑残烛耿寒帏"语，当作于二十五日夜宿通州时。】

二十六日（庚午）。

任相元《二十六日发通州入北京》："榆柳连阴百堵齐，虹桥摇影跨河堤。千年漕道长通北，万里山源迥自西。残照只堪哀汉阙，故都谁复吊周黎。邮亭渐近思休驾，尘扑征衫路更迷。""日午黄尘扑帽檐，东祠暂遣使轺淹。争门骏马夸金勒，溢路辎軿卷绣帘。麈压大堤虹宛转，庭通广内阁深严。前朝聘礼虽难蹑，且幸衰年壮观兼。"任相元《燕行诗》

任相元《怀田子春》："我涉无终县，缅怀田子春。主牧烦一顾，西笑催征轮。岂患道路梗，誓捐国士身。再拜达远忱，天子方蒙尘。使知方岳间，有此不贰臣。时危事骤变，贼竖害仁人。返命哭枯冢，忠胆激轮囷。仇敌纵睢盱，贞操终无磷。从此入深山，风义感边民。我来正北望，苍巘自嶙峋。遗墟访无处，念古徒逡巡。"任相元《燕行诗》

任相元《得南京酒一壶，味似我酿而稍醇，绝胜蓟州沽，自出疆始得一醉》："自我践辽燕，辛苦已两朔。市酒酸射喉，沙田井亦浊。行旅自少欢，辟谷诚欲学。今朝得一壶，净色绷冰雹。云是金陵酿，远涉江湖邀。欣然尽大杓，和气沾优渥。举目眺高穹，寒云拥间岳。他乡度除夕，霜发不盈握。持此足忘忧，烂醉卧毡幄。炉烟渐向微，日午眠初觉。"任相元《燕行诗》

任相元《书怀》："敝裘厌远游，流景迫除夕。窗虚北风凉，端坐亲坟籍。时忧槛醪干，静添炉烟碧。客馆近市嚣，日晏门不辟。念兹幽燕地，素多豪侠客。如今竞锥刀，触目增感昔。中夏气未盛，豪杰甘巾帼。俯仰宇宙间，空言竟何益。""在家不知乐，荏苒遣时日。及兹客远方，寤寐怀吾室。浮生处斯世，情固求安逸。吾今徇王事，久苦北地溧。造次蓄猜嫌，异俗不可昵。言语辄凭译，三问惟领一。高馆邻市肆，扃锁不许出。交际必用货，渫恶难殚述。虽言廪饩丰，固知防虞密。古者明智人，观国知得失。一言测盛衰，犹龟示凶吉。缴绕动如此，吾恐定无术。斯事世已远，怅望抚陈秩。"任相元《燕行诗》

任相元《拟出自蓟北门行》："蓟城圆如月，楼橹临长道。连山殿其北，峰壑相环抱。地雄压辽碣，牛马散原草。胡帐复密迩，朝夕谋暗捣。朔风夜增劲，旌旗吹欲倒。将军趋点兵，太漠期汛扫。幸功气亦骄，安得行天讨。岂无忠义徒，谋如充国老。弃置不相下，金汤竟难保。地蹙事已去，战骨丘陵皓。静忆高阳相，峻节撑穹昊。高阳，谓阁老孙承宗也。"任相元《燕行诗》【考证：使团于十二月二十六日抵达北京，又下诗题曰"除夕"，以上诸诗当作于十二月二十六日至三十日间。】

三十日（甲戌）。

任相元《除夕》："游人必梦家，梦中无近远。既寤始非真，回首增郁闷。吾邦在海东，山水隔千万。秋聘到燕京，观览是素愿。峨峨帝王居，自古足文献。客礼有拘挛，从俗不敢怨。悠悠怀土情，蓄积肠一寸。流光迅如驷，明日寅正建。归期计早晚，且复加餐饭。寂寥罢检书，爱此窗晖嫩。""今夕欲守岁，旧岁何曾留。长廊人尽归，灯烬报更遒。邻家犹未眠，人语在高楼。椒花助欢娱，柏叶供劝酬。远客欲同乐，异俗非吾俦。既鄙苏秦说，安得荆卿游。故乡日出处，山水何悠悠。遄归若有期，不恨时序流。"任相元《燕行诗》

康熙二十七年（1688 年/戊辰）

正月

初一日（乙亥）。

任相元《戊辰元日》："何烦不寐对椒花，已见朝晖上碧纱。秀句可能高适似,流年已比孔融加。幽州十万人家乐,箕国三千里路赊。强酌柏醪忘客苦,镜中从此任颠华。""渐甓欢娱逐岁衰,春正况值远游时。殊方自作悬灯节,孤馆惟题刻烛诗。肥狞纵看登客俎,香蒿犹忆佐新炊。拥裘暂向檐前步,鸟啼空庭日影迟。"任相元《燕行诗》【考证:诗题曰"戊辰元日",此诗当作于正月初一日。】

初三日(丁丑)。

任相元《初三日立春雪》:"玄云四合雪迷空,落地跳阶点点融。开户讶飘三月絮,隔窗催拨一炉红。遥连北极蒙蒙雾,更逐东郊阵阵风。坐想故园同此景,朝来新火已寻枫。"任相元《燕行诗》

任相元《叙途中所见》:"幽州城外漕河边,平原巨陆东连天。朱甍粉墙粲相接,园中杂树笼寒烟。云是城中贵家坟,坟前立祠何巍然。初开大隧竖贞珉,更筑崇阶甃碧砖。白杨稚柳植成列,侈封肯数南阳阡。土俗惟知作寒食,击鼓烹豚焚纸钱。子孙列土称世家,公侯赫赫珥貂蝉。此地虽为帝王宅,四面不见名山川。村庐簇簇路纡直,惟见黄沙涨野田。丘坟真若土馒头,在处风气应同焉。冥冥吉凶不须论,富贵犹足三四传。近来东俗惑堪舆,竞按山冈卜牛眠。一水一峰不如法,朝藏夕掘无闲年。下至黎庶上搢绅,奔波成习无愚贤。一种福泽责枯冢,公家讼牒争联翩。东邦山水郁相错,避害就利恒求全。请看此中累累者,谁人解说青乌篇。吾谓地气有盛衰,纵有精鉴犹难诠。况是天造喜推敛,培塿岂得专其权。作诗三叹记目击,叔季此疾何时痊。"任相元《燕行诗》

任相元《志感》:"幽州古冀方,原野多平衍。中开帝王宅,云雾生高殿。廛闤溢百货,车马通九县。惜此如传舍,屡阅兴替变。嗟我产箕封,迹拟中华遍。偶为修聘来,未免囚深院。岂无魁奇士,令我快一见。羁束限厉禁,愁寂如窜谴。俗殊可奈何,但念时代转。斜晖暖虚幌,三叹开尘砚。""客自辽阳来,冰霜催改岁。辽阳定何如,城郭隐荒翳。旷莽千里平,长途走幽蓟。萧条见遗黎,玄发经新剃。云昔太平时,烟火弥四裔。临边设障戍,粉堞云迢遰。编户日益繁,歌舞安耕艺。殷殷咽喉地,永为中国卫。一朝否生泰,兵气惊壮锐。金汤若破竹,控扼已失势。累累冠带民,系首为仆隶。乐土入区脱,往事堪流涕。乱兆试欲陈,前代帝不谛。奈何四十年,辍朝自拥蔽。天意恶安逸,盛业宁无替。慷慨作悲歌,明鉴在近世。""少余读史书,喜观前代迹。奢淫必不长,勤敬乃有获。纵有久近殊,祸福由所择。上下千载间,明验如龟策。威强固难恃,乱本生一夕。岁久畜深疑,斯理颇舛逆。事与古训背,是非竟难核。率土浩无垠,鞭棰可驱役。奸雄并寂寥,天命未肯释。世儒好空言,到此舌应龋。俯仰得一说,后雠戒自昔。牧民莫如利,薄敛何讥貊。高拱简其入,九服均被泽。以兹臻宁谧,长受四海籍。根柢苟如此,文教真少益。却瞻万国来,肃肃

明堂辟。何人议得失，创业已有积。"任相元《燕行诗》

任相元《购书》："客中倾橐购芸编，把向晴窗省懒眠。钱癖已知和峤鄙，书淫莫笑孝标偏。闲雠细字伤年老，敢起高楼拟世传。还忆少时勤手录，试看盈箧辄欣然。"任相元《燕行诗》

任相元《咏荔支》："南船包裹涉惊澜，滋味非徒色可餐。久别关山宁带露，远来燕土又经寒。皮枯只惜香随尽，肉瘦犹怜液不干。幸得侑觞成一醉，华堂何必荐金盘。"任相元《燕行诗》

任相元《读香山诗》："香山逸老有遗诗，能把中情尽见辞。达语挟诙堪击节，常言谐律易逢知。自然体格空千古，不独声名噪一时。莫笑买将供漫咏，鸡林相国已倾赀。""两匣牙签整顿频，吟哦真似挹风神。纵称元相能同调，只有苏公继后尘。惟协境情辞取达，不烦妆缀格求新。此翁此意谁人会，疑是如来再转身。"任相元《燕行诗》

任相元《河馆谩咏》："幔屋沉沉曙色迟，推衾坐对烛花垂。贷钱游说真堪愧，击筑悲歌更有谁。愁极却招杯琥珀，眼昏还觅镜琉璃。铜盘久捧从淹滞，燕地多艰只自知。""高馆泠泠雪未消，粉墙东面望河桥。晴携小椀分团凤，夜傍孤灯揽敝貂。旅雁欲辞辽塞苦，书鱼犹隔浿江遥。车声渐断门横锁，只有诗囊伴寂寥。""燕地春风夜夜号，一缸新贳易州醪。已看积雪欺纤柳，更觉轻寒殢早桃。孤枕蝶惊宵漏尽，小铛鱼沸日轮高。久知北馔难留客，安得鸡羹入嫩蒿。""客里春寒入敞裘，新正歌吹是幽州。梦阑香篆成宵烬，诗罢灵虬促晓筹。析木东瞻星欲落，间山北望雪长留。虚窗冷坐难呼酒，嘘律回阳只忆邹。""窗底芸签晓自开，墙边廛肆苦喧豗。淹留欲落怀中节，寂莫频寻手里杯。思楚也同钟子絷，观燕非复乐生来。海东冰雪差先尽，想得乡园杏蕚催。""客馆深居不记春，条风已迫上元辰。空看玉兔冰轮满，却负金鳌火树新。北里楼台还寂莫，西街车马尚纷纶。今宵欲作排愁计，其奈燕醪不醉人。""方扉深掩日轮斜，独立空庭数暮鸦。遥见隔帘香似雾，画楼南畔是侯家。""是日上元。步屧空庭月影流，风威晚透晏婴裘。几家灯烛围纱幌，是处歌呼隔画楼。客馆纵能除锁闭，异方难得恣欢游。炉烟乍起帘催下，坐听前街送漏筹。""悔不弯弓习据鞍，至今空着侍臣冠。论兵决胜青油夜，拥铎从征紫塞寒。惟欲奋身排主辱，纵令埋骨胜儒酸。新春客馆频惆怅，乡隔三千去路漫。""帷迭毡温稳着眠，群鸦欲起晓钟传。酒甜却学陶公止，茶美应同陆羽颠。浊水可憎生碧甃，流尘容易上青绵。异乡薄具那堪饱，惟报行厨剩费钱。""牙签狼籍室南隅，自怯春寒拥地垆。不寐独烧残夜蜡，思归已敝旧时狐。楂梨只爱终年在，蒿荠惟嫌此地无。日暖浿丘冰欲泮，何时完璧出秦都。""石湖持节亦留燕，缅邈高风四百年。馆号会同真久矣,世分今古却依然。桑田已觉回头变,萍迹惟凭托兴传。坐咏遗篇增感慨,平陂只合任苍天。宋范石湖使金,有会同馆诗,即此馆也。""书生谈古绝堪嗤,世运从来易变移。河朔未平唐自蹶,燕云才复宋难支。不逢乔木莺迁日,空叹中原鹿走时。四纪帝京文献尽,谁人更续黍离诗。""兵强马壮为天子,五代奸雄有此言。说与宋儒曾不信,试看今日定乾坤。""客堂愁寂掩双扉,云压层城昼漏稀。裁札只思凭犬去,望乡惟欲伴鸿归。炉烟漠漠便欹枕,窗日融融却解衣。万里拟偿弧矢愿,更惊玄发镜中稀。""空庭日暖鹊查查,小鼎明窗独煮茶。燕谷雪残生黍气,汉滨春早忆梅花。每怜书籍能如古,惟恨衣冠不是华。一榻蓟醪犹未尽,且须频酌岸乌纱。""更筹迢递睡初醒,坐见虚窗耿数星。乡隔白云惟记梦,室留绨几且翻经。闲中细究方言变,病里翻嫌客俎腥。想得东归春已晚,长河漾漾塞烟青。""客中骀荡送春华,坐对飞㸔隐早霞。玉勒金鞍过酒市,朱帘画栱认侯家。珠琲巧合能成宝,锦绣新裁为买花。可惜前朝今似梦,犹看谣俗诧豪奢。""甘棠开国正茫然,始信人间海变田。岂有黄金能市骨,惟看红缕尽垂颠。石汤郁郁临中夏,文物彬彬记昔年。独闭客堂仍吊古,小窗妍日照芸编。""云暖风和欲释冰,静看残日下觚棱。难从市上悲歌侠,且学山中入定僧。留住只思生角马,脱归应似解绦鹰。目怜眼暗书成癖,却把陈编卧就灯。""衰年为客鬓添华,寂莫疏房坐瀹茶。暄气已回燕谷黍,暖波应漾汉江槎。厨中宿酿迎春尽,疆外归期历岁赊。咫尺康庄观不得,院门深锁日空斜。""匡床摊饭日暄和,每惜韶华客里过。地软车声行轧辘,云消楼角耸嵯峨。寻常俗习书难尽,造次方言译必讹。老觉诗篇空费力,却缘排闷强吟哦。""毛被通宵暖,虬筹入晓疏。呼灯惊睡后,把卷欠伸余。屋角初翻鸟,门前已响车。燕河冰欲尽,乡国柳应舒。""寂莫诗频就,淹留日渐迁。江山隔辰马,城阙壮幽燕。方贿难轻荐,阍呵不少蠲。墙东一长望,珠箔画楼烟。""尽日门长阖,惟通垄断徒。披衣常抱锦,摆袖竞夸珠。玩巧惊遗俗,繁华识旧都。经年苦羁束,端坐送朝晡。""楼耸悬金榜,坊喧扬翠旗。戎装驼剿氕,吴货鹬参差。小胄红丝络,轻鞍白玉羁。梯航竞来送,天醉已多时。""去带憎殊制,无冠骇变仪。缠腰三尺组,留发一条丝。驵骏堪凭恃,乾坤足把持。生民久安乐,真是少康时。""闻道并凉地,边烽久不惊。婚姻仍息战,金帛可休兵。似有羁縻计,难知反侧情。兴亡观自古,宁在外忧平。""鞍马犹胡俗,公卿尽国人。阁投三代典,厮畜九州岛民。莫把安危迹,轻论鼎革辰。雄强有如此,不必觅冠绅。""天地成罝网,人民畏俎刀。驱驰犹尚武,宾贡不收髦。穰穰皆餐粟,迢迢孰访桃。儒生知弄笔,论议莫徒高。""燕土春常晚,清霜晓正浓。飞花妆绮榭,垂穗缀高松。茅屋犹留色,砖庭易有踪。何能缘客鬓,临镜换衰容。""孤馆空多感,新春又忆归。窗明催卷被,风劲强添衣。论古言言是,观今事事非。情来拂尘砚,高咏对斜晖。""种稻常忧干,种禾常忧水。生成各随性,土宜有彼此。捋捋筑塘功,不如治田比。当夏引溪泉,潋滟潴清泚。一月苟不雨,农夫泣相视。我行燕蓟域,甫田弥千里。原隰有高庳,禾稼惟垦耔。岂无沮洳泽,蒲稗徒靡靡。东方近多旱,秧老不得徙。视此窃叹息,艰食固有理。寄语东人农,旧习宜遣已。炊禾莫嫌燥,炊稻莫云美。禾田少费力,稻田终难恃。""桑柘等草木,衣褐所根源。苟无栽艺功,岂识绵纩温。东人鲜树桑,蚕蚁不得蕃。墟有自生者,揉曲以当藩。及夫暮春月,青青叶欲繁。所养不足饲,挈筐窥林园。周行榛莽间,采撷穷晨昏。缫得一团丝,纰颣不暇扪。织成一匹缯,经纬不掩□。物贵又粗劣,虚教女工烦。我观吴楚锦,北走车连辕。舆儓矜照耀,绮缟飘缤翻。传闻大江南,尽是蚕桑村。其利及四表,绿缛被田原。谁能将此风,与我济黎元。""五畜利固广,生人所取资。坿鸡与栅豚,在处皆蕃滋。羊马有土性,人力似难移。东人不畜羊,官养充为牺。其状既罕睹,肉味讵能知。惟马亦不足,短弱非权奇。岂谓果下种,终作驽骀姿。辽野旷无垠,驵骏纷腾驰。溅溅来思群,驯扰尺竖棰。放牧自有方,且与原陆宜。毡毳非所须,健步劳吾思。安得八尺驹,遣我勇儿骑。调以白玉鞭,饰以黄金羁。骧首服武事,蹴踏清边陲。""风道筹沈响,帷温烛吐烟。流光行似水,迟暮永如年。花恐途中尽,寒嫌塞外偏。乡酤与海错,归兴不禁牵。""客馆已两朔,芳春强半时。无聊长把卷,有兴即题诗。闷忆杯中渌,衰添颔底丝。深房兀残梦,不觉日西驰。""燕京平莽足尘沙,当昼蒙蒙涨似霞。初见簸灰埋砌级,更惊飞砾扑窗纱。方炉寂莫愁春峭,小合徘徊送日华。遥想汉滨晴景美,水生泥软自催花。""新正已尽滞幽州,冰断河堤柳眼柔。庭实未轮烦众译,辕驹更健恼群驺。诗成不厌侵宵咏,门锁便增薄暮愁。地软日长宜上道,可堪仍作一旬留。""自觉他乡事事殊,译胥相伴慰羁孤。辛勤使职书犹滞,陶冶诗篇语更粗。蓟野北望天似盖,榆关东出地如壶。箕城想得归期晚,为问桃花已谢无。""邻鸡唱午冻全消,已见长街柳态娇。尽日下帘凭曲几,有时开阃对层谯。疲骡瘦狞腥难进,小胥褒裒语益骄。惟喜一囊缃秩在,也堪吟玩度昏朝。""夜冷狂风定,庭寒落月斜。归心惟计日,残梦尚疑家。室静从书乱,门开厌市哗。老身慵早起,灯晓复凋花。""霜浓地白拓窗初,却拂披肩更把书。不见青山寒映箔,□怜皓月冷临除。街尘似雾无时静,堤柳如烟逐日舒。可叹前朝王会地,空余旧馆独渠渠。""长河横贯帝城还,征路飞尘满客颜。寂莫难消愁日月,登临安有好江山。已看腊蚁初浮瓮,将伴阳鸿共出关。云白蓟门春色晚,异乡休怪鬓添斑。""狂飙霾日九衢昏,归意迢迢独闭门。柳嫩雪消惊节序,山青尘少忆乡园。暮年原关身为本,宿志林泉迹欲尊。包却琴书还静坐，严城钟断见鸦翻。""空堂风峭独垂帷，北陆春光本自迟。落日近城黄漠漠，愁云压野黑离离。关心远路偏催老，触目他乡只课诗。命枕欲眠庭月白，犹闻枥马龁枯萁。""红兜晓集始开门，交贸纷纶午正喧。端坐只教看日影，久淹还欲学方言。筒中蜀锦丹霞艳，筐里吴丝白雪繁。却笑诸人归意慢，客怀愁寂共谁论。""客馆凄凄日下阶，时闻车马闹前街。已欣土润青春动，旋苦埃惊白昼霾。古堞云藏增惨悋，虚窗风劲任推排。蓟门曾是尧封地，空遣游人寄感怀。""日出愁无事，春来苦缓归。泥融应易骑，草嫩却更衣。海月还相逐，江花且莫飞。支颐暂着梦，长路正依依。"任相元《燕行诗》

任相元《读东坡诗》："虚室当晴午，苏诗手屡披。支离迁谪日，宏爽短长辞。未许黄公敌，堪同白传驰。千秋不觉远，吟咏度闲时。"任相元《燕行诗》

任相元《通官乞诗，志之》："朝晖射虚牖，冠帻无所为。译伴闯我门，再拜前致辞。云有丙丁俘，面赤且白髭。饕餮是素性，昼夜营刀锥。吓人必求货，恶之如鸦鸱。今日忽恭勤，所要非财货。箕邦尚文雅，天下曾共知。愿请奉使人，乞我一篇诗。吾虽不识丁，荣感实在兹。此辈有此事，闻之惊且疑。或料好事者，绍介以索之。苟能出其情，不必虞吾欺。一言每自惜，到此返深惟。李涉遇劫盗，仓卒遗小词。洪皓识梧室，留滞仍为师。贤达有遗轨，后生讵可訾。矧今我为客，于彼当羁縻。援笔赠一律，肯虑帐下儿。"任相元《燕行诗》

任相元《赠通官》："宾堂相见已淹时，凭译殷勤乞一诗。始拓锁扉惊客梦，且将乡语问行期。草茸关路春从晚，冰断江涛日渐迟。强欲排愁成漫咏，愧君怀去被人知。"任相元《燕行诗》

任相元《记行五十韵》："始首燕邦路，初行鸭水冰。红裙边乐阕，银爵塞醪澄。旷渚寒晖匿，平洲冷雾蒸。推车声窣窣，攀磴步兢兢。庳幄才容膝，方毡暂曲肱。伤神对明月，惊睡伴青灯。异境通宵静，危涂犯晓乘。榛间颓旧障，林底隐荒塍。屡见惊禽窜，时看怪兽腾。栈回岩赑屃，峰转雪峻嶒。往事虽难悉，遗墟亦可征。前朝嗟欲末，边祸久相仍。疆外烽初警，河堰势已凌。将亡抛楚练，兵衄弃吴簦。惜矣藩篱撤，居然敌国凭。军谋何太枉，战迹至今称。骊域搜诗遍，辽郊骋望弘。殊风闻已稔，异服见堪憎。日样清流曲，云包白塔层。台倾燔燧阒，楼坼曲阵崩。仙鸟悲乡久，高人避世曾。沿程哀杀我，临胜厌攀登。锦破青峦簇，松残碧血凝。寻旗独濠堑，瞻广一丘陵。废戍分飞怜，荒原听放鹰。斑骓蹄匿匜，红胄气骄矜。借馆资蛮竹，赊薪费剡藤。经过日如岁，酬酢愤填膺。八郭当关角，三峰竖石棱。渐知幽界近，翻遣客愁增。祠焕偏崇鬼，村稠半住僧。屋墙涂赭垩，民隶曳缣缯。艳冶花妆髻，驱驰箭在弥。逢人询汉羯，求水辨淄渑。薄俗疑亡屦，淳风想结绳。客堂寒易谢，虚牖月新升。公事留难了，徂年挽不能。缃编就明阁，乌几迫眠凭。芳醑刍新柏，孤衾冷旧绫。羹思海魴煮，餐饫栅豚蒸。宾礼殊今古，车驷当友朋。啮毡忱自励，睨柱力何胜。有例同维絷，无阶问废兴。常怜明季辙，堪作后王惩。暗暗群阉恣，绵绵正统承。汉衰宜帝蜀，齐大竟兼媵。予夺天应定，治平世岂恒。孤吟拈秃兔，默坐似痴蝇。路向邮胥访，书教侍史誊。归期闻在迩，诗箧试缄縢。"任相元《燕行诗》【考证：任相元下诗题曰"二月十八日始发北京，暂憩东岳庙"，可知使团于二月十八日自北京离发归国，以上诸诗述留北京事，当作于正月初三日至二月十八日间。】

初十日（甲申）。

清国太皇太后死，传讣敕使出来。《朝鲜肃宗实录》卷一九

二月

初五日（戊申）。

朝鲜国王李焞遣使表贡方物。宴赉如例【按：参见康熙二十六年十一月初二日条】。《清圣祖实录》卷一三三

十二日（乙卯）。

姜锡圭《送任参知德章_{弘望}赴燕_{阙氏丧进香使}》："前行未返后行忙_{时冬至使未返}，冠盖翩翩织路望。珠玉事夷犹不免，金缯误国祇堪伤。愁连月笛燕山远，梦落烟花鸭水长。天下无人贵骏骨，应须揽涕哭昭王。"姜锡圭《鳌齚斋集》卷四

任弘亮《赠别德章令公奉使燕京》："堕地桑蓬志四方，男儿本自大心肠。东瀛海外耽罗国，长白山前靺鞨乡。绝域饱经南北远，异邦休叹道途忙。龙湾自限三韩界，鸭水遥通万里疆。碣石晓云随去马，浿江春雨湿征装。驱驰王事须专对，跋涉贤劳几备尝。触目唯应饶物色，伤心可耐惜兴亡。丁仙华表犹传鹤，丽代荒城尚记凰。击筑歌残悲烈士，悬金礼绝哭昭王。竹城双节清溓水，柴市孤忠贯日光。宇宙千秋犹带耻，山河百战尚含疮。人思汉室讴音切，天醉秦封感慨长。将命子皮行郑币，归含荣叔吊成丧。使名今日还堪愧，谁向煤山进瓣香。"任弘亮《敝帚遗稿》卷一【考证：据《使行录》，陈慰进香（参见是年正月初十日条）正使洪万钟、副使任弘望、书状官李万龄于二月十二日辞朝，以上二诗当作于二月十二日或其后。田愚《牧使任公碣铭》：任弘亮（1634—1707），字汝寅，丰川人。仁祖甲戌生，孝宗丁酉进士。显宗壬寅，擢增广文科。历通礼院左右通礼、成均司艺、通政。外而为全罗都事，文川、丰基、通川郡守，平山、顺天府使，晋州、骊州牧使。屡典硕邑，而临民爱恤，律己清白。与清城金公锡胄为文学之交，及其隆显，未曾相寻，尝有诗云"元来无宦兴，不是傲当时"，此可以见其恬静自守也。其赠从弟弘望奉使燕京，送书状崔启翁赴燕京数篇，读之使人呜呼，有千载不尽之悲也。肃宗丁亥卒，年七十四。有《敝帚

遗稿》四卷。】

十八日（辛酉）。

任相元《二月十八日始发北京，暂憩东岳庙》："五旬孤馆鬓添霜，今日眉间始见黄。初过河桥尘漠漠，还寻岳庙树苍苍。渡江定见圆蟾缺，临塞犹争去雁忙。燕地雪消春已半，故园花柳想芬芳。"任相元《燕行诗》

任相元《发通州宿三河县》："城头日出始催装，雪尽长河浸石梁。小店鸡鸣春气早，旷原牛健晓耕忙。遥瞻粉堞知归路，每见青山忆故乡。倦坐车中惊短梦，障纱风卷正斜阳。"任相元《燕行诗》

任相元《蓟州独乐寺》："春风浩浩蓟城寒，古寺门前又解鞍。丈室好成行客梦，空堂却伴老僧餐。近涂祇树寻源熟，满壁钱湖搨画看。欹枕日长高座寂，碧炉闲见篆香残。"任相元《燕行诗》

任相元《早发玉田》："平原旷望晓霞开，土润春耕处处催。河抱野庄知远势，柳临官道见新栽。市中绀幰招摇过，尘里青骢蹀躞来。却喜客盘加海错，乡心惟寄手中杯。"任相元《燕行诗》

任相元《沙河驿》："驿树微茫暝霭轻，虚窗独坐算前程。已经蓟野三河水，欲出榆关万里城。尘起引车穿晓市，日融休马看春耕。逾年薄俗何须问，只觉驱驰减宦情。"任相元《燕行诗》

任相元《谒夷齐庙》："滦河春涨竹城荒，下马苔庭酹一觞。古壁只余松影静，阳崖安见蕨芽香。官墙数仞瞻遗像，山水千秋认旧乡。若遣两贤生此世，不应当日丑周王。"任相元《燕行诗》

任相元《还次山海关》："榆关地势古称雄，今日凭轺望不穷。巨屏扼胡临蓟北，崇墉划野控辽东。门前海色青连岛，堞底山容翠插空。薄暮市中看走马，遗民那复有华风。""塞山晴碧雁行高，马渡河桥水溅袍。尽日平芜何所见，烽台如瓮立荒皋。"任相元《燕行诗》

任相元《宿宁远》："春光只惜路中催，又滞荒城把客杯。千迭塞山连鞑鞨，一泓潮海隔登莱。孤烟小肆行人少，落日平原猎骑回。欲问曩时釂血处，颓墉寂莫暮云哀。"任相元《燕行诗》

任相元《高桥堡遇雨》："马度芜城古塞赊，孤烟生处访人家。风驱细雨笼山去，日隐残霞傍海斜。一夜客愁添逆旅，三春乡思惜烟花。莫嫌前路冲泥苦，犹胜黄尘扑帽纱。""卢龙东转正苍然，更有青罗北挂天。广陆起台凡几处，高原筑垒问何年。枯蓬浅草穹庐外，小雨轻云海戍前。闻道秦城犹有迹，欲携孤剑按荒边。"任相元《燕行诗》

任相元《杏山》："杏山休驾暮春初，冷落城边只草庐。终古台隍皆汉戍，至今民物尽周余。曾闻入海全臣节,可叹开门送款书。成败悠悠无处问,断云残日暂踌躇。松山将城陷投海而死,锦州将祖大寿降。"任相元《燕行诗》【考证:任相元下诗题曰"小黑山遇寒食",以上诸诗当作于二月十八日至三月初四日间。】

三月

初四日(丁丑)。

任相元《小黑山遇寒食》:"暮春塞外草未生,冷节偏伤游客情。地阔泥深留马迹,天高山远有鸿声。辛勤道路身添老,迢递松楸梦不成。此去辽阳知几驿,来时曾苦雪峥嵘。"任相元《燕行诗》【考证:诗题曰"小黑山遇寒食",诗云"冷节偏伤游客情",此诗当作于是年寒食日即三月初四日。】

任相元《巨流河》:"辽郊莽莽使辂东,马倦长涂土正融。古戍霏微沧海雨,衡庐萧瑟白茅风。泽边宿雁惊寒夜,山外盘雕没远空。晚入荒村临旧堑,难将往事问田翁。"任相元《燕行诗》

任相元《沈阳》:"峭风凄日冷烟时,已涉三旬尚路岐。山接建州行缭绕,水朝辽海去逶迤。严城雨过催更鼓,小店云低扬酒旗。白草平沙芳景晚,今朝惟喜向南驰。"任相元《燕行诗》

任相元《十里堡》:"黄茅无际塞云愁,三月辽阳气似秋。村迥只分孤塔势,地平犹放大河流。日斜尘里催轻骑,风劲泥中戒众驺。顿觉碛寒春意少,桃花何处斗红稠。"任相元《燕行诗》

任相元《次辽东》:"日沈风定塞门寒,客睡频惊蜡烛残。辽郭南临孤表远,胡山北转四郊宽。愁看绝域碛沙起,坐想吾乡花事阑。路涉二千初试险,明朝又拟宿河干。""平地狂风力倒山,东辕今日滞河湾。经春聘觐情常阻,到处留题鬓易斑。太子避兵哀不免,高人逃世邈难攀。闲思七十年前事,尚怪遗民满市阛。史称太子丹匿衍水中,即此水也。万历己未,金陷辽城,杀戮无噍类。"任相元《燕行诗》

任相元《宿狼子山》:"辽阳东出渐崎岖,喜见青山似画图。水暖涧芹供采掇,风暄溪柳得昭苏。旧醅已向途中尽,芳景还从客里徂。路近凤城归意促,那堪关吏又揶揄。"任相元《燕行诗》

任相元《逾青石岭》:"初寻古涧入深松,畏道仍愁冻雪封。冷日乍看升绝壁,飞霞旋觉散高峰。峡盘荒徼犹通马,台耸危颠为举烽。辽左怪他春未到,此中林树尚寒容。"任相元《燕行诗》

任相元《发连山关》:"愁云湿雪锁嶙峋,壁削岩剜境转新。路曲更攀危栈滑,泥深时遇败轮频。山从迭处偏藏雾,草欲萌时已送春。拟渡鸭江边禁甚,出关犹愧弃繻人。"任相元《燕行诗》

任相元《次凤凰城》:"山舍鸣鸡唤客眠,轻轺徐转向川边。捎云老木萦成盖,戴雪奇岩喷作泉。已过清明愁冷峭,不逢桃李弄婵娟。关门未脱仍留滞,长望前峰凤翼骞。""穷边春尽不逢花,纵目东南迷岫遮。峡里居民稀种粟,城中戍主亦无家。云消杂树连冈秀,雪涨清流绕栅斜。今日欲归还且住,独凭虚牖待昏鸦。"任相元《燕行诗》

任相元《出栅门宿穴岩川边》:"久住荒城望翠微,今朝始得出关归。绿江渐近花应在,苍树相交尘亦稀。境尽山盘知去路,冬徂春往尚寒衣。眼中已觉红兜远,喜酌芳醪吟落晖。"任相元《燕行诗》【考证:下诗题曰"三月二十日还渡鸭江入义州",以上诸诗当作于三月初三日至二十日间。】

二十日(癸巳)。

任相元《三月二十日还渡鸭江入义州》:"马山遥望际云空,知是吾邦隔水东。去日荒茅曾带雪,来时嫩柳已摇风。家书喜见平安字,官酿先开潋滟筒。晓月欲倾仍命驾,星轺行色本匆匆。"任相元《燕行诗》

任相元《发义州》:"已别他方践我州,归禽顿失入笼愁。马寻熟路能忘远,城有名亭亦拟游。广泽尚看蒲进首,高峰犹怪雪蒙头。遥知浿上春光晚,更向花边进彩舟。"任相元《燕行诗》

任相元《次宣川》:"长途向午改骖频,丽日和风亦困人。久客遍尝关外酒,迟归恐负汉滨春。香烟勃勃青山远,陂水溶溶紫荇新。原隰载驱非老事,只堪投笏狎农民。"任相元《燕行诗》

任相元《安州始见杜鹃花》:"行尽辽阳雪峡中,官斋今喜见花丛。已知北陆寒难退,稍觉南天气不同。向客似矜娇艳色,对人能作浅深红。折来试侑芳樽醉,只恐明朝有妒风。"任相元《燕行诗》

任相元《次平壤》:"日傍华谯转,江环彩栋流。绮筵思醉倒,芳草欲淹留。历览亭犹昔,频过鬓已秋。王程早戒辖,回首羡轻鸥。"任相元《燕行诗》

任相元《发中和》:"雨霁前山晓露多,孤眠官舍记曾过。新蒲怒出摇青箑,秋杏娇开濯绛罗。昔苦揽裘冲栗烈,今惊回节及清和。乡园软脚应相待,且听流莺叶底歌。"任相元《燕行诗》

任相元《次平山》:"云山渐喜近京华,春尽游人欲返家。小馆梦阑怜落月,孤村望极认繁花。平田赤润新经雨,迷岫青浓晓作霞。拟访神岩看玉乳,东阳将见日西斜。"任相元《燕行诗》

任相元《过葱秀》:"龙泉改骑过云坳,每见葱山眼辄青。只爱赏游当驿道,亦知奇秀载图经。苍崖石净容孤坐,玉窦泉悬要静听。胜趣未央旋上马,回瞻春雾锁冥冥。"任相元《燕行诗》

任相元《入松京》："春尽西归日，斜晖半郭门。闾阎犹旧姓，宫阙只荒原。解鞍看红萼，开筵命绿尊。京城今五驿，却望白云尊。"任相元《燕行诗》【考证：《肃宗实录》卷一九言使团于四月初二日复命，故以上诸诗作于三月二十日至四月初二日间。】

四月

初二日（甲辰）。

冬至使东平君杭等回还【按：参见康熙二十六年十一月初二日条】。上引见问彼中事，副使任相元曰："太极鞑子叛逆，域中不安，故太后之死秘不发丧，而太极子虽叛不至于两军交锋，则似不必以此秘丧，而所闻则如是。"上曰："太极子兵力强盛，故胡皇于其入觐时，畏不能出见云。彼势如是，则天下终未定其安静矣。"杭曰："黄台吉兵力大盛，建国号之说，颇行于彼中矣。"相元曰："文治五年之说，稍稍传播云矣。"《朝鲜肃宗实录》卷一九

初七日（己酉）。

上躬送太皇太后梓宫奉安暂安奉殿。其后起陵，是曰昭西陵。回跸至蓟州除发。《清史稿卷七·本纪七·圣祖二》

十六日（戊午）。

朝鲜国王李焞遣陪臣洪万钟等进大行太皇太后香【按：参见是年二月十二日条】。《清圣祖实录》卷一三五

六月

十二日（癸丑）。

进香使洪万钟等还【按：参见是年二月十二日条】。上引见万钟等曰："彼中政令简便，公私无事，而西鞑中号台吉者，在北京三千余里，国号大兴，改元文治，为彼中所畏惮。且云南守将与吴三桂余党及回子国相连，有作梗之渐，故使人往探叛状，待还当出征云矣。"《朝鲜肃宗实录》卷一九

八月

二十六日（丙寅）。

卯时，大王大妃升遐于昌庆宫内班院。《朝鲜肃宗实录》卷一九

十一月

初二日（辛未）。

南龙翼《追寄伯涵赴燕之行》："残烛依依落月愁，故人今夜宿何州。应知

处处繁华地,断却杯筯独倚楼。"南龙翼《壶谷集》卷八【按:洪万容,字伯涵。】

金昌协《送洪尚书万容赴燕》:"闻道燕京使,冲寒度蓟州。龙头一代选,牛后百年羞。雪拥巫间壮,云横碣石愁。关河万余里,目断倚江楼。"金昌协《农岩集》卷三【考证:据《使行录》,冬至正使洪万容、副使朴泰逊、书状官李三硕于十一月初二日辞朝,以上诸诗当作于十一月初二日或其后。《纪年便考》卷二十八:金昌协(1651—1708),孝宗辛卯生,字仲和,号农岩,又三洲。孝宗已酉进士。肃宗壬戌,魁增广,历铨郎、副学、典文衡,官止礼判。己巳,以前内职至大司成,外任清风府使。己巳以后,升吏参,除松留,拜文衡,至正卿,并不就,其辞疏见者抆涕,肃宗必欲致之,不能得。少学于妻父,学业臻高明,文章甚端雅。天姿颖悟,进修不息。宋时烈注朱子书,未成,临终托昌协卒业,是为《朱子札疑问目》十二卷。李滉、李珥论四端七情不合,昌协折衷成一说,是为《四端七情说》一卷。戊子卒,年五十八,谥文简,哲宗庚申,命不祧。】

十二月

初十日(己酉)。
朝鲜国王李焞曾祖母赵氏故,遣官致祭。《清圣祖实录》卷一三八
二十二日(辛酉)。
胡使以其太后祔庙颁赦而来,上迎于西郊。《朝鲜肃宗实录》卷一九

康熙二十八年(1689年/己巳)

正月

初一日(己巳)。
朝鲜国王李焞遣陪臣洪万容等表贺冬至、元旦、万寿节,及进岁贡礼物。宴赉如例【按:参见康熙二十七年十一月初二日条】《清圣祖实录》卷一三九
二十八日(丙申)。
清使为吊祭将至,吏曹以礼曹判书金德远差远接使。上曰:"近者远接之任,非屏退之臣,即见忤之人也。况当国恤,亲祭频仍,礼曹掌赞导之仪,何必遣此人乎?其以吏判代之。"吏曹又拟沈季良、李济民于龙岗县令望。上曰:"曾为台侍者只有此二人耶?铨注极不公,其更拟之。"遂以梁圣揆除之。龙岗本用文臣,多自侍从出,而季良、济民是德远之党,将被向用,故上教如此。

《朝鲜肃宗实录》卷二〇

二十九日（丁酉）。

告讣使尹世纪、书状官金洪福复命，上赐对【按：据《使行录》告讣正使尹世纪、书状官金洪福于康熙二十七年十月初七日辞朝】。《朝鲜肃宗实录》卷二〇

闰三月

初一日（戊戌）。

贺至使洪万容、副使朴泰逊、书状官李三硕还自清国，命引见【按：参见康熙二十七年十一月初二日条】。《朝鲜肃宗实录》卷二〇

五月

初二日（丁酉）。

胡皇至凤城看龙山，仍由沈阳归燕都，以东原君溧为问安使。《朝鲜肃宗实录》卷二一

十五日（庚戌）。

礼曹判书闵宗道、参判柳命贤请对，请以东平君杭移充谢恩使，兼付奏与请，及七月遣之。上从之。《朝鲜肃宗实录》卷二一

八月

初八日（辛未）。

胡使为告其皇后丧来。上迎于西郊，还至仁政殿行举哀礼，仍接见其使。〇时清人退树凤凰城栅门于二十余里之外，盖为其地膏沃可耕也。远接使柳命天因通官闻之，驰状以闻。《朝鲜肃宗实录》卷二一

十一日（甲戌）。

谢恩兼陈奏奏请使东平君杭，副使申厚载，书状官权持将行，上引见。《朝鲜肃宗实录》卷二一

柳命天《奉贻谢恩副使申德夫令公厚载》："关河相遇此流萍，我返仙槎尔使星。汉峤西瞻犹万里，燕山北望几长亭。芳筵酒重添杯绿，古馆灯残照壁青。好护千金公事了，归期莫遣腊梅零。"柳命天《西槎录》【按：柳命天（1633—1705），字士元，号退堂，晋州人。仁祖癸酉生。显宗壬子，殿试文科。肃宗乙卯，为副修撰。丙辰，为大司谏。戊辰为江界副使。己巳历工曹判书、大司宪、吏曹判书。壬申为户曹判书。官止判中枢，著有《退堂集》。命天为人阴鸷凶险，城府深密，最为其党类所推。己巳后久掌铨衡，布置鹰犬，戕人病国之论，皆其指授。与弟命贤及睦来善、闵黯、宗道声势相倚，世号睦、闵、柳。更化之初，以特教远窜后放还，辛巳，紧出贼招，安置绝岛

后，又被赦放归，至是死。数月之内，凤征与命天，相继而毙，其党皆丧心。】

柳尚运《送权书状赴燕之行二首》："行经燕赵足悲歌，不遇知音可奈何。唯有清风吹万古，也应怊怅过滦河。""第一关前草木腥，胡儿猎罢狼烟青。东临大浸通齐鲁，此去休登望海亭。"柳尚运《广陵录》【考证：据《肃宗实录》卷二一可知申厚载等于八月十一日辞朝，以上诸诗当作于八月十一日或其后。】

申厚载《葱秀山》："祗役出西塞，政值秋光阑。驱驰苦无暇，即此怀暂宽。翠屏列周遭，间以枫树丹。有泉出石罅，状若珠泻盘。缅思朱太史，锡名留巀嶭。梯厓剔苔藓，字字翔凤鸾。斯人去已久，风流想汉官。泂彼起遐思，喟然伤心肝。"申厚载《葵亭集》卷三【按：申厚载（1636—1699），字德夫，号葵亭，平山人。仁祖丙子生，历持平、司书、工曹参判、都承旨。肃宗辛未，以罪削夺。肃宗己卯卒，年六十四。有《葵亭集》。】

申厚载《定州赠权书状》："上价佳公子，词人更辅行。分台霜满路，候馆月临城。靡盐从王事，怀归减客情。老夫才已退，犹自赋西征。"申厚载《葵亭集》卷五

申厚载《良策听流堂》："祗役出都门，行行鸭江湄。及余竣事归，月满始欲亏。客意苦思家，晨昏戴星驰。清晨憩古驿，东窗射朝曦。幽涧绕轩槛，嫩柳春如丝。岂谓大道旁，有此岩壑奇。悠然涤烦想，深杯聊复持。置此两京间，贵游日来思。惟其在荒裔，寂寞无人知。适见老夫赏，遭逢真有时。"申厚载《葵亭集》卷三【考证：以上诸诗当作于八月十一日至九月初九日间。】

九月

初九日（壬寅）。

申厚载《早发九连城》："野宿无更漏，呼僮候曙光。他乡饶远梦，今日是重阳。露浥厓枫净，风传涧菊香。壮游差可乐，况有酒盈觞。"申厚载《葵亭集》卷五【考证：诗云"他乡饶远梦，今日是重阳"，故此诗作于九月初九日。】

申厚载《过汤站古城》："不知何代人，筑城小溪隈。后岭前平野，形胜实雄哉。栋宇不复存，瓦砾空成堆。青葱与牛旁，昔人手所栽。苏文逆天常，倔强终见灾。朱蒙忽不祀，故国生草莱。全辽自此失，奚但兹城颓。抚迹起遐思，驻马重徘徊。"申厚载《葵亭集》卷三

申厚载《通远堡》："河流既八渡，晚投荒城宿。茅舍结构精，庭有鸡与雉髻小儿女。拜客礼容肃。童男年十二，颇解鲁论读。今岁苦蝗旱，田畴秋未熟。夕炊煮蜀黍，蔬有盐萝卜。嗟哉此地人，卒岁将枵腹。"申厚载《葵亭集》卷三

申厚载《草河口》："孝庙昔龙潜，此路赴沈阳。风雨叹行役，歌曲令人伤。

继体见雄图，秉志明秋霜。悲哉弓剑遗，谁复念苍稂。微臣愧无似，执玉今出疆。俯仰已陈迹，流泪何滂滂。"申厚载《葵亭集》卷三【考证：以上诸诗当作于九月初九日至十五日间。】

十五日（戊申）。

申厚载《辽阳志感》："羸骖行七日，辽塞始经过。树老令威郭，波寒太子河。文皇曾驻跸，世绩亦横戈。豪杰俱陈迹，临风一浩歌。"申厚载《葵亭集》卷五【考证：诗云"羸骖行七日，辽塞始经过"，使团渡江入辽东自九连城始，据《早发九连城》诗可知使团于九月初九日过九连城，故此诗约作于九月十五日前后。】

申厚载《太子河》："养士非真士，荆卿剑术疎。河流千古在，燕社已成墟。"申厚载《葵亭集》卷一

申厚载《华表柱》："庄梦齐蝴蝶，玄言着谷神。早知仙可学，不独姓丁人。"申厚载《葵亭集》卷一【考证：《辽阳志感》诗云"树老令威郭，波寒太子河"，故以上二诗亦作于十五日前后。】

申厚载《十里堡早发》："远客难为梦，贪程趁晓光。柴门鸡唱月，芦渚雁啼霜。野旷沙河小，云开沈路长。行行到白塔，红日上扶桑。"申厚载《葵亭集》卷五

申厚载《十里堡》："辽俗曾闻薄，今来尤可异。嗟哉十里堡，锥刀惟射利。见客索房钱，都忘廉与义。有泉不许汲，纸刀多赂遗。乘暗攫行李，征人不得睡。叫呼入厨房，马头苍黄避。嗟吾弱国臣，愤懑心如醉。"申厚载《葵亭集》卷三

申厚载《沈京》："盛京真壮观，列戟见雄威。粉堞连云起，朱甍辉日飞。殊方难久客，废馆岂如归。转忆神皇末，枢臣误事机。"申厚载《葵亭集》卷五

申厚载《夜雨》："燕路余千里，沈京滞二宵。秋阴初漠漠，寒雨转萧萧。梦度辽河懒，心悬魏阙遥。明朝清镜里，白发定应饶。"申厚载《葵亭集》卷五

申厚载《羊肠河》："阅尽羊肠险，辽河此又过。急流须勇退，浮世足风波。"申厚载《葵亭集》卷一

申厚载《十三山》："野边森画戟，天外削芙蓉。试数峰多少，巫山剩一峰。"申厚载《葵亭集》卷一

申厚载《高桥店》："蛮家刺刺索房钱，客枕终宵不得眠。随处人情如许薄，悲歌今日浪称燕。"申厚载《葵亭集》卷二

申厚载《望夫石》："别后天涯隔望君，几回花月泣罗裙。贞心自化山头石，不作阳台入梦云。"申厚载《葵亭集》卷三

申厚载《望夫石》："关河一望路绵绵，风雨山头眼欲穿。那得化为华表鹤，随君东去伴孤眠。"申厚载《葵亭集》卷二

申厚载《万里城》:"兵刃已销六籍灰,更教方士觅蓬莱。长城北筑将安用,刘项皆从楚地来。"申厚载《葵亭集》卷二

申厚载《玉田县》:"种玉何年事,居人问不知。市中南北货,街上冶游儿。鬓雪愁添白,衣尘恐染缁。何当了征役,归及腊梅时。"申厚载《葵亭集》卷五

申厚载《渔阳路》:"迢递渔阳路,山河举目新。风沙飞拥马,烟树远疑人。战伐城空在,英雄迹已陈。相逢燕赵客,感慨酌无巡。""我怀谢迭山,百六值时艰。辟谷腥膻里,垂名宇宙间。孤忠齐宋瑞,大节亦燕关。却顾留丞相,凭生实汗颜。"申厚载《葵亭集》卷五

申厚载《蓟城是戚少保所筑,途中怀古》:"清晨发古寺,驱马蓟门东。远树浮天际,孤烟生野中。衣冠今日异,障塞旧时同。不尽沧桑感,仍思少保功。"申厚载《葵亭集》卷五

申厚载《蓟门怀古》:"白水重恢汉业新,持危赖有二三臣。蓟门今日经行处,想象燎衣进饭人。""霓裳一曲万机轻,锦褓中藏四海兵。堪笑羯胡遗臭地,古桥犹记禄山名。"申厚载《葵亭集》卷二

申厚载《通州》:"直隶诸城郭,无如此地雄。风烟辽塞接,舟楫帝京通。倦客三韩外,高楼万井中。乾坤二已已,能不忆孙公。"申厚载《葵亭集》卷五

申厚载《燕京怀古》:"千古荒王宅,幽燕号最雄。分茅周锡邵,弃地石和戎。永乐称行在,金元有故宫。台隍连漠北,舟楫控山东。漕粟来伊洛,运材自华嵩。崤函途不阻,吴越水相通。三晋微茫外,两河指顾中。建都元赫赫,佳气复匆匆。城郭形皆壮,楼台势并崇。考钟闻甲第,鸣佩会群公。祥瑞四方至,车书万国同。盈筐珠错落,执贽玉玲珑。岂意刑余祸,能教宝历终。沧桑浮世变,文物一朝空。盘拆仙人露,波寒太液风。旅游增感慨,至化忆昭融。琼岛晴云白,金台返照红。新词追庾信,萧瑟愧难工。"申厚载《葵亭集》卷三【考证:申厚载下诗题曰"南至",即是年冬至十一月初十日,故以上诸诗作于九月初九日至十一月初十日间。】

十月

十一日（甲戌）。

拜表,慕华馆查对,到弘济院,圻伯李文若沃、户判吴仲初始复、兵判闵长孺黯、礼判闵汝曾点、工判俞士谦夏益、平安监司闵正叔就道、都承旨睦际世昌明、刑曹参议权子馨、吏曹正郎睦林一、水原府使李德休、南司成载元、金掌令至和、权结城世卿、权副正士重、蔡佐郎文孪、李佐郎晋伯、李佐郎伯春皆来待饯席。辞别伯氏,乘暮发行。初更到高阳,主倅李元龄延曙、察访韩后望来见。

是日行四十里。金海一《燕行日记续》

金海一《西郊饯席》："万里星槎十载前，西郊重设北行筵。大夫随处皆王事，原隰宁论我独贤。"金海一《燕行续录》【考证：据《使行录》，陈奏兼进香正使朴泰尚、副使金海一、书状官成瓘于十月十一日辞朝。诗题曰"西郊饯席"，诗云"西郊重设北行筵"，当为使团辞朝当日作。日记云"到弘济院，……李佐郎伯春皆来待饯席"，故此诗作于十月十一日。】

柳命天《别书状成瓘玉汝之行》："统军曾选最高亭，今古浮云感慨情。江势昔传三大水，山尖遥辨九连城。奇游叹我归楼疾，壮瞩输君杖节行。试访中州多少胜，兹楼雄伟较谁评。"柳命天《退堂集》卷三

李沃《别成书状瓘》："少日心期四国游，暮年踪迹限培丘。君将两脚华夷踏，万里题诗望海楼。""燕南蓟北会通都，二百年来玉帛途。紫塞金城依旧地，空传汉武伏匈奴。"李沃《城西录》【考证：以上二诗当作于十月十一日或其后。】

十五日（戊寅）。

到平山，留，见家书得平安报，仍修答付拨便。是日行三十里。金海一《燕行日记续》

金海一《到平山送儿亨万还京》："平山朝日拂征衫，送尔先归思不堪。为报龙儿须莫忆，明年春色早回骖。鹤皋公小字龙岩。"金海一《燕行续录》

十六日（己卯）。

送亨儿还归，中火于葱秀，宿瑞兴。是日行八十里。金海一《燕行日记续》

金海一《瑞兴马上》："西塞云山望转迷，北风吹面雪飞初。东城此夕聊床处，应待归鸿寄远书。"金海一《燕行续录》

十九日（壬午）。

到中和，府使李昌肇来见。是日行五十里。金海一《燕行日记续》

金海一《发黄州》："黄冈驿路向中和，客思悠悠强抑郁。关树犹然前度色，我生赢得鬓毛皤。"金海一《燕行续录》【考证：《燕行日记续》言"十八日（辛巳），到黄州"，可知使团于十八日宿黄州。诗题曰"发黄州"，有"黄冈驿路向中和"语，故当作于十月十九日晓自黄州发往中和时。】

二十五日（戊子）。

仍留。牧使柳之发来见，勅使牌文过去十六日起马云。夜大雪。金海一《燕行日记续》

金海一《安州夜思》："铜壶传箭夜如年，客枕无眠烛影偏。唤起小童供纸笔，新词题罢意茫然。"金海一《燕行续录》【考证：《燕行日记续》言"二十四日，到安州"，"二十五日，仍留。……勅使牌文过去十六日起马云。"此诗题曰"安州夜思"，有"铜壶传箭夜如年"语，故当作于十月二十五日夜宿安州时。】

二十六日（己丑）。

冒雨到清川江，以泮冰迟留，艰以利涉。渡大静江，抵嘉山，主倅来见。是日行五十里。金海一《燕行日记续》

金海一《清川江值雨雪》："清川津上路，雨雪打篷窗。男儿四方志，长啸俯长江。"金海一《燕行续录》

金海一《闻伯氏南归吟呈》："北辕行未息，南驾又何催。西郊别时恨，寄与燕书回。"金海一《燕行续录》

金海一《次书状赠侄秀万韵》："西行羁抱付深杯，御史风流笑靥开。长江一渡殊方隔，锦帐谁知肠九回。"金海一《燕行续录》

金海一《次正使绝句》："翩翩征盖出西关，辽塞侬尝涉险艰。原隰驱驰何日了，春风又负碧溪湾。"金海一《燕行续录》【考证：以上诸诗当作于十月二十六日至十一月初四日间。】

十一月

初四日（丁酉）。

送玉男还归，到鸭江，依幕府尹洪忠之来别，越江，付家书于状启，陪持到九连城下野处。日气稍和，不至甚寒。自义州传廿六、廿九出家书。义州中军赵亨进馈雉一首，讷鱼一尾。是日行二十里。金海一《燕行日记续》

金海一《又次正使二首》："渡尽三江去，胡山日已西。自怜行役役，非为故栖栖。匣里青萍吼，簪边白发低。长惭无庙略，皮币接穹庐。荒郊多白草，露宿火为城。破帐风沙入，空山虎豹鸣。惊心关月毂，回首塞云横。通夜伴残烛，惟诗酒与并。"金海一《燕行续录》【考证：《燕行日记续》言十一月初四日"到鸭江，……越江，付家书于状启，陪持到九连城下野处"，诗云"渡尽三江去，胡山日已西""荒郊多白草，露宿火为城"，故此诗作于十一月初四日渡鸭绿江，露宿九连城后。】

初六日（己亥）。

过小龙山，朝饭新设栅门外。城将以下博氏、麻贝、衙译、必帖式等十三人出来。城将留坐门内，其余十人出来相与接见。酒果二巡后照人马入栅，三使入门下马，城将使衙译致问。过安市城，入凤凰城察院。郑忠源馈龙眼肉、闽姜、橘饼，送军官金挺夏致问于城将，仍以礼单赠给事往复于城将。城将出示传令一度，盖为禁止护行甲军等侵索使行事也。城将以下二十一人及甫十古甲军等以壮纸、白纸、封草烟、竹妆刀、笔墨等物，两千粮分给有差章京一人，伏兵将一人，甫十古二人，甲军二十人，护行使臣伏兵将一人，甫十古二人，甲军二十人护行方物云。是日行四十里。金海一《燕行日记续》

金海一《经安市城二绝》:"一岸孤城竖将旗,大唐皇帝昔旋师。终古东南控制地,今将天险付胡儿。""落日荒山过废城,客来千载挹英名。山河战伐痕犹在,壮魄无由问九原。"金海一《燕行续录》

金海一《次正使韵》:"自从清野罢连营,不见人烟见故城。皮币频年同渡漆,山河此日异分荆。谁将白羽腰间插,漫有龙泉匣里鸣。怅望燕云歌出塞,如何能复见尘清。"金海一《燕行续录》【考证:此诗约作于初六日至初八日间。】

初八日(辛丑)。

逾<u>松站</u>后岭,朝饭八渡河边野处。终日风寒,到通远堡察院。是日行六十里。金海一《燕行日记续》

金海一《到松站始闻鸡声》:"作客殊方后,无由听晓鸡。一声今入耳,羁枕梦还迷。"金海一《燕行续录》【考证:《燕行日记续》言十一月初七日"朝饭干者浦,夕到松站察院",初八日"逾松站后岭,朝饭八渡河边野处",诗题曰"到松站始闻鸡声",诗云"作客殊方后,无由听晓鸡",当作于初八日晓。】

初十日(癸卯)。

逾会宁岭,到<u>甜水站</u>宿私家。是日行四十里。金海一《燕行日记续》

金海一《甜水站冬至夜》:"昔年于此饱辛艰,前后行装共一寒。天涯又值阳生夜,百感交中寝不安。"金海一《燕行续录》【按:是年冬至日即十一月初十日。】

金海一《次书状韵二首》:"燕城远客不胜寒,何处登楼望故山。绝峡涨冰迷渡岸,枯楂卧堑碍征鞍。十年已惯吾行苦,万里宁辞此日艰。迹阻贺班阳复节,紫宸无路问平安。""四牡骈骈赋出疆,强扶羸病向殊方。不堪客路连三月,已见天时动一阳。老去渐消心里火,愁来倍觉鬓边霜。无端羌笛来何处,一曲伊州思激扬。"金海一《燕行续录》

申厚载《南至》:"公事真难了,三旬滞会同。玉河冬少雪,燕市昼多风。家在千山外,阳生一气中。鬓边添几缕,不待看青铜。"申厚载《葵亭集》卷五【按:考证:诗题曰"南至",亦作于冬至日即初十日前后。】

申厚载《为客》:"为客何多日,流光已仲冬。晴悬燕市月,寒动午门钟。礼士先从隗,知音亦有佣。贤豪俱此地,感慨访遗踪。"申厚载《葵亭集》卷五【考证:诗云"流光已仲冬",当作于十一月间。】

十二日(乙巳)。

五渡冰川,俗传三流河云。逾黄土岭、望城岭,朝饭冷井野处。过阿弥庄至辽东,望见白塔犹存,城郭非故,盖自设新城于太子河边,旧城有同敝屦。戊午以后使行皆由沈阳,不得行牛庄。渡太子河桥,以察院颓破宿私家。主人刘姓,即戊午燕行往来相见者也,馈生雉、龙眼、荔枝。译官金扬立以勒使礼

单传给事方在察院，来见告归，付家书于其行。是日行六十里。金海一《燕行日记续》

金海一《次正使韵》："穿山渡水渺人烟，默念吾行只自怜。怅望辽阳城郭异，鹤归华表几千年。"金海一《燕行续录》

金海一《又次正使韵二首》："北风霾寒日，惊沙满客衣。荒村犬羊杂，颓院客人稀。檐短蟾光近，更长烛影微。阳生偏有感，来复问天机。我行殊未已，犹复算归程。昼恸胡沙扑，宵怜汉月明。使事兼陈慰，官衔假列卿。沉吟还自笑，谁与话深情。"金海一《燕行续录》

金海一《过迎春寺次戊午书状诗韵》："经过旧游地，隔水暂停车。尚记诗中语，今渡几春花。"金海一《燕行续录》

金海一《辽东书怀》："沙塞茫茫树接天，辽阳白塔尚依然。山河偏惹骚人感，书信难凭雁使传。半壁残灯诗有债，重裘寒透酒无权。羌儿不识征夫苦，晓起排门强索钱。"金海一《燕行续录》

金海一《次书状韵》："夕阳驱马古城东，烟霭苍苍望似浓。汉士几时来避地，唐皇昔日远亲戎。行人惟见江流逝，往事长随鹤影空。白塔岿然无语立，当年能记尉迟翁。"金海一《燕行续录》【考证：以上诸诗云"怅望辽阳城郭异，鹤归华表几千年""辽阳白塔尚依然""白塔岿然无语立"，可知皆述辽东景致。《燕行日记续》言十一月十二日"过阿弥庄至辽东，望见白塔犹存，城郭非故"，故以上诸诗作于十二日。】

十四日（丁未）。

递马沙河铺，朝饭白塔铺，行十余里，渡邪里江，至沈阳外土城底，三使骑马入城宿察院。沈阳人物之盛，城池之固与北京无异焉。是日行六十里。金海一《燕行日记续》

金海一《沈阳次书状韵》："酒债吾差少，诗囊子较多。风檐同寝帐，雪岭并行车。试睹重城险，休论甲第奢。中宵闻击柝，抚剑独吁嗟。"金海一《燕行续录》

金海一《宿沈阳次正使韵》："征车并辙不相离，燕塞愁情说共知。漠漠黄埃原上没，萧萧白发鬓边垂。追惟五十年前事，郁禁三千里外悲。征客不堪经此地，数声羌管为谁吹。""土床低且短，房帐窄难排。风透衾如铁，烟昏屋似蜗。观君中夜咏，知我一般怀。欲和阳春曲，愁多韵未谐。"金海一《燕行续录》

十六日（己酉）。

付家书，歇马城西门外，以驾轿作行。朝饭永安桥，抵边城宿私家。是日行六十里。金海一《燕行日记续》

金海一《边城雪夜次正使百祥楼韵二绝》："白雪关山远客愁，故园梅信闻何由。分明昨夜蘧蘧蝶，春早城东月满楼。""寒更残烛奈愁何，雪月偏从客夜多。孤梦不知身万里,碧潭疏雨和渔歌。"金海一《燕行续录》【考证:据《燕行日记续》可知使团于十二月十六日抵达边城。诗题曰"边城雪夜次正使百祥楼韵二绝",故当作于十六日。】

金海一《次正使韵》:"塞路漫漫未有涯,北风飞雪马行迟。不知今夕投何处,只恐胡笳月里吹。"金海一《燕行续录》

金海一《雪中早发》:"处处琼田树树花,天涯此路亦堪夸。灞桥清景归吾辈,驴背诗情较孰加。"金海一《燕行续录》

金海一《次书状韵二首》:"燕山万里备酸辛,日日行装及早晨。沙塞风威遥掣雨,纸窗寒气暗侵人。时呵冻笔挑灯火,更酌深杯对桂轮。异舍难谋今夜话,诗筒何惜往来频。""关河冰雪驿程修,远客空惊岁月流。店主索钱何日已,军牢吹角几时休。买书只欲留丰闻,沽酒惟应到蓟州。薄暮厨烟昏似漆,独垂房帐倍添愁。"金海一《燕行续录》【考证:以上诸诗当作于十一月十六日至十九日间。】

十九日(壬子)。

递马一板门,朝饭二道井,抵小黑山察院,与书状同炕。是日行百里。金海一《燕行日记续》

金海一《经小黑山》:"败壁崩城古战场,烟台无主有谁防。天寒白骨填沙碛,衰草萧萧带夕阳。"金海一《燕行续录》

二十一日(甲寅)。

迟马壮镇堡,朝饭闾阳,宿十三山私家。闻进贡生虎十头,自沈阳锁以槛车来在钱房,与上使、书状同往观之。其中二者稍大如小犊,余似大犬,形与声极其凶狞。锦州卫甫十古甲军等各给礼单。是日行八十里。金海一《燕行日记续》

金海一《经医巫闾山》:"灵岳曾经舜帝封,人传圣水有仙踪。也应不受腥尘染,千载长留太古容。"金海一《燕行续录》

金海一《次正使韵》:"雪满边城岁欲终,天涯客恨转无穷。归心厌见关山月,征旆愁逢大漠风。荒碛乱鸦残照外,毁城衰草暮烟中。何当扫荡神州秽,重使周邦道路通。"金海一《燕行续录》

金海一《次书状韵》:"辛酸万里已曾尝,未到吾能说此乡。塞上长留秦地月,曲中犹恨汉宫妆。唐朝文物归骚羯,晋代山河数犬羊。尽日驱车尘满袖,古城残照使人伤。"金海一《燕行续录》

金海一《次正使韵》:"敝裘犹带昔年寒,客味难堪此日酸。晓月朦胧征路远,望中何处十三山。"金海一《燕行续录》

金海一《书怀次寝屏十二迭韵》:"昔作燕山客,今来度几秋。只应天上月,留照远人愁。""远役虽云苦,奚囊不是贫。谁知半夜笛,恼杀望乡人。""羸马饥仍卧，驱人冻欲啼。方将忧燎火，又报涸前溪。""夜投虚院宿，雪月满庭明。坐到三更尽，悠悠百感生。""寒多催暖酒，愁极懒题诗。欹枕梦初罢，重城漏正迟。""不恨客千里，只愁逢百罹。沉吟徒转辗，斜月半窗时。""举目山河异，惊心犬豕群。鲁达今不在，蹈海竟无闻。""月上人初定，床寒烛自燃。谁怜孤店夜，独坐度如年。""十三山前路，何事又揭来。愁对浮天黛，山云亦不开。""去国三千里，客愁谁得知。水河日将夕，风急马行迟。""暮抵小陵堡，主人屋数间。解衣睡正稳，犹得一宵闲。""客枕愁更永，虚窗伴烛斜。关山何处曲，肠断落梅花。"金海一《燕行续录》

金海一《到十三山观槛中生虎十头》："眈眈犹怒视，宜尔号山君。郇将千万队，扫尽犬羊群。"金海一《燕行续录》

二十二日（乙卯）。

朝饭大凌河，宿小凌河私家。是日行六十里。金海一《燕行日记续》

金海一《晓发十三山》："鸡鸣发向大凌河，客里愁怀问若何。暗雾笼山迷去路，飞霜如雪满征车。地连青海人烟少，草没黄沙马栅多。记取昔年经过处，依然残月半天斜。"金海一《燕行续录》

金海一《梦游卧龙岩》："卧龙岩在碧山阿，岩下澄波映白沙。半夜忽然来入梦，却忘身滞小凌河。"金海一《燕行续录》【考证：《燕行日记续》言十一月二十二日"宿小凌河私家"，诗云"半夜忽然来入梦，却忘身滞小凌河"，亦作于二十二日。】

二十三日（丙辰）。

递马松山堡，朝饭杏山堡，夕宿高桥堡私家。是日行五十八里。金海一《燕行日记续》

金海一《和正使行路难歌》："行路难，行路难，我有长铗为君弹。大凌河，小凌河，风尘满目愁如何。松山堡，杏山堡，昔日烟台今莫保。行路难，行路难，白发堪悲镜里看。"金海一《燕行续录》【考证：《燕行日记续》言十一月二十三日"递马松山堡，朝饭杏山堡"，诗云"松山堡，杏山堡，昔日烟台今莫保"，故当作于二十三日。】

金海一《早发高桥堡》："此行无日不晨兴，客路光阴月几恒。大野微茫风拂面，满天霜露晓光凝。"金海一《燕行续录》【考证：《燕行日记续》言十一月二十三日"夕宿高桥堡私家"，诗题曰"早发高桥堡"，亦作于二十三日。】

金海一《梦入侍熙政堂》："梦里分明尺五天，征衫犹袭玉炉烟。天涯杳杳音尘隔，白首孤臣涕自怜。"金海一《燕行续录》

金海一《次正使韵》："山河万里壮封疆，诗债还从此日偿。北望阴山寒雪涨，东临沧海暮天长。烟台到处心凄怆，铁笛闻来思激扬。最是玉楼消息远，

孤臣涕泪在衣裳。"金海一《燕行续录》【考证：以上二诗无具体时地线索，约作于十一月二十三日至二十六日间。】

二十六日（己未）。

递马中后所，朝饭沙河站，历沟儿河，宿两水河察院。红螺山在东关北三十里许，青螺山在两水河西北，遥望三峰屹然。是日行六十里。金海一《燕行日记续》

金海一《晓渡两水河二首》："两水河边路，晓行霜露多。独怜天上月，来照远人车。""孤店鸡三唱，天边曙色多。殊方无旧馆，何处驻征车。"金海一《燕行续录》

金海一《次正使韵》："前朝遗迹只荒城，想得当年不解兵。天地而今皆铁木，燕然谁复勒功名。"金海一《燕行续录》【考证：此诗约作于十一月二十六日至二十七日间。】

二十七日（庚申）。

历前屯卫、高岭驿，朝饭中前所，历八里堡，抵山海关门外，待人马齐到，照数入城宿察院，破窗颓炕，殆难度夜。山海关城池门楼十年以内尤为颓毁，无复当日壮观也。城将四人，门将一人，麻贝、博氏、甫十古甲军等各给礼单有差。上使所骑鱼川驿马致毙。是日行七十里。金海一《燕行日记续》

金海一《宿山海关》："破窗颓炕夜漫漫，冰满髭须睡正难。犹是征夫念麈及，羸骖催发五更寒。"金海一《燕行续录》

二十九日（壬戌）。

历白石铺，到抚宁县，渡洋河，过兔耳峰。诸山环拥，长河襟带，大野中辟，秀气钟精。人传韩文公生于此地，而不得寻其遗迹，可叹。历芦峰口，朝饭背阴铺，宿永平府察院。栋宇鲜新，户庭重复，非如他院之比，闻是都会官试士之院云。是日行九十里。金海一《燕行日记续》

金海一《经抚宁县》："奇峰郁峥拥关防，县是昌黎旧毓祥。山斗文章何处问，古城烟树自苍苍。县南有昌黎县云。"金海一《燕行续录》

十二月

初二日（甲子）。

历七家岭、新店铺、王家店、范家屯，朝饭榛子店，历铁城坎。路逢十二岁女儿能为马上才者，停车路左使之试才，则年幼弱质，飞上铁骢，抛鞚顾眄，技艺炼习，古诗所谓"十岁能骑马"者似为男子而言，不图女儿长技之至此也。罢后给纸束扇子等物。抵丰闰县，察院冷落，宿私家主人姓王者，馈果品九器，

茶二钟。是日行百里。金海一《燕行日记续》

金海一《晓发丰闰县》："荒原冰雪事晨征，远树依依辨故城。青海接天迷野色，黄埃匝地认车声。羌胡蚁聚难通语，铺店星罗不记名。会待明年归去路，为倾春酒话今行。"金海一《燕行续录》

初三日（乙丑）。

历高丽堡，朝饭沙流河，历两水桥、两家店，宿玉田察院。山海关章京来请大匣，一紫金丁，三真墨，一自干粮给送。是日行八十里。金海一《燕行日记续》

金海一《玉田县》："种玉当年事，千秋不可征。客来经古县，惟见暮云兴。"金海一《燕行续录》

初四日（丙寅）。

历八里堡、彩亭桥、枯树店，朝饭螺山店。历鳖山店，渡渔阳桥，宿蓟州私家。上使、书状入卧佛寺，闻勅使牌文出去。是日行八十里。自山海关以后，城池虽已破坏，雉堞基址犹存，可想当日防胡远虑。而由今观之，真所谓地利不如人和者也。丰闰、玉田皆是大县，市肆之盛，人物之繁无加焉。蓟州自是雄府，破城残堞经今古战场，只教行客兴嗟耳。金海一《燕行日记续》

金海一《蓟州》："斜阳蓟门涂，十载重来客。遥瞻卧佛寺，烟树依依色。"金海一《燕行续录》

金海一《蓟州沽酒》："梦想云安曲米春，天涯一醉恨无因。蓟城今夜湖山绿，病口尝来味转新。"金海一《燕行续录》

金海一《宿卧佛寺》："曾闻释氏跏趺坐，今见金身卧不醒。一枕诸天花雨界，也应无死又无生。"金海一《燕行续录》【考证：以上皆述蓟州事，当作于十二月初四日。】

金海一《梦钓花溪》："槎皋亭畔碧溪湄，曾伴渔翁弄钓丝。连夜重寻旧游处，羁魂亦解故乡思。"金海一《燕行续录》【考证：此诗无详细时地线索，据诗集中位置，当作于十二月初四日或初五日。】

初五日（丁卯）。

朝饭邦均店，历白涧店、段家岭，夕渡滹沱河，抵三河县。城堞颓毁，邑里破落，壬戌年地震后不为修治云。宿私家。是日行七十里。金海一《燕行日记续》

金海一《早发三河县》："早发三河曙色呈，海天空阔落疏星。非关病客吟诗兴，不耐孤臣恋阙情。寒腊已从燕塞近，春波会见鸭江生。尘沙满路和烟雾，强拂征衫闭眼行。"金海一《燕行续录》

初七日（己巳）。

历八里桥、杨家闸、管家庄到东岳庙，北京通官辈先已来待矣，具黑冠带

作行，申时到玉河关。金海一《燕行日记续》

金海一《玉河馆寒夜》："寒宵耿耿不成眠，钟漏声传客枕边。屈指归期何日是，羞将霜髪见新年。"金海一《燕行续录》

金海一《晓起》："晓起呼灯天未明，纸窗寒透砚冰生。依俙记得中宵梦，棠棣春风乐弟兄。是夜梦与伯氏同游。"金海一《燕行续录》

金海一《中夜睡觉，转辗不复交睫，仍成一绝》："客梦初惊午夜钟，故山遥忆路千重。满庭霜月人声寂，忍冻孤吟拈笔慵。"金海一《燕行续录》

金海一《鸡鸣》："鸡一鸣远寺，时传钟磬声。鸡二鸣缺月，多情近人明。鸡三鸣起看，天河已西倾。鸡四鸣门外，纷纷车马行。鸡五鸣残烛，孤吟意未平。呜乎！意未平兮歌五成，匣里惟看紫气横。金海一《燕行续录》【考证：据《燕行日记续》可知使团于十二月初七日抵达北京，以上诸诗当作于十二月初七日至三十日间。】

十六日（戊寅）。

朝鲜国王李焞遣陪臣朴泰尚等进孝懿皇后香。宴赉如例。《清圣祖实录》卷一四三

十九日（辛巳）。

命招诸大臣入对。时奏请使杭等驰状言其竣事，且曰："清人以奏文中'后宫'二字谓诸侯不当用，且有'玄'字，犯其所讳，颇责之，至有赎金之罚。"上问大运等曰："将何以答之？"大运曰："天子诸侯之嫔御皆称后宫，不知其为违礼。犯讳固有失，可以此为答，附奏于谢恩之行。"上从之。上曰："清人索废妃诰命，则亦何以答之？"德远、大运等请以已火为对。大运曰："姜嫔之废，诰命已火，清人无所问矣。"上曰："苟有问也，当对以已火。"清使竟亦不问。《朝鲜肃宗实录》卷二一

三十日（壬辰）。

朝饭榛子店，宿沙河驿察院。夜雨雪。金海一《燕行日记续》

金海一《还到丰闰早发》："千里东归客，孤城岁暮天。云阴连海岱，树色隐村烟。病恸寒侵骨，愁怜雪满颠。故山何处是，明日又新年。"金海一《燕行续录》【考证：《燕行日记续》言"二十九日（辛卯），朝饭沙流河，宿丰闰县王姓人家"，且诗有"还到丰润早发""明日又新年"语，故当作于十二月三十日。】

康熙二十九年（1690年/庚午）

正月

初一日（癸巳）。

朝鲜国王李焞遣陪臣俞夏益等表贺冬至、元旦、万寿节及进岁贡礼物。宴赉如例。《清圣祖实录》卷一四四【按：据《使行录》，三节年贡正使俞夏益、副使姜世龟、书状官赵湜于十一月初四日辞朝。】

上使、书状往夷齐庙，独与员译作行。朝饭野鸡坨，宿永平府察院。护行章京来见，馈酒三杯。金海一《燕行日记续》

金海一《渡滦河望夷齐庙》："孤竹遗墟古北平，滦河一带照心清。清风阁上千年月，长与西山大义明。"金海一《燕行续录》

金海一《野鸡坨有感》："可怜今日是元朝，雪满关山故国遥。栢叶椒花何处问，为沽村酒赏无聊。"金海一《燕行续录》【考证：《燕行日记续》言正月初一日诗云"朝饭野鸡坨"，又诗云"可怜今日是元朝"，当作于正月初一日。】

金海一《朝度榆关店》："远天寥廓日初升，烟雾苍苍海气腾。倦客沉吟和睡去，不知霜露满须凝。"金海一《燕行续录》

金海一《次正使韵》："星轺万里滞燕关，十月辞家正月还。马上几愁添白发，镜中偏觉换朱颜。归鞭才渡长城窟，羁梦初惊小黑山。遥想故国春已到，平波绿涨浣纱湾。"金海一《燕行续录》【考证：下诗题曰"塔山所人日"，以上诸诗当作于正月初一日至初七日间。】

初七日（己亥）。

朝饭连山驿，回来勑行相值，得两儿书，知合家安稳，喜极。到高桥堡宿私家。金海一《燕行日记续》

金海一《塔山所人日》："去年人日鹭峰前，人日今年辽海隈。暮角寒声催客路，古城愁色杳人烟。雪消关塞风光澹，春入乾坤景物鲜。遥想玉楼颁彩胜，孤臣不觉感怀偏。"金海一《燕行续录》【考证：诗题曰"塔山所人日"，诗云"去年人日鹭峰前，人日今年辽海隈"，当作于正月初七日。】

初九日（辛丑）。

上使以病仍朝饭，日出与书状发行，朝饭大凌河。上使追到，宿十三山私家。金海一《燕行日记续》

金海一《次正使韵》："万里燕山客，宁辞归日迟。雪寒关塞路，将理恐乖宜。书状每言兼程，而正使每以病落后，故云。"金海一《燕行续录》【考证：《燕行日记续》言正月初九日"上使以病仍朝饭，日出与书状发行"，此诗题注曰"书状每言兼程，而正使每以病落后"，故当作于初九日。】

金海一《次正使十三山韵》："削立群峰草树稀，天边却讶彩云飞。气腾沧海层层现，势挹长河面面围。晴岚绕碧看犹近，翠黛浮空望渐微。十载重经山下路，故停行盖对斜晖。"金海一《燕行续录》

金海一《次书状韵》："客程愁万里，时序属三阳。白发空垂鬓，青钱已罄囊。宽心近鸭绿，消恨赖鹅黄。窗外娟娟月，分明照故乡。"金海一《燕行续录》【考证：此诗约作于正月初九日至初十日间。】

初十日（壬寅）。

朝饭间阳，宿广宁察院。金海一《燕行日记续》

金海一《广宁夜大风二绝》："客行愁雪又愁风，长路间关几日穷。已识邮籤强过半，梦中身在鸭江东。""窗外喧呼一夜风，羁愁此日信难穷。征车催发巫间下，小黑山孤马首东。"金海一《燕行续录》

十四日（丙午）。

鸡初鸣发行，未明到边城，仍朝饭，秣马永安桥，宿沈阳察院。夜书状坐车马见失。金海一《燕行日记续》

金海一《边城晓行》："侵霜带月渡水川，晓色苍茫北斗旋。借问边城今远近，不知身已到城边。书状晓到边城，犹问边城远近，故云。"金海一《燕行续录》

十九日（辛亥）。

逾会岭，冰雪载路，仅免颠仆。宿连山关察院。金海一《燕行日记续》

金海一《逾会宁岭》："关山冰雪路难行，青石才逾又会宁。远客自然怊怅易，况逢杨柳搅春情。"金海一《燕行续录》【按：会岭即会宁岭。】

金海一《连山驿见七岁龙儿书兼五言一绝喜赋》："别来头角眼中森，千里音书抵万金。廿字诗章尤起我，恋情欢意两难任。"金海一《燕行续录》

二十日（壬子）。

朝饭沓洞野处，宿通远堡察院。金海一《燕行日记续》

金海一《晓发通远堡》："蚩尤排阵暗前程，万里归人信马行。客里居诸浑不计，忽惊流水已春声。"金海一《燕行续录》

金海一《嘉陵馆阻雨二绝》："归骖正趁故园春，驿路风光处处新。半夜嘉陵孤烛下，却愁天雨滞行人。""寒雨萧萧江上春，汉阳归客逗征轮。虚堂夜寂炉烟散，独自沉吟坐到晨。"金海一《燕行续录》【考证：据《燕行日记续》可知金海一

下诗《清川江望百祥楼》作于二月初一日,此诗当作于正月二十日至二月初一日间。】

二十一日（癸丑）。

清使入京。上出迎于四郊,清使诣阙,宣张氏诰命。上接见于仁政殿。《朝鲜肃宗实录》卷二二

二十三日（乙卯）。

领议政权大运等率百官呈文于清使,辨奏请使行时奏文中执頏事,以为罪在群下,而罚归君上,仍乞归奏皇帝,清使却之。○命奏请正使东平君杭、副使参判申厚载、书状官权持并加资,赐田土奴婢。员役以下加资,赐与有差。《朝鲜肃宗实录》卷二二

二月

初一日（癸亥）。

到清川江津头,江水涨澌,不得过涉。移时驻马江边,迤向横滩,宿安州安兴馆。兵使睦林奇、虞侠、尹济万及边逊来见,崔梦渊来待于津头。金海一《燕行日记续》

金海一《清川江望百祥楼》："江边遥望百祥楼,归兴浑忘去日愁。春色似应留待我,道旁杨柳雨初收。"金海一《燕行续录》【按:百祥楼位于安州。】

初七日（己巳）。

到坡州,牧使南尚熏、庆安察访权瑊来见。到高阳,主倅李元龄、延曙察访韩后望来见。夕到弘济院,伯氏与朴子由、李义伯、裴尚珩、琴学达、徐穧、朴济诸人来待。复命后仍为入侍,夜深归家。金海一《燕行日记续》

金海一《坡州路上》："平郊漠漠雨连山,竟夕冲泥路险艰。却喜长安今不远,玉楼明日侍龙颜。"金海一《燕行续录》

五月

十二日（壬寅）。

李沃《别权退甫赴燕》："之子之文小我东,年今六十走燕中。初生不变山河在,伫见沨沨大国风。"李沃《城西录》【按:权愈,字退甫。】

申翼相《送全城君混之燕》："秦家城郭空依旧,汉代山河尚带愁。为问三韩万里使,去来行役几时休。"申翼相《醒斋遗稿》卷二【考证:据《使行录》,谢恩陈奏正使全城君李混、副使权愈、书状官金元燮于五月十二日辞朝,以上诸诗当作于五月十二日或其后。】

八月

二十日（戊寅）。

朝鲜国王李焞遣陪臣李浚【按："李浚"当为"李混"之讹，参见是年五月十二日条】等恭进孝懿皇后册谥大典礼物。宴赉如例。《清圣祖实录》卷一四八

二十四日（壬午）。

朝鲜国王李焞遵旨回奏："前请封侧室张氏疏内，有应避讳字样不行避讳【按：参见康熙二十八年十二月十九日条】。又称德冠后宫，实属违例，惟候严加处分。"得旨："李焞着从宽免议。"《清圣祖实录》卷一四八

十月

十四日（辛未）。

谢恩使全城君浚、权愈等还自清国【按：参见是年五月十二日条】。上召见，问蒙古形势。愈曰："清兵数败，而蒙古四十八旗坐视不救。辽沈甲卒还归之日，路经蒙古地方，蒙古乘夜劫掠其战马，以此观之，蒙古之叛可知也。"愈又曰："礼部差人来言：'上使名字与国王讳音相似。'臣等答以'我国字音则本不相同'云。而彼既出此言，似当改之。"浚亦请改名，上许之，遂改以混。《朝鲜肃宗实录》卷二二

十一月

初四日（辛卯）。

姜锡圭《送徐尚书道允_{文重}赴燕》："奉命辞天陛，催程动使车。去时冲雨雪，来日趁烟花。报主甘徇国，轻身且忘家。平生忠信仗，此别莫咨嗟。"姜锡圭《謩斸斋集》卷二【考证：据《使行录》，谢恩陈奏正使瀛昌君李沉、副使徐文重、书状官权缵于十一月初四日辞朝，此诗当作于十一月初四日或其后。】

十二月

十七日（癸酉）。

晴，温，申时日晕两珥。午后往见角山寺，上使、书状病不得行，韩俊兴及褊裨数人从焉。寺在角山顶上去城十余里，石路险峻，寺宇不大，而像设绘画亦极工丽，庭列四五碑，皆记重修事迹。山无溪涧，而旁宇门阈檐楹之内有一小井甚甘。寺临大野，山海关内外历历如棋置大海环外，眼力穷尽不能远记。僧房精造，极其静洒，开窗骋眺，则一寺通望尽在于是矣。穆、郭二生以山海

关人来此读书，邀来馈果酒，两生出一帛书五言律求和，而日没促归，谢不能而回。关外医巫闾一带俱无树木，而村间柴火饶足，人家多种浦柳，而绝无松柏。角山下皆是墦冢，列植稚松，菀然成林。寺前落落长松，养护亦有年所矣。失马驿卒来此致死，惨恻不已。是日仍留。徐文重《燕行日录》【按赵显命《领议政徐公神道碑铭》：徐文重（1634—1709），字道润，号梦渔亭，大丘人。仁祖甲戌生，庚申，擢庭试状元。历都承旨、兵曹判书、领议政、判中枢府事。肃宗已丑卒，年七十六。器玩无所好，饮食无所拣，终日正坐看书，历代史迹、国朝故实靡不贯穿，手录成袟者甚多。所著《丧祭礼家范》《历代宰相年表》《国朝大臣年表》《兵家胜算》《东人诗话》诗文十卷。】

二十一日（丁丑）。

晴，温。未明发行，历七家岭、新店、王家店、蒋家屯，至榛子店中火。顷年吴三桂平后，南中士女为沈阳王章京者所掠去，书一绝于壁云："椎髻空怜昔日妆，征裙换尽越罗裳。爷娘生死知何处，痛杀春风上沈阳。"即江右女子季文兰诗，今漫灭无存。过铁城坎，到丰润县，止宿于城内村家。主人曹姓，称以秀才，持椅对坐，以笔略有酬酢，屡指衣冠，以示慨然之意，而为人轻佻，索币甚勤，无足可信，方居母丧服素，家舍颇大矣。是日行百里。徐文重《燕行日录》

二十六日（壬午）。

晴。未明发行，渡大通桥，即引潞河入燕京。城里跨水为虹桥，漕船出其下，高几十丈余，广亦半之，以甓筑之，上铺以石者百余步，颓圮居多，伐石运入，今将修缉云。过杨家闸、管家庄，由经路到八里铺中火，此即都人之北邙也。挟路众冢累累，间有雕墙纷阁，极其巧侈，列植白杨，侧栢郁然成林，西至东岳庙数十里之间皆然。庙即岱宗之庙，室内阴邃，不能明见，而设塑像为王者之服，悬琉璃灯如瓮者，膏火不熄。门内桌上设十神小像，而内外皆为面目，前置花果之属，极加侈盛。盖自昨日，都城士女奔波烧香时尚不绝。内外庭所树碑百余，赵孟頫所书最多，塌矣。遂冠带骑马入朝阳门，车马士女之盛又非复通州、沈阳之比。入玉河馆，馆宇亦且宏大。本国辞朝之日除路中应留七日，更无余地，逐日趱程可以及期，而两月三千里之路，又值严冻，深以为忧，适无雨雪事故，如期而至，亦可为幸。是日行四十里。徐文重《燕行日录》

康熙三十年（1691年/辛未）

正月

初一日（丁亥）。
朝鲜国王李焞遣陪臣李沉等表贺冬至、元旦、万寿节，及进岁贡礼物。宴赉如例【按：参见康熙二十九年十一月初四日条】。《清圣祖实录》卷一五〇

三月

十八日（甲辰）。
冬至正使瀛昌君沉、副使徐文重等复命【按：参见康熙二十九年十一月初四日条】。上引见，问清国事情。沉等曰："彼常习讲技艺，选择勇士，以此知用兵，而人心强悍，少无忧畏之色矣。"又曰："《大明一统志》贸来之际，被捉于搜括，臣以为《史记》外约条无禁令，此是地家书之类，不必禁之，衙译终不肯听矣。"上问永宗子孙有无，文重对曰："数年前建国号，及永宗被虏，其子孙不知其去处云。"《朝鲜肃宗实录》卷二三

四月

初四日（己未）。
胡使入京，上幸慕华馆迎敕，引见远接使尹以济。《朝鲜肃宗实录》卷二三

初六日（辛酉）。
敕使求见善书人，令写字官李翊臣、金以锡，译官安性徽入见。又要见朝士中善书者，以柳以升、李硕征、郑重泰应之。《朝鲜肃宗实录》卷二三

七月

初一日（甲申）。
朝鲜使人以买《一统志》发其国论罪。《清史稿卷七·本纪七·圣祖二》

初六日（己丑）。
礼部题："朝鲜国进贡使臣违禁私买《一统志》书，查《一统志》载天下山川舆地，钱粮数目，所关甚重。应将违禁私买《一统志》书之内通官张灿革职，发伊国边界充军。正使李沉、副使徐文重等失于觉察，并应革职。朝鲜国

王李焞姑免议。"得旨:"李沉、徐文重等从宽免革职,余如议。"《清圣祖实录》卷一五二

闰七月

初七日(庚申)。

谢恩使闵黯、姜硕宾等如清国,上引见宣酝。《朝鲜肃宗实录》卷二三【按:正使闵黯、副使姜硕宾、书状官李震休。】

柳命天《别谢恩副使姜渭师之行》:"圣恩犹遣死灰燃,王事宁论宿病缠。国学大成推位望,皇都副价简才贤。一阳宸阙趋朝急,八月胡天下雪偏。物色燕台留几许,吾行屈指在明年。"柳命天《还朝录》【按:姜硕宾,字渭师。】

李沃《送姜国子硕宾之燕》:"积雨却残暑,秋阴生大陆。骈骈四牡车,万里幽燕客。邦家昔有事,端木游诸国。君何为不重,重君清庙玉。"李沃《城西录》【考证:据《肃宗实录》卷二三可知姜硕宾等于闰七月初七日辞朝,以上二诗当作于初七日或其后。】

十月

二十七日(戊申)。

李瑞雨《送李尚书重伯宇鼎赴燕》:"燕台仗节后先行,意气相看别恨轻。宇宙廿年俱雪发,山河万里又冰程。可能无恙薇歌庙,应否居然鹤语城。试把征衫拂墙壁,旧题何处不联名。"李瑞雨《松坡集》卷七【考证:据《使行录》,冬至正使李宇鼎、副使尹以道、书状官成儁于十月二十七日辞朝,此诗当作于二十七日或其后。】

十二月

初五日(乙酉)。

陈奏使闵黯、姜硕宾等复命【按:参见是年闰七月初七日条】。上引见,问彼中事情。黯谓:"五使之来,无可深虞。"上即命召入他大臣言其故,还寝遣使探情之举。上又以六臣褒奖事问黯,黯对曰:"孔子周臣而赞夷齐,虽以皇明方孝孺、我东郑梦周事观之,固无嫌于褒奖节义,况光庙后世忠臣之说,亦可见惩意。"硕宾等所陈亦如之,上颇乐闻焉。上闻安南使臣亦以朝贡之燕,问其衣冠制度。黯对:"以头着黑纱帽,而以白银为插角穴,身服红锦有纹团领,而胸背绣龙形,制样小于我国之制,带率皆黑衣而着黑巾,巾制甚高,无论尊卑,尽被头发,恒嚼槟榔,对客不辍,牙齿皆黑,若着漆然,其仪形大抵慓轻,而接待之际颇知礼让。臣闻故判书李晬光尝遇安南使臣,有赠诗之事,与之唱酬,

则亦能稍解文字矣。"《朝鲜肃宗实录》卷二三

康熙三十一年（1692 年/壬申）

正月

初一日（辛亥）。

朝鲜国王李焞遣陪臣闵黯等表贺冬至、元旦、万寿节，及进岁贡礼物。宴赉如例。《清圣祖实录》卷一五四【考证：据《使行录》，冬至正使李宇鼎、副使尹以道、书状官成儁于康熙三十年十月二十七日辞朝，《肃宗实录》卷二三言闰七月初七日，"谢恩使闵黯、姜硕宾等如清国"，十二月初五日"陈奏使闵黯、姜硕宾等复命"，故疑此处有误，当为"陪臣李宇鼎"。】

二月

二十八日（戊申）。

判书李宇鼎卒于清国，年五十八。宇鼎少时借文登第，密附许积，赖其卵育，滥跻八座，为世所嗤点。至是奉使未还，客死他境，人以是悲之。《朝鲜肃宗实录》卷二四

蔡彭胤《冬至正使李尚书宇鼎挽》："蓟烟辽雪病侵寻，死泪潜然魏阙心。部曲攀号旌彩异，使华归奏履声沈。苍茫关路迷芳草，寂寞江流遶故林。惟有亭前千丈壁，至今精爽见森森。"蔡彭胤《希庵集》卷三

金兑一《李尚书宇鼎挽公以冬至使赴燕，还至辽东不淑》："谁谓苍天不憗遗，迢迢异域病难医。辽阳鹤去悲华表，故国春深怆素輀。雅望英姿长已矣，将星卿月总凄其。残生此日临笺泪，一为邦家一是私。"金兑一《芦洲集》卷二【按李光庭《故通训大夫司谏院司谏芦洲金公墓碣铭》：金兑一（1637—1702），字秋伯，号芦洲，礼安人。仁祖丁丑生，历掌令、献纳、司谏。肃宗甲戌，被削黜，闲居八九年，日对方策，课教村秀才。壬午，疾终于正寝，年六十六。其于词章不甚留意，而积厚发博，只字片言，皆有法度可观，著有《芦洲集》。】

柳命天《李判书宇鼎挽》："饮冰千里戒行轩，王事那将宿病论。辽郭未回仙鹤影，蜀山空泣子规魂。身兼戎阃威声着，迹近台阶位望尊。可忍西郊攀别地，亲朋来候血成痕。"柳命天《还朝录》【考证：据《肃宗实录》卷二四可知朝鲜官方于二月二十八日获悉李宇鼎客死消息，以上诸诗当作于二月二十八日前后。】

康熙三十二年（1693年/癸酉）

正月

初一日（乙巳）。

朝鲜国王李焞遣陪臣李侃等表贺冬至、元旦、万寿节，及进岁贡礼物。宴赉如例。《清圣祖实录》卷一五八【按：据《使行录》，谢恩兼三节年贡正使李侃、副使闵就道、书状官朴昌汉于康熙三十一年十月二十八日辞朝。】

二十日（甲子）。

礼部题："朝鲜国进贡礼物，交该衙门查收。"得旨："朝鲜国世笃悃忱，进贡方物，克殚恭顺。顷复轮应军需，捐进鸟枪三千杆，可嘉。年贡内黄金百两及蓝青红木棉，嗣后永着停止。"《清圣祖实录》卷一五八

二月

初五日（己卯）。

上御太和门视朝，文武升转各官谢恩，次朝鲜国使臣等行礼。《清圣祖实录》卷一五八

三月

初六日（庚戌）。

冬至使先来还来，清国敕令永减岁弊中金一百两，绵布六百匹。上下教，命先来人特为加资，使臣回还后分轻重论赏【按：参见正月初一日、二十日条】。《朝鲜肃宗实录》卷二五

五月

二十五日（戊辰）。

谢恩正使临阳君桓，副使申厚命，书状官崔恒济出去。《承政院日记》

申厚载《赠谢恩副使天休令》："愁霖不放暂时晴，送尔迢迢万里征。此日几微宁见色，衰年离别易关情。行登碣石连云出，坐爱滦河特地清。珍重赠言须记得，客灯孤馆酒休倾。""骊歌愁送远征人，历历前游似隔晨。马耳山深应露宿，鸭头江阔更通津。迹遗处士思浮海，城古防胡忆过秦。最是燕都多感慨，

二忠祠下尚烟尘。"申厚载《葵亭集》卷六【按：申厚命，字天休。】

任相元《送崔仲镇恒齐以书状官之燕》："曩日游程梦亦迷，君今使节又新提。舟横鸭水初从北，马度辽山更向西。粉堞引人寻古戍，红兜伴客放霜蹄。关讥已与前朝别，辛苦群书莫漫携。"任相元《恬轩集》卷二十一【考证：据《使行录》，谢恩正使临阳君李桓、副使申厚命、书状官崔恒齐于五月二十五日辞朝，故以上诸诗当作于五月二十五日或其后。】

八月

二十九日（庚子）。

朝鲜国王李焞因免年贡黄金、木棉，遣陪臣李桓上表谢恩，附贡方物。宴赉如例【按：参见是年五月二十五日条】。《清圣祖实录》卷一六〇

十一月

初三日（壬寅）。

冬至正使柳命天，副使李麟征，书状官沈枋出去。《承政院日记》

初五日（甲辰）。

晚后寒事斗紧，峭风砭骨，上下皆凛凛呼寒，仅到松都，大尹李仁老_{李参判寿征字仁老}酌以枸杞酒，杯盘甚设，可见故旧之情也。员译辈饥冻并至，而赖以一饱，亦足解颜。松都人李成涵、李益祯、柳起汉并来见，李鹤龄兄亦追到同宿。柳命天《燕行日记》

柳命天《到松都录呈舍弟礼判》："离筵才罢更班荆，握手踟蹰泪欲倾。非是少时无定力，各因衰境易伤情。依依汉岫看逾远，渺渺辽河问几程。莫道饮冰行役苦，要将弧矢答恩荣。"柳命天《燕行录》【按《燕行日记序》曰："癸酉六月，差冬至上使，至月初二日辞朝，翌年三月复命。"】

初六日（乙巳）。

晓起寒事转紧，风头如割，晚后寒威稍解。夕投平山，主倅适出，悄然独宿，凤山府尹柳命相、安山奴丁民等受家书而去。柳命天《燕行日记》

柳命天《到平山，主倅权处经受由上京，偶吟录呈》："地部为郎属，东阳作使君。他乡期邂逅，虚馆失殷勤。节序阳将复，星河夜欲分。灯花空结恨，谁与对成醺。"柳命天《燕行录》

初八日（丁未）。

早发，日气尚寒。历剑水四十里，凤山三十里，夕投黄州四十里，通计一百十里。夕，海伯沈君㷆来至，仍设小酌，未免沉醉。黄判吴始绩、安岳李耆征

李耆征，寿征弟亦来会，凤山李寿丰亦来宿。柳命天《燕行日记》

柳命天《酒席录呈海伯沈君涉橙》："按臣阿弟即分台，万里西关作伴来。迂路暂回旌节至，良宵仍许酒筹催。他乡会面真知幸，异地离怀岂易裁。屈指归期春未半，黄冈倘复绮筵开。"柳命天《燕行录》【考证：《燕行日记》言十一月初八日"夕投黄州""夕，海伯沈君燨来至，仍设小酌，未免沉醉"，诗题曰"酒席录呈海伯沈君涉橙"，诗云"黄冈倘复绮筵开"，故当作于初八日。】

初十日（己酉）。

仍留平壤，副使及方伯并来见。午后，通判设饯行于练光亭，方伯亦往。夕，方伯又设饯于营轩，杯盘甚设，侑以歌管，夜深乃罢，还宿听流堂。席间永柔洪大玉追到，与通判同宿。柳命天《燕行日记》

柳命天《箕城录示李甥子昂、洪永柔大玉李甥斗岭通判箕城时》："一旬鞍马苦相催，行到箕城眼忽开。阿侄即縻通判在，多君又自永嘉来。情谈幸接天涯夜，岁律骏惊地底雷。稍待依依杨柳返，联裾倘候浿江隈。""鸡鸣候吏告行催，曙雾山头冻不开。云外路从辽鹤远，天涯影伴塞鸿来。官程正犯三冬雪，时事才惊十月雷。万虑关心愁不寐，此身何事鸭江隈。"柳命天《燕行录》

十四日（癸丑）。

晴，日寒还峭。平明发程，渡清川、大定江，江冰甚坚，积雪颇多，自此风气自别。清川江头兵吏主倅追到，又以数杯送饯。到大定江，博川睦昌胤、嘉山李奎成皆来待。柳命天《燕行日记》

柳命天《渡清川江途中偶吟》："闻鸡起辄带鸦还，客路千重去去难。译辈簪灯频检橐，邮人蓐食且催鞍。途过清北偏多雪，地近辽东最酿寒。劳债何时酬了尽，归家共对小儿欢。"柳命天《燕行录》

十五日（甲寅）。

乍阴乍晴，日气颇暖。午至纳清亭临流小堂。夕至定州，颇觉无聊。副使来坐堂后曲轩，吾与书状往会，仍饮一杯，以国忌屏斥声妓，作家书付拨。柳命天《燕行日记》

柳命天《到定州，主倅李文兴待，而数日当来莅，而王程政急未果，迟待不堪黯然之怀，谨以一律留题壁上》："双凫无影使星催，青眼西关孰与开。客馆不堪深夜坐，叉鬟独记昔年来。春坊尔厌连宵直，冬玉吾惭上价才。稍待依依杨柳返，东轩倘醉白霞杯。"柳命天《燕行录》

十七日（丙辰）。

晴，日气亦暖。午憩铁山，主倅琴学达，宣沙浦金吏尚经周来见。夕投龙川，宿听流堂，堂临小涧，颇有幽韵，壁上有冈右台诗，仍次之送于主倅。柳命

天《燕行日记》

柳命天《听流堂次闵相公长孺韵》："相国诗章贲小池，壁间纱影映参差。仙槎远泛阳生节，危槛初凭日暮时。溪响循除寒□□，月华涵雪白垂垂。荒词偶续诸公后，深愧骚坛敢窃吹。"柳命天《燕行录》

闵黯《元韵》："小涧流成上下池，池边画阁接参差。天寒露白初长夜，月淡风轻欲睡时。奇石巧当檐除立，绿杨偏向陌头垂。阿奴似慰征途倦，隔水闲将玉笛吹。"柳命天《燕行录》

二十二日（辛酉）。

晓起，修状启，仍作家书付拨便。与府尹先出江上搜检。副使来，与之偕出鸭绿江上。府尹设妓乐，劝酒至五六杯。日西后乘醉渡江。柳命天《燕行日记》

柳命天《鸭江酒席录呈大尹郑大叔令公案下》："邮程直接鸭江陬，万里西来地尽头。荣戟遥临军令肃，星槎再到主恩优。离情错莫歌频按，雪意微茫酒几筹。怊怅统亭分散后，朔云辽边月不堪愁。"柳命天《燕行录》

二十三日（壬戌）。

晓寒甚峭，马毛皆缩，人皆冰霜满须，殆无人色，诚为可怜。芦苇挟路，骑马前行之人皆没入芦间不得望见，沿路老木碍轿，堇堇通行。行三十里，至金石山始得朝饭。午历汤站，唐人城基略存。夕至沙屯川边，又设蒙古帐露宿。是日行六十余里。柳命天《燕行日记》

柳命天《渡江后口占》："漠漠皆沙碛，行行绝里间。乱芦深没马，老树偃妨舆。露宿今宵几，巢居太古如。夜寒难着睡，冰雪顿盈裾。"柳命天《燕行录》

二十四日（癸亥）。

晴，日气极寒。当夜露宿于蒙古帐，比副使、书状毛帐像幕，颇似广密，而寒气透入，一身寒栗，频以暖铁替铺，而犹不得入睡。柳命天《燕行日记》

柳命天《宿蒙古帐有感 大君赴燕特所制云》："上必伞样下必裳，郊草横铺且设床。毳幕莫言能御冻，夜来须末有冰霜。"柳命天《燕行录》

柳命天《过安市城有感》："凤山东麓有荒城，安市犹传旧将名。怊怅九原难可作，间关愧我赴燕行。"柳命天《燕行录》【考证：《燕行日记》言使团于二十四日"入栅""至凤城卢姓人家"，栅门至安市城十里，至凤凰城三十五里，诗题曰"过安市城有感"，又有"凤山东麓有荒城，安市犹传旧将名"语，当作于二十四日自栅门发往凤凰城途中。】

二十五日（甲子）。

晴，颇暖。早食后发程，九渡川水，二逾峻岭，道路甚险，行四十里至松站，土城有旧址而颓废，察院亦经火灾，只存其基。由城门南出至闾家止宿。

○是日乃冬至之日，而身在异域，不得行家庙祭礼，不堪怆然。柳命天《燕行日记》

柳命天《逢至日有感》："异地初逢动一阳，乡家豆粥忆新尝。客窗孤坐偏无赖，愁绪添将几线长。"柳命天《燕行录》

二十六日（乙丑）。

晴，日气颇寒，而不至太紧。自松站晓发，登长岭及斗岭，岭路极险，多发驿卒扶舆而过，而雇车塞路，董董通行。历瓮北川，此是八渡河之一，而颇巨川。至八渡河川边铺子前设帐幕，三使列坐朝饭。柳命天《燕行日记》

柳命天《晓过八渡河》："岩程万里带冰霜，去去邮骖什八僵。轿幔四围如柒室，河流八渡似瞿塘。厨供朴略愁排案，房语侏离悯近床。怊怅燕京犹未半，不堪明发又催装。"柳命天《燕行录》

二十七日（丙寅）。

晴，日气甚寒。晓发，行三十里至沓洞川边，三使设帐于川边朝饭，上下皆冻。即起促装，又行三十里，至连山关间家止宿。柳命天《燕行日记》

柳命天《晓发连山关》："北风吹掣远征辂，晓雪蒙蒙满路飘。却忆故园梅意动，南枝应笑主人遥。"柳命天《燕行录》【按：沓洞即连山关之别称。】

二十九日（戊辰）。

晴，日寒不至太甚。朝饭后暂往书状下处，邀副使鼎话。仍逾青石岭、晓星岭至狼子山，日势董午，而逾岭之际，人马疲甚，仍为留宿。青石岭首尾十许里，而乱石嵯峨，马不着足，比鸟岭尤险，扶轿董过。岭顶有一碑，乃岭路极险，略为修治而立碑云。柳命天《燕行日记》

柳命天《青石岭》："青石高高岭，苍崖几百廛。径危梯老木，岩仄护垂藤。驲骑愁频蹶，胡车怵未登。途穷出平陆，天道信除升。"柳命天《燕行录》

三十日（己巳）。

晴，日气稍暖，夕风甚紧。晓发狼子山，朝饭于冷井，设帐幕，三使列坐，夕至辽东郭外间家，通计六十五里也。柳命天《燕行日记》

柳命天《到辽东》："边门锁钥说辽东，粉堞崇墉役鬼功。精甲利兵新镇盛，冷烟衰柳旧屯空。谩劳唐帝威灵远，却忆明朝制置雄。千载丁仙留古柱，不堪停马溯遗风。"柳命天《燕行录》

柳命天《辽东夜坐》："闻鸡催起带鸦还，去去长途饱险艰。夜半羁愁和烛泪，天边归意握刀环。胡人索雇频逢喝，邮卒呼饥渐觉顽。劳债何时酬了尽，脱身重得出秦关。"柳命天《燕行录》

十二月

初二日（辛未）。

晴，颇暖。晓发过沙河堡，至白塔堡朝饭，堡前白塔撑立。夕至沈阳，渡城底浑河，止宿于馆内。沈阳外城乃土城，内城乃筑石为城，有两大门。城内市肆金碧炫煌，居民攘攘纷沓，真一大都也。城内有汗伊旧宫，城内有巨塔，塔外有平阜，即昭显旧住处云。夕间副使、书状来会，打话而罢。柳命天《燕行日记》

柳命天《到沈阳》："沈阳城畔驻征轩，先送湾裨出塞垣。短疏遥裁传凤阙，长书仍写寄鸰原。日边消息迟清汉，岁暮音征隔故园。家国一心俱耿耿，题封才了泪成痕。"柳命天《燕行录》

柳命天《复次前韵录呈礼判》："三枝春色接残荆，齿髪崦嵫日渐倾。一乐幸全迟暮岁，六箦讵耐远离情。宫城听漏霜侵帽，朔野驱车雪满程。王事向来俱役役，十年端悔坐浮荣。"柳命天《燕行录》

柳命天《沈阳口占》："城塹真天设，人民即大都。晋阳元作障，郿坞最称腴。甲骑长防守，金缯半委输。翻思丙丁岁，清血自沾濡。"岁币一半输纳于沈阳故云。柳命天《燕行录》

初五日（甲戌）。

晴，日气极寒。鸡初鸣发行，至周流河城外朝饭。周流河颇大，水深则似难涉。坐顷，主胡送小酒馔。酒馔味恶，不堪近口，辞书"巨流河驿洁具荒酌，奉老先生搪寒，唯一饮为幸云云"，即以纸束回谢。饭讫欲发，甲军辈以官车未至径先发行，遮截落路，不使卜驮发出，使译官辈蕫蕫调停，差晚始发。又憩大黄旗，夕至白旗堡，日已昏矣。柳命天《燕行日记》

柳命天《到周流河为甲骑所遮阻》："甲兵呼噪截前歧，搅住征车故太迟。莫恨吾行今卒困，圣人犹有畏匡时。"柳命天《燕行录》

初七日（丙子）。

阴，日气不至大寒，气甚不平。平明后仍朝饭，发行至新店暂憩。午后至小黑山止宿，感冒之疾未得快解。自阿弥庄乃是大野，仰天伏地，而已作行七八日。自二道井以后，或丘陵，或野，自小黑山始望见医巫闾山，在西北间为一大镇山。〇夕间狂风大卷，尘沙涨起，咫尺不辨，不但衣裳浥尘，须鬓亦变，始知辽沙之异常也。柳命天《燕行日记》

柳命天《到小黑山望见医巫闾山》："黄沙涨起满衣腥，辽野风飙拔地狞。忽有闾山当马首，螺鬟入我眼先青。"柳命天《燕行录》

柳命天《医巫闾山世传夏钦为名者致仕隐于此山云》："闾山千仞插苍穹，作镇西陲气象雄。控引重关通蓟北，环回大野压辽东。壶中秘迹曾传夏，峰外成屯总是蒙。登泰无由穷壮觌，王程其奈剧匆匆。"柳命天《燕行录》

柳命天《小黑山路中风沙大起》："蓬蓬风力簸丘原，涨起黄沙咫尺昏。浣尽衣裘狐白变，归家应认苦辛痕。"柳命天《燕行录》

初九日（戊寅）。

晴，日气不至太寒。晓发，历壮镇堡，至闾阳朝饭，闾阳乃闾山之下麓也。夕至十三山止宿，通计八十里也。十三山在东南间平地处，山皆石骨，细数峰峦，殆过十三峰，何以得此名号，无乃中朝语音之讹耶？柳命天《燕行日记》

柳命天《到十三山》："十三山独秀，平野画屏浓。周岁添余闰，阳台剩一峰。客行看历历，时事阅汹汹。润色无新语，经过愧杀侬。"柳命天《燕行录》

初十日（己卯）。

晴，日气不至太寒。晓发至大凌河朝饭，历小凌河，至松山午憩，又历杏山，至高桥堡止宿，日已昏黑矣。通计一百十里也。柳命天《燕行日记》

柳命天《过大凌河到松山锦卫战松山杏山，惨被全城屠戮之祸》："大小凌河渡，松山日渐中。燕京路始半，锦卫界兹通。兵革全城陷，冰霜旧岁穷。战场经过地，词赋愧称雄。"柳命天《燕行录》

十一日（庚辰）。

晴，日气颇暖。晓发，过塔山，至连山驿朝饭，又历双石城，至宁远卫止宿。通计七十里。柳命天《燕行日记》

柳命天《宁远卫晓发》："古镇萧条甚，残兵几个存。草深难辨径，城破未藏村。贝阁腥全染，林阜血尚痕。翻思丙丁祸，抚剑只声吞。"柳命天《燕行录》

十二日（辛巳）。

晴，日气不至太寒。祖大寿有大楼阁，于西门内家外跨通衢作二石门，以石为柱为梁，不用木架，石刻雕镂甚巧，上曾书"玉音"两字，中层书"四世元戎"，或书"元勋永锡"，或书"忠孝胆智"，下层书世系，大寿之父承训、祖仁、曾祖镇皆有赠职，大寿之弟大乐云。大寿受国重任，徒事豪侈，木妖之不足，又作石阁，夸耀通衢，务为张大，毕竟背亲负国而为俘虏，殆擢髪而诛，何足赎也。只以彼人之□张，不能搥碎石门，良可痛也。柳命天《燕行日记》

柳命天《祖大寿石门》："画楼丹槛几欢娱，祖将名家占胜区。世作元戎皇有勒，生为俘虏尔何诛。终知罪戾通天大，那兑繁华扫地无。石阁至今遗臭在，羞将登眺便催驱。"柳命天《燕行录》

十四日（癸未）。

晴，日气不至甚寒。未及八里铺，南边有望夫石，石上刻"望夫石"三字，其旁数间祠宇，立女塑像，又其旁有碑，观其碑文，其女名乃孟姜，而其夫范郎往役于秦皇筑万里城之时，因死于役所。秦皇欲孟姜女于阿房，其女不从，来寻夫骸于万里之外，因枕石而死云云。及至山海关，章京辈出来点检卜驮及人马之数，三使臣少憩城外铺子，毕点后仍乘轿而入。长城之外有两重城门，其内有山海关，而大书"天下第一关"五字，乃皇朝笔也。路街人民车毂填衢溢巷，董董通行，政所谓人肩磨车毂击也，壮哉，惜哉！柳命天《燕行日记》

柳命天《八里铺望夫石》："千年冤血化云根，一片巍然路旁存。苔蚀古碑成半驳，依俙当日泪留痕。"柳命天《燕行录》

柳命天《宿山海关》："山海关称第一关，皇朝旧墨映楣间。地因禹贡开天险，城赖秦鞭驾石顽。兵甲最精谁敢敌，金汤此固莫能攀。开门却忆吴公错，斗胆输困泪雪斑。李自成之难，吴三桂守此关，开门纳清兵。"柳命天《燕行录》

柳命天《主胡家妇禁人甚苛》："云鬟掠削雪肤颀，喝道征徒莫启帏。胡俗亦知羞涩意，背人回坐细缝衣。"柳命天《燕行录》【考证：据此诗在诗集中位置，约作于十四日至十六日间。】

十六日（乙酉）。

晴，日气颇暖。鸡初鸣发行，历网子店、白石铺、抚宁县，至芦峰口朝饭，又历背阴铺、双望铺，至十八里堡少憩。夕至永平府，止宿于边隆贝楼下，通计一百二十里也。柳命天《燕行日记》

柳命天《宿永平府》："数村烟火有孤城，邑号犹传古北平。诏镇关西思控扼，来从陇右负豪英。皇恩纵许燃灰暖，吾相宁当歃血盟。千载路隅余虎石，摩挲不觉暂停行。"柳命天《燕行录》

柳命天《永平途中》："入关真个是中华，谣俗风烟触眼嘉。秀士携经来问字，主人迎榻劝尝茶。市楼彩牓通衢耀，酒店青帘几处斜。贾竖竞拈书籍卖，皇朝应自旧名家。"柳命天《燕行录》

十七日（丙戌）。

晴，日气颇暖。平明发行，渡滦河，至清节祠朝饭，乃三十里。夕至沙河驿止宿，乃四十里，通计七十里也。柳命天《燕行日记》

柳命天《清节祠》："粉墙朱栱傍溪明，庙宇灵飙飒飒生。房襆久缠孤竹影，夷歌岂解采薇声。首山并节千寻峻，滦水方心一带清。驻节暂陈丹荔荐，高风吹激懦夫情。"柳命天《燕行录》

十九日（戊子）。

晴，日气不至甚寒，晚后风沙大起，咫尺难辨。平明后发行，历高丽堡，至沙流河朝饭，又历两家店，至玉田县止宿，通计八十里也。柳命天《燕行日记》

柳命天《过高丽堡》："一村高丽尚传名，何代吾民住此城。欲傍远墟询故迹，衣冠殊制语音惊。"柳命天《燕行录》

二十日（己丑）。

晴，日气颇暖，晓发历彩亭桥，枯树、蜂山等店，至螺山店朝饭，又历鳌山，至蓟州卧佛寺止宿，通计八十里也。柳命天《燕行日记》

柳命天《蓟酒》："赤城霞晕郁金香，蓟店曾传酒法良。多少青铜须罄橐，客中端赖缓愁肠。"柳命天《燕行录》

柳命天《蓟州独乐寺—名卧佛寺》："云梯石磴上飚然，独乐危楼迥接天。铃阅兴亡传累劫，松成老大种何年。入堂卧佛冥机寂，归院跌僧定力专。最是望中佳绝处，蓟门千树幕苍烟。"柳命天《燕行录》

二十二日（辛卯）。

晴，日气颇暖。鸡初鸣，副使促发，不得已继其后，至夏店，东方才白。朝饭后历烟郊铺，至通州止宿，通计八十里也。柳命天《燕行日记》

柳命天《通州滦河》："文皇神算运宸情，控引黄河入帝城。挽粟不徒通左海，习兵良欲效昆明。金陵潮接牙樯集，太液波连锦缆横。怊怅乱来戎马闹，漫看滦水动秋声。"柳命天《燕行录》

柳命天《通关望皇京》："红云影里望神京，城郭衣冠触眼惊。喻蜀非才惭使事，观周太晚恨吾生。万年枝上昏鸦集，十字街头牧马鸣。天道人心宁久否，金台从古有豪英。"柳命天《燕行录》

二十三日（壬辰）。

晴，日暖。晓发，至八里铺朝饭，至东岳庙改着冠带，午前入北京，止宿于朝阳门内智化寺，通计四十里也。柳命天《燕行日记》

柳命天《到北京》："三千余里五旬强，露宿风餐苦几尝。纵喜征鞍今始卸，却思归路转茫茫。"柳命天《燕行录》【考证：诗题曰"到北京"，有"纵喜征鞍今始卸"语，当作于十二月二十三日抵达北京时。】

康熙三十三年（1694年/甲戌）

正月

初一日（己亥）。

朝鲜国王李焞遣陪臣柳命天等表贺冬至、元旦、万寿节，及进岁贡礼物。宴赉如例【按：参见康熙三十二年十一月初三日条】。《清圣祖实录》一六二

晴，日暖。鸡未鸣，通官辈来至，率往朝参。柳命天《燕行日记》

柳命天《正朝往参朝贺》："灯笼点点引班时，晓漏丁东报玉墀。甲岁才回新气象，午门初辟肃盛仪。鸿胪唱急冠簪整，清跸声传黼扆垂。可耐伤心趄走地，群鸦争集万年枝。"柳命天《燕行录》

十五日（癸丑）。

夕间，乘月步往前寺僧房，颇觉幽寂。柳命天《燕行日记》

柳命天《十五夜乘月往前寺僧房》："客馆愁无赖，禅房眼忽明。跫音乘好月，磬声报深更。山果登盘美，仙茶满碗清。蒲团拼小话，差慰旅游情。"柳命天《燕行录》

柳命天《夜坐》："东土家何在，南冠月几迁。流光逢甲岁，使节岂丁年。旅鬓霜争妒，乡心烛共燃。重门深锁久，长夜坐凄然。"柳命天《燕行录》【考证：据《燕行日记》可知下诗《出关不觉意豁录呈公台案下》作于二月十三日，此诗当作于正月十五日至二月十三日间。】

二月

十三日（辛巳）。

晓至山海关门，以□门不来之故不许开门，暂坐于路旁人家。是晚始开门，卜驮点检后许出，朝饭于中前所，夕宿于两水河。柳命天《燕行日记》

柳命天《出关不觉意豁，录呈公台案下》："河馆顾重启，樊笼幸脱身。出关随紫气，归路伴青春。燕角初生日，秦鸡乱唱晨。从兹首故国，莫复道艰辛。"柳命天《燕行录》【考证：诗题曰"出关不觉意豁"，诗云"出关随紫气，归路伴青春"，当作于二月十三日使团出山海关后。】

柳命天《又程公台》："四旬羁绊苦凄凄，东出关门当返栖。故国重还羝报乳，乡山渐近马催蹄。归心已绿王孙草，物色初融燕子泥。预喜城南团会地，

荆花新发数枝低。"柳命天《燕行录》【考证：诗云"东出关门当返栖"，亦作于十三日。】

　　柳命天《又次前韵二首》："长程莘莘自生凄，暮向羌村几借栖。舟阁冰滩迷渡口，马愁沙路没行蹄。沿途已觉诗成集，排闷常思醉似泥。也识客游经岁久，陌头惊见柳丝低。""客意逢春转觉凄，离家四月尚栖栖。路过辽郭思仙骨，涕搅燕台忆骏蹄。敝袄经冬全拆絮，洼泉傍野半和泥。黄昏始托前村宿，孤烛荧荧照壁低。"柳命天《燕行录》【考证：此二诗为《又程公台》之次韵，当作于十三日或稍后。】

　　柳命天《又次辛字韵》："异域曾衔命，危途敢爱身。客窗仍换岁，戎碛奄生去。问舍频侵夜，腾装几戒晨。可怜张博望，垂老饱酸辛。"柳命天《燕行录》【考证：此诗为《出关不觉意豁，录呈公台案下》之次韵，当作于十三日或稍后。】

　　十四日（壬午）。

　　<u>通宵雨雪</u>。朝来下雪益甚，上下皆雨具而出，朝饭于沙河店，夕宿于东关驿。冬春以来绝无雨雪，今日始见，浥净尘沙，而泥路跋躐，亦甚苦事。夕间雪势快霁。柳命天《燕行日记》

　　柳命天《十四日雨雪大作途中口占》："北风驱雪打征途，二月余寒路冻须。暂向青帝论酒价，弊貂犹直一杯无。"柳命天《燕行录》

　　柳命天《次书状示韵》："中原惨淡满戎鏖，壮士相看血几挥。天道人心今否塞，神京王气久衰微。长思燕后悬金烈，尚见秦皇驾石威。山海古来称第一，攘修谁复镇邦畿。"柳命天《燕行录》

　　柳命天《复次前韵录呈》："阴风猎猎卷旌麾，雪扑吟毫冻未挥。斜景渐从峰外没，村径遥入草间微。沿途井水常留浊，近碛春寒不解威。计路三千今仅半，卸鞍何日到王畿。"柳命天《燕行录》

　　柳命天《次书状示韵》："燕槎却向故乡催，驽马仍欣附骥回。行囊洗去冰自洁，诗筒擎读锦新裁。秦关共听鸡声早，辽郭同随鹤影来。归日亲知应笑我，鬓霜添得十分皑。"柳命天《燕行录》

　　柳命天《次书状示韵》："依依杨柳掩燕关，九十春光一半阑。脾弱渐知杯勺减，腰赢转觉带围宽。胡征雇直声多喝，仆进盘飧味辄酸。稍喜玉人来作伴，坐联吟榻出联鞍。"柳命天《燕行录》

　　柳命天《又次前韵录呈二首》："海城东畔有柴关，春到山扉几许闲。薇蕨才抽登案美，薜萝新长制衣宽。行装自愧蓬遥转，世味曾尝橘太酸。一赋遂初今已草，三章仁待卸归鞍。""霜威远傍使星来，几和诗篇几劝醅。从此老夫欣契遇，逢人长说项斯才。"柳命天《燕行录》

　　柳命天《谨次示韵二首》："客中春事一番催，入眼山河信美哉。邮卒停骖依草际，厨人炊饭傍溪隈。沿途几厌随胡羯，归日应欣弄少孩。郊墅他时君肯访，烹芹煮艾侑深杯。""征途荏苒策骖骓，拍拍黄沙尽月飞。属国羝羊曾受絷，王孙芳草几思归。残醪尚贮经年橐，败絮犹披御腊衣。遥想东乡春候早，辛夷初发杏花菲。"柳命天《燕行录》

柳命天《次定倅李待而前冬寄诗韵》："远客来从北，亲朋落在西。他乡逢旧面，半日滞归蹄。劝酒开羁抱，征歌慰久暌。平生款曲意，且荷五言题。"柳命天《燕行录》【考证：据柳命天《燕行录》题序曰："癸酉六月，差冬至上使。至月初二日辞朝。翌年三月复命"，故以上诸诗当作于二月十四日至三月间。】

四月

二十一日（戊子）。

告中宫复位于太庙。《朝鲜肃宗实录》卷二六

闰五月

十五日（辛巳）。

备局言："以中宫复位议遣奏请使，已得差除，而复位为陈奏，请诰命为奏请，宜号以陈奏兼奏请使。"从之。《朝鲜肃宗实录》卷二六

八月

初二日（丁酉）。

奏请正使朴弼成，副使吴道一，书状官俞得一出去【按：参见闰五月十五日条】。《承政院日记》

吴道一《弘济院赠别高城使君金伯兼》："我行燕塞三千里，君领金刚一万峰。华表柱边寻鹤影，众香城外问仙踪。公家事有闲忙别，胜处吟应趣致同。最是暮年离抱恶，祖筵云物已秋容。"吴道一《后燕槎录》【考证：据《使行录》，陈奏兼奏请正使朴弼成，副使吴道一，书状官俞得一于八月初二日辞朝，此诗当为八月初二日弘济院饯宴上作。】

姜锡圭《送奏请副使吴侍郎贯之道—○中宫复位，朝庭遣使奏请。时甲戌》："万里远行役，十年再可堪。坤仪幸复整，王命不辞含。忠信平生仗，山川宿昔谙。贤劳君莫叹，努力早回骖。"姜锡圭《聱齰斋集》卷二

李健命《别奏请书状俞学士宁叔得一》："七月辽河积雨晴，塞门烟树已秋声。六年箕域明伦日，万里燕都抚玉行。夷房亦应钦大义，忠诚自许仗平生。吾王盛德超千古，此去星轺与有荣。"李健命《寒圃斋集》卷一【按李宜显《议政府左议

政寒圃李公墓表》：李健命（1663—1722），字仲刚，号寒圃斋。李敬舆孙，李敏叙子。肃宗丙寅文科，即荐史局，遍历玉堂、春坊、台阁、天曹、相府郎。历判吏、刑、户、兵、礼五曹，为参赞、判尹，兼提艺苑。景宗壬寅，升左议政。使燕未还祸作。自中途赴谪罗老岛，竟被惨祸。当受命，日黯气凄，大风振海。才藁葬，二子併命。村人见每夜白气起冢上，指为冤氛。英祖乙巳，谥忠愍。风范端凝，气度蕴藉。内行笃至，孝悌出伦。以至朋戚仆隶遇之，各尽其谊。至若文词笔法之美即余剩也。】

朴泰淳《送吴副学贯之赴燕》："岭外几甞别，相逢惊白头。如何万里役，又值一季秋。国倚文章重，行须笃敬求。关河旧识路，努力戒行輈。"朴泰淳《东溪集》卷四【按：朴泰淳（1653—1704），字汝厚，号东溪，潘南人。孝宗癸巳生。历正言、持平、大司谏，官至庆尚道观察使。为人不端，又务为乖激之论，处心行事多不白直，识者不韪之。】

朴泰淳《送俞舍人宁叔赴燕》："专对兹行重，当朝简俊髦。乾坤从此正，原隰敢言劳。汉水秋风落，燕山朔气高。相看万里别，俱是鬓霜毛。"朴泰淳《东溪集》卷四

宋相琦《送俞宁叔得－以书状赴燕》："六年浮世事堪论，辽鹤归来恨尚存。乍向禁中重识面，却从天外更销魂。三秋驲骑关西路，万里烟霜蓟北门。擎奏此行真可贺，大东今日复乾坤。"宋相琦《玉吾斋集》卷二【按《纪年便考》卷二十八：宋相琦（1657—1723），奎濂子，金寿增姨侄。孝宗丁酉生，字玉汝，号玉吾斋，宋时烈门人。肃宗甲子登庭试，历翰林、南床、舍人、副学，以通政典文衡。判六曹，十拜吏判，官止崇禄判敦宁。文章赡敏，当时罕比。景宗壬寅士祸，以兵判窜江津。癸卯卒于谪所，年六十七。英祖乙巳，谥文贞。】

吴道一《将发东阳馆平山赠按使金子怀》："金乌城外去秋别，不道西州有胜筵。我昔佩符今使价，君曾怀玦此巡宣。荣枯前后事如梦，岐路东西山接天。别恨羁愁俱集鬓，短篇题赠却茫然。前年，子怀谪善山，余宰星州，有乌山会话，故第一云。"吴道一《后燕槎录》

吴道一《葱秀次书状俞宁叔得一韵》："削立苍屏面水奇，染霜枫樾媚朝晖。君怜汉竹曾分地，我忆燕槎昔憩时。金带又叨持玉节，白头犹未制荷衣。他年理策重寻计，约束山灵赋一诗。"吴道一《后燕槎录》

吴道一《洞仙岭吟示书状》："前度重来九阅秋，算程先已白浑头。早期许国殚臣节，不为离家惹客愁。落日西风逾洞岭，淡烟疏树见黄州。同行从事饶吟癖，每得新诗怯和酬。"吴道一《后燕槎录》

吴道一《中和途中示书状》："秋序駸駸已半强，客游赢得鬓添霜。微茫接塞平芜阔，点缀攒云远岫苍。直北路程无阻碍，大东疆域此开张。推敲结习销难尽，到底凭君索和章。"吴道一《后燕槎录》

吴道一《生阳馆夜吟》:"生阳物色最关心,十载重持使节临。伊昔侍儿今按鬐,当时从事已拕金。庭槐瑟飘秋强半,阁月苍凉夜向深。羁抱恼人难拨遣,不妨张烛闹歌琴。"吴道一《后燕槎录》

吴道一《练光亭》:"长庆门前系缆催,练光亭上绮筵开。平铺栏外大江走,约束天边千嶂来。十载重游今老矣,一生兹会最奇哉。歌琴祇为抒羁恨,不管行云梦楚台。"吴道一《后燕槎录》

吴道一《箕城次书状韵_{平壤号箕城}》:"箕城重到事堪夸,前后行装侈使华。郭外迷津舟楫簇,楼前满目云山赊。天晴游骑垂杨陌,日暮纤歌卷箔家。只是羁愁添白鬓,蓟关西去足风沙。"吴道一《后燕槎录》

吴道一《肃宁馆_{肃川}吟示正使锦平都尉_{朴公弼成}》:"繁华从古说西州,着处王程便胜游。凤阁舍人偏跌宕,秦楼公子亦风流。红妆烂映围三匝,玉斝交飞散百筹。箫鼓嘲轰歌舞并,夜深明月曲栏头。"吴道一《后燕槎录》【考证:以上诸诗约作于八月初二日至十二日间。】

十二日(丁未)。

吴道一《百祥楼吟示节度使柳起之_{之发},兼示牧伯权君敬持》:"远役支离欲白头,一旬方始到安州。风烟满目乘槎路,歌舞留人枕水楼。节度夸诗排墨阵,使君呼酒动杯筹。他年洛社相逢地,说着应同梦里游。"吴道一《后燕槎录》【考证:诗云"一旬方始到安州",故约作于八月十二日前后。】

吴道一《戏吟示柳节度》:"重到安州鬓已明,惯颜官妓鲜欢迎。祇是江山不相厌,世间亲爱在无情。"吴道一《后燕槎录》【考证:诗云"重到安州鬓已明",故亦作于十二日前后。】

吴道一《铁山途中》:"西来愁鬓白纷纷,半为忧时半忆君。客路将穷吾土尽,年华已过一秋分。车郊晚望遥通漠,剑岳尖形欲薜云。吟癖尚欣龙馆近,隔窗风瀑夜多闻。"吴道一《后燕槎录》

吴道一《听流堂夜坐》:"羁人不寐夜如年,万事无端集鬓边。壮愤尚怜雄剑吼,牢愁独伴小灯悬。一庭过雨鸣寒树,空峡流风送暗泉。诗橐检来痴坐久,玉娘窗下怨孤眠。"吴道一《后燕槎录》

吴道一《将至龙湾》:"客路关心鬓欲星,邮人指点统军亭。穷荒西北千峰势,大地中间一水形。短日塞门风更急,早霜关树叶全零。犹怜匣里青萍吼,金币何时此役停。"吴道一《后燕槎录》

吴道一《湾馆次书状韵》:"塞外休怜去国身,壮游恢气不酸辛。重关控扼多城垒,一府繁华盛妓人。残角古谯吟碛月,艳歌高阁落梁尘。关心只是山河异,楚泪新亭更湿巾。"吴道一《后燕槎录》

吴道一《用书状韵示湾尹郑令公来祥》:"清秋使节逗龙湾,屈指曾游十载间。辽塞地形邻大漠,鸭江天堑限雄关。重迎府妓容华减,前度行人鬓色斑。最是统军登眺处,鹘山西望更愁颜。"吴道一《后燕槎录》

吴道一《宣川观德楼口占,至湾馆追示书状》:"画楼高处倦登临,城角吹残夕景沈。满目郊原秋莽阔,极天关塞气萧森。厨膳错堆浑海味,官娃妩媚亦乡音。关心尚有敲推习,徙倚危栏更一吟。"吴道一《后燕槎录》

吴道一《湾馆戏题》:"行役支离鬓半华,春明一出便天涯。佳人已作章台柳,旧客重乘鸭水槎。关月伴愁来夕枕,陇泉流恨杂宵笳。乡山北望重重隔,魂梦犹应懒到家。"吴道一《后燕槎录》

吴道一《与书状戏为联句示主尹令公》:"湾馆犹吾土,南人亦故人。贯之【按:吴道一,字贯之】何须论彼此,杯酒莫辞频。宁叔【按:俞得一,字宁叔】"吴道一《后燕槎录》

吴道一《鸭江舟上》:"画舫笙箫咽,新妆照水明。阳关三迭唱,离恨满江城。"吴道一《后燕槎录》

吴道一《安市城》:"安市千年但废城,石门残堞半颓倾。谷深山鹿车前过,关近胡儿马首迎。辽塞腥膻偏老泪,鸭江杯酌尚余醒。平生古剑横霜色,手抚何堪感慨情。"吴道一《后燕槎录》

吴道一《又用书状韵》:"英武唐皇帝,当年喜用兵。六师终败绩,残堞尚传名。夕磷留烽色,秋林作杀声。至今闻鬼哭,寒月古山城。"吴道一《后燕槎录》

吴道一《将至凤凰城》:"秋阴垂野气凄凄,店树村烟一望迷。边土早霜枫已染,塞天多雨路犹泥。骄羌索雇驱车急,倦卒愁饥叱马低。新句欲搜髭更捻,夕阳初下凤城西。"吴道一《后燕槎录》

吴道一《松站途中》:"燕地行人跛马忙,店村笳动欲斜阳。朝天古路今犹是,防房坚城半已荒。幽涧水肥前夜雨,乱山枫饫一秋霜。频年此役犹堪诧,物色供诗富锦囊。"吴道一《后燕槎录》

吴道一《松站示书状》:"寥落胡村旁水涯,地名犹是旧中华。明时尽节期徇国,稚子关情耐忆家。古木经霜稀见叶,荒城无月但闻笳。归期默算头浑白,日下终南梦里赊。"吴道一《后燕槎录》

吴道一《八渡河途中》:"拂晓寒霜满敝靴,强鞭邮骑越嵯峨。十年燕塞重持节,三日辽阳八渡河。目力收罗荒野大,吟头指点乱山多。还惭白首长形役,昨梦江湖雨一蓑。"吴道一《后燕槎录》

吴道一《次书状通远堡韵》:"地近辽阳馆,天连一板门。边山秋已白,陇水夜多喧。国耻关心切,胡尘满目繁。龙湾花一朵,多事恼君魂。"吴道一《后燕槎

录》

吴道一《将至连山关》:"陇树凋伤陇草黄,故园消息梦茫茫。连天塞路关心远,满地胡山极目荒。废垒半为今店落,薄田多是古沙场。车前忽得新诗料,筯动寒郊猎马忙。"吴道一《后燕槎录》

吴道一《次书状磨天岭韵》:"辽天秋色雁挖飞,石栈缘云马度迟。短日塞门山憭栗,冷烟村店树依微。已期靡鹽酬明主,秖是难忘有稚儿。料得东辕当腊尽,鸭江箫鼓雪中归。"吴道一《后燕槎录》

吴道一《青石岭感怀示书状》:"未报涓埃鬓已明,十年辽路又兹行。时凭译舌分胡语,每向邮人问店名。一曲伤心青石岭,千秋遗恨九连城。孤臣不尽苍梧泪,到此无端自满缨。"吴道一《后燕槎录》

吴道一《冷井途中》:"残角呜呜塞马鸣,客行知近古辽城。荒寒纵道风谣别,潇洒还怜景气清。溪柳叶疏山店冷,木绵花发野田明。十年重到身全老,鬓上秋光白几茎。""征镳穿度两峰间,马踏平芜路不艰。一水纵横天压野,大荒空阔地无山。空传唐帝曾停跸,尚忆秦皇旧筑关。最是伤心华表柱,只今疑有鹤飞还。"吴道一《后燕槎录》

吴道一《次书状辽阳韵》:"高风远挹浮家宁,往迹追思化鹤令。千古兴亡偏感慨,十年行李再淹停。孤城压塞海如带,遥野极天山似萍。一望苍然来暮色,旅情无奈鬓凋青。"吴道一《后燕槎录》

吴道一《旧辽东》:"白塔荒凉返照红,行人驱马古辽东。衣冠纵变中华制,邑里犹存大国风。侠少臂鹰偏意气,胡儿提剑亦豪雄。伤心欲问千年事,落木江天但暮鸿。"吴道一《后燕槎录》

吴道一《次书状思家吟》:"宠禄明时已溢涯,一心王事敢言家。君诗长格篇篇别,我病缘愁日日加。辽碛暮云随去马,沈江寒雨湿行槎。年华荏苒重阳近,忽忆吾庐有菊花。"吴道一《后燕槎录》

吴道一《沈阳途中》:"龙湾一渡恨何穷,万事沧桑涕泪中。从古地形辽左大,即今天府沈阳雄。红妆汉女头簪荸,白马胡儿腰带弓。尚有平生孤剑在,秋风端欲倚崆峒。"吴道一《后燕槎录》

吴道一《沈阳馆次书状韵》:"百年天地涨腥尘,千里吾邦苦畏人。惨见汉仪成左衽,空吟秦国赋文茵。平生击剑偏多恨,此地停槎倍怆神。莫说乱离当日事,可堪中夜泣孤臣。"吴道一《后燕槎录》

俞得一《原韵》:"学士前身是季札,观风此日作行人。来时玉署曾联席,去路金台更接茵。频把酒杯消寂寞,几将诗句弄精神。殊方忽觉重阳近,不独黄花笑逐臣。"吴道一《后燕槎录》【按《纪年便考》卷二十九:俞得一(1650—1712),昌

原人，字宁叔，号归窝。孝宗庚寅生，肃宗乙卯生状。丁巳登谒圣，历三司、四道伯、礼判，官止兵判。癸亥，与朴泰维论金益勋。】

吴道一《沈馆夜吟》："重城秋气夜凄凄，倦客思归意转凄。羁枕乍回千里梦，塞村初动五更鸡。疏篱火照厨人语，破屋寒多枥马嘶。珍重国恩犹未答，不愁萍梗到天倪。"吴道一《后燕槎录》

吴道一《沈阳馆感怀，伏次御制诗赐正使锦平都尉韵》："古戍寒吹角，孤城夕起埃。金缯深耻在，冠盖几人来。万事霜侵鬓，危忧血满腮。宸章昭大义，一读更悲哉。""此路忍重过，丁年阅几春。胡笳怨夜月，危涕自沾巾。"吴道一《后燕槎录》

吴道一《黄旗堡途中》："罗绮笙歌忆渡湾，别来愁绪鬓全斑。马前只见穷荒界，天畔忽呈何郡山。客路有诗酬令节，胡村无酒拨衰颜。逢人却问燕中事，报道单于猎未还。"吴道一《后燕槎录》

吴道一《次书状黄旗堡韵》："桦柅窝屋不关扉，篱落萧条村径微。异地逢人无旧识，寒窗见月许相依。乡书雁尽难重寄，羁梦天长亦懒归。得句非君谁更和，边头词客古来稀。"吴道一《后燕槎录》

吴道一《白旗堡途中》："长路驱驰一月余，每搜诗句倦凭车。浮云暮放巫闾色，败草秋连靺鞨墟。废戍笳吟沙碛冷，古林鸦动店村疏。客中未把重阳酒，满砌黄花忆我庐。"吴道一《后燕槎录》

吴道一《小黑山》："风沙夕涨古江濆，落日荒荒雁叫群。穷漠路程方踏遍，全辽疆域此区分。秋深塞气长疑雨，天远山形错认云。最是崩壕余汉戍，邮人指点到今云。"吴道一《后燕槎录》

吴道一《次书状小黑山韵》："底事耽诗太瘦生，通宵不寐到天明。残星缺月荒山店，落木惊鸿古塞城。随处自然逢好料，有时聊复慰羁情。窗前拍手羌儿闹，似笑沈吟句未成。"吴道一《后燕槎录》

吴道一《广宁途中再迭成字》："马首巫闾一面生，北风西日乱峰明。民居半是新开店，关戍犹存旧筑城。地忆曾游浑梦境，村怜前度亦人情。长途不用愁行役，落笔新诗取次成。""衰脸微微酒晕生，旅游忘却鬓华明。燕槎十载非生客，汉戍千年有废城。荒草冷烟分野色，暮鸦疏柳占村情。同来从事还同病，咫尺难谋好会成。""世事多端百感生，燕山行客鬓全明。荒村暝色鸦翻树，古塞秋容月隐城。乍检装囊寻酒债，数拈吟笔叩诗情。天涯忽觉乡心切，凄断胡笳曲未成。""客衾如水晓寒生，残烛阑干近枕明。一阵边风催落木，五更村柝殷孤城。乘槎万里经行地，击剑千秋感慨情。无限旅愁裁未得，白髭频捻句新成。""吟待虚帏曙色生，纸窗灯火映微明。天寒急杵鸣山店，月暗悲笳动晓城。

枉道男儿无系恋，自然乡国倍关情。庭前马齕枯萁尽，解使羁人睡未成。"吴道一《后燕槎录》

吴道一《闾阳驿望十三山七迭成字》："塞气苍唐微霰生，漏云寒旭不分明。沙村冷落依荒堡，野寺萧条旁废城。百里山青犹惯眼，十年头白更多情。崆峒北望腥尘黑，鸣剑初心几日成。"吴道一《后燕槎录》

吴道一《东关驿》："敝褐蒙戎怯受风，客游随处转蓬同。顽云错莫连山黑，落照苍茫荡海红。绝塞天长宾冷雁，荒村树老篆秋虫。黄昏歇马东关驿，百战遗墟古郭空。"吴道一《后燕槎录》

吴道一《次福州秀才金湟韵》："南纪古称多俊士，见君文质更彬彬。新诗别是多情思，似慰羁游弱国臣。""掺袂邮村酒更赊，爱君年少富才华。论交不必分疆域，四海男儿本一家。"吴道一《后燕槎录》

吴道一《宁远卫祖大寿故宅》："风沙漠漠古城头，忆昔开营拥碧油。四世元戎留大字，百年青史有深羞。荒台破础伤心地，落木寒芜满目秋。故事只凭遗老问，夕阳长啸抚吴钩。"吴道一《后燕槎录》

吴道一《望海亭迭风字》："孤亭直压半天风，上下苍然一色同。夕浪横驱千顷碧，寒曦倒荡万竿红。方知海若嘲河伯，始信云鸿哂壤虫。何所独无观眺壮，自今区宇眼应空。"吴道一《后燕槎录》

吴道一《两水河小醉落后》："夜醉胡村酒，朝眠日半竿。同行俱厌薄，吾事太孤单。疾首看邮卒，攒眉有舌官。羌儿齐拍手，笑杀倒乌冠。"吴道一《后燕槎录》

吴道一《永平府》："幽蓟中间此擅名，汉家飞将昔开营。山形直压卢龙塞，地号犹传右北平。断麓苔封射虎石，荒壕树老防秋城。伤今吊古无穷恨，一望燕云剑独鸣。"吴道一《后燕槎录》

吴道一《新店途中》："夜宿沙河驿，朝经新店城。乾坤已摇落，人代几迁更。病树寒无影，悲泉咽有声。芦笛吹塞曲，偏起故园情。"吴道一《后燕槎录》

吴道一《玉田次书状韵》："日暮城笳远远闻，州名盖乃玉田云。芦滩水落沙堆白，柿圃霜多叶带醺。世事即今夷变夏，邑风从古士崇文。千年燕赵悲歌阕，老泪空挥易水渍。"吴道一《后燕槎录》

吴道一《卧佛楼口占》："燕山南陆古雄州，城畔招提刱几秋。自设空门无此佛，始知天下有高楼。浮生幸办瑰奇玩，客路仍成汗漫游。落日凭栏试目力，蓟门烟阔树如浮。"吴道一《后燕槎录》

吴道一《次程知府清圣祠韵》："滦河祠庙孔阳阳，客子停骖更爇香。匦域腥膻今政涨，大商天地此犹藏。依然一发青山在，不尽千年春蕨长。金币我行

偏有愧，尘缨端欲濯沧浪。"吴道一《后燕槎录》

　　吴道一《滹沱河》："寒流呜咽断桥崩，忆昔真人应运兴。仓卒冯郎呈麦饭，苍黄王霸报河冰。休征自古天应启，丑类如今气尚腾。无限此怀谁会得，碧山愁色暮崚嶒。"吴道一《后燕槎录》

　　吴道一《通州城楼次书状韵》："潞江江水抱城楼，形胜真成第一州。独鸟去边天更大，青山尽处地疑浮。沧桑百变兴亡事，鸿雁数声今古愁。三复君诗还有愧，白头归计负林丘。"吴道一《后燕槎录》

　　吴道一《香花庵次书状咏松》："一种天然白甲奇，寺门双树立斜晖。金缯万里吾全倦，霜雪千年尔不移。根学老虬应屈曲，叶迎仙鹤傥来飞。只今冠盖经过地，长为行人赌好诗。"吴道一《后燕槎录》

　　吴道一《晨向礼部过太和门感怀口占》："文物衣冠劫火中，旧时宫观漫穹崇。凝霜万瓦鳞鳞白，送曙千门秩秩通。触目腥膻天可问，伤心金币泪何穷。黍离麦秀从来恨，燕雁无端叫远空。"吴道一《后燕槎录》

　　吴道一《大佛寺次书状韵》："虏气漫天镇涨沙，皇居犹是旧山河。荒凉只有金台月，萧瑟空传易水歌。千里梦魂乡国远，五更风雨佛窗多。西湖旧筑应芜没，白首刚惭负钓蓑。""光阴断送路歧间，燕馆淹槎岁欲阑。万事风尘添白发，十年狨鸟负青山。疏灯暖壁生微晕，急雪敲窗动晓寒。高枕比来忧肺病，蓟醪虽好可醺颜。"吴道一《后燕槎录》

　　吴道一《燕馆有怀戏吟》："羁栖虽苦胜吾庐，自哂谋生计本疏。樽蚁怜浮蓟门酒，橐金堪市潞江鱼。盘羞对或思娇稚，客况归应诧老妻。却怪鬓华添一半，朝来罢栉雪盈梳。"吴道一《后燕槎录》

　　吴道一《将复路前一日夜吟》："羁人睡罢梵王宫，起视星河转晓空。乡梦片时归海外，客行明日发燕中。料经鹤野寒威重，算渡龙湾暮律穷。群籁政沈僧尽宿，半檐金铎自敲风。"时馆于大佛寺。"吴道一《后燕槎录》

　　吴道一《三河途中次书状韵》："东天首路马如飞，快拨羁愁万绪縻。野日作阴催暮色，城云欲雪酿寒霏。青山卜筑将休矣，白首驱驰且任之。来岁西江春水涨，可能同理一帆归。"吴道一《后燕槎录》

　　吴道一《蓟州将发》："朝床卧爱暖衾裯，将启行旌与睡谋。麻贝促程偏发怒，甲军排户苦生咻。多生癖懒聊须任，投老从忙果孰尤。归日尚夸余兴在，月明歌舞降仙楼。"麻贝，护行清兵之号。"吴道一《后燕槎录》

　　吴道一《榆关晓发》："天时至后转多寒，久客思归益鬓斑。梦魂不道川陆阻，路岐偏惜岁年阑。催程每候鸣鸡发，计日犹迟渡鸭还。征马晓嘶榆塞月，戍楼吟柝五更残。"吴道一《后燕槎录》【考证：吴道一下诗《将发又吟》作于冬至日，以

上诸诗当作于八月十二日至十一月初六日间。】

十一月

初二日（丙寅）。

冬至正使申琓，副使李弘迪，书状官朴权出去。《承政院日记》

朴世采《送申公献琓再使燕山》："燕山使辖年年发，箕壤人心日日非。老我不知时已变，独将謦说奏天扉。"朴世采《南溪续集》卷一

任相元《送正使申公献琓》："北陆冰方壮，辒轩再度辽。金绯卿月选，玉帛使星遥。蓟府城留寺，通河舰作桥。经过想辛苦，店主岁增骄。"任相元《恬轩集》卷二十二

宋相琦《送冬至上使申宗伯公献琓赴燕》："宗伯今为使，行台昔所经。山川留物色，关路记楼亭。地望推卿月，天文动客星。独贤轻跋涉，专对重朝廷。露宿风穿幕，晨装雪打鞭。云烟蓟门树，箫鼓浿江舻。去日灰吹管，归期月变蓂。寸心元自赤，双鬓向来青。别语唯珍重，离愁正杳冥。千秋燕市曲，试向酒人听。"宋相琦《玉吾斋集》卷二

朴世堂《蒙远伯李弘迪将使燕，寄书求别诗，奉此长短律三首》："畿南按节闻催返，蓟北乘轺告薄行。少日同游常入梦，衰年远别岂堪情。索诗也自无佳语，折柳聊应当苦声。此物世间犹记有，故人知独念平生。""已老常悲还往疏，故情珍重一封书。四千里外驱驰去，三十年来寂寞居。莫把闲忙争得失，可知巧拙有乘除。忧君减食缘多酒，相爱应怜语不虚。""山河非改昨，风俗各当时。敛手惭为客，开眉欲语谁。金台人去远，华表鹤归迟。一一皆身历，送君聊道之。"朴世堂《西溪集》卷四

郑浩《送李参议弘迪赴燕》："越吟吴恋未归身，蓟树燕云独去人。万里之行经岁别，如何今日不伤神。"郑浩《丈岩集》卷一【按《国朝人物志》卷三：郑浩（1648—1736），字仲淳，号丈岩，延日人。肃宗壬戌进士。甲子文科。历检阅、文衡荐望。壬寅罹祸，谪于楚山。十一月，为文祭梦窝金昌集，以是又窜薪智岛。英祖乙巳放还。二月，特拜右相，至领议政。上箚极陈壬寅诸臣之冤，明其构诬之状，亟命复官伸雪。因郑三锡疏归忠州江上，闻闵镇远、李光佐合席握手之说，叹曰："为臣子得其君如是之褒，而欲望其治，岂不难乎！"浩受学于尤庵宋时烈，以道德文章名重一世。丁未七月，召用一边人严旨特罢相职。十月窜荣川。己酉放还，入耆社。丁未卒，谥文敬。】

郑浩《奉送李参议弘迪赴燕》："冠巾天地愧吾生，鸭水年年送此行。君去试过燕市上，为余先吊古荆卿。"郑浩《丈岩集》卷一

姜锡圭《奉别冬至正使礼曹判书申公献琓》："王事何曾叹独贤，但将行止一任天。多能诵了诗三百，险已尝之路四千。且莫偏伤垂老别，也须重咏远游

篇。伫待君归应改岁,莺花春晚五云边。"姜锡圭《聱齖斋集》卷四

姜锡圭《奉别冬至副使户曹参议李远伯弘迪》:"临筵惜别各衰年,况是窮阴岁暮天。王事有程甘契阔,客行随处□留连。三冬雪月心同洁,长路冰霜操愈坚。牧隐先生遗稿在,家声应继早朝篇。"姜锡圭《聱齖斋集》卷四

洪受畴《赠副使李参议弘迪》:"每年输汉币,长路是燕山。地部今持节,天时旧闭关。事殊洪武聘,辞继牧翁娴。男子斯游壮,离愁莫上颜。"洪受畴《送行录》

李健命《别冬至书状朴学士衡圣权》:"才子含纶出汉京,朔云边雪拥孤旌。西行尚识朝天路,南望那堪爱日诚。绝塞山川劳远梦,上都民物怆余情。临歧赠别无他语,珍重归来趁早莺。"李健命《寒圃斋集》卷一【考证:据《使行录》,冬至正使申琓、副使李弘迪、书状官朴权于十一月初二日辞朝,故以上诸诗当作于十一月初二日或其后。】

申琓《黄冈酒席口占冬至正使赴燕时》:"齐安馆里饯皇华,太守风流此可夸。已占绮筵娱使节,且将锦瑟杂伶歌。金樽浮白筹频换,蜡烛啼红夜渐赊。明日浿江西畔路,并州回首即天涯。"申琓《絅庵集》卷二

申琓《口号次书状朴君权韵》:"纱笼银烛映朱楼,锦瑟清樽慰旅愁。征客厌闻关塞近,佳人且莫唱凉州。"申琓《絅庵集》卷二

申琓《次凝香堂板上韵》:"别酒无多酌,深杯倒几瓶。三韩欲尽地,万古此高亭。塞黯江烟黑,城昏戍火青。今宵良可惜,何忍独为醒。"申琓《絅庵集》卷二

申琓《次书状路中记见韵》:"居同牛马圈成牢,状似豺狼语似嗥。对客恒谈惟索赂,随身长物但横刀。村间处处常防虎,土俗家家尽畜獒。逐日行厨厌腥臭,苏肠安得荐溪毛。"申琓《絅庵集》卷二

申琓《次李副使弘迪连山关韵》:"昔日防胡设镇处,岂知反作胡儿村。废兴胜败不须道,城郭人民能几存。三户亡秦古有语,一成恢夏今谁论。何劳慷慨悲前事,且好同君倾酒樽。"申琓《絅庵集》卷二

申琓《青石岭口占》:"迭嶂高逾峻,悬崖行渐危。欲将心铁石,先试路嵚崎。始识经艰险,方能出坦夷。聊凭一转语,相与戒于斯。"申琓《絅庵集》卷二

申琓《辽东感吟示副使》:"抚剑悲吟出塞行,伤心畴昔问遗氓。堤边版锸谁新筑,山下村间即旧城。河水至今传太子,酒人何处吊荆卿。中宵慷慨还无寐,斗胆轮囷郁不平。"申琓《絅庵集》卷二

申琓《途中次书状韵》:"辽左雄都会,从来一巨关。华夷即内外,海岱此中间。燕市悲歌地,唐皇驻跸山。今行总领略,休道旅游艰。"申琓《絅庵集》卷二

申琓《临书次圣儿韵仍寄两儿》："珍重千金札，殷勤寄两儿。尔须勤学业，吾自任驱驰。密密题封处，悠悠父子思。明春浿江上，携手以为期。""以我常思尔，深知尔我思。别来今几日，书断亦多时。朔雪埋关路，胡风撼客帷。匆匆逢驿使，凭寄数行辞。"申琓《䌷庵集》卷二

申琓《夜卧有得》："燕关万里道，倦客几时还。漠漠风沙里，栖栖豺虎间。疏烟生远树，寒日下遥山。分明昨夜梦，箫鼓鸭江湾。"申琓《䌷庵集》卷二

申琓《长城》："群山万迭去还来，地利东邻渤澥开。百二雄关临塞尽，千年王气抱天回。萦纡垛堞随冈势，缥缈亭台插斗魁。可惜已成胡羯域，今朝吊古使人哀。""无边沙漠际乾坤，千古雄都势最尊。山作金城来上党，天成玉垒界中原。重关刁斗严宵警，万队貔貅拥列屯。自是华夷分内外，谁教降将反开门。"申琓《䌷庵集》卷二

申琓《永平府口占》："沃野重关表里开，北平形胜信雄哉。天连万里卢龙塞，地接千秋骏马台。城郭山川从古在，人民风物至今哀。伤心莫问当时事，且把悲怀付酒杯。"申琓《䌷庵集》卷二

申琓《清节祠口占》："庙前松柏拥荒冈，孤竹遗城即旧乡。年代已随河水逝，名声还与首山长。采薇歌阕乾坤老，叩马言危日月光。莫道殷墟禾黍遍，请看周室亦沦亡。"申琓《䌷庵集》卷二

申琓《燕馆谩吟》："每日征途说玉河，乡情到此觉还加。行程默想犹疑梦，舍馆初安却似家。杳杳归心悬日下，迢迢故国隔天涯。羁怀悄悄难消遣，况复殊方送岁华。"申琓《䌷庵集》卷二【考证：申琓下诗题曰"元日感吟"，故以上诸诗当作于十一月初二日至翌年正月初一间。】

初六日（庚午）。

吴道一《将发又吟》："客睡初醒坐候明，邮人爇火报鸡鸣。厨供豆粥知南至，盘荐鹅羹见北烹。长有梦魂寻故国，却愁风雪暗前程。木炉烧榾瓶醪暖，寒怯晨行一细倾。"吴道一《后燕槎录》【考证：诗云"厨供豆粥知南至"，朝鲜有冬至食豆粥习俗，故约作于是年冬至日即十一月初六日前后。】

吴道一《高岭驿夜行》："强策赢骖骛雪边，朔飔如剑折重绵。疏灯冷杵村无月，老树荒篱店有烟。鬼磷依山余战地，佛钟穿壑近诸天。百年未了劳生债，赢得今宵白尽颠。"吴道一《后燕槎录》

吴道一《宁远夜吟》："关心乡路算犹遥，一榻青灯坐寂寥。月落村鸡初喔喔，天寒枥马更萧萧。残眠欲就棋收局，孤愤难摅剑吼鞘。风雪满山关塞远，客鞭明日是高桥。高桥，堡名 吴道一《后燕槎录》

吴道一《次书状小凌河韵》："玄冬边土气凌凌，透幔寒威利似棱。五夜箫

笳荒碛月,一村风雪小窗灯。乡心鸭水云千里,客路辽山雪万层。自笑吟魔嗔不去,朝来拈笔又呵冰。"吴道一《后燕槎录》

吴道一《广宁途中次书状寄示韵》:"穷塞玄阴气甚凄,一冬长路困羁栖。冲烟乱树鸦排阵,踏雪危桥马没蹄。鹤野之间无界限,巫间以后眩东西。客间诗句还多事,堪笑频呵冻笔题。"吴道一《后燕槎录》

吴道一《小黑山途中》:"墟落烟生散马牛,塞河呜咽不成流。寒芜莽阔顽阴合,古垒萧条残照愁。积骨边沙余百战,暮云关笛怨千秋。停车却向邮人问,添得霜髭几许不。"吴道一《后燕槎录》

吴道一《白旗堡夜吟》:"鸦阵翻翻集暝林,塞村篱落动寒砧。中天月已九分满,前路雪应三丈深。老眼有花书亦废,殊方无伴病相寻。分明梦里延英夜,咫尺炉香惹满襟。"吴道一《后燕槎录》

吴道一《周流河途中赠郭鸿胪朝瑞辉廷》:"晨行露宿又风餐,此役令人鬓尽残。天下地形当极北,客中时序政隆寒。冻鸥蹲树归飞懒,病马冲冰跋涉难。却喜逢君话半夜,旅愁凭得一分宽。"吴道一《后燕槎录》

吴道一《辽阳途中次书状沈馆韵》:"寒天岁色属严冬,原隰间关与子同。万里野荒穷漠北,一条江白古辽东。津亭问路烟生店,岩寺敲门雪压松。却借浅斟村酒力,朝来衰脸晕微红。"吴道一《后燕槎录》

吴道一《通远堡晨发遇雪追次书状石甯寺韵》:"村犬凭凌白木扉,马惊山色亦行迟。孤蹲绝磴愁饥隼,急窜荒林窘冻麏。我趣真如剡曲棹,君吟欲捋灞桥诗。浅斟低唱烧金帐,忆着龙湾兴已飞。"吴道一《后燕槎录》【考证:《肃宗实录》卷二七云十二月十九日"陈奏奏请使朴弼成等竣事而归",故以上诸诗当作于十一月初六日至十二月十九日间。】

十二月

十九日(壬子)。

陈奏奏请使朴弼成等竣事而归,论赏有差【按:参见八月初二日条】。《朝鲜肃宗实录》卷二七

康熙三十四年（1695年/乙亥）

正月

初一日（癸亥）。

朝鲜国王李焞遣陪臣申琓等表贺冬至、元旦、万寿节，及进岁贡礼物。宴赉如例【按：参见康熙三十三年十一月初二日条】。《清圣祖实录》卷一六六

申琓《元日感吟》："客里惊看岁已迁，残灯孤馆耿无眠。行当伯玉知非日，恰是曹公始满年。男子头颅从可识，旅游情绪更堪怜。即今趋走伤心地，何日东归奉御筵。"申琓《絅庵集》卷二

申琓《谩书燕事_{明朝词人多赋元宫词，故戏效其体而杂用俚语，亦其体也}》："警□声中杂鼓鼙，红头簇簇报班齐。千群骏马争驰突，五凤门前散碧蹄。_{诸官皆自五凤门前驰马而出。}""貂狐杂袭自相随，那辨官资与职司。自有满州旧例在，班行不用汉朝仪。_{朝衣之外皆袭貂狐，随其服色各成一队。又清人自称满州人。}""众乐声中羯鼓催，千官分列两边开。不知黄屋来何处，应是先从堂子回。_{正阳门外有邓将军庙，清初以神效灵，故称以堂子，正朝必先拜谒。}""中宵并命直龙楼，殿里承呼尽夜留。争向众中夸宠幸，朝来披得黑狐裘。_{黑狐乃至贵之物，惟皇帝服之，妃嫔中最宠者得之。}""骑来骏马响金铃，玉勒红缨耀广庭。争道珠冠高尺五，春风轻袅鹖鸡翎。_{所著者谓之珠冠，冠高而珠多者官最高，且于冠上悬翠羽，马项悬金铃红缨。}""晓日瞳胧唤仗初，白旄黄伞杂旗旟。门前不必排龙驾，自有高高象背舆。_{仪仗则如常仪，而驾舆于象背。}""绣幕罗帷不用遮，鬟松包髻插名花。短檐毡帽欹双鬓，驼鼓声中傍属车。""宽着长衫左掩衣，玉骢抱鞚疾如飞。纤腰尽带弓刀去，罢猎新从海子归。_{海子即薮泽畋猎之所。}"申琓《絅庵集》卷二【考证：详诗意，八首皆述元日朝贺盛景，故作于正月初一日。】

十一日（癸酉）。

上出迎敕使于西郊，亲受敕书及中殿诰命于仁政殿。《朝鲜肃宗实录》卷二八

十二日（甲戌）。

敕使求见东国诗文及笔法，抄誊《东文选》《青丘风雅》所载者与之，亦择善写人写字示之。《朝鲜肃宗实录》卷二八

十五日（丁丑）。

申琓《无聊中口占，是日灯夕》："夹路香尘夜不开，正阳门外看灯来。歌钟匝地人如海，处处青楼听落梅。""银烛辉煌夜色新，酒楼花市不胜春。香风

吹动黄昏月，处处长街驮醉人。"申琓《㶀庵集》卷二【考证：题注云"是日灯夕"，故作于正月十五日。】

申琓《燕都八景》："鳌背神山像海瀛，春光淡荡暖云生。蓬壶隐映三千界，台殿依微十二城。低拂宫花承晓旭，轻笼苑树弄新晴。黄尘清水须臾事，为问沧桑几变更。琼岛春云""沼面溶溶浩莫垠，葡萄初涨碧粼粼。桥横乌鹊通银汉，波荡鲸鱼动石鳞。晴绿乍添新雨色，落红流送满宫春。灵源距此知相近，拟泛仙槎一问津。太液晴波""云边螺黛簇芙蓉，迭嶂层峦问几重。宿雾轻霏高复下，晴岚横抹淡还浓。遥撑斗极还成界，迥压穷荒耸作峰。安得篮舆闲一访，翠微深处住吟筇。居庸迭翠""雪后西山霁景澄，冻云收尽玉崚嶒。晴光迥入千门晓，寒色遥连万壑冰。瑶树琼林看转缬，岩扉石磴杳难登。悬知词客吟肩耸，驴背寻梅兴不胜。西山霁雪""碧嶂丹崖喷玉泉，遥看瀑布泻长川。晴虹倒挂千层转，素练高飞百尺悬。溅沫沸林空翠湿，跳波激石碎珠圆。无人解道银河语，佳句谁能继谪仙。玉泉垂虹""微茫烟树隔前村，野望苍苍接蓟门。轻裛晚风吹黯黮，细和残照度氤氲。翻疑极浦寒潮上，恍似平林过雨痕。却恐征人迷去向，依依暝色近黄昏。蓟门烟树""疏星错落晓寒凄，澹月朦胧渐向低。桥影迥连川上下，人家遥隔水东西。云间灏彩涵清镜，天际澄光映素蜺。十里琼瑶驱马处，飘然宁羡广寒梯。卢沟晓月""燕王曾此置黄金，人去台空碧草深。寂寂千山惟返照，萧萧万木易秋阴。雁拖寒影投遥渚，鸦带余光过远林。吊古几经词客过，登临谩费短长吟。金台夕照"申琓《㶀庵集》卷二

申琓《有以〈十宫图〉来示求题，漫成以赠》："白纻衣薄露凄凄，芙蓉小殿靡廊西。馆娃歌舞方欢乐，塞耳东门铁马嘶。吴宫""云雨巫山十二峰，去来朝暮杳无踪。细腰宫里空相妒，谁识瑶姬梦寐逢。楚宫""阁道遥将渭水连，骊山台殿锁婵妍。君王自爱长生药，肯许童男共载船。秦宫""飞燕昭阳侍寝回，晚妆催上避风台。披香博士知何事，莫道温柔是祸胎。汉宫""娇笑盈盈复浅颦，承恩长占邺宫春。陈王自矜多才思，肯信人间有洛神。魏宫""永巷无人竹叶斜，晚风庭院引羊车。宫中尽日经行地，为问君恩底处多。晋宫""贴地黄金衬袜罗，瑶阶步步踏莲花。不知洛水凌波女，若较身轻定孰多。齐宫""结绮临春相对开，招呼狎客管弦催。后庭玉树终宵宴，不识门前擒虎来。陈宫""锦帆龙舟志已骄，迷楼深处贮妖娇。君王自是轻黄屋，汴水才开又度辽。隋宫""羯鼓催花曲未终，梨园丝管醉春风。自从妃子新承宠，花萼楼荒大被空。唐宫"申琓《㶀庵集》卷二

申琓《通州》："通州从古说繁华，除却燕京更孰加。青雀黄龙迷舸舰，绿窗朱户咽笙歌。关防控引三千里，闾井萦纡十万家。处处炉头夸酒美，解龟安得驻行车。"申琓《㶀庵集》卷二

申琓《双望铺题主人李汲壁》:"一室图书静,谁教远客过。人堪称市隐,境似入山家。樽贮新丰酒,茶烹顾渚芽。悠然风味好,忘却在天涯。"申琓《绚庵集》卷二

申琓《付书于先来军官,临书口占寄两儿》:"佳节匆匆客路迟,故园花柳想依依。殷勤一夜还家梦,先付三韩驿使归。"申琓《绚庵集》卷二

申琓《角山寺口占》:"长城之顶角山寺,沙塞云烟来眼中。缥缈高临北斗北,微茫迥挹东溟东。鳌头楼压千年石,鹏背波抟万里风。不信人间有此景,登临今日意无穷。"申琓《绚庵集》卷二

申琓《临别口占赠胡秀才世培○松江府人》:"怜君羁旅久侨居,落魄殊方志未舒。客夜那能闻鹤唳,故乡应复忆鲈鱼。萍场关塞重倾盖,樽酒河梁又别裾。莫把交情限疆土,天涯时寄数行书。"申琓《绚庵集》卷二

申琓《燕地士子有以画索题者,随笔书赠》:"丹崖碧嶂即秦余,知是当时避世居。试使渔郎重一访,后人应读未焚书。""丹房茶灶傍溪云,案上闲翻小篆文。知是夜来笙鹤过,坛边长礼大茅君。""浮岚暖翠护仙家,新作茅斋傍水涯。三尺蒲团千日睡,也无尘梦落东华。""剩水残山好卜居,茅斋晴昼午眠初。独留孤鹤看茶鼎,且就闲窗课道书。""秋云澹无色,秋叶落如雨。角巾者谁子,独坐倚枯树。""客去秋林空,淙淙石濑响。好鸟时一鸣,遥闻云木上。""乔木生昼阴,清泉响寒溜。溪边对语谁,知是山中友。""高树冻云落,深林山日斜。应知昨夜雪,开遍寒梅花。"申琓《绚庵集》卷二

申琓《十三山途中》:"客路今将半,行行似转赊。人烟临塞少,雨雪出关多。旅思愁羌笛,衰容怯镜华。催驱向前道,唯恐滞归槎。"申琓《绚庵集》卷二【考证:申琓下诗题曰"中安堡途中遇寒食",故以上诸诗当作于正月十五日至二月二十一日间。】

二十八日(庚寅)。

江原道观察使吴道一陛辞,上引见,勉谕以遣。前数日上遣掖隶,赐道一诗,有"一片丹心炳"之语。道一是疏远之臣,而恩数之隆渥至此,人颇疑其深结奥援。《朝鲜肃宗实录》卷二八【按:原诗为"一片丹衷炳"。《西坡集·年谱》云:"正月,赐御制诗。御制诗手书七言绝句一首,弁以小序曰:'江原监司吴道一之才回万里之行,旋按关东之节,盖欲镇纷纷层生之论,不得已也。言念世道,良可慨叹,偶以一绝言志:去年塞北几瞻云,今日关东倍恋君。元来一片丹衷炳,末路哓哓岂足云。'特遣别监,命往宣于家。公只受感泣,以为此异恩也,具笺例谢,亦所不敢。只言于别监,俾以往宣臣某家之意,诠启而已。人谓非勋非戚,秩视亚卿,而乃有赐诗赠行之恩,非但国朝所无,抑前史所罕觏云。"】

二月

二十一日（癸丑）。

申琓《中安堡途中遇寒食，口占示副使书状》："来时路是去时程，归旆如何此滞行。万里殊方长逆旅，一年佳节又清明。天涯乡国三春梦，塞上风沙独客情。遥望家山频矫首，不知何日过辽城。"申琓《绚庵集》卷二【考证：诗题云"中安堡途中遇寒食"，诗云"一年佳节又清明"，故作于二月二十一日前后。】

申琓《途中闻雁感吟是日闻罢推之奇》："趁节来如信，随时去不留。稻粱无复恋，矰缴莫相谋。影逐关云度，声和塞月流。微禽犹若此，吾已悟行休。"申琓《绚庵集》卷二【按：《肃宗实录》卷二八云二月初十日"琓则以奉命出疆，命削黜"。】

申琓《戏赋〈燕歌行〉示副使书状》："酌君以沙塞千钟之房酒，侑君以胡儿一阕之筎声。胡笳怨兮酒盈壶，我且为君歌燕行。燕山迢递雪满路，朔风号怒吹行旌。谁料当时玉帛路，转为今日金缯程。天涯行役困跋涉，客里岁月愁峥嵘。黄金台古但荒墟，酒人何处寻荆卿。三冬燕馆苦思归，万里归来双鬓明。丈夫生世必有用，志气久已无龙城。局促徒驰使者车，慷慨欲请终军缨。莫道书生无胆气，古人白面犹谈兵。愁来击剑歌鸣鸣，一曲聊为鸣不平。落落风尘少知己，世人谁识曲中情。男儿壮志久未试，郁郁从谁同细评。我姑酌彼眼前酒，轩冕何须浮世荣。不如归卧江上庐，五湖烟水寻鸥盟。"申琓《绚庵集》卷二【考证：《肃宗实录》卷二八言三月二十一日"冬至副使李弘迪、书状官朴权等还"，故以上诸诗当作于二月二十一日至三月二十一日间。】

三月

二十一日（壬午）。

冬至副使李弘迪、书状官朴权等还【按：参见康熙三十三年十一月初二日条】。上引见，问以彼国事情，对曰："皇帝荒淫游佃，不亲政事。用事之臣又皆贪虐，贿赂公行，且蒙古别部喀喀一种甚强，今方举兵侵境，人多忧之，而但年事虽荒，赋役甚简，故民不知苦矣。"上使申琓被削黜之罚，不得复命。《朝鲜肃宗实录》卷二八

七月

十三日（癸酉）。

任相元《送书状官金演》："浿水朱炎尽，辽山白露催。愁瞻西日隐，怕遡北风来。淹滞还乡梦，诛求异俗猜。星轺十年事，写罢送行台。"任相元《恬轩集》

卷二十三【考证：据《使行录》，谢恩（谢王妃复位）正使全城君李滉、副使李彦纲、书状官金演于七月十三日辞朝，故此诗当作于七月十三日或其后。】

十一月

初一日（己未）。

冬至正使李世白、副使洪受畴、书状官崔启翁如清国。《朝鲜肃宗实录》卷二九

李世白《辞陛》："曈昽初日上罘罳，使节翩翩共拜辞。象阙那堪从此远，却教行意故迟迟。"李世白《雩沙集》卷三【按《纪年便考》卷二十八：李世白（1635—1703），仁祖乙亥生，字仲庚，号雩沙，又北溪。孝宗丁酉进士。肃宗乙卯以洪川县监登增广，历三司、铨郎、两铨。戊寅入相至左。宅心制行，明白峻洁，为一时名流。癸未卒，年六十九，谥忠正。】

李世白《拜表》："黄盖飘扬鼓乐随，龙亭载表列朝仪。此行今日知何事，回首中原不尽悲。"李世白《雩沙集》卷三

李世白《查对》："迎恩门下盛簪缨，送我燕山奉使行。咨表看来仍感慨，康熙二字异崇祯。"李世白《雩沙集》卷三

李世白《沙岘饯席》："松间祖帐倚风高，太宰文衡又夏曹。酒尽三杯仍起去，伤心此地即劳劳。"李世白《雩沙集》卷三

李世白《别诸公》："弘济桥头落日时，满朝簪笏盛于斯。方知此别真堪惜，止酒人犹倒一卮。户判李君实断酒已久，而为余所劝，倒一大白，故云。"李世白《雩沙集》卷三

李世白《别闵稚久镇长》："绿矾南畔又离亭，立马匆匆且尽觥。此地看君偏惜别，一般无限渭阳情副使洪九言即稚久之舅，故云。"李世白《雩沙集》卷三

金昌缉《送外兄李尚书世白赴燕》："惆怅江楼独倚栏，主人行役北风寒。蓟门关外看明月，应忆雩沙旧钓竿。"金昌缉《圃阴集》卷一【按《纪年便考》卷二十九：金昌缉（1662—1713），显宗壬寅生，字敬明，号圃阴。肃宗甲子生员。荐授王子师傅、礼宾主簿，皆不就。有学行文识，读书不务博专，致力于《西铭》《大学》，蚤夜不离手，如是者二十年，而后始及他，经无不沛然。癸巳卒，年五十二，推恩赠吏判。】

金昌翕《奉赠雩沙李公世白赴燕》："百感东湖卧小楼，晚沙烟景带虚舟。群鸿屡叫芦洲月，中入燕山万里愁。""苦峡荒江见在身，偶来京阙送征轮。穷途转忆神州大，愿作吾兄后骑尘。""昭峣华表神仙曲，缭绕长城太史书。吟到白头劳远目，云横四海冀州余。""白堡黄旗新路长，冒寒裘马黑山旁。若求吾祖看羊迹，积雪今犹满沈阳。""礼义东方乃若斯，冠裳逆顺复谁知。渡江试踏辽东野，大地还应未尽隳。""踽踽朝簪愁待漏，疏疏冷席懒筹边。不如走马四千里，观采文渊凤阁前。"金昌翕《三渊集》卷六【按《纪年便考》卷二十九：金昌翕

（1653—1722），昌协弟，罗星斗外孙，金世弼侄婿。孝宗癸巳生，字子益，号三渊。少时作洛诵楼于北麓，与少年讲磨，因以为号曰洛诵子。显宗癸丑进士。肃宗丙子选书筵官，历持平、掌令、进善官，止执义，皆不就。早以文章鸣，见世故多端，遂无意于世，放浪山水间。爱清平雪岳之胜，结庐其上，自称居士。经学亦臻高明，而自得静中之效为多。景宗壬寅卒，年七十。英祖癸酉，赠吏判赞善。正祖朝，赐谥文康。】

金昌协《奉赠北溪李公世白赴燕》："萧瑟江湖一秃翁，悲歌岁暮钓船中。平生未识神州大，垂老难闻房运穷。纵去可能观礼乐，向来犹恨负桑蓬。衰怀更激今朝别，目断辽云倚北风。""中州莫说尽穹庐，历历遗踪贤圣墟。怀玉山林应逸士，悬金市肆几新书。欧虞制作开明始，陈许渊源接宋余。兹事未容今古异，试凭公去问何如。陈许，指陈栎、许谦。"金昌协《农岩集》卷四

宋相琦《雩沙李兄以冬至正使赴燕，书索别语，占短律寄呈》："骨肉经年别，天寒路更长。河桥违执手，江榭忆连床。断雁燕山夕，征骖鹤野霜。欲题诗寄远，愁剧不成章。""不死由天定，谁知有昨年。辽阳重返鹤，沧海几成田。世事浮云外，离愁朔雪前。向来存没恨，此别莫潸然。"宋相琦《玉吾斋集》卷二

任相元《送副使洪九言》："西征当日记凭轺，经岁归来鬓欲凋。汉戍半临辽海尽，胡山正接塞门遥。民稀古郭思仙鹤，骑过平原见落雕。预想春醪能软脚，高轩相就赏琼瑶。"任相元《恬轩集》卷二十三

任相元《送书状官崔启翁》："城西酒罢送斑骓，行李辛勤我稔知。浿水去经冰壮日，辽河归及草生时。沧桑变后衣冠尽，兵甲抛来岁月移。宾主易猜民俗别，勖君须自慎其仪。"任相元《恬轩集》卷二十三

吴道一《送洪九言受畴赴燕》："历历经行总眼前，吾曾兹路着鞭先。荒林有径多逢虎，废戍无村不起烟。遥野极天吞鞑靼，青山如浪散幽燕。新诗一格应添长，归日奚囊复几篇。"吴道一《松村录》

李海朝《送洪丞宣受畴赴燕》："银台一梦杳燕都，玉节迢迢直北驱。天外朔风来碣石，马前辽雪没医巫。诵诗感慨榛苓句，吊古逢迎博筑徒。不必更烦徐匕首，五陵佳气未应无。"李海朝《鸣岩集》卷一【按《纪年便考》卷二十八：李海朝（1660—1711），显宗庚子生，字子东，号鸣岩。肃宗辛酉进士。壬午，以海州判官登谒圣，历铨郎、三司，选湖堂，官止监司。气岸伉爽，诗亦不坠家教，无世俗气。言议道发劲口，而不少挠。辛卯卒，年五十二，赠吏判。】

崔昌大《送洪参议受畴赴燕》："满目兴亡事，山河旧帝居。几人曾涕泪，今日又轩车。城是防胡在，台犹市骏余。平生匪风恨，此去复何如。"崔昌大《昆仑集》卷二【按《纪年便考》卷二十九：崔昌大（1669—1720），显宗己酉生，字孝伯，号昆仑。肃宗丁卯进士。己巳，成浑李珥辍享，与同志士疏争而见罚。甲戌改纪，始赴举。是年登别试。历南床、翰林、铨郎、舍人，官止副学。文章盖当世，仪容清癯秀朗，在众人

中如鸡群之鹤。所著有《日知录》。庚午卒，年五十二。】

赵裕寿《送洪参议受畴入燕》："昔于关塞饱艰难，何事今行又犯寒。毡幕夜围深雪宿，野厨朝杂半冰餐。地偏燕谷春冬锢，天阔辽山早暮看。油铺买灯归守岁，馆中言语独三韩。""山后诸州朔气哀，苑中南海堑深灰。云端天子今难见，海外波臣孰为来。中夜悲歌思孝庙，千年揽涕过昭台。君看燕士皆胡服，感慨何人恋汉哉。"赵裕寿《后溪集》卷一【按洪良浩《后溪赵公墓碣铭》：赵裕寿（1663—1741），字毅仲，号后溪，丰壤人。显宗癸卯生，历刑工曹郎、参奉、佥知中枢府事、掌隶院判决事。英祖辛酉，以寿终，年七十九。天才特异，早负盛名，而家庭学有渊源，斤斤以绳墨自持，绝无文人肮脏之态。惟于诗妙悟深诣，汲句钓字，刮肤探髓，奥情奇辞，常吐人所不能道。譬如独茧自织，危调孤弹，目焉者色变，耳焉者神夺，可谓词林之绝艺也已。金三渊昌翕尝曰："曾闻某一年作一诗，今见其诗，真奇才也，必传无疑。"崔昆仑昌大曰："以若才格，不脱陈黄门路，岂局于年代风气欤？"李西堂德寿曰："某虽以诗名世，文亦甚好，短引小跋，极似老杜文。"先辈之论尽之矣。】

李世华《赠洪受畴九言赴京之行》："自断杯中物，看花句未成。今君持使节，劝我起诗情。落日劳歌促，寒天别恨生。只应孤竹庙，来去挹余清。""不自蹈东海，还嗟送此行。江山关路迥，皮币国厢倾。雪色巫间暗，风声碣石轰。男儿重王事，去去莫伤情。"李世华《双柏堂集》卷一【考证：据《肃宗实录》卷二九可知李世白等于十一月初一日辞朝，以上诸诗当作于十一月初一日或其后。】

李世白《至高阳》："列炬煌煌古驿墟，高阳客舍二更余。长安城阙云端隔，弘济杯觞梦里如。儿子远随甥与弟，主人催饷蟹兼鱼。桐乡往事偏多感，不独临岐湿尽裾。"李世白《雩沙集》卷三【考证：依例，燕行使团于辞朝当晚宿高阳碧蹄馆，诗题曰"至高阳"，诗云"高阳客舍二更余"，当作于十一月初一日。】

李世白《别儿》："筋力吾差健，兹行尔莫忧。三春犹可返，万里岂云修。好遣儿孙长，勤将简策抽。临衢更无语，离别本悠悠。"李世白《雩沙集》卷三

李世白《别弟季成》："万里辽河欲去时，不堪鸿雁两参差。须将多少临岐恨，报与完山半刺知。"李世白《雩沙集》卷三

李世白《别金甥圣甲》："官路依依此去留。燕山无限鸭江流。临岐付汝丁宁祝。毋不忧贫父病瘳。"李世白《雩沙集》卷三

李世白《次谷云舅氏寄别韵》："河桥日落客行催，尚忆岚台夜酌回。辽路三千从此始，来年离恨若为栽。"李世白《雩沙集》卷三

崔启翁《奉次上使韵》："洪崖消息渺茫茫，忽见仙槎此日装。绝代奇音飞白雪，横空硬语凛清霜。凭凌北海三千里，绘绣南熏十二章。驽质多惭随末契，凤鸣时复学朝阳。上使判书李世白，副使参议洪受畴。"崔启翁《燕行录》【按《国朝人物志》卷三：崔启翁（1654—？），字乃心，号□梁，朔宁人。肃宗丁巳进士。辛酉文科，历说

书、校理，官止承旨司谏。崔启翁上疏论劾领相申琬骄侈诸般罪状有云："曲眉丰颊，列屋而闲居，妒宠而争妍，以至牧场及鄙琐事甚多。"上引见，责以敲憾大臣。启翁曰："臣非欲敲撼，愿殿下知其罪状，时时推考警责而用之也。"上哂之曰："大臣安有推考之事？"仍命递差。启翁为人疏率，且多乡暗，本意非欲起闹，朝廷言或可取，而只见笑于人，一出狼狈而归，识者叹之。】

崔启翁《可笑行走笔》："可笑复可笑，吾行欲何之。清晨入兽闼，日晚诣彤墀。拜跪辞君王，赐赍多珍奇。奉表出国门，紫骝骄且驰。仪仗何煌煌，挟道生光辉。观瞻倾都城，指点兴嗟咨。二价在前行，群工在后随。而我是何人，于此耀霜威。如梦复如痴，自顾还自疑。暂驻慕华馆，路左罗襜帷。处处皆祖筵，杯酌相追飞。落日弘济院，俨雅千官仪。盛馔自王府，厌饫不能饴。献酬乱无巡，相看语依依。万里自此始，使乎来何时。提携未云几，骊驹忽鸣悲。扬鞭指长途，去去将何为。青山动暝色，白水流寒渐。翛然一长啸，朔风为我吹。夜行三十里，红火列如旗。入高阳传舍，坦腹任踞箕。须臾进脍膳，亦足充吾饥。十觞便大醉，忘却岁年饥。谁是旧酒徒，我辈亦男儿。男儿贵得意，何用守蓬扉。寄语故穷士，饿死余尔嗤。"崔启翁《迂窝遗稿》卷一【考证：以上诸诗当作于十一月初一日至初二日间。】

初二日（庚申）。

洪受畴《宿坡州》："昨随冠盖出城西，惜别朋知手共携。猥忝使星持玉节，幸陪卿月奉金泥。谁怜朔北行将远，不忍终南望渐迷。前辈同槎今欲效，强排诗律醉余题。"洪受畴《燕行录》

崔启翁《坡州客舍呼韵二首》："千官昨日饯郊西，三使今朝酒更携。举目只堪昏似梦，忧时不合醉如泥。南望楚塞家何在，北指胡天路欲迷。冻雨霏霏寒景暮，此怀难写数行题。""唱罢阳关路出西，朋知处处惜分携。行经白雪□含冻，归趁芳花香满泥。日落胡天心愈壮，梦回宸极意还迷。百年未报君恩重，何日天山大字题。"崔启翁《迂窝遗稿》卷一【考证：高阳至坡州四十里约一日程，以上诸诗皆以"坡州"为题，诗云"昨随冠盖出城西""千官昨日饯郊西"，当为辞朝次日宿坡州时作，故系于初二日。】

李世白《临津次书状崔乃心启翁韵》："花石亭何处，临津古渡头。山颓百年恨，斜日过江舟。花石亭即栗谷先生旧居。"李世白《雩沙集》卷三

李世白《次副使洪九言受畴韵》："君在城东我在西，官忙几恨阻相携。同穿朔野三冬雪，胜踏长安十日泥。眼底山川看已厌，梦中岐路觉还迷。仙槎酬唱今非古，感慨诗成信手题。""名藩最是国门西，前后恩深玉节携。十载行装重鸭水，千秋往迹杳鸿泥。楼台多少神先爽，花月寻常意易迷。且为同来诸子道，

只应于此费吟题。"李世白《雩沙集》卷三

李世白《历拜江阴李贰相墓》："江阴何处若堂封，片碣犹传贰相公。几度外孙瞻拜去，今来衔命昔观风。"李世白《雩沙集》卷三

李世白《到金川》："松京风驾到金川，前度风烟客路边。最是回澜一片石，至今流涕大明年。"李世白《雩沙集》卷三

李世白《过猪滩》："寒冰萧瑟雪化飘，稳过猪滩十里桥。立马沙头增怅望，皇华旧迹已寥寥。"李世白《雩沙集》卷三

崔启翁《葱秀馆次副使洪九言受畴韵》："冰塞寒溪雪洒矼，玉泉灵流尚淙淙。山榆鬼秘瑶为洞，天借云屏石作窗。遣兴须宜杯举数，伤时还觉鬓凋双。朱公大笔宛如昨，奉使今朝羞此邦。"崔启翁《迂窝遗稿》卷一

洪受畴《葱秀玉溜泉次书状韵》："三神太远九华少，葱秀之山无等夷。晓来微雪工妆点，半露真形信绝奇。"洪受畴《燕行录》

洪受畴《瑞兴夜咏玉溜泉》："向晚扶筇渡石矼，闲窥岩窦玉溜淙。留名字刻朱天使，记实诗传郑北窗。气爽可从琼液并，味甘堪与酒泉双。今夫勺水龙应在，旱岁成霖活我邦。"洪受畴《燕行录》

洪受畴《又用前韵咏雪》："晓埋前路不分矼，淅沥寒声杂涧淙。才女谁家吟柳絮，钓翁何处睡篷窗。名花烂发浑成六，白璧交堆不但双。盈尺已看能表瑞，明年丰熟贺吾邦。"洪受畴《燕行录》【考证：以上诸诗当作于十一月初一日至初七日间。】

初七日（乙丑）。

洪受畴《到凤山》："七日驱驰鬓欲斑，客行其奈渐辛艰。洞仙已去空留馆，凤鸟何归只有山。岁暮酸风吹射眼，天寒乱雪扑侵颜。中宵默算明朝路，大岭岩峣不可攀。"洪受畴《燕行录》【考证：诗云"七日驱驰鬓欲斑"，故当作于十一月初七日。】

李世白《别际仲再从弟世会》："麒麟驿路接东阳，官阁欣连夜雨床。直到鸡鸣酒尽后，葱山咫尺亦微茫。"李世白《雩沙集》卷三

李世白《戏次书状韵》："平生惯踏关河路，看尽佳人锦绣屏。堪笑霜台新御史，风流于此醉无醒。"李世白《雩沙集》卷三

李世白《过洞仙岭》："寒冰积雪陟崎岖，征马间关信畏途。堪笑向来持节日，漫劳驰奏为民苏。"李世白《雩沙集》卷三

李世白《到黄州》："黄冈路尽海西头，形胜西门第一州。棠芾曾惭南国咏，星槎重过太虚楼。风流通判杯盘盛，介胄将军礼数优。客散琴堂天欲晓，朔云关月总离愁。"李世白《雩沙集》卷三

洪受畴《到黄州次金大谏仲和昌协别正使韵》:"遥忆江湖一钓翁,十年颜对梦魂中。宦情易逐秋光薄,幽怨难随岁律穷。君意不移坚似石,我行云远转如蓬。偶因宗伯看题赠,欲和希音愧下风。"洪受畴《燕行录》

李世白《渡大同江》:"寒江一夜阁层冰,薄暮仙舟又暂凭。堪笑相迎何太苦,当时宣化未吾能。"李世白《雩沙集》卷三

李世白《到安州》:"衔命淹留萨水滨,一年春色桂花新。今来满路相迎处,半是当时唱第人。"李世白《雩沙集》卷三

崔启翁《安州次副使韵》:"浮云去去欲何依,日暮关河路转微。岁事只今唯北走,好音谁复寄西归。通经远愧唐员外,持斧殊非汉绣衣。回首乡关何处是,晚年身计与心违。"崔启翁《迂窝遗稿》卷一

崔启翁《纳清庭呼韵》:"行尽西关鬓欲斜,不堪斜日挂寒枝。亭临小淑看冰□,人倦长程驻马迟。皮币奔忙羞此日,衣冠朝聘想前时。回头却羡垂纶者,孤负江湖十载期。"崔启翁《迂窝遗稿》卷一

洪受畴《铁山车辇馆次东岳统军亭韵寄湾尹李得甫》:"岁暮天寒雪未晴,客行行尽短长亭。出关水是西流势,临塞山皆北走形。夷夏百年同一局,乾坤万古等双萍。书生远役缘何事,看剑中宵忆丙丁。"洪受畴《燕行录》

洪受畴《又次述怀》:"朝来喜见朔云晴,明日共登江上亭。作别几多曾入梦,相逢宛是旧忘形。阳生半夜添灰管,人到他乡等水萍。此会已知天借便,休将伐木咏丁丁。"洪受畴《燕行录》

李世白《到良策》:"京洛音书静不来,几回惆怅望乡台。次第三封今夜到,平安二字喜颜开。"李世白《雩沙集》卷三

李世白《到义州》:"边城何处寿星村,往事悠悠尚泪痕。万里今输皮币去,还惭不肖外曾孙。"李世白《雩沙集》卷三

洪受畴《到义州留四日》:"客路征骖何处停,故人邀我统军亭。江烟半杂边云黑,山霭多从闬地青。异域衔纶羞古月,明朝分袂叹晨星。樽前何幸钟期遇,一曲峨洋侧耳听。"洪受畴《燕行录》

崔启翁《鸭绿江》:"鸭水悠悠不尽流,丈夫于此足搔头。百年世事真成梦,万里山河总是愁。过客永怀当远役,主人多意办佳游。平生慷慨男儿志,尺剑将凭望海楼。"崔启翁《迂窝遗稿》卷一

洪受畴《鸭绿江呼韵》:"仲冬冰冻鸭江波,马首愁云日暮多。官妓且休呈楚舞,祖筵端合用燕歌。固知蛮貊可行矣,将奈关山难越何。莫道兹游无所得,伯夷清节挹滦河。"洪受畴《燕行录》

崔启翁《呼韵》:"江湖余所乐,孤负十年期。客路四千里,行装三百诗。

177

贤劳岂云独，筋力未全衰。会有投竿日，归休也不迟。"崔启翁《迂窝遗稿》卷一

洪受畴《宿九连城》："江头车马送燕行，杯酒留人日欲倾。客路初经三大水，征轺夜卸九连城。衣缝已绽知风入，帐隙时开见月明。想得一家团会处，遥应说我此时情。"洪受畴《燕行录》

李世白《九连城次副使韵》："酒尽沙头策马行，荒原何处傍空城。芦边老树连江暗，雪童阴山照火明。人语乱从寒夜叫，角声轻逐晓风鸣。羁愁展转难成梦，默诵宸章更怆情。"李世白《雩沙集》卷三

崔启翁《九连城次副使韵》："醉别江头几里行，九连山下傍崩城。荒芦带雪连天白，片月如霜照野明。爝火仆夫终夜语，龁苦羸马向风鸣。静思六十年前事，咏罢遗词怆我情。"崔启翁《迂窝遗稿》卷一

崔启翁《过汤站有怀》："怅望殷山十日余，忽逢汤站有遗墟。可怜白马朝周路，想象当年泪湿裾。"崔启翁《迂窝遗稿》卷一

崔启翁《次副使韵》："去去天涯不自休，此行堪笑又堪愁。汉朝文物还无有，丽代山川定是不。茂草唯看走麇鹿，荒原未见易田畴。缅思宿昔伤怀抱，谩咏嘤嘤出自幽。"崔启翁《迂窝遗稿》卷一

崔启翁《栅门》："峡口如门地势平，谁人列栅强为城。山名以凤真堪笑，灵鸟何曾在此鸣。"崔启翁《迂窝遗稿》卷一

李世白《栅门次副使韵》："缘山列栅望中平，十里周遭便一城。咫尺关门难径入，夕阳残角漫催鸣。"李世白《雩沙集》卷三

李世白《安市城次副使韵》："安市山头迭石危，将军忠烈尚颓陴。心存吾国能全险，拜谢天王遂却师。从古男儿宜莫伍，至今编简此为谁。客来偶过城边路，怅望千秋涕自垂。"李世白《雩沙集》卷三

崔启翁《过安市城次副使韵》："山石嵯峨万丈危，至今安市存遗堆。向非猛士能坚守，焉有孤城当大师。可笑唐家天子事，不知丽代将军谁。嗟吾到此苦多感，驻马见之双泪垂。"崔启翁《迂窝遗稿》卷一

李世白《凤凰城次副使韵》："薄暮催鞭到凤城，辚辚无限叱车声。拦街任遣羌儿走，列店争迎贾客行。溪壑将填闻亦苦，枕茵虽暖梦难清。还看习俗犹差别，解读邹书使我惊。"李世白《雩沙集》卷三

李世白《九连岭次副使韵》："冰雪峥嵘拥马前，磨云石栈更钩连。从来畏道无如此，不及荒城睡夜毡。"李世白《雩沙集》卷三

李世白《松站次副使韵》："朔风吹雪满胡天，松店行行趁夕烟。星节乍迟荒院外，夜床聊借废城边。镇东形势今犹古，望北愁心日抵年。莫遣偷儿频视密，三更不寐此灯前。"李世白《雩沙集》卷三

洪受畴《松站》:"山雪河冰欲暮天,数村何处夕炊烟。荒凉院宇曾迎地,莽苍城门旧镇边。骑马技能从十岁,牧猪生理送长年。所嗟对面欺无力,近夜偷儿满眼前。" 洪受畴《燕行录》

崔启翁《到松站呼韵》:"尽日驱驰雪后天,暮来松站见人烟。缅怀故国身千里,却算归程地一边。破壁引风沙似箭,羁愁到枕夜如年。仆夫论说重峦险,且恐明朝马不前。" 崔启翁《迂窝遗稿》卷一

崔启翁《次副使韵瓮北河至连山关》:"西行历尽几山阿,峡里初逢一小河。瓮北得名知有意,令人却忆醉时歌。" 崔启翁《迂窝遗稿》卷一

李世白《八渡河站次副使韵》:"中堂净扫许留宾,堪笑初心为索缗。万里辛勤吾是客,一场咆哮汝何人。任教行橐看看尽,却恐前途处处嗔。增益必须经险阻,莫嫌无地可容身。" 李世白《雱沙集》卷三

洪受畴《通远堡是日乃心生日,略具杯酒,三人会于一处作诗慰之》:"行台初度是他乡,草草杯盘孰主张。生我劬劳恩欲报,慰君孤露语还长。莫嫌槎路身千里,已遂桑弧志四方。也识明年今日在,更成何处此逢场。" 洪受畴《燕行录》

李世白《草河沟》:"苍茫何处草河沟,流涕先王一曲讴。谁画当时行色否,凄风冷雨总堪愁。" 李世白《雱沙集》卷三

洪受畴《草河沟次正使韵》:"苍茫何处草河沟,流涕先王一曲讴。尚有当时能画否,凄风冷雨总堪愁。" 洪受畴《燕行录》

崔启翁《草河沟》:"忆昔先王歌此沟,东人传说至今讴。寒风不尽当时恨,分付遗臣此日愁。" 崔启翁《迂窝遗稿》卷一

李世白《畓洞次副使韵》:"绝峡才通仍职野,稻田无处不相宜。吾行屈指归来日,正是西畴有事时。" 李世白《雱沙集》卷三

崔启翁《分水岭》:"北岭南驰到此穷,凤辽分水亦西东。东流未寄西归泪,只自悲歌泣孝宗。" 崔启翁《迂窝遗稿》卷一

李世白《分水岭次副使韵》:"大山中立水无穷,一派西流一派东。万折须看归海处,先王遗表泣神宗。" 李世白《雱沙集》卷三

李世白《连山关》:"分水仍重岭,连山即一关。村居殊草草,客意自闲闲。椎诡元常态,逢迎亦好颜。暗闻中夜叫,逸马已牵还。" 李世白《雱沙集》卷三

洪受畴《寺洞》:"山木阴阴石路通,洞名知有梵王宫。云深万壑寻无处,疑听钟声落远风。" 洪受畴《燕行录》

李世白《寺洞次副使韵》:"危栈才容一线通,何年此地有禅宫。深林更觉聆萧瑟,不是钟声却是风。" 李世白《雱沙集》卷三

洪受畴《高岭》:"高高高岭试攀援,危栈悬崖欲折轩。当日蜀丁开鸟道,

何年禹斧凿龙门。白山气脉雄为祖,青石_{青石岭}在前峰峦列若孙。莫怪我心无所动,方之世路即平原。"洪受畴《燕行录》

崔启翁《高岭_{俗称会宁岭}》:"畏道巉岩不可援,冰崖回蹬仅容轩。山形仿佛秦函谷,地势何如蜀剑门。此日犹堪愁客子,昔年应是泣王孙。壮心拟借夸娥手,划却高冈作小原。"崔启翁《迃窝遗稿》卷一

李世白《高岭次副使韵》:"信矣高高不可援,兹山无处更容轩。休将险阻论函谷,岂独巉岩畏剑门。心里彷徨忠与孝,眼前罗列祖看孙。他年禹斧如堪借,铲尽群峦作一原。"李世白《雩沙集》卷三

崔启翁《甜水站》:"驱车入古城,沽酒醉还醒。塞雪愁边白,乡山梦里青。行装唯老剑,天地一浮萍。却喜辽阳近,明朝拟问丁。"崔启翁《迃窝遗稿》卷一

洪受畴《韩尚书塔_{在甜水相望地}》:"何代尚书葬草莱,更无香火岁时来。空山塔庙留陈迹,今古浮云几劫灰。"洪受畴《燕行录》

崔启翁《韩尚书塔》:"土坟三尺没荒莱,石塔犹能照后来。人世百年真一梦,尚书风度亦寒灰。"崔启翁《迃窝遗稿》卷一

崔启翁《呈上使李丈_{世白}要和》:"庄名酒肆几年春,学士青莲是后身。进退君门惟礼义,谒来江国任清真。阿兄宿昔同庚好,令季于今一榜亲。幸逐行尘游万里,旧情从此更看新。"崔启翁《迃窝遗稿》卷一

洪受畴《青石岭》:"山壮方知马力单,岩牙况复剑锋攒。曾闻百二秦关险,今见三千蜀道难。岭上白云故国远,洞中青石常风寒。先王当日经过地,欲作新图拭泪看。"洪受畴《燕行录》

崔启翁《次副使青石岭韵》:"万里严程客袂单,那堪愁思入眉攒。昨来鸟道良非易,今日羊肠更觉难。积雪满林埋旧路,烈风吹石助新寒。伤心不忍歌遗曲,立马山前迸涕看。"崔启翁《迃窝遗稿》卷一

李世白《次副使两岭韵》:"王祥岭尽石门开,朝日初升客意催。山欲穷时平野阔,丁仙何处待吾来。"李世白《雩沙集》卷三

李世白《冷井》:"洌洌清泉带雪肥,炊烟生处驻征骓。春来会待新芹长,白饭同君一饱归。"李世白《雩沙集》卷三

崔启翁《访旧辽东有感》:"悠悠千古事,相接眼中稀。城郭今犹是,人民旧已非。可怜余表柱,何处问丁威。却忆三分日,辽东是我圻。"崔启翁《迃窝遗稿》卷一

崔启翁《太子河》:"为问辽东水,谁名太子河。先王应过此,老泪不禁多。"崔启翁《迃窝遗稿》卷一

李世白《太子河次书状韵》:"太子何年过,悠悠一带河。东来无限泪,应

入此流多。"李世白《雱沙集》卷三

崔启翁《新辽东》："伤心欲问千年事，举目山河恨有余。莫怪辽城新旧异，可怜天地亦盈虚。"崔启翁《迂窝遗稿》卷一

崔启翁《次辽东韵》："华表仙禽更不归，辽阳陈迹已茫微。时移世变山河在，岁暮天寒雨雪霏。管子当年唯木榻，文皇何事耀兵威。无端一掬男儿泪，沾杀三韩御史衣。"崔启翁《迂窝遗稿》卷一

洪受畴《辽野次正使韵》："北来一水此三周，辽野东西地尽头。唐帝亲征应记得，汉军全没亦知不。更无鹤影归丁柱，谁打莺啼梦成楼。若变兹河银作浦，乘槎吾欲问牵牛。"洪受畴《燕行录》

李世白《次副使辽野韵》："浩浩天端与地倪，欲穷南北失东西。来牛去马终难辨，白草黄沙却易迷。点点遥岑连复断，沉沉宿雾散还低。平生井观方知快，气象安能尽赫蹄。"李世白《雱沙集》卷三

李世白《辽东次副使韵》："山当大野欲何归，云闪斜阳望更微。不尽酸风吹猎猎，无端冷雪洒霏霏。丁仙柱迥怜怀土，唐帝峰孤惜挫威。兴废百年那忍道，却惭臊羯涴征衣。"李世白《雱沙集》卷三

李世白《次书状途中韵》："野望难穷眇莽边，山从长白更绵延。风沙眯眼终无睹，桑海惊心漫自怜。汉室遗民曾避地，丽朝旧籍孰知年。天涯去去思归切，愁对旗灯满路悬。"李世白《雱沙集》卷三

李世白《十里堡次副使韵》："过尽平原十里亭，前村何处暮烟平。寒宵暖炕烦相借，休遣粗胡出恶声。"李世白《雱沙集》卷三

洪受畴《华表柱》："令威旧事未分明，千载始归何所营。纵是去家学仙术，只应怀土似人情。蓬科满目皆新冢，桑海惊心尚古城。倘使弟兄能邂逅，金华不及牧羊平。"洪受畴《燕行录》

崔启翁《次华表韵》："神仙之术故难明，丁令奚尝费力营。辞世谁能向天路，归家还是有人情。至今漫说千年柱，终古犹存数堞城。白鹤一去不复返，欲从何处问君平。"崔启翁《迂窝遗稿》卷一

李世白《白塔》："白塔亭亭更几层，云霄直上露高棱。千秋事迹微茫甚，一代经营造化能。他夜仙禽飞欲过，何年佛宇近堪凭。虽然恨尔全无力，不救辽城取次崩。"李世白《雱沙集》卷三

崔启翁《辽东白塔次上使韵》："塔劫高高问几层，势成山岳瘦棱棱。谁将巧思爱谋始，得匪神工定未能。佛事至今犹且俨，行人寻古漫来凭。辽东往迹唯余此，城郭凄凉亦已崩。"崔启翁《迂窝遗稿》卷一

李世白《白塔堡》："石塔依依客路旁，酒楼茶店竞相望。匆匆又过前桥去，

181

雾里孤城是沈阳。"_{李世白《雩沙集》卷三}

崔启翁《驻跸山》:"一片辽阳驻跸山,文皇何日此盘桓。当时若不能追悔,千古隋唐亦是班。"_{崔启翁《迂窝遗稿》卷一}

李世白《驻跸山》:"错矣征辽计,危哉驻跸山。玄花非有悔,黄屋定无还。何不良臣在,其惟武帝班。客来千载下,一笑望屠颜。"_{李世白《雩沙集》卷三}

崔启翁《次驻跸山韵》:"尝闻天日表,驻跸于兹山。争地不知足,贪功莫肯还。若无流矢中,焉有大师班。往事浑如梦,螺鬟尚旧颜。"_{崔启翁《迂窝遗稿》卷一}

李世白《到沈阳感怀》:"巢穴深完且莫论,丙丁余耻尚乾坤。千秋东海推高士,六载西河有季孙。丧乱惟应从古罕,纲常终得赖谁存。今来不欲寻遗迹,雪窖编中已泪痕。"_{李世白《雩沙集》卷三}

崔启翁《到沈阳有感》:"忆别龙湾十日赢,客行才入沈阳城。百年无限遗臣泪,到此难禁漫自倾。"_{崔启翁《迂窝遗稿》卷一}

洪受畴《到沈馆留一日思乡八歌》:"有客有客字九言,半生行役鬓霜繁。佩符遥窥黑龙派,乘槎欲穷银河源。以兹骨肉团会少,离别安能不销魂。鸣乎一歌兮歌始发,寒日荒荒下塞门。""有姊有姊病在床,别时相对泪浪浪。独子官至大司寇,生得五郎福无疆。如何一疾久未瘳,令我日夜不能忘。鸣乎二歌兮歌正苦,塞天历历愁云长。""有嫂有嫂年向衰,我兄早亡有两儿。大儿将母在堂中,小儿随我来边陲。忆弟几劳看云眠,望子应多倚闾思。鸣乎三歌兮歌正长,飞雪飒飒悲风吹。""有侄有侄其数九,或在乡曲或京口。早失严父父事我,我欲鞠养力何有。工夫正在安静里,书卷休抛离索后。鸣乎四歌兮歌正哀,羌笛萧萧怨扬柳。""有兄有兄有从氏,四为大夫一为士。大夫常禄尚可赖,士固贫者饥欲死。每忆田家乘欸段,犹胜马援在交趾。鸣乎五歌兮歌正悲,塞鸩杳杳边声起。""有弟有弟有弟二,一作持宪一作宰。清时纳约任责重,荒岁分忧须政美。池塘梦草正此时,风雨连床更何地。鸣乎六歌兮歌正高,尘埃漠漠边土紫。""有女有女年始三,尔身何不变为男。今年经痘能学语,别时牵衣情若含。一胜十子非敢望,见汝成人心所甘。鸣乎七歌兮歌正思,小灯耿耿愁不堪。""有子有子年始六,尔身何不生于嫡。渠母教字颇能解,倘为文章尤可惜。衰迟自可扶持赖,慈爱何曾贵贱隔。鸣乎八歌兮歌始终,歌罢茫茫怅独立。"_{洪受畴《燕行录》}

李世白《寄儿》:"沈阳今日卸征鞍,天气多暄幸少寒。夜宿朝餐无一病,真传消息即平安。""一家老少得安不,万里相思白尽头。愿汝留心勤保护,好当春日待归辀。""寒冰冷雪满长程,无限天涯父子情。更是关心惟两稚,候门

何处望吾行。""客中无处慰幽愁，闲便吟诗倦便休。愿汝工夫须日就，他时相对刮吾眸。"李世白《雩沙集》卷三

李世白《寄弟叔器世晟》："塞北天南渺一涯，别来偏感鹡鸰诗。回头莫问吾消息，书去应知此路迟。"李世白《雩沙集》卷三

李世白《寄弟季成》："雁行何处惜离群，白日回看万里云。过尽辽阳仍北去，此来酸苦不须云。"李世白《雩沙集》卷三

李世白《到沈阳有感奉呈谷云舅氏》："西河馆里再拘时，往事犹征雪窖诗。百变沧桑吾又过，此怀惟有渭阳知。""岚台辞别梦中如，朔雪边风满客车。他日维杨来去地，何颜石室旧门闾。"李世白《雩沙集》卷三

洪受畴《寄湾尹李得甫》："关心鹤野悲长路，回首龙湾似故乡。会待江楼花未落，绿樽红妓载沙棠。"洪受畴《燕行录》

崔启翁《寄李得甫兼东梁大材》："醉别依依不自荧，只今犹记暮江汀。可怜客夜相思梦，每到沙头拭眼青。"崔启翁《迂窝遗稿》卷一

洪受畴《永安桥》："人工殚尽鬼输奇，结构年来利涉宜。河饮蠛蛛形偃蹇，石成乌鹊势参差。壮心已愧初题日，归路应怜再度时。谁把永安留二字，匆匆恨未看残碑。"洪受畴《燕行录》

李世白《永安桥次副使韵》："方知造化更多奇，驱石何年结构宜。天际虹光流宛转，水中龙影落参差。马卿题字空千载，牛女逢期亦一时。争似此间无病涉，道周留揭永安碑。"李世白《雩沙集》卷三

李世白《边城次副使韵》："暮雪霏霏野望平，边城寥落更无城。关防何事曾虚掷，漫作来来去去程。"李世白《雩沙集》卷三

李世白《又次书状韵》："去去行难尽，看看意易惊。边城半夜雪，添却一愁城。"李世白《雩沙集》卷三

李世白《周流河》："大野中间一水周，东头已尽又西头。全辽自是分区处，此地其曾置镇不。傍岸孤村皆酒肆，临流旧堞尚谯楼。羁怀到底伤今古，独夜空劳望斗牛。"李世白《雩沙集》卷三

崔启翁《次周流河韵》："古塞苍苍一水周，辽西地尽此河头。隋家黩武何为者，唐帝观兵也是不。近代还无征戍垒，今来唯见酒家楼。旅窗自笑平生事，几日归歌宁戚牛。"崔启翁《迂窝遗稿》卷一

洪受畴《周流河赠郭朝瑞此人即吴三桂之臣，谪居于此》："怜君计活尚风飧，豪气如今半已残。谁识官衔三品峻，不堪栖息一枝寒。十年漠北身全老，万里云南梦亦难。相国为公勤致意，逢场颇觉客怀宽。药泉南相公欵待朝瑞，故郭每有书信，余于相公亦使邀见。""流水西流去不留，才经八渡复三流。今来又见周流号，行者如斯几

日休。"洪受畴《燕行录》

李世白《又次书状韵》:"源从何处始为辽,万折惟宜到海朝。此地周流长不去,尔无嘲我我还嘲。"李世白《雩沙集》卷三

李世白《新民屯》:"过尽长桥近野居,逢人知是半周余。山河处处浑非昔,莫怪新民唤此间。"李世白《雩沙集》卷三

洪受畴《新民屯次正使韵》:"圣人曾忆九夷居,苟欲新民德有余。童子不知华夏变,皆将大学读穷间。"洪受畴《燕行录》

李世白《大小黄旗堡》:"村名何事两黄旗,十里中间去路迟。无乃文皇曾驻跸,一于山上再于斯。"李世白《雩沙集》卷三

崔启翁《次黄旗堡韵》:"小黄旗接大黄旗,抍古寻思策马迟。应是文皇渡辽日,黄旗前后驻于斯。"崔启翁《迂窝遗稿》卷一

李世白《古城子》:"行程又过古城村,墟落难寻壁垒痕。独有冲愁欢伯在,青帘处处挂柴门。"李世白《雩沙集》卷三

洪受畴《古城子次正使韵》:"数店孤烟何处村,马鞍和睡不成痕。晚来静听邮人语,明日应过一板门。"洪受畴《燕行录》

李世白《白旗堡》:"朝过黄旗暮白旗,至今犹似战争时。还看边塞无征戍,惟有偷儿夜夜窥。"李世白《雩沙集》卷三

崔启翁《次白旗堡韵》:"枭首当悬白鹊旗,谪仙诗语想何时。得非唐帝观兵日,有个胡儿塞外窥。"崔启翁《迂窝遗稿》卷一

李世白《次副使黄白旗堡韵》:"处处旗亭望里遥,黄黄白白逐风飘。村名不必求深意,已觉心旌日夜摇。"李世白《雩沙集》卷三

李世白《夜坐呼韵》:"三人密迩旅窗开,此日真堪话一回。突冷好将芦叶爇,更阑任遣烛花堆。惟应间岳明朝过,何处村扉薄暮推。预想玉河团会乐,胡笳向月莫须哀。"李世白《雩沙集》卷三

崔启翁《梦觉作》:"梦里分明访故居,小溪新响雨晴初。觉来不省魂犹左,依旧青山入眼虚。"崔启翁《迂窝遗稿》卷一

洪受畴《历一板门二道井》:"自发辽东路,居然六日回。黄知大野尽,青爱众山来。荒店板门掩,孤村井道开。院虽无宿价,冷落亦堪咍。"洪受畴《燕行录》

李世白《新店次副使韵》:"新店凄凉筑路间,风沙卷尽雪留残。烟台西畔鸦头小,何处飞来一点山。"李世白《雩沙集》卷三

洪受畴《广宁卫》:"关防建置自皇明,形胜曾称旧广宁。能占域中都会地,所居天下最精兵。开张辽野罗三镇,控引巫闾作一城。移揭店名缘底意,只教

迎送远人行。"洪受畴《燕行录》

李世白《医巫闾山》:"辽阳行尽更无山,闾岳何来指点间。千里雄蟠夷夏界,万重高拱蓟燕关。仙人岩上花应老,圣女盆前水自闲。客路匆匆空怅望,至今丛桂更谁攀。"李世白《雩沙集》卷三

崔启翁《次闾阳驿韵》:"闾阳驿在闾山南,东北车辀集此咸。此去燕京问几许,行经十日又重三。"崔启翁《迃窝遗稿》卷一

崔启翁《次十三山韵》:"闾麓于斯尽,西行路且重。根盘几百里,罗列十三峰。若设防秋险,宁容猾夏踪。山头有古迹,吾欲一飞笻。"崔启翁《迃窝遗稿》卷一

崔启翁《次四同碑韵 路旁有四同碑,故王圣宗、王平父子相继为辽东指挥使》:"父子四坟同一陂,行人指点涕堪挥。辽东自有襄阳恨,片石宜名堕泪碑。"崔启翁《迃窝遗稿》卷一

洪受畴《松山杏山》:"烟台处处认防秋,松杏山皆属锦州。死敌骨寒边月照,离乡魂结塞云愁。星光鹑野天应醉,地小鲲岑国有羞。从古兴亡关气数,偷降妖孽岂容谋。"洪受畴《燕行录》

李世白《松山杏山次副使韵》:"松杏曾经百战秋,回看次第失雄州。城边草宿三军骨,陇上云含万古愁。旧日尧封何处觅,每年周币亦堪羞。新亭有泪终难制,一醉宜从酒肆谋。"李世白《雩沙集》卷三

崔启翁《次松山韵》:"往事追惟六十秋,关东自是帝王州。一番风雨真成梦,万里山河尚带愁。郭子前驱无限痛,周家奉币至今羞。固知天运良如许,岂独前人不善谋。"崔启翁《迃窝遗稿》卷一

崔启翁《次高桥堡韵》:"弩才多忝荷龙光,万里驱驰岂惮忙。顾此无缘报明主,男儿还愧志蓬桑。"崔启翁《迃窝遗稿》卷一

崔启翁《途中有怀》:"关塞三冬客,江湖万里心。尘埃衣上满,霜雪鬓边侵。旧面看新月,新梅记旧林。何时一竿竹,闲访钓台浔。"崔启翁《迃窝遗稿》卷一

洪受畴《宁远卫》:"宁远形便压塞垣,问谁为将镇雄藩。汉家带砺承三世,秦地金汤属一门。始拟祖生能雪耻,那知卫律竟辜恩。石楼铭镂铺张过,应愧重泉未死魂。"洪受畴《燕行录》

李世白《宁远卫次副使韵》:"伤心此地但荒垣,当昔何人殿大藩。四世勋盟山若砺,一时褒诰石为门。唯宜失死承前烈,忍复偷生负上恩。岂独经过争唾骂,鬼诛应及地中魂。"李世白《雩沙集》卷三

崔启翁《宁远卫》:"传闻袁总督,于此拥雄兵。一鼓天声震,万炮地轴惊。赵人失坚璧,宋国坏长城。更忆林元帅,那堪肝胆横。"崔启翁《迃窝遗稿》卷一

李世白《曹庄驿次副使韵》："败堞无痕驿路斜，萧条篱落几人家。虽然不失他模样，门插青帘壁贴花。"李世白《雩沙集》卷三

李世白《沟儿河》："河名何义竟难求，赤子其无溺此流。来路吾民饥欲死，一心犹似纳诸沟。"李世白《雩沙集》卷三

崔启翁《望长城登望夫石》："秦宫自有亡秦者，可笑秦皇枉备胡。包络山河为大囿，摆掀天地骋雄图。几年苦筑民群怨，万事俄瞭人一呼。设险如斯多不守，函关岂独独夫愚。"崔启翁《迁窝遗稿》卷一

洪受畴《山海关》："第一关临万国东，阔吞辽野势无穷。金汤设险思秦帝，玉塞为城仰魏公。天入阴山云易黑，地邻旸谷日先红。防胡计策终何赖，我辈空劳使价通。"洪受畴《燕行录》

崔启翁《山海关》："天下无双第一关，东临沧海北连山。兴亡百变关无语，怅望千秋登一叹。"崔启翁《迁窝遗稿》卷一

李世白《次副使望夫石韵》："近海荒祠一片山，可怜遗像尚红颜。城穿望眼空含怨，石化贞心可激顽。湘渚篁筠从帝狩，武昌风雨待人还。沧波万里无终极，留与千秋恨几般。"李世白《雩沙集》卷三

李世白《长城》："山抱西东气势雄，逶迤雉堞望犹崇。坤灵绝脉开天险，石血流鞭役鬼工。忍使民皆愁海内，不知胡已在宫中。可怜万世无穷计，输与千秋几沛公。"李世白《雩沙集》卷三

崔启翁《呼韵赠胡秀才世培吴中云间人谪居二首》："行尽西关岁色残，天涯远客饱酸寒。可怜城郭犹秦制，到处人民异汉冠。何幸逢君羁抱豁，不须愁我旅游难。论诗未觉金乌落，更剪青灯带笑看。""如何逸翩困催残，万里乾坤只影寒。事异中郎愁北海，情同公子泣南冠。江山杳杳魂飞苦，道路悠悠梦到难。谁识三韩方丈客，与君于此宛相看。"崔启翁《迁窝遗稿》卷一

崔启翁《榆关晓行用前韵》："银河欲落晓星残，澹月涵空夜色寒。衔命不能遑启处，催行未暇整衣冠。天连蓟野烟如锁，地入榆关路更难。旅事何时回马首，扶桑初日向东看。"崔启翁《迁窝遗稿》卷一

崔启翁《抚宁县呼韵》："征骖冲晓出榆关，三里孤城一望间。历历寒声冰下水，丛丛秀色雪中山。天时已看三冬过，人事终知几日还。形胜有余风土异，客行难作好容颜。"崔启翁《迁窝遗稿》卷一

李世白《次书状抚宁韵》："秦时城郭汉时关，天府雄藩即此间。野外襟分千里水，云端屏拥万重山。经过始识今为快，兴废休论古以还。何处昌黎来指点，遗祠恨未一开颜。"李世白《雩沙集》卷三

李世白《过万柳庄》："名区谁占涧之滨，万柳阴阴护一春。光禄豪华夸别

墅，孺人诚节耀贞珉。朱栏画栋空留迹，冷叶疏枝尚带罍。浮世沧桑奚独此，伤心琼苑亦腥尘。"李世白《雪沙集》卷三

崔启翁《夷齐里牌楼永平府》："危楼颓落势将颠，尚有夷齐里字悬。可惜无人再雕饰，清风谁贵古之贤。"崔启翁《迂窝遗稿》卷一

崔启翁《永平府呼韵》："百年多感此来游，拊剑悲吟倚暮楼。射虎遗风终古在，采薇余响至今流。陆沈谁任王夷责，摇落难堪宋玉秋。幽咽滦河声不尽，地灵犹似泣神州。"崔启翁《迂窝遗稿》卷一

李世白《次书状永平韵》："办得卢龙县里游，通衢几处有高楼。元来胜地关中最，不尽长河郭外流。殷世义人山一片，汉家飞将石千秋。经过自有无穷恨，抚剑悲歌望九州岛。"李世白《雪沙集》卷三

李世白《过范家庄野鸡屯》："四渡滦河路更长，望中萧瑟范家庄。炊烟生处停骖急，却喜鸡声似故乡。"李世白《雪沙集》卷三

李世白《过七家岭、新店、王家店、蒋家屯》："七家岭外二家连，新店中间望渺然。何处牛羊归落日，平看白屋入寒烟。"李世白《雪沙集》卷三

李世白《过榛子店、铁城》："山榛漫咏北来程，此地翻添去国情。谁向铁城吹玉笛，不堪新曲尽胡声。"李世白《雪沙集》卷三

洪受畴《赠谷韬臣》："丰润谷韬臣者称以秀才，以富者新构甲第，令人眩目。坐我于一内堂，而为接我人，除其炕制，房舍一如我国，西来始见也。俄进盘果，蓟酒澄浓，又进花磻盘，辞而不得，仍为乞诗甚勤，他无诗料，有一子颇贤矣。知君自是好风流，携我同登第几楼。地近玉田生有子，家传金谷富倾侯。樽盈竹叶留人醉，笛弄梅花送客愁。满壁图书看未了，来时更拟宝签抽。"洪受畴《燕行录》

崔启翁《高丽堡》："村名何故记高丽，云是东民旧寓基。况有水田开百顷，客心还似在乡时。"崔启翁《迂窝遗稿》卷一

李世白《过沙流河两家店》："河流衮衮入平沙，一抹村烟是两家。何处无终山入望，昭王家上只栖鸦。"李世白《雪沙集》卷三

崔启翁《玉田县遇雪》："一夜同云罨上天，朝来白雪乍纷然。也知县号良非妄，十里平原作玉田。"崔启翁《迂窝遗稿》卷一

李世白《玉田遇雪次副使韵》："撒玉乾坤万象渝，蓝田片片莫须沽。黄埋沙碛全含冻，白压芦原半露枯。远岫依依尖马耳，飞霙故故点人须。桥亭店树皆诗料，其奈阳春和者无。"李世白《雪沙集》卷三

崔启翁《次副使咏雪韵二首》："独钓寒江计已渝，雪中芦酒向谁沽。山光晻暧青峰失，野色微茫白草枯。不见春风来入面，任教冰索乱缠须。旁人且莫愁行役，却喜尘埃一点无。""繁华殊不古今渝，处处旗亭酒可沽。雪压寒山山欲

老，烟笼远树树如枯。身遥地脚谁青眼，岁暮天涯易白须。强把吟篇慰寂寞，客边诗思也全无。"崔启翁《迂窝遗稿》卷一

崔启翁《杨贵妃庙附禄山庙》："杨妃初不产渔阳，遗像如何在道旁。知是禄山真配匹，故存双庙两相望。"崔启翁《迂窝遗稿》卷一

李世白《到蓟州》："崆峒山势望岩峣，下有渔阳十里桥。至道曾烦黄帝问，初心还误禄儿骄。凄凉城郭今非古，来去输蹄暮更朝。客意无聊长啸罢，可怜神剑漫藏鞘。"李世白《雩沙集》卷三

崔启翁《次副使蓟门烟树韵》："树色微茫拥马前，蓟门形胜岁寒天。初疑蓬岛浓香雾，更讶隋堤锁暮烟。极目遥看将海合，举头还觉与云连。此时此景诗难写，欲倩名工作画传。"崔启翁《迂窝遗稿》卷一

李世白《东岳庙》："朝阳门外即通逵，望里嵬然岱岳祠。珠璧炜煌连复阁，龟龙剥落见隆碑。皇家制作思当日，使节驱驰住少时。薄晚匆匆城里去，繁华无处不堪悲。"李世白《雩沙集》卷三

洪受畴《玉河馆》："虚馆寥寥蜡烛灰，客心何事转悲哀。殊方既异丁年使，此地还逢丙岁回。眼到今宵无睡着，魂归故国莫招来。遥怜骨肉团圆处，谁把屠苏后饮杯。"洪受畴《燕行录》【考证：李世白下诗题曰"除夜次副使韵"，以上诸诗当作于十一月初七日至十二月三十日间。】

十二月

初三日（辛卯）。

谢恩使全城君混、李彦纲等回自清国【按：参见是年七月十三日条】。上引见问事情，彦纲曰："阿鲁得时未交兵，清国今方整饬戎务，春来必将动众云矣。"上曰："阿鲁得形势何如云耶？"彦纲曰："部落众多，颇强盛云矣。"彦纲又言："彼地凶荒，与我境无异，行路甚艰窘。"又言："龙、铁、宣、郭四邑之凶荒，最于平安一道。"上曰："四邑令本道设赈，先于他邑。"《朝鲜肃宗实录》卷二九

二十九日（丁巳）。

李世白《除夜次副使韵》："夜深孤馆漫书灰，万事悠悠总是哀。故国三千余里远，浮生六十二年回。山河今古关心切，骨肉团圆入梦来。不耐家家闻爆竹，寒灯挑尽强含杯。"李世白《雩沙集》卷三【考证：诗题曰"除夜次副使韵"，诗云"夜深孤馆漫书灰""不耐家家闻爆竹，寒灯挑尽强含杯"，当作于十二月二十九日守岁时。】

康熙三十五年（1696年/丙子）

正月

初一日（戊午）。

朝鲜国王李焞遣陪臣李世白等表贺冬至、元旦、万寿节，及进岁贡礼物。宴赉如例【按：参见康熙三十四年十一月初一日条】。《清圣祖实录》卷一七〇

洪受畴《元日立春》："每岁立春寒尚严，今年元日立春兼。春华岂使衰容改，岁色空教暮齿添。帝里绮城穷壮观，朝仪宝座异曾瞻。思归感古羁怀恶，王事从今几日淹。"洪受畴《燕行录》

李世白《元日次副使韵丙子》："邸馆深深守备严，羁愁还与病相兼。天时又是三阳会，暮境居然一齿添。丙岁逢来元已感，午门朝罢竟谁瞻。乾坤俯仰无穷恨，万里非关数月淹。"李世白《雾沙集》卷三【考证：以上二诗皆以"元日"为题，当作于正月初一日。】

初七日（甲子）。

洪受畴《人日书状小酌呼韵》："异域惊心物色新，乌蛮馆里未归身。无端客岁三韩使，又值王春七日人。栢叶岂徒倾美酒，柳枝将欲送行尘。遥知璧水颁柑地，变化鱼龙在此辰。"洪受畴《燕行录》

李世白《人日书状房呼韵》："羁愁偏入鬓毛新，万里淹留一病身。节过三阳年是丙，蓂生七叶日为人。城头玉笛惊寒梦，墙外香车送暗尘。行乐任教殊俗竞，强将杯酒作佳辰。"李世白《雾沙集》卷三

洪受畴《次乃心韵》："何处并州是故乡，鸭江回首意偏伤。客星犯斗槎河远，人日衔杯栢叶芳。二月欲东余马首，万山重上几羊肠。自惭王事成何事，行役空随岁色忙。"洪受畴《燕行录》【考证：以上诸诗以"人日"为题，有"又值王春七日人""人日衔杯栢叶芳"语，当作于正月初七日。】

洪受畴《燕都八景次清阴韵》："石老荒台藓发明，夕阳今古世无情。燕功五伯谁曾及，骏骨千金不复生。斜入蓟丘昭王所都笼暝色，低侵易水金台所在咽寒声。曜灵不管兴亡事，虚照昭王一片茔。昭王冢在玉田无终山。金台夕照。""十里桥边月满沙，偏临一带小黄河。纤云卷后微升塞，万籁沉来静印波。夜气渐阑看杳杳，曙晖将射觉婆婆。行人早起桑干北，鸿雁新霜晓色多。卢沟晓月。""危厓峭壁望中悬，从古重关自护燕。划建洪枢同九塞，《淮南子》曰：'天下有九塞，其一居庸。'迥

临荒服俨三边。龙还紫气曾经地,凤舞青山半落天。刚喜坤灵知客意,故教苍翠映樽前。_{居庸迭翠}""龙池水暖戏禽鱼,像想人工巧凿疏。才转海中琼岛后,更移天上玉楼初。_{池中有琼华岛、广寒宫。}縠纹细蹙风恬处,明镜新磨雨过余。灵沼子来那复见,有时垂泪掩邹书。_{太液晴波}""句芒用力转三丘,云傍琼华五色浮。宫仗徐移开雉扇,炉烟细杂近龙楼。度城懒逐春风散,出岫闲教洞府幽。佳气即今何处住,夜来星彩见厖头。_{琼岛春云}""雪后西山日影生,边头岁色觉峥嵘。层峦气割金天爽,远寺声添玉磬清。梅向前村几枝发,月从今夜十分明。济南想得诗家兴,七子篇章几度成。_{西山霁雪}""一望苍然是蓟门,密烟如织树阴昏。依微晓日扶桑野,摇荡春风细柳屯。浓淡巧成图画色,栽培免被斧斤痕。百年已拱诸陵木,夜夜声悲望帝魂。_{蓟门烟树}""泉上分明不霁虹,灵源一派出岩中。_{泉出石间螭龙吞吐玉争白,凿石有螭头,泉从螭口出,谷杂crieb色。}蟠蛛低昂花映红。_{元时构芙蓉殿于此。}石势天寒华表柱,银河晓转水晶宫。可怜日夜滔滔去,万折虽分必向东。_{玉泉垂虹}"洪受畴《燕行录》【考证:此诗当作于正月初七日至十五日间。】

十五日(壬申)。

洪受畴《上元日呼韵》:"玉河孤馆任愁凭,天宇峥嵘一倍澄。满路笙歌徒聒耳,寂寥谁慰影三朋。"洪受畴《燕行录》

李世白《上元日呼韵》:"羁愁悄悄若无凭,犹喜今宵月色澄。万里同来三使节,半庭闲挂两枝灯。逢辰此日还非乐,放夜遗风倘可征。任遣家家歌吹咽,晓窗残烛是吾朋。"李世白《雩沙集》卷三【考证:以上二诗皆以"上元日"为题,当作于正月十五日。】

洪受畴《移居隆福寺》:"羁怀寂历送年华,星驾无安鬓雪加。始逐春风辞客馆,又随云月宿僧家。他乡残柳愁边嫩,故国寒梅梦里花。想得蓟州新酒熟,归时准拟满尊赊。""曾从原隰咏皇华,羁縶殊方岁月加。吊泪未添文相庙,悲歌难访酒人家。蓟门何日看烟树,兜率今宵对雨花。归去欲寻终老地,青山无处不宜赊。"洪受畴《燕行录》

洪受畴《赠正使书状要和》:"处处青归杨柳鬖,明朝使节发燕南。关河道里虽千万,京洛亲朋此四三。黄鹤白云才子颢,青牛紫气老君聃。洪厓误落风尘久,海上双鸾几日骖。""岸柳和烟翠欲鬖,行人昨夜梦江南。殊方节物一春半,故国归程千里三。奉使即今羞季札,从师何处问瞿聃。远游自觉浮生老,几日还乡卸客骖。"洪受畴《燕行录》

洪受畴《次正使韵》:"悄坐虚斋伴阮咸,诗来忙手启封缄。明朝将别蟠龙寺,宿路应经射虎岩。何处梅花随玉笛,可怜荷叶变青衫。剡中他日乘舟去,无恙烟江一布帆。"洪受畴《燕行录》

崔启翁《发燕京》:"乍别燕京马首东,兹行恍若御泠风。金台落照回看外,蓟树浮烟极望中。岸柳含情春尚早,水禽呈戏冻初融。缅思鸭绿新波阔,一苇何时载醉翁。"崔启翁《迂窝遗稿》卷一

洪受畴《通州》:"妆点繁华大国容,北来襟带尽要冲。云开远堞飞如雉,日出长桥卧是龙。米粟漕来红腐积,绮罗颊处紫烟重。春风不识兴亡事,依旧楼台柳色浓。"洪受畴《燕行录》

洪受畴《蓟州咏卧佛》:"摆脱跏趺一枕欹,睡乡天地觉来迟。成何功德方舒膝,抛却慈悲不皱眉。祸福任他华胥夜,兴亡阅了黑甜时。从今悔我劳形役,归卧家山学大师。"洪受畴《燕行录》

李世白《发蓟州宿玉田》:"渔阳城外石桥危,看尽前村处处旗。历历山川君记否,依依杨柳我来斯。归程已熟无终县,往迹仍收未了诗。韫椟何人方待价,即今天下已难为。"李世白《雩沙集》卷三

崔启翁《三河途中次副使韵》:"自古中华帝者邦,只今回涕曩空双。山川不是陵为谷,风景殊非河易江。万代衣冠终泯灭,百年流俗尽蒙龙。夜来僧舍愁无寐,月满空庭风打窗。"崔启翁《迂窝遗稿》卷一

李世白《发玉田宿丰润》:"沙村野店望依依,却向丰城四牡骓。孤塔云迷天更近,小桥冰泮水初肥。莺花半壁春光早,牛斗中宵剑气微。且喜主人多款曲,为将新茗慰吾归。"李世白《雩沙集》卷三【考证:以上诸诗当作于正月十五日至二月间。】

二月

洪受畴《丰润》:"余于去时住谷韬臣家。谷是富者,盛备杯盘极待。仍乞诗,即成四韵赠之,期以后会。至是未及谷家,有年少辈数人引往他家。重楼复阁,弥满一洞,即谷之兄一柱之家,引路者即一柱子弟也。盖韬臣之家有故而然,杯酒之盛,铺陈之美不啻前日,心甚疑之。俄而以其子之名和呈前赠其叔之诗,而优于成篇。使之改成别韵,亦能酬酢。盖北方翘楚,始知歆侉之意,只在夸其能文求得我诗,可笑。二月东风暖尚微,行人犹未换春衣。剑埋古狱何年掘,酒熟新丰旧客归。家有珍苞砂果碧,市通渔户土花肥。今来更续曾题壁,珍重心期且莫违。"洪受畴《燕行录》【考证:诗云"二月东风暖尚微,行人犹未换春衣",故当作于二月间。】

李世白《谒清节祠到永平府》:"飒飒灵风引客途,杉松故庙弟兄俱。山犹特立撑千古,水若增清护一区。谁识纲常扶宇宙,空余歌曲忆农虞。卢龙更带斜阳去,孤竹遗墟定有无。"李世白《雩沙集》卷三

崔启翁《谒清节祠次上使韵》:"留与千秋立懦夫,天生二子孝忠俱。人钦德义存遗庙,地秘山河作别区。能使纲常悬日月,何由时世见农虞。三韩远客

偏多感，倘有精灵记得无。"崔启翁《迂窝遗稿》卷一

崔启翁《永平榆关途中》："昨别清祠日欲西，今辞仁里听晨鸡。遗风凛凛神犹爽，归路悠悠望渐迷。孤竹城边春树暮，首阳山外野云低。此心怅惘浑如失，懒向榆关信马蹄。"崔启翁《迂窝遗稿》卷一【考证：以上诸诗当作于二月至三月初三日间。】

三月

初三日（己未）。

洪受畴《呼韵》："不用周车路指南，为怜君命尚能含。行年屈指五旬五，佳节无心三月三。曾向野田闲咏鹭，晚来原隰悔驱骖。还家准拟辞簪组，叔夜应多七不堪。"洪受畴《燕行录》【考证：诗云"佳节无心三月三"，当作于三月初三日前后。】

崔启翁《澄海楼》："飘渺飞楼压海崖，东冈形胜此为佳。波连十岛非难到，槛入三天若可阶。高节缅怀寻鲁仲，还舟将欲问洪厓。西来壮观唯吾独，二使风流惜未偕。"崔启翁《迂窝遗稿》卷一

崔启翁《角山寺》："远上寒山石蹬回，小庵高卧白云隈。微茫碧海吞天去，屈曲澄江劈地来。峭壁屹环皆北向，长城横钥正东开。登临漫洒男儿泪，今古英雄有几哉。"崔启翁《迂窝遗稿》卷一

李世白《寄儿》："客腊新春两寄书，不知何日到吾庐。此行幸得都无事，第一关头已出车。""一家消息不须言，最是关心在两孙。日觉归心催似箭，何当入室酒盈樽。""前后申申勉戒辞，惟应两地此心知。归程迎觐何须远，其疾之忧莫我贻。"李世白《雩沙集》卷三

洪受畴《留山海关》："山海苍茫望里开，关门紫气自何来。徐达庙前春草细，孟姜祠下夜潮回。无人劝酒留行李，到处题诗别秀才。主人王兴宗官至同知者，足蹴房钱杂物，非但不知劝酒，举措惊骇。是日别胡秀才世培，故及之。欲把音尘凭驿使，江南何处一枝梅。"洪受畴《燕行录》

李世白《汉人胡世培持扇诗来别，次以赠之》："逢君软语到宵残，何处长风送月寒。万里归来今使节，十年流落旧儒冠。堪怜屈子吟犹苦，莫道钟期遇亦难。惆怅明朝关外路，几回相忆把诗看。"李世白《雩沙集》卷三

洪受畴《谒显忠庙》："清高遗像忆宗臣，第一关成第一人。天下第一关徐达所刱。当日经营壮中国，至今功德泣边民。碑文尚带崇祯夏，碑石尽破，只有崇祯十三年夏所重修碑一个存。岁事重回丙子春。山海茫茫时代变，欲寻陈迹已沾巾。"洪受畴《燕行录》

洪受疇《东关途中》："和梦征鞍鸟语闻，异乡时节属东君。海门湿雾仍吹雨，山店浓烟欲学云。地势将穷青冀域，天文尚见尾箕分。暮投野馆悲笳动，何处边鸿怨失群。"洪受疇《燕行录》

洪受疇《宁远卫》："都司西北列诸屯，自此诸屯卫属辽东都指挥司。此府要冲控塞门。卫号始于此，最近京师。曾属广宁为附卫，本广宁前屯中屯二卫也。始从宣德作雄藩。宣德三年始筑城于此置卫。固边往事云无迹，亡国余哀月有痕。前度客来时节变，春风吹泪过荒村。"洪受疇《燕行录》

崔启翁《宁远途中》："东关驿舍动晨辕，右所铺前暂驻轩。野外沧溟看日吐，路边丛薄听禽喧。万重烟雾连山暗，十里风沙接地昏。向晚却投宁远宿，古城犹带战场痕。"崔启翁《迂窝遗稿》卷一

李世白《发宁远卫宿高桥堡》："近晓东风酿薄寒，双城归路更漫漫。昭君怨恨山犹在，烈士忠魂火已残。万里云容愁黯黮，一村春事惜阑珊。今来旧俗知何似，却恐中宵着睡难。"李世白《零沙集》卷三

洪受疇《小凌河途中》："到此伤心岂等闲，杏山才过又松山。人烟国破家亡后，鬼磷天阴雨湿间。公主嫁应斯路去，锦林女此等处野合云。将军死不故乡还。杏山之役，将士战没无数。驿夫未解沉吟意，催却征轩路转艰。"洪受疇《燕行录》【考证：以上诸诗当作于三月初三日至十三日间。】

十三日（己巳）。

李世白《发小凌河宿十三山》："客路侵晨望渺然，大凌河畔小村前。云容泼墨天将雨，风力驱沙野似烟。山近十三重弭节，春当百五可停鞭。开窗且喜看晴日，谁遣花枝照眼边。"李世白《零沙集》卷三

洪受疇《十三山途中》："立马大凌河水边，东南野色极苍然。断云欲作何山雨，晚日微明近海天。岁俭村间多废井，春归原垄少耕田。十三岚翠开真面，堪使诗人赋一篇。"洪受疇《燕行录》

崔启翁《十三山途中》："客路清明十日前，晓来风色太狂巅。密云垂野将为雨，返照含山忽见天。万里行装犹北塞，三韩归意杳东边。凌河渡尽孤村宿，无限春愁一水牵。"崔启翁《迂窝遗稿》卷一【考证：崔诗云"客路清明十日前"，以上诸诗皆以"十三山"为题，故当作于三月十三日自小凌河发往十三山途中。】

洪受疇《医无闾》："磅礴昆仑气不收，散为灵岳护神州。周家幽镇超群望，楚客微闻作远游。桂树山宜招隐赋，前时贺钦隐居此山，桃花水隔逐春舟。山有桃花洞。曾闻此地丁仙化，欲问辽阳旧柱头。"洪受疇《燕行录》

崔启翁《新广宁途中》："征车轧轧马萧萧，淡月疏星晓影摇。地接闾山云气暗，天长辽海雁声遥。可怜民物看新俗，到处城埤记旧朝。闻道广宁箕庙在，

谩教千载客魂销。"崔启翁《迂窝遗稿》卷一

李世白《发小黑山宿白旗堡》:"驱驰日日敢辞劳,夷险从来任所遭。暗水将过泥滑滑,明星乍出月高高。行逢村井心方快,回视川原首更搔。一板门前催去路,旗亭风色引征袍。"李世白《雩沙集》卷三

洪受畴《小黑山》:"当时夷夏地形交,经略边筹浪自抛。小黑山前皆废垒,大黄旗外亦荒郊。大黄旗堡明日当过。空教使节年年过,一任柴扉处处敲。垂老客中浑漫兴,旧诗多改伴灯抄。"洪受畴《燕行录》

李世白《发白旗堡宿周流河》:"客日骎骎已几何,风烟处处漫吟哦。村容惯阅黄旗二,春意犹连白草多。堪恨新屯曾汉地,还怜旧渡即辽河。江南消息凭谁问,每到逢人语半讹。"李世白《雩沙集》卷三

洪受畴《周流河别韵赠郭朝瑞》:"客泪惊春歧路旁,河流曲似九回肠。吴宫陈迹衣沾露,吴三桂称以吴王,故言其亡国。燕市悲歌剑拂霜。海外知心台宿远,天涯识面使星忙。东风千里还无力,吹送扁舟更杳茫。"洪受畴《燕行录》

李世白《发边城宿沈阳》:"长桥过尽路茫茫,晚趁东风到沈阳。丁丑惊心曾险难,西河流涕旧篇章。依然芳草三春绿,独也贞松万古苍。会向九连城下过,寿星何处更彷徨。寿星即义州村名。"李世白《雩沙集》卷三

崔启翁《沈阳途中》:"万里归骖到沈阳,客心何事却凄凉。年回丙子那堪说,人慕前王不可忘。鹤驭无踪仙已远,春风有限草新芳。谁知白首遗臣泪,洒向三韩怨彼苍。"崔启翁《迂窝遗稿》卷一

洪受畴《沈阳》:"此行无处不悲伤,感泪难禁洒沈阳。乘鹤暂来周太子,看羊几老汉中郎。秋霜烈烈人称节,春草萋萋客断肠。青石岭头他日路,讵堪风雨更凄凉。"洪受畴《燕行录》

崔启翁《十里堡途中》:"历尽辽西数十程,征骖旋出沈阳城。南临鹤野心偏豁,东望扶桑眼忽明。废塔云开依旧态,长河冰泮自新声。三三拟踏三江草,屈指前途促马行。"崔启翁《迂窝遗稿》卷一

洪受畴《辽东》:"贞观何年伐不庭,至今陈迹验舆经。浮图石色云端白,驻跸山容海上青。白塔,尉迟敬德所造。安市城坚嘉节义,魏征碑立惜精灵。堪哈颉利逢移怒,夸示除凶费勒铭。"洪受畴《燕行录》

崔启翁《辽阳途中》:"鹤野三千忽已经,重来还似旧时丁。王孙有恨长河碧,天子留踪远岫青。贾客雇车争细利,渔人沉网发潜腥。挥锄古地今何处,欲向荒原问管宁。"崔启翁《迂窝遗稿》卷一

崔启翁《青石岭途中》:"石岭重重昼亦阴,雪深三尺路难寻。清光幂地瑶为洞,白屑封枝玉作林。谷底幽泉断复续,岩边巧鸟啸还吟。缅怀六十年前事,

回首先朝怆我心。"崔启翁《迂窝遗稿》卷一

崔启翁《象山途中》："洞壑深深十里强，丹崖粉壁屹开张。万重红绿浑如画，解使游人喜欲狂。"崔启翁《迂窝遗稿》卷一

崔启翁《五祖溪次西关途中韵》："五祖溪边逢暮春，一年天气觉清新。紫衣奔走行厨吏，皓首归来奉使人。花柳难销羁旅恨，云山应笑倦游身。强将杯酒酬佳节，却忆前冬雨雪辰。"崔启翁《迂窝遗稿》卷一

崔启翁《花石亭次壁上韵》："先生一去余林泉，霁月光风别有传。百有余年谁是主，野舟虚在白鸥边。"崔启翁《迂窝遗稿》卷一

崔启翁《拜玄相先生墓次石洲过松江墓韵》："狐狸交道草萧萧，洙泗余风此寂寥。六十年来经国手，可怜无复立清朝。"崔启翁《迂窝遗稿》卷一

崔启翁《松都呼韵》："丽代千年国，秦皇万里关。主人愁别意，行客怨离颜。一醉今宵月，相思何处山。唯须各自保，好在好归还。"崔启翁《迂窝遗稿》卷一

崔启翁《感古次石洲韵》："胜事豪华去若河，崩城败壁奈愁何。紫霞洞里寒声急，满站台边暮色多。溪水尚流前代恨，丽人犹唱后庭歌。缅怀索子宫门叹，第二桥名是橐驼。"崔启翁《迂窝遗稿》卷一

崔启翁《檀君殿》："陶唐并立有朝鲜，神圣遗风已四千。更有丽王同一庙，岁事香火至今传。"崔启翁《迂窝遗稿》卷一

洪受畴《余到安陵，权君敬持为主倅。李说之李警叔适客游此地，关外萍逢，便成胜集，呼韵各赋》："无端关外忽招邀，四座团圆度一宵。当日寝郎豪气减，少年同学壮图销。行人跋履惭衔命，傲吏思归厌折腰。歌舞淹留天欲曙，却愁星散望中遥。""一路星轺太守邀，笙歌几处度良宵。当辞北阙春才动，及到西关雪欲销。梅蕊巧妆公主额，柳条新学美人腰。偶逢知旧成佳会，忘却家山梦里遥。"洪受畴《燕行录》

洪受畴《次顺安凤栖馆李得甫韵》："年光忽逐客愁新，才别西关又别人。细草欲抽犹有雪，小梅初动不成春。敢言使者乘槎远，自笑书生抚剑频。暂请歌儿将进酒，一声清唱绕梁尘。"洪受畴《燕行录》

崔启翁《箕子庙》："九畴初叙八条成，白马当年仁化行。百世永长宗庙飨，后来更保子孙荣。"崔启翁《迂窝遗稿》卷一

崔启翁《示谢恩副使》："使传相逢地尽头，鸭江如怒又如愁。去来劳苦休烦说，岁岁纷忙是为畴。"崔启翁《迂窝遗稿》卷一

崔启翁《次勿染亭韵》："秘地何年辟，迷茫世代遥。溪山犹旧态，宾主即今宵。月映三更色，时当一叶飘。萧然成净会，杯酌不妨寥。""登亭忽觉此心新，景物恼人如有神。勿染为名真漫语，溪山从古本无尘。"崔启翁《迂窝遗稿》卷一

【考证:《肃宗实录》卷三〇言三月十九日"冬至使臣李世白、洪受畴、书状官崔启翁复命",以上诸诗当作于三月十三日至十九日间。】

十九日(乙亥)。

冬至使臣李世白、洪受畴、书状官崔启翁复命【按:参见康熙三十四年十一月初一日条】。上引见,使臣等陈燕京事情,仍历言两西民事之急,请更移江都米,给龙川、铁山、宣川、郭山四邑,上曰:"令庙堂禀处。"又请姑免海西田三税,上曰:"令该曹禀处。"《朝鲜肃宗实录》卷三〇

七月

二十五日(己卯)。

谢恩正使东平君杭、副使洪万朝、书状官任胤元如清国。《朝鲜肃宗实录》卷三〇

南正重《别任春坊胤元赴燕》:"衔命词臣北赴燕,感怀非为此离筵。那堪昔日观周地,又值先王在莒年。蹈海初心今已矣,朝天旧路尚依肰。行经石岭胡风冷,几诵宸章泣涕涟。"南正重《棋峰集》卷一【按《曾祖考赠吏曹判书弘文馆大提学艺文馆大提学知成均馆事世子左宾客行庆尚道观察使府君墓表》:南正重(1653—1704),字伯珍,号棋峰居士,宜宁人。二十九举进士,除内侍教官,转户曹佐郎,出监抱川县。肃宗己巳,擢文科,拜兵曹佐郎,改司宪府持平,迁司谏院献纳,选入弘文馆。肃宗甲申卒,年五十二。文词通畅。尤长于馆阁体,有文集二卷行于世。】

洪万朝《松京别亨休两儿》:"别袂情无极,王程事有期。蓟门秋色远,沙岘马声悲。已判忘家义,何劳陟屺思。临分烦一语,努力教诸儿。"洪万朝《燕槎录》【按《纪年便考》卷二十八:洪万朝(1645—1725),仁祖乙酉生,字宗之,号晚退堂。显宗己酉生员。肃宗戊午,登增广,历三司,官止判敦宁。入耆社,为政不烦苛,持大体。景宗辛丑,以司直疏请赵圣复亟正王法,不为论斥之大臣并施重律,以惩忘君负国之罪。英祖乙巳卒,年八十一。】

洪万朝《松都感旧》:"荒城驻马却凄然,满站台空草色连。一代衣冠流水外,诸陵松柏乱山边。忠魂已远桥碑在,幽梦难真□史传。覆辙千秋存至诚,请看楼壁揭宸篇。"洪万朝《燕槎录》

洪万朝《回澜石》:"千古回澜石,澜回石不磨。荒碑三大字,尚记汉槎过。"洪万朝《燕槎录》

洪万朝《瑞兴客舍》:"马首初生日,停车已在西。炊烟村远近,危岸路高低。出塞心犹惯,归家梦亦迷。那堪吟病客,来晓又闻鸡。""王事驱驰义,何曾问室家。梦悬天北极,心折海西涯。病喝思冰碗,和眠听晓笳。应知辽野路,无日不风沙。"洪万朝《燕槎录》【考证:以上诸诗当作于七月二十五日至八月初。】

八月

洪万朝《凤山途中》:"秋阴满野起风埃,征马萧萧向北催。溪水故随人影去,岭云疑见洞仙来。星槎八月前途远,晓漏三清片梦回。水觅清岚如可把,扶节欲上望乡台。"洪万朝《燕槎录》【考证:诗云"星槎八月前途远",故此诗作于八月初。】

洪万朝《黄州兵使宴席次韵》:"客路真堪织,支离向北征。将军携酒送,词客得诗清。草木浑秋色,弦歌总别声。来时入塞曲,分付此间迎。"洪万朝《燕槎录》

洪万朝《澄清堂晓起》:"四壁虫声急,三更蜡烛残。人□过浿水,梦不到乡山。杯酒元无兴,弦歌肯助欢。晓来闻塞雁,羡尔向南还。"洪万朝《燕槎录》

洪万朝《次抛球乐韵》:"玉女峰头箭括开,双双舞队逞奇才。金球掷罢鸣环立,疑是真仙谪降来。"洪万朝《燕槎录》

洪万朝《次放船乐韵》:"婵妍力弱不行舟,袅袅歌声学水流。堪恨离筵将送地,佳人不识昔朝周。"洪万朝《燕槎录》

洪万朝《练光亭用唐律韵》:"夹路松阴十里汀,危城上有练光亭。画船来去澄江碧,云黛高低远岫青。两部笙歌围坐席,千家灯火点疏星。分明古寺无多地,隔岭钟声到晓听。"洪万朝《燕槎录》

洪万朝《次百祥楼韵》:"孤城一面大江流,天畔云烟绕画楼。看去迷茫双眼尽,坐来凄切寸肠柔。香山暝色寒侵席,佛岛渔歌月满舟。从古英豪经过地,不堪高咏倚栏头。"洪万朝《燕槎录》

洪万朝《肃宁道中》:"逶迤一路走龙湾,扰扰停车不暂闲。古木秋悲箕子庙,浮云晴见妙香山。归期北塞严风后,别恨西郊落照间。形役只缘恩未报,莫叹衰鬓雪痕斑。"洪万朝《燕槎录》

洪万朝《百祥楼》:"人间有此好楼台,江水横分大野开。最是画工难画处,香山秀色欲飞来。"洪万朝《燕槎录》

洪万朝《次安陵金使君熙行韵》:"百祥楼上望秦京,重迭云山隔塞城。去国谁宽孤客恨,逢场始见故人情。魂随鸿雁声边去,愁入梅花笛里生。屈指归期残腊后,琴轩且待一樽倾。"洪万朝《燕槎录》

洪万朝《复次》:"使君诗思逼西京,名妓歌声动石城。客里仍成文酒会,天涯可耐去留情。蝉鸣驿树寒烟重,人倚江楼霁月生。自笑风流萧索尽,蛾眉不见泪双倾。"洪万朝《燕槎录》

洪万朝《次安陵守赠别书状韵》:"呜咽寒声陇水悲,开樽祖席动哀丝。灯

残旅馆连床夜,日暮孤舟掺袂时。长路不关燕塞远,故国惟恨雁书迟。浮生离合何须叹,梅发官斋是后期。"洪万朝《燕槎录》

洪万朝《嘉山东寄安陵守》:"笙歌杯酒木兰舟,别后相思兴不休。想得中秋今夜月,使君愁倚百祥楼。"洪万朝《燕槎录》

洪万朝《得家信》:"一别城南半月余,鸰原消息问何如。虚窗对烛伸眉事,赖有联翩驿使书。"洪万朝《燕槎录》

洪万朝《新安留别赵令》:"八月星槎到塞关,客窗相对经年颜。髭须不变风霜后,气概犹存笑语间。晚节寒丛依北砌,新秋雨色暗西山。临分莫用伤怀抱,须待行人雪里还。"洪万朝《燕槎录》

洪万朝《倚剑亭次板上韵》:"龙湾去路接宣城,七载重来两鬓明。绕座红妆花作队,垂堤翠色柳为营。台隍布列分夷夏,冠盖联翩惯送迎。自信平生心一寸,不辞辛苦饮冰行。"洪万朝《燕槎录》

洪万朝《铁山途中》:"清川以北鸭江东,举目灾荒一路同。秋稼已残前夜雨,寒霜欲落满郊风。繁华消歇楼台废,民物萧条里巷空。天意未应空下土,愿将歌咏祝年丰。"洪万朝《燕槎录》

洪万朝《听流堂次板上韵》:"决决溪流入小池,画堂回合影参差。苍岩尚记曾游处,丹麓初新再到时。幽蓟山川千里远,关河岁月十年垂。孤臣去国偏多恨,莫遣梅花篴里吹。"洪万朝《燕槎录》

洪万朝《到龙湾》:"昔日龙湾尹,今朝燕塞行。山川看渐近,父老喜争迎。把酒知新酿,闻歌认旧声。且逢贤太守,事事荷高情。"洪万朝《燕槎录》

洪万朝《沈直夫令有赠行诗临书走次》:"城南春草自年年,塞外音容转杳然。赋鹏愁深斜日后,援琴泪洒旅窗边。空劳谢氏池塘梦,谁和伯牙山水弦。等是相离何足恨,他时樽酒共周旋。"洪万朝《燕槎录》

洪万朝《次刘尚基韵》:"西塞长程惯往还,忆曾为客住龙湾。风尘笑我先秋鬓,幕府逢君隔岁颜。地尽三江分异域,霜寒九月出重关。偏怜旅馆中宵梦,时逐归鸿入鹭班。"洪万朝《燕槎录》

洪万朝《闻法驾展谒园陵,仍御经筵,感而书之》:"持节乘轺愧匪人,迟迟行迈度三旬。宁嫌白首淹西塞,犹幸丹诚拱北宸。问道法筵应趁日,拜陵仙仗想侵晨。新颁药裹扶哀疾,到底君恩泣小臣。拜辞时内赐腊剂等物,故落句及之。"洪万朝《燕槎录》

洪万朝《聚胜亭口占》:"客心孤迥角声残,秋晚边城朔气寒。谁道龙湾江上月,七年重到客中看。"洪万朝《燕槎录》

洪万朝《次刘同枢》:"客怀憀栗闭虚堂,宿鸟归云已夕阳。怊怅他乡佳节

逼，落英谁遣满杯香。"洪万朝《燕槎录》【考证：下诗题曰"次高金枢中秋玩月"，以上诸诗当作于八月初一日至十五日间。】

十五日（戊戌）。

洪万朝《次高金枢中秋翫月》："皎皎中秋月，清光万里同。君言真不妄，明镜本虚空。"洪万朝《燕槎录》

十六日（己亥）。

洪万朝《秋夕有感》："关河秋月不禁寒，梦里松楸白露溥。佳节已过香火隔，晓来衣袖泪痕残。"洪万朝《燕槎录》【考证：诗云"佳节已过香火隔，晓来衣袖泪痕残"，当作于中秋次日即八月十六日。】

洪万朝《戏呈书状月下媒、一朵花皆妓名》："御史风情薄，谁从月下媒。婵妍花一朵，留待渡江回。"洪万朝《燕槎录》

洪万朝《戏呈湾尹》："可笑龙泉剑，斯须闪电光。徒知神物会，难割使君肠。龙川妓自称湾尹传幕时房妓，故书状使之入来矣，湾尹终不合欢，无聊而去，故云。"洪万朝《燕槎录》

洪万朝《泛舟水门江次韵》："约束獜州守，浮江结两航。歌姬仍作列，舞袖不嫌长。举网鱼腥隽，开樽酒气香。夕阳催上马，愁外鹘山苍。"洪万朝《燕槎录》

洪万朝《上价在安西，病甚不得行，久滞湾馆，偶占一律》："统军亭畔滞征鞍，塞外行人怕早寒。故国音书千里远，旅窗魂梦五更残。鸭江舟楫经旬泊，辽界云山隔水看。公子不来秋色暮，锦筵杯酒亦无欢。"洪万朝《燕槎录》

洪世泰《次韵》："迢递关河信使稀，客窗长对一灯微。邮骖满载乡愁去，寒鸿遥将旅梦归。清晓落梅闻戍角，炎程行李换寒衣。莫言星驾无安税，此老闲情久息机。"洪万朝《燕槎录》【按《国朝人物志》卷三：洪世泰（1653—1725），字道长，号沧浪，又柳下，南阳人。甫毁齿已能开口，吐辞惊人。稍长，读经史诸子，无不淹贯，而尤专意于诗。息庵金锡胄见而叹曰："高岑之流。"壬戌入日本，人持缣帛乞求诗墨，所过堵立，世泰挥毫若风雨，得者以藏为宝。晚筑室白莲峰下，扁曰"柳下亭"。清国使臣能文者以事至义州，求见东人诗。朝廷以世泰荐，命制以送。未几选补吏文学官兼纂修郎，掌选东文诗。上命工画西湖十景，国舅庆恩金柱臣曰："世泰以诗名世，可使制进十咏。"世泰援笔以成进之，为蔚山监牧。】

洪世泰《次韵》"词客来何晚，清宵鹤叫群。应随贵公子，长揖上将军。别梦分遥塞，归心对暮云。闭门愁阒寂，谁与和高文。"洪万朝《燕槎录》

洪世泰《次韵》："王事前程远，心催马首西。碛寒秋鹘健，风乱暮鸿嘶。地限三江断，云连一色低。图经在吾手，不怕路歧迷。""去岁重阳日，寒花映竹扉。可怜千里梦，犹阻片时归。"洪万朝《燕槎录》

洪万朝《奉呈伯氏仍寄一家诸人》："天涯骨肉念寒温，缉缉音书到塞门。手急开封情更㤪，语穷伤别涕还翻。乘轺绝漠千山路，落帽他乡九日樽。怊怅临江无限意，一家良会忆芳园。"洪万朝《燕槎录》

洪万朝《奉呈湾尹》："明时笔谏效丹衷，出镇边封节制雄。官酒发醅添鸭绿，卿班视秩着猩红。东渔患绝三江外，西顾忧宽丙夜中。莫向宾筵问旧政，此身惭愧古人风。"洪万朝《燕槎录》【考证：洪万朝下诗题曰"九月初六日在湾馆奉有旨"，以上诸诗当作于八月十五日至九月初六日间。】

九

初二日（乙卯）。

左议政尹趾善、兵曹判书闵镇长请对。趾善言："东平君杭病重，请依仁祖朝例，只令副使、书状赴燕。"从之。后趾善又札言："先朝壬子，正使辞朝后遭父丧，急差他使追送云，今亦当差送他使。"遂以临昌君焜代差【按：参见是年七月二十五日条】。《朝鲜肃宗实录》卷三〇

初六日（己未）。

洪万朝《九月初六日在湾馆奉有旨，正使病逝，余以副价独当使事，不胜瞿然，吟成一律》："不意天书降一封，北庭专对付疏慵。宸忧正轸王孙日，古事谁援己卯冬。塞路关心云错莫，客愁添鬓雪蓬松。惟将一节输夷险，肯叹燕山踽踽踪。"洪万朝《燕槎录》

初九日（壬戌）。

洪万朝《次竹堂九日韵》："燕歌送别不堪哀，况复秋声瑟瑟哉。蓬鬓只缘为客久，菊花那得近人开。风前欲落参军帽，病里愁登杜老台。稍喜龙湾何逊在，来时东阁赏寒梅。"洪万朝《燕槎录》【考证：诗题曰"次竹堂九日韵"，诗云"菊花那得近人开"，当作于九月初九日端阳节。】

洪万朝《次赠洪生世泰》："解榻逢君话，披襟豁我愁。孤舟渡萨水，匹马到獭州。木落风鸣叶，江奔月涌流。今至非失计，来往亦闲游。""远岫云生处，孤城地尽头。羌儿落梅曲，吹动送人愁。""心似羁禽恋旧柯，最怜危鬓映霜华。天寒古碛秋将暮，节过重阳菊自花。弹铗几时为客苦，絷驹今夕咏宾佳。畸穷本是骚人事，一任苍苍莫怨嗟。"洪万朝《燕槎录》【考证：诗云"天寒古碛秋将暮，节过重阳菊自花"，当作于九月初九日后。】

洪万朝《次洪世泰统军亭韵》："名亭缥渺俯清湾，塞草秋枯牧马还。怅望贤豪千载上，登临宇宙百年间。朝天旧路此江水，落日浮云何处山。大醉高歌不归去，碧空寥廓月如环。"洪万朝《燕槎录》

洪万朝《凝香堂感旧》："池台处处记曾游，只是人生已白头。孤坐闭门秋色里，满庭红叶不禁愁。"洪万朝《燕槎录》

洪万朝《龙湾歌》："城临大漠接风云，一带长江割地分。此是古来征战处，几人能得策成勋。""零落衣冠依草莱，临江驻跸事堪哀。从知圣祖煌煌业，不籍天兵亦再恢。""中原学士盛文词，左海儒风亦一时。想得宾筵酬唱兴，只应先自此江涯。""哲士高名走卒知，渭川渔钓旧风期。千年故宅今安在，秋草荒墟处处疑。""统军亭子压边陲，东岳东溟各有诗。安得携来一席上，更输风月百篇词。""八月边城草木凋，朔风和雪利于刀。遥见旷野孤烟起，知是胡儿来射雕。""霜落江干戍卒寒，一声遥起荻芦间。清人数骑巡边过，为乞壶簞觅舌官。""长时鼓角动边声，戈戟腾腾列运营。银烛呼卢帐底妓，金鞭走马阵前兵。""平明旗鼓出江沱，猎罢秋郊获兽多。妓队戎装齐上马，一时争唱落梅歌。""笙歌旖旎彻云空，画戟门深蜡烛红。樽酒未空天欲晓，使车明日向辽东。""年年祖席送行人，一道烟波即古津。萧瑟燕歌歌不尽，鹊山愁色落征轮。"洪万朝《燕槎录》

洪万朝《龙湾艳曲》："龙湾此路走辽阳，来往京城贩宝商。一匹绫绡歌一曲，洞房深夜拥新妆。""青娥高髻耸玄云，窄窄罗衫曳地裙。自说曾从游侠客，洛中新样也先闻。"洪万朝《燕槎录》

洪万朝《次洪生韵》："客行何事此淹留，心逐江波万折流。独上危楼骋远望，归云尽出是王州。""塞垣风日转凄清，长路关心梦亦惊。莫把阳关伤远别，阳关自是断肠声。""闻君别语把君杯，燕塞长程可易回。归日试登沙岘望，满郊春雪客西来。""蓟门秋色雁衔来，摇落江声远客哀。多病闭门欢绪尽，可堪同上望乡台。"洪万朝《燕槎录》

洪万朝《次洪生赠别韵》："征麾欲发故迟留，暝色苍茫生渡头。九月霜风吹祖帐，三声鼓角解行舟。北边古碛阴山石，天下奇观望海楼。安得携君此中去，登临把酒却消愁。""远路关心只一嗟，寒门斜日驻征车。早知不向燕山路，那得同携鸭水涯。叹我行装身似叶，爱君文彩笔生花。离筵握手仍相送，匹马孤村何处家。""关山无伴侣，踽踽欲何之。白雪郢人曲，清秋宋玉悲。旅游仍放浪，豪举肯低垂。自古抱才者，空叹不遇时。"洪万朝《燕槎录》

洪万朝《凝香堂联句二十韵》："星轺辞北阙，秋日客西关晚。纵有飞腾志，殊非少壮颜洪。王程当岁晚，臣职急时艰晚。下邑怜多困，边氓笑太顽洪。杯盘犹雪脍，歌舞更云鬟晚。荷叶竞袍绿，枫叶学面殷洪。登楼心寸赤，看镜鬓双斑晚。日觉游观富，时逢幕府闲洪。乘槎非博望，驻节即龙湾晚。城堡凭天险，楼台发地悭洪。马岑横作障，鸭水曲成弯晚。猎骑平原外，烽烟古戍间洪。草枯胡马健，林暝牧牛还晚。莽苍天垂野，逶迤海接山洪。志存扶大义，身欲脱尘寰晚。旅梦落梅曲，归心明月环洪。睡因闲处得，愁或醉时删晚。放酒输他勇，耽诗愧我孱洪。往哲今难作，高风未可攀晚。逢场且为乐，不用泪长潸洪。"洪万朝《燕槎录》

洪万朝《凝香堂次板上韵》："朔吹多萧瑟，悲来击玉瓶。江分辽野界，地尽统军亭。塞雪随歌白，秋莲出匣青。吾今怨天帝，此醉不知醒。"洪万朝《燕槎录》【考证：下诗题注曰"九月十一夜"，以上诸诗当作于九月初九日至十一日间。】

十一日（甲子）。

洪万朝《梦见钦儿九月十一夜》："病里羁愁切，天涯尺素迟。分明前夜梦，归对窃怜儿。"洪万朝《燕槎录》

洪万朝《谢湾尹赠画屏》："画屏相赠重琅玕，好事何人发地悭。云水细分明暗里，楼台自在有无间。宜从隐几看清境，不必扶节到碧山。真个此中何可住，共君他日拂衣还。"洪万朝《燕槎录》

洪万朝《口占》："久客边城鬓欲皤，天涯归计苦蹉跎。山河影里秋光老，鼓角声中朔气多。愁阵暗来心界逼，睡魔频到醉乡过。分明昨梦槐村畔，雨打松窗挂一蓑。"洪万朝《燕槎录》

洪万朝《复用榲字韵奉呈伯氏》："殊方节序历寒温，遥塞茫茫接海门。双鬓不关秋雪映，片心空逐暮云翻。梦中青草输新句，愁里黄花隔寿樽。直待新春回使节，拟开芳会韦家园。"洪万朝《燕槎录》

洪万朝《次伯氏韵》："愁绪新添鬓雪纷，离魂不散洛桥云。依俙风雨彭城夜，白首坡翁别卯君。""手捧诗函读数过，离声偏激感怀多。前宵梦到城南畔，依旧柴门有雀罗。"洪万朝《燕槎录》

洪万朝《次尹远仲见寄韵》："尚离休唱出关歌，夷险前程只任他。玉塞夜深横月篦，银河秋尽滞星槎。客中开眼知音少，枕上消愁觅句多。遥想闲居潘岳兴，满蹊黄叶断人过。"洪万朝《燕槎录》

洪万朝《东寄权仲章》："天涯珍重数封书，关树秦云怅别余。何处思君最愁绝，铁山南畔旧侨居。""每怜通德病难医，谁料朝云去不归。晓露凄凉春梦散，残香犹着嫁时衣。""穷途青眼待谁开，逆尉休官可往来。纵有清樽无限酒，醉时相对亦生哀。"洪万朝《燕槎录》

洪万朝《九连城口占》："驻马荒城畔，前山无夕阳。依林仍设幕，藉草且安床。遍野芦花白，经霜木叶黄。寒宵残角响，惊起急呼觞。"洪万朝《燕槎录》

洪万朝《东寄湾尹》："凄凄风雨大江头，一曲劳歌送客舟。醉后不知分袂苦，醒来偏觉对灯愁。行程已远犹回首，别日无多似隔秋。遥想故人同此意，

半城残照独凭楼。"洪万朝《燕槎录》

　　洪万朝《穴岩道中》："缘崖一路势萦回，班马嘶风向北催。鸭水波光愁外远，凤城山色雨中来。英雄往迹云横碛，烈士悲歌酒满杯。堪恨汉庭无上策，年年冠盖入燕塞。"洪万朝《燕槎录》

　　洪万朝《安市城》："千古箕封地，三韩安市城。唐宗缘底事，成此匹夫名。"洪万朝《燕槎录》

　　洪万朝《凤城口占》："阛阓中间一道斜，遐荒土俗亦繁华。风飘酒幔胡姬店，夜宴花毡贾竖家。带剑锦袍驰骏马，穿靴毛褐坐辎车。营营射尽无穷利，厌见搜求逐岁加。"洪万朝《燕槎录》

　　洪万朝《松店即事》："何物胡姬髻半堆，声音喁唎弄婴孩。烹鹅炊黍厨门坐，催唤阿郎吃饭来。'吃饭来'，汉语。"洪万朝《燕槎录》

　　洪万朝《八河渡》："山行尽日断人踪，雨色凄寒雾气浓。路转空林藏虎豹，天低古塞近卢龙。初辞京国方流火，未到辽关已届冬。八渡长河心力倦，前程又怕十三峰。"洪万朝《燕槎录》

　　洪万朝《通远堡晓坐》："关云岭树几重遮，日日思归梦到家。残睡觉来孤枕冷，满林风雪在天涯。"洪万朝《燕槎录》

　　洪万朝《连山关道中》："闻鸡通远堡，驻马连山关。薄暮深林静，翩翩飞鸟还。"洪万朝《燕槎录》

　　洪万朝《连山察院夜坐》："天涯羁思怅离群，山馆灯残夜欲分。淡雾细笼冲岭月，塞天寒逗护霜云。间关长路心常恸，诘曲殊音耳惯闻。愁极此时眠不得，欲沽村酒借微醺。"洪万朝《燕槎录》

　　洪万朝《登会宁岭》："嵯峨重岭接层空，冰雪漫漫又北风。回首试看云尽处，乱山无数隔天东。"洪万朝《燕槎录》

　　洪万朝《欲过甜水站，为护行清人所阻》："东来客子苦耽程，牢挽何人沮我行。醉卧茅檐朝睡稳，不关函谷早鸡鸣。"洪万朝《燕槎录》

　　洪万朝《过青石岭有感》："路盘重岭度岩峣，到此行人胆欲消。林杪雪翻皆碍马，石棱冰滑不容轺。大明天地腥尘暗，东土兵戈岁月遥。一曲悲歌千古恨，可堪挥涕忆先朝。"洪万朝《燕槎录》

　　洪万朝《晓发狼子山》："征旆摇摇客意忙，殊方节物换炎凉。卧闻人语知霜重，坐待鸡鸣觉夜长。关塞极天迷去路，梦魂无日不还乡。催鞭更向车徒问，及到辽城近夕阳。"洪万朝《燕槎录》

　　洪万朝《北山寺》："遥野千林静，长河一泒分。其间萧寺在，盖乃北山云。"洪万朝《燕槎录》

洪万朝《望辽东旧城有感》："城郭周遭认旧辽，峨峨白塔出层霄。荒墟十里人烟渺，华表千年鹤影遥。行客未应寻旧迹，胡僧那解说皇朝。扬镳不向前村宿，恐被新愁恼一宵。"洪万朝《燕槎录》

洪万朝《宿辽东新城上村》："野树苍苍集乱鸦，古今兴废一悲哦。何年鹤化今威柱，落日人归太子河。摇曳钟声来枕近，凄寒月色照窗多。平生每说龙湾远，更过龙湾路几何。"洪万朝《燕槎录》

洪万朝《路旁关王庙观戏才》："绯袍玉带列西东，三国君臣一座中。处处遗祠存旧俗，路人犹解拜关公。"洪万朝《燕槎录》

洪万朝《沈阳城》："宝肆香街十里平，浑河一带作金城。若教真主中原出，榻外宁容酣睡声。"洪万朝《燕槎录》

洪万朝《沈馆有感》："万事伤心鸭水涯，风霜异域北辕时。旁人莫问行宫处，秋草荒墟只自悲。""一代衣冠半楚囚，凄凉往事水东流。天寒雪窖看羊地，惭愧儿孙仗节游。"洪万朝《燕槎录》

洪万朝《筑路》："唐家兵马昔征辽，百里淤泥土作桥。遗俗至今仍筑路，年年无恙度星轺。"洪万朝《燕槎录》

洪万朝《巨流河道中》："营州旧界即辽关，朔气横分大漠间。流尽巨河应有海，望穷遥野更无山。狂风卷地尘常暗，苦雨翻泥路转艰。此去青邱二千里，归心日夜在刀环。"洪万朝《燕槎录》

洪万朝《黄旗堡雨中》："周道平如砥，逅回亦太劳。泥深难策马，风急易摇舠。漠漠云垂野，冥冥雨暗壕。休言蒙界近，即此遍腥臊。"洪万朝《燕槎录》

洪万朝《望见医巫闾山》："恍惚烟岚眼欲迷，倚天山势镇辽西。虞封旧迹云千古，禹凿神功地一倪。见说桃花名紫洞，更闻银瀑泻清溪。深深石峭屏岩下，倘有丁仙老鹤栖。虞舜封十有二山，此为幽州之镇中有桃花洞、飞瀑岩、孤石峭、翠云屏云，故及之。"洪万朝《燕槎录》

洪万朝《嘲季文兰》："季文兰，秀才虞尚卿之妻也，或云居在苏州，盖南土人。年十六，当庚申吴三桂之乱，为沈阳章京王哥所掠，行至榛子店被污，大书'万古伤心'四字店壁，尾以一联，其词曰：'椎髻空怜旧时妆，征裙换尽越罗裳。爷娘生死知何处，痛杀春风上沈阳。'词意凄婉可爱。其后与王同室，死已才数年矣。想其人读书深闺，必审熊鱼取舍之分，而偷生忍辱，终不效坠崖堕楼之节，惜乎！余故以一绝嘲之云：'孤魂何处望南天，怨入春山哭杜鹃。一死人间谁得免，怜渠埋没亦青年。'"洪万朝《燕槎录》

洪万朝《次文英韵》："处子文英亦同时人，题诗店壁曰：'少年娇小似惊鸿，每倚栏干待好风。苦雨连旬春欲老，夭桃无复旧时红。'此词亦艳丽，而不知其所终。秋波杳杳送霜鸿，身逐兵尘泪洒风。独有香词留店壁，不知何处落残红。"洪万朝《燕槎录》

洪万朝《晓发十三山》:"飘蓬泛梗历艰辛,行尽幽州东北间。梦里家乡千万里,天涯客路十三山。鸡声唱晓离村店,马首随云入塞关。跋涉只知王事急,任他看镜换衰颜。"_{洪万朝《燕槎录》}

洪万朝《大凌河忆张春》:"_{大凌河有张春室,室中惟一布被,署其户曰:'吾欲全精,与造化归于元气云'。竹堂诗云:'堂堂八尺张将军,百敛十金购生得。马畜弥山说万端,头颈可斫膝不屈。'《清阴集》亦曰:'惟见张春第一人'。}皇明死节独将军,无奈孤城涨房氛。梓树即今迷故里,纸钱何处吊荒坟。应随造化归元气,倘有精灵护圣君。署户忠言齐涅背,不堪回首诵遗文。"_{洪万朝《燕槎录》}

洪万朝《过王家碑》:"_{大小凌河之间有碑,即王盛宗、王平游击将敕谕,人传坟墓在其后而陵夷不能识:}王家家世认蝉联,碑刻犹存万历年。举目今无干净地,未妨丘墓没人传。"_{洪万朝《燕槎录》}

洪万朝《吊塔山将》:"_{塔山所守将不知姓名,而当锦州失守,独鏖力拒守,及事急,集军民谓曰:'吾士卒殆尽,而粮且匮,吾义不生而辱,必先自刎,盖以吾首举城而降。'众皆痛哭,乃令人缒出约降,掘地埋炮。翌日,开门纳东兵,人马盈城,而炮火迅发,呼吸之顷,焱举烬灭,荡然无有织芥云。}左海曾闻烈士风,崩城驻马夕阳中。人间慨乏昌黎笔,天下谁知许远忠。举目神州氛祲暗,伤心往事水云空。高名泯灭何须憾,大节从来不自功。"_{洪万朝《燕槎录》}

洪万朝《塔山忆陈尚书寿_{宁远人家在塔山,自进士陆都给事成化末极言法王佛寺乱政,陆都御史后忤逆罢官至尚书}》:"恬退真难得,陈公是有誉。直言都御史,致仕老尚书。志洁轻轩冕,身闲逐钓渔。乱来陵谷变,无处式高阁。"_{洪万朝《燕槎录》}

洪万朝《宁远卫忆袁军门崇焕》:"麋兵斩将笑谈中,三至流言误圣聪。自是威风曾破胆,北军犹解畏袁公。"_{洪万朝《燕槎录》}

洪万朝《观祖大受牌楼》:"四代元戎带砺勋,石楼高截入层云。人亡家破寻常事,何面重泉谒旧君。""昨过张春里,今登祖子楼。一般荒废地,芳臭异千秋。"_{洪万朝《燕槎录》}

洪万朝《见海》:"日上扶桑映彩霞,苍茫家国海东涯。若教驾得长风去,只在苍波一苇过。"_{洪万朝《燕槎录》}

洪万朝《过吴坟_{三桂父墓见掘处}》:"家亡国破两无差,父子偷生即乱阶。回首八陵衰草没,不关原野暴枯骸。"_{洪万朝《燕槎录》}

洪万朝《到两水河书寄诸儿》:"驱驰征马苦支离,历尽巉岩傍海涯。长夜有愁眠渐少,远程无店饭常迟。_{一作'深夜欲眠鸡唱早,夕阳催去马行迟'。}行当辽左消残腊,家在终南到几时。别意千重书一纸,好将文史劝诸儿。"_{洪万朝《燕槎录》}

洪万朝《永宁寺》:"风埃无处驻征车,路入林峦兴有余。宝界寒钟僧定后,

石门斜日客来初。经坛寂寂云霞湿,佛殿深深色相虚。禅味不须勤借问,此心今已会真如。"洪万朝《燕槎录》

洪万朝《用俳谐体述士风十韵》:"杂处中原厥类三,到来风俗自相谙。村间强半关王庙,城市仍多释子庵。撞石乞人堪楚毒,打钲迎客卖糖甘。奚儿御马知皆勇,老妇簪花笑大憨。欲御风寒皮服好,为充饥渴骆酥耽。旗亭百队分名品,关路千车走北南。秋获野田都是秫,春寒塞土不宜蚕。倚门刺绣闲闲女,汲井担薪役役男。千甃积成墙似垒,半毡容着炕疑龛。画棺赤冢遵何制,怪杀华人不解惭。"洪万朝《燕槎录》

洪万朝《望夫石》:"孟姜姓许氏,陕西人,其夫范郎,秦始皇时赴长城之役,孟姜制衣送人,登石而望。其地在山海关外,刻'望夫石'三字,立庙竖碑于其旁。秦女望夫处,顽然石不言。应知清血泪,化作碧苔痕。塑像千年庙,勒铭三尺碑。湘灵并贞烈,宜唱竹枝词。"洪万朝《燕槎录》

洪万朝《山海关》:"谯楼复壁镇东陲。万里城回海作池。拓地犹传洪武世,堑山元自吕秦时。高悬大字龙腾跃,深锁重扃鬼护持。莫道当年威振塞,纵观人已应休期。"洪万朝《燕槎录》

洪万朝《望海亭》:"高楼倚剑势何雄,天地涵虚积气中。影射龙鳞迥出日,波翻鹏背驭长风。山河万里秦城壮,碣石千年禹迹空。回首人寰杳烟雾,乘槎欲到广寒宫。"洪万朝《燕槎录》

洪万朝《榆关》:"曾问榆塞暗风沙,征战年年远戍多。一自中原离乱后,即看穷漠盛繁华。"洪万朝《燕槎录》

洪万朝《永平府》:"迷茫遥野列岗峦,又有滦河一带环。疆界初分孤竹国,风烟近接古榆关。金鞍白马楼台畔,蜀锦齐纨市肆间。秦塞即今烽火息,戍陴荒废羽林闲。"洪万朝《燕槎录》

洪万朝《咏射虎石》:"北平形胜早曾闻,朔气遥连蓟北云。石裂千秋如虎踞,至今犹说李将军。"洪万朝《燕槎录》

洪万朝《谒清节祠即俗所谓夷齐庙,在永平府西北二十里〇孤竹祠在其后只隔滦河》:"逃封谏伐并高名,塑像依然即兄弟。万古清风松籁发,一山遗馥蕨芽生。悲歌浩浩唐虞远,大义堂堂日月明。孤竹遗祠瞻却近,滦河呜咽送寒声。""采薇遗曲至今悲,孤竹清风不尽吹。欲写真容浮海去,箕封亦有首阳祠。"洪万朝《燕槎录》

洪万朝《抚宁县过王学士胤祥牌楼二牌楼一曰'青琐名臣',一曰'紫宸渥恩'》:"大明青琐旧名臣,楼榜独沾雨露恩。乔木荒墟残日暮,伤心不独想其人。"洪万朝《燕槎录》

洪万朝《望昌黎山》:"人杰由来应地灵,昌黎山色望中青。文章事业如看

取，百代名高北斗星。"洪万朝《燕槎录》

洪万朝《高丽堡》："里号高丽有水田，数村篱落亦萧然。桥头立马仍多感，为是重逢丙子年。"洪万朝《燕槎录》

洪万朝《玉田县古之无终县，县有种玉田，今改是名○燕昭王墓在无终山上云》："终古沧桑阅几迁，燕王陵墓草芊芊。台名久识悬金地，邑号今闻种玉田。文物衣冠嗟已矣，山河气像亦萧然。安知慷慨悲歌士，不待涓人买骨年。"洪万朝《燕槎录》

洪万朝《蓟州沽酒》："名都形胜信雄哉，列肆通衢十里开。兽炭红炉留客醉，飞楼青幔待人来。何论竹叶初浮蚁，不啻葡萄正发醅。欲破羁愁消永夜，呼儿且进手中杯。"洪万朝《燕槎录》

洪万朝《卧佛寺》："《左传》曰：'康公相成王，主自陕以封其子为北燕伯，其地幽州蓟县是也。'不二门开一路通，疏钟隐隐响林风。金身涌出虚无里，楼额高悬缥渺中。踏去回梯双眼缬，倚来危槛万缘空。凄凉召伯分封地，惟有荒城落照红。"洪万朝《燕槎录》

洪万朝《东岳庙在都城东门外》："古庙千年岱岳神，春秋俎豆荐明禋。岗峦拱揖分青巘，楼殿深严象紫宸。宋代金绳藏秘检，虞庭玉帛想东巡。荒碑累累皆残缺，阅尽沧桑几度频。"洪万朝《燕槎录》

洪万朝《燕都怀古文丞相庙在府学西，周宣时石鼓在文庙，靖康末金人取归置今所云。皇城内西苑中有太掖池，即明时禁苑》："千载兴亡一瞥过，茫茫时运奈天何。燕山雨洒忠臣泪，易水波残壮士歌。草没金台陈迹远，苔荒石鼓古文讹。伤心物色浑依旧，开尽年年太液荷。"洪万朝《燕槎录》

洪万朝《夜二鼓，群鸦喔喔，偶吟一绝嘲孟尝君》："寒宵未半听鸡声，不待函关客善鸣。行路险夷皆造物，莫言人力可回生。"洪万朝《燕槎录》

洪万朝《燕都八景次明人诗仍作感旧篇》："城西苑里玉为池，十里晴波涨绿漪。台榭自添新物色，衣冠非复旧威仪。依俙帐殿香风暖，仿佛楼殿丽日迟。舞影歌声飘散尽，年光随水几回移。次胡广太掖晴波""旧闻蓬岛接三清，云气葱葱五彩生。影拂龙楼迎瑞日，光摇凤沼弄新晴。轻笼公主细烟洞，半湿仙人承露茎。五十年来氛祲暗，苍梧愁色几时平。次杨荣琼岛春云""长安雪后耸危峰，积素凝辉映半空。琪树恍连蓬岛界，玉屏疑对大明宫。风飘柳絮飞千点，色夺林霏翠万重。仍忆济南楼上兴，一时歌咏乐享丰。次王洪西山霁雪""石螭开口喷长虹，应与黄河一派同。皇路即今迷轨躅，灵源终古有穷通。波添斑竹枝边泪，声学南熏殿上风。此日陪臣偏感慨，三韩再造仰神功。次王英玉泉垂虹""落照亭亭映半城，荒台迢递带新晴。江山缭绕烟中远，楼阁参差画里明。异代求贤曾买骨，浮生访古只伤情。殷墟满目苍然色，禾黍离离十里平。次邹缉金台夕照""燕都佳气已全收,城上愁云故不流。亭障远分沙漠界,风烟近接帝王州。迷茫迭嶂群峦色,妆点千门万户秋。蜃市冰山真一幻,怕看天际日萃浮。次曾棨居庸迭翠""浮云逝水共悠悠,明月长悬万古秋。曾照螭头侵曙色,安留蟾影带寒流。灯残虚馆思乡国,梦罢疏钟感旅游。坐待函关鸡唱早,雪天寒重弊貂裘。次王英卢沟晓月""野树平看古蓟门,虚明一气作氤氲。楼台隐映真堪画,山郭依微杳不分。耀日偏疑虹彩见,渡溪惟有水声闻。霏霏拂拂归何处,散入苍梧作暮云。次金幼孜蓟门烟树"洪万朝《燕槎录》【按:洪万朝下诗题曰"玉河馆逢悬弧日有感",以上诸诗当作于九月十一日至十一月十八日间。】

十一月

初二日(乙卯)。

奏请兼冬至使徐文重、李东郁、金弘桢等以世子册封奏请事如清国。《朝鲜肃宗实录》卷三〇

任相元《送书状官金弘桢》:"碛路萦如带,边风利似刀。征轺闻已戒,使节记曾操。古戍寒烟直,荒城片月高。长途须爱惜,小酌慰贤劳。"任相元《恬轩集》卷二十四

十八日(辛未)。

洪万朝《玉河馆逢悬弧日有感》:"每逢今夕自伤情,况值燕山万里行。寅日降生同屈子,丁年奉使愧苏卿。厌看风气非吾土,强奏歌谣亦苦声。独有殷勤东海月,夜深来照旅窗明。"洪万朝《燕槎录》【考证:赵显命《判书洪公谥状》言"公以仁庙乙酉十一月十八日生",诗题曰"玉河馆逢悬弧日有感",当作于洪万朝生辰十一月十八日。】

洪万朝《次高征厚韵》:"日暮云横塞,天塞雪拥关。行程多涉险,臣职岂辞艰。灯晕添愁碧,霜华入鬓斑。思归东海外,回首月如环。"洪万朝《燕槎录》【考证:此诗当作于十一月十八日至二十六日间。】

二十六日(己卯)。

洪万朝《玉河馆梦权子馨》:"墓草经年宿,园松带雪寒。谁言千里梦,重对九泉颜。情许新醪醉,诗将古帖看。相携忽相失,身在玉河湾。十一月二十六夜,梦余以杖屦访后凋堂,则积雪初霁,景色澄清,权公欢然道旧,杯酒从容,仍出古人诗帖,即鹅溪、汉阴两相公所制诗律也,就其中步韵之际,居然而觉,不胜凄咽,援笔记之。"洪万朝《燕槎录》【考证:诗注云"十一月二十六夜,梦余以杖屦访后凋堂,……就其中步韵之际,居然而觉,不胜凄咽,援笔记之",可知此诗作于二十六日。】

洪万朝《怀古》:"冀野横分即帝州,悠悠往事漫生愁。龙沉崖海文山恸,虎视函关太子羞。柳墅繁华空一梦,桑村物色自千秋。伤心天寿陵前水,也到

宫城咽不流。"洪万朝《燕槎录》

洪万朝《通州》："疏凿江流百里回，寻常波色浸楼台。通衢直控辽燕会，蛮舶多从闽越来。金市斜连书肆近，青楼远对酒垆开。繁华未必长如此，欲向胡僧问劫灰。"洪万朝《燕槎录》

洪万朝《次书状韵》："节序他乡次第经，月轮圆缺几回明。羁怀暗逐关云断，愁绪新添鬓雪生。漫忆苏卿汉麾落，空教庄舄越吟成。挑灯默算东还日，未到龙湾岁律更。"洪万朝《燕槎录》【考证：《肃宗实录》卷三一言翌年二月初一日"谢恩使临昌君焜、副使洪万朝、书状官任胤元回自清国"，以上诸诗当作于十一月二十六日至二月初一日间。】

康熙三十六年（1697年/丁丑）

正月

初一日（癸丑）。

朝鲜国王李焞遣陪臣李焜等表贺冬至、元旦、万寿节，及进岁贡礼物。宴赉如例【按：参见康熙三十五年九月初二日条】。《清圣祖实录》卷一七九

二月

初一日（壬午）。

谢恩使临昌君焜、副使洪万朝、书状官任胤元回自清国，上引见劳问【按：参见康熙三十五年九月初二日条】。《朝鲜肃宗实录》卷三一

闰三月

二十九日（己酉）。

陈奏兼奏请正使崔锡鼎、副使崔奎瑞、书状官宋相琦出去，上引见。锡鼎略陈勉戒之语，请先立圣志，以挽回国势为心，与大臣政官讲论人才，凡有见识才具者及隐沦之才，举皆询问甄拔，使上下情志流通。上曰："陈戒切至，当别为留意。"《朝鲜肃宗实录》卷三一

李畲《送奏请使崔相锡鼎赴燕》："东韩日月仰重明，封典还须待北庭。万里诇辞劳使节，三阶争喜耀台星。烟迷蓟树莺声乱，野阔辽河草色青。想到燕台增感慨，悲歌谁复隐旗亭。"李畲《睡谷集》卷一【按《纪年便考》卷二十八：李

畲（1645—1718），仁祖乙酉生，字治甫，初字子三，号睡谷，又睡村，又浦阴。五岁始受书，文理骤开，读至《麦秀歌》，伏册饮泣。季父端夏时授学，特奇之。显宗壬寅生员。荐授斋郎，不就。肃宗庚申，登庭试，历翰林、南床、舍人、铨郎，选湖堂。以吏议乞郡，历圻伯，再典文衡。苕始为文衡，玄孙植，植子端夏，端夏从子畲并为之。癸未入相至领，入耆社。以君德世道为己任，其言根据义理，文章赡敏。首陈怀尼是非之源有功，斯文以遗训，勿践荣途，进退不苟。戊戌卒，年七十四，谥文敬。】

李畲《寄奏请副使崔参判奎瑞行轩》："凤驾辞丹阙，时艰讵顾家。还烦汉金帛，欲答夏讴歌。天地吾生晚，河山此路遐。燕都古侠窟，感慨更能多。"李畲《睡谷集》卷一

南九万《送崔文叔奎瑞使燕》："燕行贰价急才良，妙选天曹左侍郎。叱驭不曾愁畏道，望云还切忆高堂。公私自古多相夺，忠孝于今岂有妨。早晚归来竣使命，彩衣催奉海筹觞。"南九万《药泉集》卷二

朴世堂《送崔参判奎瑞赴燕二首》："茫茫禹迹属谁边，一醉年多不奈天。冠盖数趋燕塞路，事虽堪耻也须然。""黑雾玄云一扫开，舒迟车马蓟门回。应知天下游谈士，动色三韩有二崔。"朴世堂《石泉录》【考证：据《肃宗实录》卷三一可知崔锡鼎等于闰三月二十九日辞朝，以上诸诗当作于闰三月二十九日或其后。】

李世白《送崔文叔奎瑞赴燕》："西郊斜日送征车，默算辽燕万里余。此路间关吾已了，今行意思子何如。言能忠信应无路，事到机宜且莫疏。最是白云回望处，一般羁恨宋中书。"李世白《雩沙集》卷三

宋相琦《将赴燕行，到高阳寄持卿》："万里思亲骋传车，三杯别弟涕沾裾。君归细报吾行李，一出西郊病已除。"宋相琦《星槎录》【考证：依例，燕行使臣于辞朝当晚宿高阳碧蹄馆，诗题曰"将赴燕行，到高阳寄持卿"，当作于闰三月二十九日。】

宋相琦《板门桥》："天磨山色望岩峣，官路鸣镳驷马骄。近水晚风吹睡醒，夕阳初下板门桥。"宋相琦《星槎录》

宋相琦《喜雨堂与上使崔公锡鼎、副使崔公奎瑞、留守赵公相愚联句》："西征冠盖驻松京，和【按：崔锡鼎，字汝和】快觌三星一路明。直【按：赵相愚，字子直】故国风烟输满座，文【按：崔奎瑞，字文叔】高楼物色入飞觥。玉风流却忆凝香胜，直客路遥怜浿水清。文明发别怀君莫问，玉干回秋日笑相迎。和"宋相琦《星槎录》

宋相琦《回澜石》："回澜石三大，字问谁笔法。如此奇云是，当年许天使。一经品题便有名，前后皇华几咏此。沧桑世事无不有，此石屹立犹不堕。君不见行人五月走幽燕，石若有知宁不耻。"宋相琦《星槎录》

崔锡鼎《玉溜泉次书状宋玉汝韵》："苍峭崚嶒石，灵源霭沸泉。王程成访岳，圣训识观川。古迹丹书在，新题翠壁悬。吟哦为陶写，不必要人传。""旧

识葱山胜,依然玉镜光。树阴当驻辖,峰翠落含觞。乍觉羁愁失,还嫌去路长。行台诗捷妙,佳句挟风霜。"崔锡鼎《蔗回录》

崔锡鼎《次益损堂板上韵》:"陇麦抽芒后,官杨罢絮时。频从吏部饮,难和舍人诗。王事炎程去,民忧菜色知。湖亭足胜致,征客可休思。"崔锡鼎《蔗回录》

崔锡鼎《次韵湖上亭》:"官路阴阴夏木清,小亭游迹记分明。前林日□幽禽语,曲岸风低细浪生。宠辱十年仍暮境,关河千里又炎程。湖山不管无诗客,赖有行台得细评。"崔锡鼎《蔗回录》

宋相琦《太虚楼》:"黄冈征盖暂踌躇,却上高楼倚太虚。地理斜通沧海界,风烟遥控朔方墟。关心物色三春后,屈指行程万里余。为是饮冰王事急,不须官柳系人裾。"宋相琦《星槎录》

崔奎瑞《太虚楼次书状韵》:"归骖临发故踌躇,迢递朱栏上碧虚。漠漠晴沙川北岸,依依烟柳郭南墟。一方锁钥雄关设,百战山河废堞余。怊怅乘槎非旧日,此行回首愧簪裾。"崔奎瑞《艮斋集》卷一【按《纪年便考》卷二十八:崔奎瑞(1650—1735),孝宗庚寅生,字文叔,号少陵,又艮斋。显宗己酉进士。肃宗庚申,登别试,历铨郎、舍人、副学、吏判、弘提,典文衡,判敦宁。罗良佐为尹宣举陈疏被窜,奎瑞以献纳疏救良佐。早自退休,居于龙仁。景宗辛丑,入相至领,终不出肃。英祖丁未致仕,入耆社。戊申闻贼变,星夜入城。上闻及贼平,勘首勋,抵死辞免。御笔书下"一丝扶鼎"四字,命有司旌其间,今贞洞御书阁是也。南山洞最上谷有卞、张二老,善推数,与奎瑞相亲。二人谓曰:"令公若听我二人之言,则大贵而令终。"曰:"吾必从之二人。"曰:"平生勿参党论,若至正卿,退居乡庐。若至大拜,称病勿仕,则极贵而令终。"奎瑞如其言,终保身名。乙卯卒,年八十六,谥文忠,配享英祖庙庭。】

崔锡鼎《次书状太虚楼韵》:"冲暑催驱使者车,乍登高阁恍凭虚。江山不改皇华路,城橹犹存战伐墟。和好只应寻汉策,孑遗谁复救周余。明朝西指箕王殿,一瓣心香整我裾。"崔锡鼎《蔗回录》

崔奎瑞《追次正使黄冈途中韵》:"强把几微不见颜,那将岐路判忙闲。今来事业凭黄阁,老去心怀厌玉关。芳草迥连天外道,薄云遥泄雨中山。阳春下里元殊格,欲和新诗字字艰。"崔奎瑞《艮斋集》卷一

宋相琦《中和途中》:"海西行尽又关西,渐觉殊方气候凄。芳草不堪封客恨,怪禽何事傍人啼。家书数纸情难尽,塞路千重梦亦迷。从此阳关天外远,一樽谁与醉相携。"宋相琦《星槎录》

宋相琦《次副使韵》:"晚来云气忽凄迷,雨脚斜飞日色西。十里官街催驲路,杨花无数扑征蹄。"宋相琦《星槎录》

宋相琦《途中遇小雨》:"炎途终日困风埃,有意天公霢霂催。却望西郊云

尚密，急须鞭起老龙来。"宋相琦《星槎录》

崔奎瑞《生阳馆中和次书状遇小雨韵》："簟席风清净竭埃，酒筹诗令竞相催。前山过雨添新景，唤取分台御史来。"崔奎瑞《艮斋集》卷一

宋相琦《平壤途中》："已涉箕城界，翻惊故国遥。江郊芳草遍，山郭晚烟消。飞盖行程远，悬旌客思摇。分明昨夜梦，犹趁紫宸朝。"宋相琦《星槎录》

宋相琦《大同江》："晴江烟水漾兰舟，迟日仙槎为少留。罗绮影翻河伯室，管弦声杂棹人讴。名区偶结三生梦，绝域聊宽万里愁。更指练光亭缥缈，小舆催上郭东头。"宋相琦《星槎录》

崔奎瑞《练光亭》："迢递朱栏压斗魁，登临此日壮心开。长天旷野何穷极，碧岫澄江相映回。万户闾阎分邑里，几重烟树拥楼台。残霞未敛波如练，却忆当时谢朓才。"崔奎瑞《艮斋集》卷一

崔锡鼎《练光亭》："凭栏此日意悠哉，表里山河四望开。天势阔吞平野合，江流徐抱古城回。几家烟火连商市，十部笙歌满妓台。游客十年还再到，白头能赋愧非才。"崔锡鼎《蔗回录》

崔锡鼎《快哉亭》："登临恍挹楚王风，一带清江漾碧空。不尽天光寥廓外，无边野色杳茫中。华筵醉瑟豪情减，佳节观灯旧俗同。缅忆皇华游赏地，此时吟望意难穷。"崔锡鼎《蔗回录》【考证：以上诸诗当作于闰三月二十九日至四月初八日间。】

四月

初八日（丁巳）。

崔锡鼎《观灯》："此夕灯光最要看，丹梯百尺倚栏干。村墟错落春星动，台榭依俙晓月阑。且可杯觞消漫兴，未应丝管助清欢。繁华尚说箕都胜，不识荒年井邑残。"崔锡鼎《蔗回录》

宋相琦《练光亭观灯》："胜处繁华要尽看，黄昏更上曲栏干。楼台十里香烟合，灯火千家夜色阑。浮世岂无佳节会，百年难得此宵欢。玉京孤馆淹留日，清赏应输一梦残。"宋相琦《星槎录》

崔锡鼎《次副使观灯韵志感》："烟花烂漫绿阴新，松院遥通锦绣津。浴佛佳辰当此夕，乘槎远役及残春。他乡杯酒堪留客，老境筋骸却羡人。坐久不知良夜促，角声鸣轧报萧晨。"崔锡鼎《蔗回录》【考证：以上诸诗皆以"观灯"为题，有"浴佛佳辰当此夕"语，当作于四月初八日。】

崔奎瑞《谒箕子墓》："万世归来仰圣功，敢将蠡管测高穹。九畴西邑陈王道，八教东韩化国风。古墓犹存苍翠里，残碑曾缺乱离中。小臣今日行经此，

敬荐心香为鞠躬。"崔奎瑞《艮斋集》卷一

崔锡鼎《谒箕子墓》："洪范深陈万世功，道原方识自玄穹。田畴不变殷人制，墟墓犹存太古风。三字短碑烟雨里，数椽遗庙草莱中。鲰臣握节经过地，旷感悲吟独抚躬。"崔锡鼎《蔗回录》

宋相琦《次副使箕子墓韵》："辟得人文有大功，真同日月揭高穹。三韩始识仁贤化，千古犹传礼乐风。周粟岂能来海外，洛书还自见天中。只今香火隆祠庙，为是烝民赖圣躬。"宋相琦《星槎录》

宋相琦《安定馆书奉副使》："去矣吾行远，怀哉曷月归。塞花飘客泪，关雨浥征衣。恋阙心空破，思亲梦屡飞。今来一般恨，惟与少陵依。少陵，副使别号。"宋相琦《星槎录》

崔锡鼎《安定馆次书状韵》："炎月当于役，中宵屡梦归。同为万里客，敝尽一春衣。嫩叶初交荫，新莺乍学飞。襟期得数子，觞咏动相依。"崔锡鼎《蔗回录》

崔锡鼎《肃宁馆偶吟》："安定西头指肃宁，触炎征盖暂容停。啼莺意绪穿林涩，垂柳光阴幂岸青。使事关心行冉冉，旧游回首鬓星星。荒年觞燕浑无兴，不是明时效楚醒。"崔锡鼎《蔗回录》

崔奎瑞《奉次正使肃宁馆肃川韵》："默算归程旧广宁，肃宁孤馆又骖停。岭云入望浑头白，官柳当前共眼青。南国旧时吟郢雪，台阶今日映文星。炎天屡得惊人句，爽韵生秋气尽醒。"崔奎瑞《艮斋集》卷一

宋相琦《次正使肃宁馆韵》："由来王事不遑宁，跋履行装敢小停。乡月屡从愁外白，塞山刚厌眼中青。行看海色连宾日，谁识天文动客星。差喜一樽留醉地，雪堂晴昼睡初醒。"宋相琦《星槎录》

宋相琦《安兴馆》："雄关锁钥镇西陲，千尺城临萨水湄。异代乙支曾战伐，当时南八亦男儿。荒山远戍苍烟断，落日高楼画角悲。无限眼前怀古意，塞天辽阔鸟飞迟。南八，指丁卯节死南节度。"宋相琦《星槎录》

崔锡鼎《百祥楼》："安西暂驻玉京槎，春尽关城碧柳斜。万户村开青嶂里，百层楼压大江涯。声名不废姜天使，诗卷长留李月沙。多病独孤登眺兴，鬓毛赢得十分华。"崔锡鼎《蔗回录》

崔奎瑞《百祥楼》："清川江上住仙槎，无限沧波日欲斜。东洛故人为地主，西凉一曲即天涯。千里云树迷关岭，万里风云接塞沙。去国登高愁不歇，独凭城角望京华。"崔奎瑞《艮斋集》卷一

宋相琦《百祥楼》："层城飞阁出云霄，极目风烟四望劳。山势北来连朔漠，海门西拆纳江涛。诗惊黄鹤千年壮，气压元龙百尺高。倚剑酒阑空感慨，古今

登眺几人豪。东岳崔颢题诗黄鹤楼之句至今脍炙，故第五句及之。"宋相琦《星槎录》

宋相琦《百胜楼在七佛寺前》："名区随处足淹留，七佛庵连百胜楼。地涌青螺开岛屿，川分白鹭落汀洲。沙禽惯听佳人瑟，江月长随贾客舟。云外妙香浮万迭，侧身东望思悠悠。江水分二派，岛在其中，故用白鹭洲语。"宋相琦《星槎录》

崔锡鼎《用前韵奉调行台》："绣袂红飞蝶，纱窗碧胜烟。王程催驲骑，客梦罢香筵。佳约心中在，情缄别后传。只愁郎意变，难得月长圆。"崔锡鼎《蔗回录》

宋相琦《次正使韵以自解》："自笑泥粘絮，闲看柳媚烟。心轻解佩地，情薄掺裾筵。梦有秦城去，书无洛浦传。何须强滓秽，秋月本清圆。宋僧参寥诗曰：'禅心已作粘泥絮，不逐春风上下狂。'"宋相琦《星槎录》

崔锡鼎《次韵演雅》："十年重泛赴燕槎，鸭水狼山客路斜。寻理蠹鱼看学力，琢磨花鸟送生涯。行程正趁莺啼树，归骑应先雁落沙。犬马微诚惟恋主，日边双凤梦京华。"崔锡鼎《蔗回录》

宋相琦《新安馆录奉副使》："共作游方恋，谁怜许国心。马颠知驿敝，身病觉杯深。此去期全璧，同行即断金。沿途诗满轴，只为遣愁吟。"宋相琦《星槎录》

崔奎瑞《又次书状韵》："行遍关西界，残灯独夜心。民愁到底切，时事算来深。尔自衣兼绣，吾犹带是金。年丰杜老愿，忧国更长吟。"崔奎瑞《艮斋集》卷一

崔奎瑞《郭山客舍奉次正使韵》："青山绕郭鹊槎槎，乌几凭来落照斜。地尽龙湾行有日，天连燕塞去无涯。螺鬟薄雾朝为雨，马首狂风暮卷沙。已识凤毛凡自美，敢将貂续竞声华。"崔奎瑞《艮斋集》卷一

宋相琦《宣川延宾堂留别李季章》："萍逢此地即离筵，一渡龙湾便各天。湖岭白云愁望外，洛阳青草泪痕边。身同许国吾先病，职并衔纶子独贤。努力相期王事了，凤城秋日更联翩。"宋相琦《星槎录》

崔奎瑞《倚剑亭次板上韵》："西塞云山一片城，更怜边月十分明。皇华有路称林畔，古戍防秋即柳营。但觉高楼倚剑好，不须残妓抱琴迎。将军往迹堪流涕，回首深河愧此行。"崔奎瑞《艮斋集》卷一

宋相琦《次倚剑亭板上韵》："冠盖联翩自汉城，几回遗迹感皇明。云迷渤海仙槎路，星落深河大树营。王事只今犹跋涉，故人于此暂逢迎。山川不解当时恨，只管年年送客行。李季章以御史相逢于此。故第六句云。"宋相琦《星槎录》

崔锡鼎《倚剑亭》："倚剑名亭在，乘槎远客临。岁荒宜贬食，身老尚雄心。塞日栏杆暮，边笳睥睨阴。深河有遗庙，抚迹一悲吟。"崔锡鼎《蔗回录》

崔奎瑞《又奉次正使韵》:"西陲关防壮,名构斗牛临。抚剑英雄泪,凭栏远客心。边云常作雾,塞日易成阴。物色兼愁绪,迢迢入苦吟。"崔奎瑞《艮斋集》卷一

崔锡鼎《林畔客馆逢李御史季章次壁上韵》:"垂垂官柳绕层城,关外逢人眼觉明。征客昔年曾宿留,画堂何岁此经营。楼头一雨如相挽,帐里双蛾故解迎。总为饮冰王事急,不教觞燕滞吾行。"崔锡鼎《蓆回录》

崔锡鼎《林畔途中》:"云日苍唐接塞关,雨余山色碧屡颜。绵绵废堞川原外,历历荒村灌莽间。民事向来将竭蹶,主忧何日始湔删。丹心炯炯君应识,一节期完赵璧还。"崔锡鼎《蓆回录》

崔奎瑞《车辇馆奉次正使韵》:"旌旆悠悠出汉关,塞云边月总愁颜。一方民物年荒后,千里乡心午梦间。酒为忧时停细酌,诗多率意要重删。繁华尚有红妆女,故替邮筒数往还。"崔奎瑞《艮斋集》卷一

宋相琦《良策途中》:"塞雨蒙蒙不放晴,行人此夕倍伤情。秦云渐隔千重岭,鸭水今临半日程。区域已穷犹往路,海山虽好即边城。平生谬作桑蓬计,只得霜毛种种明。"宋相琦《星槎录》

崔奎瑞《龙湾途中次书状韵》:"湾河初日雨新晴,征马骎骎恼客情。险路历过仍坦路,来程算尽又归程。地穷箕子三韩界,天接秦皇万里城。想得京华今已远,五云回首不分明。自所申至湾府路甚险,故领联云。"崔奎瑞《艮斋集》卷一

崔锡鼎《听流堂》:"使节知前度,山容似旧时。绿潭清见底,芳树细生枝。厌听佳人唱,先催御史诗。齐民多诉牒,无策起癃疲。"崔锡鼎《蓆回录》

宋相琦《龙湾馆》:"万里天边眼,三韩地尽头。江青知鸭水,山黑认麟州。战伐当年事,风烟此日愁。登临易下泪,莫上最高楼。"宋相琦《星槎录》

崔锡鼎《龙湾用前韵》:"勒石千年事,乘槎万里心。山河龙塞尽,天地鸭江深。此去怀荆璧,归装笑越金。高亭名聚胜,一上更长吟。"崔锡鼎《蓆回录》

宋相琦《聚胜亭次上使韵》:"千尺危亭压塞隈,凭栏此日思悠哉。波晴渤海天连水,云卷阴山月满台。戍客不眠愁击柝,行人无兴醉深杯。兹城纵远犹吾土,为报征车且莫催。"宋相琦《星槎录》

宋相琦《湾馆次上使用息庵集韵》:"君亲一念恨离违,况复穷边信使稀。江水不风波自涌,海天无雨气恒霏。去时燕地应尝麦,回日秦城近授衣。纵是王程怀靡及,白头从此宦情微。"宋相琦《星槎录》

崔锡鼎《鸭江舟中作,属湾尹柳君休以复》:"一带江流暮雨霏,使君停棹送将归。云鬟历乱红妆湿,锦席欹倾玉罕飞。燕路算来犹渺渺,湾亭看去总依依。莫言炎暑王程苦,回日清秋素月辉。"崔锡鼎《蓆回录》

宋相琦《次正使鸭江韵》:"行舟沙渚雨霏霏,却羡居人送我归。倾盖使君还恋恋,语樯江燕故飞飞。惟怜旧国云山隔,谁识今宵露草依。赖得骊珠频自慰,异方风物顿生辉。《别赋》'居人愁卧,怳若有亡',今日当露宿,故云。"宋相琦《星槎录》

崔锡鼎《渡江》:"欲渡鸭江去,行车休怪迟。天颜违浃月,乡信隔多时。已绝游方恋,惟深去国思。看君诗上语,同我昔年悲。"崔锡鼎《蔗回录》

崔锡鼎《九连城》:"冲雨来殊域,披榛抵古城。关云多变态,塞水罕知名。草次何嫌陋,幽怀自不平。先王有诗句,遗耻识宸情。"崔锡鼎《蔗回录》

崔锡鼎《九连城途中》:"靡靡行程别汉关,澄江乍解客中颜。村烟不见荒城外,峡路才通乱碛间。触眼边愁聊暂拨,攻心内热未全删。十年重踏辽阳土,华表依然海鹤还。"崔锡鼎《蔗回录》

崔锡鼎《金石山迭前韵》:"云际晴曦破宿霏,时逢猎骑挟忘归。石泉缘壑寻常响,山鸟穿林上下飞。愁里光阴那可驻,客边栖息幸相依。行台秀句清人目,虚牝惊投照夜辉。忘归,箭名。"崔锡鼎《蔗回录》

宋相琦《汤站途中》:"踪迹平生恨局天,远游今日却茫然。亲年六十将加十,客路三千崖过千。辽塞乱云低马首,凤城残照闪鸦前。湾江渡日曾相报,此夜家人定不眠。"宋相琦《星槎录》

崔锡鼎《雾》:"松鹘山前雾雨繁,凤凰城下促归辕。齐州昔叹三精塞,大漠今看八表昏。征客衣裳愁厌浥,野禽毛羽失飞翻。何时快睹新旸出,阴曀澄来境落骞。"崔锡鼎《蔗回录》

崔锡鼎《沙苫途中》:"晓日莺啼柳,春残是去时。西风雁横塞,秋到即归期。远役恒寒暑,孤忠一险夷。駪駪怀靡及,曾诵古人诗。"崔锡鼎《蔗回录》

崔锡鼎《栅门》:"停车栅门外,融景转穹林。闹扰马牛迹,喧啾蕃汉音。行人忧世泪,先圣畏天心。芦酒难成醉,乡愁恐不禁。"崔锡鼎《蔗回录》

宋相琦《凤凰城》:"安市流传即凤城,文皇当日漫穷兵。玄花白羽真龙困,玉塞秋霜代马惊。但使中原一鉴在,岂劳东海六飞行。弹丸不入灵州石,天外虚留驻跸名。"宋相琦《星槎录》

崔锡鼎《凤凰城》:"辽左穷边一片城,唐宗于此昔观兵。寒霜玉帐三军老,白羽玄花四海惊。鲁削已悲疆土蹙,秦输重愧使车行。可怜当日杨都尉,青史中间没姓名。""群山环合一川流,边土民居到此稠。远客中宵聊歇脚,清茶半盏亦沾喉。屋无窗壁多施幔,车服驴骡或驾牛。殊俗语音浑未惯,强排诗律泻羁愁。""燕槎诸子简朝流,兰臭相熏乐事稠。御史霜威曾折角,尚书雅望亦司喉。重来迹似丁仙鹤,爱立名惭丙相牛。长路唱酬成卷轴,不知为客异乡愁。""拂曙边云暧欲流,戎戎野色望来稠。庖厨厌看生狞面,歌馆回思婉转喉。城下旧盟曾白马，客中今岁又骍牛。天机世事堪挥涕，不独行人远役愁。""畸踪水上等萍流，聚散中间岁月稠。何幸异乡联睡榻，每从长路费吟喉。行台雅望兼峨豸，文垒齐盟忝执牛。最有少陵诗语妙，笔端游戏破闲愁。""苍生仍岁困逋流，关塞前头饿者稠。每驻使车收诉牒，为倾行橐润饥喉。冰厨楚客轻寒暑，葛屦东人望女牛。看取野田春麦茂，亦知天意解民愁。"崔锡鼎《蔗回录》

宋相琦《凤城次正使韵》："客中时序水东流，花落辞家见叶稠。千里辽程凭译舌，一宵香阁忆歌喉。关云出峡常随马，塞草漫山尽没牛。纵是壮游穷绝域，眼前风物却生愁。凝香阁在龙湾。""却思申岁泪先流，城阙烟尘战血稠。已把太阿归阃手，谁言定鼎扼夷喉。燕台未致千金骏，即墨难看五彩牛。惟有东方皮币使，每年冠盖不胜愁。""城下长川滚滚流，故园东望乱山稠。不堪沙塞尘随眼，那得金茎露沃喉。去国音书须白雁，出关行色异青牛。应知万里秦京月，分照征人夜夜愁。""凤凰山色翠如流，夹路棠花满目稠。村燕受风低晚翅，林莺穿水弄娇喉。日边归梦迷蝴蝶，天外飞槎上斗牛。恋阙思亲无限意，与君同是一般愁。"宋相琦《星槎录》

崔锡鼎《松站途中》："远客停骖问酒家，松村一路傍山斜。纷纷驿卒争沽水，扰扰羌儿竞雇车。王事只应歌杕杜，此身安得系匏瓜。羁愁旅况君休说，异域观游亦圣涯。"崔锡鼎《蔗回录》

宋相琦《松站次正使韵》："极目荒郊有数家，边风吹动帽檐斜。山川尚记单于垒，玉帛空催使者车。异地人情留客茗，故园时物籍田瓜。思归触处浑无赖，欲说深愁未有涯。我国端阳例进籍田瓜，而今已节近，故第六句云。""素志平生在国家，秪今无奈鬓丝斜。声名半世叨青琐，词赋当年愧赤车。关外此来吟诞葛，客中何处觅浮瓜。炎天跋履元吾分，只恐洪恩报未涯。""台星远照野人家，卿月今看塞外斜。此去飞霜应避马，向来灵雨已随车。欣从兰室投针芥，欲报琼词愧木瓜。叵耐出关芳草歇，美人消息隔天涯。"宋相琦《星槎录》

崔奎瑞《奉次正使韵》："此地当年属汉家，缘云鸟道一条斜。除凶未遂陈都尉，阻陉犹思李佐车。宇宙至今同泛梗，山河终古几分瓜。明朝怅望辽阳郭，客恨迢迢未有涯。"崔奎瑞《艮斋集》卷一

崔锡鼎《松站用前韵》："松山一雨破余寒，阴壑春冰马踏残。旅枕几成愁不寐，乡书犹阻勉加餐。嫌闻数曲胡歌闹，强饮三杯虏酒酸。殊俗亦知冠冕贵，夹途儿女共来看。"崔锡鼎《蔗回录》

崔锡鼎《八渡途中》："耳熟湆湆水，衣和淰淰云。车箱惟一路，马畜动千群。跋涉知前度，艰关契昔闻。同行得数子，吟料与平分。"崔锡鼎《蔗回录》

宋相琦《八渡河途中》："背指三竿日，行穿万迭云。仙槎聊作伴，胡马自

成群。路已千山过，河曾八渡闻。诗囊频叩取，愁绪句中分。"宋相琦《星槎录》

宋相琦《通远堡》："通远邮村枕塞隅，赤云斜日下平芜。牛羊识路家家人，鹳雀投林处处呼。北望可堪宸极远，西来惟占客星孤。逢人欲问前朝事，败甓崩城半有无。"宋相琦《星槎录》

崔奎瑞《连山驿途中》："高桥明发戒征鞭，歇马连山古驿前。日照红螺浓欲滴，云收碧海浩无边。诗肠顿爽新添料，醉眼惊开剩破眠。此日奇观真圣泽，羁愁莫赋独贤篇。"崔奎瑞《艮斋集》卷一

崔锡鼎《连山关》："村前流水戏娵隅，峡里长坡际绿芜。川润仆僮频揭厉，谷深禽鸟递鸣乎。穹林屡转山蹊仄，迭嶂初回野店孤。除却赋诗难拨闷，此间吟哢可能无。娵隅，鱼名。"崔锡鼎《蔗回录》

宋相琦《会宁岭》："危石槎牙乱木攒，缘云鸟道正难攀。噫吁畏过天梯上，呼吸疑通帝座间。鞍马少年轻万里，路歧今日怯千山。惟应叱驭丹心在，握节他时好往还。"宋相琦《星槎录》

崔奎瑞《次书状青石岭韵》："造化源头孰主持，偏教石砾此交敧。平铺鲸甲迤来远，乱插豺牙呀去迟。儱儴行人缘壁涩，凌兢倦马着蹄危。安驱政赖操心切，车覆君看在陵陂。"崔奎瑞《艮斋集》卷一

崔奎瑞《辽城》："太子河空烟树微，海东征客暂停骑。兴亡落日孤云去，气势全辽巨野围。始识乾坤如许大，却怜城郭已都非。严政有限催行李，华表无人问令威。"崔奎瑞《艮斋集》卷一

崔锡鼎《辽阳》："云暗仙人郭，波晴太子河。汉关临塞尽，辽野得天多。跋涉仍长路，羁危且浩歌。禅宫阻游赏，客恨定如何。"崔锡鼎《蔗回录》

宋相琦《辽阳次正使韵》："大野西通沈，荒城北据河。英雄名已灭，兴废恨空多。仙鹤千年柱，羌儿一曲歌。腥尘犹满目，天意竟如何。"宋相琦《星槎录》

崔锡鼎《辽阳食樱瓜》："全辽地近古幽并，长路駸駸客意惊。边塞风烟频节物，异乡园圃亦人情。香凝玉筯浮来爽，色映银盘写处明。此日尝新偏有感，皇华傧接忆升平。"崔锡鼎《蔗回录》

宋相琦《辽阳食樱瓜》："含桃还与早瓜并，客里新尝喜欲惊。西蜀野人多厚意，东门物色动归情。冰开碧玉登盘冷，露缀红珠映袖明。摩诘诗篇元有感，陆郎心事更难平。"宋相琦《星槎录》

崔锡鼎《辽阳用前韵》："都会辽阳邑万家，古城层塔入云斜。瑶台鹤化千年柱，苍陆人随万里车。异味天南来荔橘，时新客里见樱瓜。山川极望开平远，风景依俙浿水涯。"崔锡鼎《蔗回录》

宋相琦《华表柱次正使前韵》："真仙何处更思家，华表云空白塔斜。谁见

寥天回鹤驭,但令游客驻星车。千年城郭惟荒草,百战山河似裂瓜。莫向遗民问往事,秖今灰刼恨无涯。"宋相琦《星槎录》

宋相琦《辽阳次副使韵》:"大野茫茫远色微,火云亭午拥骖骓。唐宗跸向前峰驻,太子河从古堞围。千里地形关外壮,百年人事眼中非。归来华表无穷恨,不独当时有令威。"宋相琦《星槎录》

崔锡鼎《观天用连山关韵》:"辽天如覆釜,真个混开初。蚁子磨中运,酰鸡瓮里居。地球新说巧,周髀古方疏。圆器包圆物,闻诸金判书。"崔锡鼎《蔗回录》

崔锡鼎《烂泥途中》:"辽阳古城外,一道走幽燕。迥眺苍茫野,平看远大天。旅怀聊快眼,遗耻恨空拳。莫问形容老,曾游十载前。"崔锡鼎《蔗回录》

宋相琦《十里堡》:"漠漠云沙万里开,眼中那见一山堆。天留逄管声名在,地历华戎战伐来。行客但寻新店舍,驿夫犹指旧烟台。人生不踏辽阳野,安得题诗笔力恢。逄,指逄萌"宋相琦《星槎录》【考证:崔锡鼎下诗题曰"白塔堡途中逢宁陵忌辰",以上诸诗当作于四月初八日至五月初四日间。】

五月

初四日(癸未)。

崔锡鼎《白塔堡途中逢宁陵忌辰,是日入沈》:"沈馆如前日,星槎又此时。先陵当讳夕。臣子有余悲,往迹同淹恤,今行异载驰。两翁餐雪地,诚节北人知。"崔锡鼎《蔗回录》

崔奎瑞《白塔堡途中逢宁陵忌辰有感,是日入沈》:"圣祖宾天日,孤臣出塞时。道途还此夕,辽沈又深悲。漠漠乾坤暮,悠悠岁月驰。匣中雄剑在,唯尔独心知。"崔奎瑞《艮斋集》卷一

宋相琦《白塔堡遇宁陵忌辰次副使韵》:"不谓崩天日,今当到沈时。还将辽塞泪,重作杞人悲。大业嗟中失,单车尚北驰。昔年淹恤地,遗迹恨难知。"宋相琦《星槎录》【考证:宁陵即朝鲜孝宗陵寝。《孝宗实录》卷二一言孝宗十年五月初四日"上升遐于大造殿",故以上诸诗当作于五月初四日。】

初五日(甲申)。

崔锡鼎《沈阳遇端午》:"单车行李客殊方,辽野穿来到沈阳。旅舍忽逢端午节,羁愁聊把故人觞。菀裘我自思专壑,鹤发君应恋在堂。最是谢塘青草梦,迢迢湖外雁分行。""又看佳节属天中,客里流光太剧匆。辽鹤去遥时几换,塞鸿飞尽信难通。蒲觞送贺欢惊少,艾户迎祥异俗同。王事即今非息偃,莫嗟颜鬓已成翁。"崔锡鼎《蔗回录》

宋相琦《沈阳遇端午》:"游子经春滞远方,沈阳今日又端阳。衣思细葛开新箧,酒忆香蒲满寿觞。彩架欢娱儿走索,纹枰谈笑客哄堂。家乡物色肠堪断,梦逐孤云度太行。""天中佳节海东传,宝篆颁从近侍先。一自翰林供奉后,屡沾霄汉渥恩偏。熏风每向身边挹,明月今从梦里圆。遥想九重新帖子,几人能赋进规篇。""更忆家人在洛中,那堪节序又匆匆。客愁无赖兰汤洗,离恨难凭锦字通。燕橐绤衣聊自试,楚盘粽角与谁同。归时稚子应添长,一笑门前慰乃翁。"宋相琦《星槎录》【考证:以上题曰"沈阳遇端午",诗云"旅舍忽逢端午节""沈阳今日又端阳",当作于五月初五日。】

崔锡鼎《沈阳有感》:"百六逢罹叹我生,北扉当日困公卿。经权烂漫同归地,夷夏锵洋不朽名。草树秖今余废馆,风烟依旧拥荒城。星槎比路怀先迹,玉帛何心走上京。"崔锡鼎《蔗回录》

宋相琦《沈阳有感》:"当年石室老先生,握节还同汉子卿。万古春秋扶大义,一时夷夏仰高名。朝宗尚有前江水,弦诵难寻旧日城。惭愧后孙甘澳忍,手擎繭币走燕京。"宋相琦《星槎录》

崔奎瑞《次韵书状沈阳有感》:"才入沈阳百感生,新亭感泣晋公卿。先王淹恤八年地,石老纲常千古名。日月重回丁丑岁,山河犹拥赫连城。天涯极目腥尘暗,何处神州觅帝京。"崔奎瑞《艮斋集》卷一

宋相琦《沈阳》:"全辽第一此雄藩,粉堞华谯入塞云。中国异时堪保障,上都元代漫辛勤。阴房秘殿千重合,宝肆香街百队分。独有城边呜咽水,至今如怨贺将军。沈阳失守时守将贺世贤走死。"宋相琦《星槎录》【考证:以上诸诗皆述留沈阳时事,亦作于五月初五日。】

宋相琦《永安桥》:"野色连天尽,河流出塞遥。长空独去鸟,斜日永安桥。隐隐晴虹动,蹲蹲石兽骄。谁知东海客,驱马感前朝。"宋相琦《星槎录》

宋相琦《边城途中复用前韵》:"落日荒荒暮,孤云漠漠遥。人同苍水使,路出赤栏桥。野势盘雕远,边城牧马骄。仍闻巨河近,愁杀渡明朝。路中有新桥以赤栏架成。"宋相琦《星槎录》

崔锡鼎《孤家店》:"蚊蚋清晓起廉隅,五月寒风卷野芜。龁草嘶群骎躞蹀,关门索价房喧呼。长空浩浩无边阔,远岫依依一点孤。最厌北人崇异教,家家画佛诵南无。"崔锡鼎《蔗回录》

崔锡鼎《周流河遇风》:"鲁叟当年病问津,燕槎此日困行人。飘扬双节冲风数,出没孤舟渡水频。饮了楚冰犹内热,捣残巴桂觉余辛。周诗从古哀征役,胡乃将车秖自尘。"崔锡鼎《蔗回录》

崔奎瑞《一板门》:"客路三竿日,孤村一板门。疏林依断垄,深草没平原。

逐利商车接,论财牧畜蕃。百年沦没地,谣俗更堪论。"崔奎瑞《艮斋集》卷一

宋相琦《一板门次副使韵》:"大漠通沧海,遥山接塞门。村名传一板,客路走中原。土畜驴兼马,方言汉杂蕃。黄尘欲眯眼,行役更堪论。"宋相琦《星槎录》

崔锡鼎《二道井遇雨》:"我辈方泥露,僮人等郄曹。居然村影暮,飒尔雨声高。涉险怜吾怯,探奇畏子饕。征途仗食客,入幕总贤豪。"崔锡鼎《蔗回录》

宋相琦《广宁有感》:"旧广宁前日色黄,昔时城堞已榛荒。山河不尽兴亡恨,风雨空余战伐场。天意只应归玉塞,地形无赖控金汤。书生早有轮囷胆,驻马悲吟抚剑芒。"宋相琦《星槎录》

崔锡鼎《新店》:"旧客投新店,浔云起旱天。雷声惊昨夜,山色似当年。去路长城外,归心独鸟边。平生诵三百,不赋大夫贤。"崔锡鼎《蔗回录》

宋相琦《广宁有感》:"旧广宁前日色黄,昔时城堞已榛荒。山河不尽兴亡恨,风雨空余战伐场。天意秖应归玉塞,地形无赖控金汤。书生早有轮囷胆,驻马悲吟抚剑芒。"宋相琦《星槎录》

崔奎瑞《次韵书状广宁有感》:"满眼尘沙挟路黄,苍茫草树古城荒。一千里外雄藩地,三十年间百战场。宁远声名推李牧,化贞恓恸愧陈汤。青山似欲羞前事,无恨长天倚剑铓。"崔奎瑞《艮斋集》卷一

宋相琦《壮镇堡途中》:"晓旭晴随盖,和飙稳送轮。身轻浑失病,路净不生尘。绝塞山如马,遥村树似人。他乡看物色,得句语还新。"宋相琦《星槎录》

崔锡鼎《戏占呈同行两词伯》:"同槎诸彦总能文,武略如今更出群。秘计刘郭推副价,奇才凌统见参军。伐谋制胜知无敌,探穴犁庭可策勋。从此幕中兼智勇,不愁疆域遍妖氛。"崔锡鼎《蔗回录》

崔奎瑞《医巫闾》:"雨歇云消淡碧空,医间露出玉芙蓉。雄蟠地占三千里,秀色干霄几万重。此日埃风思楚赋,当时镇岳想周封。全忘身载邮骖去,兴在峰头浓复浓。"崔奎瑞《艮斋集》卷一

宋相琦《闾阳途中望见十三山》:"闾阳大道接燕关,万里行人意未闲。最是今朝开眼处,天边苍翠十三山。"宋相琦《星槎录》

崔奎瑞《次书状十三山韵》:"上界真仙碧玉屏,谁教来向塞天零。云生古壁妆深翠,雨歇长霄簇晚青。巫峡参差迷楚梦,九疑迢递暗湘灵。双峰直北森如戟,欲决南氛不尽腥。"崔奎瑞《艮斋集》卷一

宋相琦《四统碑》:"往迹分明万历时,一回临读一回悲。谁知四片王家石,尚带皇朝雨露私。"宋相琦《星槎录》

宋相琦《小凌河》:"客到凌河里,回看古锦州。虚传阃外宠,那忍陇西羞。

百战功何在，三韩恨尚留。丁宁城畔水，莫向杏山流。_{锦州城陷时东兵胁作前队。}"宋相琦《星槎录》

崔奎瑞《次书状小凌河韵》："圣代忧南牧，雄关镇北州。山河今举目，宇宙尚余羞。旷野孤云去，荒榛废堞留。斜阳无限意，惟见水西流。"崔奎瑞《艮斋集》卷一

宋相琦《松山》："虏骑交冲日，残兵百战时。千秋应厉鬼，一死是男儿。力尽城同破，人亡义独垂。秖今关外路，天地尚余悲。"宋相琦《星槎录》

崔奎瑞《次书状松山韵》："一发孤城里，云梯九却时。杲卿何状貌，南八亦男儿。惨憺关云暮，荒凉塞日垂。无人问往事，默默只心悲。"崔奎瑞《艮斋集》卷一

崔锡鼎《松山》："海岱翻崩日，燕云震荡时。累朝扶节义，几个有男儿。摧败犹堪暴，声名久更垂。荒墟余堞垒，遗迹使人悲。"崔锡鼎《蔗回录》

崔锡鼎《杏山》："乘障官非显，焉能尽择才。只应诚贯日，无奈势如雷。一郡张巡烈，全家卞壶哀。停车问往事，惨淡北风来。"崔锡鼎《蔗回录》

宋相琦《杏山》："誓死苍黄日。临危保障才。能令虏豺虎。犹识汉风雷。成败人何与。兴亡事可哀。荒城一片土。魂魄倘归来。"宋相琦《星槎录》

崔奎瑞《次书状杏山韵》："已识三纲义，奚论一障才。千军同饮血，万马奈驱雷。城破丹心在，陵移白骨哀。长途冉冉者，尽是北来人。"崔奎瑞《艮斋集》卷一

崔锡鼎《塔山》："行人何叹也，往事足悲夫。运去忠奚赖，城危势已孤。魂随蜺虹见，节与凛霜俱。天地无情老，难教泪眼枯。"崔锡鼎《蔗回录》

崔奎瑞《次书状塔山韵》："河北多男子，临危有是夫。神机赤壁运，形势晋阳孤。塞氛三精晦，城亡七尺俱。千秋为厉鬼，不并触髅枯。"崔奎瑞《艮斋集》卷一

宋相琦《双石城途中》："石城天畔大堤平，烟柳依依弄晚晴。张氏画中眉黛浅，楚姬风外舞腰轻。无心落絮随征袂，何事长条拂去旌。最是赤栏桥下水，至今如带莫愁名。_{夹路左右有垂杨数百株，又有红桥在其下，故篇中云。}"宋相琦《星槎录》

崔锡鼎《观祖将军牌楼》："双楼辣峙九街中，斫取云根刻镂工。当日穷奢忘远略，至今遗臭愧元戎。檐楹尚挂前朝日，铃铎长喧朔野风。一死向来输尔弟，不应无面独袁公。""积石输来费万牛，高楼横压古雄州。良工鲁国班倕集，妙制陈家结绮搜。漫把一门矜渥宠，岂知千载带深羞。功名富贵都消尽，留与庄生问髑髅。"崔锡鼎《蔗回录》

宋相琦《次副使牛字韵哀袁督帅》："秘略真同运木牛，誓心期复旧边州。北门可但燕人祭，南漠将看虎穴搜。明月巧谗朝野痛，白符遗唱古今羞。只应

千载荒城下，冤鬼啾啾哭髑髅。"宋相琦《星槎录》

崔奎瑞《东关途中》："终朝昏雾塞方圆，远近都归混沌天。今日行台舆地录，欲将何说记山川。"崔奎瑞《艮斋集》卷一

崔锡鼎《两水河途中》："明月晓不落，早行人气清。河村打蓐食，山驿问前程。筋力知谁健，肝心也自倾。渡江垂一朔，今夕入秦城。"崔锡鼎《蔗回录》

崔锡鼎《两水河早行》："天边流月杀残更，晓色苍苍接野城。发为忧时浑觉短，身因许国早知轻。长途枥马惟瞻首，遥店埘鸡仅辨声。王事即今嗟靡盬，不应徒抱旅人情。"崔锡鼎《蔗回录》

崔锡鼎《贞女祠次碑上王致中韵》："远翠堆云想髻螺，平湖开镜宛秋波。千年苦恨封金石，万古芳名掩绮罗。无语荒城徒筑怨，有灵遗庙自降魔。东韩过客停归辔，大笔题诗托不磨。"崔锡鼎《蔗回录》

崔奎瑞《贞女祠次壁上王致中韵》："荒原指点石如螺，碧树无言海自波。一片冰心神降鉴，千秋遗庙鬼森罗。非关精卫空愁弱，宁似尤风只作魔。顽物不随年代变，芳名天地共难磨。"崔奎瑞《艮斋集》卷一

宋相琦《贞女祠次壁上王致中韵》："遗祠片石点青螺，想象当时泪眼波。花似粉妆愁宝靥，草如裙带怨轻罗。从知苦节难成沜，肯遣芳心易被魔。堪愧楚秦朝暮士，几人千古姓名磨。"宋相琦《星槎录》

崔锡鼎《入山海关》："贞女祠前客路弯，火云亭午铄玄颜。北来辽塞三千里，东入秦城第一关。槎上此行殊泛汉，屐边遗债负登山。寒妻弱辅无穷事，认取沿途啸咏间。"崔锡鼎《蔗回录》

崔锡鼎《山海关》："北来山势壮幽燕，南见沧溟正浩然。漫筑长城秦二世，谁嘘炎火汉中天。李斯遗墨门楣在，徐达弘规堞橹传。自昔远游雄笔力，未应先怯度关篇。"崔锡鼎《蔗回录》

崔奎瑞《奉次正使山海关韵》："领略全辽又入燕，秦关一望意悠然。地穷沧海千层浪，城自临洮万里天。宇宙浮沤凡几幻，山河逆旅递相传。书生空有伤时泪，击节吟成吊古篇。"崔奎瑞《艮斋集》卷一

宋相琦《望夫石》："海竭山崩此恨深，芳魂千载岂销沉。不如化作禽精卫，填得沧溟见苦心。"宋相琦《星槎录》

崔奎瑞《次书状望夫石韵》："燕岫高高燕海深，数间祠屋暮烟沈。千秋不转山头石，犹抱当年未死心。"崔奎瑞《艮斋集》卷一

宋相琦《山海关》："东经辽渤北穷燕，忽觉今朝眼豁然。万马奔驰山接塞，六鳌腾蹙海连天。添防竟恨重关失，绝脉才看二世传。唯有往来怀旧客，壮游输入纪行篇。明朝徐郡王达增筑长城，以为防守之图，故第五句云。"宋相琦《星槎录》

崔锡鼎《凤凰店途中》:"山海关头野势回,凤凰山下峡村开。碧园露滴珠玑烂,黄陇风来饼饵堆。有兴和残千首得,无人寄与一壶来。衣冠汉代今熏歇,芳草烟汀只旧台。"崔锡鼎《蔗回录》【考证:以上诸诗当作于五月初五日至二十日间。】

二十日(己亥)。

崔锡鼎《店舍逢生朝》:"五月中旬届,生朝异域遭。志惟成濩落,恩未答劬劳。风撼堂前树,霜侵镜里毛。非关旅游恨,有泪湿征袍。"崔锡鼎《蔗回录》【考证:崔昌大《先考议政府领议政府君行状》言"公以仁祖二十四年丙戌五月二十日乙丑降生",可知崔锡鼎生辰为五月二十日。】

崔锡鼎《少憩树阴》:"驿村西畔荫垂杨,孤客停车借一凉。忽忆草庐闲住日,枣林幽处坐藤床。"崔锡鼎《蔗回录》

崔锡鼎《榆关》:"榆塞当年亦禹封,大邦天禄奈遄终。成皇定鼎违迁洛,吴帅论兵错召戎。陇亩横从荒野外,村铺萧瑟暮烟中。鳀岑远客吟三百,悒怏非缘溯绪风。"崔锡鼎《蔗回录》

宋相琦《榆关》:"榆塞从来属汉封,契丹渝后渥温终。明朝此地还通甸,百岁伊川又作戎。云际乱峰飞鸟外,水边残店夕阳中。茫茫往事寻无处,一唱悲歌溯远风。"宋相琦《星槎录》

宋相琦《抚宁县》:"蓐食榆关道,驱车入古城。褰帷览碑字,停策问山名。沃野围村迥,长川注海平。风光虽不恶,争奈异乡情。"宋相琦《星槎录》

崔奎瑞《次书状抚宁县韵》:"碧岫围长野,清川抱县城。峰尖韩子里,碑泐汉官名。百队旗亭富,千重烟树平。停车吟物色,诗就一伤情。"崔奎瑞《艮斋集》卷一

崔锡鼎《永平途中》:"夏日沧凉野色晴,烟沙极目一江平。餐薇节着殷臣庙,射虎名传汉将营。红帛跟蹡看女足,紫峰嶙崒见驼鸣。流风往迹多迁谢,酿感偏伤过客情。"崔锡鼎《蔗回录》

宋相琦《永平途中》:"滦河初日照新晴,孤竹遗墟是北平。天地独留清节庙,风云犹护汉家营。雕盘朔野思猿臂,人远西方寂凤鸣。千古山川空满目,客来那得易为情。"宋相琦《星槎录》

崔奎瑞《次书状永平途中韵》:"山河明媚晚天晴,芳草依微野色平。烟袅千家周近甸,云藏万雉汉边营。将军旧迹石犹伏,孤竹遗祠波暗鸣。落日停骖怀往事,满江愁思入诗情。"崔奎瑞《艮斋集》卷一

崔锡鼎《次裨将权喜学韵》:"已被庚炎恼,还遭午睡侵。长风吹短发,急雨洗烦襟。客意燕山暮,归程蓟树深。远来无倦色,今日见君心。"崔锡鼎《蔗回录》

崔锡鼎《榛子店》："季女何年过此村，至今行客暗伤魂。兰窗洒泪纱犹晕，素壁题诗字半昏。原草入春留碧恨，塞笳和月诉红冤。英姬一代同心事，藻思哀襟可共论。"崔锡鼎《蔗回录》

宋相琦《榛子店次上使韵》："江西夔峡古今村，罗绮千秋共断魂。镜匣残香余翠黛，碧窗明月自黄昏。珠词尚带当时泪，玉骨应留异地冤。莫把琵琶和此曲，向来人事不堪论。店即季文兰题诗处，事见《息庵集》中。文兰，江西人。"宋相琦《星槎录》

宋相琦《玉田路中》："谁家坟墓玉田西，石兽凄凉蔓草迷。一片荒原何足道，八陵无树见乌栖。"宋相琦《星槎录》

崔奎瑞《次书状玉田途中韵》："昭王墓在玉田西，蔓草萦空往迹迷。日暮金台氛祲恶，秖今贤达亦栖栖。"崔奎瑞《艮斋集》卷一

崔锡鼎《玉田敬次药泉南先生韵，赠玉秀才楫》："满床书史字含丹，花竹清幽夏亦寒。罗隐奇才知抱屈，鹿门高趣见遗安。人逢画里精神在，客到天涯鬓发残。小谢深情犹旧面，一樽分手也应难。"崔锡鼎《蔗回录》

崔锡鼎《蓟州途中》："神京归路自金沙，烟树依微一望赊。碧玉瓜盘堆列肆，黄云麦陇卷千家。只看征马随尘色，已觉鸣蝉咽露华。王事几时方干得，百年劳碌笑生涯。"崔锡鼎《蔗回录》

宋相琦《蓟州途中》："蓟门微雨净尘沙，风景依俙极目赊。云白山青千里塞，树浓烟淡万人家。奚囊应接皆诗料，活画妆成尽物华。随处奇观供一快，此身那恨到天涯。"宋相琦《星槎录》

崔奎瑞《次书状蓟州途中韵》："此地元来是塞沙，野连辽左际天赊。汉时凭翊为三辅，齐邑临淄有万家。几道商车来缟縠，一方民物竞繁华。伤心唯见渔阳水，幽咽潮声海涯□。"崔奎瑞《艮斋集》卷一

宋相琦《渔阳》："秦虎雄威振八区，长城北筑更防胡。岂知间左征兵日，一夜丛祠有野狐。""沉香娇醉赏花时，羯鼓新声养禄儿。毕竟青骡迷不悟，雨淋犹作蜀中悲。"宋相琦《星槎录》

崔奎瑞《次书状渔阳韵》："间左征兵戍塞区，秦亡人说在防胡。试看今日中原土，宁使丛祠有夜孤。""鼙鼓匐天天宝时，总兵阿荦亦胡儿。渔阳桥畔今朝泪，不为明皇幸蜀悲。"崔奎瑞《艮斋集》卷一

崔奎瑞《次书状彩亭桥韵》："野水盈堤绕郭东，彩亭多少绿阴中。辚辚车马长桥去，睡鸭惊飞过别丛。"崔奎瑞《艮斋集》卷一

宋相琦《滹沱河》："汉火重炎赖此河，云台谁似尔功多。真人一去今千载，日暮津亭空白波。"宋相琦《星槎录》

崔奎瑞《次书状滹沱河韵》:"燕蓟中间一带河,乾坤日暮客愁多。萧王去后无真主,千古烟洲水自波。"崔奎瑞《艮斋集》卷一

崔锡鼎《通州》:"此去燕京不莽苍,雄腴佳丽擅名乡。苏杭玉帛连三市,荆楚香茶簇万樯。从古江河悲举目,至今扃镭笑探囊。何时复睹衣冠制,免赋都人第一章。""燕地华腴说此州,辚辚车马看如流。闺姝不数荆吴艳,江路遥通海浙舟。万室风烟连醉陌,一春花月满歌楼。观周宿计嗟生晚,拭玉兹行总可羞。"崔锡鼎《蔗回录》

宋相琦《通州次上使韵》:"万家烟树郁苍苍,伊昔名都近帝乡。赵女遗风鸣凤瑟,越人生计在乌樯。烹茶列肆排金盌,吸草群胡佩锦囊。过客不禁怀旧感,几时重睹汉仪章。"宋相琦《星槎录》

宋相琦《通州》:"关中形胜说通州,一带官河绕郭流。骢马月题燕地客,锦帆茶货浙江舟。烟笼碧树连香陌,风飐青旗映酒楼。纵道繁华犹古昔,百年文物已含羞。"宋相琦《星槎录》

崔奎瑞《次书状通州韵》:"幽燕都会旧雄州,郭外长江湛不流。粉堞迷云余汉垒,锦帆连海尽吴舟。千重亥市参差陌,十里人家次第楼。侠肆悲歌何处问,山河无限古今羞。"崔奎瑞《艮斋集》卷一

崔锡鼎《东岳庙》:"异教由来北俗尊,岱宗灵庙设玄元。阴森鬼物雕镂壮,簇立龟趺赞颂繁。扰扰汉蕃看远客,重重城橹近都门。兴亡百代神何力,妖患徒然举世奔。"崔锡鼎《蔗回录》

崔锡鼎《玉河馆遇伏日》:"重干来寻好,殊邻久讲平。自关忧国念,遑恤望乡情。倦脚胡床歇,烦怀伏雨清。坐看墙影暮,知了几阴晴。"崔锡鼎《蔗回录》

【考证:崔锡鼎下诗题曰"流头日",以上诸诗当作于五月二十日至六月十五日间。】

六月

十五日(癸亥)。

崔锡鼎《流头日》:"六月当三五,流头令节回。经旬方把笔,隔日始含杯。偶值廉提督,难逢好秀才。缄呈一腔血,苦行喜音来。"崔锡鼎《蔗回录》【考证:诗题曰"流头日",诗云"六月当三五,流头令节回",当作于六月十五日。】

七月

十四日(壬辰)。

朝鲜国王李焞遣陪臣崔锡鼎表贺朔漠荡平,进贡礼物,宴赉如例。封朝鲜国王李焞子李昀为世子【按:参见是年闰三月二十九日条】。《清圣祖实录》卷一八四

宋相琦《燕京感怀》："永乐雄风轶汉皇，神都百二拥金汤。青黄台吉鞭笞伏，山海重关壁垒长。烟火已闻通铁岭，职方还道限辽阳。如何卜洛年才半，却见千驼系苑墙。""当时土木事堪嗟，不作青衣幸更多。赖有于公扶社稷，免教周颙泣山河。南宫已误贪天力，尺布终惭听汉歌。看取铁碑无复在，祸源谁障末流波。_{英皇复辟，专出于徐有贞辈图利之计。景泰帝崩，不以天年，事见历代小史。高皇帝时，以铁碑刻立内官不得干政字，王振用事后失所在，阉祸盖始于此云。}""藩邦再造岛氛清，正赖神皇万里明。飞挽已殚天下力，发征奚但朔方兵。中原此事无今古，东海深恩浃死生。蚍虱小臣空忍痛，为谁冠盖抵燕城。""爽鸠从昔孰长存，说到崇祯泪暗吞。北极忧劳宵负扆，东林论议日分门。流氛竟致三精塞，遗诏空含万古冤。惟有禁泉桥下水，至今呜咽绕宫园。""天寿诸陵共一山，寝园今作野花坛。衣冠寂寞浮云散，松柏凄凉落照寒。金粟莫论当日恨，玉箱那得后人看。千年蜀魄休啼血，旧国冬青亦已残。""千秋何处问金台，往迹茫茫但草莱。邹子谈天真诞说，乐生分国是英才。从知汶水移篁烈，只在涓人买骨回。此道今来那复见，风前揽涕一悲哀。""贤豪意气亦堪思，最是当年易水湄。一剑强燕真可笑，单车搦虎竟何为。白衣怒发冲冠日，罗縠微词绝袖时。欲问悲歌屠市上，不知今有酒人谁。""丞相三年只一楼，天教正气此间留。黄冠若遂当时愿，赤帜应看旧物收。燕市子规残血怨，浙江精卫暮潮愁。骚人莫作招魂赋，定逐崖山捧日舟。"_{宋相琦《星槎录》}

崔锡鼎《和玉斋燕京感怀_{八首○书状号}》："彝训昭昭自祖皇，太宗开业异周汤。迁都匪为临河圮，卜世还乖过历长。可是千三丁否运，非关百二让咸阳。城池不逐繁华改，依旧风云护禁墙。_{咏皇京}""革除遗事足伤嗟，天顺年中恨更多。祭仲行权殊辙迹，延陵让国若山河。空闻尺布传遗唱，谁把鸣筝奏怨歌。痛杀属镂无眼目，忠魂应逐浙江波。_{叙天顺}""忍看皇极换干清，只有遗黎泣大明。荐食龙蛇怀往事，长驱貔虎动天兵。其苏圣泽无前古，尚寐悲吟叹我生。玉帛牺牲谁复免，伤心最是锦州城。_{叙万历}""眼看凡楚几亡存，豺虎中原任吐吞。党议向来同白马，朝权何日去黄门。殷墟渐麦诗人恨，蜀峡啼禽望帝冤。听说西湖为饮窟，荒凉不独玉河园。_{叙崇祯}""前代园陵万岁山，至今昭穆俨灵坛。珠襦阒影秋风冷，玉马无声晓月寒。此日任教樵牧入，谁人为献画图看。曾闻古义存三恪，不亿洪支计已残。_{叙园陵}""为访昭王旧筑台，风烟极目但荒莱。枕戈一洒当年耻，拥篲旁招间世才。洒落君臣今不见，腾骧骥騄老空回。遗燕对赵心中事，揽涕千秋客自哀。_{咏乐毅}""千载英声起我思，寒风萧瑟满江湄。如何落落平生志，毕竟区区浪死为。剑术初非疏囊日，天心会已醉当时。只今燕市无豪举，欲把幽怀说向谁。_{咏荆轲}""何处黄冠相国楼，千年人去迹空留。精英

可但星虹贯,忠烈惟应简策收。柴市荒烟藏碧血,汴宫衰柳绾闲愁。中州又见王风变,谁问南征楚泽舟。咏文山"崔锡鼎《蔗回录》

崔奎瑞《燕都感怀次书状韵》:"百年文物已无存,举目伤心声暗吞。日照红兜皇极殿,云愁粉堞正阳门。燕歌秋气山河暮,蜀魂冬青泪血冤。乌鸟不知人代变,秖今犹宿旧宫园。"崔奎瑞《艮斋集》卷一

崔锡鼎《北征联句》:"国有重轮庆,欢腾薄海隅。为徽封典降,宁缓使车趋。和台阁抡丞相,卿班辍大夫。自惭叨下价,安敢惜微躯。玉象胥多簪玉,偏裨总履珠。三千余里外,二十八人俱。和北阙琅函捧,西郊饯席铺。亭高挹花石,台废感松都。玉玉溜川观媚,黄楼野望纡。山河箕壤丽,花月浿江娱。和萨水烟和柳,龙湾雨送舻。一行才点检,三节并驰驱。玉露宿依戎幕,冰餐□客厨。凤飞余废垒,鹤去但荒郛。和八站山同丽,全辽塞接卢。经村怀管隐,临水吊燕逋。玉沈卫真天府,雄关旧挹娄。龙潜圣王困,羝乳老臣拘。和未见金戈挽,空将玉帛输。行人心欲折,弱国事堪吁。玉客榻逢翁伯,行囊问大苏。尘沙人易眯,炎瘴马频瘏。和路向双旗转,车从一板逾。游氛寨境落,秀色见医巫。玉玉女盆清澈,桃花洞有无。门楼宛犹在,督帅尒何诛。和锦堞降坛见,宁城战骨枯。愁云空惨淡,冤血尚模糊。玉海色苍知曙,山光紫觉晡。长城徒筑怨,秦帝误防胡。和御暴功思魏,开门策笑吴。藩篱轻毁撤,豺虎遂吞屠。玉天地迷雾雺,衣冠变羯膝。纷纷杂华语,攘攘看胡雏。和汉将无横草,边军孰飨租。清风孤竹远,仙种玉田腴。玉野尽霜蹄骏,门多皓齿姝。燕歌虽厌听,蓟酒亦堪沽。和百尺禅楼壮,诸天佛像殊。风樯通海浙,烟树拥阛阓。玉帝宅观基固,天时迫暑徂。岳祠更传马,河馆税征徒。和礼部才呈牒,鸿胪暂曳裾。序班真狡狯,衙译极顽粗。玉拭玉诚徒切,捐金计亦迂。微辞沥危恳,驳议踵前诬。和蛮貊行虽愧,豚鱼信可孚。谷朝仍好语,舆卒亦欢呼。玉喜气倾樽渌,秋声陨井梧。主忧纾可矣,臣罪免知夫。和纵是心无累,其如迹类俘。病喉愁浊井,瘦鬓厌陈刍。玉幻子瞒群目,形形类鬼符。灯笼藏百戏,种种出新模。和异观聊相噱,烦襟竟未愉。盘腥集蝇螨,庖肉杂驾凫。玉列肆堆纨绮,长街似画图。崇财弃礼让,尚武贱文儒。和卧榻妆藤竹,宾筵重酪酥。香茶随越贾,歌舞畜荆歈。玉城阙群驼满,官衙众草芜。皇天如此醉,世运一何污。和漫说金汤地,虚开陆海区。始焉生闯贼,终乃付单于。玉事往堪流涕,机危甚捋须。请行非得已,竣事盍归乎。和冯子歌何苦,庄生病已稣。秦城紫宸远,湖岭白云孤。玉载膏间关牵,催鞭蹩躠驹。行随雁违漠,回望日生嵎。和白露凋边草,金风动渚菰。佳回今日蔗,苦失向来荼。玉学士当朝彦,才华众望须。香闻荀令席,冰映鲍生壶。和彦国推专对,敦诗擢典枢。文章余事业,经济足吁谟。玉凤昔同瀛馆,风波亦宦途。羡君犹齿

壮，嗟我已筋弩。和虬户登知忝，班门弄是愚。襟期托胶漆，诗韵叶笙竽。玉吏部心如水，明堂器比瑚。时名追范吕，家学慕濂洙。和异域均忧喜，联床辄尔吾。丹心元共勉，白首肯相渝。玉鹡鸰如相待，蓬麻也不扶。许身非趑促，当事讵踟蹰。和夷险何须择，升沈且莫诹。恩波方浩荡，贤路不崎岖。玉少海歌皇汉，卿云颂有虞。协心扶社稷，终老卧江湖。和自笑支离粟，真同屈榖瓠。园荒元亮菊，秋晚季鹰鲈。玉十载重持节，当年左设弧。生为大男子，志不在妻孥。和行李看垂橐，风烟入把觚。来程变榆柳，归兴趁茱萸。玉橄倚参军马，威生御史乌。自应轻李白，无乃学杨朱。和和璧嫌弹雀，祥金耻跃炉。旁观休笑拙，亦胜画葫芦。玉"崔锡鼎《蔗回录》

崔奎瑞《玉河馆有怀》："宾馆寥寥午景迟，客愁无语坐如痴。殊方去国三千里，一日思亲十二时。马局瘦形空躞蹀，鸥盘远势竞差池。临风料理东归兴，八月高秋汉水湄。"崔奎瑞《艮斋集》卷一

宋相琦《北征联句百韵》："国有重轮庆，欢腾薄海隅。为徽封典降，宁缓使车趋。和台阁抡丞相，卿班辍大夫。自惭叨下价，安敢惜微躯。玉象胥多簪玉，褊裨总履珠。三千余里外，二十八人俱。和〇北征三千一百四十里，三使臣外正官二十八员。北阙琅函捧，西郊钱席铺。亭高挹花石，台废感松都。玉〇临津江上有花石亭，栗谷先生旧基，松都有满月台。玉溜川观媚，黄楼野望纡。山河箕壤丽，花月浿江娱。和〇葱秀站，玉溜泉，水石清峭，有朱之蕃笔。黄州有太虚楼，浿江即大同江。萨水烟和柳，龙湾雨送舻。一行才点捡，三节并驰驱。玉〇萨水，即清川江。渡江时冒雨作行。露宿依戎幕，冰餐清客厨。凤飞余废垒，鹤去但荒郛。和〇两夜，露次冰餐，用叶公事。八站山同丽，全辽塞接卢。经村怀管隐，临水吊燕逋。玉〇凤城至辽阳谓之东八站。管宁客辽东，新城南，有太子河，称燕丹曾渡处。沈卫真天府，雄关旧挹娄。龙潜圣王困，羝乳老臣拘。和〇我孝庙潜邸时以质来寓，外曾祖清阴金文正公及迟川崔文忠公同被系沈馆。未见金戈挽，空将玉帛输。行人心欲折，弱国事堪吁。玉客榻逢翁伯，行囊问大苏。尘沙人易眯，炎瘴马频瘏。和〇巨流河，访郭朝瑞则其子垣云，见往沈阳云，以行资周之。路向双旗转，车从一板逾，游氛塞境落，秀色见医巫。玉〇大小黄旗及白旗堡、一板门俱地名，自是见医巫闾山横亘于北方。玉女盆清澈，桃花洞有无。门楼宛犹在，督帅尔何诛。和〇旧传医巫山上有玉女盆、桃花洞。祖大寿牌楼在宁远，石门穷极巧侈。锦堞降坛见，宁城战骨枯。愁云空惨淡，冤血尚模糊。玉〇锦州是祖大寿设阵处。冤血，指袁崇焕。海色苍知曙，山光紫觉晡。长城徒筑怨，秦帝误防胡。和〇自宁远望见渤海，角山在长城北。御暴功思魏，开门策笑吴。藩篱轻毁撤，豺虎遂吞屠。玉〇徐魏公达改筑长城。吴指吴三桂。天地迷雾雰，衣冠变羯胪。纷纷杂华语，穰穰看胡雏。和汉将无横草，边军孰飨租。清风孤竹远，仙种玉田腴。玉〇叙李广李牧事。永平有夷齐庙。玉田，旧传雍氏种玉事。野尽霜蹄骏，门多皓齿

姝。燕歌虽厌听，蓟酒亦堪沽。和百尺禅楼壮，诸天佛像殊。风樯通海潞，烟树拥阊阖。玉○蓟州独乐寺有佛躯甚壮。通州潞河，通江海船，邑居殷富。帝宅观基固，天时迫暑徂。岳祠更传马，河馆税征徒。和○诗曰："六月徂暑"，以五月晦到京，更衣于东岳庙。礼部才呈牍，鸿胪暂曳绚。序班真狡狯，衙译极顽粗。玉○到京明日诣礼部，呈奏咨及呈文，其后往鸿胪寺参朝参演仪。拭玉诚徒切，捐金计亦迂。微辞沥危恳，驳议踵前诬。和○礼部曾误引会典防启，今又仍前驳题。蛮貊行虽愧，豚鱼信可孚。谷朝仍好语，舆卒亦欢呼。玉○清主特许准行，七月初一日闻喜报。喜气倾樽渌，秋声陨井梧。主忧纾可矣，臣罪免知夫。和纵是心无累，其如迹类俘。病喉愁浊井，疲髓厌陈刍。玉○玉河井甚浊，味且苦，买饮他井。马草当夏，亦给陈谷草。幻子瞒群目，形形类鬼符。灯笼藏百戏，种种出新模。和异观聊相噱，烦襟竟未愉。盘腥集蝇蜗，庖肉杂驾凫。玉列肆堆纨绮，长街似画图。崇财弃礼让，尚武贱文儒。和卧榻妆藤竹，宾筵重酪酥。香茶随越贾，歌舞畜荆歈。玉城阙群驼满，官衙众草芜。皇天如此醉，世运一何污。和漫设金汤地，虚开陆海区。始焉生闯贼，终乃付单于。玉事往堪流涕，机危甚捋须。请行非得已，竣事盍归乎。和冯子歌何苦，庄生病已稣。秦城紫宸远，湖岭白云孤。玉载膏间关牵，催鞭蹩蹀驹。行随雁违漠，回望日生崦。和白露凋边草。金风动渚菰。佳回今日蔗，苦失向来荼。学士当朝彦，才华众望须。香闻荀令席，冰映鲍生壶。和○二句叙书状。彦国推专对，敦诗擢典枢。文章余事业，经济足吁谟。玉○二句叙正使夙昔同瀛馆，风波亦宦途。羡君犹齿壮，嗟我已筋弩。和○以下四句合叙。虮户登知忝，班门弄是愚。襟期托胶漆，诗韵叶笙竽。玉吏部心如水，明堂器化瑚。时名追范吕，家学慕濂洙。和○二句另叙副使异域均忧喜，联床辄尔吾。丹心元共勉，白首肯相渝。玉○以下又总叙鹅鹭如相待。蓬麻也不扶。许身非趣促。当事讵踟蹰。和夷险何须择，升沉且莫谀。恩波方浩荡，贤路不崎岖。玉少海歌皇汉，卿云颂有虞。协心扶社稷，终老卧江湖。和自笑支离粟，真同屈穀匏。园荒元亮菊，秋晚季鹰鲈。玉十载重持节，当年左设弧。生为大男子，志不在妻孥。和丙寅春以副使赴燕，今又再赴。行李看垂橐，风烟入把觚。来程变榆柳，归兴趁荼萸。玉○此行以闰三月晦拜表，将以九月初还汉京。橄倚参军马，威生御史乌。自应轻李白，无乃学扬朱。和○上句，再叙书状。下句，另属副使。此令以长律联句为多事不肯，仆笑谓为我之学上关，由崔颢事。和璧嫌弹雀，祥金耻跃炉。旁观休笑拙，亦胜画葫芦。玉○二句承上文，仍属副使。"宋相琦《星槎录》

崔奎瑞《题正使书状北征联句百韵后》："相国文章燕许前，舍人才调又青莲。绵延道路三千里，收舍琼瑶一百联。地理并将谣俗记，风流竟使世人传。疏慵不惯吟哦事，马首秋光烂漫眠。"崔奎瑞《艮斋集》卷一

崔锡鼎《敬次药泉南先生韵》："忠信蛮邦愧可行，身躯王事许长征。盛年

冰雪曾驰驿，垂老炎风又载旌。共喜月轮歌圣汉，莫言天意醉狂嬴。新诗送别情无极，只字千金较重轻。"崔锡鼎《蔗回录》

崔锡鼎《次丰润谷秀才鸥韵》："远客来燕市，相逢似旧情。仙槎余浪迹，侠窟尔藏名。露柳疏秋影，风蝉咽暮声。此间无缟纻，幽抱以诗鸣。"崔锡鼎《蔗回录》

崔奎瑞《次书状清节祠韵》："山青沙白水萦回，孤竹城临翠壁嵬。玉貌恭瞻双节庙，清风迥抱百层台。秋生古国薇芽损，日暮荒墟麦秀哀。唯有箕邦礼义地，每劳征盖远寻来。"崔奎瑞《艮斋集》卷一【考证：崔锡鼎下诗题曰"燕地旅舍逢先祖讳日有感"，以上诸诗当作于七月十四日至八月二十五日间。】

八月

二十五日（壬申）。

崔锡鼎《燕地旅舍逢先祖讳日有感》："丙戌迟翁昔降精，小孙弧矢值回庚。登庠弱岁人称美，入阁丁年世号荣。奉使此行逢讳日，拘幽陈迹感平生。传家旧业惟忠孝，庶勖丹心不坠声。"崔锡鼎《蔗回录》【考证：崔锡鼎先祖即迟川崔鸣吉。李敏叙《领议政完城府院君崔公谥状》言"晚翁公娶全州柳氏观察使讳永立之女，以万历十四年丙戌八月丁亥生公"，诗云"丙戌迟翁昔降精"，可知崔鸣吉生于八月二十五日，故系于此。】

崔奎瑞《戏赠书状房妓月华》："西关佳丽古宣城，御史重来别有情。可笑堪疑云雨地，月华何事十分明。御史于风流场中不能无意者，而一心羞涩，每欲隐讳。今问于月华，则自云荐枕，御史亦不得讳，戏而有诗。"崔奎瑞《艮斋集》卷一

宋相琦《自黄州先发留寄副使》："万里曾无一日离，此来何事却差池。太虚楼上频回首，欲下朱栏步步迟。"宋相琦《星槎录》【考证：《肃宗实录》卷三一言九月初六日"奏请使崔锡鼎等回还复命"，以上诸诗当作于八月二十五日至九月初六日间。】

二十七日（甲戌）。

王世子封典，敕使牌文出来。《朝鲜肃宗实录》卷三一

九月

初六日（癸未）。

奏请使崔锡鼎等回还复命，引见慰谕【按：参见是年闰三月二十九日条】。《朝鲜肃宗实录》卷三一

十月

初二日（己酉）。

清使额真瓦觉罗华以王世子封典出来【按：参见是年七月十四日条】，上出迎于郊外，受敕于仁政殿。王世子亲受诰命赐物，王世子别遣人问安于清使。《朝鲜肃宗实录》卷三一

二十三日（庚午）。

是岁八路大饥，畿湖尤甚，都城内积尸如山。《朝鲜肃宗实录》卷三

十一月

初二日（戊寅）。

陈奏谢恩兼冬至正使临阳君桓，副使柳之发，书状官柳重茂出去。《承政院日记》

吴道一《送冬至书状柳美仲重茂》："年年冬至此离愁，又送君行赋远游。辽塞地形连朔野，巫闾山色满幽州。沧桑触目前朝感，金带关心弱国羞。归日也添吟料好，蓟门新柳拂征辀。"吴道一《松村录》

吴道一《送柳京兆起之赴燕》："此路吾曾再戒辕，壮观聊且为君言。人间地有辽荒大，天下山无闾岳尊。不雨卢龙云每黑，恒风碣石海全翻。春郊一盏相迎日，点检奚囊更细论。"吴道一《松村录》【按：柳之发，字起之。】

赵裕寿《陪上宴北使有作，仍赠柳书状美叔重茂》："蕃客红头窄袖裘，圣躬均礼侍臣羞。皇华卷里风流异，王会图中物色侔。寸刃吴无终莫试，七衣唐有更何求。荒年贫国那堪命，又辇银缯出义州。"赵裕寿《后溪集》卷一【考证：据《燕槎录》，进贺谢恩（谢册封世子）兼年贡正使临阳君李桓、副使柳之发、书状官柳重茂于十一月初二日辞朝，以上诸诗当作于十一月初二日或其后。】

二十二日（戊戌）。

礼部议覆："朝鲜国王李焞疏言，请于中江地方贸易米粮，应不准行。"得旨："朕抚驭天下，内外视同一体，并无区别。朝鲜国王，世守东藩，尽职奉贡，克效敬慎。今闻连岁荒歉，百姓艰食，朕心深为悯恻。彼既请籴，以救凶荒，见今盛京积贮甚多，着照该国王所请，于中江地方令其贸易。"【按：参见是年十月二十三日条】《清圣祖实录》卷一八六

二十九日（乙巳）。

遣户部侍郎贝和诺往奉天督理朝鲜籴米事务。《清圣祖实录》卷一八六

十二月

初三日（己酉）。

户部遵旨议覆："盛京所贮米石运至中江地方贸易，应令殷实诚信之人，取具地方官印结，前赴盛京，领来挽运其米价银两，俱照盛京时价，交与盛京户部。所卖米石，不许过仓石二万石。其朝鲜进贡来使有贸谷带去者，听其籴去。又盐商张行等呈称，情愿前往朝鲜贸易。应令将银买仓米二万石运至贸易，俟朝鲜国岁稔之时停止。此时运往米石，令伊国将所产之物，酌量兑换可也。"从之。《清圣祖实录》卷一八六

康熙三十七年（1698年/戊寅）

正月

初一日（丁丑）。

朝鲜国王李焞遣陪臣李桓等表贺冬至、元旦、万寿节，及进岁贡礼物。宴赉如例【按：参见康熙三十六年十一月初二日条】。《清圣祖实录》卷一八七

初二日（戊寅）。

清许开市，粟米四万石，分运水陆，使其吏、户部两侍郎出来管市。《朝鲜肃宗实录》卷三二

二十六日（壬寅）。

谕大学士等："运往朝鲜国米石，着侍郎陶岱共运至三万石，以一万石赏赉朝鲜国，以二万石平粜。"《清圣祖实录》卷一八七

二月

初十日（乙卯）。

开市译官玄万始入来，又言添定五两始可成事，右议政崔锡鼎因药房入诊请对，白上曰："凡买卖只当从愿折价，不可抑勒。况今开市出于清皇轸恤之意，不可一任彼辈之操纵。构送咨文于中江，以为尔若不从，则吾当送此咨文于帝家云云，如是而彼若终不听从，虽决意入送，亦无所妨。"都提调南九万曰："乘时射利，乃商贾之恒情，虽增定五两，亦难必其顺成。且咨文若使侍郎转奏，则彼必助其人而不助我。事已至此，无论价之多少，斯速完了为宜。"提

调李濡曰:"更以五两了当,而亦令译舌相通,以示朝家元不与知之意,至于送咨事,姑观前头事情而处之,恐得宜。"上可之。濡又请依敕使有疾,送问慰官例,特送问候官于清差,赠遗文房等物,上命差遣礼曹郎官。《朝鲜肃宗实录》卷三二

洪世泰《戊寅二月,清户部侍郎博和诺以中江监市出来,湾上求见我东人诗,右揆崔相公举贱名白于上曰:"某以诗名世,可令制之。"上曰:"予已闻其名。"即允下。顾惟蝼蚁贱臣,何以得名彻九重也,吁其荣矣。独恨夫学浅才短,不足以华国而塞彼人之望也。且念生也晚,为诗而不及于东槎之日,乃为今日用,尤可恨也。然得圣上一言,此亦足以不朽矣,聊赋一律以纪其事》:"平生小技止于诗,题及南蛮与北夷。虚誉敢当丞相荐,贱名曾入至尊知。铅刀一割犹为用,蟠木先容亦见奇。却忆东槎今不得,龙湾羌笛使人悲。"洪世泰《柳下集》卷三【考证:《肃宗实录》卷三二言二月初十日"开市译官玄万始入来",此诗当作于初十日或其后。】

四月

二十六日(庚午)。

清吏部侍郎陶岱领米三万石,来到中江,大小船总一百十余只也。右议政崔锡鼎往待境上,至是率差员、将官、民人向阙叩谢,郎中一人传示一纸于锡鼎,概曰:"尔主以连岁饥馑,乞请中江开市,皇帝特遣重臣,发仓米一万石,千里航海赈济,并许贸米二万石,以救尔国万民之命。尔主礼宜亲领钦赐,而宿有疾病,不能前来,遣使者代领皇赏,使者宜代尔主跪奏以遣陪臣领赏,向北叩谢之意,兼致谢陶大人航海劳甚,不失恭事天朝之礼云。"且令通官言于译官曰:"咨文中既以身亲验受为辞,大臣不可不领受后上去云。"《朝鲜肃宗实录》卷三二

五月

十一日(甲申)。

户部议覆:"仓场总督德珠等疏言:'直隶、朝鲜等处米贵,将各省漕粮截留一十五万石赈济,请令有漕各省督抚于本年秋收时买补带运还仓。'应如所请。"得旨:"此截留赈济等项所费米石,若令有漕省分,采买带运,则小民运丁,必致苦累。京仓米石充裕,所用之米无多,采买补额着停止。"《清圣祖实录》卷一八七

十五日(戊子)。

清吏部侍郎陶岱撤还。右议政崔锡鼎驰启曰:"侍郎以略助江边需用为言,

送大小米并一百石，似与直称馈遗有间，不得不许受。侍郎留郎中一人，笔贴式二人，看检私商贸贩，仍谓：'皇商所带米货，不可视为私事，留在官员接待，不可略有简忽。'又问我国有何启闻之事，以秋开市请停事，愿为启闻，则答以'知了'，仍为作行矣。"《朝鲜肃宗实录》卷三二

二十九日（壬寅）。

清户部侍郎博和诺撤还。《朝鲜肃宗实录》卷三二

六月

二十八日（辛未）。

谢恩使徐文重与备局有司堂上崔奎瑞请对。奎瑞以诸大臣意奏言："使行表文例为兼举累事，而彼人张大其事，既送户部主管和市，又送吏部别管白给。我则兼修一表，殊涉草率，请分作各件，以示曲尽之意。"文重亦继请之，上可之。时议者多言，彼人私米，既以银货罄竭，不许和买，今于使行多送银货，彼必以前言谓非实状，银货决不可入送。领府事南九万主此议，领议政柳尚运、左议政尹趾善谓："彼境凡干需用，皆资银货，今难一切禁断，而员役所持去，自有八包之制，今以堂上三千两，堂下二千两为式，商贾则各别严禁为宜。"奎瑞并举陈禀，文重亦如领、左相议，上命依领相言为之。时疠疫日炽，死亡不可胜数。文重请分给藁席于病幕，遮蔽风雨，致祭死亡人，消散冤气，上并可之。该曹请依辛亥年例，先行疠祭，死亡人则从后致祭，上从之。《朝鲜肃宗实录》卷三二

七月

初十日（壬午）。

吏部右侍郎陶岱等疏言："臣等遵旨赈济朝鲜，于四月十九日进中江。臣等随将赏米一万石率各司官监视，给该国王分赈。其商人贸易米二万石，交与户部侍郎贝和诺监视贸易。据朝鲜国王李焞奏：'皇上创开海道，运米拯救东国，以苏海滢之民，饥者以饱，流者以还。'目前二麦熟稔，可以接济八路生灵，全活无算。"下所司知之。○御制《海运赈济朝鲜记》曰："朕闻救灾拯患，王政所丞，是以夙夜求莫，虽在遐荒绝域，犹若疴瘵乃身，矧属在藩维，苟有疾苦，何忍一日置也？康熙三十六年冬，朝鲜国王李焞奏：'比岁荐饥，廪庾告匮，公私困穷，八路流殍，相续于道吁恳中江开市贸穀，以苏沟瘠，俾无殄国祀。'朕深为恻然，立允其请。遂于次年二月，命部臣往天津截留河南漕米，用商船出大沽海口，至山东登州，更用鸡头船拨运引路。又颁发帑金，广给运值，缓征

盐课，以鼓励商人，将盛京所存海运米平价贸易。共水陆运米三万石，内加赍者一万石。朝鲜举国臣庶方藜藿不饱，获此太仓玉粒，如坻如京，人赐之食，莫不忭舞忻悦，凋瘵尽起。该王具表陈谢，感激殊恩，备言民命续于既绝，邦祚延于垂亡。盖转运之速，赈贷之周，亦古所未有也。朕念朝鲜自皇祖抚定以来，奠其社稷，绥其疆宇，俾世守东藩，奉职修贡，恩至渥矣。兹者告饥，不惮转输数千里之劳，不惜糜费数万石之粟，环国土而户给之，非独一时救灾拯患，实所以普泽藩封而光昭先德也。是乌可以无记？"《清圣祖实录》卷一八九

二十四日（丙申）。

平安道观察使驰报，皇帝出来沈阳，上命差问安使，全城君混为之。辛亥年朗善君为使时无书状官，壬戌年闵鼎重为使时以大臣奉命，事体自别，政院启禀差出。及是，吏曹援此陈禀，上命差出尹弘离为书状官。《朝鲜肃宗实录》卷三二

二十七日（己亥）。

谢恩使徐文重、闵镇周、李健命等辞陛，引见慰勉。《朝鲜肃宗实录》卷三二

郑浩《送赴燕书状李仲刚健命》："浮生聚散剧悠悠，辽蓟行旌又属秋。圣祖当年途远叹，世臣今日独贤忧。论思讲幄才谁敌，专对强邻望更优。屈指归期应隔岁，可堪相忆雪浑头。"郑浩《丈岩集》卷二【考证：据《肃宗实录》卷三二可知李健命等于七月二十七日辞朝，此诗当作于七月二十七日或其后。】

二十八日（庚子）。

问安使全城君混、书状官尹弘离如沈阳。《朝鲜肃宗实录》卷三二

李健命《洪甥锡辅送余至坡州，临别题赠》："城西亲友解携忙，感尔殷勤独远将。归拜高堂应有问，报余今日细倾肠。"李健命《寒圃斋集》卷一【考证：依例，燕行使臣于辞朝当晚宿高阳碧蹄馆，高阳至坡州四十里约一日程，诗题曰"洪甥锡辅送余至坡州"，当作于二十八日使团抵达坡州时。】

李健命《董成岭》："前有定方城，后有董成岭。相望十里间，崖谷邃且夐。自成掎角势，千古作翰屏。先王昔经营，拟备暮夜警。嗟哉丙丁岁，北骑恣驰骋。帅臣拥重兵，敛手仍缩颈。畴敢遏其锋，如入无人境。已致宗社覆，还能保首领。王纲恨未振，志士泪空迸。吾言亦何益，犹作后人省。"李健命《寒圃斋集》卷一

李健命《浮碧楼次权阳村韵》："自诧今行足胜游，繁华最说浿江流。麒麟窟秘祗林下，乙密台高画阁头。往事悠悠无处问，寒波衮衮几时休。回看京国千重隔，满目风光总是愁。"李健命《寒圃斋集》卷一

李健命《谒箕子墓》："箕子风猷远，堂封数尺高。短碑看藓蚀，虚阁听松涛。八教民犹赖，三仁圣有褒。城西遗像在，思荐涧中毛。"李健命《寒圃斋集》卷一

【考证：下诗题曰"仲秋十五夜"，以上诸诗当作于七月二十八日至八月十五日间。】

八月

十五日（丙辰）。

李健命《仲秋十五夜，与副使及湾尹任士长？元玩月于君子楼》："龙湾大尹擅繁华，君子楼头拥绮罗。千里封疆兹土尽，一年明月此宵多。荒城雨后增秋气，羌笛风前隔暮河。促膝浑疑同禁直，明朝其奈别愁何。"李健命《寒圃斋集》卷一
【考证：诗题曰"仲秋十五夜"，诗云"一年明月此宵多"，当作于八月十五日。】

李健命《通远堡次月沙韵》："秋日萧萧下大荒，寒飙猎猎吹沙场。穹庐旧俗仍成屋，卉服遗风且种桑。伊昔亭台严警备，只今山海撤关防。吾行已失观周愿，只勉长途慎雪霜。"李健命《寒圃斋集》卷一

李健命《驻跸山次月沙韵》："唐帝何年驻六龙，至今培塿想遗踪。六师空费经营力，仁贵惟成万户封。"李健命《寒圃斋集》卷一

李健命《次尹巨卿弘离韵》："异域逢迎地，去留叹不同。征辂云共北，归思水流东。满酌芦花酒，空瞻大泽鸿。何时舍鞍马，京洛醉春风。"李健命《寒圃斋集》卷一

李健命《留沈城》："何年鹑首属强嬴，沈府燕都作二京。百队旗亭分左右，千寻墙壁倚峥嵘。山川阔远规模壮，栋宇高明制度宏。天意只今难可度，几时中国赋河清。""燕路三千里，沈阳恰半程。天时变寒暑，塞月见亏盈。昨日仍今日，长亭复短亭。思乡梦未到，晨坐候鸡鸣。"李健命《寒圃斋集》卷一

李健命《沈阳怀古》："吾祖昔年餐雪地，小孙今日饮冰行。天时人事今犹旧，耶利江边倍怆情。"李健命《寒圃斋集》卷一

李健命《连日大风次月沙苦雨韵》："燕路愁何事，狞飙苦夏霪。触头魂易眩，着眼泪先浐。顿令三光晦，还教万象沉。昏昏车上客，无意就长吟。"李健命《寒圃斋集》卷一

李健命《途中记见》："地阔无丘垄，村家尽甓墙。牛羊朝放野，鸡犬暮登床。处处伊蒲绘，重重丑女珰。婴孩时夜哭，犹似闻吾乡。"李健命《寒圃斋集》卷一

李健命《望医巫闾山》："辽阳以北四望平，喜见巫闾一抹青。尚带中州清淑气，要防北虏觊觎情。兴亡未可知天意，强弱何曾赖地形。学士高风无处问，长教后代仰峥嵘。"明朝贺学士钦尝退居山中，人称巫闾先生云。"李健命《寒圃斋集》卷一

李健命《宿十三山》："西岳逶迤走海边，十三山下且停鞭。峰如巫峡还添一，地接燕都路恰千。朔气漫空晴亦暗，客愁多绪日如年。乡园杳杳今何许，旅枕中宵梦未圆。"李健命《寒圃斋集》卷一

李健命《过四碑》:"凌河路旁有四大碑,乃万历间王盛宗、王平先镇辽时刻皇帝谕敕之,而其中'胡''虏'等字皆为近日所刬去。天皇谕敕日星悬,王氏功名镇北边。数字犹为今世讳,麟经大义有谁传。"李健命《寒圃斋集》卷一

李健命《过松杏二堡》:"大小两河渡,松杏二堡连。伤心征战地,回首启祯年。败壁依残草,荒村起夕烟。城西古碑在,过客倍凄然。"李健命《寒圃斋集》卷一

李健命《东关途中》:"尽日行行傍海湾,箕封正对渺茫间。今朝倘借长风力,千里波涛一苇还。"李健命《寒圃斋集》卷一

李健命《途中看日出》:"马首虽西望眼东,霱云香雾晓葱茏。遥知白玉楼高处,瑞旭应先万国红。"李健命《寒圃斋集》卷一【考证:下诗题曰"路逢重阳",以上诸诗当作于八月十五日至九月初九日间。】

九月

初九日(庚辰)。

李健命《路逢重阳》:"客路匆匆岁月忙,倏惊今日是重阳。龙山胜赏知谁继,栗里寒花也自香。马上沽醪难取醉,愁边觅句不成章。遥怜故国茱萸会,定把余枝忆远方。"李健命《寒圃斋集》卷一【考证:诗题曰"路逢重阳",诗云"倏惊今日是重阳""遥怜故国茱萸会",当作于九月初九日。】

李健命《永平府》:"日暮卢龙县,天寒右北平。衰杨依古道,败草绕荒城。山带歌薇曲,石留射虎名。伤今怀旧地,千载有余情。"李健命《寒圃斋集》卷一

李健命《宿通州》:"雨过长郊霁景新,通州城外即通津。牙樯锦缆来吴越,雪縠冰绡自蜀秦。从古圻垧称富庶,至今街巷集蹄轮。可怜八里桥前水,挽取何时洗虏尘。"李健命《寒圃斋集》卷一

李健命《咏盆菊》:"久客偏惊岁月忙,小盆栽得数枝黄。迎霜正带娟娟色,近榻时闻冉冉香。好是掇英浮大白,莫嫌吹帽失重阳。仍思栗里无人护,篱下寒丛一半荒。"李健命《寒圃斋集》卷一

李健命《燕京怀古》:"木颠仍有蘖,金筑却成台。厚礼从隗始,贤臣自赵来。扬威仇恨雪,拓土霸功嵬。最是诛佞勇,方知善任才。述燕昭王""燕马未生角,秦遒已掷头。霜锋藏宝轴,歌曲动江流。误抱枝心计,难凭上首谋。嗟嗟色变子,在尔亦何诛。述荆轲""让夷方急病,舍命是成仁。万死间关日,三年缧绁身。纲常终有赖,成败不须陈。柴市遗祠在,西山永世邻。述文山"李健命《寒圃斋集》卷一

李健命《自叹》:"自叹浮荣绊此身,频年征役备艰辛。岁饥湖海才衣绣,

雪虐燕山又戒轮。敢拟涓埃能有报，浑惊鬓发已看新。仍思野外茅檐下，饮啄兴居却任真。"李健命《寒圃斋集》卷一【考证：《肃宗实录》卷三二言十二月十二日"谢恩使徐文重等自清国还"，以上诸诗当作于九月初九日至十二月十二日间。】

十月

十九日（庚申）。

礼部题："朝鲜国王李焞遣陪臣徐文重等恭进许市米谷及赏给米谷礼物，俱应照例查收。"得旨："朝鲜国为许市米谷所进礼物，着发还，余依议。"【按：参见是年七月二十七日条】《清圣祖实录》卷一九〇

十一月

初一日（辛未）。

清皇问安使驰启言："皇帝所亲任内大臣有病，深以为忧。以曾因本国医官治疗而得效，俾于今番冬至使行时，以善针医官入送。"备局启请择送【按：参见是年七月二十八日条】。《朝鲜肃宗实录》卷三二

初四日（甲戌）。

冬至正使李彦纲，副使李德成，书状官李坦出去。《承政院日记》

朴世堂《李君平坦为节使书状官赴燕以二律赠行》："西上金台定苦辛，勿言辽塞息风尘。缟衣不见来归鸟，皂帽宁逢避隐人。新制缝裳疑汉俗，故墟歌麦想殷民。悠悠无处通深款，泯默殊方只一身。""乾坤反复祇须臾，物理推迁信有无。禹迹已迷河入海，秦城曾与汉防胡。初还故里桥边鹤，暂止谁家屋上乌。君去幽都频点检，古今人事总堪吁。"朴世堂《石泉录》

朴泰淳《送李参议得甫德成赴燕》："辽塞遥连鸭水头，满天冰雪动征辀。不缘王事抡专对，那得男儿办壮游。棠芨歌吟新乐府，桐乡物色旧风流。行程到处还多趣，不用临歧有旅愁。"朴泰淳《东溪集》卷五

宋相琦《送李得甫德成赴燕》："金泉樽酒夕阳边，尚忆当时醉别筵。念我乘槎曾犯斗，看君握节又趋燕。西关花柳寻前债，北地山河赋大篇。万里停云何处望，梦魂飞度蓟门烟。"宋相琦《玉吾斋集》卷三【考证：据《使行录》，冬至正使李彦纲、副使李德成、书状官李坦于十一月初四日辞朝，以上诸诗当作于十一月初四日或其后。】

十五日（乙酉）。

引见回还沈阳问安使，劳慰之【按：参见是年七月二十八日条】。仍下询彼中事，全城君混曰："闻诸通事文奉先，则去夏私市事，皇帝只欲以米谷救活东

民，而吏部侍郎陶岱私持物货，以一并放卖之意禀于皇帝，皇帝不答，尝语曰：'吾欲救东民，而陶岱乃敢私市，殊极未安云。'岱闻即惶惧，急急入去，几未免罢职矣。今则皇帝意虽稍解，今番之行，必有所问，须善为说辞，切勿以作弊为语云。以此观之，岱之入去，非怒伊惧，而通事之言，似是为陶岱缓颊之言矣。"上然之。《朝鲜肃宗实录》卷三二

十二月

十二日（壬子）。

谢恩使徐文重等自清国还，引见劳慰【按：参见是年七月二十七日条】。《朝鲜肃宗实录》卷三二

康熙三十八年（1699年/己卯）

正月

初一日（辛未）。

朝鲜国王李焞遣陪臣李彦纲等表贺冬至、元旦、万寿节，及进岁贡礼物。宴赉如例【按：参见康熙三十七年十一月初四日条】。《清圣祖实录》卷一九二

三月

初五日（甲戌）。

引见大臣、备局诸臣。时我国漂民十八人至燕，胡皇亲见慰抚，资送甚厚。右议政李世白请以冬至使兼谢恩，上可之。《朝鲜肃宗实录》卷三三

十八日（丁亥）。

冬至使李彦纲、李德成、李坦等还到城外，以行中所购史书被捉于出栅之时赂遗周旋，幸免生事之意，陈辞疏自引其奉使不谨之罪，上批令勿待罪，及复命，引见劳慰。彦纲略陈彼中事情，沿路民瘼【按：参见康熙三十七年十一月初四日条】。《朝鲜肃宗实录》卷三三

十一月

初三日（丁酉）。

谢恩兼冬至正使东平君杭、姜铣、俞命雄等如清国。《朝鲜肃宗实录》卷三三

吴道一《送姜参判子和铣赴燕》:"冬至年年弱国差,金缯使者几时休。赆行络绎辞全竭,为别寻常泪已收。幽蓟地形夷夏错,医巫山色古今愁。劳歌尚作朝天曲,最是销魂鸭水舟。"吴道一《后壶村录》

宋相琦《追寄冬至使俞仲英命雄》:"满空风雪扑寒窗,遥想行旌过浿江。诗思正妨王事急,酒杯聊遣客愁降。莫嫌身踏腥尘窟,要使人知礼义邦。天下异书看未遍,待君归橐费烧釭。"宋相琦《玉吾斋集》卷四【考证:据《肃宗实录》卷三三可知俞命雄等于十一月初三日辞朝,以上二诗当作于十一月初三日或其后。】

十二月

初二日(丙寅)。

姜铣《狼子山》:"石岭镵天雪路斜,此行明日到辽河。称名狼子不偶尔,山号人心无等差。"姜铣《燕行录》【考证:据《燕行录全集》与《燕行录丛刊》,姜铣使行途中所作日记、诗歌一并收入其使行作品《燕行录》,《狼子山》一诗录于十二月初二日,无相关日记信息,又据下文可知使团于十二月初三日"踰王祥岭,历冷井""止宿于新辽东刘克明家",狼子山至王祥岭三十五里约一日程,又诗有"此行明日到辽河"欲,当作于十二月初二日。姜铣(1645—?),字子和,晋州人。仁祖乙酉生。肃宗己未,为副修撰。己未,历正言、持平、校理。己巳,历判决事、参议、承旨。己卯,以谢恩冬至副使入燕。甲申,为都承旨。乙酉,为江原道观察使。】

初三日(丁卯)。

晴。未明,三行偕发,逾王祥岭,历冷井,即朝饭站。而仍日寒,前进十五里许,阿弥庄佛宇朝饭。旧辽东在东南间十五里许,新辽东在西之十五里许,俱在指点之中,而白塔屹立于旧辽东之界,世传此为华表柱,而亦莫知其然否。阿弥庄朝饭后,三行偕发,行十五里,止宿于新辽东刘克明家。连川居朴一得称名者来现,自言丙子年被虏,年才十五入来,今季七十九岁。姜铣《燕行录》

姜铣《无题》:"饮水随处歇征鞍,斗觉艰关道路难。使者遥寻秦地界,夷人惊怪汉衣冠。镜中衰髪缘愁白,天外归心恋阙丹。辽野茫茫华柱屹,却疑身在梦中看。"姜铣《燕行录》【按:姜铣《燕行录》部分诗篇原无题目,"无题"为笔者所加以便于系年,以下亦然。】

姜铣《无题》:"飘飘身世等萍蓬,辽蓟山川领略中。华表柱高云尚在,黄金台废迹成空。千秋怅望英雄泪,一剑行装烈士风。最是长河名太子,至今遗恨漫流东。"姜铣《燕行录》【考证:据日记可知使团于十二月初三日抵达辽东,历见白塔与华表柱。以上二诗有"辽野茫茫华柱屹""华表柱高云尚在""最是长河名太子"语,当作于十二月初三日。】

初四日（戊辰）。

晴。书状来见。平明三行偕发，历接官厅、虎避驿，行三十里，到澜泥铺朝饭。历路暂见正使。朝饭后三行偕发，行三十里，止宿于十里堡李作同家。_{姜铣《燕行录》}

姜铣《无题》："跋涉筋体脆，艰关道路厌。渐觉东方远，频愁北风严。破堞余残垒，荒村辨挂帘。恨无排闷术，随处捻霜髯。"_{姜铣《燕行录》}

姜铣《无题》："朔漠顽云酿腊寒，北风吹岸惠文冠。胡儿跃马交猿臂，裨属联镳杂豹斑。自是丈夫多感慨，可堪吾道日艰难。啼红蜡烛通宵伴，却解羁愁泪未干。"_{姜铣《燕行录》}【考证：以上二诗无显著时地线索，然见于《燕行录》中十二月初四日日记后，故约作于初四日前后。】

初五日（己巳）。

晴。仍正使有病，日出后三行偕发，行四十里，历沙河堡，到白塔堡，与书状同会朝饭。行二十里，到沈阳城门外，舍轿骑马，入宿于察院。盖自礼部近来申饬朝鲜使价之留宿察院，不许下处故也。_{姜铣《燕行录》}

姜铣《无题》："骈骈征马几时休，画角寒声唤客愁。翳日黄茅看不尽，千云白塔迹空留。晴岚霭霭天疑接，大漠茫茫地欲浮。莫道关山行役苦，此行能辨子长游。"_{姜铣《燕行录》}【考证：此诗无显著时地线索，见于《燕行录》中十二月初五日日记后，故约作于初五日前后。】

初六日（庚午）。

晴，仍留沈阳察院。书状来见，汉人许志进来谒，以文占进士第，已经知县云。即馈酒，以文字问答，则文笔赡足，多读古书，且以《盛京赋》一册送来，乃自作也。且送鹿肉一块，故以若干纸笔墨送之。_{姜铣《燕行录》}

初九日（癸酉）。

晴，微风。白旗堡仍朝饭后三行偕发，行三十里，过一板门，行二十里，到二道井止宿。道逢载木桶车数十辆，问之故，载银货搬运于沈阳及宁古塔，而一桶入一千数，一车载二十桶，总数几五十余万两。沈阳即彼人拔祥之地，宁古塔即彼人当初窟穴，虑后之策有如是矣。_{姜铣《燕行录》}

姜铣《敬次庚子季家亲韵》："二品犹为次月班，多身还在俗僧间。吾生历落真堪笑，世路崎岖转觉难。镜里偏惊新白发，梦中空踏旧青山。绝知排闷元无术，强把诗篇慰旅颜。"_{姜铣《燕行录》}

姜铣《次南云卿台丈韵》："新民屯接若溪屯，荒店寻常八九村。匝地尘沙多瞇目，极天烟树自伤魂。野程大抵辽连蓟，卉服难分汉与藩。最是枭音闻莫晓，逢人随处嘿无言。"_{姜铣《燕行录》}

姜铣《无题》："吾衰嗟已甚，三日已无诗。骎舌言难辨，枭音听可疑。夜行还不息，晨迈亦多时。霜雪驱驰际，神明倘护持。"姜铣《燕行录》【考证：以上诸诗见于《燕行录》中十二月初九日日记后，故约作于初九日前后。】

初十日（甲戌）。

晴。平明发行三十里，朝饭于新店甲军赵姓人家。朝饭后三行偕发，行十八里，止宿于小黑山张古同家。姜铣《燕行录》

姜铣《无题》："大漠茫茫外，沧溟复几层。烟台同塔耸，埃橄讶霞蒸。路远行何返，愁多病共仍。塞鸣飞已过，何处一书凭。"姜铣《燕行录》【考证：此诗见于《燕行录》中十二月初十日日记后，故约作于初十日前后。】

十二日（丙子）。

阴。平明三行发行，历壮镇堡，行十里经间阳驿，行二十里，朝饭于刘姓人家。行四十里，到十三山止宿于汉人张文郁家。姜铣《燕行录》

姜铣《望医微闾山述怀》："微闾【按：即医巫闾山】山色镇东维，屈子何季赋远词。今日征骖经此地，古人遗躅想当时。流传百代空文藻，旷感千秋入梦思。最是羊肠河不尽，水澜元似世途危。"姜铣《燕行录》【考证：日记言十二月十二日"历壮镇堡，行十里经间阳驿"，诗题曰"望医微闾山述怀"，诗云"微闾山色镇东维"，约作于十二日。】

姜铣《无题》："漠漠尘沙咫尺迷，塞天风日正凄凄。山将一带连幽蓟，水学三叉控海溪。窗外饥鹅何事咽，枕边残烛尽情啼。此行休道行装淡，异域云烟满袖携。"姜铣《燕行录》

姜铣《无题》："黄沙白草极望平，抚剑悲歌若为情。霸业已随鸿雁去，王风无赖虎龙争。应知白水佳祥在，伫看黄河此日清。弱国季季皮币辱，汉庭谁是请长缨。"姜铣《燕行录》

姜铣《十三山古号石山站》："奇峰秀出十三山，天借奇工戏土团。楚台云雨多翻覆，却讶移来剩一鬟。"姜铣《燕行录》【考证：日记言十二月十二日"到十三山止宿于汉人张文郁家"，此诗题曰"十三山古号石山站"，诗云"奇峰秀出十三山"，当作于十二日。】

十三日（丁丑）。

晴。鸡鸣发行，<u>经大凌河</u>，行四十里到四同碑，朝饭于蒙古周姓人家。凡节使之行，必于腊月二十六日达于北京，而排日启程，日期不足，故欲越一站，则押车将操掯不许，不得已自行中员译商贾辈收敛九十数出给，后许之，弱国之羞可胜言哉。朝饭后，经小凌河、松站堡、杏山堡，行七十里，止宿于高桥堡甲军张姓人家。姜铣《燕行录》

姜铣《大凌河偶吟》："戴星侵晓向燕关，征旆匆匆不暂闲。楚士几轻秦吏卒，蛮儿浑怪汉衣冠。云将冻雪筛河口，风送惊沙打客颜。莫道琼楼千里隔，梦魂长到洛阳山。"姜铣《燕行录》

姜铣《无题》："冠盖辽阳路，联翩行不休。地天莽相接，河汉混同流。落落谁青眼，飘飘已白头。残灯千里梦，长绕十二楼。"姜铣《燕行录》

姜铣《无题》："长宵无睡昼无惊，郁结男儿碨磊脑。阅世已多甘桔槔，谋身太拙咲龙钟。天寒不耐沧州鹤，岁暮方知雪岭松。惆怅鬓边霜发种，镜中抛却旧颜容。"姜铣《燕行录》【考证：以上二诗无显著时地线索，见于《燕行录》十二月十三日日记后，故约作于十三日前后。】

十四日（戊寅）。

晴。平明三行偕发，历塔山所，行二十里，到连山驿，二十里朝饭于王姓人家。朝饭后，经双石城，到宁远卫察院内鞑子宋姓人家止宿。历路往见永宁寺，寺之内竖两碑，即寺刹重修碑，而行色匆匆，未得遍览，未知创于何代，废于何代，而重修于戊辰之岁，制度颇华美。寺之西设关王庙，与我国东南关王庙略同。庙前床桌之上有签筒，欲占吉凶者拈出竹签，考诸占册，则颇奇中云。到宁远卫城内，往见祖大受牌楼，记其四代功绩，楼制宏杰，刘石为二层之制，而去土木之役，于石柱上刻其事绩，而日暮未得详览，恨也。姜铣《燕行录》

姜铣《忆弟》："关山迢递剩三千，两地相思月一弦。老去偏惊双鬓改，诗成不向万人传。归魂杳杳蓬莱上，客路茫茫渤碣边。不耐鸰原离别恨，塞鸿何事又南天。"姜铣《燕行录》【考证：此诗无显著时地线索，见于《燕行录》十二月十四日日记后，故约作于十四日前后。】

姜铣《宁远卫》："古卫遗墟不忍论，牌楼陈迹至今存。彩书宛记将军绩，碧血空留志士冤。袁崇焕被谗赐死。市虎成谗终不悟，元戎倒戟更何言。祖大寿以四世元戎至以。沉吟不觉归程远，衰草茫茫日色昏。"姜铣《燕行录》

十六日（庚辰）。

阴，洒雪。平明发行二十里，到中后所王姓人家，与书状同坐朝饭。举人赵起龙持乡试册子来见。历沙河店、沟儿河，至两水河彭姓人家止宿。道逢送死者，谓之送香。葬前多列彩幡，箫管鼓吹而行，僧人等击铮诵经，成仪甚盛，丧人则只着白木巾，洞内相识之人亦皆着白木巾，略无颜色之慽、哭泣之哀，有若铺张喜事者。然人心之陷溺，习俗之伤败一至此哉。姜铣《燕行录》

姜铣《再迭》："孤城画角报霜寒，渐沥严威傍豸冠。蜡烛熹微明复灭，酒帘飘拂彩兼斑。休言长路驱驰苦，渐觉殊邦接应难。久废推敲吾老矣，墨兵颠倒笔花干。"姜铣《燕行录》

姜铣《三迭》："腊梅开尽尚余寒，镜里霜侵鬓上冠。恋阙忧惊天杳杳，思乡衣袖泪斑斑。春来不复韶颜借，老去方知世路难。雨雪行看杨柳返，污人泥土几时干。"姜铣《燕行录》【考证：以上二诗无显著时地线索，见于《燕行录》十二月十六日日记后，故约作于十六日前后。】

十七日（辛巳）。

日气阴冷，微雪。晓头三行偕发，经前屯卫、高灵驿【按：当为高岭驿】，行四十里，到中前所朝饭于苏姓人家。与书状先发，往见望夫石。三大石鼎峙，其石底作佛宇，置以金佛，寺前作寺庙，以土塑作姜女像置于桌上，左右各立二碑记其事实，而于门楣左右特书"秦皇安在哉，万里长城筑怨。姜女不死也，千季片石犹贞"，而乃宋朝文丞相笔迹也。千载下令人髪竖，且如回瞻前后左右，景色极其清爽。前临大海，且有弯弓近案，万里长城在于目前像。想当日望夫之烈，正气犹只今未泯也。正使追到，仍为偕发，历八里堡，到山海关城门外。城将、税官等操切无数，岁币、方物及卜驮等物必照数点检，然后方可许入云。卸鞍等待，几二三食须许，使象舌辈再三往复，微索礼单后始为许入，日已暮矣，止宿刘姓人家。姜铣《燕行录》

姜铣《次南云卿韵》："侵晨秣马戴星行，飒飒秋霜镜里惊。燕塞一年征雁尽，函关半夜晓鸡鸣。山留雉堞城无恙，地蹴鲸涛海作声。竣事还朝何日是，漫从烟堠算归程。"姜铣《燕行录》【考证：据日记可知使团于十二月十七日抵达山海关，诗云"山留雉堞城无恙，地蹴鲸涛海作声"，当为山海关景致，故作于十七日。】

十八日（壬午）。

晴。平明发行，历红丸店、范家店、大里营、王家岭至凤凰店，朝饭于汉人闵守义家。朝饭后三行偕发，历望海亭、深河驿、网子店、榆关、白石铺，到抚宁县止宿于陈德寿家，夜几二更矣。主人颇解文字，入夜后以文字酬酢而罢。翟鹏、王封阁、王胤祥官居谏议，已入乡贤，皆忠于明朝云。翌朝则隐而不现，使家奴辈操切无数，至于闭门不出，盖欲厚索房钱故也，汉人之多欲无厌多类此。越店阻搪，而元非越店之所，故员役弥缝之。姜铣《燕行录》

姜铣《敬次家尊韵》："朔漠胡天竟日风，冒寒征旆转匆匆。冬裘敝尽仍成鞹，厨橐萧然已告空。蛮子剃头难辨魃，唐姬裹足却疑童。孤吟不耐鸰原别，缩地何缘返洛中。"姜铣《燕行录》【考证：此诗无显著时地线索，见于《燕行录》十二月十八日日记后，故约作于十八日前后。】

十九日（癸未）。

晴。平明发行，历芦峰、被阴铺、茶棚铺、到双望铺，朝饭于李姓人家。李汲、法、润、淋、溥五兄弟其父以征云南国之功经知府身，故而家计饶足，所乘之轿制度极巧，至置四个，盖知县时所乘云。且有二册书画，而乃赵孟頫画马，杨士奇、罗纶及它名人笔迹也，自令人珍玩。行三十里，历十八里铺、卢龙县，止宿于<u>永平府</u>于姓人家。永平古右北平，亦一都会也。人物之盛，城郭之壮，与山海关相埒。而城楼倾废而不为重修，仓廥圮颓而亦不修缉。皇明文物只有废城颓楼，只令人感怆而已，意者清人无久远之虑而然欤？未可知也。招致一秀才，乃田生枪其名者也。以文字问答，则方读《周易》云，而《周易》经多有羽翼之书，广义衷旨，口义述朱，而广义最详云，未得觅见。永平府文士甚多发解者，十九进士第者，二三解元者。刘伟、石绅其中翘楚云。姜铣《燕行录》

姜铣《永平府》："此地曾为右北平，千季陈迹自伤情。五花遗堞今犹在，孤竹清风凛若生。碣石茫茫天外立，滦河滚滚眼前横。莫言辜负登临愿，拟待明春尽日行。行兆日寒，有归路登临之约，故落句及之。"姜铣《燕行录》

二十一日（乙酉）。

晴。晓头三行偕发，经马铺营、新店、王家店、蒋家店、灵源桥，行四十里，到滦州榛子店，朝饭于陈姓人家。历板桥、铁城坎，到<u>丰润</u>王怡家止宿。王怡即家亲赴燕时主人也，恽作故，怡独在。其时以秀才来现者凡九人，而凋丧殆尽，所余者只王怡父子叔侄三人而已。孤露余生，重到此地，怆慕之怀倍激于中。荏苒四十季间阅尽悲欢世故，且与王生语及畴昔，不觉潸然，其于人世何如也。王生设果进茶，待之特厚，而年老性迷，不能记当日之事，恨也。以纸地及他若干种赠之，渠又以烟煤、花石报之。辞受之际异于我国，亦一苦境也。姜铣《燕行录》

姜铣《丰润县次月沙古诗韵》："沱河之东滦水西，有一古县河之曲。山川尚留万古迹，景物愁杀三韩客。百尺飞楼眼前耀，万点炊烟云外白。开垆挂帘市肆富，接毂磨肩民物足。昭峣宝塔释迦庙，照曜金碧关王屋。茫茫大漠浩无际，杳杳归路迷南北。"姜铣《燕行录》

二十三日（丁亥）。

晴。平明发行，历西八里铺、彩亭桥、枯树店、蜂山店，四十里到螺山店，朝饭于苏姓人家。<u>宋子城</u>在于路右望中，而所谓宋子，以皇明鸿胪寺序班，家财屡万，至于设筑城池，安响素封之乐，独专其利。及清人抢掠之日，以岁贡千银纳降，而今其子孙至今不替云。朝饭后历十二里铺、鳖山、渔阳，到蓟州止宿于独乐寺，与书状同人，投宿于各房。寺刹之制宏丽，立佛之长逾十丈许，卧佛俗谓之李谪仙，而莫知其然否。光明灯以水铁铸成，曾未之见也。悬额笔迹或云李谪仙亲笔，而无以凭信。姜铣《燕行录》

姜铣《宋子城》:"宋子何季领一区,至今遗堞石河隅。不知高会华堂日,击筑佣人近有无。"姜铣《燕行录》

二十四日(戊子)。

晴。平明三行偕发,历五里桥,桥之旁设庙堂,置女人土塑于桌上,俗云杨贵妃画像。又设一庙堂于山上,谓之安禄山画像,未知信否。行三十里到邦均店,朝饭于刘姓人家。自北京来买卖人言于员译辈曰,使臣之行例住玉河关,而大鼻鞑子方来住,当入于举人之场。而设科不远,当为入接于寺刹云,而未知留置于某寺也。朝饭后历白涧店,往见香花庵,则只有女僧礼佛读经。寺中景致胜绝,制度宏侈,澹然忘归。行四十里经八台、乐店、滹沱河,到三河店,止宿于刘姓人家。姜铣《燕行录》

姜铣《香花庵》:"庵号香花是,铺名白涧云。寺深疑到峡,楼迥欲生云。途列千季翠,碑留万历文。僧尼长入定,谈佛礼真君。"姜铣《燕行录》

三十日(甲午)。

阴。仍留。夕间,象舌以通官言来,言今有岁馔,排床当祗受,后有三拜九叩头之礼,而今则权减,只行一拜三扣头之礼云,故不得已与书状同会于上使下处,率员译行礼。馔品多至四十二器,而皆非下箸之物。造果或如我国叉首,或如我国槽果,而不和清蜜,只以法油煎出,味甚不好。肉馔只有全体一首鹅,诸品俱不及我国馔物远甚,即为分馈于驿卒驱人辈。姜铣《燕行录》

姜铣《除夕独坐无惊,次先辈玉河思归之作》:"岁华将暮夜将阑,星斗迢迢蜡烛残。关塞极天魂去远,羁愁绕枕梦成难。山河城郭浑犹在,礼乐文章未更看。触目偏多增感事,朔云凄切北风寒。"姜铣《燕行录》【考证:诗题曰"除夕独坐",诗云"岁华将暮夜将阑,星斗迢迢蜡烛残",当作于十二月三十日守岁时。】

康熙三十九年(1700年/庚辰)

正月

初一日(乙未)。

朝鲜国王李焞遣陪臣李抗【按:当为"李杭",参见康熙三十八年十一月初三日条】等表贺冬至、元旦、万寿节,及进岁贡礼物。宴赉如例。《清圣祖实录》卷一九七

晴,大风。四更头,三行率员译诣阙中,自西长安门历清桥、天安门、端门、午门、太和门,进诣太和殿。宫阙之美,制度之盛,皆皇朝旧仪,触目无

非感慨之处。吾之生后，恨未见皇朝全盛之时，而今来拜跪于戎狄之庭，只增扼腕。姜铣《燕行录》

姜铣《朝参日次庚子元韵》："大朝佳丽壮皇都，金阙朱门气象高。斗及平临仙掌月，西湖遥接北溟涛。山河尽属蛮夷手，文物空追汉代袍。举目不堪周凯痛，敢言王事独贤劳。"姜铣《燕行录》【考证：诗题曰"朝参日"，当作于正月初一日。】

初六日（庚子）。

大风大雪。午后晴，仍留。次通官崔大保以昨日皇太子所求药参来督众舌辈，众舌辈以使臣之意言之，则崔大保直为入来于正使下处。三行并会，以行中无所赍，私径不可开，决难觅给之意严辞斥之，则渠终不敢强迫，毕竟以欲得若干药参云。故正使以为此则当觅给云，渠乃退出。○皇太子亦于昨日往海子，皇后及诸妃嫔亦随，亦不可容易变通之意答之云。姜铣《燕行录》

姜铣《无题》："病剧心如醉，愁多日似年。地卑远闻雨，垣峻罕观天。雄剑空鸣匣，新诗漫染笺。恨无派遣术，时读卜居篇。""形骸添旧疾，时序属新年。久滞无花地，频惊坐井天。寒灰飞玉管，银胜贲华笺。明灭残灯夜，愁来强咏篇。""壮志惊新钥，韶华惜暮年。遥知蓟北月，同照洛东天。紫禁看银胜，香街焚彩笺。皇明旧文物，空入朗吟篇。"姜铣《燕行录》【考证：以上诸诗无显著时地线索，见于《燕行录》正月初六日日记后，故约作于初六日前后。】

初七日（辛丑）。

晴。仍留。姜铣《燕行录》

姜铣《次月沙玉河馆韵》："韶华无复旧容颜，悄坐虚斋独掩关。魂逐朔云朝凤阙，梦和边月渡龙湾。寒松岁暮方全节，虐雪春来尚在山。惆怅故园长入望，饮冰征旆几时还。"姜铣《燕行录》【考证：诗见于《燕行录》正月初七日日记后，故约作于初七日前后。】

十三日（丁未）。

阴，仍留。书状来见。姜铣《燕行录》

姜铣《次东岳玉河韵》："寒灯明灭独相亲，起坐中宵看剑频。衰谢偏伤添疾病，驱驰敢惮备艰辛。星槎客路千寻万，玉馆羁愁二阅旬。拟待来春投绂去，暮江渔钓任清贫。将有水原渔村终老之约，落句及之。"姜铣《燕行录》

姜铣《再迭》："虚斋岑寂有谁亲，斗胆输句感慨频。迢递殊方淹岁月，驱驰长路阅千辛。梅边春色迎长日，镜里秋霜过五旬。塞北风烟携袖满，也知行囊未全贫。"姜铣《燕行录》【考证：诗见于《燕行录》正月十三日日记后，故约作于十三日前后。】

二十日（甲寅）。

阴，仍留。书状来见。姜铣《燕行录》

姜铣《次东岳玉河馆韵》："梅边春色雪中生，节序居然万蛰惊。天接榆关征雁尽，地非函谷晓鸡鸣。瞻宸不耐孤臣恋，步月偏伤远客情。欲向街头消郁悒，亦憎胡骑满王城。"姜铣《燕行录》

姜铣《次东岳韵》："沧溟连渤碣，榆塞亘幽燕。偶作西河絷，殆同北地迁。光阴不饶我，节序又经年。全盛皇朝事，空余百队氊。"姜铣《燕行录》【考证：二诗见于《燕行录》正月二十日日记后，故约作于二十日前后。】

二十一日（乙卯）。

晴，仍留。正使、书状来见。姜铣《燕行录》

姜铣《次东岳韵》："虚馆春生日寂寥，朔风吹雪正萧萧。身同泛梗行何已，心似悬旌坐亦摇。归梦频寻青石岭，客程空算彩亭桥。还朝定作投簪计，看我星星镜里飘。"姜铣《燕行录》【考证：诗见于《燕行录》正月二十一日日记后，故约作于二十一日前后。】

二十二日（丙辰）。

晴，仍留。往见正使，书状亦来。姜铣《燕行录》

姜铣《次东岳韵》："长街车马响轰轰，暗杂丁东禁漏声。九陌香风通掖苑，三春淑气绕皇城。山河尽付今蛮氏，文物空追旧大明。银汉寥寥星斗转，独凭虚阁若为情。"姜铣《燕行录》【考证：诗见于《燕行录》正月二十二日日记后，故约作于二十二日前后。】

二十七日（辛酉）。

阴，仍留。书状来见，招见戏才非幻法，试才甚拙。姜铣《燕行录》

姜铣《敬次庚子韵》："鲽域人从海外来，客中怀抱向谁开。秋霜漫入头边种，春色还看雪里催。函谷秦鸡鸣未晓，辽阳华鹤去无回。莫言天下奇游辨，男子心肝半已摧。"姜铣《燕行录》【考证：诗见于《燕行录》正月二十七日日记后，故约作于二十七日前后。】

二月

初一日（乙丑）。

阴，风，仍留。姜铣《燕行录》

姜铣《次东岳韵》："几羡寒鸦集禁林，五云迢递九门深。南天不及随阳鸟，北塞谁怜填海禽。虚馆沉沉疑画地，缭垣片片拟看岑。四旬经过如三载，嘿算归程恼客心。"姜铣《燕行录》【考证：诗见于《燕行录》二月初一日日记后，故约作于初

一日前后。】

十三日（丁丑）。

晴。陈序班称名者于临行时以"从今一别，再会无期，极蒙厚待，铭刻糜尽"等语书呈彼人，亦知人事。午时自玉河馆离发，过八里桥，止宿于通州察院。姜铣《燕行录》

姜铣《无题》："万里淹留序节逝，百忧丛集病仍侵。归时欲守吟诗戒，才到通州又不禁。"姜铣《燕行录》

姜铣《无题》："久蛰羁心切，催行客意忙。渐知吾土近，宁惮塞垣长。细草抽如黛，归辕快若翔。休言到湾兴，已喜出朝阳。"姜铣《燕行录》【考证：据日记可知使团于二月十三日"自玉河馆离发，过八里桥，止宿于通州察院"，以上二诗有"归时欲守吟诗戒，才到通州又不禁""归辕快若翔""已喜出朝阳"语，当作于十三日。】

十五日（己卯）。

阴。平明三行偕发，历公乐店，白涧店，朝饭于邦均店□姓人家。到蓟州止宿于独乐寺，寺之南有赵子昂《醉翁亭记》云，而忙未摩挲而归，恨也。姜铣《燕行录》

姜铣《次东岳韵》："塞路终何极，春寒尚觉严。古垒颓有址，荒店短无檐。梦与思相乱，愁因病共兼。时时点行橐，唯恐一毫添。"姜铣《燕行录》

姜铣《又次东岳韵》："征骖杳杳傍水湄，极目秦京雁书迟。穷碛春回青入柳，层空云过白呈陴。平生胆气今全歇，千古兴亡不尽悲。旅馆苦无排闷术，呼儿拨烛强题诗。"姜铣《燕行录》【考证：二诗见于《燕行录》二月十五日日记后，故约作于十五日前后。】

十八日（壬午）。

阴。平明发行，历铁城坎，朝饭于榛子店黄赞皇家。朝饭后历蒋家屯、王家店、新店、七家岭，止宿于沙河驿药王寺。姜铣《燕行录》

姜铣《忆弟仍次东岳韵》："鸰原离恨苦难排，樽酒论文与谁偕。万里殊方淹几日，三春佳节阻开怀。家山杳杳天东极，客路迢迢海北涯。惆怅此生成皓首，主恩图报愧无阶。"姜铣《燕行录》【考证：诗见于《燕行录》二月十八日日记后，故约作于十八日前后。】

二十一日（乙酉）。

雨。未明发行，历白石涧、榆关店、网子店、深河驿、望海亭，朝饭于凤凰店陈姓人家，与正使同会，先去状启修上。军官吴相良、林惟诚，译官吴相采赍去。朝饭后历王家店、大里营、范家庄、红花店，到山海关止宿于贾姓人家。姜铣《燕行录》

姜铣《次东岳韵》："此生浮世少知音，何幸今来托契深。棠棣可堪怀弟念，枫震转切恋君心。对床剩占三旬话，裹饷何须十日霖。也识京华归去后，逢场辄说操南吟。""九门深邃觉山巍，望海亭插海门隈。孤负平生登眺计，偏知造物太多情。"姜铣《燕行录》【考证：据日记可知使团于正月二十一日历望海亭，诗云"望海亭插海门隈"，约作于二十一日。】

二十四日（戊子）。

阴风。平明发行，历曲尺河，朝饭于中右所郭姓人家。朝饭后历曹庄驿，止宿于宁远卫张姓人家。姜铣《燕行录》

姜铣《次东岳韵》："昨过高丽铺，如经我国时。恍然惊客意，忘却算归期。蛮俗看愈苦，龙湾去不迟。烟花烂漫色，正耐绕丹墀。""昨宿东关村，今经宁远县。路遥瘦马隤，风急饥厮倦。衰草绕荒城，夕烟生蔽院。一站一吟诗，客怀聊自遣。"姜铣《燕行录》【考证：据日记可知使团于二月二十四日"止宿于东关霍姓人家"，二十五日"止宿于宁远卫张姓人家"，诗云"昨宿东关村，今经宁远县"，故当作于二十五日。】

二十五日（己丑）。

晴，大风。平明先发，历双石城，行三十五里，朝饭于连山驿赵姓人家。朝饭后历塔山，止宿于高桥堡白姓人家。姜铣《燕行录》

姜铣《梦朝北阙次东岳韵》："蝴蝶翩翩向玉楼，梦中忘却此生浮。威颜蜜迩瞻香案，法殿深严列电矛。迟□何缘尘露补，圣朝空沐渥恩优。今行饱吃腥毡臭，休诧星槎犯斗牛。"姜铣《燕行录》

姜铣《次东岳韵》："杳杳关河路，亭亭夕照明。云黄迷龙岬，白草绕荒城。可耐连枝恋，催兼两日程。神山知不远，画角又寒声。""暮行愁雾露，晨迈恸风霜。病梱宁思健，心灰不复阳。久留腥秽地，空忆水云乡。拟待连枝会，吟诗共把觞。"姜铣《燕行录》【考证：以上诸诗见于《燕行录》二月二十五日日记后，故约作于二十五日前后。】

二十六日（庚寅）。

晴。凌晨三行偕发，历杏山店，朝饭于松山张姓人家。朝饭后历小凌河，秣马于大凌河刘姓人家。行三十里，止宿于十三山陈姓人家。姜铣《燕行录》

姜铣《十三山道中次东岳韵》："关山万里路，征旆趁春还。雾早疑茵铺，风帘学叶殷。流光如逝水，塞月几成弯。壮志今犹在，却惊镜里颜。"姜铣《燕行录》

二十七日（辛卯）。

晴。平明发行，朝饭于闾阳驿侯姓人家。首译李庆华所骑驿马见偷于十三山察院，且厨房所用大朱钵见失。路逢索铁累十人，罪人以湖广叛逆妻孥，自南京移置于宁古塔近处云。朝饭后历壮镇堡，止宿于<u>新广宁</u>崔姓人家。姜铣《燕行录》

姜铣《广宁道中次东岳韵》："绝塞春将晚，边风尚吼号。野平疑失际，天广觉穹高。倦马颠长路，饥鸟集古壕。飞尘亦何意，巧学污征袍。_{落句喻世人也。}"姜铣《燕行录》

二十八日（壬辰）。

晴，通宵大风。平明先发，行四十里，朝饭于<u>中安堡</u>王姓人家，即去时主人也。朝饭后发行，风尘杳然，不辨咫尺。历羊肠河，止宿于小黑山察院。姜铣《燕行录》

姜铣《中安堡道中》："中安铺畔驻征骓，荒店萧条半掩扉。日出牛羊随早放，天空乌鹊傍云飞。风寒塞北春犹早，家在城南梦独归。惆怅此生成老大，镜中惊却鬓毛稀。"姜铣《燕行录》

二十九日（癸巳）。

阴，风。鸡鸣三行偕发，历新店，行五十里，朝饭于<u>二道井</u>。朝饭后历一板门，行五十里，止宿于<u>白旗堡</u>孙姓人家。姜铣《燕行录》

姜铣《二道井道中次东岳韵》："华发星星壮志凋，塞门归旆更迢迢。沧溟渤澥连穷碛，碣石峥嵘枕大辽。跋涉渐看家国近，难关休说道途遥。秦京此去犹千里，旅店寒灯阅几宵。"姜铣《燕行录》

姜铣《白旗堡道中次东岳韵》："征马萧萧渐向东，凰城何许入望中。寒窗剩听终宵雨，绝漠还愁尽日风。斗极觳觫瞻瑞霭，枕边蝴蝶趁归鸿。遥知南郭春光晚，多少繁华映白红。"姜铣《燕行录》

三月

初二日（乙未）。

晴。未明发行，历边城，朝饭于永安桥窦姓人家。朝饭后三行偕发，行三十里，止宿于<u>沈阳</u>察院。_{袁自牧称名者以道士为名，故送人招见，则其不文无识甚矣，惑世诬民一至此哉。}姜铣《燕行录》

姜铣《次东岳韵》："昨岁行人今始还，星星华发减韶颜。归骖指点烂泥铺，客路苍茫狼子山。何处菟裘江海外，可怜荣辱是非间。将身直欲骑云去，玄圃沧州任自闲。"姜铣《燕行录》

姜铣《沈阳道中》："驱牛驱马驱羊去，半是胡雏半是蕃。腥秽至今昏宇内，欲倾东海洗乾坤。"姜铣《燕行录》

初三日（丙申）。

晴。日出后三行偕发，历混河，行三十里，朝饭于白塔堡杨姓人家。朝饭后历沙河堡，行四十里，止宿于十里堡杨姓人家。姜铣《燕行录》

姜铣《沙河堡道中次东岳韵》："霜侵两鬓病缠身，可耐殊方节序新。几日能寻清北地，何时更对洛阳人。山横汉水鱼传信，春晚榆关雁已宾。寄语行中偏裨属，故乡归思也应均。"姜铣《燕行录》

初五日（戊戌）。

晴。日出后三行偕发，渡辽东江，往旧辽东见华表柱，仍历胡德家，行四十里朝饭于冷井。朝饭后行四十里，止宿于狼子山王姓人家。姜铣《燕行录》

姜铣《辽阳道中次东岳韵》："何处黄金是旧台，荒原无主鸟空来。崔嵬白塔空留迹，惨憺黄云巧作堆。吊古不堪周凯泪，伤今谁惜贾生才。遥知南郭春应晚，几朵繁花烂漫开。"姜铣《燕行录》

姜铣《辽阳道中》："平生奇气隘乾坤，云梦常思八九吞。莫道辽阳千里广，秋莲直欲拟昆仑。""浮生于世等飘尘，来去辽阳月几轮。路过燕台频驻马，迹寻华表又知津。伤时忧国心犹切，临水登山句益新。饮啄元来浑有命，荣枯何必漫尤人。""不待晨钟梦屡惊，虚窗荒店伴寒檠。听天自可忘荣悴，齐物要须一死生。小子未婚犹系念，老妻缠病亦关情。何当归做埙篪乐，共对疏松听籁声。"姜铣《燕行录》

初六日（己亥）。

晴。平明发行三十里，朝饭于甜水站川边。朝饭后行四十里，止宿于连山馆张姓人家。姜铣《燕行录》

姜铣《青石岭道中》："才径广漠野，又逾巉岩嶂。咫尺异险夷，造化难比况。上有千丈石，下有千寻浪。此行太支离，苦状不可量。洛城隔几许，琼雷遥相望。叱驭义虽重，步月情难状。准拟投绂去，物表任高尚。"姜铣《燕行录》

【考证：据日记可知使团于三月初五日"止宿于狼子山王姓人家"，初六日"平明发行三十里，朝饭于甜水站川边"，诗题曰"青石岭道中"，狼子山至青石岭二十里，至甜水站三十里，故此诗作于初六日途径青石岭时。】

姜铣《连山馆道中次东岳韵》："苍茫烟树集寒鸦，长路轰轰贾客车。遍野芊绵抽涧草，满山红白映林花。韶光正属三春节，归梦频寻万里家。终老菟裘吾已决，烟沙鱼鸟暮江叉。"姜铣《燕行录》

二十日（癸丑）。

是日，冬至使东平君杭、姜铣、书状官俞命雄入来，上命引见，问彼中事情【按：参见康熙三十八年十一月初三日条】。铣曰："彼国亦有科狱。盖闻三阁老子与孙皆参榜，而文既不好，又有违格，故因台言囚禁试官，而一试官死狱中，阁老张咏、王熙等即皇帝亲臣，而因此久不行公。故皇帝忧之，改试亲策，而阁老之子与孙复为入格云。彼我国科狱适与相符，未知此亦气数而然耶？"初使行入去时，有刷马驱人偷窃绵纸，命枭示境上。于是铣遂陈此辈生理所在，实难一切痛禁之意，请自今自义州至栅门，一行员役及义州将校，随卜驮数参酌分掌，又别定差员，使之领送。自栅门至沈阳，直以雇车输送，而驱人皆自栅门外退送。上令庙堂禀处。《朝鲜肃宗实录》卷三四

十一月

初四日（壬辰）。

冬至使李光夏、李野、姜履相如清国。《朝鲜肃宗实录》卷三四

任埅《赠别李京兆启以光夏赴燕》："燕山月出照燕山，万里燕山挂一弯。明破朔云随汉节，冷含边雪入秦关。荒郊薄帐惊乡梦，古馆虚窗慰客颜。待得天东回斗柄，好携蟾影渡龙湾。"任埅《水村集》卷四【按《国朝人物志》卷三：任埅（1640—1724），字大仲，号水村，丰川人。聪悟文词夙就。癸卯进士壮元。见重士友，游尤庵同春门下，俱深期许。肃宗壬午，以金正登文科，时年六十三。己亥春，以年满八十为汉城府尹，入耆社，官至右参赞。辛丑八月，与诸公卿入对，赞定建储大策。壬寅睦虎龙上变起大狱，诸大臣皆不免，以及于旧臣宿将，遂窜于咸从，卒于谪。】

崔昌大《遥赠姜书状履相之燕》："行台白面复髯多，西国繁华艳绮罗。知道一身王事重，不应留醉雪儿歌。""天寿陵前唯古月，朝阳门外尚腥尘。君行试访幽燕市，傥有悲歌击筑人。"崔昌大《昆仑集》卷三

赵泰亿《送姜书状礼仲履相赴燕》："男儿自有四方志，书状仍成三世荣。人以公行为得意，吾于此别独伤情。金缯弱国年年役，物色中原事事惊。掩抑尊前歌慷慨，不堪腰下听龙鸣。"赵泰亿《谦斋集》卷二【按《纪年便考》卷三十：赵泰亿（1675—1728），肃宗乙卯生，字大年，号谦斋，又甫里。丙子进士。壬午，登明科，历翰林。丁亥，以校理登重试，历铨郎、副学、兵判、户判。以通信使误事被罪。景宗朝，典文衡，为英祖入学传士。壬寅，诬杀金昌集等，谋危圣躬，教文有不道之语。以泰采从弟恬然参于正刑之启，人皆曰"如彼无人理之人，何面目拜其祖于地下"云云。泰耆曰："吾兄弟布列卿相，岂忍见血于同祖之孙乎！"讣至之日，扬扬出仕。英祖即位，甲辰入相，乙巳递相。左相闵镇远率百官庭请三十四启，光佐、泰亿并削黜。丁未，复拜左相。戊申免，是年卒，五十四，谥文忠。乙亥追削，以逆律论。壬辰，特命复官。正祖丙申，以金若行疏又追夺。】

李夏坤《送姜书状履相赴燕姜之祖子孙三世连为书状》："使节迢迢上沈关，谏臣风采去朝端。百年弱国输金币，三世高门戴豸冠。秋后清霜辽塞肃，望中烟树

蓟门寒。诗成吊古应千首,准拟骊珠澜漫看。""东韩元是大明臣,尚想神宗再造辰。终始皇恩深浃骨,苍茫世事一沾巾。金缯长向朝天路,玉貌难闻蹈海人。万里滇南消息断,凭君试复问遗民。_{滇南即吴三桂所封。}"李夏坤《头陀草》卷一【按:李夏坤(?—?),号澹轩。弘文馆副提学李寅烨子。魁进士,官翊卫司副率。】

南九万《送赴燕使李判尹_{光夏}》:"闻道边庭有事端,差官监市压龙湾。深忧岂但争桑叶,后虑应多买玉环。弱小宜为强所役,安危亦藉使居间。送君此去期非少,何用区区涕泪潸。"南九万《药泉集》卷二

南九万《送副使李参议_墅》:"燕京此去三千里,冠盖年年奉币行。伤虎吾曾愁远役,饮冰君又发长程。无端客店求倾橐,有事衙门索满籝。休罪儿房烦启请,弱臣寒妾可恫情。_{使臣以请得行中员役银货,有儿房启辞,玉堂疏论,末句云然。}"南九万《药泉集》卷二

南九万《送姜书状_{履相}》:"昔余再踏燕山路,举目曾多吊古哀。白马难为箕子泣,黄金谁贵乐生才。秦城万里今无补,辽鹤千年更不回。且有君家追远处,滦河东畔钓鱼台。_{永平府下流有钓鱼台,世传太公避纣所居云。}"南九万《药泉集》卷二

赵正万《冬至两使价各求别语,口号以赆》:"容翁岳老两名臣,继出龙头第一人。翰墨承家元绪业,经纶满腹更精神。暂辞廊庙充燕价,要见蛮夷识凤麟。今使节来前令尹,大同江上耸箕民。_{属正使李公光夏。}""东华拚送此行频,西塞逢君意转新。白马当时朝镐路,青牛何处出关人。山河俯仰应挥涕,风雪驱驰敢顾身。珍重使车行且返,烟花醉杀浿江春。_{属副使李令墅。}"赵正万《寤斋集》卷一【按《纪年便考》卷二十九:赵正万(1656—1739),孝宗丙申生,字定而,号寤斋,宋浚吉门人。肃宗辛酉进壮。己巳,中壶逊位,以太学生倡举多士守阙号泣,仍随坤位步进安国洞,痛哭拜辞。未几,宋时烈受后命,与多士守阙争之,以泮任论尹拯背师之罪,甚严峻。甲戌,坤位复定,即除禁都,屡典州牧,以子侍从恩,升通政,历锦伯,官止正宪刑判。景宗壬寅,府启尚州牧使赵正万谄附贼集之门,深言密议,无不与知,顷当改纪之初,还官属耳。旋即疾驰,星夜三日入都,隐伏集家,聚首密室,谋议绸缪,而独漏于十六人,窜逐之启请极边远,窜配碧潼。甲辰,量移宁越。英祖乙巳,蒙宥。曾有不睡之病,金昌翕称寤斋,因以为号。己未卒,年八十四,谥孝贞。】

宋相琦《送冬至副使李侍郎仲先_墅》:"此路吾能说,当年饱险艰。殊音惊凤栅,乡信限龙湾。满目沧桑迹,伤心玉帛班。应须早了事,征旆及春还。"宋相琦《玉吾斋集》卷三【考证:据《肃宗实录》卷三四可知李光夏等于十一月初四日辞朝,以上诸诗当作于十一月初四日或其后。】

康熙四十年（1701年/辛巳）

正月

初一日（己丑）。

朝鲜国王李焞遣陪臣李光夏等表贺冬至、元旦、万寿节，及进岁贡礼物。宴赉如例【按：参见康熙三十九年十一月初四日条】。《清圣祖实录》卷二〇三

三月

初五日（壬辰）。

冬至副使驰状先至，正使李光夏以二月初六日卒于玉河馆。上下教曰："奉命出疆，身逝异域，惊悼曷已。其令该曹考例，赐丧葬诸需。"光夏自荫仕时已以干局称。晚登科，方响用而遽卒，人惜之。卒时年五十九，谥贞翼。《朝鲜肃宗实录》卷三五

二十八日（乙卯）。

冬至副使李野、书状官姜履相复命，上并引见【按：参见康熙三十九年十一月初四日条】。《朝鲜肃宗实录》卷三五

五月

初十日（丙申）。

权尚夏《判尹李启以光夏哀辞》："大行人汉城府判尹德水李公，衔命赴燕，卒于馆中。副价以下扶护旅榇，归到故山，以崇祯后辛巳五月十日丙申，掩其玄堂。其友安东权尚夏在清风山谷中，疾病沈笃，未克临圹，西望长恸，敢缀哀辞，使子司仆寺主簿煜谨替告于灵儿之前，其辞曰：呜乎！星轺万里兮，一去不还。异域孤魂兮，何处盘桓。至尊为之恸伤兮，朝野共其辛酸。矧平生之故人兮，情岂耐于摧肝。日惨惨而云冥冥兮，天沉沉而朔风寒。灵胡为乎长阒兮，杳声光之莫攀。嘷号上下而靡凭兮，独涕泗之汍澜。呜乎！天既生此伟材，宜展布之及早。胡不偶于半生，因朱墨之潦倒。晚圭璋之特达，纡衰痱之殊擢。恢游刃于外内，赞庙廊之筹划。蔼众望之方倾，奄四牡之未复。正时艰而才难，天讵忍于夺速。抑存没关时，气数之使然耶？声誉溢世，造物者忌焉耶？呜乎！精明之识，敏给之才。疏通练达之谟，恺悌乐易之姿。固一世之英髦，期贲饰于明时。百未试其一二，空珍瘁之兴悲。且吾闻之，天道福善。

厥有至行，报施何浅。奉老而深爱笃敬，余未之多见。既孤而悫拥终身，如子者亦鲜。兹皆实德，宜百禄是衍。何仁者之不寿，尽栽培之理舛。我迷瞢而烦冤，叩天阍而呼白。皇无言而汤穆，又谁因而谁极。呜乎！余之质兮疏钝，子之性则刚紧。宜枘凿之异度，乃臭味之相吻。如游鱼之队逐，似征雁之序进。随步武于璧沼，窃一世之华闻。洎中岁而睽离，子蜚英而我隐。劳悠悠之思念，托情素于书信。心期炯其照彻，千里远而犹近。今幽明之永隔，耿独立兮何依。余生兮懔懔，能得几时。子之先归兮，抑何足以深悲。唯神交之冥漠，痛自结于中赐。泣缀辞而遥寄，俾一读于灵床。"权尚夏《寒水斋集》卷二三【考证：题注云李光夏"衔命赴燕，卒于馆中。副价以下扶护旅榇，归到故山，以崇祯后辛巳五月十日丙申，掩其玄堂""其友安东权尚夏在清风山谷中，疾病沈笃，未克临圹，西望长恸，敢缀哀辞"，可知此诗当作于五月初十日后。尹凤九《寒水斋权先生墓志》：权尚夏（1641—1721），字致道，号遂庵，又寒水斋，安东人。仁祖辛巳生，二十一，中进士，游太学，声名出等夷。历吏曹判书、大司宪、右议政、判中枢府事。读书以穷理，反躬以实践，而敬则贯始终。尤致谨于天理人欲之分，操省之工。老而弥笃，于书无不研穷，而《易》《中庸》用力最深。日读《中庸》一遍，屡年不掇。《易》则专主本义，而案上常置一本玩究焉。景宗辛丑卒，年八十一，谥文纯。】

八月

十四日（己巳）。

丑时，王妃闵氏升遐于昌庆宫之景春殿。《朝鲜肃宗实录》卷三五

十九日（甲戌）。

备局言："告讣使当以冬至使兼差以遣，而前后国恤，例自义州报于凤城。今亦依此举行。"从之。后崔锡鼎入对言："冬至使之行尚远，不可不别遣。"遂差告讣使宋廷奎以行。《朝鲜肃宗实录》卷三五

十月

二十九日（壬午）。

冬至使姜鋧、李善溥、书状官朴弼明如清国。《朝鲜肃宗实录》卷三五

姜鋧《西郊途中偶吟辛巳十月》："强扶残病向燕京，此去燕京万里程。霭霭祥云瞻北极，摇摇征旆出西城。诗情已渴难成句，酒量全衰恸把觥。最是鸰原分手处，暮天烟树总含情。"姜鋧《看羊录》【考证：据《肃宗实录》卷三五可知姜鋧等于十月二十九日辞朝，诗题曰"西郊途中偶吟"，诗云"霭霭祥云瞻北极，摇摇征旆出西城"，当作于辞朝当日自汉阳离发时。《纪年便考》卷二十八：姜鋧（1650—1733），孝宗庚寅生，字子精，号白阁。肃宗乙卯进士。庚申，登庭试。丙寅，以修撰登重试。历三

司、舍人、礼判，典文衡，官止辅国判中枢。入耆社。英祖癸丑卒，年八十四，谥文安。】

三十日（癸未）。

姜铌《坡山馆别胤儿》："昨日离鸿曲，今朝舐犊情。黯然惟是别，何以慰兹行。苦沾疏雨白，愁对暮山青。送尔丁宁戒，谨勤且读经。"姜铌《看羊录》【考证：高阳至坡州四十里约一日程，诗云"昨日离鸿曲，今朝舐犊情"，当作于十月三十日。】

十一月

初一日（甲申）。

姜铌《长湍途中次韵》："西征频出洛阳城，前后驱驰若为情。迎勒何年持虎节，奉纶今日向燕京。澹云和雾工呈态，冻雨随风互作声。跋涉长程休悼苦，一生忠信验兹行。"姜铌《看羊录》

姜铌《长湍途中次韵》："星轺今日向开城，往事追来独怆情。节序居然新腊日，山川宛尔旧神京。征鞭忍过斑衣地，客梦频惊画角声。最是余生增感处，更寻庚子昔年行。"姜铌《看羊录》【考证：坡州至长湍四十里约一日程，且诗云"节序居然新腊日"，故以上二诗作于十一月初一日。】

姜铌《金川途中次伯氏韵》："行役何时已，羁愁此日多。金川望里近，青石梦中过。层岩蹲玉赞，残雪散琼花。纵有登临兴，吾哀奈若何。"姜铌《看羊录》

姜铌《葱秀站敬次伯氏韵》："葱秀岚光扑马头，山前雾列几雄州。西征不耐孤臣恋，北望空添远客愁。苔护丹书岩上在，泉涵玉溜槛前流。明春杨柳归来后，拟向田园作晚休。"姜铌《看羊录》

姜铌《月波楼次崔相韵》："地僻天开险，楼高月映波。江光清可濯，山色近疑摩。去去千重路，劳劳一曲歌。寒灯旅馆夜，离恨此时多。"姜铌《看羊录》

姜铌《生阳馆次伯氏戏赠月中梅韵》："只分安素履，不敢醉红裙。空斋悄然坐，愁对暮山云。"姜铌《看羊录》

姜铌《顺安道中敬次伯氏韵》："疏烟澹霭共霏霏，衔命催驱上路骓。瀣水寒梅香冷澹，谢池芳草梦依俙。艰虞溢目孤忠在，离别关心两鬓危。拟待明春投绂去，沙汀同上钓鱼矶。""顽云朔气共霏霏，千里长安信亦稀。此日衔纶燕塞去，明年仗节玉河归。夜深馆舍愁寒供，风射襜帷恻冷衣。塞雁不知离别苦，竞排新阵马前飞。"姜铌《看羊录》

姜铌《肃宁馆戏吟》："病物偏蒙造物猜，客中愁恨闹难裁。纱窗处处藏春色，雪里琼花几朵开。"姜铌《看羊录》

姜铌《安兴馆偶吟》："闻道西关十二州，使华终古擅风流。织歌妙舞谁家

女,画栋朱栏几处楼。景物谩添王粲兴,江山争待子长游。愁人到处皆穷寂,万里长程一任愁。"姜铋《看羊录》

姜铋《新安馆偶吟》:"关云漠漠雪霏霏,万里行人曷月归。临镜几惊双鬓改,饬躬常恐寸心违。天寒渐觉胡山近,日暮唯看塞雁飞。独倚危楼瞻北极,玉京何许思依依。"姜铋《看羊录》

姜铋《到倚剑亭敬次燕京记行韵》:"饮冰冲雪作燕行,一疾空添万里程。今日往留何处馆,向来经阅几州城。停杯只虑衰年病,却馈非要宋世名。千尺楼头三尺剑,丈夫危涕自纵横。""含纶异域亦君恩,定远何时入玉门。风卷惊沙随处乱,天将和曷向人暄。皇华仪物双旌在,男子襟怀一剑存。会待明春杨柳节,燕山鸭水好回辕。"姜铋《看羊录》

姜铋《凝香堂次告讣使宋公砚上所题韵》:"此行无路滞严程,旌旆摇摇趁早明。最是鸭江西渡后,人烟始见凤凰城。"姜铋《看羊录》

宋廷奎《元韵》:"终宵嘿坐算归程,晓月窥人入户明。忽有孤鸿天外过,来时应自汉阳城。"姜铋《看羊录》【按:宋廷奎(1656—?),字文卿,砺山人,孝宗丙申生。肃宗庚午,为正言。甲戌,为司书、修撰。辛巳,以告讣正使入燕。戊子,为江原道观察使。己丑,为承旨。】

姜铋《走次副使韵》:"驱驰原隰雪盈头,西塞云烟总惹忧。别有行中排遣处,谪仙携酒擅风流。"姜铋《看羊录》

李善溥《元韵》:"阅尽悲欢白尽头,朔云边雪又离忧。何当搥破军亭月,散入三江共北流。"姜铋《看羊录》【按《纪年便考》卷二十八:李善溥(1646—1721),仁祖丙戌生,字季泉,号六松。显宗癸丑,登庭试,官止判书。入耆社。与金昌集、申銋诸人设耆英会。景宗辛丑卒,年七十六。】

李三硕《次韵》:"樽前相对白浑头,一笑依然散百忧。明日鸭江分手后,梦随旌旆渡三流。"姜铋《看羊录》【按:李三硕(1656—?),字达父,全州人。孝宗丙申生,历持平、正言、承旨、博川郡守。肃宗己巳,以冬至书状官使清。】

朴弼明《次韵》:"使星衔命出边头,耿耿中宵万斛忧。赖有主人携酒会,羁愁泻却渡湾流。"姜铋《看羊录》【按:朴弼明(1658—1716),字仲良,号忍斋,潘南人。孝宗戊戌生,历持平、都承旨、大司谏,赠吏曹判书。肃宗丙申卒,年五十九。】

姜铋《渡江后偶吟》:"西来万里抱酸辛,心绪苍茫鸭水滨。马上日多长似夏,峡中风少暖如春。黄茅蔽地艰寻路,古木参天不见人。闻道凤凰城已近,更催征旆趁明晨。""鸭水凝寒冻不波,鹘山愁色雪嵯峨。登临绝壑疑无地,指点前林讶有家。出塞几时经八渡,离京十朔到三河。画角一声山月白,可堪长夜感怀多。"姜铋《看羊录》

姜锐《过安市城偶吟》："郁嶂奇峰碧撑空，千秋削立镇天东。至今安市孤城在，往迹依然指点中。""孤城独遏八方师，想象登坛拜帝时。壮节千秋何处觅，凤山云卷碧嵯峨。""投宿随栖鸟，登程趁晓鸡。夷音迷咫尺，客路眩东西。争驮丛车牵，张夸诧马蹄。凤城才得达，何日到辽西。"姜锐《看羊录》

姜锐《路中偶吟》："燕关归路向辽东，万里湖山领略中。马首角声悲晓月，樽前剑气吐长虹。开眼眈眈惊似鬼，枭音聒耳哀如聋。由来笃敬行蛮貊，拟把行藏任化翁。"姜锐《看羊录》

姜锐《路中偶吟》："地号连山孚太易，天生甜水属玄冥。试登会宁山上望，无限湖山万点明。"姜锐《看羊录》

姜锐《青石岭偶吟》："圣祖何年过此岭，曲中青石至今哀。由来天地心难度，几遭英雄胆欲催。白水中兴思汉业，黄金高筑想燕台。只有腰间三尺剑，不堪挥涕向龙堆。"姜锐《看羊录》

姜锐《路中偶吟》："万里湖山汉节持，塞天辽廓北风吹。衣裳异制相看笑，蛮鞑同音泛可疑。朝向沙堤和雪爨，暮投烟店买薪炊。堪怜恋阙忱诚切，魂梦时时绕玉墀。"姜锐《看羊录》

姜锐《路中偶吟》："极目平芜地势宽，云烟沙碛杳茫间。风寒燕嗣招魂水，日暮唐皇驻跸山。争路借家逢折辱，买薪沽水抱艰关。不知华表千年鹤，倘更归来待我还。"姜锐《看羊录》

姜锐《路中偶吟》："旅馆寒灯夜，胡山落月时。几怜鸿雁影，频咏鹡鸰诗。斗水如琼液，尺薪当桂枝。家书不尽报，却恐还忧贻。"姜锐《看羊录》

姜锐《路中偶吟》："行行几阅短长亭，叵耐明晨又戴星。吴练争辉胡马白，越罗扬彩酒旗青。常期笃敬行蛮貊，敢惮驱驰咏鵙鸰。大野茫茫天地阔，不知何处是幽并。"姜锐《看羊录》

姜锐《羊肠河偶吟》："昔闻南蜀有羊肠，底事羊肠在北方。之北之南休更说，羊肠在世路中央。"姜锐《看羊录》

姜锐《路中敬次伯氏韵》："奉纶旌旆自东维，挥洒惭无幼妇词。鼎改旧都仍地俗，节回新腊变天时。不堪燕市千秋感，况耐鸰原万里思。欲识风霜辽塞苦，试看双鬓镜中危。""归路关山咫尺迷，客中离恨转凄凄。尘埃眯目愁开苇，冰雪堆蹄恸涉溪。失侣孤鸿云外叫，伴人残烛枕边啼。平生慷慨男儿志，袖里秋莲拟一携。"姜锐《看羊录》【考证：以上诸诗当作于十一月初一日至十二月十三日间。】

十二月

十三日（乙丑）。

姜钡《十三山偶吟》："十三初到十三山，翠壁层岩手可攀。河图比却除双数，巫峡较来剩一鬟。惊沙杳杳幽并外，大海茫茫渤碣间。皇京此去犹千里，回旆何时到玉关。"姜钡《看羊录》【考证：诗云"十三初到十三山"，故当作于十二月十三日。】

姜钡《路中偶吟》："狞风虐雪助寒凝，襄野迷途狼狈增。咫尺输蹄相散失，后前裨译总奔腾。亦知明日逾双石，不耐今朝渡二凌。最是动中还有静，襜帷深闭对寒灯。"双石岭有可观处，催行，故第三联云。姜钡《看羊录》

姜钡《敬次伯氏韵》："今岁已云暮，此行何日休。虏氛凝雾杠，胡骑讶星流。远望花生眼，愁吟雪满头。寒灯孤客梦，夜夜绕琼楼。"姜钡《看羊录》

姜钡《敬次伯氏韵》："茫茫鹤野路三千，白马红兜总控弦。北阙几时螭陛近，上林无计雁书传。黄茅沙碛驱驰际，青草池塘梦想边。最是胡笳明月夜，几回翘首望南天。"姜钡《看羊录》

姜钡《敬次伯氏咏祖大寿牌楼韵》："一时勋业且休论，青史千秋衮钺存。祖氏石楼依旧焕，袁公剑血至今冤。三纲大义将谁责，四字华褒不欲言。最是佳城城外在，荒原衰草几晨昏。"袁崇焕则以谗言罹祸，祖大乐则失节投降，故第四联云。"姜钡《看羊录》

姜钡《路中偶吟》："乡音杳云树，客路近沙河。几咏登楼赋，空吟出塞歌。天寒鸣牧马，日暮噪饥鸦。羌儿莫吹笛，离恨此时多。"姜钡《看羊录》

姜钡《敬次伯氏韵》："燕市悲歌剑色寒，此行非是白衣冠。神州举目风尘暗，时事伤心鬓雪斑。自笑壮心成濩落，可堪吾道属艰难。千秋不尽英雄泪，易水添波定不干。"姜钡《看羊录》

姜钡《路中偶吟》："叱驭危涂敢惮劳，入关惟恐犯秋毫。西山采蕨湾河咽，北海看羊汉月高。把镜频惊双鬓改，捡身时验一心操。深羞弱国无时了，匣里龙泉漫自韬。"姜钡《看羊录》

姜钡《偶吟》："玉立双峰迥出霄，昌黎山色碧迢迢。即今天地胡尘暗，八斗文章久寂寥。"姜钡《看羊录》

姜钡《偶吟》："皇朝文物已成空，千载英雄恨不穷。粉堞峥嵘残照外，青帘摇扬夕烟中。村村崇奉关王庙，处处流传骠骑功。虚设重关终籍寇，一丸谁复效东封。"姜钡《看羊录》

姜钡《敬次庚子燕行韵》："满地尘埃尽日风，王程有限转匆匆。华夷西北

山为界，吴楚东南海接空。并驾争先纷贾竖，拥门随后闹胡童。家乡远隔三千里，清梦时时返洛中。"姜铋《看羊录》

姜铋《路中偶吟》："昨宿永平府，今来孤竹祠。登临射虎石，歌咏采薇诗。猛气三军慑，清风万古吹。九原不可作，抚剑一长噫。"姜铋《看羊录》

姜铋《夷齐庙偶吟》："咽咽湾河冻不波，千秋遗恨采薇歌。虽逢虞夏应犹耻，禅位让王较孰多。""清风凛凛可廉顽，古庙丹青指点间。莫道周王旌淑懿，未闻恩綍下西山。"姜铋《看羊录》

姜铋《江州秀才虞尚卿妻也，夫见戮，奴被掳，今为沈阳王章京所卖，去时年二十一岁，天下有心人怜而见救，则其恩何可报》："痛杀羞容理异妆，罗衣脱却整裘裳。既经兵火当应死，问甚河阳与沈阳。"姜铋《看羊录》

姜铋《此乃吴三桂起兵南方也。江州秀才之妻为北兵所被掳，怆感伤悼而有此作也。夫既戮矣，身既掳矣，爷娘生死无路闻知，惨祸穷毒，行路犹涕。此女之忍辱偷生，禽兽不若。观乎滨氏之诗，则词严义正，真所谓一字一鞠血。文兰之罪，尤无所逃于天地之间。而余以为文兰之不死，罪也。然其不死，将欲有为也。其诗哀婉伤痛，似有意者，或者效申屠氏之隐忍不死，下报董君于九泉之下耶。戏次其韵以识之》："江州少妇泣残妆，哀怨非徒在裂裳。不死偷生知有意，深羞倘欲报沈阳。"姜铋《看羊录》

姜铋《路中偶吟》："北海谁传白雁书，梦魂长绕紫皇居。关山杳杳诗难就，烟树苍苍画不如。经月披裘衣作鞯，十旬咬菜食无鱼。今朝宋子城边过，一曲燕歌恨有余。"姜铋《看羊录》

姜铋《路中偶吟》："茫茫四野尽平原，燕塞归程接雁门。沙碛迷天晴无雪，烟尘匝地昼犹昏。有时投店愁无寐，随处逢人噤不言。明日玉河羁絷后，可堪佳节迫新元。"姜铋《看羊录》【考证：姜铋下诗题曰"除夕敬次伯氏韵"，以上诸诗当作于十二月十三日至三十日间。】

二十日（壬申）。

朝鲜国王李焞妃闵氏故，遣官致祭。赐朝鲜赍讣使陪臣宋廷奎等缎匹、白金等物。《清圣祖实录》卷二〇六

三十日（壬午）。

姜铋《除夕敬次伯氏韵》："星斗迢迢夜色阑，故园归梦伴灯残。天涯行役三冬久，客里经过一日难。言语异音闻亦眩，衣裳殊制笑相看。新元处处夸金腾，几朵仙花巧耐寒。"姜铋《看羊录》【考证：诗题曰"除夕敬次伯氏韵"，诗云"故园归梦伴灯残"，当作于十二月三十日除夕守岁时。】

康熙四十一年（1702年/壬午）

正月

初一日（癸未）。

朝鲜国王李焞遣陪臣姜铣等表贺冬至、元旦、万寿节，及进岁贡礼物。宴赉如例【按：据《使行录》，冬至正使姜铣、副使李善溥、书状官朴弼明于康熙四十年十月二十九日辞朝】。《清圣祖实录》卷二〇七

姜铣《敬次庚子燕京记行韵》："八方都会说燕都，城郭峥嵘殿阁高。东岳庙连辽塞路，禁川桥引楚江涛。旌旗曜日鸣金鼓，车马填街拂锦袍。可惜男儿无一个，大明天下尚愁劳。"姜铣《看羊录》

姜铣《敬次庚子燕行韵》："东皇消息雪中来，窗外寒梅一朵开。远客但欣春意动，愁人错恨节时催。风霜北海经年絷，杨柳东风几日回。欲识鸰原离别苦，愁肠九曲已全催。"姜铣《看羊录》

姜铣《次东岳玉河韵》："细酌琼杯酒在颜，此身忘却在燕关。时时望北心悬极，夜夜征东梦渡湾。香灯交错烟笼树，风日凄寒雪满山。得失荣枯皆外物，闲看倦鸟夕知还。""旅馆残灯独自亲，中宵抚剑感叹频。谁家锦帐倾千日，几处琼盘荐五辛。冉冉韶光经半百，迢迢乡信隔三旬。药炉茶鼎偏清淡，笑向寒梅欲诉贫。"姜铣《看羊录》

姜铣《玉河次东岳韵》："病里吟哦太瘦生，韶颜顿减壮心惊。南枝日暮饥鸦集，北塞天寒牧马鸣。随节寒梅如有意，伴人残烛独多情。客中一日三秋倏，竣事何时返洛城。""牢锁关门夜寂寥，塞天风气正萧萧。灯花照壁昏还焫，庭树笼烟影半摇。何日重寻青石岭，经年久絷玉河桥。驱驰原隰皆王事，萍梗浮生一任飘。""游龙流水日轰轰，朝昼喧哗市井声。匝地烟尘昏似雨，熏天灯烛火为城。行人多事劳终夕，远客无眠坐待明。独闭关门诗兴足，一枝梅萼为含情。""庄舄宁思楚，越禽不恋燕。旅怀难慰释，节序易流迁。跋烛愁长夜，临鉴惜暮年。欲寻苏季主，试向市东廛。"姜铣《看羊录》【考证：姜铣下诗题曰"上元日玉河偶吟"，以上诸诗当作于正月初一日至十五日间。】

十五日（丁酉）。

姜铣《上元日玉河偶吟》："碧落云收月正圆，清光应照海东天。离家病久难加饭，恋阙愁多易觉眠。锁固关门疑画地，戒严珍玩若临关。何时快脱樊笼

里，鸭水春风好着鞭。"姜铍《看羊录》【考证：诗题曰"上元日玉河偶吟"，诗云"碧落云收月正圆，清光应照海东天"，当作于正月十五日。】

十七日（壬寅）。

姜铍《讳日感怆有吟》："殊方逢讳日，隙驷倏难追。孤露罙增痛，终天不尽悲。未参芬芰荐，漫咏蓼莪诗。万里思乡泪，斑斑枕席滋。"姜铍《看羊录》【考证：诗云"孤露罙增痛""漫咏蓼莪诗"，可知所祭者为姜铍之父栢年。任相元《雪峰姜公行状》言姜栢年于"辛酉正月十七日捐馆，春秋七十九"，则姜栢年讳日当为正月十七日，故系于此。】

姜铍《忆伯氏》："梦草情何极，陟冈恨转多。几思吟棣乐，空咏采薇歌。塞月迷征雁，胡风卷暮鸦。绝知春色好，其奈客愁何。"姜铍《看羊录》

姜铍《独坐无聊走次东岳韵》："胡风渐渐动疏林，客恨逢春转益深。叫侣频惊沙塞雁，归巢几羡夕阳禽。烟尘匝地疑过雨，茅宅连云讶封岑。最觉殊方催岁月，满城花柳搅归心。"姜铍《看羊录》

姜铍《再迭》："一札难传汉上林，玉京何许五云深。香灯客梦凭庄蝶，夜月离愁等蜀禽。铜荚垂空犹买水，铁关牢锁不看岑。朱门处处笙歌咽，谁识孤臣望北心。"姜铍《看羊录》

姜铍《三迭》："煌煌旌斾自鸡林，羁絷殊方岁月深。飘漂恰似离根草，踯躅还同怨别禽。东风多意吹征袂，西日无情下远岑。不是春光偏惹恨，由来孤客易伤心。"姜铍《看羊录》

姜铍《路中偶吟》："艰关异域阅三冬，竣事今朝马首东。乐似穷鳞游大海，快如飞鸟出樊笼。烟尘杳杳关王庙，蔓草萋萋郭隗宫。最是鸭江远渡后，槛前梅萼几枝红。"姜铍《看羊录》

姜铍《次丰润谷一枝韵》："舍伯衔纶岁在庚，契丹犹说长公名。驽骀下质惭难弟，冰蘖清标乐有兄。异域无人堪与语，新篇非子更谁评。河梁从此分南北，脉脉临歧去留情。""殊方客抱向谁开，青眼谈诗喜子来。嫩柳迎春抽绿线，寒梅谢腊谢红腮。比来思渴愁吟月，老去年衰怯把杯。最是男儿挥涕处，烟尘埋没旧金台。"姜铍《看羊录》

谷一枝《元韵》："韶华荏苒纪年庚，海外人文久著名。今日联床逢贵客，昔年下榻识难兄。九龄风度真堪拟，四杰诗才尚待评。佳篚赠来长在握，殷勤犹道大爷情。""星占御座五云开，又睹仙槎帝里来。忽报春风拂柳眼，还思寒夜绽梅腮。相逢道故敲残漏，送别临歧虚酒杯。侵晨来此，荣旌已遄发矣。骨格如君真富贵，黄扉早晚起容台。"姜铍《看羊录》

姜铍《路中偶吟》："今夜行留何处村，客中愁思正纷烦。书编尚贻人生

累,离别空销旅客魂。野水风寒冰未泮,塞垣春早日悭暄。最是鸰原相忆苦,可堪羌笛月黄昏。"姜锐《看羊录》

姜锐《路中偶吟》:"使节重临永平府,滔滔日月阅三蕞。莫道殊方行役苦,首阳山色马前青。""双节千秋可立懒,只今遗像肃清高。当年尚耻周王粟,莫向床前祭荔蕉。"姜锐《看羊录》

姜锐《次江南祝恺韵》:"殊方谁更慰劳劳,赠语多君意气高。困翮低垂笼里鸟,壮心牢落匣中刀。退之自是招穷鬼,由也何曾耻敝袍。立懒清风人莫识,此行欣得一言褒。"姜锐《看羊录》

祝恺《原韵》:"□简书来往不辞,相送关门日正高。愧我欲投宗壳笔,感公能解吕处刀。雪花片片飘青盖去冬入关,柳线垂垂映绿袍。君命远将真不辱,还朝定有衮衣褒。"姜锐《看羊录》【按:谷一枝、祝恺皆为中国文士。姜世晃《题华人词翰帖后》云:"康熙四十年辛巳冬,先府君文安公以冬至正使兼告讣使我仁显王后闵氏之讣赴燕。江南祝恺呈五排十二韵一首,又呈七律一首;丰润谷一枝呈七律二首;山东蔡瑚呈五绝一首。诸作颇雅驯可爱,况其颂美之意屡见于篇句间,亦可见敬服之诚也。在吾子孙当藏弄勿失,以永其传。"文安公即姜锐。】

姜锐《曲尺河途中偶吟》:"雨雪行人杨柳回,塞天愁思闹难裁。急风吹海洪涛卷,初日登山积霭开。春色已抽沙垣草,乡音谁寄岭头梅。千秋志士无穷恨,寂寞燕昭旧筑台。"姜锐《看羊录》

姜锐《小黑山途中偶吟》:"关塞风尘恼客怀,梦魂长绕海东涯。沙头把酒愁难制,马上吟诗兴不佳。大野茫茫天一色,长江衮衮水三叉。壮游虽是男儿事,何似焚香掩小斋。"姜锐《看羊录》

姜锐《敬次伯氏韵》:"异域离愁苦莫排,几时湛乐弟兄偕。江云杳杳三冬别,关塞迢迢万里怀。客子严程连漠北,乡山归梦绕天涯。绝知竣事还朝日,紫禁烟花满玉阶。"姜锐《看羊录》

姜锐《途中遇风》:"襜帷深闭不看天,跋涉宁知道路千。风卷尘沙暗亦雨,心收视听觉犹眠。行装澹泊真无愧,疾病沈绵独自怜。万事人间皆外物,客中闲咏卜居篇。"姜锐《看羊录》

姜锐《白旗堡途中偶吟》:"才历黑山又白旗,鹤关归路太支离。行中问候凭前例,管下阳尊总外皮。点检路装唯有药,披看日记久无诗。不知京洛城南宅,春色东园几树枝。"姜锐《看羊录》

姜锐《周流河偶吟》:"殊邦远隔紫宸朝,乡国音书久寂寥。咽咽混河流不尽,茫茫辽野去还遥。风霜始返苏卿节,岁月空凋季子貂。此去盛京知不远,明朝行到永安桥。"姜锐《看羊录》

姜铋《边城途中偶吟》："无限青山指点中，却疑华鹤返辽东。金笳咽咽愁关月，华旆遥遥卷朔风。只信行藏安素位，已将荣辱任苍穹。洛阳三月春应晚，桃李东园几朵红。"姜铋《看羊录》

姜铋《永安桥途中偶吟》："辽塞三千里，人烟八九村。雾积晴疑雨，尘浮昼亦昏。易下征人泪，空伤远客魂。何时洛阳宅，桃李醉芳园。"姜铋《看羊录》

姜铋《再迭》："秣马催晨迈，寒烟起远村。角声迎风亮，春阴带雨昏。苦吟难下笔，触目易伤魂。万物皆身外，从今学漆园。"姜铋《看羊录》

姜铋《偶吟》："黄庭真诀紫阳书，竟未携来恨有余。几向晴窗思讲读，漫留丹鼎失响嘘。亦知方册终成阮，久滞灵台不自除。始觉无营为上药，卧看新月映栊虚。"姜铋《看羊录》

姜铋《再迭》："平生悔读古人书，八斗文章亦绪余。中谷芝兰多芜秽，上天毛羽总吹嘘。山林有约归心切，轩冕无营世念除。旅店寥寥清夜永，满帘新月白生虚。"姜铋《看羊录》

姜铋《十里堡偶吟》："蓐食今晨又戴星，烟村指点酒旗青。云横华表千年柱，路入沙河十里程。历沙河堡、十里堡，故云。连空大野平如砥，绕郭苍峦巧作屏。世事从来元不定，此身天地一浮萍。"姜铋《看羊录》

姜铋《辽野偶吟》："渐觉乡山近，唯愁消息来。驿梅何日到，蹊李几枝开。同气分离苦，殊方岁月催。秦京杳何许，扶病独登台。"姜铋《看羊录》

姜铋《再迭》："家国今安否，音尘来不来。春深有雪下，节晚无花开。可堪心绪乱，斗觉鬓毛催。相关何处是，独上望乡台。"姜铋《看羊录》

姜铋《三迭》："落照亭亭下，长江滚滚来。风光虽信美，客怀与谁开。衰鬓随年变，归心与日催。愁人独不寐，持烛上高台。"姜铋《看羊录》

姜铋《太子河偶吟》："辽阳旧迹水悠悠，城郭人烟总惹愁。最是燕丹河尚在，秖今哀怨咽千秋。"姜铋《看羊录》

姜铋《辽河偶吟》："画角寒声起白鸥，暮云衰草迥添愁。空余华表千年柱，仙鹤重来问几秋。"姜铋《看羊录》

姜铋《三流河再迭前韵》："天边征雁水中鸥，不识人间有别愁。试看鸰原相忆苦，鬓边衰发已惊秋。"姜铋《看羊录》

姜铋《阿弥站偶吟》："一山行尽一山青，无限青山似迭屏。今日始过甜水店，何时快上统军亭。遥思南郭吟棠棣，怅望西方咏湿苓。始识人间行役苦，拟投簪绂老沙汀。"姜铋《看羊录》

姜铋《燕山感旧》："三百洪基一梦疑，大明天下竟归谁。人民城郭犹前日，文物衣冠异昔时。白雪楼空云漠漠，黄金台罢草离离。东风吹送烟尘暗，

似慰山河举目悲。"姜钑《看羊录》

姜钑《青石岭偶吟》:"万里燕山曜客星,向来经阅几邮亭。胡天惨淡关云黑,狭路崎岖岭石青。病遇和暑苏有望,愁添春酒醉无醒。追惟圣祖留歌曲,志士千秋泪满缨。"姜钑《看羊录》

姜钑《会宁岭再迭前韵》:"东风驷马疾如星,行尽长亭又短亭。春晚雪山犹带白,地寒莎草未抽青。人思汉室今时易,天醉秦关几日醒?闻道江南兴义旅,终军直欲请长缨。"姜钑《看羊录》

姜钑《三迭》:"夜涉春冰晓戴星,几时可到统军亭。芳樽虚凸思浮白,佳节初回想踏青。消渴自怜司马病,洁修谁识屈原醒。尘世是非何足说,拟向沧浪一濯缨。"姜钑《看羊录》

姜钑《分水岭偶吟》:"塞天风气冷凄凄,满野黄茅咫尺迷。古木丛边疑有寺,乱山回处讶无蹊。宁师阮籍穷途哭,愿学庄周品物齐。强疾敲推诗兴渴,下山红日已颓西。"姜钑《看羊录》

姜钑《八渡河偶吟》:"才涉三叉水,又经八渡河。山深但闻鸟,春晚不看花。渐喜乡山近,还忘岁月多。家书今日到,安否果如何。"姜钑《看羊录》

姜钑《松站敬次伯氏韵》:"胡风渐渐梦频惊,旅店寒窗对短檠。天外塞鸿知别苦,雨中春草唤愁生。殊方久阻连枝会,隔岁那堪两地情。家乡消息今明至,扶杖频听鹊噪声。"姜钑《看羊录》

姜钑《凤凰城敬次伯氏韵》:"煌煌征斾趁朝鸦,鹤野长驱使者车。春入芊绵穿地草,雨催红白满山花。乍出栅门如出阱,才还湾府若还家。凤凰苍翠挑诗兴,挥洒何须待手叉。""画角声飞满树鸦,后前嗔咽总商车。山中时刻看朝日,塞上春光验野花。下笔几叹无友伴,前林每讶有人家。试看云外苍峦出,却似双鬟巧学叉。"姜钑《看羊录》

姜钑《倚剑亭戏吟》:"关河万里抱艰辛,隔岁归来鬓尽银。玉斝漫留无限酒,华筵虚负可怜春。元非平素求要誉,只是妖红恐损神。客馆寥寥清夜永,满窗明月绝织尘。"姜钑《看羊录》【考证:《肃宗实录》卷三六言三月十八日"冬至正使姜钑、副使李善溥、书状官朴弼明复命",以上诸诗当作于正月十七日至三月十八日间。】

二月

二十二日(甲戌)。

胡使觉罗满保等以吊祭事出来,上迎于西郊,还御崇政殿接见,仍行茶礼。

《朝鲜肃宗实录》卷三六

二十五日（丁丑）。

权设魂殿于涅和堂，受清人吊祭。上以素服迎敕，入堂内东向立，敕使西向立。世子服衰服，率宫官哭临于东庭，百官陪祭于外庭。《朝鲜肃宗实录》卷三六

三月

十八日（己亥）。

冬至正使姜铣、副使李善溥、书状官朴弼明复命，上引见，问房中事情【按：参见康熙四十年十月二十九日条】。铣曰："臣等在彼时，广东湖广有土贼，今方动兵，而其所大畏者，西北方蒙古太极鞑子，兵力最强，故贿以金帛，恐失其欢，日后之忧惟在于此云。皇帝东巡事，虚实间所当详探，故所谓内阁真本文书，购得见之，则乃庚辰秋间事，而别无目前之忧矣。"善溥曰："臣于乙丑年以书状官赴燕，十七年后更往见之，则沿路闻见，别无顿异者，而关外十三站，前甚凋敝，不成貌样，即今生齿物货，比前十倍。皇帝虽荒淫无道，姑无侵虐之故，民间晏然，而但纪律则大不如前。凤凰城人家比前甚盛，而我国人负债多至十万金。臣等出栅门时，彼人环立马首，以为日后当生嫌隙云，此甚可虑也。"弼明曰："我国人与彼人通市买卖，故私相假贷，有此弊端。即今变通之道，枭示我人于境上，移咨彼中，更不假贷为宜。"《朝鲜肃宗实录》卷三六

八月

初六日（乙酉）。

谢恩正使临昌君焜，副使沈枰，书状官李世瑍出去。《承政院日记》

任埅《赠别沈侍郎汝器_枰赴燕》："鹤野茫茫道路修，蓟门秋色满行辀。山河举目天犹醉，今古伤心月独留。何日威仪重睹汉，每年朝聘异观周。凭君为访燕南市，尚有悲歌击筑不。"任埅《水村集》卷四

任埅《赠别李行台周卿_{世瑍}赴燕》："萧萧寒雨洒征衣，正是行人首路时。专对外方真御史，壮游中国亦男儿。金台古意秋风感，玉馆羁愁夜月知。病负河桥远相送，别怀无限付新诗。"任埅《水村集》卷四

李观命《送周卿_{世瑍}三从兄以乐正赴燕》："两阶舞羽日，堪作舜庭夔。何事幽燕北，勤输玉帛为。"李观命《屏山集》卷一【按《纪年便考》卷二十八：李观命（1661—1733），显宗辛丑生，字子宾，号屏山，又曰休亭。肃宗丁卯生员。戊寅，以咸悦县监登谒圣，历铨郎、副学、典文衡。景宗壬寅，为奴于德川。英祖即位，甲辰放还。乙巳，入相至左，入耆社。戊申，录扬武从功。癸丑卒，年七十三，谥文靖。】

金楺《送书状官李周卿_{世瑍}赴燕》："金飚初动送行人，把酒当筵感慨新。岁

月忍看今甲子，山河应识旧壬辰。龙光夜夜犹冲斗，槎影年年漫问津。君去若逢燕赵士，为言东海老周民。"金楺《俭斋集》卷三【按《纪年便考》卷二十八：金楺（1653—1719），孝宗癸巳生，字士直，号俭斋，朴世采门人。己卯，以县监登增广，历春坊、副学、海伯、箕伯，以嘉善典文衡，官止吏参。少有文学，侪友推重。未第时朝廷欲拟南台，而未果。尝疏斥尹拯，以辨师诬。容貌洞澈，文章典雅。己亥卒，年六十七。赠领相，谥文敬。】

成晚征《别李周卿世奭燕行二首》："北征苦未已，之子又张旟。迹似观周札，心同蹈海连。尧封悲禹辙，燕市感高铅。叹息题诗别，秋霜映塞天。""莫叹星轺万里遥，三韩正气未全消。燕山必有高人遁，为说华阳奉旧朝。"成晚征《秋潭集》卷一【按成尔鸿《家状》：成晚征（1659—1711），字达卿，号唤醒堂，世称秋潭，昌宁人。孝宗己亥生。早游尤庵宋时烈之门，复师事寒水斋权尚夏。丙子，丁时翰等诬诋尤庵，达卿率道内多士痛卞之，大小文字皆出其手，士论韪之。癸未，荐补内侍教官，又拜王子师傅，皆不就。平生雅好山水，湖岭胜境，足迹殆遍。曾于俗离南麓清溪洞筑精舍，扁曰白云庵。一切纷华无所嗜好，而惟喜观古书，诸子百家阅览殆尽。酷好《周易系辞》《圣学辑要》，而循环熟复如诵已言者，《朱子大全》也。尝抄录史记中嘉言善行，名曰《嘉言泛录》，以为尚友之资。又搜集圣贤谟训之切于受用者，名曰《会心录》，朱文居多，而未及卒业，是其绝笔也。又有文集若干卷藏于家。肃宗辛卯卒，年五十三。】

申琓《赠书状李太仆周卿世奭燕行》："憭栗秋怀已自惊，况兼离思更相萦。聊将山水登临兴，远送燕辽跋涉行。紫气关高谁复问，黄金台古但空名。须寻太白留题处，独乐寺边即蓟城。"申琓《絅庵集》卷二【考证：据《使行录》，谢恩正使临昌君李焜、副使沈枰、书状官李世奭于八月初六日辞朝，以上诸诗当作于八月初六日或其后。】

附录一　洪大容《湛轩燕记·路程》

自京至义州一千五十里。高阳碧蹄馆四十里。坡州坡平馆四十里。长湍临湍馆三十里。松都太平馆四十五里。金川金陵馆七十里。平山东阳馆三十里。葱秀宝山馆三十里。瑞兴龙泉馆五十里。剑水凤阳馆四十里。凤山洞仙馆三十里。黄州齐安馆四十里。中和生阳馆五十里。平壤大同馆五十里。顺安安定馆五十里。肃川肃宁馆六十里。安州安兴馆六十里。嘉山嘉平馆五十里。纳清亭二十五里。定州新安馆四十五里。郭山云兴馆三十里。宣川林畔馆四十里。铁山车辇馆四十里。龙川良策馆三十里。所串义顺馆四十里。义州龙湾馆三十五里。

自义州至北京二千六十一里。

九连城二十五里宿。鸭绿江五里。小西江一里。中江一里。方陂浦一里。三江二里。九连一十五里。

金石山三十五里中火。望隅五里。者斤福伊八里。碑石隅二里。马转坂五里。金石山一十五里。

葱秀山三十二里宿。温井八里。细浦二里。柳田一十里。汤站一十里。葱秀山二里。

栅门二十八里宿。鱼龙堆一里。沙平二里。孔岩一十里。上龙山五里。栅门一十里。

凤凰城三十五里。_{有朝鲜馆名柔远馆}。安市城一十里。榛坪二里。旧栅门八里。凤凰山五里。凤凰城一十里。

干者浦二十里中火。_{一名余温者介}。三叉河一十里。干浦一十里。

松站三十里宿。_{一名薛刘站}。伯颜洞一十里。麻姑岭一十里。松站一十里。

八渡河三十里中火。_{源出分水岭}。小长岭五里。瓮北河五里。大长岭五里。八渡河一十五里。

通远堡三十里宿。獐岭一里。通远堡二十九里。

草河口三十里中火。_{一名畓洞}。石隅一十五里。草河口一十五里。

连山关三十里宿。分水岭二十里。连山关一十里。

甜水站四十里中火。会宁岭一十五里。甜水站二十五里。

狼子山四十里宿。青石岭二十里。小石岭二里。狼子山一十八里。

冷井三十八里中火。三流河一十五里。王祥岭一十里。_{孝子王祥居。}石门岭三里。冷井一十里。

新辽东三十里宿。_{有旧辽东白塔华表柱。}阿弥庄一十五里。新辽东一十五里。

烂泥铺三十里中火。_{一名三道把。}接官厅一十七里。防虚所八里。烂泥铺五里。

十里铺三十里宿。_{自九连城至此为东八站。}烂泥浦五里。烟台河一十里。山腰浦五里。

白塔堡四十五里中火。板桥铺五里。长盛店一十里。沙河堡五里。暴咬哇五里。火烧桥八里。旗匠铺二里。白塔堡一十里。

沈阳二十四里宿。_{盛京奉天府有行宫。}一所台五里。红匠铺五里。混河五里。沈阳九里。

永安桥三十里中火。愿堂寺五里。_{康熙愿堂。}状元桥一里。永安桥一十四里。

边城三十里宿。双家子五里。大方身一十里。磨刀桥五里。边城一十里。

周流河四十二里宿。神农店一十二里。孤家子一十三里。巨流河八里。周流河九里。

大黄旗堡三十五里中火。西店子三里。五道河二里。四方台五里。郭家屯五里。新民店五里。小黄旗堡五里。大黄旗堡八里。

大白旗堡二十八里宿。_{产猎狗。}芦河沟八里。石狮子五里。古城子一十里。大白旗堡五里。

一板门三十里中火。小白旗堡一十里。一板门二十里。

二道井三十里宿。

新店三十里中火。实隐寺八里。新店二十二里。

小黑山二十里宿。土子亭一里。烟台一十五里。小黑山四里。

中安浦三十里中火。羊肠河一十二里。中安浦一十八里。

新广宁四十里宿。_{有旧广宁、北镇庙、桃花洞。}于家庄五里。旧家里一十三里。新店二里。新广宁七里。

闾阳驿三十七里中火。兴隆店五里。双河堡七里。壮镇堡五里。常兴店二里。三台子三里。闾阳驿一十五里。

十三山四十里宿。二台子一十里。三台子五里。四台子五里。五台子五里。六台子五里。十三山一十里。

大凌河二十六里中火。二台子七里。三台子五里。大凌河一十四里。

小凌河三十四里宿。西北二十里锦州卫。大凌河堡四里。四同碑一十二里。双沿站一十里。小凌河八里。

高桥堡五十四里宿。小凌桥二里。松山堡一十六里。官马山一十六里。杏山堡二里。十里河店二里。高桥堡八里。

连山驿三十二里中火。塔山店一十二里。朱柳河五里。罩篱山店五里。二台子三里。连山驿七里。

宁远卫三十一里宿。有温泉、呕血台、祖家牌楼及坟园。五里河五里。双石店五里。双石城三里。永宁寺一十里。宁远卫八里。

沙河所三十三里中火。青墩台六里。观日出。曹庄驿七里。七里坡五里。五里桥七里。沙河所八里。

东关驿三十里宿。干沟台三里。烟台河五里。半拉店五里。望海店二里。曲尺河五里。三里桥七里。东关驿三里。

中后所一十八里中火。二台子五里。六渡河桥一十一里。中后所二里。

两水河三十九里宿。一台子五里。二台子三里。三台子四里。沙河店八里。叶家坟七里。口鱼河屯二里。口鱼河桥一里。两水河九里。

中前所四十六里中火。前屯卫六里。王家台一十里。王济沟五里。高宁驿五里。松岭沟五里。小松岭四里。中前所一十一里。

山海关三十五里宿。有望海亭、角山寺、贞女庙、威远台，或称将台。大石桥七里。两水湖三里。老鸡屯二里。王家庄三里。八里堡一十里。山海关一十里。

凤凰店四十五里中火。沉河三里。红河店七里。范家店二十里。大理营一十里。王家岭三里。凤凰店二里。

榆关三十五里宿。望海店十里。沉河堡一十里。网河店一十里。榆关一十里。

背阴堡四十五里中火。茔家庄三里。上白石铺二里。下白石浦三里。吴宫茔三里。抚宁县九里。望昌黎县文笔峰。羊河二里。五里铺三里。芦峰口一十里。茶栅庵五里。背阴堡五里。

永平府四十三里宿。有滦台寺、射虎石、夷齐庙。双望铺五里。要站五里。部落岭一十二里。十八里铺三里。发驴槽一十三里。漏泽园三里。永平府二里。

野鸡屯四十里中火。青龙河桥一里。南垞店二里。滦河二里。范家庄一十里。望夫台五里。安河店八里。野鸡屯一十二里。

沙河堡二十里宿。沙河驿八里。沙河堡一十二里。

榛子店五十里中火。三官庙五里。马铺营五里。七家岭五里。新店铺五里。

于河草五里。新坪庄五里。扛牛桥一十二里。青龙桥七里。榛子店一里。

丰润县五十里宿。铁城坎二十里。小铃河一里。板桥七里。丰润县二十二里。

玉田县八十里宿。赵家庄二里。蒋家庄一里。涣沙桥一里。卢家庄四里。高丽堡七里。草里庄一里。软鸡堡一十里。茶棚庵二里。流沙河一十二里。两水桥一十里。两家店五里。十五里屯一十里。东八堡七里。龙池庵一里。玉田县七里。

别山店四十五里中火。西八里堡八里。五里屯五里。彩亭桥三里。大枯树店九里。观蓟门烟树。小枯树店二里。有宋家城。蜂山店八里。螺山店二里。别山店八里。

蓟州二十七里宿。有大佛寺，西北三十里盘山。现桥六里。小桥坊二里。渔阳桥一十四里。蓟州五里。

邦均店三十里中火。五里桥五里。邦均店二十五里。

三河县四十里宿。白涧店一十二里。有香林、尼庵、白干松。公乐店八里。段家岭一里。石碑九里。滹沱河五里。三河县五里。

夏店三十里中火。枣林庄六里。白浮图六里。新店六里。皇亲庄六里。夏店六里。

通州四十里宿。柳夏屯六里。马已乏六里。烟郊铺八里。三家庄五里。邓家庄三里。胡家庄四里。习家庄三里。白河四里。通州一里。

朝阳门三十九里。八里桥八里。杨家闸二里。管家庄三里。三间房三里。定府庄三里。大王庄二里。太平庄三里。红门三里。十里堡二里。八里庄二里。弥勒院七里。有东岳庙。朝阳门一里。

都合三千一百一十一里。

附录二　康熙时期朝鲜燕行使臣年表（1682—1702）[①]

使行时间		使行名目	使行任务	正使/咨官	副使	书状官	随行文人
康熙二十一年（1682/壬戌）	二月二十日	问安行	起居沈幸	左议政闵鼎重		掌令尹世纪	
	四月？日	赍咨行	报发遣信使押解逃人	训鍊判官闵兴鲁、司译正慎而行			
	七月初一日	进贺谢恩兼陈奏行	贺讨平吴世璠、贺尊号太皇太后皇太后、谢颁诏赐物、奏述旨不符事情	瀛昌君李沉	刑曹判书尹以济	掌令韩泰东	
	十月二十九日	谢恩兼三节年贡行	谢册封王妃	右议政金锡胄	礼曹判书柳尚运	掌令金斗明	
康熙二十二年（1683/癸亥）	十一月初一日	三节年贡行		左参赞赵师锡	礼曹参判尹举	持平郑济先	

[①] 本表根据《同文汇考补编》卷七《使行录》整理（参见《燕行录丛刊》），在《使行录》及已有研究成果基础上对清康熙时期朝鲜燕行使臣派遣情况展开进一步整理与考察，以便与正文相互印证。

附录二 康熙时期朝鲜燕行使臣年表（1682—1702）

续表

使行时间		使行名目	使行任务	正使/咨官	副使	书状官	随行文人
康熙二十三年（1684/甲子）	二月十九日	告讣行	告明圣大妃升遐	户曹参判李濡		持平李蓍晚	
	十月二十七日	谢恩兼三节年贡行	谢大妃赐祭	左议政南九万	右参赞李世华	掌令李宏	
	十月？日	赍咨行	押解漂人	司译金正尹之徽			
康熙二十四年（1685/乙丑）	三月二十五日	谢恩行	谢颁生平诏、谢伤字句不合、谢宥犯	锦平尉朴弼成	礼曹判书尹趾善	掌令李善溥	
	十月十二日	赍咨行	报杀越	都总经历金夏重、司勇金喜门			
	十一月初二日	陈奏谢恩兼三节年贡行	奏牛畜疫毙、谢免罚银	朗原君李侃	左参赞李选	持平金澋	
康熙二十五年（1686/丙寅）	正月二十八日	陈奏兼谢恩行	奏犯人拟律、谢查犯敕	右议政郑载嵩	礼曹判书崔锡鼎	司仆正李墩	
	五月二十五日	赍咨行	遵旨勘犯及输赃	司正译卞尔璜			
	六月二十二日	谢恩兼陈奏行	谢罚银、谢罪止陪臣、奏陪臣勘罪、奏因却还方物侯罪	左议政南九万	右参赞李奎龄	司仆正吴道一	
	十一月初四日	谢恩兼三节年贡行	谢颁因旱肆赦敕、谢方物移准	朗善君李俣	右参赞金德远	掌令李宜昌	
康熙二十六年（1687/丁卯）	五月？日	赍咨行	押解漂人	副司直慎而行			
	十一月初二日	谢恩兼三节年贡行	谢宥呈文使臣、谢方物移准	东平君李杭	礼曹判书任相元	济用正朴世	

275

续表

使行时间		使行名目	使行任务	正使/咨官	副使	书状官	随行文人
康熙二十七年（1688/戊辰）	二月十二日	陈慰兼进香行	慰太皇太后崩逝	左参赞洪万钟	礼曹参判任弘望	兼持平李万龄	
	十月初七日	告讣行	告壮烈大妃升遐	参议尹世纪		正言金洪福	
	十一月初二日	三节年贡行		左参赞洪万容	礼曹参判朴泰逊	兼持平李三硕	
	十一月？日	赍咨行	押解漂人	汉学教授卞鹤年			
康熙二十八年（1689/己巳）	六月二十二日	赍咨行	押解漂人	司译正申濮			
	八月十一日	进贺谢恩陈奏兼奏请行	贺尊谥太皇太后、谢颁诏赐物、谢大妃赐祭、奏王妃逊位、请册封王妃	东平君李杭	右参赞申厚载	掌令权持	
	十月十一日	陈慰兼进香行	慰皇后崩逝	左参赞朴泰尚	礼曹参判金海一	持平成瓘	
	十一月初四日	三节年贡行		左参赞俞夏益	礼曹参判姜世龟	持平赵湜	
康熙二十九年（1690/庚午）	五月十二日	进贺谢恩兼陈奏行	贺册谥皇后、谢册封王妃、奏奏文违式	全城君李混	左参赞权愈	执义金元燮	
	九月十五日	赍咨行	报杀越	同枢郑忠源			
	十一月初四日	谢恩兼三节年贡行	谢奏文违式免罚	瀛昌君李沉	右参赞徐文重	司仆正权缵	
	十一月二十一日	赍咨行	报诇捕犯人	副司直金翊汉			

续表

使行时间	使行名目	使行任务	正使/咨官	副使	书状官	随行文人
康熙三十年（1691/辛未）	闰七月初七日	谢恩兼陈奏行	谢查犯敕、谢口宣上谕、谢免罚银、奏查拟犯人	右议政闵黯	右参赞姜硕宾	司仆李震休	
	闰七月？日	赍咨行	报犯禁	司勇金镒信			
	十月二十七日	三节年贡行		左参赞李宇鼎	礼曹参判尹以道	持平成俊	
	十二月十五日	赍咨行	报土门江径途险阻	同枢金翊汉			
康熙三十一年（1692/壬申）	四月初九日	赍奏行	奏逃犯无由查缉、谢停止巡审指路	户曹正郎元徵、司勇高征厚			
	十月二十八日	谢恩兼三节年贡行	谢停捕逸犯	朗源君李侃	礼曹判书闵就道	司仆正朴昌汉	
康熙三十二年（1693/癸酉）	二月？日	赍咨行	押解犯越人	汉学教授尹之徵			
	五月二十五日	谢恩行	谢减黄金木棉	临阳君李桓	左参赞申厚命	司仆正崔恒齐	
	十一月初三日	三节年贡行		左参赞柳命天	礼曹参判李麟征	兼持平沈枋	
康熙三十三年（1694/甲戌）	八月初二日	陈奏兼奏请行	奏王妃复位、请改颁诰命	锦平尉朴弼成	左参赞吴道一	检详俞得一	
	十一月初二日	三节年贡行		礼曹判书申琓	户曹参判李弘迪	兼持平朴权	
康熙三十四年（1695/乙亥）	七月十三日	谢恩行	谢王妃复位	全城君李混	右参赞李彦纲	兼掌令金演	
	十一月初一日	三节年贡行		礼曹判书李世白	户曹参议洪受畴	兼持平崔启翁	

续表

使行时间		使行名目	使行任务	正使/咨官	副使	书状官	随行文人
康熙三十五年（1696/丙子）	七月二十五日	谢恩行	谢笺文违式免罚	临昌君李焜	右参赞洪万朝	兼掌令任胤元	
	十一月初二日	奏请兼三节年贡行	请册封世子	右议政徐文重	礼曹判书李东郁	司仆正金弘桢	
康熙三十六年（1697/丁丑）	闰三月二十九日①	奏请兼陈奏行	请册封世子、奏请封事情	右议政崔锡鼎	吏曹判书崔奎瑞	舍人宋相琦	
	九月三十日	赍咨行	请粜米	司男李后勉			
	十一月初二日	进贺谢恩兼三节年贡行	贺讨平厄鲁特及营建、谢册封世子	临阳君李桓	礼曹判书柳之发	兼掌令柳重茂	
康熙三十七年（1698/戊寅）	七月二十七日	谢恩行	谢许贸米谷、谢赐米谷	判敦宁徐文重	礼曹判书闵镇周	掌乐正李健命	
	七月二十八日	问安行	起居沈幸	全城君李混		兼掌令尹弘离	
	十一月初四日	三节年贡行		工曹判书李彦纲	礼曹参判李德成	兵曹正郎李坦	
康熙三十八年（1699/己卯）	三月十五日	赍咨行	报都统开市违式	同枢金起门			
	十一月初三日	谢恩兼三节年贡行	谢漂人出送	东平君李杭	左参赞姜铣	执义俞命雄	
康熙三十九年（1700/庚辰）	十一月初四日②	三节年贡行		汉城判尹李光夏	礼曹参议李野	持平姜履相	

---

① 《肃宗实录》卷三一言闰三月二十九日"陈奏兼奏请正使崔锡鼎、副使崔奎瑞、书状官宋相琦出去"，《使行录》言"三月二十九日"，疑为笔误。

② 《肃宗实录》卷三四言肃宗二十六年（1700）十一月初四日"冬至使李光夏、李野、姜履相如清国"，《使行录》言"十一月初三日"，疑有误。

<<< 附录二 康熙时期朝鲜燕行使臣年表（1682—1702）

续表

使行时间		使行名目	使行任务	正使/咨官	副使	书状官	随行文人
康熙四十年（1701/辛巳）	六月二十一日	赍咨行	请停中江私市	司勇李后勉			
	九月二十九日	告讣行	告仁显王妃升遐	礼曹参判宋廷奎		兵曹正郎孟万泽	
	十月二十九日	三节年贡行		左参赞姜铋	吏曹参判李善溥	兼持平朴弼明	
康熙四十一年（1702/壬午）	八月初六日	谢恩行	谢王妃赐祭	临昌君李焜	工曹判书沈枰	掌令李世奭	
	十一月初二日	奏请兼三节年贡行	请册封王妃	临阳君李桓	礼曹判书李墩	掌令黄一夏	

附录三 康熙时期《燕行录》一览表
（1682—1702）

本表收录康熙二十一年（1682）至康熙四十一年（1702）《燕行录》作品39种。部分文献见于作者诗文集中，原无标题，为便于识别，本表根据文献内容附加标题，以 * 表示。

作者	使行时间	使行身份	燕行录	体裁	文献来源	备注
韩泰东（1646—1687）	1682.7	进贺谢恩兼陈奏书状官	燕行日录（两世燕行录）	日记	《燕行录全集》第29册；《燕行录丛刊》	
韩泰东（1646—1687）	1682.7	进贺谢恩兼陈奏书状官	燕行诗*	诗歌	《是窝遗稿》卷一（《文集》48）	
金锡胄（1634—1684）	1682.10	谢恩兼三节年贡正使	捣椒录（上、下）	诗歌	《燕行录全集》第24册；《燕行录丛刊》；《息庵遗稿》卷六、七（《文集》145）	
柳尚运（1636—1707）	1682.10	谢恩兼三节年贡副使	燕行诗*	诗歌	《约斋集》卷二（《文集》42）	
尹攀（1637—1685）	1683.11	随员	燕行日记	日记	《燕行录全集》第27册；《燕行录丛刊》	
李世华（1630—1701）	1684.10	谢恩兼三节年贡副使	燕行诗*	诗歌	《双柏堂集》卷一（《文集》39）	
南九万（1629—1711）	1684.10	谢恩兼三节年贡正使	甲子燕行杂录	杂录	《燕行录全集》第23册；《燕行录丛刊》；《药泉集》卷二十九（《文集》132）	
李选（1631—1692）	1685.11	陈奏谢恩兼三节年贡副使	燕行诗*	诗歌	《芝湖集》卷一（《文集》143）	

附录三 康熙时期《燕行录》一览表（1682—1702）

续表

作者	使行时间	使行身份	燕行录	体裁	文献来源	备注
崔锡鼎（1646—1715）	1686.1	陈奏兼谢恩副使	椒余录	诗歌	《燕行录全集》第29册；《燕行录丛刊》；《明谷集》卷三（《文集》153）	
吴道一（1645—1703）	1686.6	谢恩兼陈奏书状官	丙寅燕行日乘	日记	《燕行录全集》第29册；《燕行录丛刊》	
吴道一（1645—1703）	1686.6	谢恩兼陈奏书状官	燕槎录	诗歌	《燕行录全集》第29册；《燕行录丛刊》	
南九万（1629—1711）	1686.6	谢恩兼陈奏正使	丙寅燕行杂录	杂录	《燕行录全集》第23册；《燕行录丛刊》；《药泉集》卷二十九（《文集》132）	
任相元（1638—1697）	1687.11	谢恩兼三节年贡副使	燕行诗	诗歌	《燕行录全集》第28册；《燕行录丛刊》；《恬轩集》卷十五（《文集》148）	
金洪福（1649—1698）	1688.10	告讣书状官	燕行日记	日记	《燕行录丛刊》	
金海一（1640—1691）	1689.10	陈慰兼进香副使	燕行日记续	日记	《燕行录全集》第28册；《燕行录丛刊》	
金海一（1640—1691）	1689.10	陈慰兼进香副使	燕行续录	诗歌	《燕行录全集》第28册；《燕行录丛刊》	
申厚载（1636—1699）	1689.8	进贺谢恩陈奏兼奏请副使	葵亭燕京录（燕京录）	诗歌	《燕行录丛刊》；《葵亭集》卷一、二、三、五、六（《文集》42）	
徐文重（1634—1709）	1690.11	谢恩兼三节年贡副使	燕行日录	日记	《燕行录全集》第24册；《燕行录丛刊》；《燕行录选集》	后附"状启草"
柳命天（1633—1705）	1693.11	三节年贡正使	燕行日记	日记	《燕行录全集》第23册；《燕行录丛刊》；《燕行录选集》	

续表

作者	使行时间	使行身份	燕行录	体裁	文献来源	备注
柳命天 (1633—1705)	1693.11	三节年贡正使	燕行录	诗歌	《燕行录全集》第34、35册;《燕行录丛刊》;《退堂集》卷三(《文集》40)	
柳命天 (1633—1705)	1693.11	三节年贡正使	(燕行别曲) 연별곡	杂录	《燕行录全集》第23册;《燕行录丛刊》	
申厚命 (1638—1701)	1693.5	谢恩副使	燕行日记	日记	《燕行录全集》第28册;《燕行录丛刊》	
吴道一 (1645—1703)	1694.8	陈奏兼奏请副使	后燕槎录	诗歌	《燕行录全集》第29册;《燕行录丛刊》	
朴权 (1658—1715)	1694.11	三节年贡书状官	西征别曲 (셔정별곡)	杂录	《燕行录全集》第34册;《燕行录丛刊》	
俞得一 (1650—1712)	1694.8	陈奏兼奏请书状官	日记草 (燕行日记钞)	日记	《燕行录全集》第30、31册;《燕行录丛刊》②	
申琓 (1646—1707)	1694.11	三节年贡正使	燕行诗*	诗歌	《絧庵集》卷二(《文集》47)	
李世白 (1635—1703)	1695.11	三节年贡正使	燕行诗*	诗歌	《雩沙集》卷三(《文集》146)	
崔启翁 (1654—?)	1695.11	三节年贡书状官	燕行录	诗歌	《燕行录全集》第31册;《燕行录丛刊》	
洪受畴 (1642—1704)	1695.11	三节年贡副使	燕行录(乙亥燕行录)	诗歌	《燕行录全集》第28册;《燕行录丛刊》;《壶隐集》卷二(《文集》46)	
洪万朝 (1645—1725)	1696.7	谢恩副使	馆中杂录	杂录	《燕行录丛刊》	
洪万朝 (1645—1725)	1696.7	谢恩副使	燕槎录	诗歌	《燕行录丛刊》	

① 《燕行录全集》标注作者为洪致中,有误,当为柳命天所作,详见左江《〈燕行录全集〉考订》,张伯伟主编《域外汉籍研究集刊》第4辑,2008年版,第45页。
② 《燕行录全集·目录》标志此文位于第34册,有误,当为第30、31册。

续表

作者	使行时间	使行身份	燕行录	体裁	文献来源	备注
崔锡鼎 (1646—1715)	1697. 闰3	奏请兼陈奏正使	蔗回录	诗歌	《燕行录全集》第29册;《燕行录丛刊》;《明谷集》卷五(《文集》153)	
宋相琦 (1657—1723)	1697. 闰3	奏请兼陈奏书状官	星槎录	诗歌	《燕行录丛刊》;《玉吾斋集》卷二(《文集》171)	
崔奎瑞 (1650—1735)	1697. 闰3	奏请兼陈奏副使	燕行诗*	诗歌	《艮斋集》卷一(《文集》161)	
权喜学 (1672—1742)	1697		燕行(日)录(上、下)	日记	《燕行录丛刊》	前附"概要",后附"题花原君燕行日记跋"
李健命 (1663—1722)	1698.7	谢恩书状官	燕行诗	诗歌	《燕行录丛刊》;《寒圃斋集》卷一(《文集》177)	
姜铣 (1645—?)	1699.12	谢恩兼三节年贡副使	燕行录	日记 诗歌	《燕行录全集》第28册;《燕行录丛刊》	后附状启
孟万泽① (1660—1710)	1701.9	告讣书状官	闲闲堂燕行录	日记	《燕行录全集》第39册;《燕行录丛刊》	
姜铟 (1650—1733)	1701.10	三节年贡正使	看羊录	诗歌	《燕行录全集》第30册;《燕行录丛刊》	

---

① 《燕行录全集》标注作者未详,据考证,当为书状官孟万泽作,详见左江《〈燕行录全集〉考订》,张伯伟主编《域外汉籍研究集刊》第4辑,2008年版,第49-50页。

附录四　征引书目

一、丛书类

[1]〔韩〕国史编纂委员会. 朝鲜王朝实录［M］. 首尔：国史编纂委员会，1955－1958.

[2]〔韩〕国史编纂委员会. 承政院日记［M］. 首尔：国史编纂委员会，1961.

[3]〔韩〕民族文化推进会. 国译燕行录选集［M］. 首尔：民族文化推进会，1976.

[4]〔韩〕民族文化推进会. 影印标点韩国文集丛刊［M］. 首尔：景仁文化社，1990－2010.

[5]〔韩〕林基中. 燕行录全集［M］. 首尔：东国大学出版部，2001.

[6]〔韩〕林基中. 燕行录丛刊［M］. 韩国学术期刊数据库，2011.

[7]〔韩〕首尔大学校奎章阁韩国学研究院. 通文馆志［M］. 首尔：首尔大学校奎章阁韩国学研究院，2006.

[8]〔朝〕郑昌顺等. 同文汇考［M］. 台北：珪庭出版社，1978.

[9]〔朝〕金正浩. 大东地志［M］. 首尔：汉阳大学校附设国学研究院，1974.

[10]〔朝〕安钟和. 国朝人物志［M］. 首尔：明文堂，1983.

[11]〔朝〕朴义成. 纪年便考［G］//周斌，陈朝辉. 朝鲜汉文史籍丛刊，成都：巴蜀书社，2014.

[12]〔清〕范文程等. 太宗文皇帝实录［M］. 北京：中华书局，1985.

[13]〔清〕图海等. 世祖章皇帝实录［M］. 北京：中华书局，1985.

[14]赵尔巽. 清史稿［M］. 北京：中华书局，1977.

[15]陈盘等. 中韩关系史料辑要［M］. 台北：珪庭出版社，1978.

[16]吴晗. 朝鲜李朝实录中的中国史料［M］. 北京：中华书局，1980.

[17]赵季等. 明洪武至正德中朝诗歌交流系年［M］. 北京：人民文学出

版社，2014.

［18］王其榘. 清实录：邻国朝鲜篇资料［M］. 北京：中国社会科学院中国边疆史地研究中心，1987.

［19］张存武，叶泉宏. 清入关前与朝鲜往来国书汇编 1619—1643［M］，台北：国史馆，2000.

［20］赵兴元，郑昌顺.《同文汇考》中朝史料［M］. 长春：吉林文史出版社，2003.

［21］朴兴镇. 中国廿六史及明清实录东亚三国关系史料全辑［M］. 延吉：延边大学出版社，2007.

［22］杜洪刚，邱瑞中. 韩国文集中的清代史料［M］. 桂林：广西师范大学出版社，2008.

二、《影印标点韩国文集丛刊》

［23］〔朝〕金寿兴. 退忧堂集. 影印标点韩国文集丛刊（第 127 辑）［M］. 1710 年刊本.

［24］〔朝〕洪大容. 影印标点韩国文集丛刊（第 248 辑）［M］. 1974 年刊本.

［25］〔朝〕申晸. 汾厓遗稿. 影印标点韩国文集丛刊（第 129 辑）［M］. 1734 年刊本.

［26］〔朝〕申琓. 絅庵集. 影印标点韩国文集丛刊（第 47 辑）［M］. 1766 年刊本.

［27］〔朝〕南龙翼. 壶谷集. 影印标点韩国文集丛刊（第 131 辑）［M］. 1895 年刊本.

［28］〔朝〕姜锡圭. 聱齖斋集. 影印标点韩国文集丛刊（第 38 辑）［M］. 1916 年刊本.

［29］〔朝〕申翼相. 醒斋遗稿. 影印标点韩国文集丛刊（第 146 辑）［M］. 刊行年代不详.

［30］〔朝〕李瑞雨. 松坡集. 影印标点韩国文集丛刊（第 41 辑）［M］. 刊行年代不详.

［31］〔朝〕韩泰东. 是窝遗稿. 影印标点韩国文集丛刊（第 48 辑）［M］. 1739 年刊本.

［32］〔朝〕李世华. 双柏堂集. 影印标点韩国文集丛刊（第 39 辑）［M］. 1721 年刊本.

［33］〔朝〕李海朝. 鸣岩集. 影印标点韩国文集丛刊（第 175 辑）［M］.

1740 年代刊本.

[34]〔朝〕南九万. 药泉集. 影印标点韩国文集丛刊（第 131 辑）[M]. 1895 年刊本.

[35]〔朝〕柳尚运. 约斋集. 影印标点韩国文集丛刊（第 42 辑）[M]. 1956 年刊本.

[36]〔朝〕吴斗寅. 阳谷集. 影印标点韩国文集丛刊（第 36 辑）[M]. 1762 年刊本.

[37]〔朝〕金寿恒. 文谷集. 影印标点韩国文集丛刊（第 133 辑）[M]. 1699 年刊本.

[38]〔朝〕宋相琦. 玉吾斋集. 影印标点韩国文集丛刊（第 171 辑）[M]. 1760 年刊本.

[39]〔朝〕李健命. 寒圃斋集. 影印标点韩国文集丛刊（第 177 辑）[M]. 1758 年刊本.

[40]〔朝〕崔奎瑞. 艮斋集. 影印标点韩国文集丛刊（第 161 辑）[M]. 刊行年代不详.

[41]〔朝〕柳命天. 退堂集. 影印标点韩国文集丛刊（第 40 辑）[M]. 刊行年代不详.

[42]〔朝〕申厚载. 葵亭集. 影印标点韩国文集丛刊（第 42 辑）[M]. 1778 年刊本.

[43]〔朝〕李选. 芝湖集. 影印标点韩国文集丛刊（第 143 辑）[M]. 1856 年刊本.

[44]〔朝〕洪受畴. 壶隐集. 影印标点韩国文集丛刊（第 46 辑）[M]. 1722 年刊本.

[45]〔朝〕李畬. 睡谷集. 影印标点韩国文集丛刊（第 153 辑）[M]. 1739 年刊本.